石橋忍月研究

——評伝と考証——

千葉眞郎 著

八木書店

『石橋忍月研究——評伝と考証——』目次

石橋忍月研究

――評伝と考証――

一、石橋忍月の著作からの引用は、原則として八木書店刊『石橋忍月全集』全五巻に従った。ただし未収録のものは初出文によった。

右『石橋忍月全集』は忍月全集と略した。

一、引用文の字体は可能な限り現在通行体とし、ルビ・圏点等は一部を除いて省略した。

一、忍月の著作には差別的な表現がいくつか見られるが、歴史的な資料としての性格を考慮して原文のまま引用した。

一、附篇の「石橋家・中島家　略系図」は関連する除籍簿・墓碑・過去帳をもとに、忍月の六男和田保夫氏、縁戚中島スエノ氏の談話を参照して作成した。

一、附篇の「著作・関連　略年譜」のうち題名・署名は初出に従ったが、角書きは省いた。また発行年月日・巻号数は算用数字に改め、関連作品は一般表記にとどめた。他は忍月全集の編集方針に従った。

なお忍月の生活に関する事項は忍月全集に重複するので、主要事項に限って※印で付した。

序

文学評論が文学における独立したジャンルとして重視されだしたのは、明治時代からである。人生批評や社会批評等のクリティシズムを有機的に結びつけ、文学そのものを論議する文学という理論的な自覚が存立させた。とりわけ西洋思潮の流入が顕著となる二十年代以降は、理論と実作との関係を具体的に密着させて両翼の役を担い、日本近代文学を構築するに基軸となった。

ドイツ文学の学識を備えた第一高等中学校の生徒石橋友吉こと忍月が明治二十年一月、第一作『妹と脊鏡』評を掲げて黎明期の文学界に登場したのはきわめて象徴的である。作品の文学性を人生や社会のなかに位置づけようとする「批評」であった。その後の『浮雲』評や『藪の鶯』評に限らず、忍月の批評によって作品の真価が問われ、その上で世評にのぼった例は多い。忍月批評が今日的な文学観からみて正鵠を得ているか否かは別として、理論を実践に移し、新しい文学理念を当時の生々しい動向に導入して時代を主導したことは間違いない。当代評にある「東洋のレッシング」[1]とはよく言い当てている。ただしこの評言が忍月文学の全てを表しているわけではない。

確かに忍月は「読売新聞の『魂胆』」（明治二十二年一月十二日『国民之友』）において明治二十二年の文学状況を年頭から「小説の百花園」と揚言し、その概ねが「生気なき手細工の花、枯痩したる鉢植の花」と批判的に予見しながら本格的な批評活動に入った。自らの「レッシング論」に即せば、「新文学発達の針路を開通」しようとする意欲の表れであった。果たせるかなこの一年後、坪内逍遙「明治廿二年の著作家」（二十三年一月十五日『読売新聞』）

も同様に二十二年の状況を小説熱の盛んな「文学製造時代」と総括しつつ、当代が抱えていた矛盾と疑念とに触れた。逍遙には自ら敷いた人情世態を描くノベル（人情小説）の否定と、作家の「観念」（想念、意匠）欠如への不満とがあった。

忍月はもとより各般にわたる誘導啓発の意識が強く、とりわけ「文学の隆盛を謀り美術の振起を祈る」想いから新作発表ごとに清新で犀利な作品評を展開していた（「浮雲の褒貶」等）。それだけに逍遙が右に提言した問題点はすでに把捉済みで、当代文学の課題として提起し続けた内容でもあった。例えば一連の「細君」評でお園の履歴を導入した「構想（Disposition＝引用者）の疎雑」を批判して以来（「昨年の名作」）、硯友社系の人情小説に「観念」（構想、結構）の欠陥を指摘して「小説の推敲」の必要を主張する（「三小説雑誌合評」等）。だが文章の浮華虚飾という反動や「小説を玩弄」している迎合的な「駄小説」の盛況に慷慨し（「不慮の再会」等）、やがて作家の「観念」（想念）を俎上に載せて硯友社批判を展開するようになる。「『文庫』の京人形」（二十二年四月十二日『国民之友』）以降の新展開で、「色懺悔」評そして『初紅葉』評等々と続く。それまでの忍月批評は主にG・E・レッシング『ハンブルク演劇論』Hamburgische Dramaturgie に倣い、読者と作品との相関性に視点を注いできた。レッシングは悲劇作品を道徳的教化的手段として捉え、読者という享受者のためにそうした合目的な意図のある作品構想を唯一に評価していたからである。忍月のレッシング受容には自らの啓発的な文学意識と黎明期の状況に合致するという時代感覚とが働いたのであろう。この意味において忍月が作家主体に視点を当てたことは、つまり作家が作家の課題として創作することの「観念」（想念）を問題にしたことは、忍月にとって新しい評点であった。と同時に、忍月の新しい評点はまた当代の新しい文学課題でもあった。いわば作品趣向としての文学「観念」（構想）から作家主体としての文学「観念」（想念）への問題提起であって、確実に「新文学発達の針路を開通」するに一歩踏み込んでいたのである。

ただしこうした提言が生硬で粗雑な論理で成り立っていたことは否めない。また翻訳語が一定していない時期であり、用いる評語も煩雑極まりない。今日では作品の組み立てを〈構成〉と一語で表現するが、忍月は **Disposition** を訳して〈構想〉〈結構〉〈局勢〉〈構成〉〈脚色の構造〉などと用いている。訳語としては間違っていないのだが、今日においてすら誤解を免れるものではない。こうした点に、忍月とこの時代の若さを指摘するのはたやすい。たやすいのだが、何しろ批評という評語そのものも定着せず、ジャンルとしても確立していない時期のことである。提言内容も然ることながら、提言すること自体に意味があったというべきであろう。例えば逍遙が自作「細君」を自省した「明治廿二年の著作家」のなかで、自らが用いた「観念」の概念は忍月の提言に連動して移り変わっていた。また忍月の提言の延長に「当世文学の潮模様」以降の北村透谷の活動も位置づけることができる。もちろん s.s.（森鷗外）「明治二十二年批評家の詩眼」（二十三年一月二十五日『しがらみ草紙』）が忍月の「京人形」評以降に用いた想念「意匠」「注視点」等々を「皆な想のみ、『イデー』のみ」と括り、自らは「詩想」と名づけて詩学 **Poetik** としての文学の方向性を示したことに無縁でない。

こうした潮流の発端は忍月のジャーナリスティックな洞察「小説の百花園」を反映していただけに、当代を先導する批評家としての社会的な輪郭もやがて明らかになっていった。この自負心が「舞姫」評（二十三年二月三日『国民之友』）の末尾で二十一年以前が逍遙の時代、二十二年が嵯峨の屋おむろ・山田美妙・尾崎紅葉の時代であったとすれば、二十三年は鷗外・幸田露伴が「文壇に於て覇権を握る」という広言につながったのであろう。当時の忍月を鷗外漁史「読罪過論」が「今の詞壇（文壇＝引用者）の第一流の批評家」と評し、魯庵生（不知庵）「病臥六旬」が「千里独行の感があつた」と回想した所以である。未だ一口評や見立評など印象批評の多い当代にあって、近世詩学を素地にした忍月批評がたとえ生かじりな西洋文学に傾倒しつつも、新しい文学理論を当時の生々しい動向に導入して新文学を主導したことは間違いなかったのである。

ところが忍月の文業はこうした黎明期にとどまらなかった。妻翠は忍月没後に草した手記「忍月居士追想録」[2]（石橋忍月文学資料館収蔵）のなかで、最晩年の忍月を、

大正十四年十一月二日還暦に当りたれば、記念の為、昔かきしもの、またはちかき頃の紀行の文、あるはをりふしにつけかきちらしたるものなど、あつめて一つに梓せんとしたりしを、さま〳〵の事しげく、はたさゞりしは口惜しかりけれど、又折を得て遺稿をものする時もあらんかし。（原文は読点なし）

と偲んでいる。還暦を迎えた忍月が紀行文等をまとめて上梓の準備にかかっていたというのである。そこには史伝「文豪の鞋痕」「義久兄弟」や風俗誌「天下の丸山」、随筆「只説録」「ノヽ子」等々が含まれていたであろう。石橋家資料[3]にあるスクラップブックへの貼り込み作品、および清書稿に窺える。翌十五年二月一日に急逝した忍月は最期まで筆を離さなかったのである。

忍月は一方、「文士議員」[4]の異名をとった議員活動や、護憲ナショナリスト[5]の面目を施した弁護士活動に社会人としての責務を全うした。また家庭人としても紀行文「久留米の二日」で触れた「意仙が丘なる祖先の墓」への度重なる墓参、生家である湯辺田石橋家の家産売却の処理、養父養元のための福島石橋家の普請、そしてふたりの兄との交じらいや子供らへの思い遣りなど、忍月ならではの熱い計らいが散見する。これらはひとえに、明治元年の実父茂の夭逝や明治十三年の湯辺田石橋家の医家としての解体を起点とする自家の縺れが、逆に大きな支えとなって生活者としてのポリシー形成につながった結果だと思われる。ここには郷土の歴史的かつ精神的な風土性や、黒木塾で培った漢学の教養も要件に挙げられよう。江湖の青年に早起きの勧めを説いた随筆「朝」のなかで、

法律と規則とに囚はれて、機械化し、物質化する低級界に於て、暫くにしても太古の気分を味ひ、自家の名誉と富裕とを主観的に意識するを得るは、場所に於ては「深山」、時に於ては「朝」であらねばならぬ。

と実人生を充足するに「自家」を発想の原点とした背景である。いわば石橋家の再興を自らに課した原点であり、

同時に「陛下の赤子」[6]として国威の発揚を責務とする市民の生き方にも撞着しない一貫した人生態度の原点なのである。この人生態度は例えば「一介の車夫」が不法拘禁されたことに「社会の秩序」の健全さを求める弁護活動[7]となり、また人権尊重のスタンスを崩すことなく警察界官紀紊乱問題を質す議員活動[8]となるなど、法意を守るに真誠な言動として表れる。否それればかりではない。第二次西園寺内閣の総辞職直後に主張した文官任用令の法改正問題の提起[9]や、第三次桂内閣の絶対主義的な専制政策への批判「詔勅の弁」（大正二年二月十・十一日『長崎日日新聞』掲載の時評、忍月全集未収録）に込めた護憲ナショナリズムの高唱とその後の市民大会の主導[10]など、当時にあってはきわめて斬新な言動としても表れる。要するに家庭人として真摯な忍月は身の周りから社会・国家にかかわりつつ、その「国体」（明治三十一年四月五日『新小説』）を道義上からも制度上からも「健全の思想を以て（中略）誘導啓発する」体現者なのであった（随筆「ノヘ子」）。こうした体現には相応の軋轢や葛藤を伴っていたわけだが、忍月はこの体現者としての自覚を随筆「楽只庵漫筆（其十四）」（明治四十三年十月二日『長崎新報』）のなかで、次のように「吾人天賦の義務」とまで断言した。

人生共同生存の理を自覚し、且つ人間は揺籃の眠より醒めて、棺桶の眠に帰る迄、荊棘《けいきよく》の路に不断の奮闘を継続しつゝ進むべきものであることを、吾れ自らに警告するものである（中略）飽くまでも奮闘し、排斥し、諭示し、指導し、啓発するを以て、吾人天賦の義務とするのである、

この気概に日本の近代と共に歩んできた慶応生まれの明治知識人の一典型が確かめられよう。たとえ中央文壇から遠ざかっていたとしても、忍月の生涯に忍月文学は脈々と漲っていたのである。

本書の目的は、こうした忍月文学の性格を認識し解明するところにある。従って忍月の著作がどのような局面で、どのような思想的・方法的彷徨模索のうちに収斂して成立したか、またどのような変化と判断のうちに展開したかを検証する。ただし現存する資料が限られており、しかもその限られた資料をテクストにする他なく、旧悪前書の

感は免れない。本書がひとつの踏み台となって、諸兄姉の忍月研究が新たに飛躍することを期するのみである。

注

（1）ふ、ち、（内田不知庵）「『お八重』の評拾遺」（明治二十二年六月一日『女学雑誌』）の評言。

（2）右脚に「長崎市銅座町廿一（電話八三五）／弁護士　石橋友吉」、中央下に「石橋法律事務所用紙」、左脚に「（東京神田　啓文社印行）」と印刷されてある半紙判の用箋十一枚に毛筆で書かれてある。いずれかの紙誌に発表した草稿かもしれないが、掲載紙誌は確認できていない。別に「追想録」（同用箋十二枚）、「忍月居士追想録」（同用箋十三枚）の二篇の草稿がある。いずれも語句の異同が若干みられるのみで、大意に変わりはない。またいずれの署名欄にも「石橋翠子」とある。

（3）忍月が新聞・雑誌に掲載した作品を自分で貼り込んだスクラップブック『追想録』『緑色スクラップブック』『黄色スクラップブック』の他、俳句ノート、清書稿、草稿断片、アルバムなどを一括してさす。ご遺族によると、妻翠没後は長男元吉氏が所持し、元吉氏没後は三男貞吉（山本健吉）氏が保管していたという。現在は石橋忍月文学資料館に収蔵されてある。忍月全集補巻参照。

（4）長崎県議会史編纂委員会編『長崎県議会史』全五巻のなかで忍月に対して「文士議員」の呼び名が登場するのは、大正十年の通常県議会（十一月十五日〜十二月十三日）の一般審議を総括した議事録からである。議事録記載の正式呼称は「石橋友吉氏」や「石橋議員」だが、激しい議論の応酬などに「文士議員」が使われている。また地元各紙には「忍月居士」や「忍月翁」が通称となっている。

（5）例えば大正四年六月の総選挙当選無効訴訟。忍月は同年六月二十九日の勝訴後に、選挙不祥事を「憲政の破壊者」と弾劾して「立憲治下の一市民として」問題視することを強く主張している（同年七月一日『長崎日日新聞』記事「開票管理者の大失体」収載）。記事収載の忍月発言は忍月全集未収録。

（6）明治三十八年九月四日『長崎新報』掲載の時評「敢て国民に檄す」で市民をさした評言。本篇は忍月全集未収録。

（7）大正二年三月二十八日『長崎日日新聞』記事「覚醒したる市民の声」収載の忍月演説録「留置場撤廃論」に忍月の主張が込められている。記事収載の忍月演説は忍月全集未収録。

（8）大正九年十一月三十日、長崎県通常県議会での審議（前掲『長崎県議会史』参照）。

（9）大正元年十二月十九日『長崎日日新聞』記事「三代議士送別会」で報じられ、反響を呼んだ。

（10）大正二年二月十二日『九州日之出新聞』記事「憲法発布廿五年記念大会」および同年二月十三日『東洋日の出新聞』記事「憲法発布廿五年記念大会」等に詳しい。

第一章　生い立ち　―慶応元年〜明治24年7月―

石橋忍月に関する基礎研究は殊のほか少ない。それでいて黎明期の日本近代文学を主導した評価は、当時から今日にもなお及んでいる。例えば大江逸（徳富蘇峰）「捨小舟」（明治二十一年五月四日『国民之友』）の「天晴れ精細なる批評的の眼光を有する人」といった当代評から、野村喬『内田魯庵傳』（平成六年五月、リブロポート）の「明治二十年代の文芸批評界にあっては最も典型的な評家」といった現代評に至る類いである。ところがこうした活動の素地への言及、いわゆる伝記検証は見過ごされがちであった。これでは忍月の文学観あるいは人生観を把握するに構築的でない。

現状としては慶応元年生まれの忍月が日本近代の成立と共に歩み、六十年余の歳月を閲した足跡すら見過ごされている。後半生の随筆等に接すると、時代に絡む批評意識の旺盛さに驚く。そして生涯にわたって誘導啓発の意識が一貫して発現していることに感服する。狭隘な文学史にこだわらずに忍月の文学をトータルに問うためには、忍月の資質や教養をその生涯のなかに明らかにすることも必要だろう。だが全容を明らかにするのは至難に近い。伝記検証としては今後の調査に委ねざるを得ない不明な箇所がなお多い。そこで今後の忍月研究につなげたく、本章を設けた。

一　出生

忍月、石橋友吉の生年月日にはふたつの説がある。ひとつは慶応元年九月一日生まれ、もうひとつは同年十一月二日生まれである。これらの月日は新旧暦を対照しても一致しない。

九月一日説は除籍簿に記載されている戸籍上の月日である。石橋友吉（以下、忍月に統一）の出生が記載されている除籍の原本は四通ある。叔父の養父養元が福岡県上妻郡福島町（現・八女市）から石川県金沢市に転籍した前後の戸主養元の原本二通、養元が金沢市から上妻郡福島町に再転籍した折りの戸主養元の原本一通、忍月が養元から家督を相続した折りの戸主忍月の原本一通である。これらの閲覧はご遺族・縁者の温情による謄本だが、いずれの出生欄にも慶応元年九月一日とある。このうち最も古い除籍簿は養父養元が戸主のもので、養元が慶応四年（記載表記は明治元年）一月十一日に生家である上妻郡湯辺田村（現・八女郡黒木町）の石橋家から分家し、その上で明治二十二年一月十五日に上妻郡福島町二番地二一六ノ一から同福島町大字本町二三五番地へ転籍した折りの原本である。忍月は慶応二年（月日未詳）に養元の「養嗣子」となっており、戸籍簿編成以後は養元の転籍に伴っている。従って忍月が戸主の場合も含め、他は右原本からの転記となる。

九月一日説に関する資料に、石橋家資料のひとつで、忍月や家族らの写真を収めた古いアルバムがある。その一枚に忍月の青年時代の写真があり、裏には「東大予備門時代／明治十八年五月／石橋友吉／十九年八ヶ月」と毛筆で書かれている。他の写真裏にある年時記述や、石橋忍月文学資料館（以下、忍月資料館と略）に収蔵されてある生原稿の筆跡に照らすと、この毛筆の裏書きを忍月の自筆と見做して間違いない。つまり忍月が明治十八年五月の時点で、自らの年齢を十九年八ヵ月と書き遺しているのである。ということは、忍月に慶応元年九月生まれという認識があったことになる。これに従えば除籍簿に記載されてある通りの出生年月が確定する。ただし九月生まれであったとしても、この裏書きからは戸籍通りの出生日を確証できない。

忍月には自らの半生に触れた著作に随筆「歳暮の感」（二十六年十二月三十一日『北国新聞』）がある。そこには「吾人は揺籃の眠より覚めて茲に二十八年の春秋を経過」とあるだけで、出生の月日に詳しくない。年少時にも言及した紀行文「久留米の二日」や「探涼記」も同様で、管見できる忍月の著作からは出生日を窺えない。また忍月は内務省試補や弁護士、判事あるいは市会・県会議員等の公職に就いており、公人として自らの生年月日を記述する機会が少なからずあったはずである。この予測のもとに各弁護士会、裁判所等の記録に当たってみたが、出生日に関しては確認できなかった。ただし長崎市議会編『長崎市議会史』資料編第二巻（平成五年三月）の市会議員名簿には慶応元年九月一日生まれと記録されてある。諸選挙および議会登録手続きは戸籍上の月日を使っていたことがここに判明する。なお今日の紳士録に当たる日本力行会編『現今日本名家列傳』（明治三十六年十月三十日）にも日付こそないが、慶応元年九月生まれと明記されている。他に傍証する資料に欠けるが、公的には右写真の裏書きと『長崎市議会史』の名簿とに基づいて、忍月の生年月日を戸籍上の月日と判断するしかない。

だが十一月二日説は身内から起こっており、必ずしも戸籍通りには断定し難い。考え難いことだが、何らかの事情があって、その旨が身内に伝わっていたとも推測されるからである。何しろ右写真は身内の方々が大切に保存していたアルバムのなかの一枚であり、見尽くしていたものであろう。それでも明治十八年時の忍月の認識とは異なり、一貫して十一月二日生まれを用いている。

十一月二日説は岩波文庫版『石橋忍月評論集』（昭和十四年十一月）の石橋貞吉（忍月の三男山本健吉）「解説」を始め、今日の各種事典や全集等の年譜事項に採られている。いずれも根拠を明らかにしていないが、忍月の身内に起因していることは確かである。何よりも妻翠が前掲「忍月居士追想録」のなかで「大正十四年十一月二日還暦に当りたれば」云々と触れている。除籍簿記載の月日を除けば、忍月の出生に関して具体的に触れた唯一の生資料である。末尾には「はかなきことかきつづけたるは大正十五年五月二日にぞありける」とあり、忍月没後三ヵ月目の執筆であることから、翠の記憶違いとは思えない。忍月の長男石橋元吉氏も「石橋忍月生誕百年を記念して」（忍月資料館蔵）のなかで、慶応元年十一月二日生まれとしている。忍月の小伝を記したこの記念文書はＢ４判一枚の縦書き印刷で、昭和四十年十一月二十八日付の執筆になっている。明治三十三年六月三十日生まれの元吉氏が、すでに刊行されていた事典類に基づいたとは考えにくい。また山本健吉「石橋忍月」（昭和二十九年五月刊の東京堂版『近代日本文学辞典』および同三十六年十月刊の明治書院版『現代文学講座　明治編Ⅰ』収載）等の記述をも併せると、身内の間では十一月二日生まれと思われていたのであろう。といっても、忍月か、あるいは翠からの伝聞とも確証し難い。嘉部嘉隆「石橋忍月に関する基礎的覚書——石橋忍月研究余録（承前）[1]」が紹介する昭和四十九年八月二十二日付嘉部宛山本健吉書簡には「十一月二日説　別に根拠ないとおもいます」とある。だが石橋家によると、右のアルバム等を含む石橋家資料は翠から元吉氏に、元吉氏から山本健吉氏の手に渡ったというから、いずれかが右写真をも確認していたはずである。出生に関してはやはり、戸籍通りに統一し難い理由が何かあるのかもしれない。少なくとも事典類の記述は、こうした翠ら身内からの伝聞と捉えたほうが自然である。

いずれにしても、現状では特定する傍証資料に欠ける。出生が戸籍簿編成以前であり、戸籍簿記載の月日が必ずしも信憑するに足るものでもなかろう。だが忍月および翠らの記述とて同様に確証できない。慶応元年生まれであることは如上の資料に共通して明らかなのだが、出生月日の傍証は今後の課題とするしかない。

出生地についてはどうか。忍月が生地に触れた唯一の著作に紀行文「久留米の二日」がある。石橋家資料にあるスクラップブック『追想録[2]』に貼付されている新聞の切り抜き作品で、署名欄に「在長崎　石橋忍月」とあるが、出典は詳らかでない。忍月はこのなかで「湯辺田《ゆべた》は八女郡僻在の一寒村なりと雖も、予が三十八年前に於て産声を揚《ママ》げたる地」と明記している。この湯辺田は現在の福岡県八女郡黒木町《くろぎまち》大字湯辺田である。後述する生家は平成五年四月に石橋忍月文学資料館として黒木町大字今一〇五三番地に移築し復元されたが、元は現在の黒木町大字湯辺田六七七番地ノ二に在った（黒木町『地籍簿』）。この生家跡に「石橋忍月生誕之地」と刻まれた記念碑が建っている。

湯辺田は『福岡県史資料』第二、三輯（昭和八年三月、同九年五月）あるいは『黒木町史』（平成五年十一月）、『八女市史』下巻（同四年三月）等によれば、次のような編入過程を経ている。慶応元年の出生時は筑後国上妻郡湯辺田村で、久留米藩預り地（本分組）のひとつであった。明治四年七月の廃藩置県後は久留米県上妻郡湯辺田村、四年十一月からは三潴《みずま》県上妻郡湯辺田村、九年四月からは三潴県筑後国上妻郡湯辺田村、九年八月からは福岡県筑後国上妻郡湯辺田村、十一年七月の郡区町村編制からは福岡県上妻郡湯辺田村と変遷している。この間、五年二月に壬申の戸籍法が施行され、上妻郡湯辺田村六七六番地となる。この地番号（番地）は湯辺田の石橋家を相続した叔父の正蔵が戸主の除籍簿と次兄の松次郎が戸主の除籍簿とに記載されている。関連する原簿類にも同様の記載がある。ただし『土地登記簿』によれば、次兄松次郎が土地を相続登記した二十四年十一月二十三日の時点で六七六番地ノ一となり、四十三年六月二十二日の時点でさらに分筆されて六七六番地ノ二となっている。それが現在の六七七番地ノ二に変更された経緯は詳らかでない。忍月資料館の調べでは、たびかさなる区画整理によるものであるという。

その後湯辺田は二十二年四月の町村制施行に伴って、隣村の田本村および本分村と合併して豊岡村と改称し、福岡県上妻郡豊岡村大字湯辺田となった。また二十九年四月からは郡制の統合で福岡県八女郡豊岡村大字湯辺田となっている。現在の黒木町に編入されたのは昭和二十九年四月からである。従って出生地は忍月が上京する明治十三年の時点では福岡県上妻郡湯辺田村六七六番地、本格的に批評活動を展開しだした二十二年からは福岡県上妻郡豊岡村大字湯辺田六七六番地、帝国大学を卒業して内務省に仕官した二十四年からは福岡県上妻郡豊岡村大字湯辺田六七六番地ノ一、翠と再婚した二十九年から四十一年七月三十一日に隣家の加藤乙吉氏に譲渡するまでは福岡県八女郡豊岡村大字湯辺田六七六番地ノ一ということになる（土地および家屋敷の譲渡経緯については第九章で触れる）。湯辺田は福岡県と大分県との県境の釈迦岳・御前岳に源を発する矢部川の中流域で、黒木盆地の西端に位置している。地名は湯の湧出に由来したという（『黒木町史』）。明治十七年の調査では戸数が四十七戸、人口が二五七名という小さな集落である。二十二年においても同戸数で、人口が二七一名と多少増えているにすぎない（『福岡県史資料』第二輯）。村高は江戸期の資料をみても百石前後で、米や麦類が主産業であった。だが元禄期から大正半ばあたりまでは、副業に作っていた「湯辺田羽子板」が久留米や柳川に出荷されて評判をとったという（『黒木町史』）。またこの一帯は古くから木蠟や茶の生産地として知られるが、鮎の漁場としても多くの逸話を残している。忍月の生家は矢部川沿いの旧街道に面した小高い場所に位置しており、湯辺田在住の古老らによるとなだらかに登る門口一帯に菖蒲が植えられていたという。忍月の著作に「鮎狩り」「花菖蒲」あるいは「塵の都の砂烟」などのことばがたびたび登場するのは湯辺田の自然環境に無縁でなかろう。とりわけ「鮎狩り」については晩年も「少年時代の経験あるを以て」興じたと、紀行文「探涼記」のなかで印象深げに記している。

生家は藁葺き屋根の木造二階建てで、鍵形をした民家であった。民家とはいえ、支配違いの医家である。忍月資料館の調べでは敷地面積が三三四・三八平方メートルで、一階（建坪一三六・八平方メートル）には土間、納戸、居間、座敷の他に、診療の間と薬剤の調合室もあったことが確認されている。二階は中二階（建坪六十九・八五平方メートル）で、子供らの部屋に当てられていたようだ。築年は材質や構造から幕末期と推定されている。忍月とは相識の縁戚中島スエノ氏（「探涼記」のなかの「中島令夫人」）によると、家族のだれもが「自慢にしていた家」であったという（昭和五十年五月四日、直話）。だが家督を相続した次兄松次郎が湯辺田を去ってからは、忍月の幼友で隣家の加藤乙吉氏が譲り受け、その身内の方々が改造して住んでいた。そのひとり加藤吉日夫人によると「改造前は建具などは立派なものだった」という（昭和六十三年十月十六日、忍月資料館聞き取調査）。老朽化のために加藤家が改築しようとしていた折り、黒木町が町民の啓蒙を目途に前述の場所に石橋忍月文学資料館として移築復元した。この経緯については、復元に努めた黒木町文化連盟会の吉村誠氏の保存嘆願書「明治の文豪石橋忍月生家の保存についてお願い」（黒木町蔵）に詳しい。

なお「靈神」と彫られた屋敷神が生家跡の傍らに現存している。この地方特有の石塔で、元は生家の前庭に祭られていた。裏には「天保五年／午七月十六日」と刻まれている。湯辺田石橋家の始祖である曾祖父佐仲の没後、その初盆を機に祖父意仙が祭ったと思われる。家が盛んでないと屋敷神を祭らないというから、当時の繁栄ぶりが偲ばれる。

注

（1）昭和五十年十月『樟蔭国文学』掲載。

（2）石橋家資料のひとつで、新聞・雑誌掲載作品の貼り込み帳。表紙に「明治廿六年七月／追想録」と墨書してあることから命題されている。内務省用箋（半紙）を二つ折りにして用いている（和綴じ）。貼付作品の一部に墨または朱で忍月の加筆・補訂がなされている（忍月全集各巻「解題」参照）。

二　家系

忍月は父茂（天保六年生、月日未詳）と母フク（天保九年十二月十四日生）の三男である。長兄に近蔵《ちかぞう》（安政六年四月十五日生）、次兄に松次郎（文久三年一月十五日生）がいた。また父方の叔父に養父となる養元（弘化二年一月十一日生、茂の三弟）、義父となる正蔵（弘化三年七月十日生、茂の四弟）がいた。これらの概要は忍月の著作や関連する原簿類によって把握できる。

八女市の医師石橋正良氏宅に伝わる『石橋氏系図』によると、八女地方の石橋一族は清和源氏の流れを汲む肥前出身の武士で、豊後大友氏の門族である筑後国下田城主堤貞元の重臣石橋右衛門盛清（慶長六年没、行年七十歳）が天正年間に筑後国生葉郡星野村（現・八女郡星野村）に定住したのが始まりのようだ。医業は盛清の三代目に当たる作右衛門教清（貞享四年没、行年七十二歳）が寛永年間に起こし、爾来、分家新立によって石橋医家の繁栄がもたらされた。同じ八女市在住の医師石橋五百恵氏が編んだ私家版『石橋家譜』および「石橋医家系譜」もほぼ同様の系譜を伝えている。これらを基にした江頭亨『郷土史物語』（昭和四十三年十一月、赤坂印刷刊）に、石橋一族は「星野村に三百年来土着して医者を専業とし、余暇の間は村の子供に読み書きそろばんを教えて文教の普及につとめた名家」とある。また諸文献に基づいた福岡県八女郡役所編『稿本八女郡史』（大正六年十月）には「星野谷の開拓に尽力した」一門とある。その星野村大字道内には、いわゆる道内本家を証す石橋家の墓地が星野谷に面して現存しており、右諸系図や『郷土史物語』の略伝を証左する墓碑が残っている。

これらに基づくと湯辺田の石橋家は、道内本家から分家した坂東寺石橋家（筑後国上妻郡坂東寺村、現・筑後市大字熊野）の又分家のひとつで、忍月の曾祖父佐仲（盛清の八代目、医師）が天明年間に上妻郡湯辺田村に居をかまえたことに始まる。それから祖父意仙、父茂と医業（漢方医）を継いだ。この系譜を証す湯辺田石橋家の墓地は忍月の生家から現在の国道四四二号線（黒木街道）を挟んで、東側に約そ三百メートルほど離れた丘隅にある。忍月が紀行文「久留米の二日」のなかで「意仙が丘なる祖先の墓」と呼んだ小丘である。そこにある墓碑に関連する除籍簿を照らすと、湯辺田の石橋家は概ね確認できる。すなわち曾祖父の佐仲（天保五年一月十一日没、行年七十九歳）、曾祖母（天保三年十月十六日没、行年三十六歳）、祖父の意仙（文久二年三月十五日没、行年七十歳）、祖母のミス（明治二十三年十月二十日没、行年八十六歳）、父の茂（明治元年十一月二十五日没、行年三十四歳）、母のフク（大正三年二月二十一日没、行年七十七歳）、叔父の正蔵（明治二十七年七月一日没、行年四十九歳）、長兄の近蔵（昭和二年七月十六日没、行年六十九歳）、次兄の松次郎（大正六年十一月三十日没、行年五十五歳）等々である。ただしこの表記は墓碑銘通りでない。曾祖母の碑銘は「佐仲妻」、茂の墓碑裏に「明治紀元戊辰冬／十一月念五日／行年三十四」、ミスの墓碑裏に「明治廿三年／舊九月十七日」などとある。

これらのうちで戸籍に記載されだしたのは祖母のミスからである。次兄の松次郎が戸主で、明治十三年四月十三日に叔父正蔵から家督を相続した折りの除籍簿にはミスが「祖父意仙妻」「祖母」「文化二年七月六日生」とあり、二十三年十月二十日に再相続した折りの除籍簿には同じ続柄事項に右と同日の死亡記録が追記されてある。祖父意仙に関する除籍簿の記載事項は、戸主養元の除籍簿の記録欄に養元を「石橋意仙三男」、正蔵が二十二年三月一日に再相続した折りの除籍簿の続柄欄に正蔵を「意仙四男」とあるだけで、意仙そのものについて詳しくない。また「意仙長男」の父茂に関しても、同様に戸籍簿編成以前の死去であり詳しくない。戸主忍月の除籍簿にも忍月が「石橋茂三男」とあるだけである。従って佐仲、佐仲妻（曾祖母）そして意仙と茂は墓碑に基づくしかない。なお菩提寺である八女市大字本町の無量壽院（浄土宗、寺名は若泰山光明寺）の過去帳は茂から記載されている。だが茂の場合、没年月日と生地「湯辺田」は碑銘に一致しているが、過去帳銘は「茂記」とあって墓碑・除籍簿に合致しない。また母フクの除籍簿記載の「天保十年十二月十四日生」と墓碑・位牌の「行年七十七歳」とが整合しない。これら以外は墓碑・位牌と除籍簿との没年月日が一致しており、右の系譜が傍証される。

ただし除籍簿には意仙の次男、つまり茂の次弟が記載されていない。墓碑によって確認できるのであろうが、判読できない墓碑銘があって特定し難い。過去帳でも同様に次男が判然としない。八女市の文化財専門委員会の杉山洋氏は、酒田湖仙『継志堂物語』（昭和三十一年十二月、八女市上妻青年団文化部刊）収載の牛島栗齋門下生名簿に茂が「湯辺田村住医某伜　石橋薫記」と載っている次の項「右同弟　石橋栄次郎」を意仙の次男と推定している（私家版『石橋忍月年譜』)。この名簿は弘化年間から明治二年頃までの門下生を載せており、当時の小さな湯辺田村に石橋を名乗る医師が何人も住んでいたとは考えにくく、推定するに十分値する。仮に「栄次郎」が意仙の次男であるとすれば、その名は幼名であろう。前掲の諸系図では茂の幼名を「薫記」とも記しているからである。推定の域を越えないが、壬申の戸籍編成以前に幼名のまま没したとも考えられる。また諸系図には茂の俗称を「良蔵」とも記してあり、過去帳ではミスを「庄茂ノ母」とも記載している。茂の「薫記」「良蔵」「茂記」等を含む石橋家の幼名や俗称の吟味は今後の課題である。(1)なお養元は右の牛島栗齋門下生名簿に「為三郎」とある。養元の還暦記念賀歌句集『さゝれいし』(2)の巻末に収められている高橋富兒の養元略伝に「幼名を為三郎といひ」とあるのに合致する。意仙が元眞と号していたことは墓碑銘および前掲の諸系図に明らかである。

さて忍月の墓碑はどうか。叔父の養父養元、妻の翠らと共に「意仙が丘」の石橋家墓地にはない。無量壽院にある「石橋氏累代之墓」(養元没後、忍月が大正元年九月二十三日に建立)の墓誌に碑銘が刻まれている。過去帳と同じ戒名(忍月は清閑院湛誉松風忍月居士)と没年月日(忍月は大正十五年二月一日没・行年六十二歳、養元は明治四十五年三月二十一日没・行年六十九歳、翠は昭和五年七月二十二日没・行年五十三歳、いずれも除籍簿に同じ)である。

祖先と墓地が一緒でない理由は、忍月が慶応二年(月日不詳)に養元の「養嗣子」となり、養元が慶応四年一月十一日に湯辺田の石橋家から分家しているからである。この分家は戸主養元の除籍簿の記録欄に「石橋意仙三男分家ス」と記されている。同除籍簿によれば、養元が当初に在籍したのは筑後国上妻郡福島町である。壬申戸籍が施行された直後は三潴県(九年八月から福岡県)上妻郡福島町二一六ノ一であったようで、二十一年一月十五日に同地から福岡県上妻郡福島町大字本町二三五番地へ転籍している。その後、養元は二十九年三月三十日に石川県金沢市味噌蔵町下中丁八十七番地ノ一、四十一年三月九日に福岡県八女郡福島町大字本町一九四番地、四十四年七月三日に八女郡福島町大字本町二番地ノ二〇一へ転籍している(現・八女市大字本町)。詳しくは第九章で触れるが、これらの転籍は金沢を含め、診療所兼住居の転居に伴うものであった。当時の福島町は八女地方の政治・経済・文化の中心地で、郡役所が設けられていた。その本町は三宅郷と呼ばれている一帯にあり、中島スエノ氏によると忍月が養元のために新築した本町二番地の邸宅の門前には市が立つ程の賑わいであったという（昭和五十年五月四日、直話）。養元もそうだが、母フクもこの三宅郷の家で亡くなっている（明治四十五年三月二十二日『長崎日日新聞』記事「石橋養元翁逝」および戸主松次郎の除籍簿）。

それでは忍月は年少時から養元のもとで育んでいたのであろうか。忍月は養元の家督相続人となる養子「養嗣子」であるから、出生時はさておき、入籍後、実際には戸籍簿編成以後は絶えず右記の養元転籍地に在籍している。だが金沢時代の一時期を除けば、同居した形跡はみられない。養元の経歴に照らすと、年少時においても同様であったようだ。前掲『さゝれいし』収載の高橋富兄による養元略伝によれば、忍月の年少時における養元の経歴は次の通りである。江戸、長崎、久留米でそれぞれ儒学・医学を修めた後、分家した慶応四年に上妻郡福島町で医院を開業。また忍月が小学校に就学しだした明治六年には久留米市で眼科療院を開業。その傍ら、久留米市の三潴県立好生病院で修学局長と治療局長を兼務。忍月が江碕濟の黒木塾に入塾したと考えられる九年には福岡市橋口町に開院し、十二年五月には大阪府病院の医会長に推薦され、衛生会員医務取締をも兼ねて業務に専念。その医会長時代に、内容は詳らかでないが「母のもとよりふみ」がきて職を辞し、十四年六月に帰郷。帰郷後は上妻郡福島町二番地二一六ノ一で医院（石橋正良蔵『石橋氏系図』には眼科医院）を開業し、地元の医療に従事した。以上が忍月の年少時における養元の経歴である。こうした経歴は前掲「石橋医家系譜」でも触れており、信憑性は高い。何よりも『さゝれいし』上梓の経緯から判断すると、養元自身が右略伝に目を通していたはずである。ほぼ間違いなかろう。問題はこうした時期を、養子の忍月がどこでどう過ごしていたかにある。

忍月は紀行文「久留米の二日」において「黒木町は実に廿数年以前予が学びたる校舎の所在地にして」云々と回

想している。養元が居た久留米や福岡そして大阪ではなく、しかも福島町とは東西が反対の湯辺田に近い旧黒木町の学校に通っていたというのである。旧黒木町の学校は後述の町立黒木町小学校の他、同校階上の黒木塾が考えられる。この時期の塾生名簿に忍月の名前が載っているからである。やはり養元と同居していたとは考えにくい。また同じ「久留米の二日」で、忍月が高良山の玉垂宮に参詣した折り「想ひ起す、廿余年以前、予が東京遊学に上る以前、或は慈母に携へられ、或は阿兄に伴はれ屢々此社に詣でしことあり」とも回想している。ごくありふれた内容だが、この年少時の体験にも養元は一切触れられていない。十三年の上京以前は、戸籍上は養子であっても、なお湯辺田で母フクや兄らと過ごしながら黒木の学校に通っていたのであろう。

こうした年少時の体験には、叔父の正蔵（意仙の四男、茂の末弟）を義父と呼ぶ忍月の実生活が絡んでくる。忍月は紀行文「探涼記」のなかで、正蔵を「義父——実は叔父なれども、我等（ここでは忍月と長兄近蔵＝引用者）の実父は不幸にして我等の幼少の折死亡し玉ひしにより、其相続をなされた、故に義父といふのである」と記している。この一節に基づくと年時は未詳だが、茂亡き後に正蔵が石橋家を継いでいたことがわかる。山本健吉「明治の文学者の一経験(3)」はこれを踏まえて生母フクに言及し、正蔵が家督を継いだ際に「三人の子のある嫂ふくをそのときめあはせられた」と推測した。除籍簿の続柄欄には長兄近蔵のものに「父正蔵長男」、次兄松次郎のものに「父正蔵次男」とある。また戸主正蔵の除籍簿にはフクが正蔵の「妻」、戸主松次郎の除籍簿にも母フクが「父正蔵妻」とある。山本氏の推測を裏づけるものであろう。茂没後の直後に相続したとすれば、戸籍簿編成以前のことになり、実態を記載したとしても不自然ではない。

だが正蔵がそのまゝ医業を継いだかどうかは定かでない。前掲「明治の文学者の一経験」は正蔵も「医者で、石橋医院の看板も相続したのであらう」と推測している。これに関しては確証し得ていない。茂や養元が載っている牛島栗齋門下生名簿にはそれらしい名前もなく、また前掲の諸系図にも医師としては記載されていない。仮に「石橋医院」を継いでいたとすれば、忍月資料館が蒐集した逸話のひとつにある「明治の初め、湯辺田で評判をとらなかった医者」が正蔵ではなかったかと推測される。もとより小さな村の確証に欠く茶飲み話なのだが、明治十年前後の石橋家にまつわる余聞のように思える。分家した養元のあわただしい帰郷前、義父正蔵の家督譲渡に始まる湯辺田石橋家の椿事に関連した逸話ではなかったかとも考えられるからである。

前述した養元の大阪からの帰郷（明治十四年六月）に関し、高橋富兄の養元略伝はことさら「母のもとよりふみおこせたり千代もとて職を辞しいそきかへりぬ」と強調している。前掲の正蔵、近蔵、松次郎が戸主の除籍簿によれば、養元が帰郷する前年の十三年四月十三日に次兄松次郎は義父正蔵から湯辺田石橋家を相続し、さらに同日に長兄近蔵が母方の田本中島家に養子入籍している。そして後述するように忍月はこの十三年（月日未詳）に上京した。養子であった忍月はさておき、長兄の近蔵が養子に出たのは意外である。また家督を相続した時点で十七歳の松次郎に、医学に励んだ経歴がみられないのも理解し難い。いずれにしても、明治十三年は後で触れるように松次郎がその後も医業を継がなかったというから、代々医を生業としてきた湯辺田石橋家が医家としては解体した年時に当たる。解体に至る経過のなかで何が起こったのかは明らかでない。だがこの解体を挟む正蔵の家督譲渡と養元の帰郷とが連動していることは間違いないだろう。仮に正蔵が医業を継続して石橋家が平穏に保たれていたとすれば、湯辺田に住んでいたミスが大阪で医師として活躍している三男養元を解体直後に呼び戻すことはあり得まい。養元の帰郷には正蔵が医業に馴染まなかったか、家督を譲渡したあたりで廃業したか、少なくとも正蔵の動静に起因した問題があったと考えられる。ここに前述の逸話が想定されるのである。残っている二十一通の関連除籍簿と十八基の墓碑に秘められている判じ物なのだが、前掲の諸系図によると医家としての石橋家は茂のあとが分家した養元に移っている。つまり医家として空白になった湯辺田石橋家を、福島石橋家の養元が彌縫しているのである。

正蔵は十三年四月十三日に湯辺田石橋家の家督を松次郎に譲った後、二十二年三月一日に再相続し、翌二十三年十月二十日に退隠して再び松次郎に譲っている。そして「多くの希望と前途とを抱いて」人吉に移り（「探涼記」）、人吉町五日市（現・人吉市五日町）で病死した。忍月は正蔵の葬儀の際、金沢から人吉まで弔いに駆けつけている（二十七年七月二十日『北国新聞』記事「石橋忍月氏の帰省」）。また後年になっても折に触れては随筆等に書き残している。それほどの深い思いを義父正蔵に対して抱いていたのであろう。だが養父養元を疎んじていたわけではない。むしろ逆に『さゝれいし』の「例言」（忍月全集未収録）に自らが「家翁ノ光栄不肖ノ歓喜」云々と記したように、また養元死去に伴う大正二年一月二十五日付年賀欠礼状（美濃判一枚、縦書き印刷、忍月全集未収録）に「昨年の如く予の精神上に、大苦痛を受けたることは未だ曾て之有らず候」と記したように、絶えず敬慕していたことは確かである。何よりも翠「忍月居士追想録」が「養父ませる時母ませる時よくつかへ」云々と書き遺している。

正蔵が松次郎と相続、再相続を繰り返したのは、松次郎の事業に起因していた。山本健吉「わが家の明治百年——批評家、高等官試補に失落す」(4)は、松次郎が「医業を継がず、製茶などに手を出して失敗し、家屋敷、田畑、山林などを手離してしまったらしい」という伝聞を記している。松次郎とも相識であった田本の中島スエノ氏、および湯辺田在住の古老の証言に一致している。明治二十年代の製茶業は国庫補助の対象ともなり、相場にも大きな影響を与えるほど注目された業種であった。その活況は当時の各紙に窺える。土地柄も手伝って、松次郎はその事業に手を染めたのであろう。湯辺田の石橋家を継いだ松次郎だが、除籍簿に記載されているだけでも転籍は激しい。最期は三池郡大牟田町（現大牟田市）で亡くなっている。母フクの晩年は戸主松次郎を離れ、前述の三宅郷に住んでいた。

母フクは上妻郡田本村（現・黒木町大字田本）の庄屋中島宗吉の三女である。フクが記載されている除籍簿は六通ある。これらのうち最も古いものは、松次郎が正蔵から家督を相続した折りの前掲除籍簿である。その続柄欄にフクが「父正蔵妻」とあるのは前述した理由による。従って記録欄にある安政三年二月二十七日の「入籍」は、茂に嫁いだ年時ということになるだろう。だが出生欄にある「天保十年十二月十四日生」は疑わしい。忍月は「忍月萱堂七十賀（寄菊祝）」（明治四十年十一月十四日『長崎新報』）のなかで、「予が生母（石橋ふく子）今年古稀の寿に達す」と記している。明治四十年に古稀であったとすれば、戸籍上の生年月日には一致しない。明治四十年の古稀は墓碑および位牌にある「大正参年／二月廿一日」「行年七十七歳」に合致する。フクの出生は死亡年時から逆算した天保九年生まれが適っている。戸主松次郎の除籍簿にはフクが「大正参年弐月弐拾壱日午後九時死亡」とある。フクの出生は死亡年時から逆算した天保九年生まれが適っている。また片仮名のフクは戸籍名で、通称は「ふく」「ふく子」であったのかもしれない。前掲「明治の文学者の一経験」にも「ふく」とある。

なお田本の中島家は代々庄屋であった。フクの父宗吉（本分村の大庄屋・松浦庄吉の六男）は、文化十三年四月八日に田本の中島七右衛門の養子となり（中島家六代目）、明治十七年四月十一日に行年七十九歳で亡くなっている。[5]中島家に保存されている文献を基にした「黒木郷土史会――信仰文化遺産」（昭和四十六年八月一日『広報くろぎ』）によれば、宗吉は徃照と号し、五十五歳から六ヵ年間の全国巡礼を経たのちに神官となっている。幼くから信仰心が厚く、広く人望を集めていたという。忍月は黒木の学校に通っていた折り、宗吉の謦咳に接していたことであろう。田本の中島家は通学路の途中に当たり、母の実家にたびたび立ち寄っていたことは想像するに難くないからである。

注

（1）嘉部嘉隆「石橋忍月研究余禄」（昭和四十九年九月『樟蔭国文学』）が関連する除籍簿や過去帳に照らして記載事項の矛盾点を指摘している。問題提起において、忍月の伝記検証に先鞭をつけた先行研究である。

（2）四六判の私家版。内題は「さゝれ石」。冒頭に本居豊頴（御歌所寄人）の序文がある。奥付には明治三十八年十月十三日の発行日と「発行兼編輯者　石橋養元」とがある他、金沢市内の印刷所が記されている。凡例に当たる忍月「例言」のなかに養元の還暦を祝って寄せられた「一千数百」の賀吟を「屏風ニ貼製シ長ク子孫ニ伝ン」とあるが、この屏風の六曲半双分が忍月資料館に収蔵されてある。なお養元の略伝を記した高橋富兄は元四高教授で、養元の金沢時代における作歌仲間のひとりである。

（3）昭和四十二年四月『季刊芸術』掲載。のち『漱石　啄木　露伴』（昭和四十七年十月、文藝春秋）収載。

（4）昭和四十二年三月『中央公論』掲載。のち「わが家の明治百年」と改題して、前掲『漱石　啄木　露伴』に収載。

（5）宗吉のひ孫中島勇（「探涼記」の「中島勇君」）の長男中島典三郎宅の位牌に「明治十七年旧三月十六日」没とある。

三　黒木小学校

忍月が年少時の就学に触れた唯一の著作に前掲「久留米の二日」がある。その「（其一）」章の冒頭に「頃は五月、時は初一日」とあり、また「（其二）」章に郷里の湯辺田を「予が三十八年前に於て産声を揚《ママ》げたる地」と記している。この記述から、明治三十六年五月一日に訴訟の用件で久留米区裁判所（現・久留米簡易裁判所）に赴き、翌二日に湯辺田を訪れて「意仙が丘」に墓参した折りの紀行であることがわかる。忍月出生時の湯辺田は前述したように、筑後国上妻郡湯辺田村であった。その後三十六年の「久留米の二日」の執筆時点では、二十九年四月の郡制の統合に伴って福岡県八女郡豊岡村大字湯辺田六七六番地ノ一となっていた。豊岡村は二十二年四月の町村制施行の折りに近隣の本分村と田本村そして湯辺田村とが合併した純朴な農村で、この東側に旧藩時代から商業の町として栄えた旧黒木町が隣接していた。忍月が墓参後に訪れて「黒木町は実に廿数年以前予が学びたる校舎の所在地にして、其祇園神社の藤は実に予が幼年時代の知己なり」と回想した故地である（「久留米の二日（其二）」）。年少時の就学を究明するに、わずかにこの一節の「校舎」を拠り所とする他ない。

忍月が「久留米の二日」で記している祇園神社は通称で、正式には素盞嗚神社である。境内にある大藤は昭和三年一月に国の指定を受けた天然記念物の老巨樹で、今日も町のシンボル〈黒木の大藤〉として親しまれている。『黒木町史』によれば樹齢約六百余年というから、「廿数年」後の忍月にとっても印象深い「幼年時代の知己」なのであったろう。何しろ祇園神社の隣地に忍月の「校舎」があったからである。毛筆で編まれた後藤俊吾編『黒木尋常小学校沿革史』（明治三十五年八月作成、八女市立図書館蔵）によれば、「祇園神社ノ北側」に「家塾」が開かれ、その家塾がやがて町立の「黒木小学校」になったというのである。

黒木の家塾は『黒木尋常小学校沿革史』によれば、五年八月の学制発布直後「遽カニ学校ヲ建設スルニ至ラズ」に、始め桑原村上桑原（現・黒木町大字桑原）の民家を借りて新設されたようだ。学制への素早い対応である。だが桑原の家塾は間もなく移転している。移転した月日は不明だが、少なくとも黒木小学校の開校（後述の六年九月）以前のことであろう。移転した家塾の場所と学習内容は、黒木町が久留米から廣木猪太郎（旧久留米藩校・明善堂の漢学者）を招聘し、その上で「学校ヲ祇園神社ノ北側ニ移シ重ニ習字算術等ヲ教授セリ」と『黒木尋常小学校沿革史』に記録されている。そして「祇園神社ノ北側」に移転した家塾が「黒木小学校ノ始メナリ」とも記録されている。この祇園神社の北側に隣接した家塾および小学校に該当する「校舎」は酒造「常陸屋」（現・後藤酒造）の倉庫と推定される[1]（旧黒木町字黒木）。現存する古地図を併せ、前掲の『稿本八女郡史』『黒木町史』『八女市史』下巻あるいは『福岡県教育百年史』第一巻資料編（昭和五十二年三月）等の郷土資料には、祇園神社の北側に隣接した校舎に該当する建物が他に見当たらない。この倉庫跡は現在、祇園神社の境内拡張と区画整理とに伴い、境内北西部の民家になっている。たとえ家塾に通わなかったとしても、国民皆学をモットーに開設された小学校であり、医家という家庭環境であることからも、忍月が通学した当初の小学校は「祇園神社ノ北側」の酒造店の倉庫と見做して間違いない（現・黒木町大字黒木）。

ただしこの倉庫を代用した小学校は開校から二年間のことである。後述するように黒木小学校の「巍然タル校舎」が八年九月に新築され（『黒木尋常小学校沿革史』）、やはり祇園神社に近い「元国鉄黒木駅跡辺り」に移転したからである（『黒木町史』）。従って忍月の記す「校舎」は就学期間の長さや、その階上に忍月の入塾した黒木塾が開かれたことを考慮すると、むしろ新築の校舎を指していると思われる。だがこの校舎も二十年一月に本分小学校との合併で再び移転しており、たとえ酒造店の倉庫を含む「校舎」の回想表現であったとしても、三十六年の「久留米の二日」の時点では「校舎の所在地」に過ぎなかったことになる。いずれにしても二十数年前の思い出となる黒木小学校の「校舎」であることには変わりがない。

なお小学校入学以前に黒木の家塾に通ったか否かは定かでない。『黒木尋常小学校沿革史』は家塾在籍の児童数を「五拾余名」と記録している。だがその名簿の類いが残っておらず、詳細はつかめない。『稿本八女郡史』によれば、当時の八女地方には多くの私塾が開設されていたようだ。医学を主としながら漢学をも併せて教育した楽山堂（当時の塾長は六年九月に木屋村の時習小学校助教となった馬渡定実）や、忍月が「久留米の二日」末尾で触れた木屋徳令（号は石門）の修文館などである。石門は徳行をもって塾生の指導に当たり、十年七月には文部省から大講義に補せられている。こうした私塾に小学校へ通う前、遅くとも六年八月まで入塾していたと想定することは、年齢と家庭環境からみて不自然でない。ただし通学距離と通学路に難がある。湯辺田から一里ほどの黒木の家塾ならまだしも、楽山堂にしても修文館にしても二里を越える。しかも当時は幅一間にも足らないつづら折りの峠路である。七、八歳の少年が日ごと通ったとは考えにくい。だが後述するように小学校時代における飛び級「特別進級」の体験を念頭に置くと、黒木の家塾を含め、いずれかでの「習字算術等」の予備教育は十分に考えられる。また年次を照合すると小学校入学時が満八歳であり、医家の庭訓を含めた予備教育は否めない。湯辺田石橋家に限らず、八女地方の石橋一族は教導的な知識階層として知られていた（前掲『郷土史物語』）。忍月が後年に発揮する誘導啓発の意識は一族に共通した持ち前の感覚といってよく、「文教の普及」といった教育熱が自ずと家庭内にも及んでいたことは想像するに難くないからである。ただしいずれかの家塾に入塾していたか否かは傍証資料に欠け、推測の域を出ない。庭訓を含めた小学校までの幼児期の具体的な教育は今後の調査課題である。

さて黒木小学校は『福岡県教育百年史』第一巻資料編収載の「明治七年第五大学区三潴県学事諸統計」によると、六年九月十日に開校されている。設置場所は「黒木町」としか記録されていないが、『黒木尋常小学校沿革史』をここに加えれば「祇園神社ノ北側」の倉庫に開かれていた家塾が公立の黒木小学校に格上げされたことになる。右「明治七年第五大学区三潴県学事諸統計」の七年の項には開校時の生徒数が男子四十三名、女子八名と併記してある。『黒木尋常小学校沿革史』が記録している児童数にほぼ匹敵しており、家塾の児童がそのまま繰り上がったと思われる。

校舎に関しては当時、一般的に篤志家の民家や寺院、旧穀倉などを代用していたようで、開校当初の黒木小学校が酒造店の倉庫であったことは異例でない。また学校設立費および運営費は当時、地域住民の受益者負担であった。その後の黒木小学校の場合は『黒木尋常小学校沿革史』および『黒木町史』によれば、教員の廣木猪太郎を中心にした世話人が寄付金一千円を募り、八年九月に二階建の木造校舎を新築したという。設置場所については『福岡県教育百年史』第一巻資料編収載「福岡県公立小学校表」の九年の項に「上妻郡今村」とあり、また「新築公有」ともある。今村（現・黒木町大字今）だけでは具体的ではないが、『黒木町史』が伝える「元国鉄黒木駅跡辺り」である。現存する観音堂と中町公民館との間に建っている顕彰碑「江碕濟／黒木塾の跡」が証左する。従って祇園神社にも近く、新築の小学校も忍月の記す「校舎」には抵触しないのである。

当時の学制は全国を八大学区に、そして一大学区を三十二中学区に、さらに一中学区を二一〇小学区にそれぞれ分け、各小学区に小学校を一校ずつ設けることにしていた。計画としては全国で八校の大学と二五六校の中学校、そして五三七六〇校の小学校が設置される計画であった。だが民費による設立・運営で、加えて授業料も各自の負担であり、実状はかなり掛け離れていた。上妻郡黒木町は四年十一月に久留米県から三潴県（九年八月から福岡県）に編入されていたが、『黒木町史』は「明治六年の三潴県での月額五銭」の授業料は地租と合わせるとかなりの負担となり、父兄の間に「授業料納めてまでも子供に教育を受けさせなくてもよい」という風潮が生まれたと伝えている。米一升がほぼ五銭の時代である。農家の多い三潴県であり、経済的な問題も然ることながら、貴重な「労働力としての子供が学校にとられるから承服できない」というのである。この傾向は三潴県に限ったことではないが、三潴県内の小学就学率は六年が十三・五パーセント、七年が八パーセント、八年が十四パーセントと、全国比（六年二十八・一パーセント、八年三十五・四パーセント）においても低い（石川松太郎編『日本教育史』昭和六十二年九月、玉川大学出版部）。もちろん次第に就学率が上昇していったことは前掲『福岡県教育百年史』に詳しい。三潴県の場合は十一年から授業料を月額三銭に減ずる一方、さまざまな緩和策を講じて父兄の理解と関心に努めた結果のようだ（平成五年三月『八女市史』資料編収載「各小学校授業料徴収規則」）。

こうした状況のなかで、忍月は義父正蔵の庇護のもとに、湯辺田から黒木の「校舎」に通っていたことになる。黒木まで一里ほどの通学路（矢部川沿いの豊後別路）の途中、山越えでたどる田本村には母フクの実家があり、義祖父の宗吉が存命の折りでもあり、たびたび立ち寄っては「鮎狩り」など憩いの時も過ごしていたのであろう。忍月は晩年になっても田本の中島家を訪れては「鮎狩り」を楽しみ、「鮎狩り」にまつわる「少年時代の経験」を回想している（「探涼記」）。この「鮎狩り」のエピソードや紀行文「四ツの杖（滝の観音詣で）」などから判断すると、忍月の性格は快活で自負心の強いことが窺える。帝国大学在学中に参加した〈文学会〉での忍月の様子を記した坪内逍遙「明治廿三年の文士会」「彼れの遺稿に描かれた文士の横顔」[2]からも同様の性格が窺える。晩年の軽妙で自在な句作をみるとなおさらである。

ただし時代は暗澹としていた。六年六月に三潴県内で起こった農民一揆〈筑前竹槍一揆〉は米価騰貴に起因し、九年十月に起こった秋月の乱・神風連の乱は新政府への反発による。こうした一連の騒擾は、やがて十年二月からの西南戦争へと展開していく。西南戦争の折りの「砲声は八女の山々に響きわたった」と『黒木町史』は伝えているが、不安な世情は年少時の忍月の胸にも響いていたことであろう。問題はその胸の響きの中身なのだが、忍月の著作からは具体的に窺えない。

ところで学制発布当時の三潴県は第六大学区に属していたが、六年四月の県廃統合後は第五大学区になっていた。そして中学区は第九、十、十一中学区の三区である（『福岡県教育百年史』第一巻資料編収載「六年十月二十五日付三潴県宛文部省達」）。また前掲「明治七年第五大学区三潴県学事諸統計」によれば、黒木小学校は第五大学区分のうち第十一中学区の四十七番小学として開校されている（のち十四年九月に改編されるが、忍月の在籍時には影響しない）。この四十七番小学区は『稿本八女郡史』および『八女市史』下巻によると、戸籍区の大区・小区を基準に設置されたようで、湯辺田村を所轄している。のちの豊岡村では九年一月に本分小学校が開校されるが、この小学区には忍月の戸籍区である湯辺田が当時含まれていない。従って就学義務をうたった学制のもとであり、忍月が通った黒木の「校舎」は第五大学区第十一中学区第四十七番小学の町立黒木小学校ということになる。

当時の小学校は下等小学と上等小学とに分かれていた。それぞれの修業年限は四ヵ年で、計八ヵ年の編制課程である。学制では「満六歳以上」の就学義務を規定しているだけで、学齢を特に定めていなかった。そのために、各府県によっては異なった編制の事例がみられる。三潴県や福岡県の場合、当初の就学年齢は満六歳から十三歳までである。また下等、上等それぞれが八級から一級までの等級制に編制され、各級の修業期間を六ヵ月とし、級ごとの昇級試験と上等・下等の卒業判定の大試験等とがあった（『福岡県教育百年史』）。だが『黒木町史』『八女市史』年表編（平成四年三月）によれば、三潴県では八年一月八日付の文部省布達に従って満六歳から十四歳に学齢を規定変更し、当年から実施したという。当時の郷土教育に詳しい森豊太『江碕濟先生傳』（東京筑後協会発行、発行日欠）は、当時の上妻郡下の小学課程を「下等八級を六歳とし同一級を九才半で終り、上等八級を十才で始め一級を十四歳で終」ったと記している。学力の程度差などが当初の編制に馴染まなかったために、上級の課程を緩和したわけである。なお十二年九月の教育令発布以降、修業年限は再び八ヵ年に戻っている。

忍月がこうしたなかで、いつの時点で何級に在籍していたかは全く詳らかでない。ただし後述する十三年の上京を前提にすれば、最長十二年度の十四歳までには黒木小学校を卒業していたことになる。通例からすれば七月の修了であるから、最長十三年七月の卒業が考えられる。ということは、十四歳までの就学期間中に「特別進級」いわゆる飛び級があったことになる。六年九月の入学時は忍月満八歳であり、八ヵ年あるいは新編制の九ヵ年就学のところを、最も長く在籍したとしても七ヵ年しか就学していないことになるからである。三潴県や福岡県下の小学課程に飛び級が制度として存在していたことは前掲『江碕濟先生傳』に明らかである。江碕の漢学塾で学ぶ牛島謹爾（十八年に上京して二松学舎に入学、のち渡米してポテト王と称えられた農場経営者）が、遅れて入学した年限を取り戻そうと「特別進級試験制度」に強い関心を寄せたという。そして牛島の熱心な勉強ぶりが記されている。この制度は学力差や年齢差が著しく勝っている生徒に対する措置であったようで、入学時に二歳年長の忍月にも当てはまったわけである。

だが年齢ばかりが当てはまったわけではあるまい。前述した黒木の家塾への入塾や庭訓がここに活きていたのではなかったろうか。福岡市教育研究所編『福岡市教育八十年誌』（昭和三十年三月、福岡市教育委員会）には当時の学科課程（カリキュラム）に読み書き、算術、修身、地理、歴史、物理、化学、生物、体術、唱歌等があったと記録している。これだけの内容が寺子屋の延長のような当時の小学校に課せられたのである。しかも使用した教科書は『江碕濟先生傳』によると、『童蒙必読単語篇』『筆算訓蒙算術早学』『民家童蒙訓』そして福沢諭吉『学問のすゝめ』『窮理図解』『西洋事情』、石黒忠悳『化学訓蒙』、大槻文彦『万国史略』、内田正男『輿地誌略』、後藤達三『窮理問答』等々である。今日の初等教育に比べてもかなり高度な授業内容である。これらを下等八級から編制通り上等一級まで順を追いながら年齢差のある生徒が学べば、成績差も当然出てきたことであろう。飛び級の制度は必然的であったといえる。上京後に独逸学校（私立中学校）に進学したことを考慮すれば、忍月はこの飛び級の試験を経て卒業のための大試験を果たし、その上で中等教育機関に進学したことになる。当時の小倉県（九年四月から福岡県）が八年七月七日付で各区戸長に通達した「小学校規則」には「上等小学科目ヲ卒業スル生徒ハ大試験ヲ歴テ中学校ニ入学スルモノトス」とある（『福岡県教育百年史』第一巻資料編）。これにはやはり庭訓やいずれかの家塾での予備教育を前提としなければなるまい。

こうした進級制度は福岡県に限らない。例えば東京では幸田露伴や夏目漱石らが飛び級に浴して、それぞれ中学校に進んでいる。漱石らには回想録や学籍簿等が残存し、小学校時代における進級過程が克明にわかる。だが忍月の場合は学籍簿の類いすら確認できていない。従って黒木小学校の卒業年次も、最も長く在籍したとしても十二年度の十三年七月には卒業したという推定にとどまる。あるいはもっと早くに終えていたのかもしれない。忍月が唯一記した「校舎」に関して、現状においてはこの推定が限界である。ただし「校舎」に関して確定できる事項もある。卒業年次頃、すでに江碕濟の漢学塾「黒木塾」に入塾していたことである。小学校に通いながら漢学塾で学んでいた例は、露伴や尾崎紅葉など少なくない。今日でいうところのダブルスクールだが、当時の小学校は猛烈な学力競争の場でもあったわけである。この背景に、急速に展開する時代の流れがあったことはいうまでもない。

注

（1）　後藤酒造の現当主後藤和幸氏らによると、国道四四二号線（黒木街道）の祇園神社手前で北上する旧県道（二一二道）沿い一帯にかつての常陸屋の敷地が広がっていて、畑を隔てた祇園神社北側の旧県道沿い一郭に昭和の戦前まで、つまり民家に改造されるまで門柱（石柱）が建っていたという。この地を写した戦前の写真が忍月資料館に収蔵されてある。向かって右側の門柱には「煙草元賣捌所黒木支店」の看板が掲げられ、その奥には大きな建物の入り口が写っている。この建物が小学校として代用された常陸屋の倉庫と推定される。

（2）　いずれも『柿の蔕』（昭和八年七月、中央公論）収載。

四　黒木塾

江碕濟《わたる》（弘化二年四月二十六日～大正十五年十二月十日、号は巽菴《そんあん》）は久留米藩校の明善堂において、早くから副寮長に抜擢されるなど、指導的な漢学者として知られていた。維新直後の動乱期に敢えて上京して安井息軒の門に入り、それまでの学殖に時代の新思潮を加えたほどの篤学の士でもある。

江碕は廃藩後、学制発布を機に上妻郡内の初等教育に尽力し、同時に向学心の強い生徒のために各小学校に漢学塾を併置している。八女郡教育会編『郷土教育資料』（昭和九年三月）によれば黒木町の東隣りにある矢部村の民家に矢部小学校を六年八月に開校し、八年に新築した校舎の階上に矢部塾を設けたことに始まる。前掲『江碕濟先生傳』には「江碕先生の講義には祖国を愛する情熱がほとばしっていた。青年たちの目は希望に輝き先生の熱弁に吾を忘れて聴き入った」とある。僻村でのこの様子が忽ちにして筑後一円の評判になったことは、矢部村教育会社会部編『矢部村郷土教育資料』（昭和四十一年二月）に詳しい。当時は全国的な課題であったが、教育施設が不備の筑後地方の各町村でも、とりわけ小学校の運営と教師の確保とには苦心していたようだ。八年九月に校舎を新築したばかりの黒木町が熱心に江碕の招聘に努めたのも無理はない。矢部塾が黒木小学校の階上に移転し、黒木塾と改称したのは翌九年であった（『黒木町史』）。開塾した月日は定かでないが、各郷土資料にはこの経緯が記されてある。それらに基づくと、隣接の矢部村から江碕を招いたのは何よりも江碕の学徳を慕う黒木住民の強い要望があったからだという。この教育熱の背景には旧久留米藩から新政府に登用された者がいなかったという痛恨、そして西南戦争が目前の騒然とした時勢が挙げられる。

　幕末期の久留米藩は尊王派・佐幕派それぞれ入り混じるが、『黒木町史』『八女市史』等によると全体としては佐幕的であったという。だがその相克は過酷をきわめ、明治に入ってからも佐幕派の志士本庄仲太らの〈久留米藩明治二年殉難〉や、長州藩脱走藩士（高杉晋作の後継者と目されていた大楽源太郎）隠匿に伴う〈明治四年辛未の藩難事件〉などの紛擾が相次いでいた。これらによって久留米藩は反政府活動の拠点と見做され、薩摩・肥前・長州藩に次ぐ指折りの船艦保有藩でありながらも、川添・瀬野編『九州の風土と歴史』（昭和五十二年八月、山川出版社）によれば「抵抗の余地はなかった」程に政府弾圧を受けたという。廃藩置県後には旧藩主有馬頼咸が藩知事を免官され、さらに「知事在職中、管内約束向不嚴ヨリ、終ニ藩政ヲ誤候始末、不束ニ付、閉門三十日被仰付候」と処せられている（明治十二年十二月四日付『太政官日誌』）。こうした新政府からの嫌疑と弾圧のなかで、旧久留米藩士は新時代の流れに乗り遅れてしまったようだ。『八女市史』は当時の激しい潮流に触れて「優れた開明性と指導性が不運にも十二分に生かされなかったことは実に無念のきわみ」と書き留めている。問題はこの旧久留米藩士的な痛恨の潜在意識が残る郷土の歴史的かつ精神的風土である。

　当時の郷土が抱えていた風土性は頑な人柄と教育熱とを培わせたようで、例えば十四年九月二日『福岡日日新聞』掲載の周遊記「筑後国観風一斑」が次のような風土所見を記している。

上妻人士ハ一種頑固の気風ありて他郡の士と異なり（中略）儼然旧時の様を執りて益す固結するもの、如し。故に本郡の進歩ハ此の頑固者流が世潮の流勢に揺動されて些少づ、推移するの外ハ、文明に進むの道なし。蓋し本郡土地豊饒、加ふるに学者輩出して財産、教育兼備の士が制俗の権を有す。

要するに遺風への頑さを固持する故に「進歩」少なく、わずかに「財産、教育兼備の士」が主導するにとどまるというのである。右「筑後国観風一斑」の記者は右引用に続いて、忍月の恩師である江碕濟や養父の石橋養元ら「財産、教育兼備の士」に会って「世潮の流勢」に蘊蓄を傾けて話し込んだと記している。支配違いの医家に生まれ育ち、かつ彼等「財産、教育兼備の士」の薫陶を受ける忍月にとって、この風土上の要件は時代の流れる方向を見極めるにいやが上にも敏感にならざるを得ない誘因となったことであろう。時局に敏感でジャーナリスティックな後年の執筆態度からは、年少時における郷土の風土性が忍月の性格づけに与したとしか思われないからである。もちろん意識の低層に「筑後久留米市ノ人予ト県ヲ同ウシ国ヲ同ウシ又藩ヲ同ウス」（後出の弔文「医学士戸田成年君ヲ憶フ」）といった郷土愛が潜んでいたことに無縁ではない。忍月には「吟声の郷音を帯ぶを以つて、なつかしき余り互ひに語を交ゆること数次」といった同胞意識も強い（随筆「月下想奇人」）。いわば郷土へのこだわりが、右の風土性を基軸にして新しい時代に向き合う一貫した態度を生んだともいえるのである。もちろん忍月に育まれた時代の流れに対する感覚は、後述するように上京後の文明開化と立身出世の風潮とにさらに煽られる。激しい潮流のなかにあった年少時においては生涯にわたって師と仰ぐ江碕との出会いによって挑発され、持ち前の自負心をさらに強めることになる。こうした時代と風土とが相俟って忍月の一貫した人生態度、つまり社会の誘導啓発を「吾人天賦の義務」と自任する生き方につながったと思われる（「楽只庵漫筆（其十四）」）。加えて山本健吉「明治の文学者の一経験」が語る「石橋家の家名を挙げるという期待」が生き方の選択法に拍車を掛けたことはいうまでもない[1]。養元還暦の折りの一首「今も尚道をとうする君が名を／高角山の月にくらへん」に諾えよう（「江南軒工式歌会」収載)。

さて忍月が黒木塾に入塾していたことは『江碕濟先生傳』収載の黒木塾塾生名簿に明らかである。そこには四十名が列記されていて、石橋友吉(以下、再び忍月に統一)の名前はその三十三番目にある。このなかにはのち三越百貨店を創業した日比翁助、陸軍大将となった仁田原重行、明治・大正・昭和にわたり黒木町長を務めた隈本勝三郎などがいる。紀行文「探涼記」の「(第一信)」のなかで仁田原を「同窓」と称している謂である。だが掲載順も然ることながら、この名簿が何年次の在籍を明かすものか確としない。ただし忍月が雑文「巷街散歩」(明治三十一年三月『新小説』)のなかで、「吾人明治十二年の頃村塾にありし時吾師巽庵先生より『和魂洋才』といへる作文の題を課せられし」云々と触れている。ここにある「巽庵」は「巽菴」の誤記、誤植の類いだろう。問題は「十二年」という年次の意味するところである。文脈からは「十二年」の頃に在籍していた、あるいは「十二年」の頃に作文を課せられたとも読める。いずれにしても小学校を卒業する頃には在籍していたことになる。ところが右の一節からは入塾の始まりが判明しない。前掲『黒木尋常小学校沿革史』によれば十一年は江碕が黒木小学校の校長となった年次だが(月日未詳)、校長就任を機に入塾したとは考え難い。

開塾早々に入塾していたとの想定は、忍月晩年における二人の交誼に基づく。例えば忍月が三女かつら誕生(大正七年九月二十九日生)の折りに作った漢詩「挙女賦」に、江碕は先ず題名に触れて「題賦字不穏/當改作志喜」(題として賦の字は穏《おちつ》かぬ。志喜に改めるべし)と欄外に朱を入れ、続いて本文に十九ヵ所も朱書きを加えている。そして末尾で「以吾家起以告祖家祉結、章法最老熟不謂君之於漢詩亦到斯妙境/也敬服々々」(吾家に起《はじ》まり、祖先に家祉を告ぐことを結びとし、文章作法最も老熟なり。君の漢詩に於ける力は斯妙境に到れりと謂わざらんや。敬服〳〵)と称えた。忍月の生原稿(忍月資料館収蔵)に朱書きしている江碕の筆運びは丁寧である。江碕の性格にもよるのだろうが、年少時の思いが深ければこそ長崎と久留米を往来して細やかに「到斯妙境也」と評したにちがいない。忍月に限らず、後年にも及ぶ江碕と塾生との交わりは前掲『郷土教育資料』等に記録として残されている。なかでも門下生による江碕の喜寿金婚祝賀会（大正十年五月二十五日、於久留米市）は圧巻であったようだ。『江碕濟先生傳』はこの祝賀会に忍月も参加していたことを伝えている。翠「忍月居士追想録」には「師の君をいやまふこと厚く山田賁南大人さては久留米におはす江碕巽𦾔先生にはことに常々敬慕やまざりし事のいちじるしく見えたりし」とある。江碕をどれだけ慕っていたかが窺え、単に「十二年」だけの関係ではなかったろうことが想定されるのである。

黒木塾での江碕は四書、五経等々の漢籍を講読していたようだ。いわば儒学を基幹にした漢籍の講読である。晩年の随筆「春不相録」「奉送霊柩之誅」に至るまで、中国古典の正統的な文化に忍月の関心が向いていた所以である。そしてこの基礎的な教養を素地に、皆川淇園や室鳩巣らの近世詩学から独自の文学論「詩歌の精神及び余情」「想実論」を生み出し、当代文学の誘導啓発に努めたことになる。だが一方、江碕の講読は「単なる漢籍の素読に止まらずその憂国の情熱からほとばしる言々句々、一つとして開けゆく日本の指針ならざるものはなかった」ともいう（『江碕濟先生傳』）。時代に即した国家・社会に有用な人物の育成面にも意を注いでいたようで、先に触れた時代感覚の涵養に資するものがあったといえる。従って後年に発揮した漢学の教養とナショナリスティックな気概との大半は、この黒木塾の「憂国の情熱」から培った所為ということになる。ただし具体的な学習内容に関しては、忍月資料館のある旧隈本邸内の「隈本文庫」の解明にまちたい。この文庫には隈本家の漢籍九百冊ほどが保管されており、なかに黒木塾で使った勝三郎の書き込みのある漢籍がある。

なお黒木塾は三年後の十二年（月日未詳）、上妻郡北川内村（現・八女郡上陽町大字北川内）の北川内小学校に移転し、北汭義塾と改称した。やはり江碕の学風を熱望した地元の要請で、江碕が北川内小学校の校長に赴任したことに伴う（『郷土教育資料』）。ここに前掲「巷街散歩」の「明治十一二年の頃村塾にありし時」も想定できるのだが、忍月がそのまま北洳義塾に転塾したか否かは確証できていない。『江碕濟先生傳』収載の北洳義塾塾生名簿には忍月の名前が載っていない。北川内村は湯辺田から北方に一里弱の道程で、通学には困難でない。推定の域を越えないが、早くに黒木小学校を卒業していたとすれば、翌十三年の上京までのわずかな間に黒木塾の延長として学んでいたと考えても不自然ではない。当時の北洳義塾は中等教育機関の扱いになっていたからでもある。『文部省第七年報（明治十二年）』収載の「明治十二年中学校一覧表」には、北洳義塾が福岡県内に二十一校ある私立中学校のうちの一校に登録されている。名称は「北洳家塾」だが、「主長タル者」（校長）欄には江碕濟が記載され、設立年は十二年、設置場所は上妻郡北川内とあり、同一であることは間違いない。前掲『郷土教育資料』にも名称は北洳家塾とある。右の文部省年報には生徒数が四十三名と記録されているが、もちろん忍月の在籍を明かすものではない。だが北洳義塾塾生名簿に載っていない隈本勝三郎も、川上善兵衛『武田範之伝』（昭和六十二年五月、日本経済評論社）によると「十二年（中略）勝三郎を巽庵《ママ》江碕濟の家塾なる北洳塾に訪ふ。勝三郎同窓せんことを勧む」とある。移転しても関係を全く断っていなかったことを示す事例である。忍月の場合も上京するまで、日時の許す限り、何らかの関係は続いていたと思われる。

当時の福岡県内には公立中学校も久留米、柳川、豊津、福岡の四校しか設置されておらず、しかもその実態は教則等必ずしも整備された内容でなかった（『福岡県教育百年史』）。この状態は全国的な傾向で、福岡県に限ったことではない。小学課程を終えた向学心の強い者にとっては自ずと多様な私学、しかも数の多い東京の中学進学が憧れとなった背景である。医家に生まれ、医家の養子となった忍月の場合も、将来の嘱望を負えばこそ専門性の高い東京の中学進学に踏み切らざるを得なかったであろう。福岡県内の当時の教育状況を考慮すればなおさらで、十三年の上京は必然であったといえる。

また十三年は前述したように、長兄近蔵が母フクの実家である田本中島家に養子入籍し、次兄松次郎が義父正蔵から湯辺田石橋家の家督を相続した年で、代々医を生業としてきた湯辺田石橋家が医家としては解体した年でもある。家督を相続した松次郎が医業を継がず、やがて製茶業に手を出して失敗を繰り返すことになったからである。末弟の忍月に「石橋家の家名を挙げるという期待」(2)を寄せた所以がここにあった。当時の心意を確かめる術もないが、医家の再興を背負わざる得ない忍月が不動の決意を抱きながら壮途にのぼったことだけは確かであろう。上京後に入学した独逸学校の学科課程（カリキュラム）に、その事由が明かされている。

注

（1）明治三十七年一月二十三日『北国新聞』記事。「江南」は養元の俳号。
（2）二節注（3）山本健吉「明治の文学者の一経験」の一節。

五　独逸学校

忍月が明治十三年に上京したことは、弔文「医学士戸田成年君ヲ憶フ」（三潴町の郷土史家鶴久二郎氏蔵、忍月全集未収録）に明らかである。(1)久留米出身の医師戸田成年の急死を悼み、金沢から福岡市洲崎裏町の戸田家に送った弔文である。執筆時の忍月は『北国新聞』の編輯顧問として金沢に在り、歴史小説「惟任日向守」を構想していた最中に当たる。

この弔文は石橋友吉の署名で、縦十六センチ、横一三九・五センチの巻紙に毛筆で書かれている。冒頭には次のようにある。

郷信俄然予の心膽ヲ破ル曰ク戸田成年君去ル十一日午前十一時腸窒扶斯ニ罹リテ没スト一読始ント其信否ヲ

疑ヒ再読茫然自失三読四読スルニ及ンテ免レス哀悼ノ情ハ惹ヒテ当年ノ故人ヲ憶ハシムルヲ

君ハ筑後久留米市ノ人予ト県ヲ同ウシ国ヲ同ウシ又藩ヲ同ウス想ヒ起ス今ヨリ十四年以前予カ東遊シテ独逸学校ニ入ルヤ君ハ既ニ予ノ上級ニ在リ為ニ予ハ君ニ学フ所多カリキ当年予ハ田舎ノポツト出那リキ四顧皆ナ不知案内

（傍点引用者）

戸田成年の父乾吉は『久留米小史』全二十二巻等の著作で知られるが、母薫は石橋家の道内本家から分家した坂東寺石橋家の流れを汲む當條石橋家の医師石橋猷庵の娘であった。同じ坂東寺石橋家の流れを汲む湯辺田石橋家とは従って類縁に当たる。しかも成年は篠原正一『久留米人物誌』（昭和五十六年十月、菊竹金文堂）によれば慶応元年二月十二日生まれとあるから、早生まれながらも忍月とは同じ歳ということになる。こうした関係でふたりには早くから交流があったと思われる。また『久留米人物誌』には成年が明善堂（のち明善小学校）に学んだ後、明治十一年に大阪英語学校に入学、十二年に上京して独逸学校に入学、十三年に東京大学医学部予科に入学、二十二年に改組後の帝国大学医科大学医学科（旧東京大学医学部）を卒業。その後、二十四年四月に県立福岡病院の小児科部長に就任し、二十七年十一月十日に急逝したとある。墓碑や除籍簿等を確認した上での記述であり、出生・没年に間違いはなさそうだ。ここで留意したいのは、右略伝が忍月の記した弔文の後半部に一致していることである。忍月の記した死去の日付が一日ずれているだけで、弔文の記述事項が信憑するに足ることになるからである。例えば弔文後半の一節「今年七月予義父ノ墓ニ謁セントテ帰郷スルヤ君ヲ訪ヘリ」の年時と事項は、二十七年七月二十日『北国新聞』記事「石橋忍月氏の帰省」や同月二十二日同紙記事「忍月居士の失笑記」等に符合する。これだけ確として記していることはこの弔文が二十七年十一月の成年没後に執筆され、その時点から十四年前の十三年に上京して独逸学校に入学したことを明かしていることになろう。

だが右弔文には上京した月日や、上京の動機、独逸学校を選んだ理由が記されていない。通例からすれば九月の始業であるから、十三年九月以前には上京していたと考えられる。ただし上京直後の様子が右引用に続いて、成年に上野や向島、浅草を案内され、博物館や図書館に導かれ、また牛肉や焼き芋の味を覚えたとあるだけである。だが上京直後に早速これほどの世話を受けたと敢えて記した意図には、成年への謝辞は然ることながら、前述の旧久留米藩士的潜在意識に一躍して文明開化の喧噪を叩きつけられた衝撃の想いが込められていたのではなかったろうか。自負心の強い「田舎ノポツト出」の少年に、この衝撃が屈折した反発心をも併発させたと思われるからである。処女作『一喜一憂捨小舟』（以下、角書き略）は「花の都も来て見れば塵の都の砂煙」の一節から書き始めている。また晩年に至っても紀行文「薫風三千里（其四）」には「予は従来東京ほど田舎はあるまいと思つてゐる、此感想は今日でも変らぬ」などとある。忍月の著作にはこうした表現が少なからずみられる。単なるレトリックとは受け止め難いのである。

　さて上京後に入学したという独逸学校は、十一年に創設された私立の中学校であった。『文部省第六年報（明治十一年）』収載の「明治十一年中学校一覧表」によれば「主長タル者」（校長）が山村一蔵で、本郷区本郷台町に設置されていた。生徒数は男子のみ三〇五名とある。十一年次において東京府内の私立中学校は二七三校あり、そのなかで生徒数が三百名を越えている学校は麴町の山海塾、三田の慶応義塾、芝愛宕下の勧学義塾、小石川の同人社、そして独逸学校だけである。他は共慣義塾の二八〇名、二松学舎の二四八名が続き、それ以外は大半が二ケタ台の生徒数である。翌十二年の『文部省第七年報（明治十二年）』では東京府内の私立中学校が三一七校に増えているが、独逸学校の生徒数は二六一名に減っている。この年次に増えているのは慶応義塾だけで、全体としては生徒数が分散している。いずれにしても当時の独逸学校は生徒数からみると、全国的にも規模の大きい私立中学校であったようだ。

　ところが十三年以降の文部省年報には独逸学校の記載がない。理由は独逸学校に限らず、私立中学校全体が「全国ヲ通シテ数個ノ学校ヲ除ク外其程度ニ甚タ甲乙アリ其科目モ亦一様ナラズシテ或ハ僅ニ漢学数学等ノ一二科ヲ以テ編制セル学校ナキニ非ズ」という状態で（『文部省第七年報（明治十二年）』）、文部省が教育設備や教則などが完備している学校と「査別シテ各種学校ノ部ニ計入」したからである（『文部省第八年報（明治十三年）』）。忍月の上京した十三年は従って、全国にあった六百を越す私立中学校が各種学校に査別された年次ということになる。独逸学校も例外ではなかったことになる。右十三年文部省年報の「中学校一覧表」には、東京府内の公立に東京府立第一中学と同第二中学、私立に学習院が登録されているに過ぎない。文部省年報には各種学校の一覧がなく、以後の独逸学校の存在を同年報では確認することができない。『文部省第九年報（明治十四年）』には「私立学校ノ大半ハ学科ノ不備若クハ資金欠乏等ノ為ニ校舎ヲ閉校セシモノアリ」とある。

だが十三年以降も独逸学校が存続していたことは、次のふたつの学校案内書に明らかである。ひとつは十六年十一月五日付で出版された小田勝太郎編『東京諸学校学則一覧』（英蘭堂支店）である。この案内書は小学校を卒業して更に上級へ進学希望する者に、「最モ緊要ナル処ノミヲ集拾」して「府下有名ノ官私諸学校」を紹介している。独逸学校には明治女学校や三田英学校らと並んで、学科課程（カリキュラム）と教科細目（テキスト）が記載されてある。学科課程は第一年から第四年までそれぞれ二期に分けられ、第三年までの各期に読法、訳文、文法、作文、会話そして算術が課せられている。第四年は訳文だけである。読法と訳文の教科書は第一年に『ヘステル第二読本』『ヘステル第三読本』、第二年に『ヘステル第四読本』、第三年に『ウエーヘル万国史』『シユルレル独逸国民史』で、第四年は「教科書未定」とある。

もうひとつの学校案内書は下村泰大編『東京留学獨案内』（明治十八年四月九日、春陽堂）で、東京で遊学しようとする地方出身者のための便覧である。筆者が閲読したのは同年十月十日に再版された増補版である。前書『東京諸学校学則一覧』の実務さに比べると、冒頭の「留学者ノ注意」のなかで曖昧な学校の選択を戒めるなど、やや啓蒙的である。独逸学校は東京大学予備門（以下、予備門と略）や陸軍士官学校など「稍々高尚ナル」六十八校のうちの一校に挙げられている。記載内容は前書と全く同様の学科課程と教科細目である。だがこの案内書には入学試験のある学校には受験科目が記載されているが、独逸学校の項には記載されていない。凡例のなかに「私立学校ハ多ク試験ヲ要セズシテ入学スルヲ得ベク稀レニ試験ヲ要スルモノアレバ必ズ試験課目ヲ挿入セリ」とあるから、独逸学校は無試験校のひとつであったことになる。

これらに基づくと、独逸学校は修業年限が四ヵ年で、ドイツ語の学習を中心に専門的な科目を修めていたことがわかる。教育史編纂会編纂『明治以降教育制度発達史』第二巻（昭和十三年七月、龍吟社）によれば、こうした私立の中等教育機関は専門科目を修める傍ら、高等教育のための予備教育を実施していたという。年次は異なるが、東京大学法学・理学・文学部の予備教育機関であった予備門の受験のため紅葉が三田英学校に入学し（十五年九月）、漱石が成立学舎に入学し（十六年九月）、正岡子規が共立学校に入学（十六年十月）した事例もある。忍月の場合、後述する入学試業課目（入試科目）およびドイツ語を教授用語にしていた当時の東京大学医学部を念頭に置くと、独逸学校入学の目的は戸田成年と同じく同医学部予科受験ということになる。医家の再興を背負う身が改めて確認されよう。鷗外が東京医学校（東京大学医学部の前身）予科受験のために進文学社でドイツ語を学んだことに通じている。

東京大学医学部の予備教育機関であった医学部予科は十五年六月に予備門と合併して分黌と改称し、従来からの予備門を本黌と改称した時期がある。この分黌の教則「東京大学予備門分黌規則」が制定され実施されたのは、忍月が独逸学校を満期修了予定の十六年度の十六年十二月である。第一高等学校編『第一高等学校六十年史』（昭和十四年三月）収載「東京大学予備門分黌規則」によると、入学試業課目は独逸語学（作文・反訳・書取）、和漢文（日本外史・皇朝史略之類）、数学（算術）である。この入学試業課目は旧医学部予科時代も同様で、忍月の医学部進学志望を裏づけている。翌十七年六月の新改正予備門学科課程の入学試業課目にある但し書きにも「独逸語ハ凡ソヘステル第四読本ウエルテル氏歴史等」の訳文・解釈とあり、算術をも含む独逸学校での学科課程が直に該当する。こうした受験準備機関的な学科課程の情報は一年前に入学していた戸田成年によってもたらされていたことであろう。

なお独逸学校の設置場所は右の両案内書に麴町区富士見町とある。いつの時点かで本郷から移っていたのであろうが、詳細はつかめない。学籍簿の類いも見当たらず、忍月の卒業年次すら確証できない。また当時の生活の様子が全く不明で、今後の調査に委ねるしかない。ただしドイツ文学の学識を縦横に発揮した後年の文学活動や、山本健吉「石橋忍月――理想と情熱の人」[2]が記す「父親の書庫」にあったゲーテ、シラー、レッシングなどの原書の所持は、まぎれもなく独逸学校での学習が契機なのであったろう。それだけに独逸学校で修得したドイツ語の教養は黒木塾で学んだ漢学・儒学の基礎的教養を土台にして、和魂洋才の筋道をつくったことになる。ゴットシャル『詩学』Die Poetik に無二無三な時期の鷗外が「忍月居士の入夥を祝して」（二十三年三月二十六日『江湖新聞』）のなかで、「想実論」を「東西を折衷したる独特の議論」と評した忍月文学の基調がここに胚胎していたのである。

注

（1）従来の年譜事項は『近代文学研究叢書　24』を踏襲し、明治十五年に上京して予備門へ入学としていた。

（2）昭和三十九年七月『朝日ジャーナル』掲載。

六　東京大学予備門

上京後、独逸学校に入学してから帝国大学を卒業するまでの就学過程も決して鮮明ではない。筆者の論述が逆になるが、確認のとれる事項から検討し、アウトラインを押さえた上で不透明な東京大学予備門時代を吟味してみたい。

先ず帝国大学法科大学（以下、帝大法科大学と略）在籍と、それまでの経緯はどうか。概括すると次の通りである。二十年九月二十七日の帝大法科大学入学に関しては、同年九月三十日付官報（第一二七八号）の入学生名簿および帝大編纂『帝国大学一覧（明治二十、二十一年）』（二十年十月刊）の学生姓名欄によって確認できる。また卒業時の二十四年七月十日まで帝大法科大学に在籍したことも、各年度（毎年九月から翌年八月まで）の『帝国大学一覧』（以下、『帝大一覧』と略）および同年七月十一日付官報（第二四〇九号）の卒業生名簿によって確認できる。卒業を証す同年七月十日付の帝大法科大学卒業証書は石橋忍月文学資料館（以下、再び忍月資料館と略）に収蔵されてある。

当時の法科大学を含む各分科大学への入学資格は十九年三月の東京大学改組に伴って、唯一の予備教育機関であった東京大学予備門（以下、再び予備門と略）卒業から、大半が翌四月に新設された高等中学校卒業に転換されていた。十九年度版からの『帝大一覧』収載の「分科大学通則」には次のようにある。

分科大学第一年級ニ入ルヲ得ルニハ高等中学校若クハ文部大臣ニ於テ之ト同等ノ学科課程ヲ具備スルト公認シタル学校ノ卒業証書ヲ受領シタル者若クハ本学ニ於テ試問ヲ為シ之ニ等シキ学力アリト認ムル者ニ限ル

この転換には帝大への進学ルートを全国的に拡大しようとする意図があった。だが各高等中学校の卒業生が帝大入学資格保持者であるとはいえ、地方の高等中学校には旧予備門に匹敵する普通教育機関が備わっておらず、また実質的に尋常中学校との学力差もあった。これらを補整するために文部省は十九年七月に「高等中学校ノ学科及其程度」(文部省令第十六号)を公布し、各高等中学校に大学予備教育を担う本科(二ヵ年の修業年限)と普通教育を担う予科(三ヵ年の修業年限)とを設置した。二十年十二月には予科の下級にさらに補充科をも設置し、尋常中学校を併設する形態として整えている。ただし地方の各高等中学校がそろって本科の卒業生を輩出しだすのは二十五年七月からであり、旧予備門を転換して新設された第一高等中学校が帝大入学を独占する状況はなお続くことになる。

こうした一連の改編のなかで二十年度に帝大入学した忍月の十九年度は、第一高等中学校(以下、一高と略)の本科第二年であった。この在籍は第一高等中学校編纂『第一高等中学校一覧(明治十九、二十年)』(二十年三月刊、以下『一高一覧』と略)の生徒姓名欄の本科「法科第二年(独)」欄に名前が載っている他、その生徒姓名欄は「明治二十年一月末調」とあることからも確認できる。また帝大の入学者名簿を掲げている前掲の二十年九月三十日付官報には「第一高等中学校ヨリ進入セシモノ」という但し書きがあり、一高からの帝大入学を裏づけている。一高の二十年七月十五日付修了証書は忍月資料館に収蔵されてある。これらに基づいて、従来の年譜事項のうち十九年度の一高本科第二年在籍、二十年七月の一高本科修了、同年九月の帝大入学と二十年度から二十三年度までの帝大在籍、そして二十三年度の二十四年七月に帝大を卒業したことが立証される。

それでは一高の本科第二年在籍までの経緯はどうか。忍月は一高の第一回生に当たる。新設の一高において十九年九月始業の第一回生がそのまま修了年度を迎える経緯には、相次ぐ改組に伴う教育行政上のブランクがあった。先に要略したように十九年三月二日の帝国大学令制定によって東京大学を帝国大学に改組し、同年四月二十九日に東京大学の予備教育機関であった東京大学予備門を第一高等中学校に転換した(設置場所は旧予備門の一ツ橋外神田表神保町十番地、現・千代田区神保町二丁目)。前掲『一高一覧』の「沿革略」はこの転換に伴って旧予備門の生徒となった者を、同年七月に一高の「本科及予科ノ各級ニ編入」したと記録している。七月一日公布の「高等中学校ノ学科及其程度」に沿った措置であった。だがこの措置は改組が完成するまでの暫定的な扱いで、忍月のように本科第二年という最上学年に突然編入させられた生徒は①旧予備門の前本黌第三年生か、②旧予備門に転属していた旧東京外国語学校の仏・独語学科第五年生か、③同じく旧工部大学校予科の第二年生に限られていた（東大百年史編集委員会編『東京大学百年史　通史一』昭和五十九年三月、以下『東大百年史』と略）。各学科における十八年度生の彼らは教則（学則）に従えば、いずれも十九年七月にはそれぞれの修業年限を終えて卒業の予定であった。と同時に十九年度始めの十九年九月には東京大学（この時点では帝大に改組）に入学の予定でもあった。それなのに何故、十九年度は突然に一高の最上学年に編入させられたのか。そして何よりも前述①から③のうち、どこから一高に編入してきたのか。これらの疑問点は忍月評伝に限っていうと、予備門在籍を吟味しないままに先行研究を踏襲してきた忍月研究のアキレス腱ともいえる部分であった。本節では後者である一高編入までの就学過程、すなわち予備門の在籍を中心に検証する。

二十年七月十五日付の一高修了証書は「当校所定ノ第一号学科課程ヲ履修シ」の文言から始まっている。忍月が履修したという一高の「本科第一号学科課程」は、進学先の帝大医学・工学・文学・理学系を含む五つの学科課程（カリキュラム）のうちの「法学志望ニ課スル分」で、国語及漢文（講読・作文）、第一外国語（講読・翻訳・会話・作文）、第二外国語（講読・翻訳・会話・作文）、羅甸語（文法・講読）、地理（政治地理）、歴史（英国史・仏国史・米国史）、哲学（論理・心理）、体操（兵式体操）の八科目が配置されてある（『一高一覧』収載の「学科課程」表）。工学系（第三号学科課程）の第二年には課せられない第二外国語があるこの学科課程から判断すると、一高編入以前が③の旧工部大学校予科とは考えられない。学科課程の性質から①の旧予備門の前本黌か、②の旧東京外国語学校の仏・独語学科出身ということになる。先に触れたように予備門の本黌とは十五年六月に東京大学医学部の予科が予備門に合併された折り、修業年限の違いから同医学部予科を分黌（五ヵ年の修業年限、翌十六年十二月から四ヵ年に短縮）と改称し、同法学・理学・文学部の予備教育機関であった従来からの予備門を本黌（三ヵ年の修業年限）と改称した予備門内の学科名称である。十七年七月には分黌を本黌に吸収合併して両黌の名称が廃止され、統一学科課程のもと修業年限も一律に四ヵ年となった（同年九月から施行）。ただし在籍者が残っている間は前本黌・前分黌と称し、十五年九月からの改正学科課程が継続して適用された。また各学年は最上学年から順次第一級第二級第三級とも呼び、十七年六月の新改正学科課程後の同年九月に入学した塩原金之助（夏目漱石）や正岡常規（正岡子規）そして山田武太郎（山田美妙）らからは本黌や分黌の別が無い第四級で括られた。なお②の東京外国語学校は独逸学教場と独・魯・清語学所等が六年十一月に合併した語学系の官立専門学校で、仏・独語学科は十八年八月から予備門に吸収されていた。この吸収の折り、同校露・清・韓語学科が東京商業学校付属語学部に転属され、露語学科第五年に在籍していた長谷川辰之助（二葉亭四迷）は転属の措置を不満に翌十九年一月に退学している（内田魯庵『思ひ出す人々』[1]）。

さて忍月が仮に①の旧予備門前本黌の出身であれば、十九年七月が卒業年次であることから、その始業となる「十六年（推定）大学予備門に入学」（『近代文学研究叢書 24』）の記述がまさに推定される。だが予備門編纂『東京大学予備門一覧本黌（自明治十六年至十七年）』（十七年二月刊、以下『予備門一覧』と略）の生徒姓名欄には忍月の名前がない。たとえ十六年九月以前に入学して降級（落第）や休学をしていたとしても、少なくとも右十六年度版『予備門一覧』姓名欄の何学年かには名前が載っているはずである。「東京大学予備門第七甲報」（『文部省第十一年報（明治十六年）』）によれば、この十六年度の本黌は十六年一、六、九月の三回にわたって入学試業（試験）を行ない、そのつど各学年に合格者を出している。その入学者を一括して掲げている右『予備門一覧』に名前が載っていないということは、少なくとも十六年九月の予備門入学者ではなかったことになる。あいにく以後の『予備門一覧』を確認できず、忍月が予備門に在籍したことをその生徒姓名欄では立証できない。

だが予備門に在籍していたことは他の資料に明らかである。そのひとつは先に触れた石橋家資料にある写真への自筆裏書きである。そこには「東大予備門時代／明治十八年五月／石橋友吉／十九年八ケ月」とあり、忍月自らが十八年五月時点での予備門在籍を明している。改組前のことであり、名称「東大予備門」の記述は適っている。ということは一高編入の対象であった前述の②旧東京外国語学校が予備門に転属されたのは十八年八月であり、その三ヵ月前の五月に「東大予備門時代」と裏書きして在籍を明かしていることから、当然ながら②旧東京外国語学校からの一高編入はあり得ないということになる。また予備門在籍を明かすもうひとつの資料に「元東京大学予備門制定ノ学科課程ヲ完修シ正ニ其業ヲ卒ヘリ仍テ之ヲ證ス」という学科課程修了証書（忍月資料館収蔵）がある。ただしこの証書は後述するように、転換された予備門に代わって一高が発行者であることはまだしも、日付の欠けた十九年十二月付発行に疑念が生じる。とはいえ写真裏書きと右証書および前掲『一高一覧』の「沿革略」と生徒姓名欄とから、十八年度は①旧予備門の前本黌第三年（第一級）に在籍し、十九年度はそのまま一高の本科第二年に編入したことは疑い得ない。

それでは予備門に何年度から在籍していたのか。予備門在籍年度を一高編入の対象となる十九年七月の前本黌第三年（第一級）から逆算すると、忍月が写真裏に記している十八年五月の時点は前本黌第二年（第二級）ということになる。この時点で第二年ということは十七年九月十一日始業の十七年度前本黌第二年（第二級）である。とすれば繰り返すことになるが、前年度の十六年九月には予備門に入学していたことが推定される。だが前述したように、この推定を確証させる『予備門一覧』の姓名欄には忍月の名前がない。のち一高や帝大で同期となり、また内務省でも同僚となる李家隆介や石田氏幹らは十六年九月始業時の十六年度に本黌第一年（第三級）として在籍している。文学畑で交わることにもなる尾崎徳太郎（尾崎紅葉）や内田貢（内田不知庵）そして石橋助三郎（石橋思案）や川上亮（川上眉山）らも同様に本黌第一年に在籍している。忍月がこの十六年度に在籍せずに、翌十七年度に前本黌第二年（第二級）在籍ということは十七年度にしかるべき中等教育機関から中途編入したとしか考えられない。

「東京大学予備門第八甲報」（『文部省第十二年報（明治十七年）』）によれば、十七年度の入学試業は三回実施されている。一回目は本黌第一、二、三年の欠員に伴う十七年一月の臨時募集による入試。二回目は英語学専修課を対象にした同年六月の定期募集による入試。三回目は改正後の新入生（第四級）を対象にした同年九月の定期募集で、漱石や美妙らが受験した入試である。二回目の対象となった英語学専修課は十六年一月に予備門内に新設された一ヵ年修業の英語を専修とする予備教育機関で、地方の初等中学校と高等中学校との卒業生を予備門本黌第二年か東京大学法学・理学・文学部第一年に入学させるために設置されていた。忍月がこの英語学専修課から本黌第二年に編入したとすれば、忍月の名前は前掲の十六年度版『予備門一覧』の英語学専修課生徒姓名覧に載っているはずである。だがそこにも忍月の名前はない。残るは一回目の臨時募集の折りの編入ということになる。この一回目に関する募集広告が十六年十一月二十八・二十九日『朝野新聞』に次のように載っている。

当門本黌第一級より第三級まで生徒欠員に付各級へ若干名を新募し来十七年一月上旬より入学試業施行の上合格の者は人員を限り入学可差許候條右志願の者は来る十二月一日より同二十日までに学業履歴書相添出願すべし此旨広告候事

但入学試業科目及入学願書学業履歴書記載方は出頭の上教場掛にて承合すべし

十六年十一月　　　　　　　　　　　　　　東京大学予備門

この結果に関する記事は見当たらない。ただし筆者未見の各年度版『予備門一覧』を基にした「予備門入学試業状況」を一覧している『東大百年史』は、この一回目の一月入試の第二年編入合格者に一名を挙げている（受験者一〇四名）。だが名前を記載していない。この一名の編入者名は残念ながら官報や他紙でも判明しない。

ここで思い至るのが独逸学校からの受験である。修業年限が四ヵ年の独逸学校を満期修了する十六年度の十七年一月に、本黌第二年の編入試験に臨んだと捉えると年次が符合するからである。受験資格は前掲『予備門一覧』の教則第十条に「第二年級ニ入ルヘキ者ハ十五年以上」とあり、当時満十九歳の忍月に受験年齢は十分に適っている。また第十二条には「第二年以上ノ級ニ入ルヲ望ム者ハ其級ニ必需ナル諸課目ノ試業ニ合格スルヲ要ス」とあり、前述した独逸学校での学科課程から判断して十分に足りよう。だが独逸学校での卒業年月日を明かす資料が見当たらない。通例ならば七月の卒業であり、編入合格後は九月の予備門第二年の始業に備えていることになる。十七年一月の合格者名も確認できない現段階では従って、独逸学校を経て十七年九月十一日始業の予備門前本黌第二年に編入した、という経緯の推定にとどまる。そして前述したように十七、十八年度の予備門本黌在籍と、十九年七月の旧予備門から一高本科第二年編入、同年九月からの十九年度本科第二年在籍とが確認できるのみである。

第二年編入時の入学試業課目（入試科目）は全く未詳で、先に触れた「其級ニ必需ナル諸課目」以外に詳しくない。前掲『予備門一覧』の本黌教則によると、第一年（第三級）の入学試業課目は英語の解釈（訳読・反訳）と文法（字学・解剖）、数学（算術・代数・幾何）、地理（総体大意）、和漢文（日本外史講義）の四科目である。医学部予科時代および医学部志望の分黌の場合は、先に触れたように独逸語学、和漢文、数学であった（『第一高等学校六十年史』および『東京帝国大学五十年史』）。本黌・分黌において英語とドイツ語が選択科目として設けられたのは十七年六月の新改正時で、原則として漱石や子規ら九月の新入生（第四級）の受験から適用されている。これが忍月の編入時にも及んだか否かは定かでない。いずれにしても、これらの入学試業課目には入学後に学ぶ予備知識があらかじめ求められていたようで、忍月には「其級ニ必需ナル諸課目」に相当する学力があったことになる。

ところでドイツ語を中心とした独逸学校の就学から判断すると、前述したように独逸学校入学の動機が東京大学医学部予科志望であったことは間違いない。だが実際には同医学部進学系統の予備門分黌ではなく、同法学・理学・文学部進学系統の予備門本黌に編入した。ということはこの編入時に、忍月は進路変更を試みたことになる。

それでは当時、東京大学の何学部を志望して本黌に編入したのであろうか。ドイツ語を基軸にして考えると、理学部は対象外となる。また文学部にはまだ独逸文学科が設立されていない時期であり、やはり対象外となる。残るは法学部志望ということになる。のちの就学過程を考慮すると、ほぼ間違いないだろう。ただし法学部にドイツ法系の学科が設立されていない時期であり、本黌編入時において将来は何を専攻しようとしていたのか判然としてこない。医家の「石橋家の家名を挙げるといふ期待」を背負っている忍月にとっては、決意の要る大きな進路変更であったはずである。だが紅葉「硯友社の沿革」（三十四年一月『新小説』）や漱石「僕の昔」（四十年二月『趣味』）などがほぼ同時期の予備門時代を回想し表白しているのと違って、忍月には予備門時代に触れた随筆等の著作はなく、進路変更の具体的な理由と専攻先とが詳らかにならない。このことは同時に、将来の職業選択についてもいえる。たとえ法学部がエリート官僚に直結していたとはいえ、志願先が司法官なのか行政官なのか、この時点では道筋がみえてこない。郷里の期待からは漠然とした進路変更に思えたことであろう。ただし時代の流れに着目すると、それほど不自然でもないのである。

忍月が予備門本黌に編入した十七年は、加波山事件や秩父事件等々にみられるように自由党左派による武装闘争が頻発し、やがて自由民権運動が挫折していく政治の転換期であった。国会開設の公約が制度的に政府主導によって可視的に展開されようとしていたのである。翌十八年十二月に確立した一連の内閣制度はその象徴であった。そして併結する官僚任用制もまもなく実施されることになり、高等教育そのものが官僚制機構に深く組み込まれていく時代でもあった。魯庵『思ひ出す人々』が総じて当時の青年の「青雲の希望は政治に限られ」ていたと回想するように、それまでは自由民権運動や国会開設に夢をかける政談青年たちの〈天下熱〉に覆われていた。だが時代はその〈天下熱〉から体制内の出世コースに向かって歩む書生たちの〈立身熱〉に代わり、立身出世する術として法学万能の新時代を迎えていたのである。この風潮は立身出世して国家有用の人物となっていく青年たちを描く政治小説の流れにも表れているが、差し当たっては『東京帝国大学五十年史』に記されてある本黌卒業生の志望先推移が如実に示している。エリート官僚の主流が理・工学系出身であった十年代前半に比べ、十六、七年以降は急激にその主流が法・文学系出身に推移しているのである。とりわけ官僚養成を目的に設置されていた法科大学政治学科の政治学および理財学（現・経済学）履修への急傾倒が目立っている。こうしたなかで、時代の流れに敏感な忍月が「石橋家の家名を挙げる」に当たって、どのコースが直截に出世の本流となるのかを感得したのであろう。この時点では具体性に欠けるが、少なくとも本鬢編入に時代の風潮が大きく作用したと考えることは不自然でないのである。

しかも当時の忍月は「書生」として「山田家の門に在つた」というから（紀行文「薫風三千里（其三）」）、生涯にわたって師と仰いだ二人目の恩人山田喜之助の現実的な忠告がここに働いたとも考えられる。二十一年二月付けの「捨小舟のはしがき」付言に「予が常に畏愛する法学士山田奠南先生」云々の記述があり、当時から畏敬の念を抱いていたことは間違いないからである。

山田喜之助（安政六年六月一日〜大正二年二月二十日、号は奠南《てんなん》）は足立重吉『代言人評判記』（十六年九月、秩山堂）によると、大阪英語学校から予備門を経て、十五年七月に東京大学法学部（イギリス法）を卒業し、直ちに京橋区出雲町十番地（現・中央区銀座八丁目）で代言人（弁護士）をしていた。免許代言人制度が九年二月に確立してから六番目の代言人である。政治運動が当代の花形だっただけに、その指導的な役割をも担っていた知識人としての代言人の職業は注目された時代である。また小林俊三『私の会った明治の名法曹物語』（昭和四十八年十月、日本評論社）によると山田は漢詩に親しむ傍ら、すでに同窓の天野為之や高田早苗らと小野梓のもとで鷗渡会を結成して立憲改進党の結党に参画していた。改進党にあって鷗渡会は知的枢要の地位にあり、山田は後々まで改進党系の論客として知られるようになる。忍月が予備門に在籍していた時期の山田は、十七年十一月から鳩山和夫主幹の法学雑誌『明法志林』の主筆を続けながら、創設当初から関係していた東京専門学校（現・早稲田大学）で十八年三月まで、また同じく参画した英吉利法律学校（現・中央大学）で同年七月からそれぞれ教鞭を執っている。この背後に鷗渡会の英智が結集していたことはいうまでもなく、大正二年三月『法学新報』記事「山田喜之助氏逝去」収載の追悼文等からは単なる教授の域にはとどまらなかったことが窺える。明治四十五年六月十七日『時事新報』掲載の「人の今昔（其十七）」は、山田の「奇抜矯激なる議論に《ママ》世を驚かしたり」と表現している。いわば新しい時代の風、すなわち明治国家建設の熱風を法曹界の外でも呼び起こしていたのである。こうした時代の新気運は山田一人の活動に限ったことではないが、山田家に出入りする各界の知識人によっても、誘導啓発意識の強い「書生」忍月に刺激的にもたらされていたことであろう。のちの執筆態度にみられるジャーナリスティックでかつ啓蒙的な気概は十分に涵養されたといってよい。

山田からの影響はとりわけ、忍月が改進党系に強く傾倒する金沢時代や長崎時代における言動に顕著であった。以後もたびたび引例することになるが、日露講和条約に反対する長崎市民・県民大会の決起がある。山田は三十八年九月五日の日比谷公園における講和反対国民大会の主唱者に名を連ね、熱弁を振った。結果は日比谷焼打事件という暴動を引き起こすことになったが、この暴動に端を発した市民運動は長崎にもたちまち及んでいた。主導は忍月ら改進党系の流れを汲む政友会長崎支部であった（三十八年九月十三・二十一日『鎮西日報』等）。この折り長崎の地元紙には「山田喜之助氏の来会」という演説会の予告記事が出る一方（同九月十五日『鎮西日報』）、その山田を「石橋友吉の師也」などという連携を暴露する報道も飛び交った（同九月十七日『東洋日の出新聞』）。当時の忍月が政府の軟弱外交に批判的であったことは講和条約調印前の時評「屈辱的講和[2]」「敢て国民に檄す[3]」等に明らかで、すでに山田や広野広中らと軌を一にしていたのである。後年のこうした経緯については第九章で触れるが、差し当たっては二人の結び付きが問題である。だが予備門在籍期の二人の関係を明かす著作は右に触れた「薫風三千里」以外に見当たらず、全く判然としない。前掲の翠「忍月居士追想録」にも「師の君をいやまふこと厚く山田奠南大人さては久留米におはす江碕巽莽先生にはことに常々敬慕やまざりし事のいちじるしく見えたりし」云々とあるが、これ以上は詳しくない。従って忍月の予備門編入時の進路変更に山田がかかわったことは推定の域をでないことになる。ただし二十三年二月十三日付徳富蘇峰宛書簡にも「只今山田喜之助氏より孔教論之儀ニ付今度之国民之友ニ何故載セテクレヌト申来り（中略）此儀小生より重テ御願申上候」と公私共々の親密さを漏らしており、また忍月が金沢から飄然と再上京した折りにも「奠南氏とともに居る」状態であったというから（田岡嶺雲「忍月に与ふ」[4]）、忍月の青春期にあっては山田の影響を否むべきものではなかろう。山田の「多血多涙の性格」を前提にすればなおさらである（前掲「人の今昔」）。

繰り返すことになるが、忍月の当時の様子は詳しくない。ただし少なくとも、同じ時期に予備門に在籍していた紅葉や美妙らが十八年五月に創刊した手書きの回覧誌『我楽多文庫』に熱中していたこととは対照的であったろう。江戸っ子で幼友達の紅葉らは気心が通じ合い、やがて坪内逍遙『小説神髄』に魅せられて小説や戯文に一途となる。まだ交友関係もない忍月には、遊び心を活かした誌名の由来すら知る由もなかったであろう。当時の紅葉は十八年九月十三日『我楽多文庫』第三集に載せた戯文「耻加記」のなかで「今年水無月の試験に。落第せしも。身の怠慢よりおこりしなれば。悔ゆるとも詮なき事にこそ」云々と嘯いている。十八年六月の学年試業に落第し、十八年度は漱石、美妙らと同じ本黌第二年に降級したのである。だがここにも新しい時代の風、すなわち文学改良の新気運が胚胎していたことはいうまでもない。政治家による政治小説も流行するなかで、『小説神髄』の実作となる『一読三嘆当世書生気質』や『新磨妹と脊鏡』（以下、角書き略）の出現は、

小説が一足飛びに文明に寄与する重大要素、堂々たる学者の使命としても恥ずかしくない立派な事業に跳上つて了つた。夫まで政治以外に青雲の道が無いやうに思つてゐた天下の青年は此の新しい世界を発見し、俄に目覚めたやうに翕然として皆文学に奔つた。美妙や紅葉が文学を以て生命とする志を立てたのも、動機は春廼

舎の成功に衝動されたのだ。

（魯庵『思ひ出す人々』）

という新しい時代を到来させていた。作品評として第一作となる「妹と脊鏡を読む」の冒頭で「日本小説改良家の親玉春のや朧氏（実は文学士坪内雄蔵）」と記す忍月もまた、間もなくこちら側の新気運に先ず足を踏み込んで持ち前の時代感覚から当代文学の誘導啓発に努めることになる。またのちに関与することになる演劇改良論や和歌改良論そして言文一致論などが勃興するのもこの時期で、文学世界も急激に展開しだしていた。ちなみにこの時期にあって忍月とも、また紅葉らとも対照的な同世代人の一人に、やがて交友を深めることになる幸田露伴がいる。十八年七月に逓信省電信局の判任官として北海道余市に赴任したことが、のちの「世間的生長」を遂げる契機となったからである（柳田泉『幸田露伴』(5)）。

なお忍月が十七、十八年度に在籍した予備門の学科課程は十五年九月の改正規定に従っている。その後に実施された十七年六月の新改正学科課程は十七年九月の漱石ら新入生から適用され、忍月には該当しない。「東京大学予備門第六甲報」（『文部省第十年報（明治十五年）』）および前掲『予備門一覧』によれば、修業年限が三ヵ年で、それぞれ九、一、四月始まりの三学期に分けられ、一・二学期の終わり（十二・三月）の学期試業と三学期の終わり（六月）の学年試業を経て「三周年ノ課程ヲ卒業スル者ハ、各自ノ撰択ニ任セ法理文一学部ニ入ルヲ得セシム」とある。東京大学への予備教育機関としての位置づけが鮮明である。ちなみに第二年の学科課程は修身学（論語）、和漢文（通鑑覧要正編・作文）、英語学（修辞・作文・釈解・読方・講演）、数学（代数・幾何）、生物学（植物）、史学（国史覧要・万国史）、記簿法（大意）、画学（自在画法・用器画法）が設けられている。また第三年になると修身学（論語）、和漢文（文章軌範・作文）、英語学（語解・作文・講演）、数学（代数・三角学）、物理学（運動学・熱学・光学等）、化学（無機）、生物学（動物）、理財学（大意）、画学（用器画法）そして体操が加わる。授業時間数だけからみると、この大学での専門教育に必要とされた英語が圧倒的に多い。外国人教師に絡む教授用語の問題も然ることながら、この根底には欧米学術の摂取という観点があった。だがまさに展開しだした鹿鳴館外交、つまり欧化主義政策への反発はすでに起こっていた。明治政府がひそかにすすめていた条約改正を巡るナショナリズムの発揚に無縁ではなく、列強に対抗する国家形成のための教育という理念が一方に浸透しだした時代である。右の予備門カリキュラムのうち修身学や和漢文、史学に注目した前掲『第一高等学校六十年史』は、この編成の特色を「日本的なるものの尊重への自覚の生じた」傾向と総括している。確かに明治政府の教育政策が開明主義から儒教主義へ、また知育中心主義から徳育重視主義への転換期に当たり、普通教育をも担っていた予備門にもその影響が及んでいたのであろう。当時の予備門「生徒心得」の第一項に「知徳ヲ淬礪シ立身報国ノ基ヲ建ツヘキ事」とある所以である。

『近代文学研究叢書　24』には「予備門では漢詩文や中古文学のほかにドイツ語を学び、西欧文学史、レッシング、ゲーテ、シラーらの作品を知った」とある。前掲の「石橋忍月——理想と情熱の人」を踏襲したのであろうが、これらの学識は予備門編入前の黒木塾と独逸学校での事項である。忍月が在籍していた十五年七月改正カリキュラムの予備門には前述のようにドイツ語の科目もなく、むしろ普通教育をベースにした徳育主義に徹している。予備教育の充実を図った十七年六月改正の新カリキュラムには第一、二年までが「独逸語或英語」の選択で、第三、四年がドイツ語と英語とを必修にしている。この頃からドイツをモデルに準える国家形成が急速に教育行政にも現れてくることになる。

注

（1）　大正十四年六月、春秋社。
（2）　明治三十八年九月一日『長崎新報』掲載。
（3）　明治三十八年九月四日『長崎新報』掲載。忍月全集未収録。

（4）明治三十一年一月十二日『万朝報』掲載。
（5）昭和十七年二月、中央公論社。

七　第一高等中学校

前節で問題にした一高在籍の理由、とりわけ最上学年の本科第二年に突然編入させられた理由は何だろうか。繰り返すようだが、忍月は十八年九月に予備門の前本黌第三年に在籍していたわけだから、この十八年度が予備門の最終学年ということになる。従って十九年七月には卒業し、予備門の教則通り十九年九月には東京大学（この時点では帝大に改組）に入学するはずであった。だが先に確認したように十九年七月に一高へ編入して同年九月からの十九年度を第二年として在籍し、翌二十年九月に帝大へ入学した。この一ヵ年の一高在籍は何故に設けられたのであろうか。

帝大は十九年三月に東京大学を改組して設置された。この当初は法科・医科・工科・文科・理科の五分科大学と大学院とで構成されていた。『文部省第十四年報（明治十九年）』および十九年度版からの『帝大一覧』収載の「学科課程」によれば当時、五分科大学のうち医科大学を除く他の四分科大学の修業年限は三ヵ年である（医科大学は四ヵ年）。この年限は旧東京大学よりも一ヵ年短い。教育行政からすると、進学先が四年制の旧東京大学から三年制の帝大に改組されることによって、一ヵ年のブランクが生じたことになる。問題はこの一ヵ年の措置であった。当時の文部省は予備教育の年限を延長し、それを一高に繰り下げて一ヵ年在籍させることで対応したのである。『文部省第十四年報（明治十九年）』の「本省事務」には十九年七月十日の項に「従前ノ規則ニ拠リ第一高等中学校ニ於テ本年卒業シ大学ニ進ムヘキ生徒ハ改革ノ為メニ猶一年間在学スベキニ付其学科課程ヲ定ム」と記録されてある。

要するに旧東京大学での第一年に相当する教育期間を補うため、旧予備門をいったん修了させ、その上で一高の第二年に繰り下げ編入させて専門学科を修めるための予備教育を実施したのである。

前掲『第一高等学校六十年史』の十九年七月十日の項には、同年六月二十四日に文部省へ認可を申請した伺い書「学科課程ノ件」が収載されてある。先の七月十日の「本省事務」に至る手続き文書で、そこには

従来ノ規則ニテ当学年（前分黌生徒ハ来ル十一月其他ハ来ル七月十日）ヲ終ヘ大学ニ移ルヘキ生徒ニシテ今般改革ノ為メ猶一ケ年間当校ニ在リテ修業スヘキ生徒ハ別表ノ学科課程ニ依リ授業致度此段相伺候也

とあって、別表「明治十九年九月ヨリ同二十年七月ニ至ル第一高等中学校課程」が掲げられている。この別表が法科大学志望の忍月の場合、先に触れた本科第一号学科課程となる。この暫定的な措置が忍月に該当したことは、前掲の十九年十二月付予備門学科修了証書と翌二十年七月十五日付一高修了証書とに明らかである。前者の証書発行は予備門が存在しない時点であるから、当然ながら一高である。ところが日付なしの十二月発行に疑念が生じないわけではない。編入させられた生徒はすでに九月から一高生として一ツ橋の旧予備門校舎で始業していたからである（本郷区向ヶ岡移転は二十二年三月）。このズレは各文部省年報にも詳しくなく、当時の教育行政の混乱ぶりを示している。それはさておき、予備門を修了した上で改めて一高に編入し一ヵ年在籍した経緯が、右の修了証書と『一高一覧』の生徒姓名欄および『文部省第十四年報（明治十九年）』によって確証された。

それでは一高本科での実態はどうであったか。忍月評伝に限らないが、従来の年譜事項に誤記されているように、この当時の一高本科に英法科・独法科・仏法科、あるいは英文科・独文科といった独立の専門分科が設置されていたわけではない。もっとも十九年四月十日公布の中学校令（勅令第十五号）の第三条には「高等中学校ハ法科医科工科文科理科農業商業等ノ分科ヲ設クルコトヲ得」とある。だが当初の実際はそうした「分科」に至らなかった。むしろ同年七月一日公布の前掲「高等中学校ノ学科及其程度」第四条別表の但し書き「表中法学医学工学文学理学

トアルハ主トシテ分科大学ヲ指シタルモノナリ」の方向で運用されている。この方向づけは十九年七月一日付官報（第八九九号）にも同じ文言で公示され、また『文部省第十五年報（明治二十年）』の「本省事務」にも「本科ハ法学、医学、工学、文学及ヒ理学ノ志望生ニ課スルコトトス」と記録されてある。『東大百年史』はこうした帝大入学後の進路コースを「進学系統」と表記している。これを忍月在籍時に当てはめるとどうなるか。

十九年九月始業の本科学科課程は進学志望の五分科大学に応じて、法科大学志望の第一号学科課程から理科大学志望の第五号学科課程まで五つに分類されてある。前掲の第一号学科課程は、さらに法科大学の学科構成に準じて第二外国語の選択制約を設け、政治学科志望を「(独)」、法律学第一科（フランス法系）志望を「(仏)」、法律学第二科（イギリス法系）志望を「(英)」と三コースに分けて編制していた。十九年度版『一高一覧』の生徒姓名欄のうち「法科第二年（独）」に忍月が列記されてあるのは、先ず帝大入学後の進学系統である「法科」大学をさし、その専門学科を修めるための語学履修上のコース区分が「(独)」、すなわち政治学科志望をさしていた。この姓名欄は「明治二十年一月末調」とあることから、一高編入当初の忍月は官僚養成を目的としていた政治学科を志望していたことになる。当時の法科大学卒業後の就職パターンは『東大百年史』によると、政治学科から行政官、法律学科から司法官であったという。これに従えば一高編入時の忍月は〈立身熱〉の典型的パターンとされた行政官を志していたことになる。予備門編入時に比べると、将来の職業選択が具体的にみえてきた。

ところが『第一高等学校六十年史』によると一高修了間際の二十年六月、法科大学志望生に次のような「注意書」が掲示されたという。

当校卒業ノ上法科大学法律学第一科へ入学スヘキモノノ第二外国語ハ仏蘭西語ヲ修メ候者ニ限リ候処自今第二外国語トシテ独逸語ヲ修メ候者モ入学差支無之旨帝国大学ヨリ通牒有之候条此旨掲示ス

但政治学科へ入学ノ者ハ従前ノ通リ第二外国語トシテ独逸語ヲ修メ候者ニ限ル

明治二十年六月　第一高等中学校

ここで忍月には法律学第一科への進学も可能となり、司法官への道も開けたことになる。ただしこの緩和策は帝大入学直前の二十年九月九日に法科大学法律学科が改編することによって、一高の右進学系統がさらに組み替えられることになった。法律学科英吉利部志望が「(英)一之組」、政治学科志望が「(英)二之組」、法律学科仏蘭西部志望が「(仏)」、法律学科独逸部志望が「(独)」と新たに編制し直されたのである(二十年度版『帝大一覧』)。ドイツ法の新設に伴うドイツ語選択コースの拡大運用であった。ただしこの新進学系統に属す生徒は「明治二十年一月末調」とある十九年度版『一高一覧』の生徒姓名欄に沿っており、また二十年度版『帝大一覧』の学生姓名欄に全く一致していることから、結果的には一高側が予めドイツ法の新設を前提にガイダンスして該当する第二外国語別に編制していたことになる。例えば『一高一覧』にある「法科第二年(独)」の二十名のうち忍月を含む十九名は、『帝大一覧』にある「法律学科独逸部第一年」の全十九名である。ちなみに二十一年度版『一高一覧』では「旧第一号学科第一外国語英語第二外国語独語ノ部」などと明記し、志望別の在籍区分を鮮明にしている。

こうした背景は後述するが、忍月の法律学科専攻は帝大入学直前になってようやく決定したことになる。教育行政に振り回された決定のようだが、一高側の進学系統の拡大運用は『東大百年史』が記録している先の就職パターンの崩壊にもつながったようで、やはり『東大百年史』は二十二年七月以降に法律学科卒業生の積極的な行政官進出が顕著になったと記している。忍月自身の意志はドイツ語へのこだわりと、この延長にあるドイツ法系の専攻、そして一高編入当初からの行政官の官僚志願とに向かっていたことになる。二十四年八月に内務省試補として任官したことに結びつく。だが法律学科志望のコースであるから司法官の可能性もあったわけで、のちの判事、弁護士への転職にも通じる。いずれにせよ医家の「石橋家の家名を挙げるという期待」に反し、一高在籍時のコース選択が将来の職業選択の起点になったことは確かなのである。

なお一高教則の第五章に「本科ノ課程ヲ二学級ニ分チ（中略）一学年ヲ以テ一学級ヲ終ルモノトス」とあり、同第八章に「本科ヲ卒ハリ試業ヲ完クシタル者ニハ卒業証書ヲ授与ス」とあることから（『一高一覧』）、二ヵ年のところを一ヵ年しか就学していない忍月の二十年七月は第一高等中学校本科第一号学科課程修了ということになる。このことは次に示す一高発行の二通の証書に明らかだが、帝大での「分科大学第一年級ニ入ルヲ得ルニハ高等中学校（中略）ノ卒業証書ヲ受領シタル者」という前掲「分科大学通則」に抵触することになる。教則上の文言とはいえ、改組に伴う混乱の一斑とみてよかろう。一高発行の証書のひとつは二十年七月十五日付の「当校所定ノ第一号学科課程ヲ履修シ成規ノ試問ヲ経テ正ニ其業ヲ卒ヘタリ仍テ之ヲ証ス」という学科課程の修了証書である。もうひとつは修了したそのカリキュラム内容を証した同日付学科証である（いずれも忍月資料館収蔵）。学科証の冒頭には「第一高等中学校本科第一号学科左ノ如シ」とあり、その後に国語及漢文、第一外国語、第二外国語、羅甸語、地理、歴史、物理、化学、哲学、体操の十科目が列記されている。あくまでも教則上の学科課程修了の位置づけが全面に出ている。だが忍月が修得したという科目は十九年度版『一高一覧』に定められている科目より、物理と化学の二科目が多い。物理と化学は医科・工科大学志望の第二・三号学科課程に配置された科目だが、これらをどうして忍月が履修したのか判然としない。他の履修者との比較ができない現段階では、忍月の履修の特色を明らかには捉え難い。

明らかなことは忍月が十九年度の一高編入時に政治学科の専攻志望を固め、帝大進学に備えていたことである。そして約そ一年後にはドイツ語に固執してドイツ法を主とする法律学科に転じたことである。この進路変更がライフワークにつながったことを考慮すると、忍月にとって一大転機となったことは間違いない。また同様に明らかなことは、ほぼ同時期にもうひとつのライフワークにつながる転機を迎えていたことである。『妹と脊鏡』評（「妹と脊鏡を読む」）を二十年一月の『女学雑誌』に掲げた文筆活動の始動である。作品の文学性を「浮華年少の軽挙心と眼界狭き親爺方の早合点とを猛省せしむ」と、人生や社会のなかで位置づけようとする「批評」であった。未だ一口評や見立て評など印象批評の多い当時にあって、この啓発的な「批評」が現実に受け入れられるためにはある程度の素地や環境を必要としたはずである。だが新しさを孕んだ文学動向はまさに胎動しだしたばかりで、いかほどの成果をも含蓄し得ていなかった。当然ながら忍月の批評的欲求の高さには、相応の孤独を強いられたにちがいない。ところが斯界の誘導啓発者としての気構えを示した「忍は是より横屓贔心と阿諛主義とを去り公平無私の眼を以て之れが批評を下さんと欲す」という冒頭の一節に、早くも生涯にわたる忍月批評のスタイルを表白しているのである。当時の忍月に周囲の実状と対立して並び立つほどの確固とした文学的理想像があったとは思われないが、鮮烈なデビューであったことは間違いない。

さらに注目すべきは一高の規程課程を修了する直前の二十年六月、将来の法曹界での発言を予見させるかのように前川晋左二郎編『批評法律名家纂論』（九春堂）に「批評法律名家纂論跋」を発表したことである（以下、角書き略）。『法律名家纂論』は穂積陳重、鳩山和夫、山田喜之助ら十七名の著名な法学者による法学論集で、中表紙の表題には『法律名家纂論　附明法家列伝』とあって著者の略伝を収めている。ただし忍月の論文一篇だけは、巻末に別の組版で編まれている。同じ執筆者とはいえ、穂積陳重などは忍月が間もなく帝大で民法原理・法理学・法学通論などを学ぶことになる日本人として初の法学教授であって、一高生の忍月とは格が違い過ぎる。とはいえ執筆態度は見劣りするものではない。とりわけ「人民の性情及び習慣等を暁知して其応用の真味を暁るは法学者の最も注意なす可き事」と規定した上で、本書『法律名家纂論』を「身日本に生れて日本の性情習慣を暁知したる人々の手に成る者なり」と紹介する論証的筆法には批評すべき精神の所在が明示されてある。やがて得意とする作品評の片鱗は十分に窺えよう。

だが如上の論考は、未成熟な当代状況との絡みを念頭に置かなければなるまい。「法律名家纂論跋」における法律は「応用即ち『シンテゼ』と云ふことの必須なる」云々といった記述、あるいは「妹と背鏡を読む」における「小説は素と人情を穿つを以て主とすれば」「小説は処世上に『シンテゼー』（応用又保合）の効能ある者なり」といった評語の使い方を一瞥すると、概ね有賀長雄「文学論」や逍遙『小説神髄』の影響下にあったことは否めないからである。また法典論争時の山田喜之助の発言「立法ノ基礎ヲ論ズ」（二十四年七月『法理精華』）における「今ノ我邦ノ当局者ハ国民ト云フ思想ニ乏シイカト思ハレマス」といった国民の人情・習慣に基づく法理の発想をみると、山田からの影響も大きいことがわかる。これは「法律名家纂論跋」ばかりでない。「小説の要は人物の性質、意想を写すに在り」（「浮雲の褒貶」）などと作品評にも敷衍し、あるいは『捨小舟』第七回での「洋行帰りの学者方が（中略）直に風俗人情の異なる我国に応用せんとするは浅慮笑止の至なり」という〈語り〉にも援用している。この〈語り〉によって作品を展開させる、いわば〈物語る〉小説手法も実は『当世書生気質』や『浮雲』などが克服すべく自省していた課題であった。忍月の文筆活動は『小説神髄』等を含め、過渡的で不確定な状態をも反映しながら同時に始動しだしたといえよう。

ただし詳しくは次章に譲るしかないが、ここでは「法律名家纂論跋」における「如何なる法律も人民の安寧幸福を保護するの具」や、「妹と背鏡を読む」における「善悪ともに猛省せしむるは小説の従効能なり」といった啓蒙的観点を一高在籍中に発揮していたことだけは留意しておきたい。いわば誘導啓発の発現で、後年まで続く忍月文学の基本的な執筆態度のひとつであったからである。この背景に忍月の時代感覚が多分に働いていたことはいうまでもない。ほぼ同時期に執筆した『捨小舟』の二十一年二月付「捨小舟のはしがき」には次のように吐露されている。

予が此書を著すは客年春夏の際にあり（中略）今年の眼より之を見るときは少しく時候遅れの憾みなき能はず例之は書中舞踏会の事を記するが如き男女交際を論するが如き客年に在ツては人々蝶々熱心其可否得失を口

にせしも今日に至ツては雲消霧散復た之を心頭に懸くる者なしきわめてジャーナリスティックな時代感覚といってよい。年少時の郷土で付与された敏感な時代感覚が、さらに「山田家の門に在つた」時を経て研ぎ澄まされた表白なのであろう。のちにも例えば露伴「一口剣」（二十三年八月十三日『国民之友』）を、同年八月二十日『江戸紫』掲載の無署名「国民之友夏期大附録」が「気力を失脚して」いる駄作と評したのに対して、忍月「一口剣に対する予の意見」（同年十月三日『国民之友』）は「内面の大を具へたる」傑作と評した。硯友社系『江戸紫』はこの直後の無署名「萩門どのへ」（同十月二十日掲載）のなかで、「田舎人には好まぬ者沢山有之候」と嘲弄的な反論に出るも、文学評価とは程遠い嗜好物の列記にとどまった。想実論議という当代状況を見据えた「田舎人」忍月の誘導啓発する文学観点は逆に頑で、当代文学の課題から掛け離れることがなかったのである。

実家も養子先も医家である忍月が何故にこうした感覚を揮って文筆世界に躍り出たのか、直接的な契機は詳らかでない。山本健吉「わが家の明治百年――批評家、高等官試補に失落す」[1]は母翠からの伝聞として「お父さんは月四円しか祖父さんに送って貰えなかったので、学費かせぎに、原稿を書きなさった」と書き記している。下宿代が月額五円前後で、一高の授業料が月額二円の時代である（七、八月の夏期休暇を除く）。確かに「学費かせぎ」という側面もあったろう。後述するように山田喜之助の「書生」から離れた時期である。生活費の負担は増したに違いない。前掲の魯庵生（不知庵）「病臥六旬」が忍月の文業を「学生の小遣取りの片手間仕事」と酷評した帝大時代は、確認できる蘇峰宛書簡に窺う限り、忍月の困窮ぶりが並でない。ちなみに二十二年一月から民友社の「御抱え」専属批評家になった折り、生計費にぜひ必要な額として十三円の「月給」を懇願している（二十一年十二月二十三日付人見一太郎宛忍月書簡）。実際、後年の随筆「こしかた」（明治三十二年六月五日『新小説』）において、忍月自身が「明治廿二年の頃余がまだ本郷に下宿して大学に通ツてゐる時分（中略）殆んど一身を支へ兼る境遇で学校の月謝さへ滞納がちの有様」だったと振り返っている。だが上妻郡の中心地である福島町で眼科医院を開業していた「財産、教育兼備の士」養父養元が、金銭的な援助を拒んでいたとは考え難い。万延元年から文久二年にかけて江戸遊学をも体験し、周りから絶えず敬慕されていた養元である（前掲『さゝれいし』収載の養元略伝）。少ない送金は前掲「わが家の明治百年——批評家、高等官試補に失落す」が記しているように「男子一たび郷関を出ては、石にかじりついてでも、自力で苦しんで志を貫け」という考えがあってのことだろう。そこには進路を変更したことへの戒めが込められていたかもしれない。『捨小舟』第七回で井沢良助が「心の中で思ふ」独白、すなわち「なんでも苦しまなくツちや上達しない、だから学資を送らずに十分辛い目に逢せるツてこんな親爺が多いから困ツちまうよ」は案外に忍月の偽りのない心情ではなかったろうか。それだけ却って、忍月は養元の想いを受けとめていたことにもなる。いわば黙示の合意である。旧久留米藩士的発想からすれば、むしろ発奮材料になったと思われる。

従って文筆活動の契機は、逍遙の旺盛な活動に代表される文学改良の新気運という時機に出会ったことが宿命的ではなかったかと捉えておきたい。内的要因としては、この気運に持ち前の時代感覚と誘導啓発意識とが働いたとみてよいからである。もちろん黒木塾で培った漢学・儒学の教養と、独逸学校で習得したドイツ文学の学識とを前提にしてのことである。漢語を縦横に駆使した表現はいうまでもなく、忍月文学に大きな影響を与えることになった久松定弘『独逸戯曲大意』（二十年十一月、博聞社）刊行以前の作品評「妹と脊鏡を読む」にも「独乙のレッシング氏の『ミンナ、フホン、バルムヘルム』は世人の尤も重ぜざる所のコンメヂヱなり」云々と作品を具体的に紹介し、また「シルレル氏が妻を称して」云々と称辞を原語で説明しているからである。これらがたとえローベルト・ケーニッヒ『独逸文学史』Deutsche Literaturgeschichte などからの孫引き[2]であったとしても、小説や雑文等に英語が多様された当時にあってはきわめて斬新な引例であり、新気運に相乗効果をもたらしている。独逸学校で得た学識は早くも活かされていたといってよい。当時の一高には独立した文学や法学関係の科目がひとつもない状況での執筆であり、これまでの就学時における精進が開花したのであろう。とりわけ独学と思われる『生写朝顔日記』を始めとする近世文学への言及は幅広く、この時期にあって戯作臭が絶たなかったとしても致し方なかろう。時に忍月は満二十二歳であった。

なお『捨小舟』の奥付や「妹と脊鏡を読む」の末尾から、一高在籍時の忍月は本郷区湯島三組町六十九番地（現・文京区湯島三丁目）の佐藤方で下宿生活を送っていたことがわかる。山田喜之助は十八年五月に代言人をやめて任官し、司法省権小書記官や司法参事官そして大審院検事、同判事等を歴任している。この任官に伴って、忍月は「山田家の門」から独り立ちしたと思われる。忍月はその下宿を自ら香雨楼と称し（「法律名家纂論跋」の末尾）、学生が閑談する『捨小舟』冒頭の場面に反映させている。

ちなみに十九年度一高の本科第一号学科課程修了者の同期にはのち内務省で同僚となる鬼頭玉汝（仏）、李家隆介（英）、床次竹二郎（英）らがおり、文科系の第四号学科課程修了者には和田萬吉や白鳥庫吉らがいた。またこの年度の一高では予科一級進級予定の漱石が腹膜炎に罹って学年試業を落第し、改組後の予科第二級（英）に繰り下げ降級した。芳賀矢一は予科第一級（英）に進級している。また前年度落第した紅葉と石橋思案はやはり繰り下げられて本科「法科第一年（英）」に降級している（『一高一覧』）。美妙はこの年度の十一月に退学し、本格的な文筆活動に入った。

注

（1）二節注（4）に同じ。なお前掲「石橋忍月――理想と情熱の人」および「明治の文学者の一経験」にも同様の伝聞が記されている。

（2）川上俊之「『舞姫』――虚構の悲劇」（昭和五十九年一月『国文学解釈と鑑賞』一月臨時増刊号）は、「忍月はケーニッヒの独文学史の八頁分を要約して『レッシング論』を発表している」と指摘している。

八　帝国大学法科大学

忍月の生い立ちという表題からはもはや逸脱しかねない旺盛な文筆活動期なのだが、続いて帝大法科大学での経緯を一瞥しておきたい。在籍した所属学科が入学後に二度も改称し、三ヵ年の修業年限を四ヵ年かけて卒業するなどのイレギュラーがみられるからである。

二十年九月に法科大学法律学科独逸部第一年に入学したことは前述したように、二十年度版『帝大一覧』の学生姓名欄および同年九月三十日付官報の入学生名簿によって明らかである。ところが右姓名欄をみると、法律学科独逸部の新入生十九名には他の学科と違って上級生がいない。ということは少なくとも前年度、つまり忍月が一高に在籍していた十九年度には法律学科独逸部は存在していなかったことになる。このことは先に触れたように、一高本科にあった「法科第二年（独）」という進学系統が拡大して運用されたことによる。

法科大学は十九年三月の改組当初、『文部省第十四年報（明治十九年）』等に明らかなように法律学第一科（仏蘭西法）と法律学第二科（英吉利法）そして政治学科との三学科構成で創設された。旧法学部がイギリス法系で、十八年九月に併合した旧東京法学校がフランス法系であったことによる。一高の第一号学科課程は当初、この三学科に第二外国語を連動させて志望別にクラスを編制していた。ところが『東大百年史』によると、改組直後にドイツ法の学科新設が「評議会等で検討され」て、忍月が法科大学に入学する直前の二十年九月九日に法律学科内にドイツ法系「独逸部」の増設が決定したという。その「検討」内容は記されていないが、条約改正の要件となる法典整備が急務の時代であり、とりわけどの外国法を規範とするかが早急の課題であったことが反映していたようだ。具体的には民法がフランス法、商法がドイツ法を基に早くから起草されていて、イギリス法系の旧法学部から法典実施の延期論が強硬に出されていた背景がある。だが明治政府は先に触れたように、国体そのもののモデルをドイツに求めつつあった。いわば政治体制と法体制の急速なドイツ化である。この観点に直結した「国家ノ須要ニ応スル」教育が使命である以上（「帝国大学令」第一条）、官僚養成機関としての法科大学は法律学科内を三部に分けて法律学科英吉利部、法律学科仏蘭西部、法律学科独逸部と名称も諸に改めたのである（『文部省第十五年報（明治二十年）』）。二十年九月十二日付官報（第一二六三号）には「法科大学ニ於テハ法律学第一科及第二科ヲ改メテ単ニ法律学ト称シ該学科中ニ独逸部ヲ増設シテ之ヲ英吉利部、仏蘭西部及独逸部ニ分チ」と公示されてある。これによって法科大学は政治学科を合わせて二学科の構成となった。ちなみにこの改正時、文科大学に史学科、英文学科、独逸文学科が増設され、哲学・和文学・漢文学・博言学科と合わせて七学科構成になった。やはりドイツ文学が急浮上したのである。

忍月が在籍した二十年度の法律学科独逸部に上級生がいない背景は前述したように、法律学科独逸部が時代のニーズに答えて新設されたことにあった。忍月はこの新設を前提にガイダンスされ、得意のドイツ語を活かすべく入学したことになる。こうした俄な改編のためか、一高の卒業式を公示した二十年七月十六日付官報（第一二一四号）では次のような表記を用いている。

本学年卒業生徒ノ員数ハ法科大学法律学科第一科ヘ進入スヘキ者三十六人同法律学科第二科ヘ進入スヘキ者十七人同法律学科第三科ヘ進入スヘキ者十九人同政治学科ヘ進入スヘキ者二十九人

法律学科の第一科、第二科、第三科という名称は改称後の二十年度版『帝大一覧』にない学科名で、当然ながら該当するカリキュラムもない。二十年七月の時点でも学科名からして確定しなかった結果である。二十年度の帝大始業式が通常の九月十一日よりも遅れて、九月二十七日に実施されたことに無縁ではなかろう。また右官報の記載すこれらも改組に伴う一連の混乱と見做してよかろう。

こうした折りに、忍月は『浮雲』第一篇評（「浮雲の褒貶」）を九月から翌十月にかけて『女学雑誌』に掲げ、新進気鋭の批評家として文学界に躍りでた。爾来、忍月の作品評によって作品そのものの評価が高まるという相乗性をもたらす時代が到来した。だがこの当初、忍月としては相当に気負いがあったのか、連載中に「目下小子病気にて表書の病院に入院療養中」という事態を招いている（二十年九月二十一日付吉田秋花宛書簡）。また翌二十一年三月には処女作『捨小舟』で蘇峰に小説家としても評価され、さらに『浮雲』第二篇評（「浮雲第二篇の褒貶」）で批評家としての地位を確立した直後、連載小説「都鳥」を「此頃病中にて筆を執りがたく」中絶した（同年五月五、十二日『女学雑誌』記事「都鳥」）。そして同年八月二十九日付蘇峰宛書簡では「小生病中臥床致在候」と訴えるなど、仕送りの少ない忍月にとっては学業と文業とを両立させるに難渋の日々であったことが垣間見られる。またこの頃には文壇づき合いにも追われだしたようで、巖谷小波の二十一年十月二十日付の日記「戊子日録[1]」には「午后江見と硯友社へ行く／今日会スルモノ（中略）思案／眉山、紅葉、柳蔭等にて又、石橋忍月も／用事ありて来合ス」とある。学業が手薄になっていたことは想像するに難くない。

さて忍月は法科大学法律学科独逸部に入学したわけだが、法科大学では早くも翌二十一年十月二日に学科課程を改正している。それに伴って法律学科英吉利部・同学科仏蘭西部・同学科独逸部が、法律学科第一部（英吉利法）・同学科第二部（仏蘭西法）・同学科第三部（独逸法）と改称された。学科の性格をより鮮明にする狙いがあった（『文部省第十六年報（明治二十一年）』）。二十一年十月六日付官報（第一五八三号）では「法律学科第一部ニ於テハ英吉利法律第二部ニ於テハ仏蘭西法律第三部ニ於テハ独逸法律ヲ講習セシム」と公示してある。従って忍月の帝大第二年は法科大学法律学科独逸部に一ヵ月弱在籍し、残る期間は法科大学法律学科第三部（独逸法）在籍ということになる。この第三部（独逸法）在籍は二十一年度版『帝大一覧』の学生姓名欄でも確認できる。そして一高以来の十九名が連なっていることも確認できる。だが翌二十二年度版『帝大一覧』の第三部（独逸法）第三年姓名欄は十八名に減じ、忍月の名前はなお第三部（独逸法）第二年姓名欄に留まった。前年度はもちろん一高でも一級下であった土屋達太郎や二瓶正蔵ら、のち内務省で同僚官僚となる学生と同級である。二十一年度の学年試業に降級（落第）したとしか考えられない。ただし翌二十三年度版『帝大一覧』の姓名欄には忍月の名前が最終学年の第三年に載っている。進級したのである。そして二十四年度版『帝大一覧』からは忍月の名前が見当たらない。忍月資料館に収蔵されてある二十四年七月十日付の卒業証書と前掲官報とが、忍月の卒業を証している。また二十四年度版『帝大一覧』には「帝国大学卒業／法学士」欄があり、二十四年七月卒業の項に忍月の名前が載っている。

忍月の卒業時は法科大学法律学科参考科第三部であった。二十三年九月十日の学科課程改正時に、法律学科は日本法を主とすることになり、外国法を基にしていた従前の第一部・第二部・第三部は参考科としてそれぞれ参考科第一部・同第二部・同第三部と改称したからである（『文部省第十八年報（明治二十三年）』および二十三年九月十五日付官報）。この改正によって外国法の占める比率が減少し、忍月が卒業した翌二十四年度以降は一層顕著になった。前掲の二十四年七月十一日付官報にある「加藤帝国大学総長演説」には、

本学年ノ始ニ法律学科ヲ改正シ本科参考科ノ二トシ本科ニ於テハ本邦成典ニ拠リ授業シ参考科ニ於テハ専ラ外国法律ヲ講習スルモノトシ而シテ之ヲ三部ニ分チ英法ヲ参考スルモノヲ第一部トシ仏法ヲ参考スルモノヲ第二部トシ独法ヲ参考スルモノヲ第三部トス又政治学科ニ於ケル法律学ハ専ラ本邦ノ法律ヲ以テ教授スルコト、セリ

と念を押すかのようにある。こうした背景には徳育重視のナショナリスティックな風潮があり、二十三年二月の地方長官会議の「徳育涵養ノ義ニ付建議」を経て、同年十月に「教育ニ関スル勅語」いわゆる教育勅語が発布された

ことに無縁ではなかった。維新以来曲折してきた国民道徳そして国民教育の方向性が示され、法科大学にも波及してきたのである。こうしたナショナリスティックな改編は忍月が「法律名家纂論跋」において、「法学は人民の性情習慣の学問なり」とかつて主張した傾向に連なる展開でもあった。やがて内務官僚となる忍月の脳裏にはプロパーとしての文学観以外にナショナリスティックな国体観が内包されており、自らの進路を後押しされる想いではなかったろうか（この観点については第八章で触れる）。魯庵「病臥六旬」は忍月が「当時の文壇人となるには社会的野心が余りに有過ぎてゐた」と回想しているが、そうした世俗的観点だけではない。もとより「石橋家の家名を挙げる」意識はあるが、一方には時評「詔勅の弁」に集約された護憲ナショナリズムの意識も高い。魯庵には忍月後年の文業、例えば随筆「ノヽ子」「楽只庵漫筆」や史伝「文豪の鞋痕」「義久兄弟」等に接する機会がなかったのであろう。それはさておき、以上によって在籍中に学科課程の改正を二度体験し、修業年限三ヵ年のところを四ヵ年で卒業した帝大時代が確証された。

ところで二十二年九月の始業年度が再び第二年に在籍したのは何故だろう。二十二年六月二十一日から始まった第二年の二十一年度学年試業に降級したからに他なるまいが、実際にどの科目を、どれだけの点数で降級したのか詳らかでない。前掲「分科大学通則」に学年試業に合格しなかった学生は「次学年第一学期ヨリ原級ノ全課目ヲ再修セシム」とあり、また降級が二年続くと「退学セシム」ともある。翌二十三年六月の学年試業は必死であったろう。帝大時代の旺盛な執筆活動はよく知られているが、そのなかでも二十三年六月から九月にかけては発表件数が激減している。理由はこの学年試業に本腰を据えて取り組んだからなのだろう。何しろ忍月には「石橋家の家名を挙げるといふ期待」の他に、何よりも執筆活動への周囲からの期待があったからなおさらである。だからこそ一方では二十三年六月二十四日付蘇峰宛書簡に「小生只今試験中ニテ清写するの余暇を貰ひ受け候」と、乱筆で冗長な「葉末集」（同年七月十三、二十三日『国民之友』）の原稿を丁重に詫びてもいるのである。

忍月の帝大卒業証書には冒頭に「法科大学法律学科ヲ修メ定期ヲ経テ試問ヲ完ウシ正ニ其業ヲ卒ヘタリ仍テ之ヲ証ス」とあって、その後に刑法・民法原理・法理学・法学通論・刑事訴訟法及演習・商法及演習・憲法・日本行政法・行政法・国際法・国際公法・独逸法律・理財学の十三科目が列記され、担当教授が署名捺印している。このうち政治学科に配置されている理財学修得と担当教授の異なる独逸法律の二科目修得とが特異で、他は修業規程にある通りの修得科目である。理財学の履修には忍月の官僚志願の意志が働いたと思われる。

とはいえ決して優秀な成績で修得したわけではない。前掲「分科大学通則」には学年終了の「学業ノ優劣ニ随テ列次セル」と規程されている。その成績順の席次「級表」が示されている各年度の姓名欄に、忍月は絶えず下位にいる。ちなみに入学時も卒業時も最下位である。山本健吉「石橋忍月――理想と情熱の人」は母翠からの伝聞を「おとうさんは大学で、卒業生七人のうち、成績がビリッコだったって」と記している。成績は全くその通りである。ただし忍月と同期卒業生は八名で、この年度の法律学科参考科第三部に在籍していた十一名のなかの八名である(2)（二十三、二十四年度版『帝大一覧』）。残る三名は降級している。忍月の場合は文筆に勤しむあまりのことであったろうが、こうした学業成績について忍月自身がどのように捉えていたか全く詳らかでない。仕官するに当たって無試験とはいえ、法科大学の卒業成績によって試補採用俸給が決定され（第六章参照）、かつ官報に公示されることを知らなかったわけではあるまい。自負心の強い忍月にとってはいかばかりの思いであったろうか。だが学業成績はいざ知らず、法学士としての道程がここに始まったという自覚は晩年までも続く。例えば長崎市東浜町の溝渠上の建物撤去問題を審議した大正十一年十二月十五日の長崎県議会において、県会議員の忍月は新任の長崎県内務部長の「石橋君は（中略）法律を知らぬような感じがして甚だ迷惑だ」という答弁に反発し、敢えて「拙者は法律を生命として既に三十年間法律で飯を喰つて居る者で『部長風情』から侮辱を受けることはない」と発言しつつ緊急動議を採択させたほどである（『長崎県議会史』第三巻）。法学士としての気骨張る三十年後の姿である。

なお法律学科参考科第三部の二十三年度同期卒業生にはのち同僚官僚となる前述の土屋、二瓶らがおり、同第一部には窪田静太郎、石田氏幹ら、同第二部には鬼頭玉汝らがいた。また文科大学英文学科第一年の漱石と同国文学科第二年の芳賀矢一は、共に次年度の特待生に選ばれている（二十四年七月十一日付官報）。出世作『二人比丘尼色懺悔』で文名を挙げていた紅葉は二十一年九月に法科大学政治学科に入学するが、翌二十二年九月に文科大学国文学科（同年六月に従来の和文学科を改称）第一年へ転籍し、この二十二年度の学年試業に落第したのを機に退学した（各年度『帝大一覧』）。もっとも在籍中の二十二年十二月に日就社（『読売新聞』）に入社して職業作家の道を邁進していた紅葉である。眉山「紅葉山人追憶録」（三十六年十二月『新小説』）が語るように、帝大へのこだわりはなかったであろう。また「風流仏」で一躍文名を博した露伴も同時に日就社の客員となっている。二葉亭四迷や山田美妙らの言文一致体から、西鶴の影響を受けた紅葉らの雅俗混交体へと移る時代、そして戦闘的啓蒙活動に入る鷗外の躍動時代、忍月批評はこれらの動向を見逃すことなく詳言した。魯庵生「病臥六旬」は「当時の忍月の批評は必ず文壇及び読者を啓発するものがあつた」とも回想している。だが一臥した紅葉や露伴と、やがて官途に就く忍月とはやはり対照的である。自ずと文業の質も違ってこよう。

こうした帝大在籍中の文学活動を一瞥すると、ようやく取得した法学士の肩書よりも重い足跡を残したかにみえる。だが六十一歳の生涯においては、この時期の活動もひとつの里程標に過ぎない。岩波文庫版『石橋忍月評論集』の石橋貞吉（山本健吉）「解説」から定番化した帝大卒業までという忍月の文学活動は、中央文壇を基軸にした見解である。講談社版『日本現代文学全集』第八巻の稲垣達郎「作品解説」は「長崎時代の社会評論（文字通りの管見に過ぎないが）にも、まま見るべきものがある」とかすかに仄めかしているが、慶応生まれの典型的な明治知識人としての言動が発揮されるのはこれから先のことである。

注

（1）本文引用は桑原三郎監修『巌谷小波日記　翻刻と研究』（平成十年三月、慶応義塾大学出版会）による。

（2）二節注（2）「わが家の明治百年——批評家、高等官試補に失落す」では「八人の中でビリだった」と改めているが、なお「八人のエリートのなかの八番目」と記されてある。「明治の文学者の一経験」も同様である。

第二章　投稿時代　―明治20年1月〜同21年12月―

忍月の文学活動は今日確認できている限り、明治二十年一月の作品評「妹と脊鏡を読む」に始まる。爾来、第二評「浮雲の褒貶」、第三評「浮雲第二篇の褒貶」、第四評「藪鶯の細評」等々の作品評が発表されている。この当初は『女学雑誌』や『国民之友』への投稿であった。これらの雑誌がわずかながらも文芸欄のスペースを設けていたからなのであろう。それでも第一評は『女学雑誌』の「寄書《きしょ》」欄掲載である。それも投稿の通例に倣い、署名欄には「湯島三組町　石橋忍月」と自らの所在を明記した上での掲載であった。誌上の扱いは従前と何も変わっていない。だが投稿内容は当時のなかでも「最も世人の愛読を受くる」作品に対して「批評を下さん」と広言した作品評で、作品のもつ悲劇性を人生や社会のなかに位置づけようとしていた。『妹と脊鏡』に対する当代評が乏しいなかでも出色の「批評」といってよく、第二評の掲載からは扱いが変わってくる。「批評」欄が「寄書」欄や「雑録」欄から独立して新たに設けられ、その目玉の作品として掲載されだしたのである。こうした女学雑誌社の扱いの変化は、久松定弘「独逸小説の沿革」(1)の前書きにある社辞「左は社友石橋君近著の小説（『捨小舟』＝引用者）の為に久松氏が書き贈くられたるものと云へり」にも窺える。早くも社友扱いである。ただし当時にあって社友と寄稿家とは「女学」に関する〈同志〉という信条面で区分されていたであろうが(2)、この時期の忍月に「女学」思想への傾倒はみられない。また社友扱いとはいえ、特別に優遇された様子も見受けられない。それでもなお「批評」欄の新設にみられるように、忍月批評に対する誌上面でのジャーナリスティックな反応は確実に示されたのである。この背景には忍月批評に対する評価の他に、二十一年一月七日発行以降の『女学雑誌』が誌面の拡充を図っていたことも挙げられる。こうした動向は次章で触れる『国民之友』誌上でも同様である。

未だ批評という評語自体も、またジャンルとしても確立していない時期に、忍月批評は明治ジャーナリズムの推移と共に始動しだしたことになる。だが新しい文学が胎動しだしていたとはいえ、いかほどの成果も蓄積し得ていない時期である。過渡的で不確定な状態を反映しながらの始動であったことは否めない。

なお忍月はこの時期、処女作『一喜一憂捨小舟』を上梓し、新進の小説家としても注目されだしていた。各紙誌に〈改良〉のことばが躍る黎明期の文学界にあって、「石橋忍月居士は小説改良熱心家の一人なり（中略）捨小舟を見て居士が我国小説界の腐敗を憂ひ熱心鋭意に其改良の実を挙けん事を勖めらるゝを信す」（石橋思案「籔鶯の細評を読む」[3]）云々と、〈改良〉を掲げる誘導啓発の啓蒙的態度が評価されている。二十二年一月に民友社へ「入社」[4]して『国民之友』批評欄で本格的に活動する以前の時期で、一高在籍時から帝大入学時に当たる。

本章はこの最初期における忍月批評四篇と処女作とを中心に検証する。大まかにいえば、前者は坪内逍遙『小説神髄』から久松定弘『独逸戯曲大意』に準拠を移すことによって、忍月批評がレッシング『ハンブルク演劇論』に急傾倒するところに特異さが認められる。また処女作の刊行経緯にはその狭間にあっての煩悶がみられ、過渡期の課題を垣間見ることができる。

注

（1）明治二十一年四月七日『女学雑誌』掲載。本篇は処女作『捨小舟』収載の「捨小舟序」本文の再録で、前書き部分を省いている。

（2）『女学雑誌』誌上に「社友」の名称が散見するが、当時の女学雑誌社における「社友」の位置づけは定かでない。

また二十一年四月十日『以良都女』掲載の批評（無署名）「一喜一憂捨小舟」の冒頭に「女学雑誌社員石橋忍月氏」とあるが、忍月の「社員」は当時の社内事情から判断すると考えられない。青山・野辺地・松原『女学雑誌諸索引』（昭和四十五年十二月、慶応通信）参照。

（3）明治二十一年八月二日『国民之友』掲載。署名欄には「我楽多文庫の／石橋思案外史」とある。

（4）明治二十一年十二月二十三日付人見一太郎宛忍月書簡による。詳しくは第三章で述べるが、専属寄稿家の意味で使われている。

一　初稿『妹と脊鏡』評と改稿『妹と脊鏡』評

第一評「妹と脊鏡を読む」（明治二十年一月十五・二十二・二十九日『女学雑誌』）の対象作品がいわゆる『新磨妹と背かゞみ』であったことは、本文冒頭の一節「春のや朧氏（実は文学士坪内雄蔵）の戯作に係る妹と脊鏡は昨年一月より続々発兌し」に示されている。いわゆるというのは、同書の表題表記が入り組んでいて作品名を固定しがたく、また忍月が記している第一号の発行日および表題とにずれがあるからでもある。

『新磨妹と背かゞみ』の初版は奥付に従う限り十八年十二月から翌十九年九月にかけて（いずれも日付欠）、和装仮綴全十三号十三冊[1]の分冊形式（半紙判）で会心書屋から刊行された。だが第一号の刊行に関しては、逍遥自選日記『幾むかし』[2]の十九年一月の項に「四日頃　妹背鏡第一号出づ」とある。この記述は忍月の記す「昨年一月より」に符合しており、実際の刊行は十九年一月ということになるのであろう。ちなみに国立国会図書館蔵本の第一号には「明治十九年一月十一日内務省贈附」と印が押されてある。新刊図書が当時の内務省図書局に納本されたあと、一週間ほどで東京図書館（現・国立国会図書館）に交付されていた。この通例に従っても、右印記が実際の刊行年月を証左していよう。

ところが忍月が記している表題「妹と脊鏡」は右日記の記述にも一致していない。また初版第一号の表紙にある表題は「新磨妹と背かゞみ」である。はしがきには「妹と背鏡」、本文見出しには「新磨妹と背かゞみ」、本文柱には「妹と背鏡」、本文末尾には「新磨妹と背鏡」とある。奥付には第九号までが「新磨妹と背鏡」で、第十号（十九年七月刊）から「新磨妹と脊鏡」となっている。忍月が記す〈脊鏡〉の表記はこの十号の時点からである。同書の別本は瀧田貞治『修訂逍遙書誌』[3]によればその後六種刊行されているようだが、第一評「妹と脊鏡を読む」発表以前には初版と同じ版式の合冊別製本二冊本『新磨妹と脊かゞみ』（十九年十月十五日、会心書屋）がある。この二冊本の表題と奥付にある〈脊〉だけが忍月の表記に一致する。忍月が本文中にも記している表題は、表記上、初版十号以降の奥付とこの二冊本の用字に従ったことになる。だが忍月は右に引用した本文冒頭に続けて「爾来十閲月漸く第十三号を以て其大尾を告げたり此書最も世人の愛読を受く」と述べている。表題表記が入り組んでいるものの、第一評のテクストは初版の全十三号十三冊本と捉えて間違いないだろう。本章では忍月の記述に従って、逍遙『妹と脊鏡』と表記しておく。もっとも忍月には三宅花圃『藪の鶯』に対する作品評「藪鶯の細評」、山田美妙『夏木立』に対する作品評「夏木たち」などの例もあり、ことさら断ることもないのかもしれない。

ただし第一評には改題作の「新磨妹と脊鏡（坪内雄蔵氏著／錦栄堂発兌）」（二十一年十月二十五日『出版月評』）があり、やはり留意せざるを得ない。この錦栄堂版『新磨妹と脊鏡』は筆者未見である。『逍遙選集』別冊五に収載の「逍遙著訳年表」および『修訂逍遙書誌』にも見当たらない。前掲の二冊本以後の自由閣版『新篇妹と脊かゞみ』および三友舎版『新磨妹と脊鏡』の本文も初版と同じ版式であったことから、錦栄堂版にも同じ版式を用いたことは十分に考えられる。とすれば本文そのものの異同は考えにくく、忍月のテクストに変更がなかったことになる。なお初版全冊の奥付に「特別発兌」欄がある。この欄には含笑堂、開成堂等五社が掲げられていて、その筆頭に錦栄堂がある。忍月が表題下に記した「錦栄堂発兌」はこれによるのかもしれない。また国立国会図書館蔵本の第四、十、十一号奥付には「大日本東京日本／橋區通壹町目第／拾九番地錦榮堂／大倉孫兵衛發兌」の印が押されてある。「特別發兌」の意味は詳らかでないが、「錦栄堂発兌」版が初版十三冊本をさしていたとも考えられる。いずれにしても仮に本文に異同があったとすれば、忍月が改題作「新磨妹と脊鏡（坪内逍遙氏著／錦栄堂発兌）」のなかで、その異同に触れて意味を吟味したのではないだろうか。忍月が本文に触れている箇所に異同の指摘はない。改題作は作品の同じ主意を踏まえての論述で、とりわけ忍月の所論「就中独逸」の悲劇論を表明する加筆部分が目立つだけである。そこで忍月の第一評については『女学雑誌』掲載作品「妹と脊鏡を読む」を初稿『妹と脊鏡』評、『出版月評』掲載作品「新磨妹と脊鏡」を改稿『妹と脊鏡』評と便宜的に称して検証する。

初稿『妹と脊鏡』評は、初回掲載分に「㈠」の章立てを省いているが、以後「㈡」「㈢」章と明記し掲載ごと三章に分けている。第一章では『妹と脊鏡』のテーマを自由結婚と干渉結婚との弊害に求め、その悲劇的結末「目出度からざる破れ鏡」に着目し、作品を「批評」している。批評という評語そのものが定着もせず、ジャンルとしても確立していない時期のことである。忍月はこうしたなかで、先ず自由結婚に失敗した水沢達三については「女子の姿容のみを慕ひ」、また干渉結婚に失敗した田沼斎橘については「男女性質の投合如何をも顧みず」といった悲劇的な原因を掲げる。その上で作品が読者にもたらす感情「無量の思ひ」を、すなわち読者にとっての悲劇的効用を「感服す可き点」のひとつとして挙げた。結論としては読者が「結婚の事は論なく万般処世のこと中庸の謹まざる可からざるを知る」こと、および「浮華年少の軽挙心と眼界狭き親爺方の早合点とを猛省せしむる」ことの二点である。これらは人生および社会にわたる処世上の効用と要約できよう。作品の主意「妹と背の交情」（逍遙「はしがき」）を分析し、論点とする悲劇的効用に一応の結論をだしている。「情婦情郎の情話」評に傾く当時にあっては抜きんでた作品評といってよい。とはいえ、後出の「浮雲第二篇の褒貶」以降の作品評に比べると、結論が通り一遍の概評に終わっている。右の効用二点が必ずしも『妹と脊鏡』からだけ導かれる概念とは限らないからである。作中に即して論点を絞り切れないのは作品と読者の感情とを巡る相関的な論理、いわば悲劇的機能の論理が省かれているからである。従って悲劇的効用を実際に評価するに当たっては、論理的な粗雑さを否めなかったことになる。

だが初稿『妹と脊鏡』評の特色は悲劇的効用の観点に文学改良の方途を見いだし、逍遙を「日本未曾有のトラゲジヱを編成されしは感服の上にも感服せざるを得す」と賞評している点にある。この背景には「無理牽強めでたし〳〵を以て大団円」となる当代文学に対する批評意識が働いていたことはいうまでもない。そうした「めでたし〳〵」で終わる当代状況のなかで悲劇を先駆けて俎上に載せた忍月の創意は、粗略ながらも本文でレッシングやシラーを例示したドイツ文学の素地からの発想であったろうし、忍月自らのジャーナリスティックな感覚が感得した着想でもあったろう。これまでの生い立ちから生じた所為の一斑とみてよい。こうした悲劇への視点を第一評から注ぎ、またその悲劇理論を深化させながらのちにまで展開させたことは、黎明期の文学課題に取り組むに象徴的な「批評」にちがいなかった。悲劇への言及は忍月批評の基本的な態度のひとつであったばかりか、当代状況への波及が大きかったからである。

ところが初稿『妹と脊鏡』評の時点では悲劇について、

〔A－初〕　夫れ西洋諸国に於てトラゲヂヱ（Tragödie）の尤も文学社会に賞誉さるゝ所以の者は其之を作るに難く而して人（読者＝引用者）の感情を惹起す最も切にして且つ最も深きが故なり

（冒頭の記号は引用者、以下同）

と触れているに過ぎない。作品例としても右引用に続けて『小説神髄』下巻の「小説脚色の法則」を踏襲しながら曲山人『小三金五郎仮名文章娘節用』を「コンメジヱ（Komödie）の体裁を脱する耳」と触れるにとどまり、悲劇論を具体的には扱っていない。従って「感服す可き」悲劇的効用を実際に評価するに当たっては論拠が薄弱となり、結果として論点も曖昧になってしまうのである。理由は繰り返すことになるが、ふたつの結婚の弊害がどのように読者の感情と結びつくのか、この悲劇的機能の論理に欠けているからである。作品の「結果を考ふれば」読者に悲劇的効用を惹起させるとは述べているが、これだけではあまりにも短絡的であり、当時としても月並みで常套的である。少なくとも〔A－初〕に掲げた悲劇が「人の感情を惹起す」という論点には論理的に結びつかない。初稿時における忍月の限界なのであったろう。ここに改稿『妹と脊鏡』評における論理上の補説、つまり西洋の「就中独逸」の悲劇論を準拠にした加筆の意味が生じてくる。この点、初稿時においては右の薄弱な悲劇論〔A－初〕に代わる別の論拠を掲げ、作品がもっている悲劇的効用を強調しようとした。評価態度としては統一さを欠く強引なやり方だが、結果としては評価基準の提示にちがいなかった。第二章以降に述べる「不感服の点」の際も同様で、単なる印象批評に終わらない、評価基準を提示した上での新しい批評の在り方がここに示されたことになる。ただし内容の適否は以下に述べる通り別である。

初稿時の「感服す可き点」のひとつである悲劇的効用の論拠として、忍月は西洋文学の悲劇論とは別の、当時にあって評判の高い『小説神髄』を援用した。

〔B〕　小説は素と人情を穿つを以て主とすれば寓意諷誡を要せざるが如しと雖も寓意諷誡なきの小説は体ありて神なき者也

この一節が『小説神髄』上巻の「小説の主眼」を踏まえ、次項「小説の種類」のなかの模写小説概説を念頭においた小説観であったことはいうまでもない。逍遙は小説をひとつには、その主意から勧懲小説と模写小説とに区分していた。前者は「奨誡を其主眼」とした「世を諷誡せむとつとむる」小説で、後者は「人情を穿つ」ことを主眼とした「人生の大機関《からくり》をば察《さと》らしむる」小説である。だが逍遙は「小説に諷意を寓して世を誡むるの力ある」（「小説の変遷」）ことは史的にも確認できるので、後者の模写小説にも「求めずして誹刺諷誡の法そなわり、暗に人を教化するの力あり」と断じている。いわば小説には読者を教導、教化する啓蒙的な効用が備わっているという寓意諷誡論の提唱である。忍月が〔B〕において小説の主要因に寓意諷誡を掲げ、その欠如を「体ありて神なき者」と断じた背景がここにある。この寓意諷誡を論拠に、ふたつの結婚の弊害を寓意することによって読者に「一種無量の思ひ」という諷誡を起こさせるというのである。ただしこの論拠と前述の悲劇的効用とに整合性はみられない。同じ傾向の作品例にレッシング『ミンナ・フォン・バルンヘルム』Minna von Barnhelm oder Das Soldatenglück を挙げている。ところがこの作品は「当時を諷する」内容ではあるが、喜劇である。またたとえ逍遙理論に従ったとしても、この論拠は次作「浮雲の褒貶」で翻すように読者の視点から人物設定を問題にすると「寓意諷誡は小説の首眼本色に非」ずと拒否される。読者の心情が合目的に動かない限り啓蒙的な意味は失ってしまうからである。寓意によって単に諷誡が導かれるだけで、それが教化に結びつくか否かは別である。改稿時に「寓意諷誡なきの小説は、時として体ありて神なきか如き憾あり」と、「時として」を圏点付けで補筆する所以であろう。こうした徹底さを欠く逍遙の寓意諷誡論に従う限り、「感服す可き点」のひとつである肝心の「無量の思ひ」は散漫な論点に終わる。悲劇論に代わる牽強付会な論拠の運用のためである。

と同時に「感服す可き点」のふたつめに当たる寓意諷誡論を導くという間接描写についても、ごく一般的な風俗論に終始する。だが忍月の狙いは〔B〕に掲げた「人情」論の展開にあったのではないだろうか。よもや前掲「小説の主眼」の「人情」論に続く「世態風俗」論にあったわけではあるまい。水沢の一人称体で妻お辻に語る若里との対話（第十三回）や、新聞報道でお辻が知るお春と若里の口論（第十七回）を、忍月は「遊廓の有様を直接に顕さずして間接に写せし」と評価しているからである。これまでならば「其（遊女・遊廓＝引用者）模様の形を直写する」のを常としていたが、逍遙の筆法は「他物を仮て之を影に写」したというのである。この「影」は水沢の若里に対する内面であり、世間の遊女に対する所感である。これらをお辻に語り、お辻が知ることは同時に読者も認識することになり、作品構成上は二重の意味をもつことになる。いわば単なる〈語り〉の構造ではないという指摘である。この指摘はもとより〔B〕に掲げた「人情」を前提とする観点であり、のちの原理論「詩人と外来物」等に集約される構成機能としての技法的観点でもある。だがこの時点では「人情」および「写す」こと自体に詳しくない。しかも花柳界の間接描写を「社会の品位を高尚にし風俗の卑賤を矯正するに在るか将た暗に鳩鳥の連中を駁するに在るか」と述べるにとどまっている。この一節は『小説神髄』上巻の「小説の裨益」を踏まえているに過ぎない。逍遙の寓意諷誡論の曖昧さも然るものながら、それを充たすだけの論理、つまりのちに顕現する構成上の機能論が当時の忍月にはなかったことになる。先に悲劇的効用を評価した点と同様である。

なお花柳界の繁栄を「花柳なければ寧ろ人間社会なかる可し」云々と是認する「〇〇《ママ》新史」に対する嫌悪感には、忍月の道義的な感覚が強く表れている。「〇〇新史」は撫松居士戯誌（服部撫松）『東京　柳巷新史』[4]だが、改稿『妹と脊鏡』評においても「予輩は未た曾て其論旨の野蛮なる、賤劣なる、其見識の無頓着なる、乱暴なるに驚かすんはあらす」と加筆するほどのこだわりである。だが諷誡によって社会の改良を唱えるのか、諷誡を強めて文学の改良を唱えるのか、忍月の観点は混然としている。やがて文学に倫理的な道徳観を排斥する忍月なのだが、この時点では課題の所在すら認識し得ていなかったのであろう。これもまた逍遙の寓意諷誡論に振り回された結果なのかもしれない。

初稿『妹と脊鏡』評の第二、三章は五つの「不感服の点」を挙げている。第一点は「千人中一二しか顕れざる」奇妙な人物と難じた登場人物の設定についてである。お雪と若里を例に挙げている。結婚の意味を知っているお雪が生涯を託す男を「真に選み分け得」ず、両親に向かっても「説き能はざる」のは教育ある淑女として不自然であるという。また逆境にある遊女の若里が水沢の義侠心を「直に諾せざる」は、かかる状況のなかで不似合であるともいう。干渉結婚によって「精神の寡婦」となったお雪、そして水沢の父の背徳によって「思ひよらぬ境遇」に落ちた若里の、それぞれの悲劇性を論じているのではない。登場人物の設定に普遍性が欠けているというリアリズム論を背景にした批判である。この背景にある観点は『小説神髄』における模写論と微妙に対峙している。逍遙は読者の「心目を悦ばしめ且つ其気格を高尚にする」諷誡性を小説の目的に掲げ、そのために「人情の骨髄を穿つ」模写論を提唱した。先に触れた悲劇的効用を説いた忍月の論拠〔B〕である。ただし逍遙はこの「人情」の奥底にある「秘蘊」「秘密蔵」「大機関」という「因果の理」が「読者をして自然に反省せしむる」として、因果律に模写の主眼を置いた。要するに読者の視点からの論及はさておき、人間生活の営みを支配する因果律の模写に小説の目的が達せられるというのである。従って登場人物の設定に当たっては、現実の個別的な特定の人物でなく、因果律に基づく人間の「原素《たね》」を備える人物でなければならないと主張する。いわば普遍性が内在する人物である。別言すれば登場人物に内在する普遍性の模写である。この普遍性に関しては忍月も「社会全体を組織する一分子」と評言し、人物設定に肝要であると説く。だがこの普遍性をいかに獲得するかにおいて逍遙とは見解を異にしている。登場人物そのものに普遍性を獲得する逍遙に対して、忍月は個別的な人物の典型に読者が「斯る人物は斯る結果を来す」と共鳴することによって獲得できると主張する。従って忍月がここで批判するのは普遍的な「分子」の欠けていることはもとより、社会全体が想像できない、どの読者にとっても理解できない不自然で不似合なお雪と若里の設定ということになる。論述の粗さはみられるものの、『小説神髄』の不徹底なリアリズム論はかくして人物の典型と読者の視点との観点から補塡されていたことになる。この点は注目に値しよう。

こうした人物設定に関する批判は、読者が登場人物を通して「他事に推及する」効用性に及ぶ論点をも兼ね備えていた。次作「浮雲の褒貶」では「後世をして当時を推想せしむ」効用と言い換えている。だが忍月はこの効用性を強調するに、再び次のような論拠を掲げた。

〔C〕 読者をして斯る人物は斯る結果を来すなりと其善悪ともに猛省せしむるは小説の従効能なり之を別言すれば小説は処世上に「シンテゼー」（応用又保合）の効能ある者なり

要するにしかるべき登場人物はしかるべき結果をもたらし、保合シンテゼー Synthese の効用によって、その結果が読者に「猛省せしむ」というのである。この論拠には有賀長雄「文学論」[5]のなかの評語「保合《たもちあひ》」が準用されている。有賀の説く「保合」Synthesis は「分解」Analysis に対立する概念で、「将来応に有るべきの趨向を察して構綴するの法」であるという（第五節）。「有るべきの趨向」とは国家国民の赴くべき方向準則「天理人道」をさしている。つまり「天理人道」の道を構綴するのが「保合」で、「文」を構綴することに同義なのである。従って「文章は天理人道を叙べて弘く天下に示し遠く後世に伝ふ」という効用的結論が導かれる（第十節）。忍月が論拠としたシンテゼーの「効能」はかくして小説における処世上の効用、つまり人物設定上に敷衍されることになる。だが有賀のいう「文」「文章」は儒教的理想を含んだ概念であった。しかも「美術の要は人を感動せしめ其心目を奪ひて敢て他事あることを思はざらしむるに在り」と説く「他事」にも、治国平天下の理念は内在していた（第六節）。忍月が人物設定を難じた際の「他事に推及する」あるいはシンテゼーの効用に貫くという処世的で普遍的な概念ではない。評語としては表面的な借用が窺えるだけで、有賀「文学論」に実質的には傾倒していないのである。内容的にはむしろ『小説神髄』上巻「小説の裨益」の延長にある。

ただし第二章末尾で触れている「人間は四種のテンペラメント（中略）の外に出ず」といった人物設定への言及、あるいは粗略ながらも第一章〔A―初〕の「西洋諸国に於てトラゲヂヱの（中略）賞誉さる、所以」といった悲劇への言及を考慮すると、やはり西洋的なリアリズム文学による批評基準の導入に基軸があったとみるべきである。とりわけ後者は改稿時以降に「就中独逸」の悲劇論として顕現する。また前者とて、忍月が絶えず主眼とする人物設定に伴う「分子」の一例でもある。「四種のテンペラメント」Temperament はヒッポクラテス Hippocrates ho

Koios 以来の四性論で、古くは体液病理学上の用語であった。エリザベス朝演劇時には登場人物のコードとして使われた演劇用語だが、忍月は登場人物の「精神」「体質」上の種別に用いている。しかも「元と羅甸語にして」とTemperare に由来することを記しつつも、実際には Cholerisch、Sanguinisch、Melancholisch、Phlegmatisch とドイツ語で表記している。これらの評語は『小説神髄』にもみられない。本文に引用しているレッシングやシラー等を含め、後年のアンケート「書目十種」に掲げるドイツ文学史、あるいは独逸学校時代で使用した教科書風のセレクトもので得た知識ではなかったろうか。系統立てた論評には成り得ていないが、忍月の視野に西洋文学が存在していたことは確かである。とはいえ初稿『妹と脊鏡』評とほぼ同時期に執筆されたと思われる「批評法律名家纂論跋」（二十年六月『批評法律名家纂論』）にも、有賀「文学論」の痕跡は認められる。論拠としたことについては『小説神髄』の寓意諷誡論と同様に、当時の著名な評語を借用したと捉えるしかあるまい。

また同様に曖昧な評語は「不感服の点」の第二、四、五点にもみられる。第二点は夢の描写への論難である。『妹と脊鏡』第一回での描写は「従来の小説と比較すれば優る」とはいえ、水沢の思考の因果を説明するには「徒らに巧に流れて実を失する」と批判している。夢は潜在的なものが「反射的作用に由て始て発現する」もので、夢の描写を用いなくとも水沢の思考を説明すれば「実」は足りるというのである。この根拠となる「求心性神経」や「反射的作用」が、当時どれほど熟れた評語であったかは詳らかでない。忍月は表現技法上の論難に用いているのだが、半可通の知識といっては過言であろうか。第四点の「立聞き」についての「省略法」、また第五点の「普通感覚」に対する「各異感覚」もこの時点では同様である。ただし「不感服の点」の第三点に挙げている「妻を択ぶ」二法については忍月の本音が窺える。そのひとつは「妻を択ぶ」際の根拠を逍遙が「性質の敬慕」としているのに対して、忍月は「芸能の敬慕」を主張している点である。忍月は「芸能」を「智徳の教育」とも言い換え、家事や育児など『女大学』風に捉えている。だが『妹と脊鏡』第六回で、逍遙は「芸能」を痴情につながる「紅粉の面の如し」

と断じている。ことばの真偽は別として、忍月の理解と作品内容とに懸隔があり、この箇所では自らの結婚観を恣意的に作品評の基準にしてお辻の破鏡を説いたことになる。とすれば、これまで掲げてきた当時にあっての客観的な批評基準の提示そのものに疑念が生じてこないわけではない。ところがこの「不感服の点」の第三点は改稿時に全面削除されている。やはり批評基準の難点に自責するものがあったのであろう。なお忍月は右の「芸能」が「裏店社会泥水社会」にあっては効用であると述べている。忍月のもうひとつの本音とは、この下層社会からの現実的な把握の視点である。忍月の現実に即した認識は後年に至るまでたびたび窺えるもので注目しておきたい。

　初稿『妹と脊鏡』評は以上のように、論拠の運用に強引さが目立つ批評であった。だが作品評としては諷誡上の効用に焦点を絞っており、適切さを欠いてはいないだろう。逍遙『妹と脊鏡』の意図はその「はしがき」にある通り「情婦情郎の情話」を退け、「専ら妹と背の交情」に向けられていたからである。忍月批評はこの限りにおいて、十九年十月五日『読売新聞』掲載の書評（無署名）「妹と脊鏡、未来の夢」が「妹たり脊たる人のよき亀鑑なるべし」と評した観点に同質である。同年九月二十一、二十二日『読売新聞』の「寄書」欄を引用するまでもなく、当時の社会が何を求め何に悩んでいたかを考えると、逍遙『妹と脊鏡』のもつ意味は重く、加えて『妹と脊鏡』評のもつ意味も過分に漏れるものではない。とりわけ忍月の場合、その掲載誌を考慮するとなおさら時宜に適っていたのではないだろうか。ただし忍月批評の意義は右『読売新聞』書評が「文明の新思想を以て鋳造したる天下一種の趣向」と単に称賛しているのに対して、未熟ながらも評価基準を提示しながら、作品の悲劇性を人生や社会のなかに位置づけるべく小説の改良を誘導し、その小説の改良を「改良家の親玉」逍遙に向かって広言していることである。この態度が後述するように、実作となる『一喜一憂捨小舟』のモチーフのひとつとしてつながることに留意しておきたい。

　さて改稿『妹と脊鏡』評であるが、ここには章立てがない。また全面的に削除された主な箇所は前述した「不感服の点」の第三点目と、第一章冒頭の刊行状況に触れた一節である。後者については改稿時に「漸く第十三号を以て其大尾を告げたり」と記すのでは臨場感がなく、改稿の意味が稀薄になるからであろう。他に削除された部分的な箇所は、登場人物を難じたなかの遊女一般についての一節、立聞きを難じたなかの省略法の具体例などである。語句の異同も含め、大意に変わりはない。例えば先のリアリズム論の論拠で触れた「保合」は初稿時の「小説は処世上に『シンテゼー』（応用又保合）の効能ある者なり」が、改稿時では「小説は処世上に応用の効能ある者也」となっている。また初稿時の「妻《めと》るを説き」「忍が」が、改稿時では「妻るを写し」「予輩か」などとなっている。総じて文言の整理がなされたといえる。なお「不感服の点」の第五にある「各異感覚とは光、響等の如き体外若しくは」の「体外」が、改稿時に「射外」となっている。これは単なる誤植であろう。問題は加筆部分である。

改稿時の加筆に際立って目立つ箇所はふたつある。ひとつは先に引用した悲劇〔A－初〕についての次の補説である。

〔A－改－1〕　夫れ西洋諸国に於て、就中独逸に於て「トラゲヂェ」の尤も文学社会に賞誉さるゝ所以の者は①「トラゲヂェ」は人の心裏に及ほす感応、即ち其自然の結果を描して、之を心理的に名状すれは也②「トラゲヂェ」の妙所は、不快の情を抑制して、更に快娯の情を喚起するに在れはなり、③人をして宇宙の間に、不変の法則あッて、其法則の信任は各自の良心に在することを覚らしむるに在れは也、④主人公たる人と客観的の気運との争ひを基として、其行為を写せは也、⑤又読者をして天道を敬し徳義を愛し、一方に於ては私慾に齷齪するの卑劣を憫憐するの念を起さしめ、一方に於ては主人公か庸俗に卓絶するにも似す、其自作の罪過の為めに、身を悲惨の末路に終るを憐むの情を起さしむれは也、嗚呼人の感情を惹起す、最も切にして最も深く、且つ最も爽快にして最も有益なる者は「トラゲヂェ」なるかな、　（数字・傍線は引用者、以下同）

ここに補われている①～⑤の五点は、悲劇がとりわけドイツにおいて評価される理由である。と同時に、悲劇と読者の感情とを巡る論理、悲劇の構成を巡る論理でもある。①は読者の感情に及ぼす心理性、②は読者の感情に起こる浄化性、③は読者が感得する不変性、④は悲劇構成の手法、⑤は悲劇における罪過と要約できよう。詳しくは後述するが、これらを補うことによって先ずは初稿『妹と脊鏡』評に散見する悲劇論が具体的になった。初稿時にも記している読後の「一種無量の思ひ」は、従って悲劇的機能の論理に触れた①②③を根拠とする内容であることが容易に理解されることになる。またその「思ひ」を例えば悲劇が読者に②「快娯の情を喚起」させ、③「不変の法則」に連なる①「心理的に名状《なざ》す」感情と理解することによって、初稿時に唯一論拠とした〔B〕の寓意諷誡論は意味を失うことにもなる。〔B〕にある「寓意諷誡なきの小説は体ありて神なき者也」が、「寓意諷誡なきの小説は、時として体ありて神なきか如き憾あり」と補筆する理由もここにある。さらに⑤「悲惨の末路に終る」という悲劇性を強調することによって、読者に②③がもたらされ、「妹と脊鏡は（中略）新機軸を出したる品格ある出色の書なり」という新たな結論もここに導かれることになる。この「品格ある」という補足は、これまた〔B〕の寓意論を稀薄化させることにもなる。ということは、初稿時に論拠とした逍遙理論が改稿時にはそれほど意味もなく用いられているということになる。忍月はさらに加筆してこうした傾向を強めている。

改稿時の大きな加筆箇所のふたつめは、次の人物設定に関する補説である。

〔A－改－2〕　主人か水沢を写し、お辻を写し、田沼を写し、お春を写すに於て、予は其人物選定の宜しきを得たるを感服する者也、⑥アリストテレス曰く「トラゲヂェ」の人物若し極悪非道にして人情に悖戻する甚しきときは、人をして同感を起さしむること殆んと難し、」と然れとも又⑦他の一方より言ふときは其人物をして、至善至徳の聖哲たらしむ可からす、何となれは、若し失徳失行なき高潔優美の人物とせは、固より其行為よりして「トラゲヂェ」に必要なる罪過を結成し来るの理なけれはなり、㋐況んや此の如き人物を載せしとすれは冷淡無味、波瀾屈曲の起らさるに於てをや、之れ決ツして小説家の取らさる所也、今主人の作りたる人物を見る

> に、⑧至善にあらす、至悪にあらす、外物の刺劇、耳目の誘導により、或は善に趨き、或は悪に染み、或は高尚に移り、或は卑猥に化し、自己の情欲に克つ能はさる者なり、主人か此等の人物を選ひしは、達眼卓識と云はさる可からす、之を以ツて能く㋑人情の真味を穿つを得たり、㋒美術の微妙を現はすを得たり、㋓又読者をして反復猛省膾炙の情に切ならしむを得たり、是れ予輩か幾重にも敬服する所なり、

登場人物の「選定」すなわち設定に当たっては、⑥アリストテレス『詩学』第十三章を準則とした極悪な悪人でないこと、またそれに反して⑦極端に善人でもないことが補足されている。論拠としては〔A－初〕でも論点にした「人の感情を喚起す」と〔A－改－1〕の⑤「自作の罪過（悲劇に至る固有の原因＝引用者）」とを噛みくだいて、読者の⑥「同感を起さしむること」と⑦「罪過を結成し来るの理」との二点を掲げている。いわば悲劇的機能の前提となる⑥と⑦にみられる中間的で、ごくありふれた人物の設定が、読者の「処世万般」に通じて普遍的な「人情」を穿つことになり、また悲劇の基本構成「罪過」にも適うというのである。このためにも⑧にある人物には性格の問題が課題となるのだが、ここでは触れられていない。だが処世上の効用は確実にこうした悲劇論のなかで展開している。評語としてはかなり唐突で論理的な飛躍がみられないわけではないが、ここに至ってはもはや〔B〕にある逍遙の人情論や寓意論、あるいは〔C〕にある有賀の「保合」が論拠としての意味を失ったことになる。むしろ忍月批評に「就中独逸」の悲劇論が一躍している、と捉えるほうが自然であろう。

こうした悲劇論のマトリックスはどこにあったのであろうか。同様の悲劇論を作品評の基軸に据えたのは、忍月にあっては第二評となる『浮雲』評からである。ただし二十年九、十月発表の『浮雲』第一篇評（「浮雲の褒貶」）にはみられず、翌二十一年三月発表の『浮雲』第二篇評（「浮雲第二篇の褒貶」）から顕現する。改稿『妹と脊鏡』評は二十一年十月の発表であるから、忍月は『浮雲』第二篇評発表までの間に自らの批評意識と具体的に結びつく体系的な理論に出合ったと考えられる。『浮雲』第二篇評あるいは改稿『妹と脊鏡』評から一躍して「就中独逸」

の論理を掲げ、積極的に如上の悲劇構成の要素①～⑧を作品評の基軸にした所以であろう。そうでなければ、そのまま既成の文学観や散文的な評語の域にとどまっていたであろう。初稿『妹と脊鏡』評と『浮雲』第一篇評とに、次節で触れるアリストテレス『詩学』の援用を除けば批評基準や評語等にそれほど変わるものがないからである。ここではやはり『捨小舟』に序文を寄せるなどの交流があった久松定弘の『独逸戯曲大意』（以下、角書き略）を想到するしかない。[6]

もちろん『戯曲大意』を唯一のマトリックスと決めつけるのではない。なお余りある素地もみられる。例えば〔A－改－2〕における㋐は⑥⑦に対する忍月の解釈である。また㋑㋒㋓の観点は初稿『妹と脊鏡』評から貫かれている新しい文学像に関する忍月の所懐である。これらは『戯曲大意』にみられない。忍月が『戯曲大意』を単に受け売りしていないことを証している。さらに本文には戯文的な感覚や漢学的な素養を背景とした表現もみられる。だがこれらについては別に触れるしかない。今は『浮雲』第二篇評からの忍月批評が久松の用字、用語に大半を依拠していることに留意したい。批評基準の設定の仕方も酷似し、結果としては忍月の批評態度にドイツにおける悲劇論が貫かれたからである。例えば先に引用した〔A－改－1〕〔A－改－2〕の①から⑧の加筆部分と次の『戯曲大意』の記述とを比べれば、歴然としてその依拠ぶりが窺い知れよう（『戯曲大意』の章立ては「回」）。

〔D－1〕

① 悲哀戯曲（悲劇＝引用者）ニ由テ人ノ心裏ニ及ホス感応即チ其自然ノ結果ヲ描出シテ之レヲ心理的ニ名状シタルノ点　（第五回）

② 悲哀戯曲ノ妙所ハ此（畏懼＝引用者）不快ノ情ヲ抑制シテ更ラニ快娯ノ情ヲ喚起スルニ在リ　（第六回）

③ 人ヲシテ宇宙ノ間ニハ不変不易ノ天然ノ法則アルヲ知ラシメ又此法則ノ信任ハ其良心ニ存スルコトヲ覚ラシムルニ在リ　（第六回）

④　主人公タル人ト客観的ノ気運（オブイェクチーヴェス、シクザール）即チ命運トノ争ヒヲ基トンテ之レ（行為＝引用者）ヲ発表スヘキナリ　（第六回）

⑤　天道ノ彰々タルヲ崇敬シ伏シテ徳義公正ヲ愛慕シ彼ノ私利我慾ニ齷齪スルノ卑陋ヲ憫憐スルノ念ヲ生セシメ又他ノ一方ニ於テハ英雄豪傑ノ庸俗ニ卓絶スルニモ似ス其自ラ作セル罪過ノ為メニハ身ヲ悲惨ノ末路ニ終ハルヲ憐ムノ情ヲ起サシムルニ在リ　（第六回）

⑥　亞里斯徳的氏ノ言ヲ服膺セザルベカラス其言ニ曰ク「戯曲ノ人物若シ極悪非道ニシテ人情ニ悖戻スル太甚シキモノタルトキハ観客ヲシテ同感ヲ惹起セシムルコト殆ント難シ」ト　（第七回）

⑦　他ノ一方ヨリ言フトキハ其人物ヲシテ至善至徳毫モ間然スル所ナキ聖哲タラシム可ラス何トナレハ若シ此ノ如キ失徳ナキ聖哲ニ在リテハ固ヨリ其行為ヨリシテ悲哀スベキ悪果ヲ結成シ来ルノ理ナカルベシ　（第七回）

⑧　至善ニアラス至悪ニアラス其二者ノ間ニ位スル者タルベシ語ヲ更ヘテ言ヘハ外物ノ誘フ所如何ニ由テ或ハ善ニ趨キ或ハ悪ニ就クノ人物ナラサルヘカラス此ノ如ク戯曲中ノ人物ハ自己ノ情慾ニ克ツ能ハサル者ヲ撰ムヲ例トス　（第七回）

これら久松の記述にはその背景となったレッシング『ハンブルク演劇論』、アリストテレス『詩学』およびヘーゲル『美学』等が集約されている。本章では『戯曲大意』自体の検証は任が重く、次節の『浮雲』評を吟味した上で改稿『妹と脊鏡』評と併せて久松評語との関係を考えてみたい。『戯曲大意』の概要は拙稿「忍月『罪過論』の成立とその展開（一）――久松定弘『独逸戯曲大意』の観点から――」[7]で触れてある。

なお本節の表題から若干外れるが、初期の忍月批評を検証するに当たって随時触れることになるので、右の『戯曲大意』と『ハンブルク演劇論』等についてアウトラインをおさえて置きたい。

『戯曲大意』は明治二十年十一月（日付欠）、博聞社から刊行された。表題の角書き「独逸」は本文見出しで削除されている。文体は片仮名混じりの漢文訓読体で、「緒言」「目次」と本文および巻末付録「浄瑠璃文句評註難波土産抄録」とを収めた九十六頁の四六判小冊子である（紙装洋装本）。「詩学美学ノ原則」を準則に、演劇改良運動の盛んな状況に鑑みて刊行する旨が「緒言」に掲げられており、全体として啓蒙的な内容に貫かれている。本文は悲劇に焦点が絞られている前半部の演劇原理論（第一回～第八回）と、演劇活動に伴う現実的な諸条件を述べた後半部の演劇改良論（第九回～第十四回）とに大別できる。後半部は第十一回「俳優ト戯曲作者ノ関係」のように、今日からすれば初歩的な内容が目につく。だが時代の激しい転換期にあって、また文芸一般のもつ社会的効果や影響力が問われる時代にあっては避けることのできない現実的な課題の一つひとつなのであったろう。このことは前半部第二回でも述べているように、フランス宮廷演劇の批判に起因したレッシングと立場上タイミングを微妙に共有している。『戯曲大意』より百二十年程前に著された『ハンブルク演劇論』は、レッシングにとってフランス古典主義と啓蒙主義のフォーマリズムを後に置き、シュトゥルム・ウント・ドラングの無形式を前に迎えての狭い歴史的空間での必然的な著作だったからである。

　なお著者の久松は明治七年十一月から十一年十二月にかけてドイツ留学をし、帰国後に内務省に任官している。『戯曲大意』刊行時は内務省参事官であった。二十三年七月に貴族院議員に就任した以降は、文学面ばかりでなく、その経歴や諸活動が各紙誌に報道されている。

　『ハンブルク演劇論』Hamburgische Dramaturgie（本書の邦文引用は奥住綱男訳の現代思潮社版『ハンブルク演劇論』上・下巻による）は成立事情に明らかなように、体系的に論述されたものでない。ハンブルクの国民劇場で上演された演劇の論評と、俳優の演劇に関する評価・感想を掲載した週二回発行のパンフレット（一七六七年五月から翌年四月までの全一〇四号）の集成である。それだけに却って、レッシングの演劇論は自由に展開されたようだ。歴史と文学との相違、批評の意味、あるいは政治、哲学、人生観等とのかかわりにおいて多岐にわたっている。だが例えば第七十四号から第八十三号の悲劇論、あるいは第八十六号から第九十五号の性格論などを通読してみると、新しい規範を標榜して文学の再建を図るという一貫した啓蒙的態度が窺える。当時の文学理論の背景にあって、規範とする概念はアリストテレスであった。いわば『ハンブルク演劇論』の第一命題はアリストテレス『詩学』De Arte Poetica Liber（本書の邦文引用は今道友信訳の岩波版『アリストテレス全集』第十七巻による）の解釈にあった。それは紛れもなくレッシングによる主観的な解釈なわけだが、論理的で心理的な観点と啓蒙性とにおいて、後世までも多くの問題を投げかけた。ドイツ留学の体験をもつ明治の啓蒙家久松定弘が傾倒しないはずがなく、『女学雑誌』『出版月評』等に掲載した論文にも援用している。叙述形態においても然りである。

『戯曲大意』の叙述は、レッシングと同様な方法をとっている。すなわち本文の随所に「亞里斯徳的氏曰」「アリストテレス氏ノ言ノ如ク」云々とアリストテレスを引き合いにだしながら、『詩学』の戯曲概念を基調とする叙述形態である。このことはまた本文に散見するヘーゲル美学の悲劇論との関係においても同様にいえる。ヘーゲルの悲劇論も根底に『詩学』を捉えて展開させており、その脈絡で『戯曲大意』が少なからず論述されているからである。久松は本文にヘーゲル『美学』という呼称を明記していないが、文脈上その占める比重はかなり大きい。

だがヘーゲルの『美学』はヘーゲル自らの執筆によるものでない。周知のように、ヘーゲルの「美学」についてのふたつの講義ノートの編纂という特殊事情がある。このためにヘーゲルの意向がいかに再現されていようとも、所詮さまざまな問題が潜む。本書では岩波版『ヘーゲル全集』のなかの竹内敏雄訳『美学』Vorlesungen über die Ästhetik 全九巻によってヘーゲル『美学』とした。

注

（1）第十三号までの奥付には「全拾貳冊」「全拾二冊」等すべて全十二冊と記されているが、第十三号は通冊で十三冊目に当たる。

（2）大村弘毅（筆写校注）「逍遙日記　幾むかし——逍遙自選日記抄録——」（昭和四十九年五月『坪内逍遙　研究／資料』第五集）による。

（3）昭和五十一年五月、国書刊行会。

（4）全二冊。明治十八年五月、叢書閣。

（5）有賀長雄撰『文学叢書第一冊』（明治十八年八月、丸善商社書店）所収。「第一冊」は横書き。奥付に刊行の日付欠。

（6）忍月の評語が久松『戯曲大意』に負っているという指摘は、みなもところう「石橋忍月の評論活動と『独逸戯曲大意』」（昭和四十四年三月『言語と文芸』）に始まる。

（7）平成三年十二月『目白学園女子短期大学研究紀要』掲載。本篇には誤字・誤植がある。なお本篇執筆後に、小櫃万津男『日本新劇理念史　明治前期篇』（昭和六十三年三月、白水社）が久松『戯曲大意』について詳論していることを知った。時代背景との絡みも詳しく述べられている。

二　『浮雲』第一篇評と『浮雲』第二篇評

忍月『浮雲』評には前述したように二篇ある。ひとつは『新編浮雲　第一篇』（金港堂、明治二十年六月、日付欠、「第一篇」は横書き）に対する「浮雲の褒貶」（同年九月三・十七日、十月八・十五日『女学雑誌』）。もうひとつは『新編浮雲第二篇』（金港堂、二十一年二月、日付欠、「第二篇」は横書き）に対する「浮雲第二篇の褒貶」（同年三月三・十・十七日『女学雑誌』）である。同じ書名で内容も継続したひとつの作品を対象にした批評なのだが、後者の第一章で「此点（第一篇＝引用者）の批評を省略して」と明記し、書き下ろし刊行ごとの作品評としている。そこで便宜的に前者を『浮雲』第一篇評、後者を『浮雲』第二篇評と称して検証する。

『浮雲』第一篇評は掲載ごとに四章から成っている。第三、四章の章立てにある「（其三）」「（其四）」の「其」は第一、二章にない。第一章前半では先ず「文学の隆盛を祈る」想いから「批評」する旨を述べ、自らの啓蒙的態度を表明している。この背景には『浮雲』第一篇が刊行された直後の当代評に対する不満、および「読者の眼を濃厚」にしようとする啓蒙意識があった。ポレミックなモチーフと読者の啓蒙を意図する意識とは後年に至るまで貫かれており、やはり忍月批評の特色として注目しておきたい。特に後者に関しては前掲『戯曲大意』に接した後にレッシング理論で整理され顕現する観点なのだが、態度としてはすでに前作の初稿『妹と脊鏡』評においても目途として掲げていた。自らの資質が当時の啓蒙的で合理主義的な時代の風潮に、あるいは『小説神髄』以来の「裨益」観に同調したのであろう。だがそれにもまして、当時の忍月にはすでに独逸学校時代でのシラー『独逸国民史』を始め、後年のアンケート「書目十種」に掲げるウヰルマル『独逸文学史』やケーニッヒ『独逸文学史』等で得たドイツ文学の教養があった。前掲の山本健吉「石橋忍月――理想と情熱の人」が回想する「父親の書庫」にあったゲーテ、シラー、レッシングなどの原書をいつの時点で所持したのかは定かでないが、レッシングが主導した十八世紀合理主義の啓蒙精神を全く知らなかったわけではない。むしろこうした教養を加味することによって、批評態度に一貫性がもたらされていくことにもなる。初稿『妹と脊鏡』評にも西洋的な文学観を導入した痕跡はあり、忍月批評の素地を必ずしも既存の当代文学概念にこだわる必要はなかろう。『浮雲』第一篇評における登場人物を基軸とする批評眼は、もはや『小説神髄』の域を脱しているからでもある。

忍月は先ず次のような小説観を掲げ、作品評価の論拠とした。

〔E－1〕　小説の妙は表面に現はる丶仮粧虚飾の美観或は完全の人物爽快の脚色に在らずして性質、意想と地位境遇との関係若くは区々たる平凡の人物が之を行為《おこなひ》に現はす迄に如何なる経過ありしやを写すに在るこの一節は谷沢永一「石橋忍月の文学意識」[1]などの先行研究によく引用される「小説の要は人物の性質《キアラクテル》、意想《アイデーヤ》を写すに在り地位境遇の変化は其性質、意想の発現に如何なる影響を及ぼすやを画くに在り」云々を要約した箇所で、鉤括弧で括って強調している。要するに登場人物の設定と描写対象とを骨子にした小説観である。この提言には前作で掲げた小説観〔B〕との兼ね合いがつかないほど新しい評語で、新しい論点が示されている。

当時にあっては小説を作る場合、一般的に先ずしかるべき状況の設定を優先させていた。登場人物はその状況のなかでしかるべく行為し、展開する。その際、状況と行為とが脚色の構成要素として緊要に挙げられたが、やはり脚色偏重のそしりは免れなかった。のちに逍遙「明治廿二年の著作家」（二十三年一月十五日『読売新聞』）が自作「細君」を自省したほどの常套的な手法である。だが忍月はこの時点で「脚色の為めに人物を動か」すことに異を立てた。そして畳み掛けるように皮相的な状況の「外観」を「写す」のではなく、「完全の人物」による爽快な「脚色を構造」するのでもなく、ましてや美辞麗句を連ねるのでもないと主張する。むしろ取るに足らない、ごくありふれた「平凡の人物」設定を提言する。またそうした人物の性格「性質、意想」と状況「地位境遇」との関連、もしくはそうした人物の行為に至る内面の「経過」すなわち「心裡」を「写す」ことが緊要だと提言する。当時の有り様とは全く逆に人物を主眼とし、「脚色」を「末技」としたのである。しかもその人物設定の在り方と人物を巡る描写とをも併せて提言したのである。こうした主張が当時にあってどれ程斬新であったかは、後述する当代評との比較に明らかである。もちろん「写す」という描写態度は『小説神髄』と変わらない。だが逍遙は人物設定に関して「脚色を巧妙に物する事の外に、読者の注意を促すべき卓越非凡の本尊（主人公=引用者）を設置《もうけおく》こと必要なり」（「主人公の設置」）と逆の主張をしていた。また人間生活の営みを支配する因果律に基づく「原素」を備える人物を「只傍観してありのまゝ模写する」べきであると説いたが（「小説の主眼」）、性格と状況との関連や行為に至るまでに「如何なる経過ありしや」という「心裡」描写には及んでいなかった。こうした観点は『小説神髄』解釈に多々論議のみられるところだが、主張の違いはあまりにも大きい。

こうした当代との温度差のある状況のなかで、忍月の批評活動は始動していたのである。ここには本文最終章の末尾で吐露しているように、相応の緊張感と孤独感を強いられていた。当時の忍月が周囲の実状に背馳するだけの確固たる新しい文学像を抱いていたわけではなかったからである。それだけに、斬新さがあったとしても、やはり曖昧な箇所は散見する。例えば右〔E－1〕で提言した性格と状況および行為とが人物設定にどのように関連するのか、またこの人物設定と描写対象とが構成上どのように関連するのか。こうした点が論理的にみえてこないのである。そして前作〔B〕〔C〕の準則が比較的に通例の類いであったのに対して、何よりも〔E－1〕における評語と概念とがあまりにも唐突であった。既存の評語では捉え難い概念がそこに込められていただけに、当時にあって馴染みの薄い提言となったことは否めない。

唐突な評語のひとつに「平凡の人物」がある。この背景には忍月の西洋文学への傾倒を念頭に置くと、すでに前節で触れたアリストテレス『詩学』が想定される。岩波版『アリストテレス全集』第十七巻の今道友信訳『詩学』に従えば、創作上の技法はすべてミメーシス（mimēsis 描写、模倣）という模擬的再現に基づくものであるという（第一章）。この上で「悲劇は筋（mythos 物語、展開＝引用者）を形成する行為（drān 登場人物の行為＝引用者）の再現」であって、登場人物の性格 ēthos と思想 dianoia とから成っている「出来事のつながりとしての行為」がミメーシスの対象だと規定する（第六章）。性格に基づく行為の描写論を背景にしているだけに、ごくありふれた一般的な登場人物は多数の読者にとってより普遍的に共鳴されることになる。極端に性悪ではなく性善でもない、いわば平凡な「中間にあるような人物」設定はこうして主張されている。アリストテレスはここに「過失」hamartia や〈行為の一致〉などの構成要素を掲げて論理的に説明している（第十三～十五章）。

『浮雲』第一篇評における「平凡の人物」設定は久松『戯曲大意』刊行以前のことである。忍月はこうした『詩学』の概要を前述の教科書風のセレクトものから得て用いていたのであろう。だがその典拠を現段階では特定できていない。それでも概念的には「平凡の人物」設定の背景に『詩学』を捉えて間違いないだろう。初稿『妹と脊鏡』評の「不感服の点」第一点で挙げた人物設定を巡る論点とは違って、不徹底ながらも行為と内面とに論点が向けられているからである。ただしアリストテレスはそうした性格に基づく行為を描写対象としているのだが、忍月の主張する人物の性格そのものや、行為に至るまでの「経過」「心裡」描写を主眼とはしていない。忍月のこの描写論にはアリストテレスと異なる準則があったとしかいいようがなく、これまた唐突感を免れない。

ところが『浮雲』第一篇評ではアリストテレスのいうような人物における性格と行為とを関連づける論理的な根拠を等閑していた。そのために右の人物設定から描写対象に及ぶ論調自体が曖昧になっている。「平凡の人物」設定に関して〔E－1〕以外の詳論がなく、その設定理由の根拠となる読者との相関性にも言及し得ていないからである。従って作品を「精密」あるいは「妙所」などと実際に評価する際、初稿『妹と脊鏡』評と同様に〔E－1〕が論拠としては抽象的で、徹底さを欠くことになる。例えば第二章後半では『浮雲』第一篇を褒誉している点に「人物の性質意想を写」していることを繰り返し挙げながら、同時に「不完全なる主人公不完全なる行為を記」したことをも挙げている点である。ここでは性格と行為との連動する論理が希薄なために、ふたつの論点が「平凡の人物」設定という提言に具体的には結び付いてこない。しかも第四章では、

〔E－2〕　浮雲の全編は其主人公たると賓客たるとを問はず総て平凡なる人物の集合にして其脚色を組織する者は此の平凡なる、不完全なる人物の行為なり著者が此行為此人物を画かれしは大卓見にして予が敬服する所なり

と「脚色」を構成する「人物の行為」を評価している。つまり第一章〔E－1〕の小説観では「平凡の人物が之を

行為に現はす」までの内面描写を評価対象にしているのだが、第四章〔E－2〕では平凡な「人物の行為」および人物そのものが評価の主眼に交替しているのである。繰り返すと、前者はアリストテレスが触れない観点で、後者はアリストテレスが先唱した観点である。ひとつの作品評としては論点が錯綜し、これらの関連性と必然性とを容易に把捉し難いのである。その上「性質、意想」は「意思」に置き替えられている。この評語は以後もたびたび入れ替わり、描写対象に鮮明さを欠くことになる。要するに人物設定および内面描写といった作品世界への評点と、作品世界を享受する読者の感情への評点とが忍月のなかで論理的に体系化されていないのである。初稿『妹と脊鏡』評同様の課題がなお横たわっていたことになる。こうした意味ではたとえ『小説神髄』を凌ぐ観点があったとはいえ、忍月が入手し得た限りの西洋文学の付焼刃としかいいようがない。だが間もなく影響を受ける久松『戯曲大意』にはアリストテレス『詩学』の解釈を命題とするレッシング『ハンブルク演劇論』が提要されており、第二篇評以降に論理的になる評語と論点ではある。従ってこの時点ではくどいようだが、作品と読者との相関的な論理の薄弱さを度重ねて指摘し留意しておくしかない。

なお唐突な内面描写に関しても論理的な根拠が等閑されていて、この時点では評語の置き替えに加え、さらに鮮明さを欠いている。ここにある内面の「如何なる経過」をのちの「罪過論」に当てはめて「心裡」的な葛藤と捉えると、逍遙理論を明らかに補塡していることになる。とすれば二葉亭四迷「小説総論」（明治十九年四月『中央学術雑誌』）に近い観点といえる。傾倒した西洋文学観の視座で捉えれば、久松『戯曲大意』にも取り入れられているヘーゲル『美学』からの影響と考えられなくもないからである。だが現段階では典拠を特定できていない。『浮雲』第一篇評では曖昧ながらも人物設定に基軸を置く忍月の批評眼に注目するしかない。当代状況への反措定の視点からも作品の褒貶を下しているからである。

『浮雲』第一篇に対して、忍月は「褒誉す可きの点」を四点挙げている。褒誉の第一は「人物を主」としている点。第二は人物の性格「性質、意想」、および性格と状況の変化との「相関」を「精密」に描写している点。第三は卑賤で浮薄な風俗・人情、および「言行不伴」な社会を「実写」している点。第四は平凡で不完全な人物を主人公とし、その「心裡」を捉えている点である。第三点を除き、いずれも右の人物設定を巡っての論点である。だがそれぞれの論点に整合性はみられる。第三点の現今の風俗・人情・社会を後世に「推想せしむる」ためには、それぞれが卑賤で浮薄なだけに第四点の「平凡なる不完全の人物」設定が目的に適うことになる。しかもそうした人物を第一点に「主」として掲げ、状況の変化に戸惑う平凡な内海文三が例えば「足を挙んと欲して挙けず手を下さんと欲して下さゞる時」の内面を第二点の「相関」で捉えるといった連動ぶりである。ただしこれらの論拠は「浮雲の著者は小説を知る故に」と記している以上、その「小説」観に他ならない。すなわち〔E－1〕に掲げた前述の内容である。ということは当時にあって斬新さがみられるものの、前述したように冒頭に掲げた「読者の眼」を前提とする構成上の論点には具体的に直結しないという難点が伴う。また『浮雲』第一篇に内在しているはずの「人物」「脚色」「精密」「実写」「意想」等の実体について、忍月は「冗長に亘るを恐れて言はず」と棚上げにし、詳しく触れていない。このためになお作品評としては徹底さを欠き、評語だけが徘徊している印象を免れないのである。

だがモチーフのひとつである当代評への論難に関しては明解である。褒誉の論点を重複しながらも、その指摘が適切なのである。例えば二十年八月十五日『国民之友』掲載の書評（無署名）「新刊小説[2]」の「趣向脚色は敢て新奇と云ふ程にあらねど（中略）其の弊や少しく油濃きが如し」、また同年八月二十日『中央学術雑誌』掲載の（無署名）「書評」の「小説の規模は如何にも少なり妙に渋がる計が小説家の本務にあらず」などの批判に対して、

世人が浮雲を貶毀するを聞くに浮雲はしツこいと言ひきどり過ぎると言ひ規摸狭小なりと言ひ言文一致の辞法に非ずと言ひ其貶毀三四にして止まらずと雖も間には失笑に堪えざる如き子供らしき評言あり

と受けとめている。確かに、同年七月三日『朝野新聞』や同年七月五日『時事新報』に載った寸評は、「子供らし

き評言」ともいうべき印象批評が大半であった。忍月批評はこうした時代のなかで展開している。すなわち「平凡なる不完全の人物」を主人公とした『浮雲』は、これまでの「政治小説一名英雄小説」ではあり得ない。従って「天下国家を経営するが如き愉快なる脚色」になるものではない。そうした「外観の華美」に終わる「目出度き夢物語」では、ありのままの風俗・人情・社会を写し、また人物の「性質意想」を写し得ないという指摘である。忍月はこうして当代文学状況に切り込み、問題の所在を提起した。この意味で人物設定への着眼は新しいのである。そして人物を巡る描写対象の質を問う批評眼が新しいのである。ただし再三繰り返すが、平凡な人物と読者の感情とに、また人物の性格と行為とに緊密な論理がみられない。前掲の「褒誉す可きの点」の第四にある「心裡に於ける「意想」をその人物の思い、心情の意味に捉えたとしても、内容は具体的でなく、実質さに欠けている。またたとえ読者に触れたとしても、『浮雲』第一篇に寓意諷誡がないという世評には「読者其人の心得次第」と応え、風俗・思想を障げているという世評には「読者の取捨如何に在る」と応えているに過ぎない。確かに読者の合目的な意識を前提とする問題ではある。だが初稿『妹と脊鏡』評同様に一貫した論理が希薄なのである。読者との相関性のない論述は、その論拠となる小説観〔E－1〕が論理的に徹底していないからである。

なお第三、四章で指摘する「貶毀する所」は五つある。第一は人物設定において男女固有の性格が「判然両分」し得ていないこと、第二は性格と行為が異なる恋を「成立せしめた」こと、第三は「意思」描写の不完全さ、第四は作品展開の拙劣さ、第五は用語の不適さである。このうち第一点の男女の「性質意想」が「判然両分」していないという指摘は、褒誉第二点目の「精密」に抵触している。また後天的に「境遇を経過」するのであれば、なお自家撞着に陥った指摘といえる。ここではアリストテレス『詩学』第十五章の人物の性格目標第二項「登場人物の性格が勇々しいのは結構であるが、しかしそれが女性である場合には、あまり勇々しいのも、また、有能なのも、ふさわしいとは言えない」に引き回されて、型通りの批判になったのであろう。

貶毀の第二、三点も同様である。第二点は〔E―1〕を曲りなりにも論拠としている。例えば文三は「貧苦に成長」したために「内端なる気の小なる正直なる」性格になったと捉える。この性格を起点にした行為はひとつには親孝行となる。一方お勢は「富貴に育」ったために気儘で「やんちゃ」な性格になったと捉える。従って親不孝な行為となる。ここに述べている論理は〔E―1〕にある性格と状況との曖昧な論述から判断するよりも、アリストテレス『詩学』の行為論を背景にしたほうが判読しやすい。すなわち「脚色」は性格に基づく行為の描写に他ならないという戯曲の構成要素を巡る論理である。忍月の場合〔E―2〕では「脚色を組織する者は」云々と性格を省き、またその関連性に触れていない。だが実際にはアリストテレスの行為論を前提に、そうした性格・行為の違うふたりの恋が成立することを「裁決に苦しむ」と批判している。これが貶毀の第二点である。お政に対するお勢の弁護に感動している作品第五回の場面をも例示し、文三は「容色のみを愛し」ているのではないから不都合だというのである。不都合だと批判する態度は第一点同様に杓子定規に過ぎるかもしれない。ただし内容の当否は別に、作品評としては論理性に欠けるが、第二篇評から顕現する性格に基づく〈行為の一致〉論の兆候は窺えよう。

また貶毀の第三点は、お勢、文三の「意思」がかならずしも行為に表れていないという指摘である。原因は作者が「意思を写すに於て不完全」だからだという。褒誉の第二点に挙げた「精密」さや、褒誉第四の「意想を穿つが如き」論点との関連がここで疑われるのだが、具体的な指摘ではある。例えば文三を愛するお勢の「意思」を、作品第三回の会話「親より大切な者……私にも有りますワ」「アラ月が……」等と「仰しやらぬとくすぐりますヨ」と二様に描いているから分裂した「不可思議の行為」となったという指摘。また「Melancholisch」な文三は、作品第二回の算盤をはじく老人の場面で笑うはずがないという指摘である。論拠を「意思は以つて動作を推す可から ずと雖も動作は以つて意思を推すを得可し」に置いているのだが、ここにもアリストテレス『詩学』第六章の「行為する人物の再現としての性格描写を行なうのは、何よりも先ずこの行為再現のためにほかならない」という提要が背景になっていると思われる。

こうした背景が容易に想定できる「貶毀する所」と、第一章での曖昧な論調との違いは準則如何による忍月の論理性に起因している。論拠となる〔E—1〕から〔E—2〕への変化には論理的な飛躍もある。それだけ『浮雲』第一篇評全体としては論点に統一さがみられないのである。評語の矛盾もある。また冒頭に掲げた読者に対する作品の機能という相関性が論述されておらず、焦点の定まらない作品評となっている。ただし当代状況に照らした場合、徹底さを欠くが『浮雲』第一篇に「平凡の人物」を指摘し評価しようとした態度は注目してよかろう。文三を「小心、緻密にして辛棒強き不決断」な「平凡の人物」と捉え、これを基軸に文三が「言行不伴」で俗悪な社会において揺らげば揺らぐほど、文三の行為は「茶利滑稽の幕で持ち切つたる芝居を見るが如し」と評するほどの批評眼を具体的に発揮しているからである。こうした批評眼があればこそ如上の性格、行為、人物設定等が問題提起され、次作から構成上の課題として位置づけられるのであろう。

さて『浮雲』第二篇評は掲載ごとに三章から成っている。ただし第一章に当たる初回掲載分に「(其二)」の章立てはない。その第一章前半では「明治年間無比絶群の一大傑作」と称賛している。作中には「人物の性質意想《こゝろ》行為」が精緻に描かれていて、読者が「感驚交々至り腹をくすぐらるゝの懐ひ」がするからだというのである。第一篇評に明瞭でなかった読者側からの視点が評価態度に貫かれている。この視点から作品構成上の褒貶を論じているのが第二篇評の特色である。

先ず褒賞の第一は登場人物の行為が「其人の性質と並行し」て一致しているという点で、次の行為論を論拠にしている。

〔F—1〕　浮雲中の①人物の行為は終始一致貫通せり、夫れ②小説は社会の現象《あらはれたるさま》を材料とし人の行為を以て理想上の一世界を構造する者なれば篇中に現出する③人物の行為は終始其人の性質と並行し一挙一動と雖も其人とな

りに抵触齟齬す可からず

作品の構成を②で概括している。すなわち「社会の現象を材料」に、「人の行為」を描いて「理想上の一世界」を構成するという概念である。描写対象となる登場人物の行為は、「豹変《まるかはり》する」ことのない③「其人の性質と並行」するものであるから、性質と①「終始一致貫通」することになる。この行為論すなわち〈行為の一致〉論が例えば「昨日の文三は矢張り今日も文三」であるように、読者を「宛然《あたかも》其人に接し其人を観るの想」いにさせるという論拠となる。第一篇評の〔E―1〕の不徹底な論理はここで完全に補整されたことになる。のちの改稿『妹と脊鏡』評で加筆する〔A―改―1〕①の「人の心裡に及ほす感応」に連動することにもなる。だがここでは読者の「想」いに未だ詳しくない。ただし読者の視点から作品を評価しようとしていることは明らかで、この視点からリアリティーの確保に臨んでいる。また主たる構成要素としての行為は〔E―2〕から一躍して性質を起点にしていることも明らかで、読者の共鳴すべき対象がこれまでにないほど鮮明に打ちだされている。しかもこれらの論拠となる〈行為の一致〉論を主張するに、その例示としてアリストテレスの三一致の法則 **Règle des Trois Unitès** を墨守したボワロー **Nicolas Boileau** 批判を「ベーローの末流を汲む者は予を難して曰はん（中略）夫れ（行為＝引用者）時日と場所との一致を要するとせば著作は総て流暢快活の妙味を失ふ可し」と展開しているのは余りにも適切である。ボワロー『詩法』**L'Art poétique** が定義した時日と場所と行為との三一致の法則は舞台上の原則としてギリシャ戯曲で守られ、のちフランス古典派にいたって遵守した原則である。だがこの典拠となるアリストテレス『詩学』第八章は統一的な構成 **systasis** を求めつつも〈行為の一致〉を主眼としていた。この第八章を巡る見解は多々あるが、フランス古典派の遵守に戯曲の自由な発達が妨げられていると批判し矯正したのはレッシング『ハンブルク演劇論』であった。アリストテレスより明快な「時の統一と場所の統一とは、いわば動向（**Handlung**、行為＝引用者）の統一の結果にすぎず」（第四十六号）というレッシングの指摘を忍月はいつの時点で知ったのであろうか。仮に早くから知っていたのであれば、第一篇評にある〔E－1〕の曖昧な小説観は早々に払拭され、〔E－2〕の焦点もより明確になっていたであろう。だがこの第二篇評の時点で、直接『ハンブルク演劇論』に接していたとはいい難い。右のボワロー批判も『戯曲大意』を介した知識であったことは、久松がその第二回で「仏蘭西ノ文学家ベーローノ徒ハ行為ノ一致ノ外更ラニ時日ト場所ノ一致ヲ以テ戯曲ニ欠クベカラサルモノトセリ（中略）窮屈ノ風調アリテ流暢快達ノ妙ニ乏シ」云々と述べていることに明らかである。こうした戯曲論に当初から「西洋諸国に於てトラゲヂヱ」云々と傾注していた忍月には、久松が同じ第二回で触れる「漢堡戯曲批判《ハンブルゲル、ドラマツルギー》」にも自らの啓発的な文学意識と黎明期の状況とに合致するという時代感覚が働いたのであろう。忍月が直接に「ハンブルゲル、ドラマツルギー」を掲げて行為論を評価基準としたのは脚本評「文覚上人勧進帳」（二十一年十一月二日『国民之友』）からだが、忍月にとって久松『戯曲大意』の出現は衝撃的ではなかったろうか。もちろんここには受容するだけのドイツ文学の素養が前提となる。後述するように、第二篇評が発表される直前に忍月は『捨小舟』の「小冊」を携えて久松を訪れている（久松「捨小舟序」）。その折り、久松はその読後に「君独逸の文を修むるのひさしき識らず知らず茲に至れるものか」という感想をもって二十一年二月付の「捨小舟序」を寄せた。久松をしてそれなりの認識をさせていたのである。だが実体は〔F－1〕の行為論そのものも次のように、久松に依拠した論述であった。

〔D－2〕

①　人物ノ行為ハ始終貫通セザルベカラス　（第七回）

②　人ノ行為ヲ以テ理想上ノ一世界ヲ造出スルモノトス　（第二回）

③　人物ノ行為ハ始終、其人ノ性質ヲ写シ一挙一動ト雖トモ其気質ニ反スルコトナク一言一語悉ク其人トナリヲ見ルニ足ルベシ　（第二回）

『浮雲』第二篇評の論述は、以下ほぼ同様である。それだけ論理的ではある。ちなみに『戯曲大意』によると、戯曲とは登場人物である③「其人ノ性質」「其気質」といった性格に基づく「言語動作」＝「行為」を描写するものであるという。その「行為」には drân に発するという『詩学』第三章を援用し、行為が描写された②「理想上ノ世界」によって「観客ノ感情」がさまざまに惹起するのを戯曲の「目的トス」と規定している。まぎれもなくアリストテレスの悲劇第一原理に依拠した概念で、《i》登場人物の性格、《ii》行為、《iii》観客の感情、《iv》戯曲の目的といった『詩学』第七、八章における戯曲の構成要素を基に説いている。それだけに「其人ノ気質ニ応シテ言語動作ヲ顕」わす「行為ノ一致」＝「脚色」こそが「作者ノ意匠ニ最モ緊要トスル所」であると展開する。戯曲構成としての「脚色」すなわち筋 **Fabel** の秩序と長さとに焦点が絞られるのである（第二回）。アリストテレスに従えば統一的な構成 **systasis** である。だが《iv》戯曲の目的は《iii》「観客ノ感情」を主軸に設けられていることはいうまでもない。従って《i》行為は《ii》性格に従属し、《ii》行為の描写には一定の統一ある構成が求められ、《iv》目的に向けられている。

　ところが忍月の指摘する褒賞の第二だけは如上の『戯曲大意』に依拠しておらず、論点に鮮明さを欠いていた。これは「言語《ことば》と所思《おもわく》」とが必ずしも一致するものではないことを論拠に、作品はこの「相関を描く妙技を尽」していると指摘した点である。例示には作品第七回後半部の「彼様な事を云ツて虚言《うそ》ですよ、慈母さんが小遣ひを遣りたがるのよオホ、、」と、同第十二回末尾の「慈母さんまで其様事を云ツて……そんならモウ是れから本田さんが来たツて口もきかないから宜い、イ、エモウ口もきかない〳〵」というお勢の会話を挙げている。心の動揺を一時しのぎにごまかすための高笑いと、拗ねた素振りを描いた箇所である。確かに相関の妙は描かれているのかもしれない。だがここにある会話は〈行為の一致〉論の文脈から判読すると、お勢の「豹変する」ことのない性質「自惚」れが右会話の行為になったといえるのではないか。仮に「心裡《こころのうち》に懐ふ所」に劣情や利欲があったとしても、行為論の誤用と思われる。

褒賞の第三は「運命」の解釈が論点になっている。ここでいう運命は「都て人の意思と気質《もちまへ》とに出づる行為の結果《できばい》にして禍に罹るも福を招くも一々其の人の行為之が因をなすもの」で、性格との因果性に貫かれた行為論を敷衍した概念である。のちの「罪過論」の骨子となる考え方で、行為に内在する「動力と反動力」でもある。一般には運命を「天の命する所」や「人力の得て如何ともする能はざる」もの、あるいは「西班牙《イスパニア》学者の如く運命を一種の怪異」と解釈する。こうした解釈で設定する登場人物は運命に弄ばれる「一玩器」「木偶雛人形」となり、「読者の感情を惹起する」ことができないというのである。『浮雲』第二篇はこの点、行為の「動力と反動力との窮所」を描いていると評価している。だが作中のどの人物がどういう性質で、どのような行為に表れたのか、その具体的な「動力と反動力」については触れていない。ただし運命は「読者の感情の惹起」を前提にした構成上の要素として挙げていることは明らかである。のちの〔A－改－2〕の人物設定と相俟って、〔A－改－1〕⑤の「自作の罪過」が含まれているからである。当時にあっては唐突さを免れなかったであろうが、依拠した『戯曲大意』に照らせば因果性に貫かれた行為は運命と同義であって、描写対象そのものなのである。久松はその第六回で「命運ハ其人ノ行為如何ニ縁因スル応報ナリ」と規定した上で、「都テ人ノ意思ト気質トニ出ル行為ノ結果ナリ禍ニ罹ルモ福ヲ招クモ一ニ其ノ人ノ行為之レガ因ヲ為ス」という因果性に基づく行為論を示している。従って運命は「天ノ命スル所」ではなく、「人智ノ得テ思議スヘカラサルモノ」でもなく、ましてや「西班牙国ノ学者ニハ命運を解釈シテ怪異ト為ス」ものではないことになる。仮にこうした運命で構成すれば「往々ニシテ極端に趨リ」、人物は「一玩具ト做シ木偶泥塑」となり、悲劇の目的である「観客ノ感情」を惹起することに反するというのである。忍月の運命解釈はこうした久松評言を組み立てた論述なのであった。

褒賞の第四は人物設定と読者の感情との相関性を論点にしている。人物設定に関しては「至善に非らず至悪に非らず外物の刺劇、耳目の誘導に就《な》り」云々ときめ細かい。要するに〔E－1〕〔E－2〕で掲げた「平凡の人物」を具体化した中間的な人物であり、のちの改稿『妹と脊鏡』評で加筆する〔A―改―2〕⑧に該当する概念である。依拠した文節は『戯曲大意』第七回の一節〔D―1〕⑧であったことはすでに触れた。問題はこうした登場人物の行為が読者の感情とどのように関連するのか、いわば作品の機能論にある。初稿『妹と脊鏡』評および『浮雲』第一篇評を通じても、当面の論理的課題はここにあったはずである。

それを忍月は先ず次のように定義づけた。

〔F―2〕読者をして（中略）④凡俗汚情《おもひやり》を洗滌し去つて光輝《ひかり》を発せしむるを得たり⑤若し著者が極悪非道の人物を写せしとせんか決して読者をして同感（シンパチー）を起さしむること能はざるなり

要するにこれまでたびたび触れてきた「平凡の人物」を設定すると読者の感情に④「光輝」が起こり、反対に「極端の人物」を設定すると読者の感情に⑤「同感」Sympathie が起こらないというのである。いずれも〔E―1〕以来の人物設定を起点にしている。そして『浮雲』第二篇はその設定が「達眼あるに敬服」する内容であると評価する。この限りでは第一篇評の論述と変わらない。やはり具体的な問題はその後の「光輝」と「同感」ということになる。〔A―改―1〕②では「快娯の情」、〔A―改―1〕①では「感応」と置き替えている。これらは当時にあっても殆ど馴染みのない評語であったろう。それだけに忍月は『浮雲』第八、十、十一回の章句を例示し説明に努めている。すなわち第二篇は「其一事（描写された行為＝引用者）を以て其人全体の性質」を読者が「伺ひ得べき」構成になっているという指摘である。ここにはルビをも考慮すると、登場人物の行為と読者とが一体感となる要件 Sympathie が準用されている。とすれば「同感」は読者に対する機能上の要件、すなわち相関的な論理のひとつであることが判明する。従って「平凡の人物」設定の意味も、読者の普遍的な感情を惹き起こす構成上の要素であることが判明する。忍月はここで初めて作品と読者の感情との機能に触れることになった。

だがたとえ読者が「同感」したとしても、その読者の感情を巡る「心裡」的観点がなお不明である。これを『戯曲大意』に従うと、先ず「畏懼ト哀憐ノ情」が起こり、これによって「光潔」になるという。そしていずれもアリストテレスの評言であるという（第五回）。だが後述するように『詩学』の実態ではない。それでも『ハンブルク演劇論』に倣う久松はアリストテレスを引き合いにだして「戯曲ノ人物若シ極悪非道ニシテ人情ニ悖戻スル太甚シキモノタルトキハ観客ヲシテ同感ヲ惹起セシムルコト殆ント難シ」（第七回、〔F－2〕⑤）と前提要件を述べた上で、右の読者の感情を「畏懼ト哀憐トヲ惹起セシメ以テ凡俗感情ノ汚レタルヲ洗ヒ去テ光潔ナラシム」（第五回、〔F－2〕④）と規定する。つまり悲劇の目的「光潔」**Katharsis**が忍月の「光輝」なのである。ただしこの時点の忍月は人物設定にこだわるためか、「光輝」に至る「畏懼ト哀憐ノ情」という内面の経過、いわば心理的な作品機能の論理を省いている。〔E－1〕〔F－2〕の不透明さがここにある。ところが忍月はこの非論理的な「光輝」観を逆に利用して、次章では『浮雲』第二篇の欠点を「畏懼《おそれ》と哀憐《あわれみ》の情に乏しきに在り」と批判している。自ら省略した論点を欠点として掲げる意図は何の表れなのであったろうか。もちろんアリストテレスの浄化**Katharsis**についての解釈はさまざまである。詳しくは後述したい。忍月がこの時点で作品と実際の「光輝」とを述べていないからである。また次章では「光潔」と置き替えて、久松評語をそのまま踏襲しているからでもある。

第三章は『浮雲』第二篇の欠点を前述した「畏懼と哀憐との情」の不足にあると指摘し、「光輝」すなわち「光潔」を次のように論述している。

〔F－3〕　⑥小説は自己の情欲に克能はさる者を撰ぶを以って（中略）⑦因果其身に及び不幸惨憺の結果を呈す是に於ては⑧読者畏懼と哀憐との情を起す⑨希臘の賢哲アリストテレス言へる有り畏懼と哀憐の情を惹起せしめ後ち復た其情を光潔にするを要すと真に是れ千古の金言にして小説の秘訣と謂ふ可し

⑥はこれまでの「平凡の人物」設定、⑦は因果性に貫かれた行為、すなわち自己の行為そのものに起因する運命である。そして⑧がアリストテレスを引き合いにだした「光潔」論で、読者が「光潔」に至ることを作品の⑨「秘訣」

だというのである。作品と読者の感情を巡る論理は、こうして構成上の機能としての「光潔」において目的化された。改稿『妹と脊鏡』評の加筆部分〔A—改—1〕②にも示されてあるように、この前提には⑧「畏懼と哀憐との情」という心理的観点が内在している。忍月が『浮雲』第二篇の欠点とした観点である。この観点が『浮雲』に乏しいのであれば、従って読者の「良心に存する」という「天然の法則」が導かれるはずがない。この意味ではきわめて論理的に欠点を指摘していることになる。

だが「天然の法則」は〔A—改—1〕③の「不変の法則」と同じ概念なのだが、いずれにおいても内容について具体的でない。具体的でない限り、第二篇評は作品評というより、読者の視点から「平凡の人物」設定・性格との〈行為の一致〉論・因果性に貫かれた行為の描写・「光潔」論といった評語を活用して披瀝した文学論といえる。しかもきわめて抽象的な原理論である。この点、改稿『妹と脊鏡』評は久松評語を活用して焦点の絞られた作品評となっていた。だが『浮雲』第二篇評では論点が作品世界を越えて、強引に〔F—3〕⑦「不幸惨憺の結果を呈す」悲劇に向けられている。その結果、読者に「光潔」をもたらしたと評価しながらも、その要因「畏懼と哀憐との情」の不足を指摘せざるを得ない矛盾した展開に陥ったのである。従って第二篇評は性急さのあまり、作品評としては的を失したというべきであろう。ちなみに右の〔F—3〕を『戯曲大意』に照らせば次の通りである。

〔D—3〕

⑥　戯曲中ノ人物ハ自己ノ情慾ニ克ツ能ハサル者ヲ撰ム　（第七回）

⑦　嘆スベキノ末路ニ其身ヲ終ハルカ如キ是レナリ此ノ如キ惨憺タル悲境ヲ顕ハス　（第四回）

⑧　観客ノ胸裏ニ悲哀ノ情ヲ惹起セシメサルヘカラス而シテ其之レヲ惹起スルヤアリストテレス氏ノ言ノ如ク一タビハ畏懼ト哀憐ノ情ヲ惹起セシメ後チ復タ其情ヲ光潔ニスルヲ要ス　（第六回）

⑨　アリストテレス氏ノ此言ハ千古不滅ノ一金言トイフベシ　（第五回）

アリストテレス氏ノ言ノ如ク（中略）戯曲ノ要訣ナリ　（第六回）

なお、忍月は『浮雲』第二篇の欠点をもうひとつ挙げている。見過ごされがちだが、構成要素としての「境遇転変《ペリペチー》」を『浮雲』は「棄てた」という指摘が第三章にある。ルビにあるPeripetieは、アリストテレスが劇的効用を説く際にソポクレース『オイディプース王』の痛ましい真相の暴露を例にした『詩学』第十一章の評語「逆転変」Peripeteiaである。忍月は読者の「畏懼と哀憐との情」を最も惹き起こす構成上の「幕」と理解している。それだけ「光潔」に至る内面的な経過に注目しているのであろう。それでもこの時点では〔E－1〕の内面描写を深化させようとはしていない。そしてこの「幕」を具体的には、「主人公の艱難零落《くるしみおちぶれ》に在り」「障碍《さまたげ》、讒舌《わるぐち》、嫉妬《ねたみ》、嫌疑《うたがひ》等に由り齟齬《くひちがひ》、破憤《やぶれかぶれ》するに在り」という構成上の悲劇的状況に当てている。アリストテレスの場合も同様に構成上の問題なのだが、状況が幸不幸、いずれも正反対の方向に逆転する「場」であって、ことさら悲劇だけに適用しているわけではない。ここでも久松は「戯曲ノ主人公意外ノ不幸ニ陥リ不慮ノ災難ニ罹ルモノ是レ技芸家ノ所謂ル境遇転変（ペリペチー）ナリ」（第二回）と記した見解に忍月が依拠しているから悲劇的状況としての「幕」になっているのであろう。久松は「亜里斯徳的氏ノ定メタル原則」と前置きしているが、これも『詩学』の実態ではない。

　ところで忍月は「境遇転変」が『浮雲』に欠けている理由として、人物の行為が「自然に愜はざる」点と、「普通の人情に副はざる」点のふたつを挙げている。前者については、作品第十二回のお勢の文三に対する「寧そ別れるものなら……奇麗に……別れやうぢや……有りやせんか……」という捨て台詞が因果性に貫かれておらず、不自然であるというのである。また後者については第七回の菊見でのお勢親子に対してうろたえた本田昇が、第九回奥の間での文三に対して尊大な態度をとるのは「実際に於て」そぐわないというのである。因果性に貫かれた「自然」な行為と、実際に即した「普通の人情」との意味であることは明らかである。だがこれら二点が「境遇転変」にどう関係するのか。忍月の記述からは理解し難い。と同時に「自然に愜」う行為と「普通の人情」という評語も唐突で、次の久松評語を背景に読まなければ理解し難い。

〔D―4〕　人ノ行為ハ其自然ニ慊ハサルヘカラスト是レ皆亞里斯徳的氏ノ言ナリ蓋シ戯曲ノ人物ノ行為ハ其人ノ性質ニ適応セシメ決シテ人情ニ違フコトアルベカラス縦令理想上ヨリスルトキハ円満ニシテ欠ク所ナシト雖トモ而カモ其普通ノ人情ニ副ハサル事柄ハ之レヲ戯曲ニ輯綴スヘカラス　（第七回）

久松はここで、アリストテレス『詩学』を根底に人物設定と性格との問題を確認している。一言でいえば、第一回以来の「其人ノ性情」「其人ノ気質」といった性格概念を構成要素としての「其人ノ性質」に集約させているのである。基調とした『詩学』がここにある。だが「其人ノ性質」という個別の性格概念と、「人情」「普通ノ人情」という普遍的な性格概念との使い分けは『詩学』にない。この区分は前述の「畏懼ト哀憐ノ情」および「境遇転変」と同様に『ハンブルク演劇論』におけるレッシングのアリストテレス『詩学』解釈に負うしかない。つまり久松は事あるごとにアリストテレスを引き合いにだしてその典拠としているのだが、そのアリストテレス『詩学』はレッシングの解釈なのであって、『詩学』そのものではないのである。先に触れたボワロー批判にも明らかである。忍月はこうした久松のすり替え、実態に未だ気づいていないために、「畏懼と哀憐との情」の不足批判や「境遇転変」と右二点との齟齬をもたらしたのかもしれない。第一篇評以来の課題である機能論に言及し得たとしても、第二篇評全体としては久松評語に振り回されている印象を否めない。

　こうした忍月の初期批評に共通して窺えるのは、読者の視点から作品評価を下そうとする評価態度である。初稿『妹と脊鏡』評における読者にとっての悲劇的効用を論点にした態度や、『浮雲』第一篇評における「読者の眼を濃厚」にするための構成要素の問題提起、そして『浮雲』第二篇評における作品と読者の感情を巡る相関性の論及等を確認すれば、論理の飛躍はあるものの忍月批評の急転ぶりは窺えよう。以後も続く「藪鶯の細評」「文覚上人勧進帳」等々の作品評も同様に、作品と読者との相関的視点から啓蒙的に論及している。こうした一貫する視点を総じていえば、作品と作家の創作課題とを不離な関係として捉えるロマンティックな文学態度に先立つクラシックな文学態度として位置づけられよう。思潮史的にはやがて登場する『文学界』派を迎えての近代文学批評の黎明期にあって、短いながらも歴史的必然さを伴う批評活動であったといえる。

また批評基準を提示しながらの作品評には新しい批評の在り方として先鞭をつけたはずである。惜しむらくは、その基準が初期の段階では未整理の状態にあったことである。だが久松『戯曲大意』に触れてからの忍月批評には、それまでの生噛りな西洋文学からの知識にとどまらない、「就中独逸」の戯曲論が骨子になったことは既述の通りである。それでも当時の文学界にあって如上の忍月批評が十分に受け入れられたとは思われない。評言の唐突さは否めず、忍月のなかでも熟れていたとはいい難いからである。時代や忍月自身の若さにもよるのであろうが、何よりも久松評語の背景を咀嚼しない状態で『戯曲大意』の用字、用語に依存したからに他なるまい。

例えば久松が〔D－4〕で触れた「普通ノ人情」は、忍月が受けとめたように観客（忍月は読者）の感情に同感 Sympathie するための要件で、観客の感情を起点とする悲劇論の根幹である。つまり〔D－3〕⑧にある「畏懼ト哀憐ノ情ヲ惹起」させることを原則に、「悲劇ノ最終目的」である「光潔」Katharsis を導くための唯一の契機なのである。ところが忍月は構成上の悲劇的状況としての「境遇転変」に結びつけて「光潔」の必然さを強調した。しかもその「光潔」に、久松のいう〔D－1〕⑤の前半にある道徳的な教化的観点を内在させて自らの悲劇論とした。そしてこれらを忍月は「アリストテレス言へる有り」と一括した。だが実体はアリストテレスにみられない観点である。悲劇によって生じる「畏懼ト哀憐ノ情」という読者の感情作用は確かに『詩学』に起源するが、『詩学』では「同情と恐怖を惹き起こすところの経過を介して」浄化を果たすとしか述べていない（第六章）。アリストテレス『政治学』Politica においてもこれ以上の言及はみられない。これ以上の言及はアリストテレスを解釈したレッシングの見解である。レッシングは先ず完全な性格の人間はいないということを前提に（第八十二号）、誰にでも当てはまるような「普遍的性格」der gewöhnlicher Charakter の持ち主を登場人物にして（第九十五号）、「思いがけない不幸」に落ちるのを悲劇の骨格とした。この骨格をアリストテレスは作品構成上の転機となる「過失」hamartia に求めていたに過ぎない（第十三章）。だがレッシングは人間の欠点や弱点を含む性格上の問題に起因していると敷衍したのである（第三十号）。従って主人公の「思いがけない不幸」は、どのような市民の道徳感情に照らしても恐怖 Furcht が同情 Mitleid を圧倒しない程度に「自然な展開」die Handlung der Natur でなければ単なる恐怖だけで終わり、浄化には及ばないと主張する（第七十五号）。要するに「この浄化の本質は倫理的完成へ向かっての情熱の変化にほかならない」という命題「倫理的最終目的」die moralische Besserung を、意図的に市民としての観客への効用 Wirkung において見いだそうとしたのである（第七十八号）。アリストテレスを道学者に仕立てたレッシングの解釈なのだが、これはきわめて市民的で心理的な内容であった。すなわち浄化作用を悲劇の効用と市民としての観客の感情的反応との有機的関係に求めたこと、および市民としての観客の感情を同情と恐怖という悲劇の本来的な心理的メカニズムに限定したことにおいて、心理的に市民感情が普遍性 Allgemeinheit へと導かれるのである。久松は如上の経緯を「人ノ心裏ニ及ホス感応即チ其自然ノ結果ヲ描出シテ之レヲ心理的ニ名状シタ」と括り、アリストテレスの「千古不滅ノ一金言」と結んだ（第五回）。そして忍月も、それに倣い「アリストテレス言へる有り（中略）是れ千古の金言にして」と結んだ。久松評言の借用であって、その背後にある実質的な論理性が伏せられているのである。不備なアリストテレスの知識をもつ忍月が「自然に愜」う行為、あるいは「普通の人情」を位置づけるにもこうした久松のすり替えが背景にあった。従って改稿『妹と脊鏡』評の加筆部分〔A―改―1〕①に「『トラゲヂェ』は人の心裏に及ほす感応、即ち其自然の結果を描して、之を心理的に名状すれは也」と久松評語を転用したとしても、典拠とするアリストテレスにこだわる限り、この時点ではレッシングの掲げる普遍的人間性に等置される市民精神が詩的真実性 die poetische Wahrheit として作品評の基準に反映しないのである。作品の構成概念で機能性に触れざるを得ない忍月の限界がここにあった。

他にも例えば第二篇評の「天然の法則」や改稿『妹と脊鏡』評の「不変の法則」なども、アリストテレスにこだわっていては理解し難い評語である。久松は悲劇において「最モ顕著ナル所」が読者に「宇宙ノ間ニハ不変不易ノ天然ノ法則アルヲ」知らせることだと述べている（第六回）。忍月はこれをアリストテレスのいう「小説の秘訣」の脈絡のなかで触れているが、アリストテレスはむろんのことレッシングの道徳的教化的規範においても見いだし難い概念である。ここにはヘーゲル『美学』を想定するしかない。何よりも「天然の法則」という究極的な概念は、人為を越えるイデーともいうべき摂理の領域に高められている。ヘーゲルが「芸術の本質は、この立場（理念の領域＝引用者）に立脚して、この絶対の究極目的を実現することにある」（竹内敏雄訳『美学』序論第二章第二節三「芸術の究極目的の規定」）と展開する内容に無縁ではないからである。従って久松は「此法則（天然ノ法則＝引用者）ノ信任ハ其良心ニ存スルコトヲ覚ラシムルニ在リ審美学《エステーチック》及ヒ倫理学《エーチック》ノ上ヨリ観察シテ戯曲ノ最モ高尚ナル影響ハ獨リ此ニ在リト云フベシ」と悲劇の理想を人間の感性 Sinnlichkeit と絶対的理念 absolute Idee との観点から言及することになる（第六回）。この観点はレッシング的な教化的内容と異なる。忍月はここでも久松評語を繰り返したが、その背後にあるヘーゲルのいう戯曲の主要部である葛藤 Konflikt（『美学』第三部「詩の諸ジャンルの区分　下『劇的な詩』」）を意識して評言化するのはまだ先のことであった。教科書風のセレクトもので得た西洋文学の知識しかない最初期の忍月に、久松評語を十分に受容できないのは無理からぬことであったろう。

ただし改稿『妹と脊鏡』評の加筆をも含めて、初稿『妹と脊鏡』評、『浮雲』第一篇評で課題とした作品と読者の感情とを巡る論理は久松評語を介して深まったことはいうまでもない。とりわけアリストテレスの「平凡の人物」設定、あるいはレッシングの〈行為の一致〉論等についてはその意義をも確認し、やがて忍月批評の骨子となっていく。たびたび話題に上る「『真心の行為は性質の反照なり』と云へる確言」を論拠にした「舞姫」評は、この一斑に過ぎない。

注

（1）関西大学『国文学』第十四号（昭和三十年六月）掲載。のち『明治期の文芸評論』（昭和四十六年五月、八木書店）収載。

（2）本文引用の「新刊小説」が徳富蘇峰の執筆であることは、大江逸「浮雲（二篇）の漫評」（二十一年二月十七日『国民之友』）に明らかである。

三　初期 人情小説

忍月が著した小説は今日確認できている限り、処女作『一喜一憂捨小舟』から史伝「義久兄弟」まで約そ四十篇に及ぶ。これらは概して、執筆時の当代風俗を題材にした人情小説と、忍月自身のモチーフを基調にした歴史小説とに大別できる。前者は作品評で躍動していた時期の『お八重』『露子姫』等で、後者は時評に新局面をひらいた金沢時代の「皐月之助」『惟任日向守』等である。これらの大半は悲劇であった。『思想』掲載の「戯曲論」に従えば、世話物風の「人情的悲曲」Bürgerliche Tragödie と時代物風の「歴史的悲曲」Geschichtliche Trgödie ということになる。この分類は久松定弘『独逸戯曲大意』（第六回）を介して得た十八世紀ドイツ文学史上の概念である。

忍月が早くから悲劇に関心を示していたことは初期の作品評や、明治二十一年四月三十日『出版月評』の書評（無署名）「一喜一憂捨小舟・全」等に明らかである。ところが忍月の関心と創作意欲とは裏腹に、著すものはそれほど芳しい評判をとらなかった。今日においても小説家としての忍月は見過ごされがちで、吉田精一「近代文芸批評の黎明

――明治二十年代初期――」[1]が「後世の研究が小説家として彼（忍月＝引用者）を歯牙にかけないのは当然である」と断定した状況はなお続いている。だがかなりの意欲をもって創作に乗りだしたことは事実であり、春陽堂刊行の『露子姫』は第七版まで刊行されている。忍月の執着心と読者の要望とがなければ、こうした重版はあり得まい。しかも北国新聞社の編輯顧問として金沢に赴任した折り、来沢の紹介記事の見出しは「忍月居士と小説」であった（二十六年十一月八日『北国新聞』）。また長崎地方裁判所の判事として長崎に赴任した折りも、来崎の紹介記事「汽車拾遺」には『お八重』や『露子姫』の「小説家の忍月」が前置きにあった（三十二年六月二十五日『鎮西日報』）。小説家としての忍月は紛れもなく巷間に存在していたのである。作品の善し悪しは別にしても、仮に忍月の文学活動をトータルに窺おうとすればないがしろにはできまい。「後世の研究」が「歯牙にかけない」のは、作品の全貌を掌握する機会がなかったからではないだろうか。ただし実情は『石橋忍月全集』補巻の「著作目録」に掲げたように、なお存疑作として扱わなければならない作品や、掲載紙が破損していて全集に未収録の作品もある。また書誌的な点検を必要とする作品もある。詳しくは今後の調査を待つしかないが、とりあえず本節では処女作『一喜一憂捨小舟』を中心に、当初の狙いと課題とを検証する。

なお書誌上の吟味は若干の問題点がある『一喜一憂捨小舟』に限り、それ以外は忍月全集の解題にゆだねたい。また『一喜一憂捨小舟』を始め、『一読三嘆当世書生気質』『新磨妹と脊鏡』『独逸戯曲大意』の角書きは支障のない限り、以下省くことにする。

『捨小舟』は四六判の紙装洋綴本で、本文二〇五頁の他に、久松定弘「捨小舟序」十頁、忍月「捨小舟のはしがき」六頁、そしてモノクロの挿絵十葉（安達吟光画）を収めている。表紙および扉には同じ版式で、子持ち罫のカコミ（縦十五センチ、横九・五センチ）のなかに右側上段に「子爵久松定弘先生序／春の屋朧主人校閲」とあって、この二行の中央下に「志のぶ月居士石橋著」とある。この左に縦の表罫が引かれたあと中央に「一喜一憂捨小舟　全壹冊」とあり、再び表罫が左に引かれたあとに「東京　二書房發兌」とレイアウトされている。ただし以上の装丁は通行本である。他に表紙・扉の図案が異なる別本が一種ある。確認した別本の表紙は赤のカラー外枠（縦十四・五センチ、横九・五センチ）と緑のカラー内枠（縦十三・五センチ、横八・三センチ）のカコミのなかに通行本と同様の表記があるが、二本の縦罫がない。また扉には同様の表記に二本の縦罫が引かれている。本文と挿絵、および序文等に異同はない。他に異なる箇所は、奥付の印刷・出版日欄に印刷された短冊形紙片の訂正が貼付されているにとどまる。だがこの訂正紙片が破損していて、判読できるのは「□□□□□十八日印刷／□□□□□一日出版」だけである（判読不可の□は推定字数）。通行本にはこの訂正紙片がみられない。ただし別本にはこの訂正紙片の上に、さらに後述の通行本と同じ訂正紙片が再び貼付されている。訂正紙片は別本が二枚、通行本が一枚、都合二種ある。後述するように『捨小舟』にはふたつの版元があり、表紙・扉の図案の違いを含め、それぞれの版元が独自に作成したとも考えられる。なお訂正貼付の全くない別種の異装本の存在も想定される。(2)

いずれにおいても「志のぶ月居士石橋」が忍月の匿名であると判断できるのは、つまり『捨小舟』が忍月作品と断定できるのは「捨小舟のはしがき」に「忍月居士識」とある他、内題の著名欄に「忍月居士戯著」とあることによる。また奥付の著者名欄に「福岡縣平民／石橋友吉／本郷區三組町六十九番地／佐藤方」とある。ところが通行本・別本共に発行年月日と版元の「二書房」および定価等について、にわかには特定し難い問題点がある。

発行日については通行本・別本共に、奥付に版権取得の年月日が記されたあと「仝（明治＝引用者）廿一年二月十三日製本□御届／仝年二月出版」と印刷されている。通行本・別本共にこの上に訂正紙片が貼付されているが、当初の刊行予定が二十一年二月であったことは判明する。別本の場合は前述の破損した訂正紙片とその紙片の上に通行本と同じ「仝廿一年二月廿八日印刷／仝三月二十一日出版」の訂正が再び短冊形紙片に印刷され貼付されている。国立国会図書館所蔵本（「東京圖書舘藏」印記本）も同様の通行本だが、同蔵本には扉中央の書名右下に「明治二一・三・二七・内交」の丸印が朱で押されてある。ここにある「内交」は同蔵本の逍遙『贋貨つかひ』『松のうち』等の初版にある同類の押印から判断すると、〈内務省交付〉の略字である。要するに内務省から当時の東京図書館（現・国立国会図書館、当時は文部省総務局所轄）に交付した、つまり転送したことを意味する。新刊図書については内務省図書局に納本されたあと、一週間ほどで交付されることが通例であった。この印記から類推しても、『捨小舟』の発行日は訂正紙片（別本は再訂正）の日付に従ったほうが実際のように思われる。すなわち二十一年三月二十一日である。

ところで内務省への納本は版元が行なったのであろうが、当初の印字「製本□御届」を判読できない。これまで指摘されているように、表紙と扉とにある「二書房」がそれに該当するのであろうが、奥付にはこの出版社名「二書房」がない。また当時の諸紙誌上でも「二書房」を単独には未だ確認できていない。ただし二十一年四月十日『以良都女』の批評（無署名）「一喜一憂捨小舟」が冒頭で「大倉神戸二書房發兌」と紹介しており、「二書房」はふたつの出版社をさしていたと思われる。通行本・別本共に奥付には「出版人」の上に「發行者」と印刷された訂正紙片が貼付され、その欄の下段に「東京府平民／大倉保五郎／日本橋區通壹丁目十八番地」「東京府士族／神戸甲子二郎／京橋區南紺屋町七番地」と併んで印刷されている。前掲『以良都女』の批評や、村上濱吉『明治文学書目』（昭和十二年四月、村上文庫）の記載はこの「發行者」二名に従っているのであろう。

だが通行本・別本共に奥付にはこのあと「發兌人」欄があって、その下段には「大倉孫兵衛／日本橋區通壹丁目」と印刷されている。『妹と脊鏡』初版の奥付にある「特別發兌」欄や諸紙誌の出版広告欄を確認する限り、日本橋区通一丁目十八番地は大倉孫兵衛の錦栄堂であり、日本橋区通一丁目十九番地は大倉保五郎の含笑堂である。ただし本章一節でも触れたように『妹と脊鏡』の「特別發兌」欄には錦栄堂、含笑堂、柏悦堂、顔玉堂、開成堂の五社が印刷されている。それでいて国立国会図書館所蔵本には別に「大日本東京日本／橋區通壹町目第／拾九番地錦榮堂／大倉孫兵衛發兌」の角印が押されてある。大倉孫兵衛と大倉保五郎の住所が十八番地でもあり十九番地でもあるのだが、いずれの番地でも他に「大倉書店」の名称さえ使われている例がある。大倉保五郎は孫兵衛の一族であって、含笑堂は錦栄堂の傘下にあったとしか考えられない。また神戸甲子二郎は『妹と脊鏡』にみられる京橋区弓町十番地の顔玉堂である。町名の異同がみられるが、二十一年以降の諸紙誌では京橋区南紺屋町七番地に統一されている。

以上の大倉孫兵衛と神戸甲子二郎とを『捨小舟』の版元として明記しているのが、二十一年四月五、七日『絵入自由新聞』掲載の『捨小舟』広告である。この広告文は後述するように忍月の執筆と推定できるもので、その末尾には「發行書林」として大倉孫兵衛と神戸甲子二郎の名前が併記されている。「二書房」の実体は、奥付の「發兌人」欄をも考慮すると、大倉孫兵衛の錦栄堂と神戸甲子二郎の顔玉堂であったと断言して間違いあるまい。前掲『絵入自由新聞』広告の大倉孫兵衛の住所は日本橋区通一丁目十四番地となっているが、もはや発行者のひとり大倉孫兵衛を覆す番地名ではない。ちなみに発行と発売とは異なるが、二十一年四月十四日『女学雑誌』の『捨小舟』広告にも「發賣書林」としてこの二人が掲げられている。また二十一年十一月十日『我楽多文庫』の広告に「大倉書店發賣広告」欄があって、『妹と脊鏡』『守銭奴の肚』等と共に『捨小舟』が掲げられている。この時の孫兵衛の住所は一丁目十九番地である。忍月と錦栄堂との関係は『捨小舟』校閲の逍遙による周旋であったかもしれないが、改稿『妹と脊鏡』評の表題下に敢えて「錦栄堂発兌」と記すことにもつながっているのであろう。

『捨小舟』の定価は奥付に印刷されていない。これは当時として決して珍しいことではない。『贋貨つかひ』『松のうち』なども後で押印をして明示している。『捨小舟』の場合も同様で、通行本には「定價五十錢」の押印がある。だが別本にはない。前掲の『絵入自由新聞』『女学雑誌』『以良都女』の広告には三十八銭とあり、また『我楽多文庫』の広告には三十銭とある。実際の価格が定まらなかったのであろうか。また如上の訂正紙片や押印の他にも、忍月「捨小舟のはしがき」末尾の追記では山田喜之助の序文を「書肆の疎漏により之を紛失」したと記している。そして通行本の巻末には一頁分の「誤植の重なるもの」と題した横書きの正誤表が添付されている。「半玉《はんだま》は半玉《はんぎょく》の誤」（第一回）、「十五ガラートは十八カラートの誤」（第二回）など語句の訂正だが、重版でもないのになぜ正誤表を添付できたのであろうか。これらは『捨小舟』の刊行が円滑でなかったことの一斑なのであろうが、刊行までの経緯に何があったのであろうか。

『捨小舟』の執筆および刊行までの経緯は二十一年二月付の忍月「捨小舟のはしがき」冒頭に、次のように記されている。

　予が此書を著すは客年春夏の際に在り然れとも思ふ所ありて今まで世に公にせざりしも今亦た書肆の請ひにより終に発兌製本すること、なれり

ここにある執筆時の「客年」つまり二十年の「春」と「夏」は、奥付の「版權免許」欄の時期に符合する。作品本文そのものに「前篇」「後篇」の区分は明示されていないが、同欄には二行にわたって「前篇」が二十年三月二十六日、「後篇」が同年六月八日とある。最初の版権取得が三月ということは、その三月以前には作品を立案していたことになる。しかも執筆当初が「春」とある以上、時期的には少なくとも初稿『妹と脊鏡』評における逍遙への改良広言、とりわけ悲劇的構想が『捨小舟』執筆にモチーフとして引き継がれたと考えられる。

『妹と脊鏡』に対する当代評が乏しいなかでも初稿『妹と脊鏡』評は出色の作品評であった。のちに大江逸（徳富蘇峰）「捨小舟」（二十一年五月四日『国民之友』）を機縁にして蘇峰と交わりを結んだように、逍遙と接する機会はこの初稿『妹と脊鏡』評に始まったとみてよい。忍月は「雅号由来記」のなかで「明治廿年の頃坪内逍遙の宅に於て始めて嵯峨のや主人に逢ひし時」云々と触れている。ここに『浮雲』成立の背景に触れた逍遙「二葉亭の事」[3]や矢崎嵯峨の屋（おむろ）「春廼屋主人の周囲」[4]などの回想記の類いがあれば当時の関係を傍証できるのであろうが、

忍月自身の著述さえ見当たらない。現段階では相応の交わりがこの時期に生じていたのであろうとしかいいようがない。その交わりが『捨小舟』の刊行時に「春の屋朧主人校閲」となった所以であろうし、二十一年四月三十日『出版月評』の書評（無署名）「一喜一憂捨小舟・全」が「著者ハ春廼舎氏の門に在りて夙に頭角嶄然の聞えありし」と世評を伝える背景でもあろう。もちろん忍月が作品評で逍遥に広言したとはいえ、当時の忍月は一高の生徒である。二人の関係はこの後も「何分之御教訓奉仰候」（二十三年十二月逍遥宛書簡、日付未詳）の立場を越えるものではなかった。

『捨小舟』の素原稿は現在確認されておらず、逍遥の直接的な「校閲」ぶりは窺えない。だが忍月の悲劇への創作モチーフとは裏腹に、刊行された作品第一、二回あたりの〈語り手〉による場面説明は『当世書生気質』の手法そのままである。また登場人物の設定はやはり『当世書生気質』や『妹と脊鏡』から抽出した印象を免れない。詳しくは後述するが、逍遥の「校閲」は確かに痕跡をとどめており、全体を通しても『小説神髄』所論にみられる当代の書生気質や世態風俗の描写が基調になっている。ただし忍月の狙いは角書きが示すように作品最終回でのどんでん返しに注がれており、逍遥作品にはみられない趣向があった。これが初稿『妹と脊鏡』評で掲げた読者の「感情を惹起す」る悲劇の構想なのであったろう。とはいえ当初から悲劇の構想にそれほど確信があったとは思えない。初稿『妹と脊鏡』評の時点では明確な悲劇論を提示し得ていなかったからである。ということは逍遥の「校閲」下から「終に」刊行するまでの間、悲劇の照準となる概念に出会い、悲劇構想を確信し得たことになる。冒頭で執筆時を記す「捨小舟のはしがき」には初稿『妹と脊鏡』評にみられない評語と観点が掲げられているからである。これらはまぎれもなく『浮雲』第一篇評に貫かれた内容である。

版権取得の第二回目は二葉亭四迷『浮雲』第一篇が刊行された二十年六月である。どちらが先か定かではないが、第一篇は未だ忍月の想いを十分に充たす悲劇的展開ではなかった。忍月が約そ三ヵ月後の九、十月に発表する『浮雲』第一篇評で、この第一篇を「茶利滑稽の幕で持ち切つた芝居」と評した謂である。だが「真小説の体裁を備ふるもの浮雲に非らずして何ぞや」と激賞してもいる。登場人物の設定がごくありふれた「平凡の人物」であり、その人物の「地位境遇の変化と其性質、意想の発現との相関」を描いているからだという。その上で忍月は「脚色平凡意匠野鄙寓意もなく諷誡もなく一向面白からざる小説」という当代評に反駁した。ここにある「脚色平凡」は政治小説的な「目出度き夢物語」への反措定として評価する観点である。ここで留意したいのは「意匠野鄙」と寓意諷誡への論述である。前者に対しては逆に「浮薄の情卑猥の俗」を実写していることにおいて評価し、後者に対しては「小説の首眼本色」でないことにおいて却下している。これらの観点は初稿『妹と脊鏡』評の立論に反していた。初稿『妹と脊鏡』評では例えば「遊廓の有様を直接に顕さずして関接に写せし事」を評価し、また作品がもたらす処世的な寓意性において評価している。この二つの作品評の間には異なった観点が歴然としているのである。しかも前提となる「平凡の人物」設定と「地位境遇の変化と其性質、意想の発現との相関」を描写するという内面的な観点とは当時の逍遙に窺えないものであった。むしろ逍遙を一歩先んじた小説観といってよい。こうした差異、矛盾を抱えていた時期が、大まかに言えば逍遙の「校閲」下にあった『捨小舟』完成時の二十年「夏」ということになる。如上の『浮雲』第一篇評執筆をも念頭に置いていた忍月にあっては、逍遙の影響下にある自作に対する相応の疑念、焦躁が生まれないはずがなかったであろう。例えばヒロインを巡る主要人物の河井金蔵は「社会中等以上に位する身分」で、『浮雲』第一篇に捉えた「平凡の人物」とは程遠い。もうひとりの江沢良助も金井に対置されているとはいえ、「地位境遇」において同様である。人物設定ひとつをとっても、こうした葛藤が先の「捨小舟のはしがき」にある「思ふ所ありて今まで世に公にせざりし」理由であったことは想像するに難くないのである。

二十一年四月三十日『出版月評』の前掲書評が「余輩ハ著者か平生小説を嗜みて一家を成さんとすることハ聞きし」という風聞を記しているが、「一家を成さん」とするほどに忍月の創作意欲が強いものであっても、逍遙との軋轢を抱えては短兵急に刊行できなかったのであろう。また作品の中盤第七回で登場人物のひとり江沢が図らずも愚痴をこぼしたように、貧乏書生の身ではおいそれといかなかったはずである。[5]やはり書肆と読者への権威づけのためにも、逍遙の冠は必要であったにちがいない。この点を二葉亭は『浮雲』刊行時に「最初は自分の名では出版さへ出来ずに、坪内さんの名を借りて、漸と本屋を納得させるやうな有様であつた」とさえ振り返っている（「予が半生の懺悔」[6]）。実際、二十一年四月十日『以良都女』の前掲批評が「大家の校閲を経たと云ふ事ハ『少なくも』其書の信用を保証して求める訳で、それで無くてハ校閲の甲斐はありますまい」と当時の現実を叩きつけている。

こうした状況のなかで「終に」刊行に至ったのは、すでに作品本文を「小冊」（久松定弘「捨小舟序」）にしていた「書肆の請ひ」ではあるまい。二十年十一月刊行の久松定弘『戯曲大意』におけるドイツ悲劇論の詳言であったろう。忍月の悲劇への創作モチーフがそこに裏づけされているようなもので、「小冊」のままになっていた作品への確信につながったとみてよい。結果としては久松の序文冒頭に「忍月石橋君一日余か草廬に訪なひて」とあるような往訪を実現させ、表紙に「子爵久松定弘先生序」の冠を仰ぎ、巻首に二十一年二月付の序文「捨小舟序」が載ることになった。たとえ「小冊」にある舞踏会や矯正会そして男女交際論といったいわゆる当代風俗の題材が「少しく時候遅れの憾みなき能はず」とはいえ（「捨小舟のはしがき」）、念願の悲劇構想への確信をもって「発兌」に及んだことは否めない。ただし本文は「冊正せんには多数の時間と労力とを費」やすため「小冊」に正誤表を添付しただけで刊行し、作品そのものは逍遙の「校閲」した読本仕立ての悲劇にとどまったことになる。

ところが「思ふ所あり」という如上の経緯のために、悲劇構想の確信を得た二十一年二月付の「捨小舟のはしがき」執筆時が本文執筆時の「客年春夏」と時間差をもつことになり、『浮雲』第一篇評の観点を引き継ぐ形で自作『捨小舟』の世界を展望することになった。その「捨小舟のはしがき」には「小説の主眼は人物に在り其人物の意想。性質と及び其意想。性質の発現は地位境遇によりて変化することを穿ち得ば小説の妙は之に至ツて尽く」という記述がある。そして先に触れた「野鄙」をも含む「社会の出来事を財料として編作する小説」観がある。繰り返すようだがこれらふたつの観点は紛れもなく『浮雲』第一篇評にある論点であった。ただし時間的には逍遙理論に代わる依拠すべき新しい悲劇理論を久松『戯曲大意』に見いだして『捨小舟』刊行の確信を得たとはいえ、未だ「捨小舟のはしがき」執筆の時点では消化しきれていなかったのであろう。久松『戯曲大意』の援用は次作『浮雲』第二篇評以降に具体化されるが、刊行直後に著す後述の自作広告文には投影されている。従ってここでは初稿『妹と脊鏡』評を引き継いだ本文執筆時と、『浮雲』第一篇評を引き継いだ「捨小舟のはしがき」執筆時、そして『戯曲大意』受容後に傾倒する悲劇観を露にする時点との三段階の時間差による観点の違いに留意しておきたい。

さて『捨小舟』の世界だが、作品は十六の章「回」から成っている。だが必ずしも時間順に物語が展開しているわけではない。第一回から第七回までの間に過去の出来事を語る場面がたびたび登場し、現在進行中の出来事の誘因としている。時間順に主要人物の「地位境遇」の変化を概述すると次の通りである。河井金蔵という法律学校の学生が郷里の大阪に帰省していた折り、負傷したところを隣家の箱田左衛門の娘お光に助けられる。これを機に、お光に対して深い恩義と恋慕を抱く。河井が学校を卒業する二年前の夏であった（第四回）。銀行の重役を勤めていた左衛門はその一年後、洪水による自宅の崩壊、妻の急死、銀行の倒産に遭い、さらに負債を抱えて新聞配達夫に零落（第五回）。左衛門の一人息子三郎は河井と同じ学校に通っていたが、家の没落のため学費を高利貸しからの借金でまかなっていた（第六回）。卒業年次の正月、河井と三郎とが不忍池に近い河井の下宿で閑談（第一回）。その年の七月初旬、卒業試験後いくばくもなく三郎が急死（第三回）。左衛門は河井からの電報で三郎の急死を知り、落胆（第五回）。借金返済のためお光は身を売り（第六回）、その中旬には深雪と名のる遊女となる（第三回）。七月下旬には左衛門も上京（第七回）。吉原の角海老楼の深雪は評判となり、八月中旬には河井の友人である江沢良助も知るところとなる（第二回）。江沢は深雪が河井に会いたがっていることを告げる（第三回）。十月初旬、江沢は家主に立ち退きを迫られている左衛門を救い、左衛門が学友三郎の父であったことを知る（第七回）。以上の前半は河井とお光の淡い恋情を主軸に、お光の転落を誘因する箱田家の没落、三郎の急死等を前後入り組んで描いている。

この限りにおいていえば筋はきわめて単純なのだが、作品構成が複雑である。当代評のひとつである福泉雅一「捨小舟を読む」(7)が作品の欠点を「前半趣向ノ錯雑ナルコト」と指摘している通りである。だが第八回以降はお光の転落を知った河井の煩悶を主軸に（第八、九回）、箱田親子への江沢の救済を経て（第十、十三回）、終末部へと時間を追って展開していく。河井は結局お光との結婚を諦め（第十一回）、田村子爵の令嬢春子と結婚（第十二、十四回）。河井の結婚を聞いたお光は今度は江沢に将来を託そうとするが（第十三回）、江沢は洋行し（第十五回）、帰国後はやはり子爵令嬢と結婚（第十六回）。末尾は頼る者のない寂しい〈捨小舟〉お光の身上を描き、「お光の失望如何ならむ」とその身上を読者に投げかけて結んでいる。

この悲劇的結末はお光の思いもよらぬ「地位境遇」の変化がもたらしたものだが、かくして淪落する温厚な令嬢を描く忍月の狙いは読者が「一喜一憂」する感情の惹起にあったことはいうまでもない。そのために結末に至るまでの因果性を、読者が感受していたアップ・ツー・デイトな当代風俗を交えて「実写」しているのである。前掲の蘇峰「捨小舟」はこうした最終回での趣向を「全篇の精神皆な此の一点に渦巻き来れり」と評し、「覚へず吾人が感覚神経を激動せり」と称賛した。「捨小舟のはしがき」執筆時に忍月が確信した通りの評価である。しかも蘇峰はまた一方で、舞踏会や男女平等論等の題材を「慣用手段にして、毫も奇とするに足らず」と批判した。この点も「捨小舟のはしがき」で「時候遅れ」と認識したことに同じである。刊行した文学世界は結果として成功したといってよい。蘇峰の批評には『浮雲』第一篇評に対する忍月への評価が背景にあり、忍月の認識にはその『浮雲』第一篇評を引き継ぐ先のふたつの観点があった。共に『当世書生気質』から『浮雲』の世界に移行した文学状況の変化を意識していたのである。そして何よりも、読者の視点から文学の意味を問う啓蒙的な態度が共通していた。こうした蘇峰との共通点は次章に譲らざるを得ない。ここでは「捨小舟のはしがき」の右認識に本文執筆と時間差のあったことを、つまり執筆時を巡る絡繰りを問題にしたい。作品本文における舞踏会等の題材は、本文執筆時に逍遙の「校閲」がある以上、また「社会の出来事を財料として編作」したと認識する以上、登場人物の「地位境遇」を描くに重要な要件となっていた。ところが「捨小舟のはしがき」時点では否定的に認識するなどのギャップがみられるからである。

　こうした執筆時を巡る観点の絡繰り、問題の所在を示した一文がある。版元を明示した前掲の二十一年四月五、七日『絵入自由新聞』掲載の次の広告文で、前述の三段階目の時間差の時点から眺めている。

> 世人の最も恐る所ハ道徳上の羈絆なり世人の最も苦む所ハ金銭上の羈絆なり忍月居士ハ巧みに此に羈絆を實寫して毫も忌む所なく毫も隠す所なし試みに雨窓孤燈の下浄机静座此篇を繙かバ人間茫々の中幾多の境遇あることを悟るべし例之ハ富春有爲の少年夭死して老父路頭に迷ひ其災延ひて可憐温順なる一處女に及び薄倖半生時に秀才子の擯斥を受け時に磊落家の憐みを蒙る其間貴顕の令嬢謹厚の學士を慕ふて公園邂逅の紜あり淡泊なる名士ハ立志歐行して佳人暗に沖の石を學ふあり或ハ北方の動物園に痴遊して奇話を齊す者あり或ハ苟安を求めて無放商の女と結婚する者あり其他滑稽焔魔を笑ハすの奇事多情劉郎を悩すの艶聞より東西大學の批評品行服装の優野男女交際の利害花柳界裡の非難に至るまで縦横穿ち得て萬状眞に逼る殊に才識高き久松子の小説沿革史を添ふると有名なる坪内氏の校閲とあれバ一讀價値ある近来無比の「トラゲチヱ」なり　（全文）

この広告文を忍月の執筆と推定したのは林原純生「初期忍月の文学理念――併せて森鷗外『舞姫』及び『恋愛と功名』とのこと――」[8]である。二十一年四月十四日『女学雑誌』掲載の広告文「右小説は道徳上金銭の羈絆を写したるものにして無教養の女子の結果と中等内外の地位ある男子の汚行とを現はしたるものなり」（全文）に比べると、あまりにも適確に作品世界を披瀝している。例えば三郎が「夭死」し、左衛門が「路頭に迷ひ」、その災いがお光に「及び薄倖半生時に秀才子の擯斥を受け」云々である。忍月の執筆と断定するに傍証資料に欠くが、狭斜をさす「公園」や「北方の動物園」の言い回し、あるいは初稿『妹と脊鏡』評にもみられる「試みに雨窓孤燈の下」といった表現句などを加味すると、忍月の執筆と断定するにほぼ間違いはないだろう。末尾の「近来無比の『トラゲチヱ』なり」という断言は久松『戯曲大意』を根拠とした広言にちがいなく、忍月の確信が改めて示されたといってよい。ちなみに二十一年十一月十日『我楽多文庫』掲載の広告文も、右引用の三行目「例之ハ」から九行目「眞に逼る」までの要約を割愛し、他は同一文で載せている。同誌に「五月鯉」を連載中の巖谷小波の日記「戊子日録」[9]によれば、二十一年十月二十日に麹町区飯田町の硯友社を訪れた際「石橋忍月も／用事ありて来合ス」とある。この「用事」は推定の域をでないが、広告文にかかわる内容ではなかったろうか。時期的には『我楽多文庫』への広告掲載時に符合しており、右広告文が忍月執筆とするに信憑性を高めているからである。

　さて右引用の広告文にはふたつの「羈絆」を挙げた後に「幾多の境遇」例、つまり前述した登場人物の状況「地位境遇」の変化が要約されている。この後半に、そうした状況を描くに「東西大學の批評品行服装の優野男女交際の利害花柳界裡の非難」を込めているとある。ここにある「批評」「優野」「利害」そして「非難」に注目したい。これらは作品第七、八、十一回等で語られる江沢の当代批判に一括できる。だが初稿『妹と脊鏡』評で論点とした寓意諷誡論をそのまま襲用しているわけではない。またその後に「時候遅れ」と認識した題材を否定しているわけでもない。刊行後に作品を捉えた別の新しい観点から生じた「批評」等の〈批判〉である。作品に散見する当代批判は第一回の対学校・改良会・矯正会、第二回の対官吏、第三回の対遊女等に窺える。なかでも第十回で河井が語る矯俗会・日本文章の改良、また第十一回での江沢の台詞にみられる男女交際・舞踏会・一夫多妻等は明快で、紛れもなく明治十年代後半を象徴する改良主義下の論議である。これらのいわゆる当代風俗は『捨小舟』執筆時における同時代性の問題として格好の題材で、作中ではまぎれもなく寓意上の主要件になっている。ただし『浮雲』第一篇評では先に触れたように翻って却下していた。そして「捨小舟のはしがき」においては「時候遅れ」で「時俗に的中せざる」とも記し、それほどに重きを置かなかった。執筆時に重視した要件を、時を経た「捨小舟のはしがき」では軽視し、久松『戯曲大意』に確信を得て刊行したあとに〈批判〉の的として再び重んじているのである。題材としての当代風俗が単に時宜にかなうか否かの問題ではない。作品刊行後の時点で、作品構想上の要件として別の観点が注がれたことになる。つまり作中に当代風俗の論議を込めて寓意しただけでは作品の主意としての〈批判〉にはならないという観点からの発想である。この観点から作品はどのように捉えることができるのだろうか。

クリスチャンで矯俗会の主唱者でもある河井が、身を落としたお光との関係に悩む場面がある（第九回）。苦労性で実直な河井は日頃の宗教観と矯俗観から、すでに学生の「地位境遇」でない現在の立場と将来に向かって自分を見つめる。そして狭斜の地を訪れるまで煩悶を繰り返す。ここには描写法は別として、人情味溢れかつ社会の改良を主張するエリートの苦悩が当代風俗を背景に新鮮に描かれている。だが「旧恩」ある「恋《ラブ》の先導者」のお光について、自分の名誉と出世という世俗的な規範から「旧恩」を棚上げにして、お光の存在を切り捨ててしまう。インディヴィデュアルな「恋」を消去して世間体の「旧恩」を残したということは、広告文に従えば「道徳上の羈絆」に束縛される当時の良風美俗に甘んじた決断ということになる。結果としては「金銭上の羈絆」に束縛されたお光の数奇不遇な境界に手をさしのべることもなく、またそうした社会を実際に改良しようともしない社会改良家がここに出現したことになる。こうした矛盾のある、内面的に分裂した改良主義者を主要人物として描いたことが、本文執筆時には寓意諷誡の対象になり得ていた。だが時間差を置いて人物に主眼を置く「捨小舟のはしがき」の時点からみれば、当代風俗は確かに「時候遅れ」であり、逆に状況によって左右する河井の「意想。性質の発現」が的確に捉えているといわざるを得ないのである。この点が第一段階から第二段階目への観点の推移である。

だが作中にはまた一方に、当代風俗に〈批判〉的な江沢というエリートが設定されている。この江沢の所感からみると、江沢自身は河井に象徴された矛盾のある改良風潮に対する〈批判〉者でもある。それは磊落な江沢が実直な河井からの結婚断念の手紙を読んだ後に苦笑する場面に窺える（第十一回）。この場面で、江沢は「相変らす色々《いろ》ンな事を苦に悩む男だ情を汲めば業望む可からず愛情と巧業とは併立し難し、クスツ余ンまり事を大きく思ふから話がツイをツくうになる」という感想をもらしている。ここには「社会の真情を嘗め尽す」ことのない、また「下等社会の内幕を探る」こともしない河井に対する批判が込められていた。河井が選んだ子爵令嬢の春子に対しても「おれの形容詞で誤摩化した賞辞を裏面から考え」ない浅薄な女性と批判し、「甘いも粋いも嘗め分けた経験に富み人情に通じゐるおれ」を主張している。江沢が確信する「おれの目」は、お光の温厚な性質もあどけない長所もわかるのである。こうした相対的な人物設定は、やはり当代を〈批判〉するに批判的な観点を十分に担った意図的な構想といえる。単に矯俗会や女子の教育、男女交際等の論議が当代をそのまま寓意し批判しているのではない。作品構想上における人物設定が作用しているのである。

ただしこうした構想上の作用は当初から意図されたものでない。この〈批判〉は刊行後の広告文における観点である。いわば第三段階目の執筆時における広告文からの内容である。この広告文に久松『戯曲大意』の受容を想定するのは容易である。久松はその第四回「戯曲ノ種類」で「資料（題材=引用者）ノ性質如何ニ由テハ一種特異ナル理想的ノ人物ヲ出シ諷諌刺譏等ノ意ヲ寓スルコトアリ」と明言しているからである。これまでの「小冊」を確信をもって刊行にこぎつけた根拠である。初稿『妹と脊鏡』評で論拠にした寓意諷誡論を、改稿『妹と脊鏡』評では「寓意諷誡なきの小説は、時として体ありて神なきか如き憾あり」と置き替え、「捨小舟のはしがき」では一切触れなかった。それが広告文では「例之ハ」云々以下の構想上の寓意から読者が「萬状眞に逼る」という〈批判〉になっている。

これに対して逍遙の「校閲」下にあった本文執筆時の当代批判は、初稿『妹と脊鏡』評で主張した「寓意諷誡なきの小説は体ありて神なき者」で捉える題材上の寓意に絞っていた。具体的には河井と春子の結婚後の生活に窺える。春子は河井に猜疑心を募らせ、姑に不満をもち、子供の将来に自力で立ち向かおうとする。また河井は生半可な学問のある春子に対して疎ましく思うようになり、「もしお光みた《ママ》様な性格だと余程事が円満に運ぶけれど」と密かに後悔する（第十四回）。こうして掛け離れる結婚生活は、三郎がお光の教育のことで両親に学問の在り方、教育の力を説き（第四回）、また一方で春子が『女学雑誌』を机上に置きながら自由結婚、男女交際そして婦女の地位などを内心で高唱したことを踏まえ（第十二回）、『妹と背かゞみ』同様に結婚の在り方を直接に諷誡しているのである。作品には他にも『女学雑誌』の主唱する矯俗、男女交際等の論議を散在させ、処世的な寓意性を発揮している。

ところがこれらは「作者」と名のる〈語り手〉が一方的に伝えているに過ぎず、当初は「一種特異ナル理想的ノ」人物設定に及ぶ構想ではない。しかも〈語り手〉が抱えているモチーフのもとに、人物の「地位境遇」の変化はやがてひとつに集約されてしまう。本文執筆時に〈批判〉がないのはこのためである。一見すると河井と相対するかに思える江沢も、実は〈語り手〉のモチーフに支配された河井と同一人物なのである。先の例示に従えば、江沢の箱田親子への救済に明らかである。この救済には「彼等父子を得心させ河井の本意を通ぜしめやう」という意向が根底にあった。「河井の本意」とは、「此事（お光との結婚を諦めたこと＝引用者）よりして万一双方気を悪くし交らぬ様に相成候ては生涯の心掛り」という世間体に貫かれた「旧恩」意識である。つまり江沢の救済は、河井が自分を社会的に保全しようとした観点の延長において実践されているのである。江沢は自分のこうした行動に「是れも処世の学問だ」という認識をもち、「下等社会の内幕を探る」観点を曖昧に捨て去って洋行する。たとえ河井の内面で改良主義の内部課題を個人の問題として確認し得たとしても、相対化された観点が不徹底なのである。徹底しているのは洋行を「多年の志願此時に達したり」と語る〈語り手〉のモチーフである（第十五回）。このモチーフは同時に立身出世に通じる当代の通念で、河井や江沢が等しく共有する行動原理でもあった。そしてお光はその通念に寄り添う、つまり現実に妥協するごくありふれた〈捨小舟〉の存在なのである。それ故に『捨小舟』の人々は最終的に社会全体から決して疎外されることのなかった『浮雲』の内海文三に与えられた「免職」というような構想上の〈批判〉的な設定はどこにもないのである。これでは作品に同時代的な批評・風刺等を散在させても、作品世界は当時の改良主義に代表される近代化への本質的な〈批判〉にはなり得ない。やはり〈批判〉は物語を語る〈語り手〉の世界から離れた『戯曲大意』受容後の観点であって、前述したように本文執筆時の課題ではないのである。作品の主意は当初から〈捨小舟〉の身上であって、繰り返すようだがその「地位境遇」を語るための題材が男女平等論や洋行なのである。ということは、初稿『妹と脊鏡』評において小説の改良を「小説改良家の親玉」逍遙に向かって広言しながらも、実作『捨小舟』執筆時においては小説の改良とか、文学における批評の在り方といった近代的意図が逍遙作品よりも希薄であったことになる。

『捨小舟』の世界はこうした意味において、逍遙の「校閲」下における読本仕立ての悲恋物といってよい。それだけ『当世書生気質』からの戯作的な影響も著しい。例えば河井と三郎が打ち解けて話す第一回で、江沢は「どうも当節の子供は賢いネ」「都会に育ツた子供はどうしても発育が早い」「賢いと言やア彼の奇行磊落家の隊長なる江沢はどうした」云々の言い回しのなかで登場する。この場面は『当世書生気質』第二回の須河と宮賀の会話に登場する任那の場合と同様である。しかもその会話はそのまま三郎急死後の河井と江沢との会話に応用される（第三回）。いずれも掛詞や縁語、枕詞などの伝統的なレトリックを基調に、書生ことばによる遊びが徘徊している。特にこの河井・江沢の会話のなかで江沢が登楼して深雪と会うまでの経緯と深雪の様子とを語る場面は、『当世書生気質』のひとつの物語である守山友芳と妹おそでとの再会を語る伏線的な場面の援用である。『捨小舟』の場合は悲劇が展開する前触れのような場面だが、これによって第三者的な江沢の語りによって実直な河井と遊女になって一ヵ月しか経っていない深雪のあどけなさとが明かされる。偶発的な出会いや、その状況設定の上からもきわめて戯作臭の濃い場面である。ここにはさらに、お互いの存在をそれとなく気づかせる小道具までがそれぞれ用意されてある。河井の江沢宛ハガキであり、守山の羽織りの紋である。この他、河井の年齢や江沢の性格などは『妹と脊鏡』から捻出したとも考えられなくないが、いずれにしても逍遙の戯作的な影響下にあったことは免れない。

文体の上からも、先に触れたように「作者」や「記者」と名のる〈語り手〉が「看官」「読者」に向かって「物語」を語り、説明するという『当世書生気質』同様の手法である。例えば第一回で登場する河井は、砂塵にまみれた当時の東京が先ず語られ、次いで物静かな不忍池畔の下宿屋が対比して紹介された上で「其部屋の模様を見るに」→「茲処の主人の注意なり」→「此室の主人は婦人の気質をも併せ有する人と思われる」→「法律学校の学生ならんか」→「障子を開き例の威き眼を放ち」→「モウ見る物は無いかと不足顔」と語りで絞られていく。この〈語り手〉は河井の全てを支配し、操作していくが、決して河井の内面からは語らない。〈モウ見る物は無いかと不足に思った〉のではなく、「不足顔」なのである。読者はこうして語られた地の文から河井の心情を限定的に推察する。推察の困難な思惟は「写真鏡を以て其意中を写せば」(第四回)や、「心の中で思ふ様」(第七回)といった独白の語りが加わって説明される。そして〈語り手〉は「今回の物語は」云々と絶えず進行をつかさどり、またカコミのト書や「著者の寐言なり」「記者が説明する」「作者曰うす」などの語りで物語世界を直接に説明していく。それだけにそれぞれの場面と時間とに狂いは生じない。だが読者はその語りから解放されることがない。むしろ〈語り手〉が抱いているモチーフに縛られ、滑稽本風の類型化されたヒロインだけが脳裏に残る。読者の感情に斬新な悲劇性を惹起させるには〈語り手〉が障害になっているのである。これが明治戯作の常套手段であったとしても、また逍遙の「校閲」であったとしても、逍遙がやがて自覚したように〈語り手〉の限界を早くに気づくべきであったろう。

だが忍月は無頓着なまでに最終回まで同じ手法を貫いた。『捨小舟』執筆後の小説「因果」『お八重』においても同様である。例えば『お八重』における「作者は此憐む可き一滴」（第一回）「此の節小説家のお定り文句だヨ」（第二回）「是れ即ち作者の筆先に掛ツたる」（第三回）云々である。これらは初出「都鳥」にみられない箇所で、敢えて加筆しているのである。

こうした手法はまもなく藤の屋主人（内田不知庵）「忍月居士の『お八重』」[11]が代弁したように、「春の舎氏が失錯を襲踏して『著者申す』云々を書添ゆる」は「拙も又甚し」と退けられる方向にあった。不知庵はツルゲーネフと嵯峨の屋おむろを引き合いにだしながら批評しているのだが、この意図的な方向は「因果」が掲載された二十二年一月六日『都の花』の誌面に象徴されている。ここには二葉亭訳「めぐりあひ」と嵯峨の屋「初恋」が併載されていたからである。嵯峨の屋「初恋」は六十を過ぎた老翁が少年時代の異性に対する思いを「あれが多分初恋とでも謂ふのであろうか」と前置きしながら語る一人称体の回想小説である。登場人物を一方的に支配することのない老翁の〈語り〉は、嵯峨の屋自身が「文学者としての前半生」[12]のなかで「ツルゲーネフの感化によつて成つた」と明かすように、ツルゲーネフに多い自由な感情を示す「自分」の語りが背景にあった。とりわけ『都の花』創刊号（二十一年十月二十一日）から連載の翻訳「めぐりあひ」の「自分」は、物語世界での自由な役割をより積極的に担っていた。忍月「二葉亭氏の『めぐりあひ』」はその「自分」が語る手法を「実に無類の筆法なり実に不可思議の写し方なり」と注目し、その上で「本編の主人公（即ち佳人と艶郎を観察する著者）の心既に佳人に傾き佳人を慕ふに至つては絶妙中の最絶妙予は其筆法の霊活なるに驚服せずんばあらず」と評価している。適切な評言であって、後年に魯庵生（不知庵）「病臥六旬」[13]が「ツルゲーネフを紹介したのは二葉亭であつたが（中略）指教したのは忍月であつた」と振り返っている所以である。忍月が早くから「めぐりあひ」に注目していたことは、「因果」の前書き部分の一節「何ぞ一ツ書いて見ろとの有難き仰せ」云々が「めぐりあひ」のそれに酷似していることにも明らかである。当時の不知庵がツルゲーネフに「忍月居士も感服されし一人ならん」と触れた背景でもあろう。だがあまりにも手法の変わらない「因果」『お八重』に対して、不知庵の批評は辛辣であった。忍月が「藪鶯の細評」や「文覚上人勧進帳」で掲げた論点の一つひとつをそのままの文言で「人情小説の妙は読者をして主人公と同感の意を起さしむるにあり。如何にして同感を起さしむべきか」とさえ詰問している。不知庵にいわせれば、忍月は「文壇を睥睨されたる達眼家」である（いずれも「忍月居士の『お八重』」）。レッシング『ハンブルク演劇論』を準拠にした「達眼家」忍月の批評は確かに新時代に相応しい活動ぶりであった。だが実作においては、不知庵に「幻滅を余り深く感ぜしめた」と切り込まれるほどの旧態依然とした内容なのである。

ところが『捨小舟』最終回には蘇峰「捨小舟」が感銘し、また不知庵「忍月居士の『お八重』」が震蕩した趣向があった。それは最終回の最末尾の〈語り手〉が介入しない世界である。すなわち江沢の三年余の洋行期間とその後の遼遠な日々を生きる〈捨小舟〉お光の世界である。これは〈語り手〉が物語世界で触れていない別の世界であって、語りによる説明を放棄した世界でもある。お光の悲劇的な身上を読者の感情に共鳴させせようとする忍月の狙いは、この沈黙の世界でしか達成されなかったのである。このことは「因果」の末尾「跡は読者の想像に譲りて」、および『お八重』の末尾「然しお八重が附録を承知するや否や著者にはおぼろ」に共通している。そして『当世書生気質』最終回での凄まじい言い訳に対峙しており、少なくも意図的な表現であったことは十分に考えられる。その後の小説『元祖風流柳ごし』第二回では下男が主人の書きかけの作品を盗み読んで「こりや中々面白い（中略）自伝体とやらで言文一致」という感想をもらす場面もあり、また先の「めぐりあひ」評での標榜もある以上、〈語り手〉による読本仕立ての実作に忍月が葛藤していたことは否定できない。この葛藤は逍遙の「校閲」する世界との狭間に、自らの意図で境界線を引きそびれていた焦りでもあったろう。最末尾の趣向はこうした意味で、当時の逍遙に批判的な境界を自らが線引きした唯一の手法でもあったといえる。刊行後に「近来無比の『トラゲチヱ』なり」と断言してはばからない悲劇構想がここにみえたのであろう。

こうしてみると忍月の悲劇には「作者」と〈語り手〉との分離が課題であったことがわかる。〈語り手〉を離れた刊行後の忍月には前述した〈批判〉もみえていたからである。従ってこの〈批判〉は、河井が「断然と決心した」当時の典型的な選択、つまり「愛情を捨て、名誉を取ること」に対しても微かな疑念を向けていたのではなかろうかと思われる。この延長に「舞姫」評における「抑も太田なるものは（中略）恋愛を捨て功名を採るの勇気あるものなるや」という〈批判〉的発想を読み取ってもよかろう。ただし「舞姫」評における〈批判〉には、アリストテレス『詩学』第八章を解釈したレッシング『ハンブルク演劇論』の〈行為の一致〉論という「確言」が根底にあった。この「確言」はもちろん久松『戯曲大意』を経て得た概念である。『捨小舟』執筆時には未だ忍月の論理はそこまで及んでおらず、『捨小舟』からそのまま敷衍できる観点ではない。

なお前掲の福泉雅一「捨小舟を読む」がすでに指摘しているように、作中では山田案山子『生写朝顔日記』における扇子の故事をも踏襲し、当時の読者により馴染みのある悲劇的共感を増幅させている。お光こと深雪が登楼した客の忘れ物の扇子をみて、急ぎ立ち返った客を河井と知って取り乱す場面への活用である（第八回）。その扇子はかつて河井に所望されてお光が与えた「恋」の証しであった（第四回）。この場面には「地位境遇」の変化と共に、なおあどけなさをもつお光の性質が描かれており、忍月が「捨小舟のはしがき」で展望した事例のひとつとみてよい。だがこの場面はまた、嘉永三年一月に刊行された院本『生写朝顔日記』において最も同情を惹き起こす山場の活用でもあった。儒学就業中の阿会次郎が家老の娘深雪に見初められてわりなき仲となり、その証しとして扇子に朝顔の唱歌を書き与える（「宇治の段」）。この二人はその後お家騒動に翻弄され、辛苦の果てに盲目となった深雪が阿会次郎を尋ね放浪するなかで、例の扇子をきっかけに再会することになる（「宿屋の段」）。扇子を手にした深雪の半ば狂乱の体は共に、純粋な恋情を基調とするドラマチックな場面である。『捨小舟』においては悲劇場面の発端になっており、逍遙作品にみられない忍月の工夫をここにもみて差し支えあるまい。たびたび浄瑠璃で上演されていた『生写朝顔日記』を、忍月が院本で読んでいたことは疑う余地がない。忍月はおそらく明治十四年一月の金桜堂版『増補生写朝顔日記』によっているのであろう。次作の「因果」のなかで「朝顔日記宿屋の段、あれは二世を契ツた情夫情婦の奇遇にして」云々とある他、『お八重』でも「深雪が逢坂の関に於て盲目となる」などと触れている。こうした原拠は他にあるのかも知れないが、いずれにしても読本や院本にあるお涙頂戴式の世界が根底にあって、そのお涙を読者に投げかけているのである。この読者を意識したところに忍月の当初からの悲劇観があったわけだが、お涙を投げかけられた読者と作品との合目性は全体的に希薄であった。これが金沢時代の「親不知子不知」や「くらぶ山」であれば、レッシング『ハンブルク演劇論』にある同情 Mitleid から転化する浄化 **Katharsis** において発揮されることになる。だが初期小説には明確な悲劇的機能を据える文学理念に欠けていた。たとえ末尾での趣向があるにせよ、M・M・（不知庵）「今の小説界文派」[14]が指摘したように人情本等の亜流としての「雑体」に過ぎなかった。忍月のなかで理論と実作とが具体的に密着して展開するには、たび重ねて執筆するのちの「戯曲論」を待たねばならない。

注

（1）　昭和三十七年九月『国文学論叢』第五輯掲載。のち至文堂刊『近代文芸評論史　明治篇』（昭和五十年二月）に収載時、本文で引用した一節は「後世の研究が作家としての彼を問題にしないのは当然である」と語句を異同している。

（2）　実物を確認していないが、講談社版『日本現代文学全集』第八巻の口絵写真にある『捨小舟』は本文で記した区分に従えば別本である。また筑摩書房『明治文学全集』第二十三巻の改題や昭和女子大学近代文学研究室編『近代文学研究叢書　24』の著作年表に記してある発行日は明治二十一年二月となっている。本文で触れた訂正紙片のない作品なのか、あるいはさらに別種の作品なのか定かでない。
（3）『柿の蔕』（昭和八年七月、中央公論社）所収。
（4）大正十四年六月『早稲田文学』掲載。
（5）作中第七回での江沢の感想は、すでに嘉部嘉隆「石橋忍月研究余録」（昭和四十九年九月『樟陰国文学』）が山本健吉氏の回想を踏まえて忍月自身の経験と推定している。不知庵「病臥六旬」をも考慮すれば、ほぼ間違いないだろう。
（6）明治四十一年六月十五日『文章世界』掲載。
（7）明治二十一年十一月二十六日『出版月評』掲載。
（8）平成五年一月『森鷗外研究』掲載。
（9）本文引用は桑原三郎監修『巖谷小波日記　翻刻と研究』（平成十年三月、慶応義塾大学出版会）による。
（10）文体に関しては、久保由美「近代文学における叙述の装置――明治初期作家たちの立脚点をめぐって――」（昭和五十九年四月『文学』）、小森陽一「結末への意志／結末の裏切り」（昭和六十二年十二月『日本の文学』）に負うところが大きい。
（11）明治二十二年五月十一、十八日『女学雑誌』掲載。
（12）明治四十一年五月十五日『文章世界』掲載。
（13）大正十五年六月『中央公論』掲載。のち『紙魚繁昌記』（昭和七年九月、書物展望社）収録。
（14）明治二十二年十二月十四日『女学雑誌』掲載。

第三章　民友社時代　―明治22年1月～同23年3月―

忍月が『国民之友』に初めて発表した作品は、第三評「藪鶯の細評」（明治二十一年七月六日、付録「批評」欄）である。批評家の「標準者たるの任」を自負し、「真正の批評は（中略）文学上に進歩を与ふ」ことを確信した上での作品評であった。この作品評を皮切りに、翌二十二年一月から『国民之友』を舞台に本格的な執筆活動が始まった。爾来、文芸時評「二十六年上半期の文学界」（二十六年八月十三日『国民新聞』付録「文芸」欄）まで、つまり離京する間際まで民友社の刊行紙誌との関係は続いた。この約そ四年半、官吏時代の空白はあるものの、他紙誌掲載を含めて二百篇を越える批評を発表している。黎明期にあっては異数の活動であり、忍月批評に性急さのみられる所以である。と同時に魯庵生（不知庵）「病臥六旬」にいわせれば「文壇の蒙を啓き読者界を提撕した」実態でもある。だが問題はその性急さがどのような欲求に基づくものか、また当代文学をどのように誘導啓発しようとしたのかにあろう。

こうしたなかで注目すべきは、百篇に近い作品が『国民之友』に掲載されたことである。他の掲載紙誌『江湖新聞』『国会』『思想』等に比べると、忍月の発表舞台としては比率が大きい。ただし発表件数は年月ごとに均一でない。二十二年一月から二十三年三月までに集中している。内容も作品評に偏っていない。これまで忍月は民友社系紙誌への寄稿家と見做されてきたが、この時期はその域をはるかに超えて「客員」[1]と見間違えるほどである。この一年二ヵ月余の時期を「民友社在籍」期と括ったのは、平林一・山田博光編『民友社文学の研究』（昭和六十年五月、三一書房）収載の嘉部嘉隆「石橋忍月」である。同書収載の山田博光「民友社の文学者たち」も同様だが、伊藤隆・酒田正敏他編『徳富蘇峰関係文書（近代日本史料選書7－1）』（昭和五十七年十月、山川出版社）収録の忍月書簡を根拠にしている。本章で扱う忍月の民友社時代も同様の括りで、忍月書簡と二十三年三月十八日『江湖新聞』掲載の「社告」とから特定する時期である。忍月にあっては帝大二年に進級するも、学年試験に落第して停級した年次に当たる。

右『徳富蘇峰関係文書』には徳富蘇峰記念館（徳富蘇峰記念塩崎財団）所蔵の十八通が蘇峰宛忍月書簡として収められている。[2] このうち蘇峰宛書簡の実数は十四通（毛筆）で、他の三通（毛筆）は民友社・人見一太郎・青年思海社員宛書簡、また一通（活版印刷）は長男元吉差出の会葬御礼である。これらの書簡に加え、徳富蘇峰記念塩崎財団編『徳富蘇峰記念館所蔵民友社関係資料集（民友社思想文学叢書別巻）』（昭和六十年五月、三一書房）や和田守・有山輝雄編『徳富蘇峰・民友社関係資料集（民友社思想文学叢書第一巻）』（昭和六十一年十二月、三一書房）、そして高野静子『蘇峰とその時代――よせられた書簡から』（平成元年六月、中央公論社）等収録の資料により、忍月の本格的な執筆活動の開始の背景が多少なりとも明らかになった。本章ではこれらに基づいて蘇峰との初期関係を吟味し、この時期の文学活動を検討する。文学活動は読者と作品との相関性を基軸にした作品評から、作家主体に視点を当てて硯友社系小説を批判しだし、その批判がやがて理論的に整理されだすところに特色がみられる。

なお本章で引用する忍月書簡は忍月全集補巻収録の翻字書簡、他の蘇峰宛書簡は『徳富蘇峰関係文書』収録の翻字書簡による。

注

（1）　高須梅渓『近代文芸史論』（大正十年五月、日本評論社）は早くから忍月を「客員」とした先行文献のひとつだが、根拠が示されていない。その後の文献も同様の扱いをしたものがあるが、「客員」の確証は得られない。
（2）徳富蘇峰記念館所蔵の忍月書簡全十七通を『徳富蘇峰関係文書』とは別に、忍月全集補巻に収めてある。文面の本意に違いはないが、句読点や送り仮名、改行等を原文に従っている。

一　入社経緯

忍月が民友社に「入社」したと自ら記した資料に、前掲の人見一太郎宛書簡がある。この書簡は封筒裏の記載「廿三日」と消印「廿一年十二月／二十三日」とから、明治二十一年十二月二十三日付で執筆し、同日に投函したことがわかる。文面は始めに「今般貴社ニ（中略）御抱え被下」たことに丁重に礼を述べ、「抱え」られたことによって学業が安泰になったという「幸甚」な心情を経済面から打ち明けている。次いで筋違いな要求と前置きしながらも、本題である十三円の「月給」を懇願する。生計費としてぜひ必要な額だという。ただしこの額が必ずしも「入社」の条件ではないと付言し、ひたすら「黽勉従事」を誓う。続いて翌二十二年一月と二月の二ヵ月分の「給料」の前借りを申し出て、返事次第では「明後廿五日午前ニ出社」すると結んでいる。ここには執筆した十二月分の「給料」への言及がないことから、また翌年一月から作品掲載が急増することから、少なくとも二十一年十二月二十三日の時点では翌二十二年一月からの「入社」が内定していたことになる。何しろ文面にたびたび登場する「御抱え」や「入社」そして「月給」や「給料」ということばは、内定を前提にしなければ使われまい。内定しているからこそ翌年の一月と二月分との「給料」を前借りしようとしているのであろう。民友社における人見の立場を考慮すれば、人見が忍月の「入社」に関知していないはずはなく、前借りを懇願するに不自然さはみられない。

ところで「入社」の実態はどうであったろうか。二十三年三月十八日の時点で江湖新聞社に移籍したことは、同日付『江湖新聞』掲載の「社告」に「今般本社ハ従来社員の外更に石橋忍月氏を聘して専ハら文学の評論を嘱託することゝせり」云々とあり、また同日から『江湖新聞』紙上に作品掲載が始まったことに明らかである。忍月はこの移籍約そ一ヵ月前の二十三年二月十三日付蘇峰宛書簡で、蘇峰に二十円の前借りを申し出ている。このなかで前借りの二十円を「月俸之内より」借りたいと懇願し、また「月俸前借之儀」とも重ねて記している。つまり移籍直前まで社主の蘇峰宛に「月俸」のことばを使っているのである。ということは民友社からの「給料」が二十二年一月から存在し、二十三年二月まで継続していたことになる。ところが徳富蘇峰記念館所蔵の社員給料「日誌」には忍月の名前がない。この「日誌」(『徳富蘇峰記念館所蔵民友社関係資料集』収録)には二十三年一月から「編輯員給料」と「事務員給料」とに分けられ、それぞれに一ヵ月分あるいは半月分ごとの支給金額が記載されている。例えば二十三年一月分の「編輯員給料」には内田(不知庵)が「十二円五十銭也　下半月分」、末兼(宮崎湖処子)が「十円也　内右同様(七円五十銭俸給／二円五十銭出張費＝引用者)半月分」などとあり、その年月の社員名と俸給額が網羅されている。この「日誌」に名前がなく、それでいて月ごとの「給料」があったということは単なる寄稿家でもなければ、況してや正社員でもないことになる。もっともこの「日誌」が高野静子「解題」(『徳富蘇峰記念館所蔵民友社関係資料集』収録)の推定するように、国民新聞社の社員分であったとすれば記載がなくて当然である。だが忍月が「入社」したはずの二十二年一月二日『国民之友』でも、目次欄を使った年頭の挨拶にある社員一覧のなかには忍月の名前がない。また『蘇峰自伝』(昭和十年九月、中央公論社)に収載されてある写真「明治二十三年『国民新聞』創刊当時の蘇峰翁と社員」にも忍月は見当たらない。

忍月が「入社」した社員であったか否かの疑問は、蘇峰「民友社と『国民之友』[1]」においても判然としない。蘇峰はこのなかの「民友社中の人々」で忍月にも触れ、「社友として常に寄稿したるは森田思軒を第一とし(中略)『国民之友』の初期には、菅了法、内田貢、石橋忍月等も常顧客」であったと回想している。ここには厳密な年時もなく、不知庵のように社員と「社友」との区分に混乱がみられる。だが「社中」と区分した「社友」が継続的な寄稿家であったことは判明する。森田思軒の場合、蘇峰の二十三年一月から三月までの「覚書」（『徳富蘇峰記念館所蔵民友社関係資料集』収録）に「一月七日森田思軒国民新聞の客員たることを承諾す」とあり、また思軒の二十三年二月二十八日付蘇峰宛書簡に「御詞にあまへ原稿料として参拾円拝借致度」云々とあることからも、右「日誌」に名前がなくとも「客員」あるいは「社友」扱いで原稿料として「給料」が支払われていたことがわかる。ただし忍月が思軒同様に「客員」であったことを裏づける資料は見当たらない。それでも忍月は右蘇峰回想に「社友として（中略）常顧客」と記されているから、忍月の記す「月給」とを考え併せると、原稿料を一括して支払う月給制の専属寄稿家といった立場にあったのではないかと推定される。要するに「入社」した正社員というより、まさに「御抱え」の専属批評家ではなかったかということである。

こうした忍月の立場は、実際に発表したジャンルの多様さや課せられたノルマの量からも推定できる。人見の二十二年四月十日付蘇峰宛書簡には同年四月二十二日『国民之友』掲載の「書目十種」について「独逸の校正には石橋氏を頼むことは先達御仰の通」とあり、同年四月二十六日付蘇峰宛書簡にも同年五月二日『国民之友』の文芸欄について「藻鹽草は石橋氏漢詩」云々などともある。さらに蘇峰が二十二年五月から二十三年頃まで使った「手帳三」（『徳富蘇峰記念館所蔵民友社関係資料集』収録）にも「石橋友吉氏ニ依頼の小説」とある。民友社時代に多作で且つ匿名の多い理由のひとつであろう。

忍月の「月給」を月ごとには確認できていない。だが前借り条件となる「月給」額と前掲「日誌」に記載されている社員との待遇にそれほどの遜色はみられない。帝大在籍の学生身分にあっては年間の授業料[2]が二十五円の時代でもあり、山本健吉「石橋忍月――理想と情熱の人」が推測する「学資の不足は補って余りあるアルバイト」ではあったにちがいない。ところが他の蘇峰宛書簡三通にも窺えることだが、月給の前借りや借金の申し出がたびたびあり、必ずしも「余りある」状態ではなかったようだ。前掲二十一年の人見宛書簡の趣意も月給額と前借りとの要求である。期せずして二十二年一月からの「入社」を確認できるのだが、困窮している様子は並でない。それでいて二十二年一月二日『国民之友』には「三小説雑誌合評」一篇が載っただけで、また前年末の二十一年十二月二十一日『国民之友』にも「ゲェテー論」一篇だけである。これら原稿の受渡しはほぼ同時期の前年末であったろう。だが「ゲェテー論」発表の二日後の右人見宛書簡では窮迫した生計を訴えて前借りさえ申し出ているのだが、これら二件の原稿料には一切触れていない。恐らく蘇峰との直接交渉で、前述の「給料」交渉以前には二件の原稿料をすでに受け取っていたのであろう。人見宛書簡には前借りの申し出を「徳富先生ニ御通知ハなきやう奉願上候」と断りを入れているからである。少なくとも「三小説雑誌合評」掲載分が重複することになり、この分を「月給」から削減されることを恐れたのではないだろうか。いずれにしても忍月はあくまでも「月給」と右二件の原稿料とを別扱いにして、二十一年末の「生計」を乗り越えようとしている。つまり経済的に窮迫した状況が忍月の「入社」時なのである。女学雑誌社の単なる「社友」扱いから、躊躇なく民友社に「入社」したであろうことは想像するに難くない。

とはいえ、経済的な要因だけが「入社」を決定させたわけではあるまい。批評そのものの位置づけすら未成熟な時代にあって、第三評「藪鶯の細評」に込めた自負と確信とを抱く忍月には新時代を拓く『国民之友』への寄稿がひとつの夢であったにちがいない。この批評への確信が民友社側の受け入れ事由に合致することによって「入社」が可能になったのであろう。そこで暫くは蘇峰との文学関係を吟味してみたい。

蘇峰が忍月の初期作品に触れた著作に、大江逸署名の「捨小舟」（二十一年五月四日『国民之友』）がある。忍月『捨小舟』の最終回を構想上において激賞した作品評である。蘇峰はこのなかで忍月の『浮雲』第一篇評にも言及し、忍月を「天晴れ精細なる批評的の眼光を有する人」と感嘆した。これ程までに忍月を評価するのは、蘇峰と忍月との『浮雲』評それぞれ二篇の評価の違いを蘇峰自身が認識していたからに他なるまい。蘇峰の『浮雲』第一篇に対する批評（二十年八月十五日『国民之友』）は「新刊小説」欄内の無署名[3]の概評だが、描写「模写」においては「少しく油濃きが如し」と、また構成「脚色」においては「新奇と云ふ程にはあらね」と評していた。忍月の『浮雲』第一篇評は、この蘇峰評言を「浮雲はしツこひと言い（中略）浮雲は脚色平凡」と月並みな当代評のひとつに受けとめ、むしろ『浮雲』の主眼は人物設定と内面描写にあると難じた。具体的には「平凡なる不完全の人物」を設定して、それによって普遍的な「性質意想」を描写しているという評価である。従って『浮雲』は「政治小説一名英雄小説」のような「目出度き夢物語」ではないと、それまでにない批評眼を披瀝することになった。蘇峰の『浮雲』第二篇に対する批評「浮雲（二篇）の漫評」（二十一年二月十七日『国民之友』、署名は大江逸）は右の忍月『浮雲』第一篇評に概ね沿う内容であった。すなわち「元来此の小説たるや（中略）雄大なる事もなく、微妙なる事もなく、言はゞつまらぬ世話小説」という指摘、また「浮雲は、是れ人情の解剖学にして、著者先生は則ち人情解剖の哲学者なる哉」という指摘である。前者は人物設定を含めた構成上からの評価で、後者は普遍的な「人情」描写からの評価である。基軸は忍月の第一篇評に一致している。しかも後半における「読者をして一読快と呼ばしむ」という蘇峰の視点は、読者を念頭にした忍月の文学観に通じる内容でもあった。忍月の視点は第一評「妹と脊鏡を読む」から貫かれた忍月批評の特色といってよい。もちろん蘇峰の読者からの視点も「新日本の詩人」（二十一年八月十七日『国民之友』）に明らかである。この限りにおいて二人には共通する文学視点があったことになる。ただし蘇峰は「人間社会」を教化し啓蒙することに文学を位置づけ、忍月は読者の「感情」を巡る相関性に文学を位置づけて論及している。忍月の場合、その顕著な例が『浮雲』第二篇評であった。ここでは第一篇評をさらに深化させ、読者側からの視点を評価基準にしている。作品評としては蘇峰評にまさる詳論であった。実体はたとえレッシング『ハンブルク演劇論』に基づく久松定弘『戯曲大意』を援用していたとはいえ、蘇峰をして「精細なる批評的の眼光」

と感嘆させるには十分なのであったろう。しかも蘇峰は『捨小舟』についても最終回での悲劇的な〈捨小舟〉の身上を読者の感情に共鳴させようとする忍月の意図的な狙いであると評価し、忍月の将来を嘱望しているのである。こうした賛辞によって忍月の活動が慫慂されたことは否めない。繰り返すようだが何しろ批評が文学活動として確立していない時期に、先に触れた「藪鶯の細評」における自負と確信を昂然と掲げること自体が、蘇峰の賛辞を抜きにしては考えられないからである。忍月の『浮雲』評以後の作品評「夏木たち」「贋貨つかい　松のうち」等々の掲載が、その「藪鶯の細評」を皮切りに『女学雑誌』から『国民之友』に移った背景である。

こうした経緯の一斑は忍月の著作にも窺える。忍月は「藪鶯の細評」発表直後の二十一年七月八日、蘇峰と同行して鹿鳴館で開かれた日本演芸矯風会の第一回演習会を観劇している。この模様を巌本善治宛に私信の体裁をとって記したのが「演芸矯風会発会」（二十一年七月十四日『女学雑誌』）である。冒頭で「徳富猪一郎兄を訪問仕候処不計矯風会の話出で同行せよと云わるゝ」と蘇峰を格別に敬服するでもなく、さりげなく枕に使っている。蘇峰「捨小舟」を機縁に誼みを通じていたことがここに裏づけられる。この間にいくつかの書簡が往復したことであろう。だが確認できる蘇峰宛第一信は「先日は御手紙被下」で始まる二十一年八月二十九日付のものである。このなかで始めに、自らの「無礼なる請願」を蘇峰が「諭示」したことに謝している。具体的な「請願」内容は詳らかでない。だがすでに「請願」ができるほどの間柄になっていたのであろう。次いで忍月は二十一年九月七日『国民之友』の「批評」欄に掲載した作品評「夏木たち」の字数について、できるだけ削除したが「美妙斎の筆故是位の精評はよろしく候」と私意をさしはさんでいる。また確認できる蘇峰宛第二信（二十一年九月十四日付）では法律関係の論文を売り込み、二十一年九月二十一日付の民友社宛書簡では一旦送付した「アマリア姫」稿の返送を求め、その上で「『松の内、贋貨づかひ』の批評文と共に再び送り可申候」と願い出ている。いずれも原稿に関する内容なのだが、蘇峰に見いだされた二歳半程若い新進評家としてはいささか奔放な振る舞いと思われがちの文面である。それだけ親密な関係にあったともいえるが、むしろ蘇峰の度量の方が強く印象づけられる。前掲の二十一年十二月二十三日付人見宛書簡に同封の［別紙］内容も同様に「外ニ善き材料有之候ハヽ御知らせ被下候」と付言している。この［別紙］は記載してある『国民之友』の号数から判断して、第一信以前の蘇峰宛書簡の追伸と思われる。匿名についても自ら起案し、掲載しだした当初の打ち合わせを仄めかしているからである。ここには「廿八号ニハ新聞之続きもの」を批評するとあるが、第二信の法律関係文と同様に誌上では確認できない。第一信の「無礼なる請願」に関連するのかもしれない。それにしても如上の忍月記述からは蘇峰の忍月に対する好意的な態度が随所に目立つ。民友社内では、例えば人見の二十二年八月十六日付蘇峰宛書簡に「虚名を博する忍月」などともあり、気まずいこともあったであろう。だが『国民之友』を舞台に躍動し始めた忍月は、まぎれもなく蘇峰の寛容さと慫慂とに打ち守られていたといえる。

蘇峰のこうした態度は『国民之友』の誌面改訂にもみられる文芸面の動向に無縁でなかった。忍月が「入社」後に執筆担当した主な欄は「批評」欄のなかに二十二年一月から新設された新刊批評のコーナー「新聞雑誌」である。独立した欄名として「批評」欄が『国民之友』誌上に登場するのは「藻鹽草」欄と共に二十年十月七日発行の第九号からで、最初の誌面改訂時に当たる。それまでの文学批評は「雑録」欄に掲載されていた。だが第九号の「社告」にある七つの掲載欄のうち新設となる「批評」欄には「直筆シタル新刊書籍ノ詳論略論及ヒ新聞雑誌社説ノ批評」を掲げるとあり、文学批評に偏重する内容ではなかった。総合雑誌の建前は堅持されている。ところが実際、新刊書籍や新聞雑誌等の刊行件数が増すにつれて、記事内容は総花式に拡大する一方であった。このなかでも単独の作品評としては一口評や見立て評が大半のなかで、前掲の蘇峰「浮雲（二篇）の漫評」「捨小舟」や高橋五郎「谷間の姫百合」（二十一年三月十六日同誌）などが稀にある程度である。こうしたなかにあって忍月「藪鶯の細評」「夏木たち」「贋貨つかひ　松のうち」「文覚上人勧進帳」等の作品評は、一定の評価基準を設けることにおいて際立っていた。しかもこれらの忍月批評は、まさに時流に乗った掲載であった。二十一年十一月十六日『国民之友』掲載の「批評」欄が『小説萃錦』創刊に関して「今や雑誌の新刊、稗史の発兌は世上の流行となり」と、また二十一年十二月二十一日『国民之友』掲載の「批評」欄が『やまと錦』創刊に関して「今の我が天地は小説の戦場」云々と、当代状況に触れざるを得ない小説の興隆期を迎えていたからである。忍月も「入社」後の第二作「読売新聞の『魂胆』」冒頭で、「現時の日本は実に小説の百花園なり」と触れている。民友社の出版活動自体がこうした潮流のひとつであり、且つ先頭にたつ事業団体でもあった。蘇峰としてはこの時点で少なくとも本格的な月旦評を扱うコーナーと、それをこなす専属批評家を「批評」欄に求めないはずはなかったであろう。新設の「新聞雑誌」コーナーと忍月の「入社」はかくして実現したと考えられる。

蘇峰が『国民之友』誌上において文芸面の充実を図ったことは第九号からの「藻鹽草」欄の独立にも明らかで、右「批評」欄ともども誌面改訂に方向性は証左される。このことは人情小説化する「近来流行する政治小説」を嘆いた蘇峰の最初の批評「近来流行の政治小説を評す」（二十年七月十五日『国民之友』）に兆しをみてもよい。だがより実際には蘇峰の企画した〈文学会〉活動に連動していたことを見逃すべきではなかろう。この〈文学会〉は文学篤志の者が夕食を共にし、食後に公演・談会を催すという一種の文芸サロンであった（二十一年十一月十七日付蘇峰宛朝比奈知泉書簡）。高野静子「文学会」（前掲『蘇峰とその時代』収載）は蘇峰宛書簡を精査した上で、〈文学会〉が蘇峰を中心とした「明治の文壇に最初にうまれた文筆家集団」であったと要約している。

第一回の〈文学会〉は二十一年九月八日に芝公園の三緑亭で開かれた。参会者は依田学海、矢野龍渓、坪内逍遙、志賀重昂、森田思軒、山田美妙ら十一名で、年齢的にも活動分野においても、また作風においてもバラエティーに富んだメンバーである。参会者は次第に輪を広げ、やがて忍月も二十二年十一月十六日開催の第六回から参加することになる。それはさておきここで注目すべきは、当代一流と目される文筆家と蘇峰との出会いが、結果として

『国民之友』付録の充実をもたらしたことである。第一回開催直後の二十一年九月二十二日付蘇峰宛逍遙書簡や同年九月十八日付蘇峰宛美妙書簡にみられる「細君」「蝴蝶」の執筆経緯を踏まえ、二十二年一月二日『国民之友』付録掲載の「細君」「蝴蝶」への当代評を窺えば一目瞭然である。かくして『国民之友』付録の掲載作品は〈文学会〉が回を追うごとに充実していくが、相俟って付録への発表は文壇の登竜門の趣を呈していくのである。

この文芸欄の動向は〈文学会〉の発案時に起源していた。発案は第一回発会より一年程前であったらしく、思軒の二十年九月十七日付蘇峰宛書簡には少数気鋭の文筆家を集めた「リテラリークラブの事」が記されている。この思軒書簡の二日前に刊行された第八号には前述の誌面改訂の「社告」が載り、これまで「雑録」欄にあった「藻塩草」「批評」を独立した欄名にすることを予告している。そして次号から誌面は改められ、併せて月二回の刊行となる。この第九号の刊行された当日、思軒は蘇峰宛の書簡で〈文学会〉を二十年十月中に発会したい旨を記している。つまり〈文学会〉活動と『国民之友』文芸欄の充実とは軌を一にし、同一展開していたのである。この動向は表紙の変化にも窺える。二十一年一月二十日発行の第十四号から最上段に「新日本文学之一大現象」と銘が打たれ、このキャッチコピーは絵表紙になった二十一年七月六日発行の二十五号からはなお目立つ中段に移っている。そしてこの二十五号付録（二回目）の「批評」欄から、蘇峰に慫慂された忍月が登場する。小説興隆期を迎えた「人間社会」のニーズに応えようとする蘇峰の誌面づくりには、こうした文学動向の流れのなかで、忍月の「精細なる批評的」作品評が必然さを伴っていたのである。民友社の掲げる思想性に縁の薄い批評家がかくして「入社」する民友社側の事由を、ここに確かめられよう。

注

（1）『日本文学講座　11　明治篇』（昭和九年一月、改造社）収載。

（2）忍月の帝大在籍時代は明治十九年九月施行の「分科大学通則」が適用されており、その「第七　授業料及其他ノ費用」によると、七・八月の夏季休業を除いて「授業料ハ一ヶ月金弐円五拾銭」を「毎月定日」に納付することになっている。

（3）蘇峰の著作であることは、自らが大江逸（蘇峰）「浮雲（二篇）の漫評」（二十一年二月十七日『国民之友』）で明かしている。

二　「細君」評・「くされ玉子」評

明治二十二年の文学状況を「文学製造時代」と評言し、その盛況さを回顧しながら大方の作家に「観念」（想念）が欠けていると指摘したのは坪内逍遙「明治廿二年の著作家」（二十三年一月十五日『読売新聞』）である。逍遙はこのなかで自らが「細君」で小説の筆を絶ち、また二葉亭が『浮雲』を中絶して文壇を去った沈黙期に、盛んに活動した一群があったことを特記している。『都の花』の山田美妙や嵯峨の屋おむろ、『新小説』の森田思軒や饗庭篁村、『文庫』および『新著百種』の尾崎紅葉や巖谷小波、そして幸田露伴や森鷗外等である。このなかに「『お八重』及び『露子姫』を著はし且常に批評に従事せし忍月居士」も挙げている。逍遙は彼等を一様に評価できるものでないと前置きしながらも、この一群が「人間の性情に留意」している傾向を「進歩」だと評価した。だが作家の「観念」（想念）の上からは自作「細君」をも含めた「人情を摸擬し世態を模擬し、ひたすら模擬する」（『小説神髄』）人情小説を「局部小説」と否定し、「全局（即ち人間の運命）に留意」することを求めた。具体的には前者が「彫琢の重に文章体裁等にばかり用ひ」ている紅葉「色懺悔」や美妙「いちご姫」で、後者が「一種の光明」のある露伴「風流仏」や「高潔の観念」のある嵯峨の屋「流転」である。要するに盛んな「文学製造時代」にあって、自らが敷いた人情世態を描くノベルの活況を否定し、別に「観念」（想念）の伴う文学像を希求していたのである。ここに提起された二十二年文学状況への疑念と新機運への期待とは、逍遙ひとりが抱えた矛盾と課題ではなく、当代文学全体に潜む動向でもあった。すでに二十二年当初からこの状況を「一雨〳〵に小説家の萌え出づる夥しき中」と受けとめた無署名（巖本善治）「小説家の退学」（二十二年一月二十六日『女学雑誌』）にも込められていた。善治はそのなかで逍遙と二葉亭の沈黙が将来の文学のため「賀すべきこと」と捉え、この年末には「文学極衰」（二十二年十二月十四日『女学雑誌』）を掲載して当代流行の人情小説を弾劾するに至る。もちろん逍遙の疑念と同質ではない。また文学志向も異なっている。それだけに多くの論議を呼ぶことになるが、鳥瞰するとこうした「文学製造時代」の動向に人情小説批判を基軸に重層的に展開する文学極衰論議は醸成していたことになる。この二十二年一月に「入社」した忍月の批評活動はまさに「文学製造時代」の只中に向かっていたことが何よりも興味深い。とりわけ批評が「文学上に進歩を与ふ」ことを確信していただけに、こうした動向を見顕すに先鞭をつけ、当代文学界に覚醒を促すものがあったからである。

　忍月は「入社」直後の「読売新聞の『魂胆』」（二十二年一月十二日『国民之友』）において、当代の文学状況を「小説の百花園」と揚言し、その概ねが「生気なき手細工の花、枯痩したる鉢植の花」であると批判した。この当代評は「入社」後の第一作「三小説雑誌合評」（二十二年一月二日『国民之友』）の延長に当たる見解で、作家に「一定の主義」と「予定の意匠」とが欠如している結果だと批判している。これら「主義」「意匠」の評語はまだ熟れていない概念であった。この点を「小説の推敲」（二十二年一月二十二日『国民之友』）では「観念の不完」「人物使用の不完」そして「文詞の不完」と言い換えている。つまり現状はこれら三点が弊害となって「価値ある真正」な作品世界を著わすことができないというのである。ここにある「観念」は「人情に反し習慣に反し境遇に反する」ことのない結構 Disposition を、また「人物」は「人世の実際に齟齬」しない人物設定を、さらに「文詞」は「無味蕪野」でない文章を意味していた。これらはすでに『浮雲』第一篇評で主張した小説観と久松『戯曲大意』を援用した『浮雲』第二篇評での行為論とに貫かれた観点で、事新しい内容ではない。すなわち爽快な「脚色を構造」するのではなく、皮相的な「外観の華美」を写すのでもなく、況してや美辞麗句を連ねるのでもないという「平凡の人物」描写を骨子とする小説観。そして登場人物の「行為」はその「性質と並行し（中略）抵触齟齬す可からず」という〈行為の一致〉論である。これらの目指すところは「入社」後の「もしや草紙の細評」（二十二年二月二日『国民之友』）に従っても、ひとえに読者の「同感（シンパシー）を惹起」させることにあった。忍月はこの読者の視点から「意想の変化及び性質の発現が地位に由り境遇により（中略）様々の運動をなす」という登場人物の「心裡」葛藤に着目し、またその葛藤がいかに読者の「心裡に刺劇」するかを問うている。この場合の読者はレッシング『ハンブルク演劇論』に倣った啓蒙対象の一般「市民」である。『ハンブルク演劇論』第三十三号は市民の健全な理性において、市民への効果 Wirkung が「教訓的にふさわしいか、ふさわしくないかを考えて」合目的に構成することを主張する。それだけにきわめて技法的であり普遍な心理性を含んでいた。これに倣う忍月批評は当代にあって、確かに「新文学発達の針路を開通」すべき指針の存在を担っていた（「レッシング論」）。例えば版を重ねるほど評判の高い福地桜痴『増訂《ぞうてい》もしや艸紙』（二十一年十一月二十二、文海堂）を「描く所は人物にあらずして社交の有様なり」と捉え、従って読者にとっては「一ツの感動をも心裡に残す」ことがないと批判する。その上で作品世界そのものの「拙劣なるを笑」うと突き放す（「もしや草紙の再評」）。こうした批評態度は「細君」評や「くされたまご」評等においても同様である。

「春のや主人の『細君』」（二十二年一月二十二日『国民之友』）は逍遙が細君のお種を描くに、お種の「学識、経験、修観《みえ》、負惜、女気」等の性情（性質と心情）を精緻に描き、お種ならではの「特性」がお種の「狭き胸を攻撃する」という葛藤の場面「細君の苦痛」に及んでいることを先ず評価する。学問以外に「取所《とりえ》のない」お種の悲劇は作品展開に即すと、新帰朝者である夫の横暴な振る舞いに起因していた。夫の不貞やそれに伴う世間体や生計に苦しむこと自体は、しのぶ（善治）「細君」（二十二年一月十二日『女学雑誌』）が「尋常婦人の苦痛」と指摘したように当代の縮図でもあったろう。善治は従って「夫が妾さへ止れば直に直ると云ふ浅い」苦痛であると捉え、そこにわざわざ継母との軋轢による苦痛まで描いたことは「近来に無い大失策である」と批判していた。だが忍月はお種の悲劇は決して「良人の無情」によるものだけではなく、お種の右性情に実家の複雑な事情をも加えて生まれた「女気の微妙」さに悲劇が起因していると反論する。前掲「もしや草紙の細評」で主張した登場人物における「性質の発現が地位に由り境遇により（中略）様々の運動をなす」という葛藤への着眼が根幹にあったことはいうまでもない。つまり「修観、負惜」等の強いお種の「鬱悶、苦痛、怨恨、無情、悲惨」に至る心的経過が、読者をして思わず「此境中の人とならしむ」るまでの同感を惹いているというのである。こうした「旧套を脱し」た作品世界を評価して「近来稀なる名作」と称賛する。ただし忍月の「細君」評では『浮雲』第二篇評で掲げた作品機能として目的化される「光潔」**Katharsis** に言及していない。主題がお種の性情に起因する「悲哀小説」であると捉えるのであれば、作品と読者の感情との相関性において「此境中の人」の具体的な心理に触れるはずである。『浮雲』第二篇評の場合はその「光潔」の前提となる「畏懼と哀憐の情」という読者に惹起する心理的作用が「乏しき」ことを作品の欠点に挙げ、二葉亭の構想を「冷淡不注意なるを惜む」と批判した。「細君」評の場合はどうか。

忍月は辛うじて末尾に「或る人曰」という見切った言い方をし、作品が「陰鬱沈着《じみ》に過ぎて光明の徳義虔誠の心情弘毅の理想」を失ったと批判する。この「陰鬱」は小間使お園の履歴を「長々しく書立」てたこと、また「沈着」は作中の悲劇世界がひとつの家庭の枠内から越えるものではなかったことをさしている。つまり忍月は「細君」の構想（結構）上の欠点を見抜いていたのである。お園の不幸な生い立ち、質屋帰りでの強奪事件、そして投身は確かに悲劇要因を高めるに巧妙である。だが「悲哀の人物を作りて後に作家強ひて涙を絞りしかと思はる」趣向であって（逍遙「明治廿二年の著作家」）、この趣向は「修観、負惜」等の強いお種の性情に起因する「悲哀小説」を描くという主題には緊密でない。このことはお種の悲劇性を逍遙自身が善治の「細君」評同様に「尋常婦人の苦痛」つまり女学校出の「新細君」という類型的な人物のなかにしか把握できず、それ故にお園の履歴を導入することによってリアリティーを確保しようとした発想に他ならない。逍遙には読者の「注意を促すべき卓越非凡」な登場人物の設定を説いた『小説神髄』がなお尾を引いていたのである。ごくありふれた登場人物の行為がごくありふれた読者に同感させるという忍月のレッシング的な発想とは逆であった。いわば忍月にとっての「細君」は「脚色」に依存した「悲哀小説」であって、人生の大いなる真理「天然の法則」（『浮雲』第二篇評）に及ぶものではなかったのである。忍月はこの点に関して「或る人曰」の表現で指摘し、結果として読後感に「光明の徳義」等を欠いたと批判したのである。従って「近来稀なる名作」と称えながらも、別に論断を下す機会を得た「昨年の名作」（二十三年二月十三日『国民之友』）では「人事人情に精なりと雖も大に構想（結構＝引用者）の粗雑なるを覚ふ」と批判することになる。

「嵯峨の家氏の『くされ玉子』」（二十二年三月二日『国民之友』）も読者の視点から評している。「くされたまご」[1]（二十二年二月十七日『都の花』）の主人公松村文子は女学校の教師で、熱心な「耶蘇教信者」を自称する〈新しい女〉である。だが文子の性情はきわめて浮薄で猥りがわしく、放埒な性生活の果て、悲劇に転落する。忍月はこの文子の性情がもたらす悲劇的結末に「醜行劣情を罵倒」する作者の意図を汲み取り、「偽淑女偽紳士」が読めば思わず「冷汗脊に溢れ身を穴に入れ」ると評した。ただしここに登場する人物、および痛感する読者は、いわば文明開化を気取る「中等社会」の偽善者であって、全てに普遍的ではない。忍月は従ってここに導かれる社会批判を「レッシングの『ユンゲル、ゲレールテ』に類す」と見做し、これまでの評価規範を適用しなかった。レッシングの **Der junge Gelehrte** は主人公の青年学者ダミスを従僕やその恋人らが怒らせ焦らせ、そして翻弄させるという喜劇である。そこに起こる笑いには社会の矛盾に対する懲罰的な諷刺が込められていた。忍月が「くされ玉子」をこのレッシングの処女作に擬えた背景である。だがダミスと文子との描写には大きな隔たりがあった。自惚れの強い野心家であるダミスは投稿した懸賞論文に落選すると、自分をなお認めようとしない愚かなドイツ人の一員であることをやめようと決心する。この決心に至る内面の葛藤に笑いが起こり、社会全体が諷刺される。これに対して文子が二人の男を翻弄して悲劇に転落する過程に、文子の内面世界は描かれていない。全てが似非文明者の表面的行為を描くに終始し、文子の葛藤は等閑されている。例えば「愛」を説き、「道徳」を論じ、「神の教」を奉ずる文子が見ず知らずの少年を追尾して誘惑する場面を「女ハつく〴〵と少年の貌を見つめ、にツこりと笑みて笑凹を現はし」たと描き、その少年を自宅に誘い込んだ文子は「私ハ新主義なの、ざツくばらん主義なの」と似非ぶりを発揮するだけである。しかも酔余の果て、少年と同衾しているところを情夫に発見される閨房場面は「彼等ハ皮相より見る時ハ頗る美しきものにして（中略）其内を窺へバ一身唯是腐敗の塊」という作者の〈語り〉によって説明され、読者の感情が立ち入る余地を遮断する。従って忍月の批評は作者の意図をレッシング作品に擬えて評価するにとどまり、作品全体の構想からではなく、部分的なあざとい閨房描写を健全な市民である読者の視点から「嘔吐を催さしむる」と批判するにとどまった。もっとも閨房描写批判に象徴される悖徳論議が当代の話題になったことを考えると、忍月の批判は読者の感情を巡る相関性から問題点を見顕すに先鞭をつけたといってもよい。

右の悖徳描写批判に象徴される「くされ玉子」論議[2]は、文学に「意匠清潔、道念純厚」さを求める善治「文章上の理想」「嵯峨のやの『くされ玉子』評」（いずれも二十二年三月九日『女学雑誌』）がただちに抗して「文学社会の空気亦た毒を極む」という「毒害」発言に至り、やがて「小説論略」論争に吸収されていく。発端は忍月の「くされ玉子」評であったが、松羅堂主人（不知庵）「『小説論略』質疑」（二十二年九月十四日『女学雑誌』）は善治の「くされ玉子」評を「口を極めて罵詈し悪魔の如く退けたり（批評の範囲を越て）」とさえ受け取り論戦が過熱した。忍月の場合、作者に対して閨房場面を「無頓着に過ぐ」と諭したにとどまる。道義的な評言もなければ、罵詈雑言も過大評価もない。全体を貫通するのは読者の視点から作品を捉えるという文学観点である。これはレッシング受容の一斑であり、基点は飽くまでも健全な市民としての読者なのである。

忍月の二十二年当初の作品評に一貫するのは、この読者の視点から当代小説の半可な作品世界を指摘していることである。例えば「細君」評では作品世界が「読者をして覚へず此境中の人とならしむ」と評価しつつ、お園の履歴を導入した「脚色」を「陰鬱沈着に過ぎ」て「遺憾に思ふ」と批判する。また『もしや艸紙』評でも作品の主意に理解を示しつつ、「読者の同感を惹く」ことのない「脚色」を「何となく物足らぬ心地」がすると難じる。忍月はこうした「近世小説家の弊」である「脚色」の欠陥を正すために「小説の推敲」（二十二年一月二十二日『国民之友』）を世に問い、なかでも「敏才達筆」家に便乗して「小説を玩弄」する作家に作品の「推敲の価値」を切言することになる。ここにある「小説を玩弄」する作家とは「くされ玉子」評の末尾で触れている「ヘツた転ンださうして起た抔の文句を並べて自得する者」である。この一節に「読売新聞記者の説を借用」と注記していることから、実態は二十一年十二月十三日『読売新聞』社説「思付たる事　其一」に登場する美妙ら硯友社一派をさしていた。これを裏打ちしたのは、のち尾崎紅葉が語る「私は人生がすベツたの転んだの、と考えてかくことはない」という「作家苦心談」（三十年六月三日『新著月刊』）である。二十二年の小説界では折しも、この硯友社が三月に『我楽多文庫』を『文庫』と改称し、翌四月からの『新著百種』刊行を加えて小説の量産化を図り、逍遙「明治廿二年文学上の出来事月表」（二十三年一月十三日『読売新聞』）が「文壇の梁山泊惣出」と評した状況を招いていた。この状況下で、忍月は「小説を玩弄」する作家に苦言を呈したのである。いわば物語的な趣向に頼り、類型的な人情（主に恋愛）を浮華虚飾に満ちた文章で描く硯友社系の人情小説の興隆に慷慨していたのである。

なお忍月はこの時点で、二葉亭訳「めぐりあひ」を「推敲に推敲を重ね鍛錬に鍛錬を積みたる」最良の作品と評価している（二葉亭氏の『めぐりあひ』）。構想（結構）の推敲を視野に入れていた「小説の推敲」の意味が強調されてある。こうした忍月の推敲論を、一年後の逍遙「明治廿二年文学界（重に小説界）の風潮」（二十三年一月十四・十五日『読売新聞』）が「『国民の《ママ》友』の推敲論（筑水漁夫）の如きハ其殿なり」と括っている。ここにある「其」とは物集高見「文章に就きての講話」（二十一年八月〜二十二年九月『日本文学』）、高田早苗「美辞学の必要を論す」（二十一年十月〜二十二年一月『専門学会雑誌』）等々で吹聴された文章推敲論をさす。逍遙はその盛んな結果が「端物小説」（「明治廿二年の著作家」では局部小説、つまり人情小説）を流行させたひとつの理由であると、ひと先ず評価した。なぜならば「暗に糊口の為に書く俄文客を抑へた」からだという。だが結果として逍遙の指摘も同じだが、忍月「小説の推敲」が主張する三弊「観念」「人物」「文詞」の不完全さを、とりわけ作品の「観念」（構想・結構）の欠如を補った作品は著されたわけでなかった。むしろ忍月は「不慮の再会」（二十二年四月十二日『国民之友』）で「現時の駄小説」という認識を示している。これは十三号までの『我楽多文庫』、四号までの『都の花』、五号までの『小説萃錦』そして新刊の『新小説』掲載作品を含む概評である。こうした「駄小説」の隆盛という状況は逍遙が「文章の彫琢盛なると共に浮華虚飾の弊相伴ひて来れり」と分析したように、確かに文章推敲の反動であった。黎明期の苦悩とでもいえようか。

忍月がやがて硯友社系の人情小説を批判するに当たって、作品の「観念」（構想・結構）を基軸に展開する一方、さらに一歩踏み込んで作家の「観念」（想念・理念）を問題にする背景がこうした状況に潜んでいた。またこの経緯には、次節で扱う訳詩論争時の「読売新聞の寄書欄内」（二十二年三月二十二日『国民之友』）で唱える批評家の「品位」問題が同時進行していた。忍月にあっては「文学上に進歩を与ふ」という確信を裏づける課題である。詳しくは後述するが、「品位」に込めた実質的な課題とは批評家が指摘して進修すべき文学の質、当代でいえば硯友社系の小説に欠けていた作家の「観念」（想念）を補うべき新たな創作課題に対する提言と教導とが込められていたのである。

注

（1）初出誌『都の花』の見出し表題は「くされたまご」。目次の表題は「くされ玉子」で、忍月は目次の表題に従ったことになる。

（2）「くされ玉子」論議は次の経過で展開した。

①嵯峨のやおむろ「くされたまご」（二十二年二月十七日『都の花』第二巻第九号）②黄白道人（忍月）「嵯峨の家氏『くされ玉子』」（同年三月二日『国民之友』第四十三号）③無署名（善治）「文章上の理想」（同年三月九日『女学雑誌』第百五十二号）④無署名（善治）「嵯峨のやの『くされ玉子』評」（同『女学雑誌』第百五十二号）⑤無署名（善治）「小説家の着眼」（同年三月二十三日『女学雑誌』第百五十四号）⑥無署名（善治）「浮雲と腐れ玉子」（同年四月二十日『女学雑誌』第百五十八号）⑦松羅堂主人（不知庵）「『小説論略』質疑」（同年九月十四日『女学雑誌』第百七十九号）⑧松羅堂主人（不知庵）「『小説論略』筆者に再問す」（同年十月五日『女学雑誌』第百八十二号）⑨故の小説論略筆者（善治）「謹んで龍背に申す」（同年十月五日『女学雑誌』第百八十二号）⑩松羅堂主人（不知庵）「謹んで女学記者に謝辞を呈す」（同年十月十九日『女学雑誌』第百八十三号）

　この論議はのちの「小説論略」論争時に課題となった実際派是非の一例として『浮雲』評価と共に展開した。当事者は『女学雑誌』主筆の善治と同誌文芸欄担当の不知庵である。論点は「くされ玉子」の閨房描写で、善治は当初の③から「文学社会の空気亦た毒を極む」と批判し、⑨に至るまで倫理的な啓蒙態度を貫き通した。不知庵も一貫して善治の倫理的な文学観の曖昧さを追求するが、⑩において「女戒の一端となすべからざるか」と譲歩した。忍月は論議そのものに深入りをせず、むしろ〈文学と自然〉論争における善治発言への反発（「時事新報と女学雑誌に質す」）に展開する。

三　訳詩論争と〈祖国の歌〉論争

鷗外「明治二十二年批評家の詩眼」（二十三年一月二十五日『しがらみ草紙』）の最終段落は「小説の詩想（意匠）は批評家のこれを論究すること稀なり」で始まっている。二十二年のほぼ半ば、いわば忍月の「京人形」評が発表されたあたりから顕在化しつつあった想念あるいは想Ideeへの言及である。だが鷗外はイデーそのものについては考察しない。のちの忍月も同様だが、鷗外は専ら「想の生る、や、これをして凝て象（形象＝引用者）をなさしむるものは詩（文学＝引用者）の空想なり、『ファンタジー』なり」という文学的想像力を基軸にして、この「製作的空想（『プロゾクチーヴエ、ファンタジー』）の本相を顯すものは詩興の到れる時に在り」と作家の創造的な創作観念「詩興」を問題にする。いわばイデーを芸術として成立させるために必要な創作上の手続き論を展開しながら、作家主体における創作観念の重要性を提言しているのである。鷗外が用いた「詩興」は小堀桂一郎「森鷗外小説観の系譜」[1]によれば、ゴットシャルが『詩学』Die Poetik 上巻の第二篇第二章 die produktive Phantasie の中で引用しているグリルパルツェル全集からの孫引き訳語（原語は eigentliche Begeisterung）であったようだ。今はこうした鷗外の手法を問うまい。注目したいのは「詩興の到れる」当代批評に忍月「文学評論柵艸紙」、逍遙の自作「細君」評（「明治廿二年の著作家」）、森田思軒の自作「探偵ユーベル」評（「訳文探偵ユーベルの後に書す」）などを挙げ、結びにs.s.s.「於母影」の訳詩法を詳述していることである。ここには「詩を訳するものは原詩の想を取来りて他の国語にて復たこれを賦する（『ナハヂヒテン』する）を最も切なりとすべし」という訳詩論が貫かれており、作家主体の「詩興」において四種の訳詩法〈意訳〉〈韻訳〉〈句訳〉〈調訳〉を唱えていたことがわかるからである。この執筆契機に依田学海「夏期付録の評言」（二十二年九月二十一日『国民之友』）における訳詩否定論や、池袋清風「新体詩批評　三」（同年四月二日『国民之友』）における「欧米ノ詩ニハ平仄ヲ用ヒズ」への反駁があったことは文中に明らかである。また鷗外の本音には訳詩自体が「一国の文学界に他方の趣味を輸入する功あるべし」という主張があることから、自作「於母影」はむろんのこと、蘇峰「新日本の詩人」（二十一年八月十七日『国民之友』）における新しい国語詩待望論と忍月の訳詩への擁護とに原理論的な武装があったことも十分考えられる。

忍月の訳詩はフォーグル「識認」Das Erkennen やシラー「希望」Hoffnung など九篇で、二十二年二月から五月にかけて『国民之友』（第四十二～五十号）に連載された。内容はいずれも教訓的で慈悲に富んでいる。だが詩形そのものは散文ですら文語体がほとんどの当時にあって、忍月の訳詩は日常用語に近い無韻であった。近世詩学に詳しい忍月が押韻の作法を知らなかったはずはない。晩年には恩師江碕濟と漢詩で交歓する忍月である。忍月が用いた無韻の背景には外形模擬にとどまった『新体詩抄』に同調し得ない一派の論調、すなわち蘇峰「新日本の詩人」にみられる「詩人は実に人類に生命の水を与ふる者」で「人類の教師」という人生論的国語詩待望論、あるいは井上通泰「新日本詩人の評」（二十一年九月七日『国民之友』）における「卅一字ノ短歌体ノ今日ニ適セザルハ小生ハ同感」といった詩形の革新論などを基調とする『国民之友』誌上での論調があったのであろう。通泰の「同感」という発言は蘇峰が主張する「詩の思想中に働けば、詩の格調声律は自から外に応して来る」に呼応している。同誌上では漢詩の構造と比較した森田思軒「和歌を論ず」の連載を始め、西洋模倣への反動から日本語による詩 Poesie の論議が盛んであった。民友社に〈入社〉した直後の忍月にあっては、こうした同誌上での従来の詩美・詩形にとらわれない論調を意識的に取り入れたと思われる。だが『新体詩抄』への反駁をより強める一派、すなわち山田美妙編『新体詞選』の自序における「かの和讃か、鞠唄か、さらずば西洋文章の直訳には非ずや、と訝る迄に気韻無く、而も文法謬りたる新体詩」といった駁論や、池袋清風「新体詩批評　一」（二十二年一月二十二日『国民之友』）における「新体詩ヲ評セバ恰モ草木ナキ墓石原」といった嘲罵等にみられる漢詩の格調尊重の気風が一方にあった。詩といえば漢詩の正格をさす当時であってみれば、尤もな論調である。忍月が第一作「識認（墺国フホグル作）」を発表するや、主に『読売新聞』の「寄書」欄を舞台に訳詩法をめぐる論争が起こったのは後者からの反発であった。

訳詩論争[2]に先手を打ったのは漣山人（巖谷小波）「懲りずまに……」（二十二年二月二十八日『読売新聞』）である。「懲りずまに……」は裸胡蝶論争と踵を接する評文である。冒頭では美妙「胡蝶及び胡蝶の図に就き学海先生と漣山人との評」と無署名（蘇峰）「批評家と人身攻撃」とに触れ（いずれも二十二年二月二日『国民之友』）、戯作じみた表題の由来を明かしている。筆法は日常的な次元での駄洒落応酬の類いで、とりわけ美妙の「余計な揚足は御人柄を損じて、つまり硯友社の恥辱でしやう」を受けた小波が「美妙子からは山人の恥辱ですヨと窘められ」云々と答えていることに証左される（傍点引用者）。この筆法で忍月の訳詩「識認」を、

> 原作の意味を失ふまいト只管勉めるの余り、その雅味のある所も語格の巧みな所も一切かまはず、甚しきに至ツては、字数も句調もまるで御留守にして、恰も直訳様の詩、所謂る――変体詩――を見ますのは、実に恐入ります、原作者に気の毒でなりません、否、我国文学の為に実に慷慨する所です、

と批判する。論拠を池袋清風「新体詩批評　一」の「欧米名詩中唯意義ノ骨ヲ拾ヒ帰リ曾テ我国語感情ノ皮肉ヲ加ヘザルトキハ何ノ益アランヤ」という原詩の直訳否定論に置いているようだが、いずれにしても嘲弄の感は免れない。ちなみに池袋清風の右一節を踏まえて鷗外「明治二十二年批評家の詩眼」は「一国の文学界に他方の趣味を輸入する功あるべし」と反論するのだが、忍月の小波への反論「木の葉」（二十二年三月五日『読売新聞』）はどうか。鷗外に先立つこと約そ十ヵ月前、鷗外と同趣に「西洋詩家某作の某詩は此の如き意味であると謂ことを日本人に報道するのは時節がら斯道に大なる裨益なり」という教導的な見解で反論し、次のように主張した。

> 西詩を訳する専ら原意を写すを主として無論是を律侶に合調して歌はせやうと云ふ非望はありません、故に徒らに五七の文句を換用したり又些末の口調に拘泥して原詩になき字を入れたり有る字を略きたりして俗人の憐みを買はうとは思ひません、

ここにはやはり揆を一にする鷗外と同様に、原詩の想「意」にこだわる忍月の訳詩論が窺える。訳詩「識認」を題材にした短篇「親なればこそ子なればこそ」（二十二年三月十五日『新小説』）においても原詩がもつ親子の情愛を忠実に描き、森田思軒訳「破茶碗」への作品評「新小説の破茶碗」（二十二年三月十二日『国民之友』）においても「訳者は只原著者の意を写す」ことを主張して一貫性をもたらしている。また訳詩論争後においても「レッシングの譬喩談」に始まるレッシング『寓話集』Fabeln の抄訳時も同様であり、第二作「烈眞虞の比喩談」（二十六年八月十三日『国民之友』）の前書きでは次のように明言している。

烈眞虞の比喩談に散文のものと、有韻のものとあり。今、後者を我に移植せんと欲すれば、其効は到底其労に価せず。結語整調的詩歌の妙は、其国語の固有するものなるが故に、之を他に移して其妙を損せざらんこと、素より難し。是れ余が自ら知り、自ら謙りて、前者のみを択びし所以なり。

諸国の「国語の固有する」伝統的詩美を弁別しての発言で、原詩を日本語訳とするに必ずしも日本従来の詩美・詩形が適ってはいないという訳詩論を背景にしている。なお「烈眞虞の比喩談」時には忍月自身が『美』と『善』とに感悟」するという主体的な創作観念、つまり鷗外がのちに「於母影」の実績を踏まえて語る訳詩者の観念「詩興」にも触れている。だがこの論争時点では垣間見られない。その後、小波・美妙らの揶揄に近い論難が続くが、忍月は「雛人形と活人」（二十二年三月十六日『読売新聞』）、「訳詩に就て」（二十二年四月二日『国民之友』）においても西詩の抑揚 Rhythmus、節奏 Silbe 等は「日本在来の詩歌の範囲内に於いては描き能はざるべし」と断案を下し、これまでの『国民之友』誌上での論調を実質的に深めることはなかった。いわば蘇峰の国語詩待望論や井上通泰の詩形の改新論が提唱した以上には具体的なレベルに訳詩者としても至らなかったのである。前掲「烈眞虞の比喩談」の前書き通りである。

ところが途中で論争に介入してきた鷗外は当初忍月に同調するが、やがて争点の解明を具体的に打ち出してくる。

忍月の無韻に反論する古本山人（多田漁山人）「修行しろ」に対する「修行がしたい」（二十二年三月十三日『読売新聞』）では、詩脚Versfußを守るのは「忍月さんのした様に――日本の詩に訳すには、此の弛張抑揚即ち『リユットムス』を、マア何うして出しませう?」と弁護する。この弁護に「独逸文学打毀しのあの直訳を見逃して居る」と難じた巌々生（小波）「独逸文学の不運」に対する「独逸文学の隆運」（二十二年四月二日『国民之友』）でも、「原詩の抑揚弛張も、韻法も守れと云ふのは、余り可愛相ぢやアありませんか?（中略）私し共は忍月さんが（を＝引用者）、抱いてやりたい!」と擁護する。いずれにも原詩の気韻をそのまま生かして日本語に訳すのは無理だという主張が貫かれている。原詩の想「意」を前提にすれば、日本語による忍月の訳詩を擁護するのは無理からぬことであった。ところが池袋清風「新体詩批評　三」の「欧米ノ詩ニハ平仄ヲ用ヒズ」に対する「池袋清風君に一言す」（二十二年四月七日『読売新聞』）では、「欧米の詩に平仄あり」と反論しながら「私と一所に研究して居る――二三の同志と倶に詳細の意見を表白しませう」と本音を吐露する。要約すると西詩の抑揚は漢詩に訳せば、漢詩の平仄を以て表現することができるという主張である。前作「独逸文学の隆盛」で押韻Reimに触れたことを考え併せると、この時点でのちの「於母影」四種の訳詩法が「二三の同志」によって理論化されていたことになる。ここには前述した蘇峰の主張に呼応していた井上通泰の発想の具体化も含まれよう。いわば新声社の中心にいた鷗外にとって、訳詩論争は実作となる「於母影」を促すに格好の機会なのであった。そしてこの機会こそ、先の裸胡蝶論争時にカルデロン原作の「音調高洋箏一曲」訳載中断を宣言した「洋箏断絃並に余音」（二十二年一月二十九日『読売新聞』）で、「美術の思想」の遂行を断念する理由に「時運の然らしむる所」と述べた宿願達成への小手調べなのでもあった。鷗外の場合かくして「明治二十二年批評家の詩眼」において、創作観念「詩興」による訳詩として「彼字句、平仄、韻法さへ流石にこれを拋棄せず」と締め括ることになる。

こうした鷗外がとったスタンスに対して、早くに訳詩を発表していた忍月はどうか。ただ単にジャーナリスティックな気運に乗ったに過ぎなかったのであろうか。鷗外の文業と時間的な隔たりは若干あるが、忍月は論争の中途に「読売新聞の寄書欄内」（同三月二十二日『国民之友』）を福洲学人の署名で発表している。その冒頭で「国民の《ママ》友に訳載する西詩に就て読売新聞の寄書欄内は平地に波濤を起したり時ならぬ紙軍筆兵の血花を散らしたり」と状況を捉え、論難の大半が「人身攻撃、讒謗罵詈、嘲弄侮辱等の文字にして一ツの批評と称す可きものなし」と批判する。その上で「学人（忍月＝引用者）は今度の戦争を批評する者」という局外者の立場から批評家の『品位』を問題にした。論争当事者としての発言は「訳詩に就て」のなかで訳詩者も「注文者も亦た答ふる能はず」と述べたにとどまり、未決の状態に終わっている。だがこの五日後に訳詩論争の駄目押しともいうべき鷗外「池袋清風君に一言す」が発表され、訳詩を巡る論点に終止符を打った。そこで残る論点は批評家の「品位」問題ということになる。

ちなみに「くされ玉子」評を発表した三日後の小波への反論「木の葉」には、冒頭と末尾とに「木の葉木の葉！吹き寄せろ吹き寄せろ！」とある。この「木の葉」はのち三月十五日『読売新聞』紙上の鷗外「古本に非ず古木なり」や寂巌居士「私も一言」等の用例用法を加味すると、持論の体裁にだけ執着する〈木の葉〉のような取るに足らない小波や美妙らの発言を譬えていたことになる。とすれば忍月には訳詩論争の当初から「品位」問題が宿していたことになる。また後述の〈祖国の歌〉論争に介入した紅葉の忍月宛「紅葉山人の返書」（二十二年四月十二日『文庫』）のなかの「おとなげなしや忍月の大人」云々の戯評に触れれば、なおさら「品位」問題を俎上に載せざるを得なかったのであろう。

忍月がこだわった「品位」は結論からいうと、単に罵詈雑言の類いにだけ向けられたものではなかった。この時点では具体的でないが、「批評と称す可き」文学の質に向けられていた。批評家の「標準者たる任」を自覚し、その上で「文学上に進歩を与ふ」批評活動を確信して民友社に〈入社〉した忍月である（「藪鶯の細評」）。しかも誰れよりも「文学海の汪洋中に帆檣を張るの爽快」さを実感している忍月である。この実直さが「裏店社会に於ける熊、八、の口論」を是認するはずはなく、やはり「人を教示訓導する」真摯な批評態度を求めていたのである（「読売新聞の寄書欄内」）。のちの「初見の口上」（二十三年三月十八日『江湖新聞』）では自らにも課す「進脩」課題、また「詩美人に逢ふ」（二十三年十一月二十五日『国会』）では同義の「進修」課題とも言い換えている。たとえ論争中に蕉軒散史「揃ひも揃ツた三山人」（二十二年三月十五日『読売新聞』）が『『識認』を読んで親孝行がしたくなりました、『希望』を読んで自分の生活のある訳を悟りました」といった賛辞を寄せたとしても、末尾に忍月をさして「イヨー文壇の小錦！」とあるように、論調自体が〈木の葉〉や〈浅見〉の戯評なのである。ひたすら「文学上に進歩を求める忍月の律儀さが、文学の質を自らにも進修課題として掲げたとしても不自然な提起ではなかった。この態度は漣山人（小波）「徳富猪一郎君と美妙斎主人とソシテ省亭先生とに三言を呈す」（二十二年一月十八日『日本人』）の「見掛けによらぬ弱者」という蘇峰批判に対する蘇峰の前掲「批評家と人身攻撃」に連動しており、『国民之友』誌上においても唐突な問題提起ではなかったからである。忍月がここに提起した文学争点としての「品位」問題には、ほぼ同時展開した忍月の作詩「日本祖国の歌」を巡る〈祖国の歌〉論争も絡んでいた。

二十二年二月十二日『国民之友』第四十一号は欽定憲法発布を祝う特集版で、「藻鹽草」欄には八篇の祝歌が載った。忍月の「日本祖国の歌」はその一篇で、「憲法発布の盛典に遇ひ感喜の情に堪へず独逸の詩家アルンヅ氏の独逸祖国の歌に傚ひ日本祖国の歌を作つて聊祝意を表す」という前書きを添えている。ここにある「アルンヅ氏の独逸祖国の歌」は **Ernst Moritz Arndt** の **Lieder für Teutsche** であろうから、アルントが抱いていたプロイセンへの愛国心に着想を得た作詩ということになる。「何をか日本の祖国と謂ふ？／薩摩の国か山城か？」に始まる六行八節の詩で、躍動感にあふれている。薩摩、山城、駿河、江州等々と続く部分の原詩は鷗外「独逸文学の隆運」によると、「仏魯西、『シユワーベン』、播墨、『スタイエルマルク』……と段々澳国」まで続く、いわゆる「大独逸思想」の政略上の「忘想」表現だという。従って「原詩の妙処を——多少損じて居ます」と批判する。だが訳詩ではない。前書きにある通り「日本祖国の歌を作つて聊祝意を表」した作詩である。訳詩論争にとらわれた鷗外のペダンチックな勇み足であった。忍月の主意はむしろ「祝意を表す」にあった。もとよりナショナリスティックな気概の強い忍月にあっては、憲法発布の折りの文業は千載一遇の好機に思えたことであろう。この気運は『国民之友』第四十一号全体に漲るもので、発表直後のS.N.「国民之友第四十一号憲法発布を祝する詩歌に就て」（二十二年二月二十二日『国民之友』）の評文でさえ「諸公の金玉を頌して聊か栄を分たん」の一節を枕にしている。その上で忍月の祝歌を「中々上出来なり絶妙の趣向なり」と評した。だが仲間うちの褒辞に思える。芸術の完成度という観点からは『新体詩抄』の質と何ら変わるものでない。その証しが末尾の「流滑を欠く」という無韻の指摘である。この指摘を機に、同時展開する訳詩論争との絡みで、小波や古木山人らによって無韻の詩形をめぐる〈祖国の歌〉論争(3)が展開した。

〈祖国の歌〉論争そのものの争点「詩形」は訳詩論争に重複する。だが注目すべき点がある。新声社同人の筑波山人（市村瓚次郎）が「日本祖国の歌を読て忍月居士に一言を呈す」（二十二年三月二日『日本』）において、表題の祖国を「日本の国に日本あるにあらず左るを如何して祖国といへる観念の起るべきや（中略）不祥の語と思ふなり」と難じたことである。観光主人「日本新聞第十八号筑波山人の日本祖国の歌を読て忍月居士に寄する書を観て感あり」（二十二年三月二十五日『出版月評』）も、同様に「不敬の過に陥る」と批判している。今日的な感覚でいえば度し難い散漫な放言に思えるが、明治という生まれたての国家にあっては具体的な検討課題のひとつなのであった。況してや『日本』は憲法発布を機に国民精神の高揚を目指して発刊された言論新聞である。ナショナリスティックな用語には敏感であった。同じナショナリストである忍月の反論「日本祖国歌に就て『日本』記者並に其雷同者を筆殺す」（二十二年三月二十日『読売新聞』）が「本国即ち祖国を愛する」ことの意味「国権の振」「国粋を保存」云々を重ねて述べる背景である。こうしたなかで忍月の真骨頂が発揮される。それは詩形や祖国愛の論議にとどまらずに、文学表現の対象として祖国を扱うのに「汝が謂ふ如く窮窟」なことはなく、むしろ「詩歌の範囲は広漠」であると敷衍したことである。いわば「詩歌の材料は無辺」であるという詩材（題材）についての言及で、のちに正面切って論ずる「詩人と外来物」の前触れに当たる。と同時に特定のイデオロギーや偏狭な倫理的文学観から詩材を解き放つことの意味、つまり〈文学と自然〉論争を誘発させた「賤女中には『美』存在せずとする歟」というテーゼも胚胎していた。八ヵ月後の鷗外「現代諸家の小説論を読む」（二十二年十一月二十五日『しがらみ草紙』）が「夫れ詩の『材』を採るや（中略）苟くも顯象となりて我前に陳するもの適くとして宜しからざるなし」と触れる謂である。当代状況との絡みのなかで、忍月の右敷衍に批評家の「品位」問題の実質的な方向性が標榜されていたことになる。

なお「品位」問題は後で触れる「屑《いさぎよし》」と共に、忍月が自らの人生態度を表白するモットーのひとつでもある。この時期からすでに自覚されたものであることに留意しておきたい。

注

（1）昭和四十二年十一月『比較文学研究』掲載。のち『若き日の森鷗外』（同四十四年十月、東京大学出版会）に収載。

（2）訳詩論争は次の経過で展開した。
①懐郷生（忍月）「識認」（二十二年二月二十二日『国民之友』第四十二号）他　②漣山人（小波）「懲りずまに……」（同年二月二十八日『読売新聞』）　③忍月居士「木の葉」（同年三月五日『読売新聞』）　④美妙斎主人「又ぞろの大炊殿」（同年三月五日『読売新聞』）　⑤漣山人「忍月さんへ」（同年三月七日『読売新聞』）　⑥義朝（小波）「サテ

美妙さん」（同年三月九日『読売新聞』）⑦古本山人（多田漁山人）「修行しろ」（同年三月十二日『読売新聞』）⑧鷗外漁史「修行がしたひ」（同年三月十三日『読売新聞』）⑨冷笑生「彌次馬?・」（同年三月十四日『読売新聞』）⑩喜楽山人「鷗外漁史に大賛成」（同年三月十四日『読売新聞』）⑪蕉軒散史「揃ひも揃ツた三山人」（同年三月十五日『読売新聞』）⑫鷗外漁史「古本に非ず古木なり」（同年三月十五日『読売新聞』）⑬寂巖居士「私も一言」（同年三月十五日『読売新聞』）⑭巖々生（小波）「独逸文学の不運」（同年三月十五日『読売新聞』）⑮忍月居士「雛人形と活人」（同年三月十六日『読売新聞』）⑯福洲学人（忍月）「読売新聞の寄書欄内」（同年三月二十二日『国民之友』第四十五号）⑰池袋清風「新体詩批評　三」（同年四月二日『国民之友』第四十六号）⑱森鷗外「独逸文学の隆運」（同年四月二日『国民之友』第四十六号）⑲黄白道人（忍月）「訳詩に就て」（同年四月二日『国民之友』第四十六号）⑳森鷗外「池袋清風君に一言す」（同年四月七日『読売新聞』）

この論争は『国民之友』第四十二号以降に掲載された忍月の西詩翻訳（訳詩）を巡って展開した。散文ですら文語体がほとんどの当時にあって、日常用語に近い無韻の忍月訳詩は注目の的であった。論争に先鞭を付けた小波②が忍月の直訳体の訳詩を「変体詩」と揶揄し、原詩の直訳を否定。美妙④や古木山人⑦も同意見であった。だが忍月は⑤から一貫して律呂にこだわらずに「原詩を写すを主」とすることを言明する。⑮において「日本在来の詩歌の窮窟な範囲」では西詩の妙所を翻訳できず、従来の体裁を整えたとしても原意が読者に伝わらないと反駁した。この間、⑦に反論した鷗外⑧が忍月に同調し、この鷗外見解に対して小波⑭が鷗外を「独逸文学打毀しのあの直訳を見逃して居る」と批判した。ここに論争は二つの流れに展開する。ひとつは忍月⑮が⑦から登場する「人身攻撃」的批判を制しながら、⑯において批評家の「品位」問題を公言したこと。また二つ目は鷗外⑱が忍月の訳詩を弁護しながら、⑳において清風⑰の批判を通して西詩に平仄のあることを公言したことである。いずれも将来につながる文学観点で、前者は忍月の「京人形」評以降の態度に、また後者は鷗外らの「於母影」集成に結び付く起点となった。

（3）〈祖国の歌〉論争は次の経過で展開した。
①忍月居士「日本祖国の歌」（二十二年二月十二日『国民之友』第四十一号）②S.N.「国民之友第四十一号憲法発布を祝する詩歌に就て」（同年二月二十二日『国民之友』第四十二号）③漣山人（小波）「懲りずまに……」（同年二月二十八日『読売新聞』）④筑波山人（市村瓚次郎）「日本祖国の歌を読て忍月居士に一言を呈す」（同年三月二日『日本』）⑤漣山人「忍月さんへ」（同年三月七日『読売新聞』）⑥古木山人（多田漁史）「修行しろ」（同年三月十二日『読売新聞』）⑦蕉軒散史「揃ひも揃ツた三山人」（同年三月十五日『読売新聞』）⑧忍月居士「日本祖国歌に就て『日本』記者並に其雷同者を筆殺す」（同年三月二十日『読売新聞』）⑨観光主人「日本新聞第十八号筑波山人の日本祖国の歌を読て忍月居士に寄する書を観て感あり」（同年三月二十五日『出版月評』第十八号）⑩森鷗外「独逸文学の隆運」（同年四月二日『国民之友』第四十六号）⑪紅葉「紅葉山人の返書」（同年四月十二日『文庫』第十九号）

『国民之友』第四十一号は欽定憲法発布を祝す特集版で、「藻塩草」欄に八篇の祝歌が載った。忍月の祝歌「日本祖国の歌」はその一篇で、前書きに「独逸の詩家アルンヅ氏の独逸祖国の歌に倣」ったと記しているようにナショナリスティックな風潮を鼓舞するに例外ではなかった。発表直後の②は第三節までを「流暢円転」と評価したが、その後の③⑤⑥はほぼ同時期に展開した訳詩論争との絡みで無韻の句調を批判した。だがいずれも揶揄に近い短評で、この限りでは仲間同士の戯評でもあった。ところが市村④が国民精神の高揚を目指した『日本』に掲載されるに及んで、忍月の反論⑧を呼んだ。市村の論難は、連邦時代の不穏なドイツを背景にしたアルントの状況と違って安泰な日本には「祖国といへる観念」がないという表題への批判と、韻を踏んでいない句調への批判であった。⑨も同様である。忍月⑧は「本国即ち祖国を愛する故」の表題であって、「詩歌の材料は無辺」であると前者に反論し、後者には三一致の法則の受容を例示しながら「古来の用例」に従うべきでないことを主張した。ここには忍月のナショナリスティックな衷情と当代文学を主導する気概とが溢れていた。

四　「京人形」評・「色懺悔」評

忍月が硯友社系の人情小説を総体的に批判しだしたのは「三小説雑誌合評」（明治二十二年一月二日『国民之友』）に始まる。第十三号までの活版公売本『我楽多文庫』を「常に笑ひ常におどけて其極小説をおもちやにし」ていると捉え、各作家に「全篇に貫通する概念即ち意匠を予じめ抱持せられよ」と提言している。作家の創作課題に触れていることは明らかで、読者の視点に基軸を置いて批評していた時期だけに珍しい提言であった。だがここに示された想念「概念即ち意匠」については他に説明がなく、これだけでは要領を得ない。当代小説への切言「小説の推敲」における「小説は『美』なり」の「美」と、作家の想念「概念即ち意匠」との関係も同様に明瞭でない。ただし「品位」を問題にした直後の「『文庫』の京人形」（二十二年四月十二日『国民之友』）以降は、この関係の輪郭がほぼ明らかになる。

紅葉山人「風流京人形」（以下、角書き略）は活版公売本『我楽多文庫』第一号（二十一年五月二十五日）から同誌改題の『文庫』第十八号（二十二年三月二十五日）まで、全十六回にわたって連載された。のち大幅に語句を異同して単行本となるが、忍月評は初出を対象にしている。初出「京人形」は目次に「雅俗折衷体」と敢えて掲げ、他の掲載作品「言文一致体」と区分しているところに特色があった。それが忍月「京人形」評の冒頭で「雅俗折衷体の栄称と共に好評を博し硯友社座頭の名誉と共に贔屓を得たり」と記されたように、確かに高い評判を取った。だが全十章の展開は単純であった。美少女の女学生辰巳永代に教師の二宅や学生の竹田らが思いを寄せるが、実はこの永代は白痴美で、最終章においてその「フール」さを知った男たちが落胆するという茶番劇である。忍月はこれまで通り読者の視点から作品を「熟読静思する」が、結局は「一ツの妙味」すら見いだし難いと退ける。それでも作品の評判を煽る「文学社会の為め」に次の三点を構造的欠陥として挙げ、当代文学界に覚醒を促した。第一点は描写している文章そのものが拙劣であるという批判。評判の高い「雅俗折衷体」を舌の廻らない乳児の片言と譬えている。第二点は登場人物の描写「写法」が主客転倒しているという批判。主人公の永代を描くよりも他の「枝葉にのみ筆力を用ゐ」て、肝心の「京人形たる極意の本色」を描いていないという。いわば永代の「フール」な性情を欠いた「霊なき人形」が散漫に描かれているに過ぎないというのである。この理由は紅葉が詩材としたヒロインの「フール」な性情を「何の意匠もなく何の目的もなく只ボンヤリ然として之を写」したからにあるという。従って第三点は紅葉の「意匠」批判となる。ここでは仮に紅葉が「只実を写せるのみ」と風俗描写を主張しようが、その「実」を写すにも「小説家の心底眼中に一ツの意匠あり目的あり」と紅葉の主体的な創作課題を詰問する。要するに〈如何に描くか〉ではなく、〈何を描くか〉という作家が作家の課題として創作することの観点を問題にしたのである。

　忍月がここで作家主体を問題にしたことは、忍月にとって新しい評点であった。と同時に、忍月の新しい評点はまた当代の新しい文学課題でもあった。これは当代評との比較に証左される。例えば「京人形」評のひとつに不知菴《ママ》主人「紅葉山人の『風流京人形』」（二十二年四月十三日『女学雑誌』）がある。忍月の「京人形」評のわずか一日後の発表であり、かつての『夏木立』評のように忍月の先行所見を気に掛けることはなかったであろう。不知庵はこのなかで「雅俗折衷体」の巧妙さを称賛しながら、「惜む処は即ち此一点」として「脚色の一線通徹せざる」構想の欠点を挙げた。構想だけで作品評を下すには不知庵の論拠があまりにも希薄で、類型的な技巧論に陥りやすい通弊にあった。実際、不知庵は人物以外の「趣向」に走ったことを「変化に富み過ぎた」と指摘するにとどまり、文章上の技巧論に終始している。これが当代の典型的な作品評であって、忍月となお一線を画する評点なのである。

　ところで右の第三点には『小説神髄』にある写実理論の平板さに対する批判が込められており、創作課題に触れた「三小説雑誌合評」の批判と視点が一致していた。ただし「三小説雑誌合評」の不明瞭さに比べると、「京人形」

評の場合はこうした批判の根拠を作家が抱くべき想念「意匠」「目的」および「注視点」Gesichtspunkt（観点、想念）の欠如に置いて明確化している。作家が作中に「注視点を示す」のであれば、つまり主体的な創作観念が作中に示されておれば、「縦令姦淫を写すも（中略）嘔吐す可き文句も人を厭はしめず」と論断する根拠である。背景には想念を示すことが「神（美のイデー＝引用者）を融化」させるもので、これが「小説の『美』なる所以」であるという主張があった。想念と小説の「美」とが連鎖しているという新たな評点の骨組みである。前述の〈祖国の歌〉論争における「詩歌の材料は無辺」であるとの言及を加味すれば、小説の「美」は作家が適宜に詩材を取り自らの想念によって「写せし」もの、という構造が成立する。同じように「嘔吐す可き」姦淫場面を扱った「くされ玉子」評ではレッシングの作品に凝らして作家の意図を汲み取ったに過ぎなかった。もちろん「京人形」評においても作品構想や描写法に言及した評点もある。いわば〈如何に描くか〉を課題にしたこれまでの批評である。だが新たな評点を作品評に注入することによって、忍月は〈何を描くか〉という作家の想念を「小説家の貴重なる所以」として提言し、「小説の『美』」に連鎖する創作課題として教導したことになる。かくして「愚鈍中にも美は存するなり」というテーゼが生まれる（「京人形」評）。

硯友社系の人情小説に対する批評は、以後も新たな評点を注いで展開する。例えば「新著百種の『色懺悔』（接前号）」（二十二年五月二日『国民之友』）も同様である。詩材となる二人比丘尼の「心情性質」が「互ひに相同じ」であるために一人比丘尼となり、紅葉の作家課題として「脚色の為めにのみに人物を使用せずして人物の為めに人物を使用せよ」と提言する。八ヵ月後の逍遙「明治廿二年の著作家」（二十三年一月十五日『読売新聞』）において、自作「細君」を「作家の目に涙あツて後に悲哀の人物の成りしにあらで悲哀の人物を作りて後に作家強ひて涙を絞りし」と自省することに橋を渡したことになる。逍遙は偏重する趣向重視の構想「脚色」を批判し、併せて作家の「観念」（想念）欠如に不満を寄せた。忍月の場合は構想批判は自明のこととして、諸に「小説の本体、主眼其物を注視点として見る」ことを論拠にしている。

紅葉の出世作「二人比丘尼色懺悔」（二十二年四月一日『新著百種』）そのものは作品冒頭の「作者曰」に掲げられたように「涙を主眼」としていた。従って描写対象は「涙」を生む事件や状況設定に眼目が置かれ、自動的に「涙」を流す趣向となる。人物の性情によって事件が展開する構想ではない。逆に趣向を先行させ、その枠内に人物を配置するのである。この結果、人物の性情が等閑されて「無形骸無精神」な類型的人物を頻出させることになり、紅葉の「注視点」を問わざるを得ないというのである。いわば作品構想と作家主体との紐帯を固める創作上の「観念」（想念）の提言でもあった。ちなみに他の作品評では、例えば藤の屋（不知庵）「紅葉山人の『色懺悔』（其二）」（二十二年四月二十七日『女学雑誌』）が登場人物の性情を欠いて「小説を編」んだ構想を批判するにとどまり、緑葉山人「新著百種色懺悔」（同年四月二十一日『朝野新聞』）が「趣向の大体」を評し、また古木山人「『新著百種』色懺悔の細評」（同年四月二十七日『新婦人』）が「悲哀の元子たる愛」に触れながら文章の技巧に終始する。こうした文章推敲の批評が当時にあっては通例であった。忍月の提言が新たな創作論理に一歩踏み込んでいたことは疑いなかろう。

だが作家の「意匠」「目的」はまだしも、作家が「注視点を示す」という評語は当時にあってはなじまなかったであろう。忍月は「京人形」評のなかで「注視点」に「ゲジヒツプンクト」Gesichtspunkt とルビを振っているが、出典は詳らかでない。鷗外「明治二十二年批評家の詩眼」が「皆な想のみ、『イデー』のみ」と概評しなかったなら、今日でも注目されることはなかったであろう。ただし想念「注視点」を示すことによって「小説の『美』」が達せられるという主張が「愚鈍中にも美は存するなり」というテーゼを生み、やがて「賤女中には『美』存在せずとする歟」と展開して〈自然と文学〉論争を誘発したことは明らかなのである。当代状況との絡みのなかでの提言であり、どれほど当代を先導した内容であったかは推して知られよう。

鷗外が忍月「京人形」評の九ヵ月後の「明治二十二年批評家の詩眼」において忍月の掲げた想念を「皆な想のみ、

『イデー』のみ」と解した背景には、同じく七ヵ月後の「現代諸家の小説論を読む」（二十二年十一月二十五日『しがらみ草紙』）において忍月と同趣に「美術の境を守らしめんとするには勢、『想』に依てこれ（詩材＝引用者）を融化せざるべからず」と主張した経緯があった。忍月は「詩人と外来物」（二十二年九月十二日『国民之友』）においても、創作課題として「精気想念を融化すべし」と提言している。そしてこの二ヵ月後の「現代諸家の小説論を読む」では右引用に重ねて、鷗外は「空想の融化」「精神の融化」といった評語をたびたび用いている。こうしたことは互いに不十分な把握ながらも、小説の「美」Schöne や想念の「融化」Zusammenschluß の援用にとどまらない。また逆の援用関係もある。近世詩学を活用した忍月「想実論」の主要部「詩は想より出て、実に入り実より出て、想に入る」には、鷗外が〈自然と文学〉論争時に「美術家ハ『想』ヲ以テ『物』トナシ『物』ヲ以テ『想』トナス」と「美文学」の領域を説明した一節が明らかに投影している。ゴットシャルを背景にした鷗外の評語とに齟齬はみられるものの、この時期の文学課題を進修するという批評家の「品位」問題においては相乗的な関係にあったとみてよい。批評の重要性を掲げて鷗外が『しがらみ草紙』を創刊した際、忍月は「文学評論柵艸紙」（二十二年十一月二日『国民之友』）において「批評の必要を感ずること最も切なりき」と呼応し、創刊号掲載論文「演劇改良論者の偏見に驚く」を「戯曲作者の品位を高めんが為め」の演劇論と捉えた所以である。

　繰り返すことになるが、これまでの忍月は登場人物の葛藤と読者の感情とを巡る相関性を評点とし、作品構想の意味を読者の視点から吟味してきた。だが「京人形」評からは、さらに一歩踏み込んで作家主体と作品構想との関係を言及するに至った。いわば作品と読者とを巡る評点に、さらに作家と作品という評点を加えた忍月批評が二元的に整備されようとしているのである。この二元的な評点のうちとりわけ後者は、当代にあって新機運を促す観点であった。創作する作家の「意匠」「目的」を問うこと自体が作家の創作主体を問題にしているに他ならなかったからである。

こうした評点を顕著に示した作品評に「新著百種第四号妹脊貝」（二十二年八月二十二日『国民之友』）がある。漣山人（小波）「妹脊貝」[1]（二十二年八月十二日『新著百種』）は、幼い頃から温め合った純真な愛がそれぞれの親に反対されて崩れるという風俗的な「悲哀小説」である。主人公の水無雄は親に逆らい画家を志望していたが、思いを寄せる艶子との関係もままならずに投身する。艶子もまた水無雄への思いを断ちがたく後追い心中する。この結末が巻頭「読者心得」で「此の小説も涙を以て主眼とす」と記す所以である。対して忍月は先ず読者の視点から「両主人公が何故に投水せしやを疑ふ」と批判した上で、この疑念は作品構想の欠陥に起因しているとして「惨憺の悲劇を演出するに足る伏線なし」と評した。この「伏線」は別に「罪過」Schuld とも言い換えており、明らかに久松『戯曲大意』第八回を準拠とする因果律が適用されている。この限りにおいては従前の批評態度と変わりない。だが「次に」と前置きして、後半部に新たな評点が注がれる。すなわち二人の「愛恋の成立する光景」が拙劣であるという批判である。理由は小波の「皮相的の観察」にあるとして、小波が自らの「理想」を徹底し得なかったからであると論じた。いわば「注視点」を示さない作家への批判である。と同時に「涙を以て主眼とす」る『新著百種』掲載作家への批判でもあった。末尾で「終りに新著百種の著者諸彦一同に物申さん」と告げて、先の文章推敲ではなく、「観念の推敲」を訴えて総括しているからである。二十二年当初に掲げた作品の課題「観念」（構想）は、今や作家主体の課題「観念」（想念）を内包する概念として明確になったのである。

のちの「想実論」等を考慮すれば、当代状況との絡みのなかで、この時点から作家の「精神」の働き Betätigung に取り組んでいたと思われる。要因は後述するが、この時点で留意しておきたいことは、例えば「京人形」第六章の「其下」（第十二号掲載分）に描かれた二宅との姦淫場面も、従って作者が「注視点を示す」ことによって読者の感情を「害せず」「厭はしめず」と論評し、「小説の『美』」の成立過程を問題視する忍月批評が登場したことである。だが「小説の『美』」の成立過程を問題にして文学の構造を説くが、「小説の『美』」そのものには「神（美のイデー＝引用者）を融化」させるとしか触れない。同様に作家の主体的観念（想念）を前提にして文学の構造を説くが、想念そのものには作家が「注視点を示す」としか触れない。つまり小説の「美」と想念との連鎖には触れるのだが、骨子となる「小説の『美』」「注視点」そのものへの論及を棚上げにした文学の枠づくりになっているのである。きわめて生硬で粗笨な組み立てといってよい。こうした点に忍月とこの時代の未成熟さがあり、例えばのちの北村透谷ら『文学界』派と一線を画す要因があった。ただし少なくとも忍月がこうした作家および作品の課題を披瀝した直後に〈文学と自然〉論争が起こったこと自体、忍月の評眼が当代の潮流を先導していたことになろう。

注

（1）『新著百種』第四号表紙の表題と巻頭「読者心得」には「妹背貝」、中表紙には「いもせ貝」、目次と本文見出しには「妹脊貝」と表記されてある。

五　〈文学と自然〉論争

〈文学と自然〉論争[1]は前哨戦ともいうべき善治と鷗外の売笑論議、中盤戦ともいうべき善治と忍月の市川団十郎発言論議、掉尾を飾る善治と鷗外の善・美分離をめぐる本格的な文学論戦の三段階を包括する。発端となる無署名（善治）「姦淫の空気、不純潔の空気」（明治二十二年二月二十三日『女学雑誌』）は廃娼論で、文中に十九年九月二十三日『女学雑誌』掲載の社説「妓楼全廃すべし」を再録するなど、女性啓蒙誌としての主張の一端を集約している。だが女権拡張あるいは廃娼論の提唱は当時にあって決して目新しくない。それでもペダンチックな顯微齋主人（鷗外）「売笑の利害」（二十二年三月二十五日『衛生新誌』）は、善治の論文に「ブレーメン府の学士ブエー、オー、フオツケーの売笑論」を対置して「社会の一大部分に関係した論を立てるのは、少しは社会の実相を看破した上でなければ、丸で無益です」と冷笑的に批判し、売笑者の隔離抑制策ともいうべき現実的方策を打ち出した。鷗外はこの方策について、のち「公娼廃後の策奈何」（二十三年一月二、十六日『衛生新誌』）のなかで「余は言を尽すことを得ざりしゆゑ人の為めに尋常の存娼論者なる如き嫌疑をかけられ」たと触れている。鷗外の本意は、善治の一挙に全廃しようとする理想的な態度、すなわち開化日本の宿命的な課題としての女性解放を性急に説く無周到な態度に反省の一矢を放つことにあった。だが善治の憤慨は激しく、短文ながら「市川団十郎と衛生新誌」（二十二年四月六日『女学雑誌』）のなかで『時事新報』（二十二年三月三十日社説「市川団十郎」）が報じた九代団十郎のお軽役拒否発言と併せて「此の冷笑するものは団十郎の一顰に如何ん。吾党の人いよ〳〵奮起せざる可らず」と高唱する。善治の廃娼論はこの後の論評「不純潔の言行意思、不純潔に対する言行意思」（二十二年四月二十七日『女学雑誌』）にも貫かれ、翌二十三年一月十一日『女学雑誌』からは同誌の「時事」欄内に各地からの廃娼運動を紹介するコーナー「廃娼論記耳」を設けるなどして、経世的な倫理感を強めていくことになる。なお団十郎のお軽役拒否発言の理由を、団十郎自身が「此女郎の役を勤むるは恰も拙者の身を汚」すと語ったと右『時事新報』社説は報じている。そして続けて世の不徳男子に「彼の団十郎を学び以て自ら其品行の清潔白を守」ることを諭している。団十郎の〈見識〉と『時事新報』の〈教示〉とが善治と同質の倫理感を備えていたことになり、善治の「吾党の人いよ〳〵」云々の檄につながったのである。

　ところで以上の論詰にとどまるならば、こうした論議は啓蒙的な範囲内における道徳論議の一環に過ぎないことになる。しのぶ（善治）「国民之友第四十八号　文学と自然」（二十二年四月二十七日『女学雑誌』）を誘発し、この善治論文に対して鷗外「『文学ト自然』ヲ読ム」（二十二年五月十一日『国民之友』）が駁し、名実共に〈文学と自然〉論争が展開した契機には二十二年四月二十二日『国民之友』第四十八号に同時掲載されたふたつの批評があった。

ひとつは無署名（蘇峰）「言論の不自由と文学の発達」、もうひとつは局外生（忍月）「時事新報と女学雑誌に質す」である。蘇峰の批評は「言論の不自由」と「文学の発達」との間に現れる「不可思議の現象」を述べている。「言論の不自由」とは法律や社会の圧力による検束、あるいは「人と人との関係」によって「我にある思想を充分彼に向て吐く能はさる」ことで、これらの不自由さのなかに文学は「運動」し「発達」しながら「製造せられた」と主張する。対する善治の反論は「若し製造し得たりとせば是れ一時的仮設的の者、到底永続するを得じ」との考えから、善治の第一テーゼ「最大の文学は自然の儘に自然を写し得たるもの」を導き出す。また忍月の批評は団十郎の〈見識〉の高さに感服して世の不徳男子を〈教示〉したことを逆に「奇論」「偏見」と駁し、普段から「美術の何たるを知り乍ら猶ほ美術を宗教的道徳的の窮屈なる範囲内に零枯せしめんとする歟」と批判する。〈祖国の歌〉論争で敷衍した詩材の概念が活用されている。対する善治の反論は「人の知識は悉く自然より発す、人の徳も悉く自然より養はる」との考えから、善治の第二テーゼ「極美の美術なるものは決して不徳と伴ふことを得ず」を導き出す。これら善治の第一・第二テーゼに対して、鷗外は「『美』ハ『想』ナリ（中略）一々ノ『顯象（Phänomen＝引用者）』ヲ須テ而シテ顯ハル、」のであって自然そのもののなかにイデーがないという論拠、および文学は自然の「模倣」Nachahmung でなく精神の「製造」Schaffen であって作家主体における創造的な「空想」produktive Phantasie のなかに現れるという論拠とを掲げて、鷗外の第一アンチテーゼ「最美ノ美文学ハ概ネ自然ノ儘ニ自然ヲ写スコトナシ」を導き出す。また「『美』ハ一々ノ『顯象』ヲシテ不羈独立」するものであって「『徳』ト『不徳』トヲ問フニ遑アラス」という論拠を掲げて、鷗外の第二アンチテーゼ「極美の美術ハ時トシテ不徳ト伴フコトヲ得ベシ」を導き出す。総じていえば善治の自然模写という素朴な写実主義批判であり、「小説論」（二十二年一月三日『読売新聞』）の趣旨をも加えれば逍遙『小説神髄』批判に鷗外の本音が向けられていたことになる。

鷗外「『文学ト自然』ヲ読ム」と同趣の再論「再び自然崇拝者に質す」（二十二年六月一日『国民之友』）は、のち

「文学と自然」および「再び自然を崇拝する人にいふ」と改題され、二十五年一月二十五日『しがらみ草紙』に再録されている。この折り共に大幅な語句の修訂が加えられているが、「再び自然を崇拝する人にいふ」の末尾に「右の二篇は明治文学の批評の上にて善と美とを分ち、審美学の標準を以て批評の本拠としたるそも〳〵なるべし」と付記して自らの執筆態度を示した。「審美学の標準」とは如上の第一・第二アンチテーゼの論拠なのだが、これまたゴットシャル『詩学』の祖述であったことは前掲の小堀「森鷗外小説観の系譜」に詳しい。「小説論」もまた同様であるという。鷗外のこの手法を問う余裕はない。

忍月がここで仮に「時事新報と女学雑誌に質す」における「美」そのものに触れて論争に連なれば、「京人形」評以来の「美」と鷗外のいう「『美』ハ『想』ナリ」との緊密度が増し、当代の文学課題を急転させたであろう。だが忍月は鷗外のいう「『顕象』ヲ須テ而シテ顕ハルヽ」という技法論に自らを差し向けた。この背景には後述するようにレッシング『ハンブルク演劇論』と近世詩学との影響があった。従前の課題を引きずる今は従って、「批評の上にて善と美とを分」けたという鷗外に先立つ忍月「時事新報と女学雑誌に質す」のテーゼ「賤女中には『美』存在せずとする歟」における「美」と創作上の想念「注視点」との具現的なかかわり、つまり当代作家が主体的に〈何を描くか〉という表現対象に関する忍月の技法論を問題にするしかない。忍月の右テーゼに対して、みどり（善治）「団十郎とお軽」（二十二年五月十八日『女学雑誌』）が「誰かお軽の演技に於て何の美もなしと云ふものあらんや（中略）論、実に別主旨に入る」と開き直り、論争自体がゴットシャルに翻弄されて当代文学との絡みから遠ざかったからである。それでいて忍月の「品位」問題に関する文学争点は当代状況に向けられていることに変わりがないからでもある。

忍月が〈何を描くか〉に関する表現技法に触れた作品評に「新著百種の『乙女心』」（二十二年七月十二日『国民之友』）がある。思案外史（石橋思案）「乙女心」（二十二年六月三十日『新著百種』）は、片山里の一軒家で過ごす老母とその娘お雪とが遊学中の養子浪次を懐う場面から始まる。浪次は無事卒業して某病院に勤めるが、遊興にふけっていた。そうした折りに老母が病死し、ひとり残されたお雪は浪次との再会を必死に願う。そこに浪次が里帰りし、やがて医学士の令夫人雪子となって「めでたし〳〵」で終わる。忍月が指摘したように「涙、悲、等の文字を用ゐて愁歎の光景」を描こうとした作品であった。だが忍月は「涙、悲、等の文字」を作中に羅列するだけでは読者に「悲哀の念愁歎の情」が惹かないと批判する。この限りにおいては従前の作品評と変わらない。ところが忍月はこの弊害を教導するに、先の文章推敲ではなく、きわめて実際的な表現技法を提言した。すなわち登場人物の心情に迫るには「外物の補助を待つ可し」という技法論である。「観念の推敲」の具現化とみてよい。具体的には母を亡くしたお雪の心情を「涙の瀧」あるいは墓前で偲ぶお雪の心情を「涙の洪水」と描くよりも、お雪の悲哀に満ちた「行為挙動」の「光景」を描けという。いわば〈何を描くか〉に実際的な手法を提言したわけである。これを「詩人と外来物」の評言に置き替えれば、前者は詩材となる主人公の心情に基づく「内より発した」描写で、後者は作家の観察した詩材に基づく「外より応じた」描写ということになる。決定的なことは詩材の側に重点があるのではなく、作家の側にある。なぜならば詩材は「人情と密接して実景と親近」しているからだという。

詳しくは後述するが、「詩人と外来物」は先ず詩材が「人情と密接して実景と親近」しているという右論拠を補い、詩材である「人事社会の実際其儘を写せ」というのではないと断りを入れる。その上で作家が「観察したる外来物」を、つまり詩材を作家の「意匠中若くは其脚色」に「応用」して「理想」となし、その「理想」をもって作品を構想すべきであると説く。この見解は忍月にあって唐突な提言でない。すでに『浮雲』第二篇評において、久松『戯曲大意』第二回を援用しながら「小説は社会の現象を材料とし人の行為を以て理想上の一世界を構造する者」と技法的に提言していた。この「小説は技術にして」という主張を踏まえて、作家にも「人情を写すに於ても亦た理想の活用《はたらき》と云ふことを忘却す可からず」と求めていたのである。だがそれまでは表現技法と創作論理との関係に踏み込むに至らなかった。これを前掲「京人形」評では作家が「注視点を示す」方向に「理想」を位置づけることによって、また「詩人と外来物」では創作課題としての表現技法に「外来物」の「応用」という想念による詩材の具象化を新たに提言することによって緊密さを増したのである。いわば想念の具象性をもって「小説の『美』」を描くという創作論理の構造である。客観的な「外来物」が主観的な「理想」を「媒介」すると結んでいるからである。あるいはまた「理想」のある作品は読者の感情を惹起させて「精気想念《ガイスト、イデー》を融化」させるとも補足しているからである。ということは基本的な批評態度としては読者の視点を堅持しながらも、同時に当代小説への慷慨から作家の創作上の想念に結びつけた表現技法の理論を一歩深めたことになる。この結果、善治に対するテーゼ「賎女中には『美』存在せずとする歟」が提言されたことになる。

注

（1）〈文学と自然〉論争は次の経過で展開した。
①無署名（善治）「姦淫の空気、不純潔の空気」（二十二年二月二十三日『女学雑誌』第百五十号）②顕微齋主人（鷗外）「売笑の利害」（同年三月二十五日『衛生新誌』第一号）③無署名「市川団十郎」（同年三月三十日『時事新報』）④無署名（善治）「市川団十郎と衛生新誌」（同年四月六日『女学雑誌』第百五十六号）⑤無署名（蘇峰）「言論の不自由と文学の発達」（同年四月二十二日『国民之友』第四十八号）⑥局外生（忍月）「時事新報と女学雑誌に質す」（同年四月二十二日『国民之友』第四十八号）⑦無署名（善治）「不純潔の言行意思、不純潔に対する言行意思」（同年四月二十七日『女学雑誌』第百五十九号）⑧しのぶ（善治）「国民之友第四十八号　文学と自然」（同年四月二十七日『女学雑誌』第百五十九号）⑨森林太郎「『文学ト自然』ヲ読ム」（同年五月十一日『国民之友』第五十号）⑩しのぶ「国民之友第五十号に於ける『文学と自然』を読む、を謹読す」（同年五月十八日『女学雑誌』

第百六十二号）⑪みどり（善治）「団十郎とお軽」（同年五月十八日『女学雑誌』第百六十二号）⑫森林太郎「再び自然崇拝者に質す」（同年六月一日『国民之友』第五十二号）⑬しのぶ「自然崇拝者の答」（同年六月八日『女学雑誌』第百六十五号）⑭丸山通一「森林太郎君に横槍を呈す」（同年六月十五日『女学雑誌』第百六十六号）

この論争は倫理的な文学像を求める善治⑩に対して、鷗外⑫が審美学の立場から文学の独立した価値を主張したことで争点が明確になった。善治⑩は蘇峰⑤と忍月⑥を契機に執筆された。忍月⑥は①から④に展開した売笑論議を踏まえて「美術を宗教的道徳の窮屈なる範囲内に零枯」させることに反駁しており、鷗外と同一見解にあった。「京人形」評以降の批評態度の延長に当たる。論争全体としては文学と倫理の問題を自覚的に始めて扱っており、当代文学の課題が凝縮していた点に注目される。

六　「詩人と外来物」・「詩歌の精神及び余情」

忍月批評の新局面として、当代作家に「観念の推敲」を訴えたことは既述の通りである。作家の「観念」を「精気《ガイスト》、想念《イデー》」Geist　Idee として読者が「融化」Zusammenschluß するという考えが前提にあった（「詩人と外来物」）。読者が「融化」するという評言はこれまでの評語でいえば「同感」Sympathie であろう。だがこれまでも想念を「同感」するとは評言していない。久松定弘『戯曲大意』第七回に倣って、登場人物の行為が読者に「同感」を惹起させると一貫して評言してきた（『浮雲』第二篇評、『もしや艸紙』評等）。性質に基づく〈行為の一致〉論の主張はこのためであった。また想念も久松『戯曲大意』第六回に倣って、人生の大いなる真理「天然の法則」「不変の法則」という評語を用いてきた（『浮雲』第二篇評、改稿『妹と脊鏡』評等）。だがこれらの「法則」も登場人物の行為を通して読者が「同感」する理念 absolute Idee であって、作家主体に関与することはなかった。アリストテレス『詩学』第七、八章を解釈したレッシング『ハンブルク演劇論』第三十、七十七号に基づく久松『戯曲大意』が忍月批評に準拠されている限り、作家の主体的な「観念」に触れるはずがない。むしろ作品はいかに構成されるべきかという、読者のための合目的な意図に焦点が絞られていた。忍月の文学観に根強く技法論が顕在するひとつの背景である。

ところが「京人形」評が著わされた明治二十二年半ばからは、作家が「外来物」Passivischer Gegenstand を「応用」Anwendung して「理想」Ideal のある作品を創作すべきであるという作家にとっての文学課題が問題視され、作家の「観念の推敲」を訴えだした。ここに忍月批評の新しさがあった。だが新しさ故に、ここから忍月の混迷が始まったとみてよい。クラッシックな忍月文学の限界が見え隠れしだすのである。論理的な理由は作家主体の観念的世界観への論及を等閑にして、作家課題「観念の推敲」を表現技法上に設定したからである。この経緯に伴うマトリックスを先ず考えてみたい。

「詩人と外来物」（二十二年九月十二日『国民之友』）を中心に検討してみると、文脈上、作家が抱く「理想」は想念に通じる概念であり、「外来物」を「応用」するところに「観念の推敲」が位置づけられている。つまり「理想」に対する観点はさておき、「応用」する技法的観点「観念の推敲」に視点が注がれているのである。ここに基幹として登場した評語は「外来物」と「応用」である。このひとつ「外来物」は末技的ではあったが、すでに『捨小舟』第七回の江沢の独白にそのまま「外来物即ち Passivischer Gegenstand」と登場し、また『夏木立』評にも美妙の描写批判に「外物の刺劇を仮らずして」云々と使われていた。これら前年の使用は全く補足がなく、背景すらつかみにくい内容にあった。だが二十二年半ばからの使用には当代小説の趣向偏重への慷慨が背景に認められ、趣向偏重を質すべく創作論理と表現技法との紐帯を問題視していることが明らかとなった。この問題点の糸口を解明するに前掲の「乙女心」評がある。冒頭では穂積以貫『難波みやげ』巻之一の「発端」に収録された〈近松の言説〉の一節を引例し、かつ論拠に掲げて実際の描写に「外物の補助」の必要を主張しているからである。

〈近松の言説〉からの引例は松島の絶景描写に触れた第五節後半部分で、松島の「景を褒めんと思はば其景をよそながら数〱言立ればよき景と言はず」云々の箇所である。いわば松島の「景」を具象化するには、松島の「情」の発する「景」（実）の模様を写せという「景」（実）重視の部分である。忍月が「著者は乙女の心情を描くに当り只管に乙女其もののみを以ツて之を描んとせり」と批判し、また「外物の補助」すなわち作家が観察した客観的な「愁歎の光景」「悲哀の光景」の描写を主張した論拠に当たる（「乙女心」評）。ただし近松は単なる客観描写を主張していたわけではない。一方では「詩人の興象（対象によって催される感興、情＝引用者）」をもって描くことをも語っている。忍月の引例部分は虚実融和を志向する近松の虚実皮膜論の一斑なのであって、「詩人と外来物」で強調するところの「外来物」を「応用」するに、作家自身の「観念の推敲」を問題視した際の論拠なのである。従って詩材となる「人事社会の実際其儘」を単に描写するのではないとも主張することになる。いわば実際的な「外来物」の描写と理想的な「想念」の描写との微妙なバランスに「外より応じた」小説の「美」の存在を位置づけているのである。饗庭篁村「良夜」および嵯峨の屋おむろ「流転」（いずれも二十二年八月二日『国民之友』付録）の描写を「内より発したるものに非ずして必ず外より応じたるものならん」と評した所以である（「詩人と外来物」）。ここに当代課題として創作上の想念を提言しつつも、さらに読者の心情に緊密な表現技法としての「応用」を提唱した忍月の進修意識が確認できる。こうした限りにおいて、〈近松の言説〉の受容は「外来物」の「応用」において相当に考えられる。

〈近松の言説〉は『戯曲大意』の巻末に「浄瑠璃文句評註難波土産抄録」として収録されていた。仮に忍月が『戯曲大意』を受容する以前に〈近松の言説〉を精読していたとしても、『戯曲大意』に準じた際に虚実の融和には改めて注目したはずである。このことはのちの「想実論」最終章で、近松は「天然に審美学的の眼を有する者」云々と触れている通りである。内容においても「詩人と外来物」の時点では「実際其儘を写せと謂ふにはあらず」と断りつつも、民友社から移籍する直前の幸堂得知批判「世評に漏れたる一種変色の怪文字」（二十三年三月十三日『国民之友』）では「詩（小説）は宜しく『想』より出て、『実』に入るべし或は『実』より出て、『想』に入るべし」と明確な評語で規定していることに明らかである。やがて「想実論」において「想実調和」を詳論するに至る前段階でもある。ところが「想実論」はさておき、この時点ではいずれも忍月の使う評語が『戯曲大意』ほどには〈近松の言説〉に準じていない。評語の共時態としては、むしろ鷗外の「『文学ト自然』ヲ読ム」（二十二年五月十一日『国民之友』）に近い。

忍月が誘因した〈文学と自然〉論争時に、鷗外は右駁論「『文学ト自然』ヲ読ム」のなかで文学と自然を峻別するに、「『自然』ノ儘ニ『自然』ヲ写スベキハ大ニ『美』ヲ損ズルコトアリ」という原理論を掲げた。『小説神髄』の影響下にある当代にあってはかなり唐突な評言だが、「『美』ヲ奉ズルノ美術家ハ『想』ヲ以テ『物』トナシ『物』ヲ以テ『想』トナスモノナリ」とも繰り返す鷗外の想実論に、近松の虚実皮膜論に触れていた忍月が注目しないはずはなかったであろう。いわば「飛散の弊を結合の美に改めん」とするIdeeあるいはPhantasieへの論及契機である。当代状況との絡みのなかで忍月批評が展開していることを考えると、「京人形」評から「乙女心」評への進展と、「詩人と外来物」を経て得知批判への具現とに、こうした鷗外駁論が少なからず投影しているといわざるを得ない。例えば忍月が紅葉の短編集『初時雨』を批評した「小説群芳第一、初時雨」（二十二年十二月二十二日『国民之友』）では、鷗外の「『文学ト自然』ヲ読ム」にある「空想《ファンタジー》」を援用して「ソモ小説は作者にファンタジイありて」云々と小説を定義づけている。この定義に触れた鷗外「明治二十二年批評家の詩眼」は「是れ詩の釈義にして小説の定義に非ず」とたしなめ、忍月は右に引用した得知批判の主語部をその鷗外の指摘に沿って「詩（小説）は宜しく『想』より出る」云々と改めたほどである。とはいえ、必ずしも忍月が鷗外評言に全てを倣っていたというわけではない。

饗庭篁村の短編集を評した「むら竹第十一巻」（二十三年一月十三日『国民之友』）はふたつの欠点を挙げている。第一は「ヂスポジチヲンを軽する」こと、第二は「想を構ふる美ならざる」ことである。すなわち前者は作品と読者を巡る構想上の評点で、従前から堅持する評価視点である。後者は作家と作品にかかわる評点で、評語としては鷗外「現代諸家の小説論を読む」そして「『文学ト自然』ヲ読ム」に与かった新しい評点である。これらの評点について忍月は次のように注記している。

ヂスポジチヲンの事に就ては吾人国民之友六十八号残菊の批評中に一言し置けり参覧あれ、又想の事に就てはしがらみ艸紙第二号森林太郎氏の小説論中を見よ

きわめて素直に記した忍月なのだが、かく注記せざるを得ないのがふたつの評点の実態であったろう。鷗外は後者の評点について、「外来物」を「実際的手段」と捉えて「其神を伝へんとするにハ外物を借て其目的を達することを得べし」と〈文学と自然〉論争時の脈絡で評価し、想念を「『イデー』の何如なるかを顧みずして詩人の文句を評議するものあらば其言ふ所、何の価値かあらむ」と想実論の脈絡で同調している（「明治二十二年批評家の詩眼」）。これらはほぼ同一な論調を確認しているようでもある。だが前者の構想上の評点については辛辣であった。例えば忍月「残菊」評のなかの「ヂスポジチヲン」Disposition（忍月は局勢、結構、構成と訳）に触れて、小説や戯曲上では「コムポジチオン」Komposition（鷗外は結構と訳）が多く使われると指摘し、この作品展開の「発程」「継続《フホルフエルング》」「帰終」という三段階の構成のうち「フホルフエルング」Vorführungは「継続の義なし」と異を立てた（「明治二十二年批評家の詩眼」）。この評語を忍月は「新著百種第八号芳李」（二十三年三月三日『国民之友』）末尾で「深く其御注意を謝し」て「フォルトフュルング」Fortführungの誤植であったと訂正している。忍月が三段階の構成に触れたのは広津柳浪「残菊」（二十二年十月三十日『新著百種』）の「頗る爽快」な結末を、Peripetieを踏まえて評価

しようとしたに他ならなかった。この発想は『戯曲大意』第二回「『ドラマ』ノ結構及ビ体裁」の「亜里斯徳的氏ノ定メタル原則」に基づいていた。いわば『詩学』第七章の境遇転変 **Peripetia** を説く前提なのである。字句に異を唱えた鷗外の狙いはドイツ語の誇示にあったわけであるまいが、あるいは忍月が「文学評論柵艸紙」のなかで三木竹二共訳「折薔薇」の訳文を批判したことに関連しているのかもしれない。鷗外にとってはレッシングの **Emilia Galotti** 訳を発表した八日後の指摘であり、的を得た内容だけに少なからず驚いたには違いない。全く珍しいことに鷗外は忍月の指摘にのちも一切触れなかった。

　また鷗外は暗に忍月の「妹脊貝」評中の「罪過」についても咎め立てをしている（「『しがらみ草紙』の本領を論ず」）。いわゆる後述の「罪過」論争の起因となる「アリストテレスの罪過論を唯一の規則とするは」云々の箇所である。唐突な指摘で、根拠も明示していなかった。忍月は前述したふたつの評点を基軸に「妹脊貝」評を展開したわけで、鷗外の批判はそのひとつ、つまり『戯曲大意』第八回を準用した構想上の評点に向けているに過ぎなかった。要するに「残菊」評をも含み、鷗外は自分の視野にない『戯曲大意』の実際的な啓蒙観に依拠した点を標的にしていたのである。だが「現代諸家の小説論を読む」のなかで芸術としての小説を「『想』に依てこれを融化」させて云々、あるいは「精神の融化」を忘れてはならないといった主張は、逆に「詩人と外来物」での「融化」**Zusammenschluß** を援用している。また忍月も「独逸戯曲の種別」緒言（二十二年十一月二十二日『小文学』第一号）において鷗外の評語「想念」を活用している。鷗外とにやや齟齬はみられるものの、この時期にあってはやはり相乗的な関係とみてよかろう。ただし忍月批評の矛先が鷗外の作品や評語に向けられると、鷗外の威嚇的な反論は史上に残るほどの駁論となる。「折薔薇」の訳文批判は唯一の例外であった。

　忍月はこの二十二年三月十三日に鷗外を民友社に推薦し（鷗外「自紀材料」）、鷗外の活動拠点を『国民之友』に提供したばかりであった。この背後に忍月の鷗外文学への関心があったであろうことは想像するに難くない。同一見解を示した〈文学と自然〉論争が仮に起こらなくても、共にドイツ文学の素養を背景にしていただけに、二人の文学関係は必ずや生じるものであったろう。批評の重要性を掲げて鷗外が『しがらみ草紙』を創刊した際、忍月は「文学評論柵艸紙」(二十二年十一月二日『国民之友』)のなかで「批評の必要を感すること最も切なりき」とも呼応し、『国民之友』誌上に登場したときの自負と確信を再び示した。だがこの時期、忍月はすでに作家主体から発する「想形に結合せしむる」文学を求め、二十二年代の文学状況に新機運を促していた。こうした忍月文学の新段階はある面で鷗外との共通理念のもとに展開され、これに伴って忍月は基本的な文学理論をほぼ固めつつあったとみてよい。ただし注意すべきは、忍月の如上の用語と概念の推移とが鷗外によってもたらされたとしても、当代への慷慨は鷗外と基調を異にしていたことである。後で触れる論争は別としても、ここでは『初時雨』評直後の「詩歌の精神及び余情」にみられる東西文学の受容の仕方に問題があった。この点は「文学評論柵艸紙」のなかで「東国古来の文学中に就て醞中の醇を採る」と主張し、自らの命題として掲げた課題でもある。

「詩歌の精神及び余情」(二十三年一月三日『国民之友』)は東西文学を融合した詩歌論である。のち「詩の精神及び余情」と改題して『今世名家文鈔』(二十四年四月八日、民友社)に再録している。この折りに「吾人が詩と称するはポエトリーの意にして漢詩、和歌、発句、俳諧、俚謡等総ての美術的文字を包含する」と付言した。こうした認識をもっていた以上、忍月の文学原理論のひとつと捉えてよい。のちの「想実論」前半部は「詩歌の精神及び余情」の摘要といって過言でないからでもある。

忍月は冒頭で「詩歌の精神」を「宇宙の真理を発揮する」ものと、また「余情」を「意を含みて言外に現はす」ものと規定する。次いでこの関係を論じて、詩人(作家)の主眼は「外部の調和即ち格調」(作品の構想＝詩形)に留意することはもちろんだが、「内部の調和即ち精神」(作家の観念＝想念)にむしろ注ぐべきであると説く。なぜならば作家の観念「精神」は読者に惹く「余情」と密接にかかわるからであるという。例えば芭蕉の句「枯枝に烏のとまりけり秋の暮」は寂寥の状景を思い浮ばせるが、他に「一種雋永の味」という言外の「余情」をもたらしていると捉える。また崔顥「黄鶴楼」の一首「昔人已乗二白雲一去、此地空余黄鶴楼、黄鶴一去不二復返一、白雲千載空悠々」（昔人已に黄鶴に乗じて去り、此地空しく余す黄鶴楼、黄鶴は一たび去って復た返らず、白雲は千載空しく悠々）は「寥落たる千古（千年来の景象＝引用者）を捉定」する上に、言外に「無窮の思」を惹いていると捉える。そして杜甫「秋興」の一首「千家山郭静二朝暉一、日々高樓坐二翠微一」（千家の山郭朝暉静かなり、日々高楼翠微に坐す）は単に朝景を写しているのではなく、別に「活動の機」という言外の「余情」を備えていると捉える。いずれにおいても秋の景象に触発された作家の「精神」が凝縮し（＝「内部の調和」）、詩形「格調」（＝「外部の調和」）の言外に「余情」をもたらしているというのである。この作品世界の論理を「詩人と外来物」に当てはめてみると、客観的な秋景「外来物」を作家の観念「精神」が「応用」して「理想」となし（＝「内部の調和」）、その「理想」ある作品（＝「外部の調和」）が「余情」をもたらして読者の感情を惹起させる、すなわち「想念を融化」させるということになる。要するに「余情」と「想念」とは連鎖しているのである。従ってここでも「詩歌の妙は余情に在る」ことを繰り返し主張し、実朝『金槐和歌集』、淵明「停雲」「帰去来辞」、赤人『新古今和歌集』等々の詩句を例証して、

　詩家の鍛錬すべきは精神に在り、精神立てば則ち余情寓す、余情あれは則ち窈然忽然冥然、必ず之が為に哀感を生じ、咏嘆を発し、文辞和声其聴く所を平にす、

と結論づけることになる。

忍月はこうした論理の原拠が皆川淇園『淇園詩話』と室鳩巣『駿台雑話』であると自ら明かし、それぞれの一節を引例している。『淇園詩話』（本章引用は昭和四十七年六月復刊の鳳出版『日本詩話叢書』第五巻）からの引例は、詩（文学）には「精神」「格調」「体裁」の三要素があり、なかでも「精神」が根本であると説く第一節の冒頭である。いわば「精神」あっての詩であり、「精神」がなければ「文理（道＝引用者）」を失うという道徳的な詩文論の一節

である。忍月はここで「文理」に言及していないが、本文で使用する評語および「精神」を重視する態度は明らかに『淇園詩話』に準じていた。先に引用した「詩家の鍛錬すべきは精神に在り」云々の結論部分も、次の第七節に準じている。

其所三以必用二鍛錬一者、亦唯象與二精神一之故也、蓋凡作レ詩未レ成二一語一之先、必立以レ象、象立則精神寓焉、而其爲レ物也、窈然冥然倏然忽然、於レ是心爲レ之生二哀感一、情爲レ之發二永歎一、於レ是文辭以明二之物象一、和聲以平二其所レ聽、詩蓋於レ是乎始成、

（詩の必ず鍛錬を用いる所以の者は、亦唯象に精神を与する故なり、蓋し凡て詩を作る未だ一語を成さゞるの先、必ず立つるに象を以てす、象立てば則ち精神遇す、而して其物たるや、窈然、冥然、倏然、忽然、是に於いて心之れが為に哀感を生じ、情之れが為に永歎を発す、是に於いて文辞以て之れ物象を明らかにし、和声以て其の聴く所を平らにす、詩蓋し是に於いてか始めて成る）

淇園はここで文学「詩」の成立過程〈立象寓神〉を説いている。作家は景象に対していきなり「語」を構えるのではなく、先ず「象（感念＝引用者）」を想い浮かべ、それに伴って現れる「精神」を「文辭」で写すというのである。また「詩」即ち「精神」そのものという境地にも触れ、「精神」重視の所見を顕示している。忍月が「精神」重視を主張するに典拠としたことはいうまでもない。ただし忍月は右引用の結論部分で「象」を「精神」に、そして「精神」を「余情」に置き替えて短絡化し、作品世界の機能として読者が「哀感」「咏嘆」するに至らしむる「余情」に主眼を移して述べている。これまでと同様に読者の視点からの評点は堅持しているのだが、やがて展開する「想実論」第三章以下を念頭に置いていたのであろう。「詩歌の精神及び余情」においては、この「余情」の実例として挙げている元倘、温庭妹、李商隠らの詩句傾向についても同様に『淇園詩話』の記述を援用している。だがのち「想実論」に摘要される「詩歌の精神及び余情」は、あまりにも『淇園詩話』に依存したきらいがある。

例えば趙嘏の「江樓舊感」とも記す「江樓書感」を『淇園詩話』に倣ってそのまま「江楼《ママ》書感」と題し、全体の弱々しさを「気象衰颯意思皆な吐露して、二十八字外何の余蘊なし」と説いているくだりがそのひとつである。この解説部分は『淇園詩話』第三十節の「晩唐之人、氣象衰颯（中略）此等詩、全篇二十八字、意思皆吐露、此外無㆓甚餘蘊㆒」（晩唐の人、気象衰颯（中略）此等の詩、全篇二十八字、意思皆吐露、此の他甚だ余蘊なし）に準じた一節である。また例証する李白「烏棲曲」も同様で、この詩意に触れて「太白の烏棲曲は、秦川の女を朦朧彷彿の中に出して将士日暮の形神、雲裡闉閣の想像、真に迫りて言外更に天趣を兼ぬ」と「烏夜啼」の世界で解説している。これは次の『淇園詩話』第五十五節に従った結果の過ちである。

太白烏棲曲、乃爲㆓黄雲城中將士㆒、寫㆘其日暮想㆓像秦川家雲裡闉閣㆒之神象㆖者、故繫㆓黄城㆒以㆓其日晡之景㆒、而秦川女、其形神意態、郤唯在㆓朦朧彷彿之中㆒寫、隔㆑牕語、乃其寫㆓朦朧㆒者也、停㆑梭悵然、乃其寫㆓彷彿㆒者也。

（太白の烏棲曲、乃ち黄雲城中の将士の為に其の日暮、秦川の家で雲裡闉閣を想像するの神象を写す者なり、故に黄城に繫がるに其の日晡の景を以てす、而して秦川の女は、其の形神意態却って唯朦朧彷彿の中に在りて写す、窓を隔てて語るとは乃ち其の朦朧を写す者なり、梭を停めて悵然たるは乃ち其の彷彿を写す者なり）

盛唐詩との比較に常套的に用いられる「江樓書感」はまだしも、深閨離婦の情懐を写した「烏夜啼」と淫楽を諷した「烏棲曲」とは詩意が全く異なる。ここに至ると、忍月の例証ばかりでなく、立論そのものが不確かになる。とはいえ「精神及び余情」の概念を文学世界に確認しようとしている忍月の文学態度は確かで、近松の虚実論を踏まえながら『駿台雑話』を含む近世詩学の古典受容に自らの立場を確証しようとしていることは明確である。

『駿台雑話』からの引例は、司馬温公と王鏊とが盛唐詩を評して詩の「意」が「言外に在る」ことを説いたことに触れた「巻之五　信集」の「詩文の評品」の一節である。ここにある詩の「意」は前出の「余情」である。すなわち作家の「精神」を等閑すれば読者が作品の「性情を吟詠する」こともできず、また「意思」の含んでいることも味わえないという「詩歌の精神及び余情」の論理に重複する箇所である。だが忍月は冒頭で「意思」と「性情」にガイスト Geist、ゼーレ Seele とルビを付して当代課題への対応を図りながら、形象すべき「精神」への論調を強める。後半部における「ウエルネル、ハアン」(ヴェルナー Werner Hahn)の〈性情と意思〉に関する「解説」や、「ルユッケルト」(リュッカート Friedrich Rückert)の〈精神と余情〉に関する「自評」の引例がこれに該当する。要略すると「性情」と「意思」とを「唯一の形象」Gebilde に、いわば完成した「格調」に昇華させるための創作上の手続き論である。先の「文学評論柵艸紙」で掲げた「飛散の弊を結合の美に改めん」とした課題への答えである。だが創作上の手続き論である限り、表現技法の域を越えるものではなかった。従ってその「飛散の弊」を取り除くことの重要性を提言したにとどまり、「結合の美」すなわち「唯一の形象」そのものには言及し得なかったのである。この延長に当たる「想実論」においても同様である。結果的には作家主体の観念的世界観への論及を棚上げし、当面の混乱「飛散の弊」を「啓発誘導」する技法論に急務なのであった。この認識が時代に絡む忍月文学の特色である。

なお『淇園詩話』と『駿台雑話』とはいずれもきわめて教訓的な講話集なのだが、忍月は「詩歌の精神及び余情」においてその啓蒙観「文理」に触れていない。だが忍月は「詩文の評品」のほぼ全文を二十一年十月二十五日『出版月評』に「鳩巣翁の詩文評品(第一、詩)」と題して抄訳発表しており、経綸的な詩文論に早くから関心を示していた。当初においてレッシングの啓蒙性に傾倒するひとつの素地と見做し得る作品なわけだが、のちにナショナリスティックな発言を露にする伏線とみて差しつかえあるまい。この時期においてもすでに「日本祖国の歌」や「奇男児」評(二十三年一月三日『国民之友』)に表れている。後者は露伴「奇男児」(二十二年十一月十三〜十八日『読売新聞』)の主人公村上喜剣が泉岳寺の内蔵助墓前で割腹する結末を「作者想を構ふることの妙なるや」と称賛する。

ただしその「想」の在り様をドイツ・ナショナリズム台頭期のアルント Ernst Moritz Arndt あるいはキョルネル Karl Theodor Körner らの愛国的な詩歌に比して「着眼の低くして且つ狭きを覚ふ」と批判している。とすれば「詩人と外来物」から「文学評論柵艸紙」を経て「詩歌の精神及び余情」に至る経緯には、「西洋詩学」に準縄した原理論で武装する鷗外に対するナショナリスティックな反措定があったのかもしれない。だがやはり本節では右二書のエッセンスを合体させて「詩歌の妙は余情に在る」と主張したにとどめておこう。「詩歌の精神及び余情」は「詩家の鍛錬すべきは精神に在り」と、やはり「観念の推敲」に帰しているからでもある。尤も「詩歌の精神及び余情」そのものが当代の「詩弊」を痛感して執筆した以上、「観念の推敲」に主眼を置くのは当然であったろう。この意味においてシュレーゲルと芭蕉、釈秦冏と芭蕉との比較に「東西一対の佳吟」を確認しようとする忍月の態度は構築的である。リュッカートの「自評」から当代文学の課題である「唯一の形象に収合する」を導いたのは「文学評論柵艸紙」からの命題でもあり、別に引例し準拠とした〈近松の言説〉をも加味すると、読者の感動と指針とを誘う「小説の『美』」に対する論理が視野に入りつつあったといえる。

七　「小説論略」論争と文園戯曲論議

忍月が新文学の原理「想、実調和の要」に迫ろうとしていた時期に、当代状況との絡みで「小説家が多少実際に頓着せんこ（と=引用者挿入）を望む」と一言にして断を下す場面があった。「詩人と外来物」の主張と同趣のこの要言は、「詩人と外来物」と同時掲載の「女学雑誌社説『小説、小説家』」の一節である。署名は Dr.Keine. だが、忍月の匿名であることは冒頭の「吾人は曾ツて団十郎とお軽の件に付き女学記者と数回難問応答の往来をなせり」云々に明らかである。この「数回」には「細君」評や「くされ玉子」評、そして団十郎発言論議等が含まれている。

だが改めて付言した背景には、善治が〈文学と自然〉論争時の続編ともいうべき「小説論略」（明治二十二年八月三十一日『女学雑誌』）を発表していたからである。いわゆる「小説論略」論争[1]の発端である。

善治「小説論略」の要旨の第一点は文学態度としての実際派・理想派の区別、第二点は忍月の先の評語を借りれば批評家の「品位」問題である。第一点は「美術は之を想像によりて製作するもの」であって「自然の儘、実際の儘を写すものにあらざる」という論拠から、実際派の存在を否定する。また人々の理想とし得るものは「人間の通情」であって「人間の通情を写すもの」は実際であるという論拠から、理想派の存在をも否定する。この上で実際派と理想派との区別はなく、最良の小説は「小説の目的を達して、高く其専らとする所ろの長所に到着したるもの」すなわち「意匠清潔、道念純高」なものと主張する。この主張は写実主義、極実主義とも呼ばれた実際派（リアリズム）と、極美主義とも呼ばれた理想派（アイデアリズム）とを課題にしていた当代文学への批判であった。とりわけ『浮雲』「細君」「くされ玉子」等の新文学台頭への一連の論難である。これらの作品傾向は善治の評言に従うと詩材が「愛情、婚姻、下宿屋、演説、政治界、出世」などだけで、他面の「大いなる想像、高き理想、非常なる結構」などを排斥しているという。善治の主眼は後者にあって、前者を主導する批評家の「品位」に批判の矛先を向ける。従って要旨の第二点としては、区別を言い立てて論う批評家の「人才を殺ろす（中略）天稟の長所を没する」偏狭な「品位」を詰責することになる。ここにはさまざまな矛盾と飛躍があった。例えば第一点の論拠のひとつ「美術は之を想像によりて製作するもの」は、〈文学と自然〉論争時の第一テーゼ「最大の文学は自然の儘に自然を写し得たるもの」を鷗外の批判で正反対に翻した見解である。忍月「女学雑誌社説『小説、小説家』」が「無用の言を弄ひて怪む」と難じ、松羅堂主人（不知庵）「『小説論略』質疑」が「前説を記者の誤謬としても（中略）一は右に一は左するは如何なる理屈なるか」と駁し、鷗外「現代諸家の小説論を読む」が「掌を返へすよりも容易なるに驚かざる能はず」と断じた所以である。善治論文に反発した彼らは挙って実際派・理想派を区別して新文学の進修に当たっており、反発自体がすでに『浮城物語』論争を含む一連の想実論議、没理想論争、人生相渉論争の構図を胚胎させていた。だが文学プロパー側も決して一枚岩ではなかった。

「小説論略」論争に即せば、不知庵は『浮雲』のお勢と「細君」の下河邊とを例示しながら、実際派を「世間に必ずあるべき事実を案出するをばリアル主義と申すなり」と理解する。だがすでに「詩文の感応」（二十二年七月二日『国民之友』）において「詩文の感応（忍月の余情＝引用者）は専ら風情（忍月の精神＝同）にありて風姿（忍月の格調＝同）にあらず」と理想派を貫き通していた。ただしこの時点では善治の倫理的文学観を否定するに、詩材が同一でも「人情の秘奥に立入」っているものは「真正の小説」であると説き、『小説神髄』の域にとどまっている。逆に逍遥批判を基調とする鷗外は「小説は美を以て目的となし」云々の観点から理想派を支持し、専ら作家の創作観念と詩材との関係を弁ずる。鷗外によれば実際派は「外よりして詩境に進」み、理想派は「内よりしてこれ（詩境＝引用者）に入」るという。実の模倣から発するか、想の領域から発するかの違いである。だが目的である「美」の具象性が作家の「空想」に基づくと主張する以上、鷗外の基本的な立場は理想派に帰着せざるを得ない。同様に作家主体において「外来物の補助」を説く忍月も、創作上の想念から発する理想派を「作者躬親から事に触れ物に感じて心裡に現出したる所を直写」するものと規定して、基本的な立場を明かすことになる。ただし「時日が生み出す現在を保存し場所に於ける総ての物体を不朽ならしむる」実際派をも否定しない。〈近松の言説〉に依拠する忍月は従って、「多少実際に頓着」することになる。鷗外「明治二十二年批評家の詩眼」は忍月のこうした態度を次のように概評した。

忍月居士は理想派とも実際派ともつかず、これを不知庵に比すれば多少、実際派の方へ傾きたりと見ゆ而れども忍月が散布を捨てゝ収合を取り又た収合の能を空想《フアンタジー》に帰するを見れば彼ハ決して自然派の詩家の如く直ちに想像力《アインビルヅングス、クラフト》の採得たるものを詩となさず、彼は更に空想の之に想を添ふることを要する如し是又た理想派に取

る所あるにあらずや

言い得て妙であり、右概評の視点共々、善治の〈理想〉〈批評〉概念との質の違いを浮き彫りにしている。この違いが忍月「文学評論艸草紙」の指摘する「雑駁混濁の極に達」した当代状況であった。批評家の「品位」問題にこだわった忍月は従って、詩学 Poetik を準縄とする『しがらみ草紙』創刊に呼応し、さらに教導すべき「批評の必要」を共に高唱することになる。

当面の批評としては「小説論略」第二点の要旨の流れから、忍月が「論議すべき時に論議を始めた」と付記した鷗外「演劇改良論者の偏見に驚く」を「戯曲作者の品位を高めんが為め」の演劇論と捉えることにあった。鷗外がその冒頭でシェイクスピアの「品位価値、決して一劇場一優人の為に私すべきものにあらざる」ことを例証に、「戯曲ありて而る後に演劇あり」と主張していたからでもある。だが忍月の準縄には「邦人の歌論」「支那人の詩話文則」も掲げられていた。上演を前提とする〈近松の言説〉等にも依拠する忍月であってみれば当然である。そこで鷗外の戯曲優先の提言に忍月が呼応することによって、戯曲そのものと演劇の実際とを巡り、鷗外との間に文園戯曲論議[2]が偶発することになる。

鷗外「演劇改良論者の偏見に驚く」は前半において、当時唱えられていた演劇改良策と逆の改良案を打ち出していた。改良の最優先に戯曲を置き、次いで演劇、その後に劇場を挙げたのである。この優先順位の設定は鷗外が初めてではない。十九年八月に発足した演劇改良会を機に浮上していた。演劇改良会の「趣意書」の一項にも「演劇脚本の著者をして栄誉ある業たらしむる事」とある（十九年八月六日『歌舞伎新報』）。だが演劇は風教の稗補であるという功利性を払拭し切れず、当時にあって脚本改良の白眉と評された福地桜痴「演劇改良」（十九年十月十五～十七、二十日『東京日日新聞』）でさえ戯曲論を徹底し得なかった。鷗外の斬新さは戯曲が「詩体中の主位に居る」という十九世紀ヨーロッパ文学の定番、とりわけゴットシャル『詩学』の発想に貫かれていたことにある。反論する戀川綾町（小波）「文学評論しがらみ草紙評判」③（二十二年十一月二十一、二十八日『小文学』）が「二三年前に流行りたる演劇改良論なり」と揶揄したが、実体はそうでなかった。鷗外の戯曲優先の主張は「戯曲の約束」、すなわち観客の目前で萌芽し開花し結実していく「戯曲の行為」dramatische Handlung を前提にしていたのである。この前提を守るならば、戯曲は上演の「便宜を求むるを嫌ふ」とまで断言する。劇作家に上演の便宜を求めると「主たる作者の肘を掣して客たる場主、優人の跋扈を致す」ことになるからだという。この断言を、忍月「文学評論柵艸紙」後半が「実際其戯曲が舞台に於て演すべきや否やを顧みざる」現実離れの内容であると受けとめた。

忍月は戯曲が「舞台上の行為《ブーネンハンドリング》」Bühnen Handlung であるという実際を根拠に、

夫れ戯曲は舞台上の行為なり故に徹頭徹尾舞台と云へる観念は戯曲の要素にして又演劇と離る可からず、実①際舞台に演す可からざる戯曲は所謂「文園戯曲《リテラテウルドラマ》」にして②好事者の玩弄物たるに過ぎず、③グッマー、ブッ子ル、（プルッツ？）等の名家出で、より独り舞台戯曲のみを以ツて真正の戯曲となし④文園戯曲は擯斥する所となれり、

（波線・数字・傍線は引用者）

とドイツ演劇を引例しながら主張する。要するに上演を目的としない「文園戯曲」Literatur Drama を否定し、上演のための実際的な「舞台戯曲」Bühnen Drama を「真正の戯曲」と規定することで、上演にこだわらない独立した戯曲の存在を訴える鷗外の断言に疑念を投げかけたのである。戯曲における二つの対立概念は評言こそ異なるが、本眞居士「劇演と院本」（二十年十一月十二日『読売新聞』）において「院本は俳優を離れて、全く劇場を立離れて、尚且独立の面白味を十分有せざれば叶はざる者なり」などと触れられてはいた。だが存立自体を「戯曲に二種あり」云々と明確に示して「批評の法にも（中略）二種なかる可からず」と論及した嚆矢は、忍月の脚本評「文覚上人勧進帳」（二十一年十一月二日『国民之友』）であろうし、鷗外の右演劇論であろう。従って忍月が鷗外に疑念を投げかけることによって、文園戯曲・舞台戯曲の対立概念が近代演劇史上初めて問題視されることになった。鷗

外の再論の意義がここにある。

ただし脚本評「文覚上人勧進帳」も同様だが、『浮雲』第二篇評以降にも多々あるように、忍月の評語およびその概念は久松定弘『戯曲大意』が使用した用字・用語および概念に依拠していた。例えば右に引用した①の部分は『戯曲大意』第十回の「実際戯台ニ演ズベカラザル戯曲ノ一種大ニ流行シタリ独逸語之レヲ『リテラツール、ドラマ』即チ文壇ノ戯曲ト称ス」に、②の部分は同じく「文人学士社会ノ玩弄物タルニ過キス」に、③の部分は同じく「独逸国ニハブフ子ル氏グツコー氏等ノ名家陸続世ニ出テ、戯曲ハ之レヲ戯場ニ演シテ観客ヲ感動セシムルコト能ハズンバ以テ真ノ戯曲ト為スベカラストノ説ヲ唱ヘ所謂戯台ノ戯曲（ビューネン、ドラマ）ヲ以テ独リ真正ノモノトナセシ」に、④の部分は同じく「輓近ニ至リ此体（文壇ノ戯曲＝引用者）ハ全ク世人ノ擯斥スルトコロト為リ」によっていた。忍月はいずれも主意を外さずに手際よく要約している。だがルビ通りのドイツ語に直すと意味に変わりはないが、「文壇ノ戯曲」を「文園戯曲」に、「戯台ノ戯曲」を「舞台戯曲」に言い換えている。また『戯曲大意』にはみられない「舞台上の行為」という評語や、波線部分の戯曲概念、あるいはドイツ演劇史上の引例にある「ブフ子ル」（ブフネル Georg Büchner）、「グツマー」（グツコー Karl Ferdinand Gutzkow）の他に疑問符を付けながらもプルッツ **Robert Eduard Prutz** を加えるなど、忍月の学識も応用されている。以後一連の「戯曲論」を手掛けていく忍月にとっては、久松の単なる受け入れというより、自らの拠って立つべきフィールドに立脚しようとしていたというべきであろう。

さて鷗外「再たび劇を論じて世の評家に答ふ」（二十二年十二月二十五日『しがらみ草紙』）の忍月への反論部分は「福洲学人（忍月＝引用者）は実に我益友なり、故に余は其批評の誼に感ずる」に始まり、忍月の「演劇と離る可からず」という主張に対して「戯曲を作るもの、舞台の観念を棄つべからざるは実に福洲の言の如し」と応じている。忍月が述べた「論議すべき時に論議を始めた」に返答した後、戯曲に対する基本的な考えは同じだと明答しているのである。だが鷗外は作者が劇場主や俳優のために「頤使せられることなく」、つまり戯曲の価値や品位が侵されることなく独自に存在すべく断言したまでのことだと再論する。この主張は「製作的空想」produktive Phantasieの駆使を原理課題とする持論に貫かれている。いわば作者の自由な想像力の発揮である。従ってこれまでの経緯でいえば、鷗外は忍月の「錯認」だととがめ、「聴け忍月居士、我党の急務は詩人をして彼演劇者流の編狭なる意見を蔑視せしむるに在り」と仲間意識をもって叱咤激励することになる。その上で忍月のいう「舞台上の行為」Bühnen Handlungを「普通の用語例に背」く故に「戯曲の行為」dramatische Handlungとすべきであり、また「文園戯曲」に対する「舞台戯曲」をBühnen Dramaに当てたが「舞台に上ぼすべき」意味ではBühnenmäßiges Dramaが適切であると指摘する。これらの指摘は単にペダンチックとはいえない。忍月が「舞台に演す可からざる戯曲」を「文園戯曲」としているのに比べれば、厳密な意味においてふたつの戯曲概念を正確に分類し整理しているからである。

鷗外の再論に対して、直ぐなる紙誌上における忍月の反応はみられなかった。鷗外の再論が発表される直前に「独逸戯曲の種別」を『小文学』に掲げるが、「小説論略」論争の流れのなかの課題「イデアル、レアル」に触れながら戯曲の種別を論じたにとどまる。いわば論争としては展開しなかったことになる。ただし一年後、当代戯曲界への檄文「戯曲家を俟つ」（二十三年十一月二十七日『国会』）では戯曲概念にこそ触れないが、「文学評論柵艸紙記者の如きは、夙に卓眼を茲点（詩学上の戯曲＝引用者）に注ぎ（中略）力を尽せし」と受けとめ、鷗外の一連の戯曲論を「金玉の言」と評した。また最初の本格的な「戯曲論」（二十三年十二月十七〜十九日『国会』）の「緒言」のなかで、鷗外の再論に触れて「吾人と殆ど符節を合する」と首肯し、論議時に鷗外と「協同合唱」しなかったことを「自ら悔ゐ、自ら恥る」と自省している。

なおこの時期から戯曲流行の思潮を迎えるが、忍月「文覚上人勧進帳」から脚本評の隆盛も現れてくる。当代の進修課題を掲げた前掲「詩美人に奉答す」における「演劇の大本は戯曲なり」の提言に一貫する所以である。この意味で、忍月のかかわった一連の文学争点を批評家の「品位」問題において捉えると、文園戯曲論議は進修意識の昇華した内容にあったといえる。だがこの後も忍月における「品位」問題は続き、進修意識のもとに具体的な文学争点が見定められていくことになる。

注

（1）「小説論略」論争は次の経過で展開した。

①無署名（善治）「小説論略」（二十二年八月三十一日『女学雑誌』第百七十七号）②岡目八目生（不知庵）「女学雑誌の小説論」（同年九月十一日『東京與論新誌』第四百十二号）③Dr.Keine（忍月）「女学雑誌社説『小説、小説家』」（同年九月十二日『国民之友』第六十二号）④松羅堂主人（不知庵）「『小説論略』質疑」（同年九月十四日『女学雑誌』第百七十九号）⑤「小説論略」筆者（善治）「申し開らき條々」（同年九月二十一日『女学雑誌』第百八十号）⑥松羅堂主人「『小説論略』筆者に再問す」（同年十月五日『女学雑誌』第百八十二号）⑦故の小説論略筆者（善治）「謹んで龍背に申す」（同年十月五日『女学雑誌』第百八十二号）⑧松羅堂主人「謹んで女学記者に謝辞を呈す」（同年十月十九日『女学雑誌』第百八十三号）⑨森林太郎「現代諸家の小説論を読む」（同年十一月二十五日『しがらみ草紙』第二号）

この論争は善治①を発端に、当代文学界が課題としていた「理想派と実際派の区別」の問題と批評家の「品位」問題とを争点にしている。とりわけ前者が熾烈を極めた。区別を認めない善治に対して、不知庵②④、忍月③、鷗外⑨はそれぞれの立場から区別を認めた。不知庵は実際派支持の立場、鷗外は理想派擁護の立場である。忍月は「詩人と外来物」の観点から「多少実際に頓着せん」と鷗外にやや一線を置き、「想実論」で触れることになる。なおこの区別は文学極衰論議の基調にもなり、また没理想論争や人生相渉論争などの起点にもなっている。

（2） 文園戯曲論議は次の経過で展開した。
①森林太郎「演劇改良論者の偏見に驚く」（二十二年十月二十五日『しがらみ草紙』第一号）②福洲学人（忍月）「文学評論柵艸紙」（同年十一月二日『国民之友』第六十七号）③戀川綾町（小波）「文学評論しがらみ草紙評判」（同年十一月二十一・二十八日『小文学』第一・二号）④森林太郎「再び劇を論じて世の評家に答ふ」（同年十二月二十五日『しがらみ草紙』第三号）
鷗外①の論調がきわめて挑戦的であっただけに、小波③は「二三年前に流行りたる演劇改良論」と受け流したが、忍月②は「戯曲が舞台に於て演すべきや否やを顧みざる論」と誤解して鷗外の反発を招いた。鷗外④は戯曲の理念と分類とを詳論しており、「明治二十二年批評家の詩眼」（翌二十三年一月二十五日『しがらみ草紙』第四号）にもつながった。④に対する忍月の反論はない。だが二十三年十二月十七日『国会』掲載の「戯曲論」諸論で「吾人と殆ど符節を合す」と同意を示し、論議時に鷗外と「協同合唱」しなかったことを恥じている。この論議が忍月・鷗外の表立った論戦の第一戦に当たる。

（3） 二十二年十一月二十八日『小文学』第二号掲載の表題は「文学評論しがらみ草紙評」。

八 「舞姫」評と「舞姫」論争

忍月「舞姫」評（明治二十三年二月三日『国民之友』）は鷗外の文壇処女作「舞姫」（同年一月三日『国民之友』）の一ヵ月後に発表された。作品評としてはこれまで通りの迅速さであり、内容的にもこれまでの持論が展開されていて斬新さはみられない。同時期の「奇男児」評や『むら竹』第十一巻評等に比べると、むしろ論証に不備な点が目立つ。それでいて今日においても注目をあびているのは、鷗外との駁論の応酬つまり「舞姫」論争[1]の発端となったからに他なるまい。この論争は忍月にとって次章の江湖新聞社時代における展開なのだが、論争によって何かが解明されたわけでもないので、本節で一括して扱うことにする。

忍月「舞姫」評の摘要は長谷川泉「『舞姫』の顕匿」[2]に的確にまとめられ、本文分析は嘉部嘉隆「舞姫論争の論理（一）〜（五）」[3]が委曲を尽くしている。また論争経緯についても臼井吉見「『舞姫』論争」[4]や長谷川泉「『舞姫』論争」[5]等が問題点を手際よく整理している。さらに鷗外「舞姫」自体を論じた数多くの先行研究のなかにも、忍月「舞姫」評や論争に言及した論考が少なくない。[6]これほどまでに注目されている忍月作品は他にない。鷗外「舞姫」のもつ魅力と近代文学論争の嚆矢という史的評価とが成せる業なのであろう。だが実態はどうであろうか。

「舞姫」評は短評ながら、前書き・本文・後書きの三部で組み立てられている。本文はさらに作品主題の指摘と評点の設定・問題提起・作品批判と展開する。作品主題は「此の地位（勇気なく独立心に乏しい人物＝引用者）と彼の境遇（恋愛と功名とが両立しない境遇＝引用者）との関係」を表現した世界にあると読み取り、評点を「人物（太田豊太郎）と境遇との関係」に絞り、すぐさま豊太郎の「恋愛を捨て功名を採る」行為とその「勇気」があるか否かの性質とを問題にする。登場人物の性質と行為を基軸にする論法は忍月にあって、きわめて常套的で型通りの手法であった。例えば『浮雲』第二篇評では、作品の長所が「人物の性質意想行為一々真に逼ツて」いる点にあるとして、問題点を「豹変《まるかはり》する」ことのない性質と行為とに絞りながら「昨日の文三は矢張り今日も文三」であることの一貫性を評価した。また「細君」評では「女気の微妙」な行為を評価するに、お種の「修観《みえ》、負惜」などの性質を問題にした。つまり「人物の行為は終始其人の性質と並行」するという性質に基づく〈行為の一致〉論が忍月批評のひとつの規範なのである（『浮雲』第二篇評）。これがアリストテレス『詩学』第六、八、九章を解釈して説くレッシング『ハンブルク演劇論』第十九、三十号における性質 Charakter と行為 Handlung との整合的な登場人物の設定であり、レッシングに準拠した久松定弘『戯曲大意』第二回の「其人ノ気質ニ応シテ言語動作ヲ顕」わす「行為ノ一致」論の援用であることは既述した。「舞姫」評においてもたがえずに行為の起点となる性質を「功名を採るの勇気あるものなるや」と問題にしたのである。この上で作品批判に言及しており、作品評の前半（後述の①②）は従って〈行為の一致〉論に準じた批評ということになる。なお忍月は性質を「罪過論」その他で、「意思」「気質」「性格」「性情」等に置き替えて用いている。ここでは本文に即して性質に統一する。

「舞姫」評における作品批判は次のように要約できる。①豊太郎の行為が支離滅裂に描かれている。こうした人物を設定したのは著者が「詩境と人境との区別ある」のを忘れた結果である。②人物の性質が「前後」で「矛盾」して描かれている。性質は「并行する」ということに著者が注意を払わなかった結果である。③作品主題にかかわらないから、豊太郎の履歴部分は無用である。④作品の重要な点は豊太郎の懺悔であり、またエリスは陪賓であるから、表題「舞姫」は妥当さを欠く。⑤熟語表現に無理がある。これら五点はそれぞれの根拠を示しての立論であり、ポレミックな鷗外の反論を誘うに十分であった。とりわけ①②は作品評にとどまらず、鷗外の創作態度の論理的な欠陥を衝いている。だが鷗外の反論第一稿「気取半之丞に与ふる書」（二十三年四月二十五日『しがらみ草紙』）は忍月の指摘をそのまま受けとめずに駁論し、以後七篇の自説をねじり込む反論は末技的な③④⑤に注がれた。そして論争は忍月「舞姫三評」（二十三年五月六日『江湖新聞』）が「目前に石を出して木なりと強弁」するような「争論」[7]と評言した通りの結果となった。何しろ鷗外は自作「舞姫」について、論争中に本音を語ろうとしないのである。[8]例えば「舞姫」評の核心①②の創作態度への反論を、①についてはシェークスピア『ハムレット』やゲーテ『若きウェルテルの悩み』を引き合いにだしたにとどまり（「其妄五つ」）、また「支離滅裂なるは太田が記にあらずして足下の評言」と言い逃れ（「其妄六つ」）、②については「情を解せざること僕よりも甚し」と奇弁を弄して避けた（「其妄四つ」）。避けた態度に急所をつかまれた鷗外の私憤が垣間見られる。これが評壇内における自負心と表裏を成す感慨なのであろう。反論第一稿が発表されるまでの二ヵ月半の間、反駁の項目順を入れ替えるなどの準備・計画そして展開の方法を練っていたであろうことは十分に考えられる。ここには署名「相沢謙吉」の武装や論旨のすり替

え も含まれ、これらを鷗外は戦術として遂行したのである。のち「山房論文　其六」（二十四年十月二十五日『しがらみ草紙』）において、鷗外は「嘗て忍月と舞姫の事を争ひしとき、みづから相沢謙吉と署せしことあり。相沢謙吉が文中、若不都合なる事あらば、われ其罪に服すべし」と確信犯染みた反駁であったことを仄めかしているほどである。だがこの時点では忍月を相手に「不都合なる事」がないという判断が働いたのであろうが、近年の研究では鷗外のとった意図的な戦術を前掲の嘉部「舞姫論争の論理（一）～（五）」を始め、先賢の諸見解がほぼ同様に見逃していない。だがやはり「もはや死文である」[9]議論からは何も生まれるはずがない。そこで本節では③以降を却下し、①②を中心に忍月の批評意図を確かめることにする。

忍月は先ず①「彼は小心的臆病的の人物なり」から「区別あるを忘れたる者なり」までに、鷗外の反論第一稿が「其妄五つ」「其妄六つ」と大別したように二つの論点を掲げている。鷗外は反駁順序を逆にしてまで敢えて分断を図ったようだが、この二つの論点は連動する内容にある。①の前半部は鷗外のいう「其妄六つ」の箇所で、改行なしの前段落で提起した「功名を採る」ほどの「勇気ある」性質か否かに立脚した立論になっている。すなわち豊太郎を「小心的臆病的」云々の人物像から導きだして「小心翼々」「慈悲に深く恩愛の情に切」「『ユングフロイリヒカイト』の尊重すべきを知る」性質であると捉える。また行為を作品展開に沿いながら「恩愛の情緒を断てり」「残忍苛刻を加へた」「玩弄し」「狂乱せしめ」「精神的に殺した」と捉える。こうした忍月の理解と認識に従う限り、ひとりの人物にあって、その性質と行為とが相反していることは明白である。とすれば性質に基づく〈行為の一致〉論、「舞姫」評の評言に従えば「『真心の行為は性質の反照なり』と云へる確言」に背くことになり、①における第一の論点「功名を捨て、恋愛を取るべきものたることを確信す」が論理的に導かれる。この論理には例えば撫象子（善治）「国民之友新年附録」（二十三年一月十一日『女学雑誌』）にある「吾れ一読の後ち躍り立つ迄に憤ふり、亦嘔吐するほどに胸わろくなれり」といった倫理的な道徳観が立ち入る余地などない。尤も〈文学と自然〉論争時の忍月の発言をみれば当然である。況してや「恋愛を取る」ことを主張したことが「忍月のロマンチィックな理想主義の立場[10]」を表明したことにもならない。初稿『妹と脊鏡』評における「裏店社会泥水社会」からの発想や、『捨小舟』における後述の河井金蔵の「決心」の場面から判断しても、忍月は現実に即した認識に立っている。そして行動然りである。鷗外の「其妄六つ」もまた倫理的批判とは受けとめていない。むしろ「太田が処女を敬せし心と其帰東の心とは其両立すべきこと疑ふべからず」と結び、豊太郎の「ユングフロイリヒカイト」を重んじる性質と「帰東」する行為とを基軸に反論している。だが鷗外は「若し太田がエリスを棄てたるは」あるいは「相語るをりもありしならば」云々の仮定を前提にして、「支離滅裂なるは太田が記にあらずして足下の評言」と論駁している。いわば作中から離れた仮定の積み重ねによって、忍月のいう「功名を採る」行為の論旨をすり替えているに過ぎないのである。

しかも鷗外はこの論駁に続けて、仲間うちの賛辞に満ちた謫天情仙「舞姫を読みて」（二十三年一月二十五日『しがらみ草紙』）の評言「真正の恋情悟入せぬ豊太郎」を援用して「太田は真の愛を知らぬもの」「太田生は真の愛を知らず」と、同趣の反語を二度も重ねて「舞姫評中の雋語」とした。この断案に従えば「真の愛」のない浅薄な作品世界を、つまり忍月が指摘する④「太田の懺悔」に至る葛藤もみられない逍遙風の平板小説であることを鷗外自身が認めたことになる。このために「其妄四つ」において「性質」を「心の遷りかはるさま」にすり替えて弁明しても、肝心の「心の遷りかはるさま」に説得力がなくなってしまうのである。こうした鷗外の反語を、磯貝英夫「鷗外の審美批評――『しがらみ草紙』から『めさまし草』へ――[11]」は「一種の破れ目」と表現している。鷗外にあっては署名「気取半之丞」への反感からの論駁と考えられるが、後述するように忍月が「気取半之丞」に込めた意図は鷗外の「太田生に慙づる所なきか」という反感の域を越えていた。ここにも〈行為の一致〉論が応用されているのだが、この仕掛けは前書きにある「不審の廉を挙げて著者其人に質問せんと欲す」という挑発的な態度にも通じている。ただし「舞姫」評のなかで〈行為の一致〉論はみえにくい。忍月の論証が曖昧だからである。〈行為の一致〉論は脚本評「文覚上人勧進帳」で『人物の行為は終始其人の性情と一致し云々』の確言」とも言い換えられている。論拠には「性質は豹変する者にあらず」という観点と、読者が「同感を惹き起す」という観点とを掲げている。この点は『浮雲』第二篇評等においても同様であった。だが「舞姫」評の①においては論拠のいずれをも省いている。ただし前者に関しては②の箇所で、「前後」での矛盾を指摘して「相撞着して幷行する能はざる」と批判対象に挙げている。それでも「相撞着」することがなぜ矛盾なのかについて、つまり読者の視点からの論拠を挙げていない。しかも忍月は肝心の何が「前後矛盾」しているのかをも明記していない。これらの省略が鷗外の反論、とりわけ論旨のすり替えの呼び水となったことは否めない。それでいて先に触れた鷗外の「其妄四つ」は、忍月のいう「前後矛盾」を「太田生の性質を以て前後矛盾」と「性質」の問題として捉えている。またのちの「うたかたの記」論争時の「答忍月論幽玄書」においても「君は嘗て我豊太郎が性質を評して前後矛盾となしたることあり」と言及している。すでに清田文武『鷗外文芸の研究　青年期篇』（平成三年十月、有精堂）が指摘しているように、ケーニッヒ『ドイツ文学史』やツィンメルン『レッシングの生涯と著作』に書き込みを入れるほどの鷗外である。〈行為の一致〉論には原典をもって知悉していたのである。のちの「レッシングが事を記す」（二十四年六～九月『しがらみ草紙』）においても明らかである。それだけに鷗外の戦術は巧みであった。忍月の掲げた作中の「我心は臆病にて」云々を前提に、「心の遷りかはるさま」を「郷を離れしをり悲泣して禁ずること能はず是れ一変」「彼は自らかく思ひしなり是れ二変」「同郷子弟の間に立ちて呆然自失し（中略）是れ三変」そして「悟りしと思ひ（中略）是れ四変」と説く。その上で「かゝる性質」への批判は「情を解せざる」ことであると反論する。きわめて論理的な反論にみえるのだが、これらの「変」を性質とはいわないだろう。むしろ心情とか心理といった「変り易」い心的内面の作用をさす概念であって、まさに「心の遷りかはるさま」なのである。これまた拙計な論旨のすり替えに過ぎなかった。これらは『浮雲』第二篇評等と違い、忍月の説明不足が目立つ故の抗弁とみてよい。

ただし豊太郎の心的変遷が「幾度の自問自答」として提示された以上、新たな論点として進展させる可能性は派生していた。だが争点として取り挙げなかったところに、この論争の質が問われる。忍月には作品の「主とする所」を④「太田の懺悔」と指摘した「舞姫」評以外でも、すでに「性質の発現が地位に由り境遇により（中略）人目に由り義理に由り種々様々の運動をなす」ことに着目し、その心的葛藤をひとつの評点にしていたからである（「もしや草紙の細評」）。こうした持論の萌芽が容易に断たれるほど軟弱な論理であったとは思われないが、③④⑤への鷗外の反論に翻弄された結果なのであろう。

また第一の論点と連動する①の後半部分「ゲエテー少壮なるに当ツて」以下も同様に論拠を欠いていた。この箇所は豊太郎の「薄志弱行にして（中略）感情の健全ならざる」性質を著者が設定したことに批判している。反対に〈感情の健全な〉性質を設定していれば、〈行為の一致〉論に従って第一の論点の逆をつく「功名を採るの勇気ある」行為が展開することになる。ここではゲーテに忠告した「メルクの評言」[12]を例示して「功名を採る」という忍月の持説を提言しているが、手っ取り早くは『捨小舟』第九回における河井金蔵の「決心」に窺える。河井がヒロインお光との結婚を断念する場面で「おれが心は彼嬢を見棄てるだけの勇気に富ンでゐるか」と苦悩しつつ、「愛情を捨て、名誉を取る」と「決心」する。もちろん『捨小舟』と「舞姫」とでは人物・状況の設定やテーマ・モチーフの有り様も異なる。だが忍月にそうした功業に踏み切らせる考えがあればこそ、「舞姫」評の署名「気取半之丞」が豊太郎の行為に当てつけてわざと対立する構図が成立する。〈行為の一致〉論から推せば、署名「気取半之丞」の意味はここにある。鷗外が「其妄五つ」において豊太郎の性質を「薄志と云ひ（中略）健全ならずと云ふ皆当れり」と認めざるを得ないことが、同じような性質の「気取半之丞」に指摘されることによって急所をつかまえられたことになるからである。従って以後の鷗外はシェークスピアやゲーテを引き合いにだして言い逃れ、口をつぐむしかなかったのである。

「気取半之丞」は自作『露子姫』で露子に横恋慕する「不品行」な人物として登場する。いわば「感情の健全ならざる」人物で、結局は何をするにも勇気がなくて「途方に困ツてゐる」境遇に落ち込む。こうした人物設定は忍月の捉える「薄志弱行」以外の何者でもなく、「同感同情を惹起」する読者の視点からは「精気想念を融化」するはずの詩材としての的確さを欠くことになる（「詩人と外来物」）。そこで①の第二の論点となる「詩境」と「人境」との「区別あるを忘れた」という難詰になる。ただし如上の持説と感慨だけでは忍月批評は成立しない。文園戯曲論議の後だけに、批評家の「品位」意識から次の論拠を挙げることになる。すなわち前作「詩歌の精神及び余情」で触れた「感情」と「考察」という「詩術の要素」である。だがこの論証はあまりにも粗雑で、これまでにみられない程の手抜き評となった。

手抜き評の理由は推測の域を出ないが、忍月にはこれまでの作品評を通して鷗外がすでに論拠を認知済みであるとの認識をもっていたのではなかったろうか。性質を起点とする論及については、鷗外「明治二十二年批評家の詩眼」が「小説中、人物と人事との権衡をも忍月居士が言ひぬ（中略）人物の為めに動作すといふは『カラクテリスチック』の熟く調ひて、趣向は人物の性より自らに湧出するをいふ」と触れていたからである。また後述する「罪過」論争を誘発させた山口虎太郎「舞姫細評」（二十三年一月二十五日『しがらみ草紙』）がレッシングを前置きにしながら〈行為の一致〉論を準拠に豊太郎の行為を「渾然タル一種ノ気象」から説き明かしており、「罪過」論争との絡みで詳述を避けたのかもしれない。少なくとも「詩境」と「人境」との区別を忘れたと難じた箇所は、早くに鷗外が「現代諸家の小説論を読む」および文園戯曲論議時の「再び劇を論じて世の評家に答ふ」において評語として用いており、鷗外がすでに「区別あるを知ツて」いたと記すのは至当な発言なのである。鷗外が「其妄五つ」のなかで豊太郎の性質を「薄志と云ひ（中略）健全ならずと云ふ皆当れり」と認めながら、「かゝる性質の人を以て詩材となしたるを人境と詩境との区別を知らずとなさば」云々と逃げてはいるが、同一文脈で「詩材」と捉えていることにも明らかである。だが問題はこれらの評語の概念であり、用途であろう。忍月の場合、この「舞姫」評だけからは判然としない。ここには「詩歌の精神及び余情」と「想実論」との狭間にある課題、つまり作家と創作対象との論理的な紐帯の指摘がわずかに提起されているにとどまる。これが①と②における創作態度への言及であり、鷗外が「明治二十二年批評家の詩眼」でも触れる「審美学の存亡」を潜むひとつの課題であった。これまでの忍月批評の評語でいえば、表現技法にもかかわる「観念の推敲」問題でもある（「詩人と外来物」）。だが「舞姫」評はあまりにも粗笨な論述で、鷗外に揚げ足を取られることになった。忍月は自らの意図すなわち鷗外の創作態度が論理に適っていないことをここで明確に提言すべきであったが、論証の不備は免れず、課題を先延ばしにしてしまったことになる。次章の「想実論」の項で、改めて扱ってみたい。

注

（1）「舞姫」論争は次の経過で展開した。
①鷗外森林太郎「舞姫」（二十三年一月三日『国民之友』第六十九号附録）②撫象子（善治）「国民之友新年附録」（同年一月十一日『女学雑誌』第百九十五号）③山口虎太郎「舞姫細評」（同年一月二十五日『しがらみ草紙』第四号）④謫天情仙（野口寧斎）「舞姫を読みて」（同年一月二十五日『しがらみ草紙』第四号）⑤気取半之丞（忍月）「舞姫」（同年二月三日『国民之友』第七十二号）⑥相沢謙吉（鷗外）「気取半之丞に与ふる書」（同年四月二十五日『しがらみ草紙』第七号）⑦気取半之丞（忍月）「舞姫再評」（同年四月二十七日『江湖新聞』）⑧相沢謙吉（鷗外）「再、気取半之丞に与ふる書」（同年四月二十八日『国民新聞』）⑨気取半之丞（忍月）「舞姫再評」（同年四月二十九日『江湖新聞』）⑩相沢謙吉（鷗外）「再、気取半之亟に与ふる書（つゞき）」（同年四月三十日『国

民新聞』）⑪気取半之丞（忍月）「舞姫三評」（同年四月三十日『江湖新聞』）⑫相沢謙吉（鷗外）「再、気取半之亟に与ふる書（つゞき）」（同年五月二日『国民新聞』）⑬気取半之丞（忍月）「舞姫四評」（同年五月三日『江湖新聞』）⑭気取半之丞（忍月）「舞姫三評」（同年五月三日『江湖新聞』）⑮相沢謙吉（鷗外）「再、気取半亟に与ふる書（つゞき）」（同年五月四日『国民新聞』）⑯気取半之亟「舞姫三評（続）」（同年五月四日『江湖新聞』）⑰相沢謙吉（鷗外）「再、気取半之亟に与ふる書（つゞき）」（同年五月五日『国民新聞』）⑱気取半之亟（忍月）「舞姫三評（続）」（同年五月六日『江湖新聞』）⑲相沢謙吉（鷗外）「再、気取半之亟に与ふる書（つゞき）」（同年五月六日『国民新聞』）

この論争は近代文学論争の嚆矢と評されてきたが、実体はかなり「支離滅裂」である。忍月は当初「舞姫」そのものの位置づけや創作態度に言及し、当代課題に交錯した観点を示した。だが論点は鷗外の恣意的な評言と圧伏的な態度によって、次第に拡散している。今後は狭隘な文学史にこだわらずに、鷗外文学のなかでの位置づけも必要なのかもしれない。論争にのせられた忍月に関せば、その軽率さや半可な評語の使用は責められるべきだが、未消化な「詩境」の問題を「想実論」へのつなぎとした点が注目される。

（2）『続　森鷗外論考』（昭和四十二年十二月、明治書院）収載。
（3）『森鷗外──初期文芸評論の理論と方法──』（昭和五十五年九月、桜楓社）収載。
（4）『近代文学論争　上』（昭和三十一年十月、筑摩書房）収載。
（5）『近代文学論争事典』（昭和三十七年十二月、至文堂）収載。
（6）簡便な文献に長谷川泉編『森鷗外「舞姫」作品論集』（平成十二年十月、クルス出版）がある。
（7）初出は「争論」だが、忍月全集に従った。
（8）前掲の長谷川泉「『舞姫』の題匿」は「鷗外の言いたかったことは、もっとほかに多くあったと思われる（中略）鷗外は、そのことを語ることなくしてやんだ」と述べている。また嘉部嘉隆「舞姫論争の論理（五）」は「論争中にも語る機会はいくらでもあったはずである（中略）忍月が、鷗外の言いたいことを引出せなかったのではない。鷗外があえて引出させなかったのである」と述べている。

（9）山本健吉「小説に描かれた青春像――『舞姫』の太田豊太郎――」（昭和二十八年十一月『文芸』）の評語。

（10）前掲（4）に同じ。

（11）『森鷗外――明治二十年代を中心に――』（昭和五十四年十二月、明治書院）収載。

（12）ゲーテ『詩と真実』Sein Leben und seie Werke にあるが、忍月が依拠した出典は詳らかでない。忍月「ゲェテー論」（二十一年十二月二十一日『国民之友』）にもほぼ同じ引例がみられる。

第四章　江湖新聞社時代　―明治23年3月～同23年5月―

忍月は明治二十三年三月、民友社から江湖新聞社に移籍した。同年三月十八日『江湖新聞』掲載の「社告」に、

今般本社ハ従来社員の外更に石橋忍月氏を聘して専ハら文学の評論を嘱託すること、せり、爾後同氏の嚴正奇抜なる文学は永く読者の咀嚼を受くるなるべし（全文）

と招聘された旨が告げられている。そして同日から忍月の作品掲載が開始した。もちろん江湖新聞社からの誘いは以前にあったのであろうが、この三月十八日を実質的な入社時と捉えて間違いないだろう。また同年六月四日『国民新聞』および同月五日『閨秀新誌』の広告欄に、

小生従来江湖新聞の文学評論に従事いたし居候処今般同社の都合有之退社いたし候

五月三十日　　石橋忍月

（全文）

と自らが退社したことを明らかにしている。だが忍月の『江湖新聞』への作品掲載は五月二十一日で終わっており、実質的な退社は五月三十日よりも早かったと思われる。退社間際の『江湖新聞』は変動が激しく、五月二十三日からは編輯人の入れ代わりも目紛しい。また五月二十八日の第八十九号が発行停止処分を受けている（五月二十九日付官報第二〇七二号）。六月十九日付で解停されたが（六月十九日付官報第二〇九〇号）、再刊が軌道に乗ったのは七月一日の第九十一号からである。六月十八日『日本人』掲載「時事日抄」欄の六月十一日の項では「江湖新聞廃刊」

と報じられる始末で、忍月の退社前後の社内が相当に混乱状態にあったことを物語っている。こうした混乱が右引用広告の退社理由「同社の都合」という実態なのであろう。

しかも退社時は忍月が帝大法科大学法律学科第二年の学年試験に再度挑む直前に当たる。当時の学則「分科大学通則」には降級が二年続くと「退学セシム」とあり、学籍上では追い詰められた状況にあった。「石橋家の家名を挙げるといふ期待」を念頭におけば、翌六月からの学年試験には必死で臨んだと思われる。それは合格後のゆとり、つまり七月四日から「諸国巡遊」(1)と称した帰省に表れている。のちに魯庵生（不知庵）「病臥六旬」が忍月の文業を「学生の小遣取りの片手間仕事」と辛辣に回想しているが、見様によってはそれが忍月の現実的な一面であったのかもしれない。

いずれにしても忍月の江湖新聞社時代は二十三年三月十八日から二ヵ月余りということになる。このきわめて短い在籍期間中、忍月理論の集大成ともいうべき「想実論」を始め、「罪過論」等が連載された。これらは三月十八日掲載の第一作「初見の口上」が端的に示すように当代文学の課題を進修すべき原理論であって、文学史的にも看過できない忍月の活動時期となっている。不知庵の右回想には、この進修意識が全く切り捨てられているのである。

注

（1）二十三年七月十三日『国民之友』に「石橋忍月」の署名で掲載した身上広告による。帰京は『国民之友』掲載「此ぬし」等から判断して、九月中旬と思われる。

一　入社経緯

『江湖新聞』は二十三年二月一日に創刊予告として「初号」を発行し、同年二月十一日の第一号、二月十三日の第二号と続き、第二号から順次刊行された日刊紙であった（一紙一銭、月曜と祭日の翌日とが休刊）。同年一月二十八日『朝野新聞』記事「曹洞宗の機関新聞」によれば、「曹洞宗僧侶諸氏の間に機関新聞発兌の計画ある趣は兼てより耳にせし所なりしが今度其議愈ゝ決し」て刊行の運びになったという。確かに三月十八日の「福田会の法話」「慈善法会」、三月二十六日の「仏教の危急」など他紙の扱わない記事をみる限り、仏教的な色彩を帯びていないわけではない。また解停後の七月二日『江湖新聞』記事「江湖新聞と江湖会」は禅僧が集まって修行する安居〈江湖会〉にちなんで、発行停止処分を受けた五月二十八日までの「初号」を含む通巻九十号を「雪安居」期、再刊した七月一日の第九十一号からを「雨安居」期と称し、再刊後もなお宗門機関紙であったことを色濃く伝えている。

だが主筆は政教社を起こした三宅雪嶺であり、布教活動を全面にだすことはなかった。むしろ「初号」の巻頭言（二十三年一月二十八・三十日『朝野新聞』、同年二月三日『日本人』等の掲載広告と同文）に広言した内容で貫いている。すなわち「帝国の紀元節憲法発布の第一年紀」を期し、「政治宗教産業教育文学等」に関して「議論報道共に摯実と眞確とを旨」に刊行することである。実際、政党に与しない政府批判や幅広い社会批判を扱った社説に特色を発揮した。五月十七日の山県内閣改造を批判した同月二十日から二十八日までの社説「内閣員の更迭」が治安妨害の廉で発行停止となるなど、それまでの呼称でいえば明らかに大新聞である。創刊当初において、創刊日を同じくする『国民新聞』とよく比較された所以でもある。内容的にも長清楼主人「徳富氏ハ国民新聞三宅氏ハ江湖新聞を発兌す」（二十三年一月三十日『読売新聞』付録）が、創刊前から『『国民之友』より出でたる国民新聞ハ平民主義」を、『『日本人』より出でたる江湖新聞ハ国粋保存主義」を発揮するだろうと受け止めたことに要約される。この指摘は杉浦重剛と志賀重昂とが「初号」に寄せた祝辞内容にも証左される。いわば政教社系のナショナリズムを基調とした反体制紙なのである。

ただし『江湖新聞』は尊皇奉仏大同団を起こして仏教の復興に務めていた大内青巒が発行の企画主であった。前掲『朝野新聞』記事「曹洞宗の機関新聞」では青巒が主筆三宅の「助筆」を勤めるとあるが、青巒署名の記事は見当たらない。雪嶺『自分を語る』（昭和二十五年一月二十五日、朝日新聞社）によれば「江湖新聞は曹洞宗紛擾に由来して出来たもの」で、青巒が雪嶺にその「事情を言はず（中略）全く独立した者のように説いた」ので主筆を引き受けたという。そのために創刊後はたびたび「故障が起り、経営者が代はった」ともある。右の「曹洞宗紛擾」は曹洞宗大学林専門本校の閉林紛擾、また「故障」は三月二十七日の「僧侶の喧嘩」や同月二十九日の「曹洞宗の怪事」などの掲載記事に対する永平寺側からの反発と八月六日の再度停止、そして「経営者」については十月十七日以降の永平寺から立憲自由党左派への交代である。雪嶺は「面倒な処に居れぬので罷め」たという。忍月の場合は前述した社内事情とりわけ五月二十八日からの発行停止と、間近に迫った学年試験とに起因していたようだ。

こうした江湖新聞社に、民友社に在籍していた忍月がなぜ移籍したのか。雪嶺との関係を含め、入社経緯が詳らかでない。一般的に考えれば、好評裏であった忍月批評がそのまま『国民新聞』に移行したとしても不自然ではない。だが蘇峰が『国民新聞』の構想を二十三年一月三日『国民之友』付録に発表し、その上で同年一月十三日『国民之友』以降の誌上に公表した国民新聞社の陣容には忍月の名前がなかった。民友社という思想集団にあっては、忍月批評が異色であったことにもよるだろう。月旦評を得意とする忍月にしてみれば、月刊や当時の『国民之友』の旬刊よりも日刊紙の舞台が有利であったはずで、失意の念がなかったとはいえまい。引き続き『国民之友』の批評欄で蘇峰の求める作品評を担当してはいたが、そうした作品評の根底となる原理論の掲載も鷗外の『しがらみ草紙』同様に求めていたはずである。既述したように『しがらみ草紙』掲載の鷗外作品とは相関性の強い時期であり、なお多くの発表舞台を望んでいたことは第一作「初見の口上」における堰を切ったような当代分析に示されている。このことは鷗外が忍月の移籍を祝した「忍月居士の入夥を祝して」（二十三年三月二十六日『江湖新聞』）において、移籍理由を「想ふに月刊週出の雑誌にて著書の批評のみをなすハ猶、驥足を伸べがたきに由れるならむ」と推測していることに通じる。

ところで『江湖新聞』創刊から約一ヵ月後の中途入社はどういうことであろうか。小説興隆期の折り、江湖新聞社が文学評論に関心を示していたことは「初号」の巻頭言の他、当初から長沢別天を起用していることに明らかである。忍月の入社後も別天は同紙上で活動しており、別天の批評「明治年代の新詩学」「貧民と文学」等は政教社左派の胚胎として注目された作品であった。こうしたなかに突然参入することは、やはり忍月側に緊迫した事由があったとしか考えられない。具体的には経済的な窮迫ではなかったろうか。

忍月は移籍の約一ヵ月前の二月十三日付蘇峰宛書簡で、困窮の果てに「月俸之内」から二十円の前借りを申し出ている。当時の民友社では「前借之義ハ禁止」であったことを承知の上での懇願であった。誇張ではあろうが、何しろ「本年一月より外に収入」がなかったというのである。申し出の結果は詳らかでないが、窮迫ぶりは並でない。この生活状態に江湖新聞社からの好条件な話が持ちかけられれば、前述した発表舞台の問題をも加えると、ためらわずに移籍したと考えて差し支えないだろう。移籍するといっても、民友社と絶縁したわけではなかったからである。

江湖新聞社に入社した後も、民友社への入社時と同様に蘇峰の寛容さと慫慂さとに打ち守られていたことは『国民之友』批評欄に毎号執筆していることに明らかである。しかも『国民之友』掲載評は蘇峰の求める作品評で一貫しており、蘇峰への義理立ては果たしている。忍月に精神的な負い目はなかったであろう。紙誌上の性格の違いはあるが、むしろ『江湖新聞』での掲載は作品ジャンルに幅があり、自由に振る舞える立場にあったようだ。四月十一日掲載の露伴「俚歌木蘭花」には掲載背景の付言を挟み、また四月二十日には当代文人を寸評した「ちひてる佳話」の投稿募集先を「江湖新聞社内石橋忍月宛」と記載するなど、一途な別天評に比べるときわめて柔軟な態度が目立つ。何よりも随筆「藪入の記」はこれまでになかった新局面といってよい。だが真骨頂は「想実論」「罪過論」の連載であろう。

二　「想実論」

「想実論」は二十三年三月二十日から三月三十日までの九日間（二十二日は休載、二十四日は休刊）、九章にわたって連載された。のち『黄金村』（二十五年一月、春陽堂『聚芳十種』第八巻）に「想実論（未定稿）」として再録された際、初出稿の第六、七、八章の「推敲鍛錬」を「(八)」章としてまとめ、また「人物と人事」（二十三年三月十九日『江湖新聞』）を「(七)」章に、「大」（同年四月五日『江湖新聞』）を「(六)」章に収録して全九章とした。再録時に語句の異同が多少みられるが、大意に変わりはない。ただし再録稿の「(七)」章「人物、人事」（改題）の末尾で「人物と人事の関係は想実論に左程の因縁を有するにあらざれども、亦た詩人の参考となる少なからざる」ために収めたと改めて付記し、初出稿との狙いの違いを明らかにしている。初出稿は当代文学が直面していた課題、すなわち「文学と自然」論争以来の文学極衰論議に象徴される文学思想の混乱を詩学[1]（＝審美学）の立場から「啓発誘導」するために執筆した。「(九)」章の「結論」末尾で混乱時に「ア、吾人が想、実論を艸する豈に好事ならんや」という認識を示し、再録稿末尾に「(明治廿三年四《ママ》月中の作)」と執筆時を追記して当代状況とのかかわりを顕示した所以であろう。そこで本節では初出稿をテクストとして扱うことにする。

初出「想実論」は「想実論[2]」の表題のもと、各副題ごとに第一章「詩、詩人」、第二章「感念、精神、」、第三章

「想、実の性質」、第四章「人境、詩境、」、第五章「永遠不朽、」、第六、七、八章が同題の「推敲鍛錬」そして第九章「結論」とから成る。各章間の論旨に若干の飛躍があるが、脈絡は大体において一貫している。

　第一、二章では「詩歌の精神及び余情」を摘要する形で、自らの文学観を「緒言」として提言している。このために「詩歌の精神及び余情」と評言がかなり重複する。先ず第一章では「詩」を広義の文学一般であると前置きし、その成立を次のように定義して自らの立脚点を明らかにする。

　　詩とは言葉の働きに由つて人間の性情生活《ゼーレンレーベン》と意思生活《ガイステスレーベン》とが美術的に発揮せられたるもの也

この定義は「詩歌の精神及び余情」で触れている「西人が詩を解釈して」提起したという要言に同じである。「詩歌の精神及び余情」では右の定義を掲げた後、ヴェルナーの〈性情と意思〉に関する「解説」やリュッカートの〈精神と余情〉に関する「自評」を引例しながら、当代の「詩弊」に触れた。「文学評論柵艸紙」（二十二年十一月二日『国民之友』）での「飛散の弊を結合の美に改めん」とした提言を一歩深めた内容になっていた。だが〈性情と意思〉と〈精神と余情〉との関連性が忍月の論理としてはやや希薄で、文学の成立概念に深く切り込めなかった。「想実論」ではこの点を詩学の立場から忍月の論理として提起する。すなわち「美術的に発揮せられたるもの」とは、文学が「終始『美』の約束」事にあることを前提に、読者が「窈然[3]冥然情（読者の心情＝引用者）之（『美』の約束＝引用者）が為めに哀感を生じ咏嘆を発す」ることであるという提言である。「『美』の約束」事は文学にとって「魚の水に於けるが如く花卉の日光に於ける如く須臾も離る可からず」と不可避なものとして説明しているが、「美」あるいは「美術」そのものについては言及していない。ことばの機能「働き」についても同様である。明らかなことは読者の視点から文学を捉えていることで、読者が「哀感を生じ咏嘆を発す」る享受世界を課題にしている。

　読者側からの視点は忍月の初期批評から貫かれていて、決して唐突な発想でない。だがここでは例えば『浮雲』第二篇評で主張したように、読者が「光潔」Katharsis になるための作品構成だけを求めているのではない。読者が「哀感を生じ咏嘆を発す」るために、併行して作家の創作課題をも問題にしている。作家は「人間の性情生活と意思生活」という人間精神の表現を「主《つかさ》どる」者であるという主張がその論拠となる。右のヴェルナーの「解説」に準拠しているようだが、人間精神としての「性情」Seeleとは人の「感情」Gefühlであって、「意思」Geistとは人の「考察」Gedankeであるという。そして「感情」と「考察」とは互いに連鎖することによって「造化の美在」を体験し、また「造化の美理」を感得するという。従ってこれら人間精神の表現を「主どる」作家は「造化の美」に深く関与することになり、こうした『美』の約束」事を前提に読者が「哀感を生じ咏嘆を発す」る享受世界を構成することになるという論理で結ぶ。こうした文学の成立概念に窺う限りきわめて形式的で粗笨な原理論に思えるが、ここでは読者側と作家側とのふたつの視点から文学を捉えていることに注目したい。

二元的な観点から文学を捉える視点は「京人形」評から顕著となり、「詩人と外来物」を経て、「詩歌の精神及び余情」に集約された忍月の新基調であった。「想実論」における視点もこの延長にあり、読者が「哀感を生じ咏嘆を発す」るという観点は評言からして「詩歌の精神及び余情」における次の一節を締め括った内容に当たる。

> 詩家の鍛錬すべきは精神に在り、精神立てば則ち余情寓す、余情あれば則ち窈然忽然冥然、必ず之が為に哀感を生じ、咏嘆を発し、文辞和声其聴く所を平にす、

要するに作家の「精神」は作品の「余情」と密接にかかわり、作品の「余情」が読者をして「哀感を生じ、咏嘆を発」せしむるというのである。とすれば先に触れた作家が関与することになる「造化の美」、つまり「詩の『美』」と作品の「余情」とは同義になる。この「余情」は「詩人と外来物」の文脈に当てはめるとイデー「想念」でもあった。いわばイデーの内在する「美」ということになり、先の成立概念を別言すると作家が「主どる」人間精神は関与するイデーを媒介にして読者に浸透する起点と置き替えることができる。感情と考察との連鎖の論理は、かくして作家の「精神」を起点に享受世界に貫流する成立要因となる。従って「想実論」第二章では「性情」（感情）と

「意思」（考察）とが離散しないように、「唯一の象形に収合」させるという作家の「精神」を論及することになる。
第二章は『淇園詩話』が主張する〈立象寓神〉を基調に、作家の「精神」の働きから説き始める。景象を捉えるに先ず「感念」が作家に起こるという。この「感念」は「恍惚の間（中略）感に随つて現はれ念に随つて変ず」る一時的な感覚であって、「永久」ではない。「感念」を支配している「精神」の思惟的な働き「執持長存」によって「永久」になるという。なぜならば作家の「精神」が「感念」を伴う「性情」（感情）と、「長存」に及ぶ「意思」（考察）とを「主」どっているからに他ならないからである。

　こうした概要は第一章の主張を『淇園詩話』の評言に準じて敷衍した内容だが、脈絡のつかみにくい「感念」と「性情」、「長存」と「意思」の関係も『淇園詩話』に照らすことによって明らかになる。先ず「感念を支配する者は即ち所謂精神なり」までの冒頭部が第一節の「蓋冥想恍惚之間、天地位焉、萬物備焉、随レ感而現、随レ念而變、主二此感念一者、卽所レ謂精神也」（蓋し瞑想恍惚の間、天地位し、万物備わる、感に随って現し、念に随って変ず、此れ感念を主る者、即ち謂はゆる精神なり）に準じていることにおいて、景象を捉えた「感念」が「精神」の働きに収斂されることがわかる。また景象を捉える際の「其物の情状を静察訂観する」精神行為がやがて「長存する」概念に及んで「詩歌を為す」という文学成立の過程は次の第一節末尾に準じていて、ここに忍月の主張する「意思」を「主どる」作家の「精神」が働くことも解明される。

　　静二察訂三観其物情狀一、蓋與二平生應レ外之作用一、有レ不レ同、應レ外之作用者、旋轉旋易、動止無レ常、而無二時而不一レ存、如二冥想中之精神一、乃不レ然、方二其感現之時一、其人必須下繼レ志緝レ意、念念相續、以執二持之一、以觀二玩之一、而後始得中長存上、此其異也、作家之詩、字字不レ離二此境一、句句不レ違二此界一、念念相續以執二持之一、以鼓二盪之一、爲二歌詩一、

（其の物の情状を静察訂観すとも、蓋し平生外に応ずるの作用と同じからざるあり、外に応ずるの作用は旋や転し旋や

易る、動止常なくして而して時として存せざることなし、冥想中の精神の如きは乃ち然らず、其の感現の時に方りて、其の人必ず須らく志しを継ぎ意を緝めて、念々相続き、以て之れを執持し以て之れを観玩して、而して後に始めて長存することを得べし、此れ其の異なり、作家の詩、字々此れ境を離れず、句々此れ界に違はず、念々相続いで以て之れを執持し、以て之れを鼓盪して、歌詩と為る）

全体が作家の「精神」を起点にした発想で貫かれ、結果として「精神は実に性情と意思の散布の弊を拒いで唯一の象形に収合する者也」という結論が動かし難く導かれている。この結論は「詩歌の精神及び余情」で引例したヴェルナーやリュッカートの〈性情と意思〉あるいは〈精神と余情〉といった文学要因をめぐる概念を、如上の『淇園詩話』に照らしかつ基調としている。だが単に折衷の域にとどまってはいない。この結論の意味するところは「唯一の象形に収合」させる作家の「精神」の働きに言及したこと、と同時に景象 **Figur** それ自体をいかに捉えるかという対象論の吟味とが論理的に含まれていることにある。前者は「京人形」評以来触れてきた作品世界と作家とを位置づける起点、いわば「精神」の応用編となる。また後者は「詩人と外来物」以来課題としてきた「外来物」と作家とを位置づける起点、いわば第三章の「想」「実」の論及契機となる。要するに創作主体論と創作対象論である。ただしこれらの論点を接合する機能と接合して生じる「象形」自体の論証とに、「想実論」は曖昧な点を残した。前章で触れたように、文学成立の過程を技法論上において把握していたからに他ならない。

第二章後半は右の前者を問題にしている。例証として挙げている次の三首の検討は、これまで準拠とした『淇園詩話』と異なるために文意が複雑になっているが、第一章からの論調としては整合性がみられる。ここでは室鳩巣『駿台雑話』の「巻之五　信集」にある「詩文の評品」に準じている（本章引用は昭和五十二年三月復刊の吉川弘文館『日本随筆大成』第三期第六巻）。

細雨湿レ衣看不レ見、閑花落レ地聴無声、（盧綸）

霑レ衣欲レ湿杏花雨、吹レ面不レ寒楊柳風、（志南）

梧桐月向二懐中一照、楊柳風来二面上一吹、（康節）

忍月の挙げた右第一首は『駿台雑話』の記述にも「盧綸が作也」とあるが、正しくは劉長卿の作で、七言律詩「呉中別二厳士元一」の二句である。鳩巣の誤りをそのまま倣った誤記ということになる。それはさておき、ここで注意すべきは忍月が検討するに「余情」の概念が鳩巣の応用編に従うにつれて鳩巣の視点と食い違ってくることである。忍月の依拠した「詩文の評品」には鳩巣の作品評を特徴づける「意在二言外一」の「余情」が確かに根幹となっている。この「余情」は評価する対象作品に即して「意思渕永」や「風雅の趣」等の評語にも置き替わるが、これらは「浅俗」や「媚艶」あるいは「鄙俗」な作品評価と対立する概念でもある。それだけに評価する際には「余情」がいかに発揮されているかという程度問題が作品評として伴う。鳩巣はこの事例として「句調景趣」が同じ右の三首を掲げて検討した。先ず第一首を「人口に膾炙して佳句となむ称し侍れど（中略）吟詠するに余味（余情＝引用者）なし」と評し、これに対して第二首の志南「絶句」を「清麗閑暇、咀嚼して味（余情＝引用者）あり」と評す。そしてさらに第三首の邵康節「首尾吟」を高い「情（余情＝引用者）」が含まれていて「一等従容の気象（象形＝引用者）あり」と評し、読者が最も感嘆する所以を説く。忍月の場合はどうか。第一首を「佳句なれども吟詠するに余情なし」、第二首を「清麗閑暇咀嚼して味あり」、第三首を「一等従容の気象あり」とそれぞれ鳩巣の評語に従いながらも、康節が「感念を知り又精神を知るが故」に最上の詩人であると結ぶ。鳩巣の文脈に照らして見ると、忍月は鳩巣が高い「情」を含んでいるとした作品評としての規範「余情」を読者に投げかけることなく、「唯一の象形に収合する」という作家主体の規範「精神」にすり替えている。要するに鳩巣の「余情」の度合いを規範とする読者論に替わって、作品に「余情」をもたらす作家の「感念」と「精神」とを規範とする作家論に急転しているのである。この性急さの背景には『淇園詩話』第二十節の「詩人、亦皆有レ意作レ之、而莫レ不レ求三其詩有二餘韻一也矣」（詩人、亦皆な意ありて之れを作る、而して其の詩、余韻あらんことを求めざるはなし）という作家に視点を当てた箇所が念頭にあったと思われる。忍月がこれまで用いてきた「余情」と鳩巣の「余情」とに違いを意識した結果なのであろう。また第一章からの論旨と整合性を保つためにも、鳩巣の「余情」を外さざるを得なかったのであろう。いずれにしても、こうした論証上の性急さが第三章における「象形」自体の論証の不徹底さにもつながり、「余情」と連鎖する「象形」に至る創作対象「想」「実」の吟味を短絡的に処理していくことになる。この徹底化と吟味の深化は「詩人と外来物」以来の課題でもあった。しかも鷗外が「『文学ト自然』ヲ読ム」を発表した後の当代状況への介意も背景にあったであろう。だが技法論に拘泥する忍月にあっては、止むを得なかったのかもしれない。

第三章「想、実の性質」は如上の「緒言」を踏まえ、文学対象の根源を「想」と「実」の概念で説くところから始まる。評語としての「想」「実」は「文学と自然」論争あたりから鷗外の先導によって公然と用いられるようになっていた。鷗外がゴットシャルの『詩学』**Die Poetik** に依拠して作家の **Phantasie** の働きに伴って生じる **Idee** を「想」と訳語し、「想」は「『自然』の儘」つまり「実」に対立する異次元的な概念であると規定してからのことである（「『文学ト自然』ヲ読ム」）。爾来、想実論そのものが当代文学を解明するにキーワードともなっていた。「明治二十年代の前半において、実対想の問題として、評壇の一中心課題となった」[4]「時代がまさしく想実論の季節を迎えていた」[5]云々の現代評の所以である。当時の忍月も「世評に漏れたる一種変色の怪文字」（二十三年三月十三日『国民之友』）のなかで、幸堂得知の文学態度を批判して「詩（小説）は宜しく『想』より出て、『実』に入るべし或は『実』より出てゝ『想』に入るべし」と広言して憚らない。忍月にとっては「京人形」評以来の観点なのだが、「想」「実」の使用は鷗外あるいは当代状況と相乗的な関係にあったとみてよい。

ただし「想実論」第三章における提起の仕方は必ずしも鷗外と同質でない。鷗外は「明治二十二年批評家の詩眼」においても、もっぱら「西欧詩学」に準縄する原理論として提起した。これに対して忍月は「想は虚象なり、実は真景なり、真景は捉ふべし虚象は捉ふ可からず」と「日本旧来」の虚実論に根ざし、また一方「性情の終極は実となり意思の終極は想となる」と「西欧詩学」をも視野に入れて提起する。忍月の前者には第七章「結論」で明かしているように穂積以貫『難波土産』巻之一の「発端」に収められた〈近松の言説〉が投影していた。また後者には第一、二章の下地となった「詩歌の精神及び余情」で引例するリュッカートやレッシングの後継者と目されたシュレーゲル **Friedrich Schlegel** 等のドイツ初期ロマン派の言説、とりわけ感情と考察の連鎖の論理が背景となっていた。要するに「初見の口上」で「日本旧来の文学と西欧詩学と結合消化して別に一天地を開かん」と予告した内容をここで実践しようとしているのであって、創作対象と作家の「精神」とのかかわりにおいて生じる新たな「一天地」こそが課題なのである。だが第三章ではこの「一天地」つまり「唯一の象形」自体を論証せずに棚上げし、次のような成立過程を技法的な対象論として触れるにとどまった。

先ず「想」と「実」のふたつが創作対象「詩料」（詩材）の概念的要素であるとする。そしてこれらを「想は虚象なり、実は真景なり、真景は捉ふべし虚象は捉ふ可からず」と旧来からの虚実の論理で説き起こす。いわば知覚する実界と認識する想界、有形無形の謂である。だがこの存在自体の説明だけでは、虚実両者がどのように文学の成立とかかわるのか判然としない。そこで忍月は「吾人思ふに詩実は成るべく実ならざるを要す、詩想は成るべく想ならざるを要す」と、近世詩学の典型的な詩論を表現上の前提項として掲げる。この前提項には第一、二章からの文脈で考えれば、先に引用した『淇園詩話』第七節そして第五十七節の「唯寫㆑景雖㆑逼㆑眞、而寫㆑情如㆓影響㆒、不㆕復見㆔其有㆓身分㆒、竟不㆑免㆑類㆓鬼詩㆒也已」（唯景を写すことが真に逼ると雖、而して情を写すことが影響の如く、また其の身分あるを見ず、竟には鬼詩に類することを免れざるのみ）が背景にあったと考えられる。ここでは「景（実＝引用者）」と「情（虚＝引用者）」との「竟」が問題となっており、この境に沿うように忍月は「されば詩の要は内に虚象を設けて文字之を実にし、外に真景を採りて又之を虚象に帰するに在り」とひとつの結論を導いているからである。この結論は明らかに『淇園詩話』第十六節の「人獨能知㆘心設㆓虛象㆒文字實㆖之、而未㆑知㆓實景又當㆑歸㆓之虛象㆒耳」（人独り能く心に虚象を設け、文字之れを実にすることを知りて、而して未だ実景、又當に之れを虚象に帰すべきを知らざるのみ）に準じた命題である。

こうした表現対象としての虚実の内的対応は淇園ひとりの主張ではなく、漢詩の景情論や蕉風俳論などに一貫する近世詩学の定番であって、やがて虚実両者の調和という次元に論理が展開する。忍月の「想実論」もまたこうした近世詩学を背景に「詩は想より出て、実に入り又実より出て、想に入るへし」という定義に達し、最終的に「詩料」としての「想実調和」を主張することになる。例証に挙げたのは第九章「結論」で引例する『難波土産』の〈近松の言説〉第六節にある「虚にして虚にあらず、実にして実にあらず」云々という虚実皮膜論である。この言説は浄瑠璃に関する演劇論だが、要は虚と実との境、虚構と現実との微妙な境目に読者の心情を惹起させるというのが趣旨である。近松はもとより「よむ人のそれ〴〵の情によくうつらん事（共感＝引用者）を肝要とす」（第三節）と語っており、読者の視点にも立つ忍月には同調しやすかった点もあるだろう。ともあれ「詩人と外来物」の「外来物」はかく論証され整理されたことになり、創作対象としての想実論が提起された。

だが『捨小舟』第七回でも同様であったが、なぜ「外来物」に Passivischer Gegenstand のルビが必要であったのか。いわば旧来の虚実論という古い器に何を入れて自らの想実論とし、当代を「啓発誘導」しようとしたのであろうか。

忍月は先に引用した冒頭部の「真景は捉ふべし虚象は捉ふ可からず」に続けて、直ぐさま「性情の終極は実となり意思の終極は想となるなり」と述べている。ここに作家の「精神」を重視しながら文学の成立概念を説いてきた第一、二章との脈絡が生じる。それは作家の「精神」が一時的な「感念」を伴う「性情」（感情）と恒久的な「長存」に及ぶ「意思」（考察）とを「主」どっているというのが主旨であった。忍月はこの「性情」と「意思」を根拠に、想・実の性質を「実は常に真理の邪路に迷ひ想は常に真理の範囲外に走る」と説明する。この一節は第二章で触れた「性情（感情）は時として事物の真相を誤る」云々の延長に当たり、想・実いずれの僻守も「非なり」という「想実調和」の起点となる。要するに先に触れた文学要因としての感情と考察との連鎖という機能そのものが読者の心情を惹起させる「想実調和」を導き、この「想実調和」する対象を作家の「精神」が「文字」によって「唯一の象形」Gebilde とならしめるという重層的な構造なのである。この論拠にはリュッカートらの「西欧詩学」があったことは前述の通りで、美的価値が「唯一の象形」に定立されていることはいうまでもない。旧来の虚実論に作家の「精神」（作家主体）がかかわる Idee を Gebilde に注入することで当代を「啓発誘導」しようとした忍月が、ここに改めて確認できよう。

なお第三章の狙いは想・実の性質を説くにあるためか、繰り返すようだが「象形」そのものについては論及していない。結果的には「想実調和の効能」の例示に終わっている。例えば「妾郎を待ち焦れたり」という一節は恋情という「感情」（実）のみの表現であって、「余情もなく風味もなし」と断言する。むしろ「蚊帳の広さに寝つ起きつ、蚊をやく火より胸の火のもゆる思ひ」に言い換えると、同じ恋情を表現しながらも「情味風韻」が認められるという。なぜならば「寝つ起きつ」しながら相手に思いを巡らすという「考察」（想）と、「もゆる思ひ」という「感情」（実）とが調和しているからだという。また「燈火風にあたりてチラ〳〵」という「真景」（実）のみの表現より、むしろ「風に瞬く燈火」とした方が「咀嚼の味ひ」があるという。同じ「燈火」である「真景」（実）を「風に瞬く」ように「考察」（想）して「虚象」（想）と調和しているからだという。これらの調和を「想より実に移し」「実より想に移し」と評言しているが、他の二例においても同様に「象形」自体を基軸に触れてはいない。

忍月のこだわりは何よりも当代の「啓発誘導」にあった。如上の想実論を展開した後、「小説論略」論争時から顕現してきた理想派と実際派とに触れていることに明らかである。忍月はこの区分を「想実出入の先后に由るのみ」と断言する。ここにある「想実出入」は「想実調和」までの過程をさしている。これまでの文脈でいえば、作家に起こる感念の対象をそのまま捉える実際派と、作家の「精神」によって導かれる調和した対象を捉える理想派ということになる。鷗外が「現代諸家の小説論を読む」のなかで創作には「想」（忍月のいう作家の「精神」）と「材」（忍月のいう「想実」）という不可欠な要因があり、実際派は「材を撰ぶことに長ずる」もので、理想派は「想を構ふことに長ずる」ものであると規定した文脈に似ている。鷗外もまたふたつの要因に「『美』の約束は避くべからざる」ことを条件にしているからである。ただしあくまでも似ているのであって、同質ではない。旧来の虚実論から説き起こした忍月の想実論は作者の「精神」が「主どる」感情と考察との連鎖を内在させた「想実調和」の対象論なのであって、ゴットシャルに準ずる鷗外の原理論的な「材」とは次元が異なっている。この相違はさらにハルトマンに準ずる鷗外「答忍月論幽玄書」（二十三年十一月二十五日『しがらみ草紙』）においても「想は美に於て絶対的精神を表し得て余す所あることなし」と論断したのに対して、忍月「鷗外の幽玄論に答ふる書」（二十三年十二月四日『国会』）は「精神」が「千種万種の想を唯一の象形に綜合統一」すると答えていることにも明らかである。

　鷗外はまた「現代諸家の小説論を読む」のなかで、実際派は「外よりして詩境に進み」、理想派は「内よりしてこれ（詩境＝引用者）に入る」とも規定し、両者は決して「相拒的」exklusivなものでないと主張する。共に「詩境」の範疇における特徴に過ぎないからだという。例示にゲーテ「ミニヨンの歌」の一句「ミルテの木はしづかにラウレルの木は高く」と、レーナウ「あしの曲」の二句「こゝにはあはれに柳そよぎて／夕暮のかぜにふるふあしの葉」とを挙げて（二十二年八月二日『国民之友』第五十八号夏期付録「於母影」、傍点は引用者）、傍点語句に注目する。いずれも「景を叙」しているが、前者の「しづか」と「高く」は「実際主義の色を現はし」、後者の「あはれ」と「ふるふ」は「理想主義の心に負かず」と指摘し、それぞれの「詩境」に優劣のないことを説く。忍月ならばさしずめ前者の一句を「真景」（実）のみにて「余情」なしと評し、後者の二句を「想実調和」していて「宏遠の妙理」が言外にあふれていると評するであろう。そしていずれが「詩境」か「人境」かとも問うはずである。鷗外の右「詩境」が忍月の「詩境」使用に波及していたからである。

第四章の「人境、詩境、」は忍月の説明不足で、「舞姫」評での使用をも併せ、これまでさまざまな誤解を招いてきた。農婦の引例がネックになっていたようで、総じて作家が詩材となる現実的な対象を「精査」しているか否かの概念で捉えられていた。極端には「常識的であると同時に文学を題材によって限定しようとする甚だ皮相なもの」[6]とも解されている。結果的にはこうした内容も含まれる。だが忍月の本意は「実に鑑み」また「想に鑑み」て得た「想実調和」の対象世界か、いずれか一方に僻在した対象世界かを「精査」することにあった。そして前者を「美術的の象形に収合」される文学対象としての「詩境」と位置づけることにあった。要するに感情と考察との連鎖に導かれる「想実調和」の対象世界が、作家の「精神」によって「唯一の象形」となる詩材「詩境」なのである。詩材による美の価値づけが前提となる以上、忍月の立論に一貫性はみられる。ちなみに後者の場合、「想」のみでは「妄想空想」となり、「実」のみでは「人境」に戻るという。従って極端なまでに現実の模写に走る饗庭篁村『むら竹』第一巻を「小説にあらず」と退け、「想実調和」に「精選」された『枕草子』第二十七段「心ときめきもの」や第二十八段「過ぎにし方恋しきもの」等を「詩境」の実例として挙げる。かくして忍月は「想実調和」を強調して理想派を標榜するかにみえる。だが「吾人は強ち実写派に不同意なるものにあらず」と、両者の微妙なバランスに文学の存在をかける。基調に近世詩学があったからに他ならない。鷗外が前掲「忍月居士の入夥を祝して」において「東西を折衷したる独特の議論」と評した所以でもある。

忍月の「詩境」は発表順からしても鷗外の影響下にあった。だが鷗外は「再び劇を論じて世の評家に答ふ」（二十二年十二月二十五日『しがらみ草紙』）において現実を模倣する「極端実際主義」を避けることを目的に用いたのだが、それだけでは「詩境」を説明しきれない概念に波及していた。それぞれの文学態度と評語で活動を展開するしかなかったほど、この評語も「混乱」していたのであろう。恰好な例が「舞姫」論争時における「詩境」である。

忍月は二十三年二月発表の「舞姫」評で鷗外が実作するに当たって「詩境」と「人境」の区別を忘れたと難じた。繰り返すことになるが、早くには鷗外が二十二年十一月発表の「現代諸家の小説論を読む」においても「詩境」を使っており、忍月が鷗外はすでに「区別あるを知ツて」いたと記すのは至当な発言であった。しかも忍月は右批判の前置きに、二十三年一月発表の「詩歌の精神及び余情」で引例した〈感情と考察〉が文学の成立要因であることを挙げている。従って「舞姫」評における「詩境」批判は、「想実論」から逆に捉えると鷗外の「精神」が「主どる」感情と考察との連鎖に導かれる対象世界の矛盾、つまりレッシングがアリストテレス『詩学』を解釈して説く主人公の性格 **Charakter** と行為 **Handlung** との整合的な〈行為の一致〉論（『ハンブルク演劇論』第十九、三十号）に背く人物設定に向けられていたことになる。主人公は「恩愛の情に切なる」性質の持ち主であって、こうした人物が「無辜の舞姫に残忍苛刻を加へた」行為は〈行為の一致〉論に背いている。従って結果としては恋愛に殉ずるという崇高な人間精神を「考察」（想）せずに、功名に走るまでの「感情」（実）＝「人境」を描いたに過ぎないことになる。〈行為の一致〉論に基づけば、「功名を捨て、恋愛を取るべきもの」であるから、功名を捨てる「感情」（実）から恋愛に殉ずるという「考察」（想）に移る「調和」した対象「詩境」が描かれることになる。第五章では想・実に「鑑みる」という作家の「働作」**Betätigung** においても、前者の「人境」と後者の「詩境」とが区分されている。要するに忍月の「舞姫」評における「詩境」言及は〈行為の一致〉論を根底にした「想実調和」論なのである。これが「舞姫」評において十分に論証されていないのは〈行為の一致〉論の取り込みにおいて、作家の「精神」とに接続の曖昧さがあったからに他ならない。忍月の「想実論」における「詩境」言及の意味はこの接続にあり、ここにおいて「舞姫」の世界は「唯一の象形」になり難いという予見が実感となったはずである。「想実論」の脈絡で捉えれば、この後に継続する「舞姫」論争は従って、忍月にとって論点のずれた「死文」(7)の議論となる。

ただし鷗外「舞姫」の主意を主人公の強靭な自己決定に捉えようとする観点からみると牽強付会な論理ではある。鷗外が二十三年四月に発表する反論「気取半之丞に与ふる書」で「シエクスピアも『ハムレット』を作りし」云々の例示を掲げ、また同年十一月の「答忍月論幽玄書」においても「書中の人物俄に己れが性質に乖いたる行をなすことあるべし」と駁した所以である。前者の鷗外には「忍月の形象的言論は不知庵が肺腑中より流出する文字に若かざる」という感慨が背景にあったと思われる（「明治二十二年批評家の詩眼」）。だが後者には「外山正一氏の画論を駁す」（二十三年五月二十五日『しがらみ草紙』）以来のハルトマンの眼鏡で武装した審美学の論理が働いていた。忍月にしてみればこうした論難は久松定弘『戯曲大意』に依拠した「罪過論」の執筆背景ともなる。だが「想実論」執筆中の忍月には、「舞姫」評ですでに予見したであろう「詩境」の位置づけに急務であった。第五章で説く「永遠不朽」がこれに当たる。

忍月は第五章の末尾で「詩人が想に鑑み実に鑑みるは、永遠不朽の境に達する所以なり」と結論づける。前章に従えば、作家が「想に鑑み実に鑑み」て得る世界が「詩境」であった。この「詩境」のやがて「達する」ところが「永遠不朽」なのだという。従って「永遠不朽」を主張する論調はこれまで通りの「想実調和」が基調となっていて、一貫性は認められる。だが想・実を「鑑みる」という「働作」Betätigung を次のように説明して「想実調和」の基調をさらに強調しようとする論理過程に、皮肉にもこれまでにはみられない論調の変化が生じた。

> 詩は永遠不朽を貴ぶ、永遠不朽ならしめんと欲せば、或は無形を有形の現象に求めて高遠を卑近の人情に微すべし、或は有形を無形の真理に照らして卑近を高遠の意匠に移すべし　（傍点引用者）

ここには有形無形という旧来の虚実論が骨子となっていて、評言そのものに不自然さはみられない。ただし虚的価値を賞揚する「無形の真理」そして「高遠の意匠」という評語はこれまでにはみられなかった。冒頭においても「現象以外に無形の真理を発揮」するのが作家の「妙技なり」とも述べている。こうした観点は「詩人と外来物」の冒頭にも通じており、忍月の文学観から逸脱するものでない。初期においても例えば、久松『戯曲大意』に準じてはいるが、『浮雲』第二篇評の褒賞第一点に「小説は社会の現象を材料とし人の行為を以て理想上の一世界を構造する者」という提言がある。ところがこれらは作品構成上の提言であって、対象としての虚実の文脈で言及しているのではない。しかも一篇の「想実論」のなかで、この章だけが有形無形の世界に価値の高低をつけているという唐突さは免れるものではない。唐突になった理由のひとつはこれまで起点としてきた作家の「精神」を重視する視点、つまり感情と考察との連鎖の論理が等閑されていることである。もうひとつの理由は次章「推敲鍛錬」から「結論」までが再び「想実調和」を基調に展開する論調の変化である。

虚的価値を「無形の真理」の評語で表現し、これを「発揮」するのが作家の「妙技」であるという論理は、この限りにおいて二葉亭四迷「小説総論」や嵯峨の屋おむろ「小説家の責任」と同質な内容を示していて同時性を確保している。実に対する虚の優位を宣言することにおいて整合しているからである。このことは忍月がひとつの論拠とした近世詩学にも通じる。だが忍月はこれまで、この「無形の真理」という虚の理論的保証のために、いわば読者が「哀感を生じ咏嘆を発す」るリアリティーの確保のために何を問題としてきたか。ことばの不足はあったにせよ、忍月は作家の「精神（観念＝引用者）」が「主どる」感情と考察との連鎖という文学要因を根拠にして、「美術的に発揮」されることの論理過程を論及し、技法的な対象論の吟味に及んでいた。この対象論に導かれた「想実調和」の論調で「永遠不朽」を説くも、忍月の文学理論にとっては起点となる「精神」の省かれた、いわば既成の虚的価値を時好に投じて提起したに過ぎなかったことになる。第三章において「象形」を十分に論証しなかった付けが回ってきたのである。のち鷗外「答忍月論幽玄書」が付け込む事由でもあり、透谷「他界に対する観念」（二十五年十月十三・二十三日『国民之友』）が「他界に対する観念は補助又は方便にすと言ふが如き卑下なる者にあらず」と批判する所以である。

かくして右同時性になお「混乱」をもたらすことにもなった。鷗外の「想」Ideeを右の「無形の真理」として捉え、その「想」世界を対象論と同質の不透明な概念に組み入れてしまったからである。従って忍月は自らの論理的な飛躍を諾えずに、再録稿に「(未定稿)」と記すことになる。また以後の作品に、例えば「詩(ポエジイ)」(二十三年十一月二十六日『国会』)や「審美論一斑」(二十六年十一月十八〜二十日『北国新聞』)等の転機の折々に再考することにもなる。だが結局は徹底化し得なかったところに、忍月が当初から抱き続ける技法論上の思弁能力の限界と、忍月が主体的な課題として自ら受けとめ自らに突き詰める感受性の限界とがあった。(8) これらの限界は「詩人と外来物」から「詩歌の精神及び余情」に至る狭間にも潜んでいた。

なお第六章からの「推敲鍛錬」は第四章までの作家の「精神」を重視する論調が復活し、再び「想、実調和の一工夫」の必要性を「全篇のヂスポジシヲン」と「一語一行の文字」とから説き、古今東西にわたる二十例をもって強調している。尤も第六章の冒頭が本章の始めに引用した『淇園詩話』第七節に準じており、論調の復活は必然といえる。また「全篇のヂスポジシヲン」からの評点は『浮雲』第二篇評から援用する『戯曲大意』第二回に、「一語一行の文字」からの評点は「乙女心」評から論拠にする〈近松の言説〉第五節に準じており、「想実論」全体としても不自然でない。ただし第七、八章における例示は「紙白の許さゞる」ために「局部」的な文辞の吟味にとどまっている。従って、例えば江島其磧『傾城歌三味線』の身請け場面における枯れ桜に「実より想に入」る描写を評価するが、別に「人物と人事」で「趣向の為めに――無用の人物を使用したり」と批判した点が省かれ、論理としては偏向の感を否めない。

忍月の「推敲」は「小説の推敲」(二十二年十二月十二日『国民之友』)にみられるように、二十二年当初にあっては当代「小説の大弊」を質すために作品の「観念」(趣向、文章)に向けられていた。それが「京人形」評からは作家の「観念」(意匠、想念)の「推敲」奨励に推移し、「詩人と外来物」を経て、この第六、七、八章の「推敲鍛錬」

に収束された。この経緯に虚実論を導入して忍月の論理が展開されたことを考えると、最終章「結論」における〈近松の言説〉礼讃は順当である。また別に引例している譚宗公（元春）の「詩の疵病」からも、作家の「精神」重視は揺るがし難く貫かれる。この「疵病」は『淇園詩話』第三十八節における「篇」「連」「句」「字」のうちの「篇病」の箇所で、作家の「精神」において虚・実の内的対応の必要性を説いた文脈に当たる。忍月が「請ふ想、実に鑑みよ、請ふ想、実の調和を課れ」と重ねて主張する忍月の詩学はかくして極まり、改めて当代文学を「仇敵の如く待遇する」状況への批評起点となった。この起点はさし当たって、鳴り物入りの「報知異聞」に向かっていた。

忍月が矢野龍渓「報知異聞」[9]に触れた作品評は三篇ある。「近頃の三希」（二十三年二月十三日『国民之友』）、「報知異聞」（同年四月三日『国民之友』）、「大」（同月五日『江湖新聞』）である。龍渓「報知異聞」の初出は二十三年一月十六日から同年三月十九日までの『郵便報知新聞』連載稿であり、「近頃の三希」で触れた「報知異聞」評は連載中途での批評であった。それだけに「チョコ〳〵細工」の硯友社系文学に照らして「偉大的、雄壮的、冒険的」と寸評したにとどまる。忍月の硯友社批判の延長での反措定に過ぎない。だが完結後の批評「報知異聞」は本格的で、先ず「鍛錬の効を積」んだ内容でないという判断から、右記の寸評を「今更之を思へば（中略）悔ゆるなり」と自省する。そして全篇を通読して「何等の哀感をも生せず、何等の咏嘆をも発」しないのは、作家である龍渓の「精神」（観念）が「結構」「趣向」に走った結果で、「『美』の約束」を守らなかったからだと批判する。作家の「精神」が人間生活における「人性の機微」を捉えていれば、つまり感情と考察との連鎖に基づけば「感念の妙精神の大」（余情）は「おのづから言外に」現れるというのである。要するに「想実論」で触れた文学の成立概念を基調にした批評である。だが作品世界が「俗人の歓を買はん」とした対象「戦争冒険寄禍多難」を描いている以上、忍月は「人物」不在を指摘して「経世的の文字」批判に及ぶ。ここで注目すべきは作家の「精神」を推敲すべく想実論に及んだ忍月であったが、対応は異質だが巌本善治「文学極衰」（二十二年十二月十四日『女学雑誌』）のいう「繊弱軟巧」な硯友社文学への慷慨が、今や同時に「雄厚絶大」な「経世的の文字」への憂慮に向かっていたことである。従って「文学と自然」論争を引き起こした「時事新報と女学雑誌に質す」以来の経緯を考えると、第三作目の「大」において「報知異聞」に欠けていると指摘する「内部の大」こそがこれまでの「永遠不朽」ということになり、純粋な美術的価値への指導原理がなお自らに問われることになる。こうした状況下に「罪過論」が発表された。

注

(1) **Poetik** の訳語として使っているが、詩学の概念そのものについての論述はない。ただし江湖新聞社に入社した第一作「初見の口上」では「詩学を以つて常に審美学の一派として論ずる」とある。審美学は今日の美学の意。

(2) 原文の表題は第一、六章が「想実論」で、他は「想、実論」となっている。なお原文の章立ては「其一」「(其二)」「其三」「(其四)」「(其五)」「其六」「(其七)」「(其八)」「(其九)」であるが、便宜的に第一章、第二章云々とした。

(3) 「窈然」の語句は初出に「窈然」とあるが、「詩歌の精神及び余情」や原拠の『淇園詩話』に「窈然」とある。また再録稿にも「窈然」とあり、「窈然」は初出時の誤植と判断して「窈然」を用いた。

(4) 磯貝英夫「想実論の展開――忍月・鷗外・透谷――」(昭和三十七年五月『国文学攷』)。のち『森鷗外――明治二十年代を中心に――』(昭和五十四年十二月、明治書院)収載。

(5) 越智治雄「想実論序章」(昭和四十七年一月『文学』)。のち『近代文学成立期の研究』(昭和五十九年六月、岩波書店)収載。

(6) 臼井吉見「『舞姫』論争」(『近代文学論争・上』昭和三十一年十月、筑摩書房)の一節。

(7) 山本健吉「小説に描かれた青春像――『舞姫』の太田豊太郎――」(昭和二十八年十一月『文芸』)の評語。

(8) 忍月の限界に関してはすでに先学の指摘がある。前掲の越智「想実論序章」は忍月の『想実調和の効能』の説には、想実論という時代のテーマの切実さはついに生きることがなかった」と指摘し、忍月「想実論」を「想実論序章」のひとつに位置づけている。十川信介「石橋忍月――『想実論』をめぐって――」（昭和四十四年五月『国語と国文学』）は「意図は壮とすべきであり、その着眼は卓抜である。だがこの野心を実現するには、問題はあまりに多岐であり、それを克服するには、彼はあまりに若かった」と指摘している。右十川論稿は『明治文学　ことばの位相』（平成十六年四月、岩波書店）に収載。また谷沢永一「石橋忍月の文学意識」（昭和三十年六月、関西大学『国文学』）は忍月批評を概して「批判的思考を成立・自己完結させるものとしての構想力を、忍月はまったく欠いている」と指摘している。右谷沢論稿は『明治期の文芸評論』（昭和四十六年五月、八木書店）に収載。

（9）　明治二十三年四月十六日に『報知／異聞　浮城物語』と改題して報知社から刊行。

三　「罪過論」と「罪過」論争

「罪過論」は二十三年四月一日から三日までの三日間、全三章[1]にわたって連載された。前作「想実論」の完結が三月三十日で、翌三十一日は月曜日につき休刊日であったことから原理論の連作ということになる。

執筆の直接的な動機は第二章の冒頭に挙げているふたつの論評にあるそれぞれの一節への反駁であった。ひとつはS.S.S.（鷗外）「『しがらみ草紙』の本領を論ず」（二十二年十月二十五日『しがらみ草紙』）における一節「伝奇の精髄を論じてアリストテレスの罪過論を唯一の規則とするは既に偏聴の誚を免れず況やこれを小説に応用せんとするをや」。もうひとつは山口虎太郎「舞姫細評」（二十三年一月二十五日『しがらみ草紙』）における一節「東洋ノレツシングヲ以テ自ラ任ジタル忍月居士ガアリストテレスノ罪過説ヲ引テ小説ヲ論ズルガ如キモノハ豈、其正ヲ得タルモノナランヤ」である。前者は「詩学の運用を妨ぐ」一例、後者は「小説ノ一定義ヲ奉ズル」一例として言及したものである。共に忍月が用いる評語「罪過」は、小説の規範に応用できないと批判している。理由には触れていない。忍月もそれぞれが「素より他を論議するのつひでに此言を附加せしもの」と察してはいる。だが忍月は理由を「聞かずんは其説に承服する」ことができないと、挑発的に持論を展開する。前者には忍月が名指しされているわけではないが、当代評家にあっては自明なことであった。『浮雲』第二篇評以来たびたび「アリストテレス曰く」云々と引例しながら「『トラゲヂェ』に必要なる罪過」（改稿『妹と脊鏡』評等）をしばしば用いていたからである。とりわけ前掲「文覚上人勧進帳」や「妹脊貝」評では「罪過」をひとつの規範にして評価していた。ところがこれらの評語および概念は後述するように、アリストテレス『詩学』を解釈するレッシング『ハンブルク演劇論』に基づいた久松『戯曲大意』の援用であって、むしろレッシングが基調となっていた。それにもかかわらず鷗外らは「アリストテレスの罪過論」云々と取り上げ、いわゆる「罪過」論争[2]を引き起こすことになった。

ただし「罪過」論争は単発物ではない。山口「舞姫細評」が、同時に「舞姫ノ篇中、注意スベキハ主人公ノ性質ト愛情ノ発達トノ二ナリ」と提言していたからである。骨子は既述の〈行為の一致〉論である。かねてから「其（「舞姫」＝引用者）瑕瑾を発きたるもの」がないとの認識をもっていた忍月は、その「舞姫」評において「『真心の行為は性質の反照なり』と云へる確言」、つまり同様の〈行為の一致〉論を規範にして人物評を展開して鷗外の「詩境」批判に及んでいた。この延長において、忍月は前作「想実論」でひとつの起点となる作家の「精神」と「詩境」の接点を論じ、また「罪過論」では連動する因果律と「詩境」の接点を論ずることになる。いわば「舞姫」評が「想実論」に影を落としたと同じように、「罪過論」にも影を落として「舞姫」論争と「罪過」論争とを併存させていたのである。鷗外の反論「読罪過論」「気取半之丞に与ふる書」が同時掲載（『しがらみ草紙』第七号）であったことに無縁でない。

「罪過論」第一章は先ず、「罪過」がアリストテレスの悲劇論（『詩学』）に起源する評語であって、ドイツ語の Schuld に当たると前置きをする。この上で罪過を「悲哀戯曲（悲劇＝引用者）中の人物を悲惨の境界に淪落せしむる動力《モチイブ》（源因）なり」と定義する。すなわち悲劇にあって、結果「数奇不遇不幸惨憺の境界」に至らしめる動力・原因「闘争、鬱屈、不平、短気、迷想、剛直、高踏、逆俗」等が罪過であるというのである。これらの例言から判断すると、罪過は登場人物その人に内因する概念であることがわかる。「妹脊貝」評における「由つて来る因縁」に当たる。だが罪過はまた別に、結末に対する伏線でもあるという。このときの罪過は同じ「妹脊貝」評における「演出するに足る」構成上の転機に当たる。とすれば詳しくは後述するが、忍月の罪過にはふたつの概念が交錯していることになる。

次いで忍月は、悲劇の創作にあってこうした罪過を「如何にして発表」するかを問題にし、登場人物とその人物の客観的な「気運」**Schicksal**との「争ひ」を描写するものであると規定する。この「争ひ」の場面ではその人物が自分の目的を達成しようとして「自然の法則に背反する」ことや、また「国家の秩序に抵触する」こともあるという。あるいは社会に対する不平や短慮のために「道徳上世に容れられざる人」になったり、また「自己の名誉を墜す」こともあるという。とすればこうした「争ひ」の場面には第二章で触れる「衝突」**Konflikt**が起生することにもなる。いずれにしても先のひとつ目の概念を起点にして、自らに内因する罪過が原因・結果の連鎖によって相応の諸相を招来し、しかもこれらの諸相も罪過となって終には「惨憺の境界」へと誘因されると説く。この例示として、次第に自分の名声を落としていく将軍ヴァレンシュタインを描いた「シルレル」（シラー **Friedrich von Schiller**）の史劇**Wallenstein**、自分の野心に引きずられて「道徳に抵触」しながら暗黒世界に果てる武将マクベスを描いたシェイクスピアの史劇**Macbeth**、あるいは近松門左衛門『天神記』、曲山人『小三金五郎仮名文章娘節用』そして信長、義経等を挙げる。そしてこれらいずれの例においても、罪過のない不幸な結末はないと断言する。従ってこうした罪過を不必要と主張し、また「小説に応用」することに非を唱える者には弁駁すると結び、第二章に移っている。

第二章では戯曲において罪過は「唯一の規則」ではないが、重要な規範のひとつであると主張する。理由は「歴史家が偶然の出来事は世に存在せず」といっていることに同じだという。ここには後述するように、偶然の入り込む余地のない、合理的な原因・結果の連鎖によって展開する戯曲構成が概念として潜んでいる。先に触れた罪過におけるふたつ目の概念である。この概念は戯曲に「悲哀戯曲」**Tragödie**、「歓喜戯曲」**Komödie**、「通常戯曲」**Schauspiel** 等の種類があるが、構成上では別に「歓喜に終る源因」といった罪過も考えられると説く背景となる。アリストテレスが悲劇にこだわって罪過を用いたのは、ギリシャ時代にあって悲劇が貴ばれたからであるという。『詩学』第五章では実際、喜劇について「過失」**hamartia** を以て説いている。従って悲劇だけに拘泥しない今日であれば、罪過に代わる評語が用いられるとする。そこで戯曲以外にも準用される「衝突」**Konflikt** が登場することになる。罪過をインパクトの強い評語「衝突」に敷衍させて弁駁しようとしているのである。ふたつの概念を交錯しながら用いていて、概念上、不鮮明の感は免れない。だが忍月の筆法は「意義に広狭の差」があるだけで「罪過も衝突も行為結果の動力を意味する」と強調するに向かい、こうした罪過を戯曲において重視するのがなぜ「偏聴」かと反駁の第一点を締め括る。

第三章では反駁の第二点となる小説に応用する罪過に言及する。この際に小説を「人物の意思と気質とに出づる行為、及び其結果より成立」すると規定する。この「意思と気質」は前掲「人物と人事」においても「人物の行為は常に其性質と并行一致する」とも述べており、広義の **Charakter** と捉えて間違いない。いわば登場人物の性質に起因する〈行為の一致〉論に、原因・結果の連鎖という因果律を加味した小説観である。ここには偶然の「出来事」**Ereignis** が入り込む余地のない作品構成が想定されており、「気運」**Schicksal** に弄ばれる「出来事」はあり得ないと主張する先の「歴史家」の言説が傍証となる。

そこで「運命の極弊は命数」であるとの見地から、鷗外らが小説に罪過論を応用するに非であると難ずるのは、その所見が「命数戯曲」Fatalistisch Drama、「命数小説」Fatalistisch Novelle の考えに陥っているのではないかと詰問し、「運命」の解釈に及ぶ。先ず「ゾホクレス」（ソポクレース Sophoklés）や「ヲイリピデス」（エウリーピデース Euripidés）らギリシャ詩人にあっては「人智の得て思議すべからざる者」で「天命神意に出づるもの」と理解されていたと説く。この場合の登場人物は「運命」に弄ばれる機械仕掛けの「木偶泥塑」に過ぎなくなり、蓋然的な行為すら抹殺されることになるという。これに対してシェイクスピアやシラーらは「都て人の意思と気質とに出づる行為の結果なり」と捉えていると主張する。いわば〈行為の一致〉論そのものに基づく運命であって、先の登場人物その人がもつ内因性との「衝突」という「争ひ」の前提項となる。従って今日では運命の解釈さえ誤ることがなければ「命数の弊に陥ゐる」ことはないという。要するに罪過のない小説は小説でなく、罪過の「発生、成長」を写すに巧拙があるだけだというのである。例示に『妹と脊鏡』や「細君」等に並んで「舞姫」も挙げており、山口「舞姫細評」の提言をも意識的に受けとめた弁駁といえる。

以上が忍月の「罪過論」である。きわめて挑発的な駁論となっている。だが仮にこうした交錯した概念の罪過が鷗外らのいう「アリストテレスの罪過論」であるとすれば、かなりの矛盾が生じる。的外れながらもこの矛盾を衝いたのが鷗外「読罪過論」（二十三年四月二十五日『しがらみ草紙』）であり、山口虎太郎「アリストオテレスと忍月居士と」（同年七月二十五日『しがらみ草紙』）であった。ただし忍月は「罪過の語」は『詩学』に「用ゐしより起源せるもの」という冒頭の前書きに明らかなように、また第二章で「アリストテレスの罪過を広意に敷延すれば」云々に明らかなように、アリストテレスの原義をそのまま踏襲して論を組み立てているわけではなかった。しかも敢えてドイツ語 Schuld に置き替えて自らの立脚点を明かしている。こうした背景にどのような論理が潜んでいたのであろうか。

アリストテレス『詩学』第十三章にあって罪過 hamartia は、観客の諸感情を喚起させせるに効果のある構成要素

「逆転変（どんでん返し）」peripeteia に関するひとつの原則「過失」hamartia であった。これは倫理的な「自らの悪業や悪徳」といった特異な性格に起因するものでなく、幸不幸いずれも正反対の方向に転換する人が「我々と相似た性格の同等の人間である場合」の原則である。この原則を内包する構成要素に「発見的再認」anagnòrisis とが相俟って、「最も悲劇らしい悲劇」においては観客の感情に「同情かそれとも恐怖かをもたらす」という目的 Katharsis が位置づけられる（第六章）。要するにアリストテレスの罪過は忍月がふたつ目の概念で用いた作品構成上の転機としての原則にとどまるのである。

この原則に「起源」するという忍月の罪過は、どのような論理で「動力」Motiv と同義であり、ふたつの概念が交錯するのであろうか。『詩学』にみられない「動力」に留意して「罪過論」第一章を再吟味してみると、登場人物に内因するという罪過のひとつ目の概念がかなり根強いものであることに留意せざるを得ない。すなわち登場人物には「短気、迷想、剛直、高踏、逆俗」といった特有な行為の傾向、すなわち固有の性質が内在されていて、その人物はその性質に従って淪落する。ここに「闘争、鬱屈、不平」といった精神的な軋轢、葛藤が生じる。先の「争ひ」の場面である。そしてこの性質と軋轢とが相俟って行為上の「動力」となり、終に「惨憺の境界に誘ふに足る源因」となるという因果的な構造なのである。とすれば「動力」はいわば人物設定に伴う性質の内面から発する行為の発達ということになる。これまでの作品評にみれば、例えば「文覚上人勧進帳」において「短慮荒暴」の性質の持ち主である主人公が「殺人の大罪」を犯す行為は必然的で自然な結果だが、こうした罪過があるにもかかわらず淪落しないのは動力の発達がみられない「不都合」な結果であると批判したことは同じ論理の応用である。ただしここには「殺人」を犯す行為がひとえに主人公の固有な性質に求められていて、アリストテレスのように構成上の転機においては指摘されていない。「数個のスツェーネ」Szene に触れた「文覚上人勧進帳」においても同様であった。

鷗外「読罪過論」はアリストテレスの罪過「アマルチヤ」を、「先輩の訓詁」に従って「重を人性に置きたる」悲劇（人性戯曲）において認めている。人性戯曲に対を成す悲劇は「重を境遇に置たる」運命戯曲であるという。こうした悲劇の分類はもちろん『詩学』にはない。「先輩の訓詁」なる典拠はもとより、「人性」そのものの意味も判然としない。だが「人性」は「明治二十二年批評家の詩眼」に「人性曲（『カラクテル、トラギヨヂー』）」とある他、山口「アリストオテレスと忍月居士と」にも「カラクテル」のルビがあり、性質 Charakter であったことがわかる。とすれば鷗外も登場人物に内因する罪過を念頭に置いていたことになり、同じくオレステース Orestês の復讐を例証とする『詩学』第十三章からは逸脱した hamartia 理解ということになる。『詩学』に造詣の深い山口も同様に「人性《カラクテル》に付着せる先天的の過失」と認識しており、これらの反論の真意が計りがたい内容となっている。むしろ鷗外に引きずられるようにアリストテレスにこだわる忍月「豊臣太閤裂封冊」（二十三年五月一十三日『国民之友』）の再反駁「因に曰ふ」の方が「アリストテレスの意を求むるに、彼は人性の上より立説したるにあらずして、人間行為の上より立説したるものなり」と原義に適っている。尤も忍月とて「吾人も亦た先輩の訓詁によりて」と述べており、鷗外同様に『詩学』そのものに拠っていたわけではなかった。忍月の場合は早くから教科書風のセレクトもので学んでいたのであろうが、『浮雲』第二篇評からはあからさまに久松『戯曲大意』に倣って「アリストテレス曰く」云々の評語を援用している。アリストテレスに「起源」すると説き起こす「罪過論」では従って、忍月が依拠する『戯曲大意』における「アリストテレス氏ノ之レニ下セル釈義」に倣い、敢えて構成上の転機「伏線」を持ちだした所以なのであろう。忍月の罪過はかくして、人物設定上の観点と作品構成上の観点とを交錯させた概念ということになる。しかも Schuld の訳語であって、「動力」に同義であると敷衍させたことがなお問題を複雑にしたようだ。鷗外らの反論に戸惑いがみられる所以である。

久松『戯曲大意』にあって罪過は、次のように四ヵ所で触れられている。

「シャウスピール」ト称スル一体アリ（中略）悲哀戯曲ニ於ケルカ如ク主人公ニ負ハシムルニ所謂悲哀戯曲ノ罪過（後回ニ詳説ス）ヲ以テセス　（第四回）

悲哀戯曲ニ於テハ古ノ英雄豪傑、其自ラ作セル罪過ニ因リ遂ニ身ヲ悲惨ノ域ニ終ルノ事蹟ヲ綴リ其間ニ其人ノ挙措動静ヲ顕ハスヲ常トス　（第五回）

悲哀戯曲ノ妙所ハ（中略）自ラ作セル罪過ノ為メニハ身ヲ悲惨ノ末路ニ終ハルヲ憐ムノ情ヲ起サシムルニ在リ　（第六回）

悲哀戯曲中ノ人物ヲシテ悲惨ノ境界ニ淪落セシムルニハ必ラス之レカ因果トナルモノナカルヘカラス技芸家ハ此因果ヲ称シテ罪過ト云フ独逸語ニ所謂「シウルド」是レナリ　（第八回）

忍月の評語が如上の援用であることは疑い得ない。評語の賃借関係については個々の検証を省くが、忍月の罪過が「因果トナルモノ」という因果律の概念からの受容であったこと、およびドイツ語への置き替えとの背景は右第八回に明らかである。久松評語の受け売りといってよい。だが久松は第四回での罪過を悲劇と喜劇との中間に位置する**Schauspiel**において解釈するに、また第五、六回での罪過を悲劇の目的「光潔」**Katharsisi**に従って解釈するに、共に構成上の転機として触れている。これらを総括したのが第八回で、同様に構成上の転機として捉えている。この限りでは忍月のいう『詩学』に「起源せる」概念そのままであって、忍月が第二章で主張する「広意に敷延」した「衝突」には至らない。ただし久松は第五、六回で「行為ノ一致」論に基づく展開（脚色**Fabel des Stück**）における転機を前提にしつつも、登場人物が「自ラ作セル罪過」という内因的な評語で淪落する転機をも説いている。この転機は『詩学』の**peripeteia**と異質であって、忍月の交錯した罪過の背景とみてよい。

『戯曲大意』ではまた、性質に起因する「行為ノ一致」論に貫かれた構成にアリストテレスのいう**Katharsis**を説く一方、同時に「アリストテレス氏ノ之レニ下セル釈義ハ（中略）未タ以テ真個ノ釈義也トハ断言シ難キ」と屈折した結論を導いている（第五回）。久松の論述にはレッシングの peripeteia に関するアリストテレス解釈と、軋轢 Kollision に関するヘーゲル悲劇論の受容とが併存していたのである。前者は「亞里斯徳的氏ノ定メタル（中略）三個ノ順序」を説く第二回に、また後者は「人ト命運トノ間ニ生シ来ル動力ト反動力」を説く第四回に明らかである。久松の罪過が構成上の原則にとどまらず、むしろ「動力ト反動力」を誘発する内因的な「自ラ作セル罪過」に向けられているのもこのためである。ただし論理は決して鮮明でない。鮮明でないが故に、却って忍月が無批判的に振りかざす交錯した「罪過」＝「衝突」の背景にもなったようだ。

レッシング『ハンブルク演劇論』における悲劇的展開は、市民の健全な精神に照らし、その市民としての観客への効果 Wirkung が「教訓的意図にふさわしいか、ふさわしくないかを考えて」構成することを第一命題とした（第三十二号）。ここに市民精神が普遍的人間性に等置されるリアリズムの真意（詩的真実性 Poetische Wahrheit）が導かれ、リアリティーのある効果が合目的に求められた。例えばヴァイス Christian Felix Weisse の Richard III 批判において、非悲劇的展開を次のように排除する。

かれらは（ヴァイスを例にする宮廷詩人＝引用者）、人間とは本来そのような堕落（同情も喚起しない淪落＝引用者）もしかねない、という無残な思いをわれわれにいだかせようとするよりは、むしろ、その責めは運命にあるものとし、罪を復讐の神の摂理とし、自由な人間を一個の機械としてしまった。（第七十四号）

残虐な性質のリチャード三世は超人的でデモーニッシュな行為に及ぶ。だがこうした展開は市民精神から程遠い「われわれの理解の外」の「わけのわからない兇行」であって、観客に対していかなる効果も生じないという。ここには第九十五号で触れる極端な悪人でもなく善人でもない、中間的な「普遍的性格」der gewohnlicher Charakter の人物設定が課題として潜む。だがここでレッシングはむしろ「運命」に決定され、また「神の摂理」に従う「機械仕掛け」の展開を批判の的にしている。登場人物が運命に隷属する「機械」となっては、教訓的意図をもつリアリティーの意味が損なわれるからである。こうした啓蒙的観点こそ、久松や忍月が基本的態度として掲げたひとつの原拠なのである。

そこで久松はレッシングの右ヴァイス批判を援用しながら、ソポクレースらギリシャ詩人の構想した「人智ノ得テ思議スヘカラサル」運命的展開、あるいは「天ノ命スル（中略）神意ニ出ツル」運命的展開を「人類ヲ以テ命数ノ一玩具ト做シ」たと批判する。そしてシェイクスピアやシラーらが構想した「都テ人ノ意思ト気質トニ出ル行為ノ結果」という運命的展開、あるいは「人ノ行為如何ニ縁因スル」運命的展開に近代戯曲の創作原理を見いだそうとした。すなわち「主人公タル人ト客観的ノ気運（オブイヱクチーヴヱス、シクザール）即チ命運トノ争ヒヲ基トシテ之レヲ発表スヘキナリ」（第六回）という主張である。この主張は「自ラ作セル罪過」を起点にしており、忍月が第一章で「衝突」の起こる「争ひ」の場面を取りあげた典拠となり、第三章で罪過を小説に応用させるに傍証とした「運命」の典拠となった箇所である。そして論拠は希薄だが、「罪過」＝「衝突」と規定する立脚点にも当たる。

だが繰り返すことになるが、忍月の「争ひ」「運命」等に関する文脈は評語からしても、レッシングを援用する久松評語を転用したに過ぎなかった。従って久松の全く関知しない小説への罪過応用をことさら主張しても、説明すべき久松評語はなく、論理的に飛躍せざるを得なかったのである。また「衝突」に関しても結論からいうと、〈行為の一致〉論に内在する性質的軋轢 **Kollision** と〈行為の一致〉論から起こる運命的行為との「衝突」は、久松のいう「自ラ作セル罪過」の概念とは質が異なっており、新たな論拠なくしては罪過と同義にならないのである。忍月の「衝突」が何に依拠しているのか詳らかでないが、「罪過論」における論理の不鮮明さが認められるところである。と同時に、小説への応用も含めたマトリックスの一切を久松評語に求めることができない証しでもある。例えば鷗外が「偏聴の誚を免れず」と批判した翌月、忍月は「独逸戯曲の種別」の冒頭（二十二年十一月二十九日『小文学』第二号掲載分）において戯曲を「行為」Taten、「被行為」Leidenの概念で規定し、悲劇には「不幸の末路に終しむる所の衝突」が内在すると説いた。戯曲が「行為」に相関していることは『詩学』第三章を引用するまでもない。だがアリストテレスはDràn→Dramaの概念で、レッシングはそれを解釈しながらHandlung→Fabel概念で戯曲を定義している。そして久松は「亜里斯徳的氏言ヘルアリ曰ク」というレッシング同様の言い回しで「『ドラマ』即チ戯曲ハ元希臘語ノ『ドラーン』即チ『為ス』トイフ語ニ淵源スルモノ」と説きつつも、Fabelに帰着する。TatenあるいはLeidenで説く戯曲概念はいずれにも見当たらない。こうした戯曲論から派生した「罪過論」を考慮すると、忍月には『戯曲大意』以外にも典拠があったとしか考えられない。従って「衝突」とは別に、忍月の久松に対する批判的な思弁が「罪過論」に働いたとすれば、また異なった展開になっていたのではないかと思われる。例えば先の「動力」で論調が貫かれるのであれば、忍月の小説への罪過応用の立論は〈行為の一致〉論の内部構造を検証する方向で論点が保たれたはずである。これは筆者の単なる仮定ではなく、鷗外「読罪過論」が悲劇の「悲壮にはアリストテレスの罪過にあらざる動力あり」と説く方向でもある。

それだけに小説にも応用しようとする忍月の罪過論は、当代にあって問題提起としての意義を失っていなかった。鷗外「読罪過論」がもはやアリストテレスを離れて「小説の行為は人事ならむ人事の果には必ず因あれば居士（忍月＝引用者）は此因をこそ広義の罪過といふならめ」と容認していることに明らかである。このときの鷗外には「単稗の本性に自ら戯曲に似たる所あり」という小説と戯曲との接点が意識されていたことはいうまでもない（「明治二十二年批評家の詩眼」）。やがて当代文学の課題に浮上する一連の動向源とみてよい。のち逍遙「今年初半文学界（小説界の）風潮」（二十三年八月四・五日『読売新聞』）が鷗外「明治二十二年批評家の詩眼」そして不知庵「『浮城物語』を読む」と共に、「忍月居士が罪過論を反復して作者を警め」て当代文学に「いちじるしき進歩」を促したと評価する「文士の着想」動向である。逍遙はこれまでの評眼が「文章の妍醜《よしあし》をもて上下し又ハ漠然と人情を写したり写さぬなどしるのみ」に注がれていたことと大きく掛け離れていると指摘した。こうした当代動向のなかで、忍月批評は〈行為の一致〉論を起点に罪過を据えているところに特色があった。この〈行為の一致〉論は『浮雲』第二篇評から頻繁に用いていることから、『戯曲大意』を介して得たレッシングの『詩学』解釈によっていたと捉えて間違いない。

レッシングは悲劇的展開に、アリストテレスの〈三一致の法則〉を墨守して錯誤に陥ったボワロー批判を通して、〈行為の一致〉論の統一を説いている（第四十四、四十六号）。アリストテレス『詩学』第六、七、八章の解釈にもかかわらず、アリストテレスよりも明解な「普遍的性格」を基軸に論述し得たのは先に触れた第一命題を背景にしていたからである。いわば悲劇的展開そのものに、人生の自然な道程を描写しながら人生の因果律 **Kausalgesetz** を解明する、という市民的啓蒙性をいかなる場合でも看過しなかったのである。従って偶然の入り込む余地のない「原因結果の連鎖」**die Abhängigkeit von Ursache und Wirkung** という合理的な戯曲構成を強く主張することにつながる（第三十号）。この因果律の概念はアリストテレスを解釈して成り立った内容で、久松そして久松を受容した忍月の〈行為の一致〉論の基調となったことはいうまでもない。とりわけ忍月の場合は既述したように、小説の成立概念にも、そして何よりも罪過そのものの成立基因にも応用していた。ところがレッシングはその展開上の人物設定に関して、罪過を次のように触れている。

　人間というものは非常に善良でありながら、一つではきかない弱点を持ち、一つではきかない過失（**Schuld**=引用者）を犯すことがあり、このため思いがけない不幸におちることがあるのである。この不幸はわれわれを同情と哀情とでみたすが、すこしも無残（Leid=引用者）でない。これが過失の結果だからである。

（第八十二号）

この一節は『詩学』第十三章における構成上の **hamartia** に関連しているのだが、レッシングは人間の欠点や弱点をさす性格上の概念に位置づけている。いわば悲劇的罪過は人間の倫理的罪過、あるいは性質上の欠陥とみる観点である。この観点は先の道徳的教化的な観点と同様に『詩学』にはみられない。レッシングが主導した十八世紀合理主義の啓蒙精神であって、明治黎明期を主導する久松や忍月がことさら性質に起因する〈行為の一致〉論に傾倒した背景でもある。と同時に久松が「アリストテレス曰ク」云々の言い回しで行為の発達に生動する「幾多ノ脚色」Fabelを説く原拠でもあった（第四回）。久松の場合はこのFabelに後述する論理経過で「自ラ作セル罪過」を問題にした。ここに忍月の「罪過」＝「衝突」という概念が〈行為の一致〉論を背景に立脚している以上、無批判的であっても〈行為の一致〉論を遵守することが、登場人物に起因する内面を広く文学世界の課題として「啓発誘導」する論拠となったのではないか。

ただしレッシングは観客への効果を重視するあまり、今日において悲劇の主要部とされる葛藤Konfliktを閑却しがちであった。『ハンブルク演劇論』のなかにもことさら葛藤を扱っている箇所は見当たらない。久松は『詩学』第七章を解釈したレッシングのFabelに悲劇の核心「行為ニ由ル幾多ノ脚色」（第二回）を見いだしたようだが、さらにこのFabelに登場人物の内面に生じる「自ラ作セル罪過」、あるいは運命との「争ヒ」といった場面を問題にしてKatharsisに連動しようとしている（第四、五回）。この観点は久松が明言しなくとも、まぎれもなくヘーゲル『美学』を背景にした方向づけである。罪過との関連で考えれば、次の『美学』における悲壮美の指針にかかわる一節に該当する。

根源的に悲劇的なるものは、かような軋轢（回避しがたい葛藤＝引用者）のなかで相対立するものが双方ともそれ自身としては正当視されるべき理由をもっていることにあり、しかも他方ではそれぞれの目的と性格の真実な積極的な内包を他の、同様に正当性をもった力の否定や侵害として実現するしかなく、したがってそれぞれ人倫的でありながら、しかもまた人倫的であるために、同時に罪過におちいることになるという点にある。

（第三部中の「詩の諸ジャンルの区分　下『劇的な詩』」）

すなわち人倫的諸力は相対立するものとして罪過に陥り、意図しなかった結果を引き起こす。これが人間の活動を内面から外面への現れとしてみる場合、間接的な道徳Moralitatと区別されて、何が本質的なのかを提起する。罪過はまさにこうした位相に位置づけられるが故に、葛藤が問題視されることになる。こうした観点を久松は「人ト運命トノ間ニ生シ来ル動力ト反動力」と短絡的に捉えたが、『戯曲大意』冒頭での詩歌Poesieの明確な三分法にも明らかなように、久松がドイツ留学時に体得した十九世紀ヨーロッパ文学の定番からヘーゲルを受容したと思われる。

忍月の場合はこうした久松の「罪過」受容を経て、より積極的に「衝突」に敷衍させながら自らの論理を構築しようとしていたのであろう。ここには筆者には特定できないが、前述したように『戯曲大意』以外のマトリックスが考えられる。だがそれを差し引いてもここで留意しておきたいのは、このときの忍月には登場人物とその人物の行為そのものに起因する運命との「争ひ」、すなわち「衝突」の内在する行為を描写するという創作原理が確信されていたことである。この確信には右原理が前作「想実論」において説いた文学の成立概念を発展的に展開した内容にあるという自負があったにちがいない。当面の批評「報知異聞」（二十三年四月三日『国民之友』）に窺えば、作中の「感念の妙精神の大」といった「余情」の確保を「動力と反動力とより来れる行為」の描写に則して主張していることに明らかである。また「閨秀小説家の答を読む」（二十三年四月十三日『国民之友』）あるいは後述の「うたかたの記」評においても同様である。前作「想実論」のみの観点では作家の「精神」の働きに帰着される概念であった。ただしこうした忍月の展開は忍月自身の戯曲への関心から始動したわけだが、直ぐさま顕著に反映した原理ではなかった。批評するに該当する作品がなかったことにもよるだろうが、何しろ忍月の目前には意味の失った「舞姫」論争が横たわっていたからである。

　だが当代の趨勢は忍月が確信する創作原理の方向をさらに深めつつあった。これは例えば逍遙のいわゆる「小説三派」の「人間派」に、また不知庵『文学一斑』（二十五年三月一日、博文館）の「『ドラマチカル』の小説」に標榜された動向に明らかである。逍遙はシェイクスピアの Julius Caesar を引例して、自らの性質によって外界と衝突しながら失墜するブルータスの経緯に「虚よりいで、実に現はれ実滅してまた虚に帰す」る「人間派」の小説を位置づけようとする（二十三年十二月八日『読売新聞』掲載「新作十二番のうち既発四番合評」）。また不知庵は「人間の情性」と「人間の運命」との葛藤を写すドラマ的小説を待望する（第五章）。とりわけ不知庵の場合は〈近松の言説〉から説き起こして「ヘーゲルが説」まで言及しており、ある意味では忍月「想実論」「罪過論」を一括した趣がある。こうした戯曲から派生した「衝突」の内在する行為の描写という創作原理の具体的活動は繰り返すようだが、忍月にとって何よりも自身の課題であったはずである。二十二年十一月の『小文学』掲載から始まる六篇の戯曲論にある緒言に明らかである。しかもこれまでの忍月の作品評は読者と作者との不離な関係を視点において、景象 Figur たる人物の扱いを主眼にし、その人生の因果性がいかに描かれていたかを評点としてきた。例えばすでに久松受容以前の『浮雲』第一篇評でも「小説の妙は（中略）人物が之を行為に現はす迄に如何なる経過ありしやを写すに在る」という内面への命題を掲げ、それが受容後の『藪の鶯』評においても「心裡に於て一決一迷彼を思ひ此を思ひ躊躇彷徨するの状」を写すとつながり、一連の硯友社系小説批判からは人物の内面を注視する作者の「観念」を課題としてきた。この「観念」に同義の「精神」が先の「想実調和」において罪過を問題にするとなれば、作品世界にリアリティーの確保を求める忍月批評にとっては新たな基軸となるに違いなかったはずである。

注

（1）原文の章立ては「其一」「其二」「其三」であるが、便宜的に第一章、第二章、第三章とした。

（2）「罪過」論争は次の経過で展開した。

①S・S・S・（鷗外）「『しがらみ草紙』の本領を論ず」（二十二年十月二十五日『しがらみ草紙』第一号）②山口虎太郎「舞姫細評」（二十三年一月二十五日『しがらみ草紙』第四号）③忍月居士「罪過論」（同年四月一、二、三日『江湖新聞』）④鷗外漁史「読罪過論」（同年四月二十五日『しがらみ草紙』第七号）⑤忍月居士「豊臣太閤裂封冊」（同年五月二十三日『国民之友』第八十三号）⑥山口虎太郎「アリストオテレスと忍月居士と」（同年七月二十五日『しがらみ草紙』第十号）

この論争は忍月がしばしば罪過をもって作品評に応用させていたことに起因する。忍月は③⑤において罪過をさまざまに言い換えて説明するが、却って意味が拡散し、曖昧さを払拭しきれなかった。これを鷗外④がアリストテレスの原義と異なると衝く。だがアリストテレスの原義を極めずに論証を終えた。この点、山口⑥はアリストテレス『詩学』第六、七、十一章等を祖述して原義「過失」「衝突」等に触れ、文学理念に深く踏み込んでいる。忍月の提起した意義は作品構成の原理として、また登場人物の葛藤として当代文学に投げかけた点にある。

第五章　国会新聞社時代　―明治23年11月～同24年5月―

忍月は明治二十三年十一月、文学評論の担当者として国会新聞社に入社した。同年十一月二十五日発行の『国会』第一号「社説」欄に、主筆の末廣重恭（鉄腸）が「『国会』発行の趣意」と題して、

明治二十三年十一月廿五日以後（中略）屈指の小説家と云はるゝ幸田露伴氏及び批評家中に於て大名の赫々たる石橋忍月氏も来つて我が社に入れり

と紹介している。国会新聞社からの誘いは以前にあったのであろうが、この十一月二十五日を実質的な入社時と捉えて間違いない。同日『国会』掲載の第一作「詩美人に逢ふ」の付記で、忍月自身が「予は今より本紙上に立ち読者諸君と共に文学評論に従はんと欲す」とも公言しているからである。

鉄腸「『国会』発行の趣意」によれば、『国会』は執筆陣として政治・経済・宗教等各界の専門家を招致するに「新聞社多しと雖も其の人（専門家＝引用者）を得るの盛んなる恐らくハ我社に如くものあらざるなり」と誇示しており、批評家としての忍月を斯界の第一人者と目して招聘したことになる。忍月自身も右の第一作「詩美人に逢ふ」末尾で『国会』は「天下の粋英を集め、天下の豪傑を呑」んで創刊されたと豪語し、この陣容のひとりであることに強い自負心と意気込みとを漲らせている。

爾来「社員」として、文芸欄「文苑」を舞台に山田美妙・森鷗外・内田不知庵らとの論駁を含む約七十篇の作品を同紙上に発表し、翌二十四年五月に退社した。本章で扱う忍月の国会新聞社時代はこの約そ半年間である。忍月

にあっては帝大法科大学の最終学年（第三年）を迎え、卒業の学年試験に備えるまでの年次に当たる。

この時期、学業はさておき、文壇仲間との交流も広がり、紀行文「四天狗探梅の記」や戯文「続国粋宴の記」に酒席でのエピソードなども記すようになった。また二十四年三月十五日に神田万世橋の福田屋で開かれた第四回青年文学会に、幸田露伴や饗庭篁村・依田学海そして中西梅花らと共に講師として招かれてもいる。この折りの講師控え室の様子を逍遙「彼れの遺稿に描かれた文士の横顔」[1]が、不満足げに演壇を下りてきた中西梅花に向かって「忍月居士突然『中西旨かつたぞ』と叫びながら、片隅より出で来（中略）露伴と差向ひの処に胡座を掻き（中略）是れより暫くは忍月独り舞台なり」などと書き遺している。快活な書生であったことは間違いない。だがそれでいて、この時期の忍月批評にも「批評家は常に埋没の金玉を発くの心掛けなかるべからず、幾分の欠点あるも猶ほ之れ恕し之を誘導するの傾きなかるべからず」（「此頃の文学界（二）不知菴《ママ》主人の大評」[2]）という従前からの読者を念頭にした誘導啓発の意識がなお貫いていた。第一作「詩美人に逢ふ」における「読者諸君と共に」云々の公言にも証左される。忍月が国会新聞社を退社した後、その後任となった斎藤緑雨が「一世に超越せる得意の批評を以て文壇を賑す」[3]と評した謂である。この評言には数度にわたる鷗外との論争も含まれている。ただし先行研究の触れることのない評伝事項が多く、忍月と『国会』とのかかわりも不明な点が多い。

注

（1）『柿の蔕』（昭和八年七月、中央公論社）収載。
（2）明治二十四年三月三十一日『国会』掲載。
（3）正太夫（斎藤緑雨）「忍月居士の『辻占売』」（明治二十四年七月二～四日『国会』）の一節。

一　入社経緯

日刊紙『国会』は『東京公論』と『大同新聞』とが合併し、新たに創刊された政論新聞であった。明治二十二年二月の欽定憲法発布後、翌二十三年七月の総選挙を経て、同年十一月の第一回帝国議会が開かれようとする折、政党の再編成がすすむなかで政党機関紙も再編期を迎えていた。かねてから「東洋の『タイムス』」[1]を目指していた朝日新聞社の社主村山龍平はこうした時節を迎え、小新聞の域を未だ出ない『大阪朝日新聞』および『東京朝日新聞』では激動の時局に即応できず、二十二年一月三日に政論本位の『大阪公論』および『東京公論』をそれぞれの姉妹紙として併刊し、いわゆる〈政治の季節〉に備えていた。

『東京公論』は星亨が経営していた政論新聞『公論新報』を二十一年十月二十日に買収し、翌二十二年一月三日に改題して発行した日刊紙である。当初の主筆は『大阪公論』の織田純一郎が兼務していたが、二十二年三月末に主筆として鉄腸を迎えている。朝日新聞社史編修室編『上野理一傳』（昭和三十四年十二月、朝日新聞社）によると、『東京公論』で経済・外交関係の論説を担当していた編集長格の滝本誠一が旧宇和島藩出身の先輩である鉄腸を強く推薦したという。当時の鉄腸は改進党系の機関紙に鞍替えした『朝野新聞』を見限って朝野新聞社を勇退していた。鉄腸は河野広中と並ぶ大同倶楽部（旧大同団結の主流派）の有力者であったからである。だがこの政治上のスタンスが『東京公論』創刊時の指針「不偏不党の記事論説を掲載する」[2]に抵触し、また『東京公論』そのものが大同倶楽部の機関紙と誤解される危惧が生じたという理由で二十二年五月に退社することになった（同年五月十八日『東京公論』記事「末廣重恭君退社せり」）。後任には織田純一郎が専任の主筆となったが、この主筆交代後に滝本が当時の政局を賑わしていた条約改正問題を激しく攻撃したことはよく知られている。だが滝本の非条約論の態度は、皮肉にも鉄腸の主張と同じであった。この滝本論説の掲載期は『東京公論』が一躍脚光を浴びた時期であり、また滝本論説のために十月十三日に発行停止処分に遭った時期でもある（同年十月二十日『朝野新聞』記事「東京公論の解停」等、解停は十月十九日）。

一方、東京公論社を退社した鉄腸は大阪の大同倶楽部系政論紙『関西日報』の主筆を経て、日刊紙『政論』を改題した大同倶楽部の機関紙『大同新聞』を二十三年六月から主宰していた。持説の非条約論に鋭鋒を示し、ジャーナリスト鉄腸の面目が『朝野新聞』創成期と同じように躍如した時期である。ところが総選挙後の政党再編に乗じて大同倶楽部が同年八月十七日に解散し、それに伴って『大同新聞』は鉄腸の個人紙と化した。前掲『上野理一傳』は、鉄腸がこの時期に『大同新聞』を「中正的な政論新聞として改造しようと試みた」と伝えている。だが資金の都合がつかず、経営的に苦しい状況のなかで「改造」は行き悩んでいたともいう。こうした折に、つまり第一議会の開会が間近に迫った時期に『東京公論』との合併話しが起こったようだ。

ただし両紙合併の具体的な経緯は詳らかでない。朝日新聞大阪本社社史編修室編『村山龍平傳』（昭和二十八年十一月、朝日新聞社）は、「村山社長がその後（『東京公論』を発刊した後＝引用者）『大同新聞』を買収し、これと東京公論とを合併して『国会』新聞を創刊した」と記している。小野秀雄『新聞の歴史』（昭和三十六年四月、東京堂）にも同様に「買収合併」とある。だがここにある「買収」は、前掲『上野理一傳』および朝日新聞百年史編修委員会編『朝日新聞社史　明治編』（平成二年七月、朝日新聞社）にみられない。鉄腸側の資料を踏まえているからであろう。

鉄腸は回想録「新聞経歴談（十七）[3]」のなかで、自らの『大同新聞』を「拡張に力むる内」、つまり『上野理一傳』が中正的に「改造しようと試みた」と伝える時期に、「偶々議会開設の間際に至りて東京公論と合併の議」が起こったと述べている。かつて東京公論社を去った際には「何者か裏面より余が筆を掣肘せんとするが如きの感ありしかば、余は本来の意志を枉げて之に屈従する能はず」と不穏な関係にあったと回想しているが、合併時は『東京公論』

の「主張も一変したるの際なかりしかば」云々と翻っている。そして結局「余と村山との合名組織となし」て『国会』創刊になったという。

右「新聞経歴談（十七）」にある『東京公論』が「主張も一変した」とは、『国会』創刊直前に在京各紙へ載せた創刊広告（十一月二十三日『国民新聞』等）にある「政事社会上の現象を観察し（中略）一国の輿論を発表する新聞紙の責任」という報道姿勢に関する質の変化をさしているのであろう。「『国会』発行の趣意」にある「社会の耳目となりて、輿論の先導たる責任」に同質だからである。いわば演芸便りや場当たりの随筆なども掲げていた『東京公論』の、より大新聞化への質的変化である。ここには当然、先に触れた『上野理一傳』が伝える中正的「改造」を図る鉄腸のスタンスの変化も同調要因のひとつになっていたであろう。鉄腸『鉄腸叢書過去の政海』（明治三十二年一月一日、青木嵩山堂）収載の「故末廣重恭氏小傳」に合併時は「数回交渉」したとあり、この間に創刊すべき新聞の性格「公平の眼」「公平の議論」が話されたにちがいない。

また右「新聞経歴談（十七）」にある「合名組織」とは、いわゆる共同経営をさしている。ただし鉄腸は「村山氏が新聞事業に就て資力経験兼ね備へたる人」と一目を置いており、主筆とはいえ、創刊後に入社した志賀重昂（矧川）や三宅雪嶺らの論説にその任を委ねていた。この背景に柳田泉「末広鉄腸研究」[4]は「従来の経験に懲りるところがあった」と、東京公論社を退社した時の軋轢を想定している。鉄腸のなかにそういう思いもあったろう。だがむしろここでは、ジャーナリスト鉄腸から政治家鉄腸への転進をみるべきではないか。鉄腸はすでに第一回衆議院選挙に当選しており、自由民権論者の理想が実現して実行に移す時期を迎えていたからである。

総選挙後の政局は機関紙の変貌に顕現している。例えば自由党系では反大同団結派の旧自由党左派（大同協和会）が忍月の在籍していた『江湖新聞』を買収して同派の機関紙とし、また両派の統一を呼びかける板垣退助が『自由新聞』を再刊するなどの展開である。大同倶楽部の『大同新聞』が『東京公論』と合併して新たに『国会』を創刊する動向も、こうした展開の一斑に受けとめられても不自然ではなかった。実際、十一月二十二日『国民新聞』記事「『国会』」は「来廿五日を以て発刊」する旨を報じつつ、「或は云ふ大同新聞は従来後藤伯との関係もあれば此際直に廃刊するやも知れず」と合併を笑殺している。また後年においても、小野英雄『日本新聞発達史』（大正十一年八月、大阪毎日新聞社）が「十一月『国会』新聞と改題して依然後藤象二郎の機関であった」と位置づけて以来、これが今日の定番となっている。

だが第一議会が開かれる頃の政局はなお進展していた。『東京公論』『大同新聞』の合併交渉時には右の旧自由党系三派も立憲自由党に統合され、政府そして他政党との政争に備えている。鉄腸を立憲自由党の常議員に選出し、党議党則の起草委員に委託したのもその表れであった。繰り返すが、鉄腸にとってこの時期が初めて、しかも直接に国政を議するという往年の夢を実現させる〈政治の季節〉であり、両紙の合併交渉時なのである。第一議会の招集日に当たる二十三年十一月二十五日を創刊日とし、それにちなんで紙名を『国会』と命名したこと自体に当時の気概が窺い知れよう。この気概は創刊直前の前掲創刊広告(5)の冒頭に明らかであり、また創刊前から政派を越える専門の執筆者「社友」が創刊を歓迎して結集したことにも示されている。とすれば『国会』のコンセプトはやはり、鉄腸「新聞経歴談（十七）」が回想する「合名組織」、および鉄腸「『国会』発行の趣意」が記す「公平の意見を以て公平の議論を為し（中略）社会の耳目となり、輿論の先導たる責任を盡くす」という中正的な公共性にあったとみてよい。決して「買収」したわけでもなく、旧大同派の尾を引きずっているわけでもないのである。

前掲『朝日新聞社史　明治編』も「村山と鉄腸がどのような条件で合併契約を結んだのか、その記録がのこされていないので契約内容は不明だが」と経緯を省きつつ、「『国会』発行の趣意」を以て『国会』のコンセプトとしている。ただし『朝日新聞社史　明治編』は自社史だけに、『国会』を『東京朝日新聞』の姉妹紙として位置づけている。話題の印刷機「マリノニ輪転機」を始め販売や広告等、東京朝日新聞社の強大な資産に依存していた実状はある。だが鉄腸没（明治二十九年二月五日）後ならまだしも、京橋区南鍋町一丁目六番地に新たな社屋を設けた「合名組織」であったことは打ち消し難い。創刊三ヵ月後の二十四年三月五日『国会』掲載の「国会新聞拡張社告」に、鉄腸は「専ら社務を取り其健筆を揮ふて」云々と公言しているからでもある。

こうした『国会』の成立事情は編集陣をみても明らかである。『東京公論』側から滝本誠一・野崎左文ら、『大同新聞』側から坂崎紫瀾・村松恒一郎らが参加しており、一方的な陣容にはなっていない。また二十八年十二月十五日の最終号までを一瞥しても、第一面冒頭には社説を掲げるも、単なる政論でない社会の動向、政界の事情などの論説で一貫していて、不羈磊落である。これは偏党的でない各分野の「社友」が寄せる多彩な論説のためである。ちなみにこの「社友」のなかには政治法律関係に穂積陳重・穂積八束・星亨・杉浦重剛ら、経済関係に和田垣謙三、理学（哲学）関係に鈴木大麓、文学関係に加藤弘之・中村正直・井上哲次郎ら、和文関係に小中村清矩・大和田建樹ら、宗教関係に大内青巒らがいた。確かに忍月「詩美人に逢ふ」が「天下の粋英」そして「天下の豪傑」と豪語したメンバーであり、当時の小新聞『東京朝日新聞』の人脈を遥かに越えた結集ぶりである。雪嶺「雪嶺自伝」（昭和十一年七月『婦人之友』、のち我観社『大学今昔譚』収載）が、大阪に往き来する村山を「朝日の社員は新橋まで送り、国会では誰も送らない」という気骨を伝えていることに証左される。雪嶺はさらに重ねて『自分を語る』（昭和二十五年一月二十五日、朝日新聞社）のなかで、社内に「暗闘が絶えず、不思議なほど人が争ふものと思った」と派閥、理論闘争のあったことをも伝えている。中正的で公共性の高いジャーナルが未だ確立しない時期であってみればなおさらであったろう。また前掲『村山龍平傳』には「『国会』は高給を多数抱え込んでいるので収支常に償わず」云々ともある。いずれにしても、再編期の新聞界にあっては殊のほか「計多く」発刊され、殊のほか「志の半」に廃刊されたことは紛れもない（明治二十八年十二月十五日『国会』社告「廃刊のことば」）。

ところで忍月は国会新聞社に在籍している間、帝大法科大学法律学科の最終学年（第三年）を迎えており、右「社友」のうち穂積陳重と穂積八束の民法・法学通論などを受講していた。そして翌二十四年六月の学年試験に合格して卒業し、官途に就く。国会新聞社を退社するのが二十四年五月であり、卒業試験に備えた退社であったことが想定される。帝国大学編纂『帝国大学一覧（二十二、二十三年）』によると二十二年六月の学年試験（第二年）に落第しており、二十三年六月の受験時と同じように相応の試験勉強は必要だったにちがいない。この点、畏友の露伴や、法科大学から文科大学に転籍して退学した尾崎紅葉がなお日就社（『読売新聞』）に在籍して文学世界に邁進していたことと異なる。忍月の場合は郷里の問題、つまり「石橋家の家名を挙げるという期待」[6]を抱えていた。世俗的であろうと、学業を全うして官途に転身することはやむを得なかったかもしれない。当時の湯辺田石橋家は養父正蔵と次兄松次郎とが相続・再相続を繰り返し、医家としての体面を全く失っていたからである。

また退社時には『国会』側にも事由があった。二十四年六月から雪嶺を迎え、さらに紙面を拡張しようとしていたからである（同年五月二十八日付社告「国会新聞拡張広告」）。忍月がこの機に乗じて退社したとしても不自然でない。折しも二十四年五月二十二日『国会』掲載の最終稿「新に東京朝日に入社せられたる嵯峨の家主人に与ふる書」で、忍月は「多数の愛読者を得」「多数人の歓を買ふ」新聞に従事することと、「永遠不朽を期すべ」き文学活動との矛盾、相克を表白したばかりであったからである。この表白には「是れ吾人が頃ろ疑ふ所」という前書きがあった。結論として「文学者は苟も麵包の為に苦められざる限りは少数の読者にても満足」すべきであると書き残し、国会新聞社を去った。いわば『国会』というジャーナルの拘束から自らを放ち、別に「麵包」の道を選び、文学の不朽世界を保持すべく棚上げにして身を引いたのである。こうした心情に駆り立てた背景に、前述した郷里の問題を抱えた卒業年次の課題と後述する文学課題とが考えられる（岐路に立った忍月に関しては次章で触れる）。

なお伊藤整『日本文壇史』第二巻（昭和二十九年三月、講談社）は、雪嶺の前記回想にある社内の理論闘争等の紛糾を踏まえて「忍月は早くも辞意をもらしていた」と述べている。だが掲載作品の傾注さを考慮しても、紛糾にまみれた形跡は見当たらない。右『日本文壇史』にある「早くも」は前後の章句から判断すると、内田魯庵（不知庵）「斎藤緑雨」（大正二年四月『現代』、のち春秋社『思ひ出す人々』収載）に依拠しているようで、『国会』創刊から約そ一ヵ月後をさしている。だが雪嶺の入社は忍月の退社後であり、また不知庵「斎藤緑雨」は「仔細あつて忍月が退社するので、（或は既に退社してゐたのか、ドッチだか忘れて了つたが、）其後任として私を物色」しに緑雨が訪ねてきた頃、と曖昧に退社時の時期を回想しているに過ぎない。時期的に確かなことは、入社半年後の二十四年五月二十二日の紙上に嵯峨の家の東京朝日新聞社入社を「吾人今幸に隣社の交誼を有す」と触れた前掲の最終稿を掲げたことであり、同年五月三十日から後任の緑雨が「客員」として「油地獄」の連載を開始したことである。そして二十四年五月までの忍月批評を、緑雨が「一世に超越せる」と評した時期である。

それでは筆者の記述が逆になったが、どのような経緯で「社員」として迎えられたのであろうか。

批評界に関する当代評に、「日本人レッシング」署名の「当世批評家三幅対」（二十三年二月九日『読売新聞』）がある。『国民之友』の忍月、『国民新聞』の不知庵そして『読売新聞』の謫天情仙（野口寧斎）との三人を批評界の三幅対と称した一口評である。同様の当代評に同年二月十三日『国民新聞』掲載の「当世正札付」や同年三月十八日『読売新聞』掲載の「三批評家に三注文」等があり、右三人の批評界における地位は定着していたようだ。だが寧斎はこの年の一月二十五日『しがらみ草紙』に「舞姫を読みて」を発表して注目されたが、文学評論に専念していたわけではない。元来は漢詩人であって、むしろ諷刺的な短文に声価を得ていた。従って『国会』創刊時の批評界に限っていえば、二十二年後半から頭角を現してきた斎藤緑雨（正直正太夫）を寧斎に代わって三幅対のひとりに挙げるべきだろう。文壇嘲罵の戯文「小説八宗」（二十二年十一月五～十二日『東西新聞』）以来、その筆鋒は文壇人に高く評価され、恐れられてもいたからである。

緑雨は忍月が去った『江湖新聞』に二十三年六月から入社し、二ヵ月後の八月から『大同新聞』に移籍した。この関係で、一旦は大同新聞社を退社したが（二十三年十一月二十五日付逍遙宛緑雨書簡）、そのまま国会新聞社の「村山の秘書といふやうな関係」にあった[7]。忍月が二十四年五月に国会新聞社を退社した際、不知庵に「公然入社の交渉」をした所以である（いずれも不知庵「斎藤緑雨」）。結局は不知庵に断られて、緑雨が『国会』における忍月の後任となった。また不知庵は忍月が躍り出た『女学雑誌』に在籍後、二十三年二月に『国民新聞』へ移籍した。だがやはり一旦は国民新聞社を同年九月に退社するも（徳富蘇峰記念館所蔵の社員給料「日誌」）、『国民之友』の「客員」に留まって忍月の後釜にすわっていた。緑雨の『国会』への勧誘を拒んだ背景である。こうした動向を追ってみると、批評界は忍月を先頭に、また中心に展開していたことがわかる。

ただし忍月は江湖新聞社を二十三年五月に退社した後、国会新聞社に入社するまでの約そ半年間、専属として在籍する舞台を失っていた。従来の関係で『国民之友』に寄稿を続けていたが、不知庵の「客員」と違い、不安定なフリーの状態にあったことはいうまでもない。国会新聞社が斯界の第一人者を招こうとすれば、当時の忍月は「社員」として好都合な状況にあったわけである。他に健筆を振るっていた批評家に古参の逍遙と新参の鷗外がいたが、逍遙と『読売新聞』および鷗外と『しがらみ草紙』の関係は動かし難かったからでもある。忍月が国会新聞社に入社するに、右状況がひとつの要因となったことは間違いない。だがこの要因は、人的な契機が直接に働いて始めて作用するものであろう。

同時に入社した露伴の場合、交友の深い先輩饗庭篁村と小学校時代の旧師宮崎三昧（三昧道人）との誘いに従ったといわれている[8]。二人ともいわゆる根岸派の作家で、露伴とは親密な関係にあった。しかも当時の篁村は東京朝日新聞社に、当時の三昧道人は大阪朝日新聞社にそれぞれ在籍していた。こうした人的関係の上になお興味深いのは、村山龍平との邂逅である。

『読売新聞』の「客員」であった露伴が篁村、高橋太華、中西梅花の根岸派同志四人で二十三年四月から木曽路を経て京阪・九州を旅行した折、露伴は紀行文「乗興記」を三昧道人の依頼で執筆し、同年五月十八日から六月五日まで『大阪朝日新聞』に連載した。この連載中の五月二十九日、九州旅行を終えて大阪に着いた露伴は「大阪朝日新聞社長の村山龍平といふ人に乞ふことありて山人（太華＝引用者）と共に尋ね」ている（前記「乗興記」に続く紀行文「まき筆日記」(9)）。ここにある「乞ふこと」の内容を露伴の紀行文からは特定できない。だが前掲『上野理一傳』にはこの五月二十九日、応対に出た村山が「露伴の原稿料前借の申込みを無造作に承知し、天囚（太華の旧友で『大阪公論』の記者＝引用者）に、上野や自分に代ってよくもてなしてくれるよう頼んだ」と詳しく記述してある。この日は『大阪公論』の廃刊直後に当たり、殊さら記憶に残る出来事なのであったろう。露伴と村山との邂逅はかくして成り、国会新聞社への入社の布石は投げかけられたことになる。その直後に露伴は「卑しげならぬ風采せる村山像を抱き、それを篁村と三昧道人に「問ひも語りもすべき」感慨をもって二人に箱根で会っているからである（「まき筆日記」）。

忍月の場合そうした人脈で入社の契機を考えると、鉄腸であろうか。だが鉄腸と忍月とを直接に結びつける資料は見当たらない。共通する活動に蘇峰の主唱した〈文学会〉への参加が考えられるが、同席した痕跡を徳富蘇峰記念館所蔵「文学会関係巻物書簡」や当代回想（逍遙「明治廿三年の文士会」、朝比奈知泉『老記者の思い出』等）に確認できない。右〈文学会〉に関しては、むしろ露伴を中心にした篁村、太華、梅花ら根岸派との同席が目立つ。

根岸派との交友は太華の「日記」（塩谷賛『露伴と遊び』収載）を始め、忍月が記した紀行文「四天狗探梅の記」（二十四年一月二十七・二十八・三十日、同年二月三日『国会』）にも詳しい。この時の四天狗とは幸堂得知、三昧道人、露伴と忍月である。緑雨の二十三年十一月二十五日付逍遙宛書簡に「露伴忍月両氏相携へて国会新聞社ニ入」ったという一節があるが、忍月の交友関係を知っている緑雨が根岸派同志の意味を込めて「相携へて」と記したのかもしれない。露伴の『国会』入りが話題になると同時に、フリーの忍月が浮上したとしても不自然でない関係にあったからである。いわば露伴に伴っての入社という推定である。

他の人脈から入社の契機を考えるとすれば、鉄腸の盟友中江兆民との関係が挙げられる。鉄腸と共に大同団結を唱えて旧民権派の結集を企てた兆民は、第一回総選挙で当選し、第一議会に臨んでいた。だが鉄腸が『東京公論』と合併交渉をしている時期、兆民は忍月、露伴、鷗外、寧斎、森槐南、宮崎晴瀾らの文人を招いて酔狂の宴に興じていた。十一月十八日の夜から翌朝に繰り広げられた宴会の様子を、リレー式に先ず兆民「国粋の宴の記」（二十三年十一月二十日『自由新聞』）に始まり、槐南「粋宴補言」（同二十一日同紙）、露伴「国粋宴の続き」（同二十二日同紙）、忍月「続国粋宴の記」（同二十三日同紙）と書き継ぎ、それに鷗外、寧斎、晴瀾が続いた。いずれも戯文である。だが戯文とはいえ、兆民はそのなかで「十数年来待ちに待ちて而して今将さに此くの如く失望的の物ならんとする衆議院」と記し、立憲自由党の内紛に端を発する議会の先行きに憤って出陣の狂宴を開いたことを明かしている。

兆民がなぜこれらのメンバーを招いたかは詳らかでない。ただし彼ら新鋭の文人たちとの交流が決して浅いものでなかったことは各文面に明らかである。忍月の場合「続国粋宴の記」で「酒杯急行高興天に中するの時、居士（兆民＝引用者）は予の衣帯を解き奪ふ、予已むを得ず、鷗外酔臥の衾中にもぐりこむ」云々とユーモラスに親しみを込めて記した。だがその後の議会開会中には、予算案をめぐって紛糾する議会を睥睨する兆民に配慮して「請ふ足下、議会終局迄善く黙せよ、四年間善く黙せよ」と直言している（二十三年十二月十九日『国会』掲載「中江兆民居士に与ふ」）。このことは「国会を俗物の集りと嘲けりし中江篤介氏（六八）は眠るが如く酔ふが如く頭を後辺の卓に持たせて沈々たり黙々たり」（十二月五日『国民新聞』記事「仙骨遂に如何」）といった報道をも踏まえているのであろう。ただしこの直言は「中井桜洲山人に呈す」（十二月二十一日『国会』）でも触れている「政狂熱の白雲界」つまり政局への言及の一斑であって、当時の文芸欄「文苑」掲載の内容にそぐわない。従来の忍月批評には窺えない評点である。これを敢えて掲げたことは忍月自身のモチーフ以外に考えられず、議会開会直前から兆民との関係が相当に深まっていたことを物語っている。

こうした兆民との関係のなかで、鉄腸が関与する『国会』創刊も話題のひとつに挙がっていたことは想像するに難くない。しかも忍月の入社時に『国会』紙上へ祝辞を寄せたのは当夜参会した晴瀾と寧斎であったことからも、兆民が何らかの形で忍月の入社にかかわったと推定できる。晴瀾「餞忍月露伴」（十一月二十五日『国会』）は「僕輩本と酒人、公等真に佳士、佳士の筆、何処にか揮はん」と、寧斎「露伴と忍月に寄す」（十一月二十七日『国会』）は「我れ偶ま露伴忍月と会鈔吃酒す（中略）酔中我更約せん」云々と共にエールを送り、それぞれの絆を殊さら強調しているからである。

もちろん以上の推定は傍証資料に欠けていて、推定の域をでるものでない。両者相俟ってのことかもしれないが、詳しくは今後の調査に待ちたい。

注

（1）二十三年十一月二十三日『国民新聞』等、在京各紙に載せた『国会』創刊広告。

（2）二十一年十二月二十九日『東京朝日新聞』掲載の『東京公論』創刊広告。

（3）明治文化研究会編『明治文化全集　第四巻　新聞篇』（昭和三十年三月再版、日本評論社）による。この『明治文化全集』収載の鉄腸「新聞経歴談（一）～（十七）」は第「（十七）」章を除いて、明治二十七年二月二十日から同年六月一日までの『国会』に断続掲載した鉄腸「記臆のまゝ　第一～第十八」を初出としている。ただし右全集版「新聞経歴談」は鉄腸『政治小説落葉のはきよせ　付鉄腸居士新聞談』（明治三十三年六月、青木嵩山堂）を底本にしている。そして『落葉のはきよせ』収載の「新聞経歴談」は、鉄腸に伴って『大同新聞』から

『国会』に移った村松柳江（恒一郎）が鉄腸没後に、初出稿を校訂し改題した作品である。ところが松村の校訂には初出稿のうち、四月二十四日掲載の「第二」章と六月一日掲載の最終章「第十八」とを欠いていた。そこで『明治文化全集』再版収録時には、「解題」において初出の「第二」章を補填した。だがこの補填は「解題」を担当した西田長寿が「第二」章の前書き部分を落とし、「（第二節として挿入すべき全文）」として後半部分のみを掲げた。またさらに初出の最終章「第十八」には全く触れずに、村松校訂のまま五月二十七日掲載の「第十七」章を以って「（完）」として括った。だが初出の実際は六月一日掲載の「第十八」が最終章である。初出の「第十七」章末尾に「（完）」とはなく、「第十八」章末尾に「（大尾）」とある。このために『明治文化全集』収録の「新聞経歴談」は初出稿の最終章を欠いた状態のまま今日に至っている。この誤りは西田「末広鉄腸の『新聞経歴談』に就て」（昭和十八年三月十一日『明治文化』第十六巻三号）や、柳田泉「末広鉄腸の著作について」（筑摩書房版『明治文学全集』第六巻「解題」）においても同様である。

　ただし村松校訂にある、つまり『明治文化全集』版にある肝心の最終章「（十七）」の出典は定かでない。村松は右『落葉のはきよせ』の「後序」冒頭で「本篇（「新聞経歴談」＝引用者）は余が旧師故鉄腸居士の手記に係り、本《ママ》と居士が記憶の浮び出づるが儘に筆録せるもの」と記しているが、後者の「筆録」が口頭筆記か既発表の写しか否か、詳しくない。だがいずれにしても、西田「解題」が記しているように「最後の一節を付加して、叙述の首尾をつけた」ことはまぎれもない。

（4）柳田泉『政治小説研究　中（明治文学研究第九巻）』（昭和四十三年九月、春秋社）収載。

（5）前注（2）に同じ。

（6）山本健吉「明治の文学者の一経験」（昭和四十三年四月『季刊芸術』創刊号）の一節。

（7）緑雨の国会新聞社入社については、昭和女子大学近代文学研究室『近代文学研究叢書』第七巻以来「新聞『国会』が創刊されると直ぐ入社」とあるが、その形跡はない。

（8）柳田泉『幸田露伴』（昭和十七年二月、中央公論社）、塩谷賛『幸田露伴　上』（昭和四十年七月、中央公論社）等による。
（9）紀行文集『枕頭山水』（明治二十六年九月十九日、博文館）収載。

二　「詩美人に逢ふ」・日本韻文論争

これまでの忍月批評は主に初稿『妹と脊鏡』評に始まる作品評と、その作品評に関連する「詩歌の精神及び余情」「想実論」等の原理論とから成っていた。一貫することは審美学の見地に立って「読者の眼を濃厚にして（中略）文学の隆盛を祈る」（『浮雲』第一篇評）という観点から論述していることである。例えば民友社在籍期における「小説家の心底眼中に一ツの意匠あり目的あり」（「京人形」評）という作家主体への言及、江湖新聞社在籍期における「詩が美術的に発揮せられざる可からざる所以」（「想実論」）という文学構造への言及等で、黎明期の文学課題にこだわっていた。この意味において、第一作「詩美人に逢ふ」が「文学界の混濁散乱を（中略）澄清精選の域に進め始めて詩美の真光を見る」という当代認識に立つ審美学的啓蒙態度を表明したことは、これまでの批評態度の継承展開を示したに他ならなかった。

ところが「詩美人に逢ふ」からの忍月批評には先に触れたように、これまでにみられない政局への言及が散見していた。これは「詩美人に逢ふ」末尾の「噂で聞けば、世間は此日が、恰度帝国議会開会の第一日なるよし」に始まり、前掲「中江兆民居士に与ふ」における「議会に立つもの（中略）議会終局迄」、あるいは「中井桜洲山人に呈す」における「時下政狂熱の白雲界」といった片言隻句の類いである。片言とはいえ、第一議会に絡んでいることはまぎれもない。この言及は当代の文学プロパーには珍しく、忍月のジャーナリスティックな側面を窺えないわけでもない。作品本文の意味を左右するほどの内容ではないが、忍月ならではのモチーフが垣間見られ、新局面として差し当たって注目してみたい。

先ず「詩美人に逢ふ」では「噂で聞けば」云々と、議会開会を余所事のように掛け隔った事象として扱う。次いで議会紛糾の折の「戯曲論（其二）」（二十三年十二月十七日『国会』）では「議会熱政治熱が芸園を俗了する」と、戯曲隆盛への熱望を停滞させる事象に捉える。有識者の耳目が議会に向かい、当代課題のひとつであるドラマ論議が本格化しないことへの苛立ちなのであったろう。このために「霊妙の清涼剤」（同年十二月二十一日『国民新聞』）ではさらに一歩進め、紛糾する議会を「豚小屋に入つて蠢動する」と譬え、議員や官吏、そして世間の「政狂熱を癒す」ために文学世界に内在する高雅な「詩美思想」を高唱する。文学優位の態度で、対峙する事象として政局を捉えていたことは間違いない。この態度を鮮明に示したのが「戯曲の価値、有序」（同年十二月二十六日『日本評論』）である。冒頭では「国会熱政談熱が満天下を狂せしむる時に当つて、吾人独り悠然として諸君と共に斯の芸苑に遊ぶ」と、文学世界の「詩美の神霊」に抱えられて文学評論に従事することを誇らしげに強調している。

また第一議会閉会後の「江見水蔭君に与ふる書」（二十四年四月十八日『国会』）では「国会熱、政談熱も漸く醒め、世人芸苑の清涼剤を掬することに注目するやうに相成り、御同様にたのもしき事に候はずや」と、台風一過のような心地を披瀝している。何しろ忍月の政局認識は「新年前後の諸作（八）美術世界」（同年一月二十三日『国会』）で具体的に記す「壮士乱暴、負傷、護衛、退去、議会紛擾、政党分裂」なのである。当代文学をいかに「美術的に発揮」（「想実論」）するかという審美学的課題とは明らかに掛け離れている。前掲「中江兆民居士に与ふ」や「中井桜洲山人に呈す」等にも議会に絡む片言がみられたわけだが、片言自体に意味があったわけでないことがここに判明する。「詩美思想」を語る仲間意識の強い兆民には「善く黙せよ」と「昭侯の心」を意図して求め、中井には「戯謔博士」として「敬慎」や「威儀」を意図して求めた所以である。こうした背景に文学優位の対峙する視座が忍月にあったことは既述の通りだが、この視座は何を意味するのであろうか。

これまでの批評活動を通時態で吟味してみると、忍月批評を第一ステージと第二ステージとに大別することができる。最初期の初稿『妹と脊鏡』評から「細君」評や「くされ玉子」評に至る批評活動を第一ステージ。それ以後の「京人形」評や「色懺悔」評からの活動を第二ステージ。もちろん錯綜しながら継続した活動であり、もとより明確に線引きできる性質のものではない。だが忍月が具体的に何を課題に論述しているかを前提にした括りは可能であろう。前者はレッシング『ハンブルク演劇論』によって読者と作品との相関性を基軸に作品構成の問題を課題とし、後者は皆川淇園『淇園詩話』等の近世詩学によって作品と作家との相関性を基軸に作家主体の問題を課題としているところに特色がある。従って忍月がたびたび用いる評語「観念」の概念変遷、つまり作品の構想「結構」Disposition と作家の理念「想念」Idee とに言い換えても区分できる。いずれも文学の不朽世界をいかに獲得するか、というリアリスティックな課題に関する避け難いステップである。このステップは逍遙「明治廿二年の著作家」（二十三年一月十五日『読売新聞』）や鷗外「明治二十二年批評家の詩眼」（同年一月二十五日『しがらみ草紙』）にも確かめられる当代文学の課題であった。

忍月の場合、もちろん審美学に立つ態度を保ちながら、後述するように国会新聞社時代まで第二ステージを継続して当代文学の課題に臨む。だが国会新聞社時代にはこれまでと違って、政局に絡む視座が新たに据えられていた。すでに確かめたように、たとえ一方に対して冷笑的であろうとも、政局を見据えた新基軸である。後年の金沢時代や長崎時代における時評を交えた批評活動、すなわち現実社会との絡みのなかに生まれた第三ステージを考慮すると、この国会新聞社時代に第三ステージの兆しが現れたともいえる。この兆しつまり意図的な視座の設定は、すでに「奇男児」評（二十三年一月三日『国民之友』）に「慷慨警世的の文字は実に其時世と共に生じたる者」という認識をも示しており、決して唐突であったわけではない。だが当代文学の課題に進修意欲を示す「詩美人に逢ふ」以降の忍月が意図的に踏み出したステップであったことは確かで、最終稿「新に東京朝日に入社せられたる嵯峨の家主人に与ふる書」における選択肢設定の発想にもつながる意味をもっていた。

ただし直接に相克し齟齬を来すことにもなりかねない視座だけに、当初からそれほど明確に意識していたとは思われない。むしろ当初は文学優位の態度を崩すことなく、文学の不朽世界をいかに獲得するかに進修意欲が向けられていたといってよい。要するに現実を一方に見据える視座を意図的に掲げることによって、これまでのステージを相対化させつつ、照応させせようとする時機が国会新聞社時代の忍月なのである。「議会熱政談熱が芸園を俗了するの時」（「戯曲論」）、あるいは「塵界の多忙は吾人の文学論を顧慮せざる時」（「戯曲の価値、有序」）と認識する際、いずれも「詩美」を獲得しようとする狙いが組み込まれた視座になっていたからである。逍遙「今年初半文学界（小説界の）風潮」（二十三年八月五日『読売新聞』）に従えば「政事上の紛雑なき」グループのなかにいるわけだが、逍遙との比には文学世界への取り組みにおいて自らの動向を認識するに臨場感が溢れている。

だが最終的に忍月は文学の不朽世界「詩美」の追求を棚上げにして終わったことから、最終稿までの忍月批評の展開が改めて問題となる。この問題を考えるに、とりあえず第一作「詩美人に逢ふ」と終盤に著した「詩美人に奉答す」（二十四年四月十二・十四日『国会』）とを比較検証するのが手短かもしれない。当代文学への進修意識が具体的に何に向かっていたかを示唆しているからである。

右二作を一瞥してみると、前者「詩美人に逢ふ」は「詩美人」、すなわち「霊妙の清涼剤」等で言い換えている「詩美の神霊」が当代文学の問題点を投げかけ、その「文学界の混濁散乱を治するの労を取れ」と忍月に言い渡す。忍月は「詩美の真光」、すなわち文学の不朽世界の獲得のために「今より予此紙上（『国会』＝引用者）に登り、以て貴女（「詩美人」＝引用者）の嘱を果さん」と約束し、以後の『国会』紙上での活動宣言とした。後者「詩美人に奉答す」はその約束に従って活動した結果の報告「奉答」であって、前者と組み合わせの関係にある。内容は審美学にかかわる硬漢の発言だが、叙述形態は「詩美人」が「香風一陣颯として身を襲ふ処、忽ち一佳人来る」などと戯調になっている。当時の流行のひとつに〈美人〉を冠したことばがあり、露伴がそれをもじって諷刺的な「落語・真美人」や「大珍話」等を発表したのにあやかっていたのであろう。だが形態はさておき、問題は「詩美人に逢ふ」における「混濁散乱」の状況指摘と、「詩美人に奉答す」における「現代詩美界の動静」の報告内容とにある。

「詩美人に逢ふ」は文学を「詩学的の眼を以て視る」という審美学の立場から、妄言して「混濁散乱」させている当代の実状を先ず①修辞学への傾倒、次いで②教育・宗教への妄執、③文学の価値「高大の詩美」の誤認、④戯曲認識の貧困、⑤描写対象の不徹底に絞って慷慨している（順不同）。文学を①修辞学の立場から捉えている例に撫象子（善治）「現今の文章（上）（下）」（二十三年十一月十五・二十二日『女学雑誌』）を始め、連載中の美妙「日本韻文論」（同年十月三日～翌二十四年一月二十三日『国民之友』）を挙げている。だが「詩美人に奉答す」では具体的に触れていない。この間に起きた、いわゆる〈外形〉論を含む日本韻文論争[1]や「うたかたの記」論争等の論駁に併合されたとでもいうのであろうか。また②教育・宗教的規範で文学を捉えている例は殊さら挙げず、「詩美人に奉答す」でも触れていない。直接には右の善治「現今の文章」や美妙「日本韻文論」にある経綸的観点を問題にしているのだが、やはり①を含めた右論争等の過程のなかで「詩」概念の定義に論点が定着しつつあるとの判断なのであろう。本格的な論議を求める③文学の価値「高大の詩美」と④戯曲とについて、「詩美人に奉答す」が①②を包括してなお継続する論議を求めているからである。ここには忍月が求める文学の不朽世界に触れる箇所が見受けられ、やはり「うたかたの記」論争時の論点が受け継がれている。また⑤描写対象に「自家の新意匠」すなわち作家に新たな主体的な課題を「詩美人に奉答す」で掲げ、文学の玩弄視を戒めている。そしてこれに連動しながら新たに「方今の詩人世の需用に迫まられ」ている状況と、無意味な「一口評見立評の流行」状況との改良を「詩美人」に訴えている。もとより偏在してはならない状況で、最終稿にある忍月自身にまつわる問題が垣間見られる。

以上を概観すると、何が消去し、何が残ったかがわかる。ただし如何に消去し、如何に残したかは「詩美人に逢ふ」以降の作品を吟味せざるを得ない。

「詩美人に逢ふ」は右①修辞学からの妄言例に『女学雑誌』誌上の「道念純高」な文学観を挙げ、それを「美と善の本源性質」を知らない認識と批判している。この批判は「文学と自然」論争以来の論難で、同じキリスト教系の『日本評論』が『女学雑誌』と同調[2]しながら「政治、文学、宗教、経済、社交および教育上の事実に関して」（二十三年三月『日本評論』創刊号「社説」）活動していたことを考え併せると、二誌共にそのまま②教育・宗教への妄執に連なる事例にスライドさせることができる。すなわち「教育的の眼を以て情詩を左右」し、また「宗教心を文学に働かせる」経世イデオローグへの審美学的批判である。これらの評点は「想実論」最終章において、いわゆる極衰論議の一方を「無信の徒此の無主義の文学者（中略）生気なく絶高絶大の思想なく」と評している二誌に難詰した観点でもあった。ということは、例えば『女学雑誌』や『日本評論』にみられる①と②の妄言は③文学の価値「高大の詩美」を巡る極衰論議に包括される「混濁散乱」の一斑であったということになり、忍月批評にとっては新奇な批評対象でなかったことになる。それならば何故に従前からの言い古された問題を掲げたのか。この問題を連載中の美妙「日本韻文論」に①と②を見いだし、③に集約される課題として捉えたからに他なるまい。③を焦点とする同様の「日本韻文論」評が「詩美人に逢ふ」と同日の十一月二十五日『しがらみ草紙』に掲載した「韻文論を嘲る」、そして翌二十六日『国会』に掲載した「詩（ポエジイ）」に矢継ぎ早に込められているからである。例えば「韻文論を嘲る」には「詩学的の眼を以ッて詩を視る」、「詩（ポエジイ）」には「重きを詩の形式に置かずして、詩の内部の精神に置く」と持説を表明し、美妙「日本韻文論」に反駁している。「文学界の混濁散乱を治す」という忍月の本意が③に向かう審美学的な進修意識にあったことはまぎれもない。

それでは美妙「日本韻文論」と、忍月の審美学的批評との実体はどのようなものであったか。

美妙「日本韻文論」は八回にわたって『国民之友』に断続掲載された。当初の構想は二十三年九月八日付蘇峰宛の美妙書簡にある「日本韻文論略目」および第一回掲載の「例言」にある「総目次」に窺う限り、新体詩革新に画期的な試みであった。『国民之友』側の対応も並でなく、第一回掲載の前号表紙に「日本韻文の火の手、漸く上らんとす」云々といった広告を掲げ、同誌で最も注目度の高い「特別寄書」欄に載せている。だが第一編の第一章「散文と韻文との区別」、第二章「韻文の名義」（以上は二十三年十月三日第九十六号）、第三章「韻文と開化との関係」（同年十月十三日第九十七号）、第四章「(上) 在来の日本韻文に対する妨害　余情の性質」（同年十月二十三日第九十八号）「(下) 韻文制定の方針」（同年十一月十三日第百号）の概説、そして各論となる第二編の韻格・韻律論（十一月二十三日第百一号、十二月三日第百二号、十二月二十三日第百四号、二十四年一月二十三日第百七号）で中断した。中断理由は掲載欄がいわゆる〈政治の季節〉に占められて発表の場を失ったことと、それに伴う美妙の苛立ち（二十四年三月三十一日付蘇峰宛書簡）とに起因していたようだ。[3]

美妙は以前から韻文形式論を主張していた。例えば「日本韻文に対する放任主義」（二十三年九月十三日『国民之友』）においても、日本韻文の進歩発展のためには韻文の「韻格」「韻律」、つまり格律が自然に落ち着くまで放任しておくべきでなく、有効な格律を「人工」的に定めなければならないと格律の新形式を強要する。そして格律を「人工」的に定めるために、何よりも韻文に用いる「言語の性質（**Characteristic of the Rhythmical and Poetical Words**）」を調査すべきだと主張する。美妙「日本韻文論」はこの調査結果に基づいて論じている。第一章では「言語の性質」という形式から散文と韻文とを「節奏」**Rhythm** の有無を標準に区分し、「韻文の思想即ち詩思」の有無から区分することを退ける。第二章では韻文が漢詩や和歌等の従来の韻文と混同しないための用語であって、従来の韻文より「一層に思想の多い一種の韻文」**Poetry** を目指すと説く。この態度は第三章における従来の弊害への言及となり、具体的に第四章における余情論の排斥と、「壮」「大」の発揮できる韻文の提唱となる。要するに「真成の韻文」のために従来の体裁を改め、「修辞の上の美を取り集め」るというのが概説である。従って美妙の狙いは「真成の韻文」、すなわち新式の格律を規定する第二編に向かう。だが忍月の批評対象は第一編の概説に注がれた。発表の時間帯から致し方なかったろうが、「壮」「大」の発揮する文学の質への進修が忍月の急務であったことの表れである。当代文学の課題に③文学の価値「高大の詩美」を筆頭に掲げる忍月が改めて確認できる。忍月には従って、③を巡る進修作業が「韻文論を嘲る」以降の批評活動となる。

「韻文論を嘲る」は美妙「日本韻文論」に五つの難点を挙げている。第一は美妙が「節奏に拠る語及び句」を「韻文」Poetry と定義したことを「幼稚なる外形的の判断」と難じた点。第二はその Poetry を訳して新語の「韻文」と定義したことを「手前味噌」と難じた点である（順不同）。これら「韻文」概念に対する論難には次作「詩（ポエジイ）」を検討するまでもなく、元論である「想実論」における「詩」の概念が論拠となっている。すなわち「吾人が詩を論ずるは外部の形式よりせずして内部の本質よりするが故に苟も美術的の文字は悉く『詩』と言ふ」という「詩」Poesie（広義の文学）の概念である。「韻文論を嘲る」においても「審美学の上に定めたる詩学の解釈」を求めており、一貫した主張となっている。もとより文中の評語からしても修辞学と審美学との対立した立場は明白なのだが、忍月の場合はその審美学的な「詩」の内部世界が論理的に貫かれた構造になっていた。「想実論」にある「内部の本質」とは人間の「意思」Geist と「精神」Seele、いわゆる人間精神が「言葉の働き」によって「美術的に発揮」された作品世界につらなる。この世界はさらに作家が人間精神を「主どる」主体としての創作世界と、そこに誘発される読者の「哀感」や「咏嘆」という余情を背景とする享受世界とが相俟って「詩」の世界となる構造であった。作家と作品との二元的観点から「詩」を捉える視点は、前述の活動区分に従えばふたつのステージを照応させた昇華といえる。と同時に忍月が「言葉の働き」という外形的な「結構」よりも、作品世界の内面的な「精神」を重視して審美学的態度を強調する起点となる。「大」（二十三年四月五日『江湖新聞』）が「詩形の裏面」に「詩の意」を説く所以である。同様にこの起点から前述の③文学の価値「高大の詩美」が発想されており、従って難点の第三の「修辞学的の眼を以ツて詩を視」る美妙の「外形」論への批判と、第四の「宗教心を文学に働かせる」という美妙の「詩人」論への批判とに直結する。要するに「詩」概念に触れながら、①②を包括した③を課題とする論理過程が図式通りに展開しているのである。この意味においても「詩（ポエジイ）」に「想実論」第一章を摘要して、重ねて「美妙斎子の所謂韻文（詩）なるもの、定義」を論難し、また「美術的に発揮」すべき態度を公言したことは、忍月の進修意識が③に注がれていることの証しに他ならなかったのである。

忍月の右四つの論難に対する美妙の反論「美天狗氏に」（二十三年十一月二十五日『しがらみ草紙』）および再反論「忍月君へ」（同年十一月二十七日『国民新聞』）は、忍月の説く「詩」を「純文学」Pure literatureと命名するが、その概念と自らの「韻文」概念とに言及することがなかった。むしろ「詩」「韻文」をどのように位置づけるか、という形式的な規定問題に終始する。またそれに続く忍月の駁論「美妙斎に答ふ」（同年十一月二十八日『国会』）は美妙の「散文に対して韻文を論ずる」形式的な規範を否定しつつ、「修辞学的の眼を捨て、詩学的の眼を以て論ぜよ」と諭すにとどまる。「詩学的」つまり審美学的発想で③を問題とすることには忍月に一貫性がみられるとしても、「韻文」そのものの規定をめぐる双方の見解は論争上では形式を争点に論ずる〈形式論者〉の趣があった。このことは美妙「日本韻文論」への不知庵の論難「外形論者」（同年十一月二十二日『国民新聞』）に対する鷗外の批判「路功處士といふ変なる外形論者」（同年十一月二十三・二十四日『国民新聞』）に通じている。不知庵は路功處士[4]の署名で忍月と同じように「美妙斎氏が韻文論の如きも其一端を見て既に皮相の見たるを知る」と捉え、当代作家に「何ぞ外形を見るに敏にして神髄（忍月の「詩美」＝引用者）を味ふに迂なるや」と質した。だが忍月と同様に「神髄」の概念に触れることはなく、批評態度に鮮明さを欠いていた。このために鷗外は遺環居士[5]の署名で、不知庵の所見を「詩の外形を正さむとする外形論」と批判する。理由は「美妙斎は広義の詩、『ポエトリイ』を論ぜしにあらず、分明に韻文論と題し」たに過ぎないからだという。鷗外「言文論」(二十三年四月二十五日『しがらみ草紙』)を前提にして考えると、鷗外には美妙「日本韻文論」に「外形を捨て、論ずる日には、美あるべし」という思い入れがあったと思われる。また一方、不知庵はその後K．U．生の署名で「詩弁——美妙斎に与ふ」(二十四年一月三・十三日『国民之友』)と「美妙斎に一言す」(同年二月十四日『国民新聞』)で美妙の「韻文」批判を続けるが、やはり分明な韻文論議にとどまった。忍月もまた「韻文論の終期を問ふ」(二十三年十二月十二日『国会』)および「新年前後の諸作(九)」(二十四年一月二十五日『国会』)の末尾で触れるが、美妙は「韻文」概念に触れることはなかった。

　こうした限りにおいて、「日本韻文論」に関する忍月の③は争点として煮詰まることなく、結局は「詩美人に奉答す」に残さざるを得ない状況となる。ただし①②はすでに「詩」概念の定義に包括されて③に集約されているが、その③を残存させることが文学の不朽世界をそのまま棚上げすることに通じているわけではなかった。③を始めとする「詩」概念の定義に派生する諸課題への進修が忍月の問題であってみれば、むしろ忍月の「詩」概念の定義そのものに棚上げ問題が帰結することになり、短兵急には結論できなかったのであろう。況して当代状況との絡みがあった。しばらくして鷗外「山房論文其六　美妙斎主人が韻文論」(二十四年十月二十五日『しがらみ草紙』)が日本韻文論争自体を次のように〈外形〉論で括ったが、この〈外形〉論は忍月の「詩」概念にも関連し、なお別に異論のあったことを暗示している。

　詩即「ポエジイ」を美妙子は純文学 pure literature と名づけ(国民新聞、柵草紙)忍月がす、めし美文(美文学 Schöene Litteratur とは我もいひしことあり)の語を斥けつ。さらば純文学即われ等の所謂詩は、いかにして雑文学に殊なるか。美妙子はいまだ明にこれに答へざりき。

ここにある忍月が提唱したという「美文」は、「韻文論を嘲る」における難点の第二の指摘のなかで「美術的の文字、尽く之を詩と称す」と説く広義の Poesie を指している。だが「われ等の所謂詩」は美妙に反論する場合の評語であって、忍月に対する時には「総ての美術の上にて、絵画をも彫刻をも含みたる」と異論のあることを仄めかしている。決して同調していたわけではない。この「美文」に関し、忍月の場合は「韻文論を嘲る」における難点の第五である美妙の余情排斥論への批判に絡んでいた。

美妙は「従来の歌人たちの言ふ余情」が日本韻文にある「壮」「大」、あるいは「崇高雄渾」という思想を強奪したとして、余情排斥論を主張していた（「日本韻文論」第四章）。美妙が「韻文」概念に触れたとすれば、唯一の箇所になる。だがもとより忍月の③文学の価値「高大な詩美」に連動する「詩」概念とは異質であり、その矛先となる余情排斥論への批判は必定であった。何よりも美妙の余情排斥論は、忍月が皆川淇園『淇園詩話』や室鳩巣『駿台雑話』の近世詩学に準じて立論した詩歌論「詩歌の精神及び余情」に真っ向から対立していた。忍月は「詩歌の精神及び余情」で『淇園詩話』第七節を援用しながら、次のような「詩」の内部世界を顕示していたからである。

詩家の鍛錬すべきは精神に在り、精神立てば則ち余情寓す、余情あれば則ち窈然忽然冥然、必ず之が為に哀感を生じ、詠嘆を発し、文辞和声其聴く所を平にす、

いわば詩人の「精神（感念＝引用者）」は作品の「余情」と緊密にかかわり、作品の「余情」が読者をして「哀感」「咏嘆」を促すという、二元的観点から成る「詩」概念の提唱である。これは「意言外に溢る」という余情論を基調とする「想実論」と同様の観点であった。従って骨子となる「余情」を「想実論」の文脈に当てはめると「感念」Idee に同義となり、また「詩人と外来物」の文脈に当てはめると「想念」Idee と同義になる。ということはイデーの内在する「詩」概念ということになり、鷗外が「明治二十二年批評家の詩眼」で忍月に呼応し、前掲「山房論文其六　美妙斎主人が韻文論」で「余情と哲理との上に就きては、われ未だ美妙子の説に服すること能はず」と忍月に同調した概念であった。そしてこの概念は不知庵「詩弁」にも通じており、極哀論議の脈絡のなかで捉えると、「詩」概念の定義内容が一方で定着しつつあったことを示している。忍月が「詩美人に奉答す」において①②を消

去したことを改めて諾えよう。

だが連動する③を残したということは、また一方での「詩」概念の論議も盛んであったことを示している。いわゆる極衰論議の渦中ということはまぎれもない。ここでは少なくとも「余情」を排斥する美妙の「詩」概念が再詳論されない時点であり、前述と同じ論争の進展しない残滓状態にとどまる。だがこれまでの忍月批評には「乙女心」評や「やまと昭君」評のように余情論からの作品評が多く、『報知異聞』評においては「感念の妙精神の大は、おのづから言外に存す」とさえ説いて③に言及していた。この延長で考えれば残滓状態は考えられない。ところが一連の「日本韻文論」評で「余情」に触れたにもかかわらず、国会新聞社時代にはその余情論から説く作品評が日本韻文論争と併行した「うたかたの記」論争以外にみられない。なぜだろうか。忍月が「余情」に緊密な「詩」概念に派生する③を残して文学の不朽世界を棚上げにした問題に、鷗外との一連の論争が起因しているのであろうか。

注

（1）　日本韻文論争は次の経過で展開した。

①山田美妙「日本韻文論」（二十三年一月三日～二十四年一月二十三日『国民之友』第九十六～百七号）②森林太郎「言文論」（二十三年四月二十五日『しがらみ草紙』第七号）③雲峯子（磯貝雲峯）「一家評　韻文」（同年十月十八日『女学雑誌』第二百三十五号）④路功處士（不知庵）「外形論者」（同年十一月二十二日『国民新聞』）⑤遺環居士（鷗外）「路功處士といふ変なる外形論者」（同年十一月二十三、二十四日『国民新聞』）⑥或る男（不知庵）「是は評判の韻文論」（同年十一月二十四日『国民新聞』）⑦美天狗（忍月）「韻文論を嘲る」（同年十一月二十五日『しがらみ草紙』第十四号）⑧山田美妙「美天狗氏に」（同年十一月二十五日『しがらみ草紙』第十四号）⑨忍月「詩（ポエジイ）」（同年十一月二十六日『国会』）⑩美妙「忍月君へ」（同年十一月二十七日『国民新聞』）

⑪忍月「美妙斎に答ふ」（同年十一月二十八日『国会』）⑫眉楊子「忍月先生に呈す」（二十三年十二月五日『以良都女』）⑬虫も殺さぬ男（忍月）「韻文論の終期を問ふ」（同年十二月十二日『国会』）⑭K・U・生（不知庵）「詩弁――美妙斎に与ふ」（二十四年一月三、十三日『国民之友』第百五、百六号）⑮美妙「詩弁解――KU生への答」（同年一月二十四日『日本評論』第二十二号）⑯K・U・生（不知庵）「美妙斎に一言す」（同年二月十四日『国民新聞』）⑰無署名（鷗外）「山房論文其六　美妙斎主人が韻文論」（同年十月二十五日『しがらみ草紙』第二十五号）

この論争には美妙斎主人「酔沈香」（二十三年一月三日『国民之友』第六十九号）を巡る叙事詩論議（（i）忍月居士「与美妙斎書」（二十三年一月二十一、二十二日『読売新聞』）（ii）美妙斎主人「石橋忍月君の示教に対して」（同年一月二十五日『しがらみ草紙』第四号）（iii）忍月居士「再与美妙斎書」（同年二月四、五日『読売新聞』）（iv）逍遙「新体詩並に韻文といふ字義」（二十四年四月七、十一日『読売新聞』））が前哨戦としてあった。総じて二十年代前半は「詩」論議が盛んで、既述の訳詩論争や〈祖国の歌〉論争もそのひとつで、詩形論と詩想論との対立が争点であった。展開としては磯貝雲峯「国詩論」（二十五年十二月～二十六年三月『六合雑誌』）にみられるように、次第に形想一論化の兆候がでてくる。日本韻文論争は大西祝「詩歌論一斑」（二十三年十二月『日本評論』）「詩歌論」（二十五年七～十一月『青年文学』）を含み、こうした展開の途上における論争と捉えることができる。ただし①美妙「日本韻文論」の出現は多くの詩体詩人を新詩形の試作へと促した点が史的に評価できる。また論争に終止符をうった⑯鷗外「美妙斎主人が韻文論」は「哲学」と「詩」との区別から「詩の本質」に言及した点が注目される。鷗外の見解はのち島村抱月「『月草』を読みて」（三十年二月『早稲田文学』）で詳細に検討されている。忍月に即せば、一貫した態度はみられるが、日本韻文論争上では事新しい見解はみられない。むしろ論点の絞り込みが曖昧になっている。

（2）巌本善治の『日本評論』に関する感想は多々あるが、そのなかでも『日本評論』創刊時に「現時の社会に孤立せる余が輩の喜び殆んど極まる」と述べたことはよく知られている（二十三年三月十五日『女学雑誌』記事「日本評論」)。

(3)　美妙「日本韻文論」の中断理由については、高野静子『蘇峰とその時代——よせられた書簡から』(平成元年六月、中央公論社)に詳しい。

(4)　路功處士が不知庵の匿名であることは、鷗外「山房論文其六　美妙齋主人が韻文論」(二十四年十月二十五日『しがらみ草紙』第二十五号)が明かしている。

(5)　遺環居士の署名が鷗外の匿名であることは、「路功處士といふ変なる外形論者」が「山房論文其六付録　四」(二十四年十月二十五日『しがらみ草紙』第二十五号)に再録され、また「路功處士といふ奇異なる外形論者」と改題して評論集『月草』(二十九年十二月、春陽堂)に収録されていることに明らかである。

三　「うたかたの記」評と「うたかたの記」論争

忍月「うたかたの記」評は「うたかたの記　鷗外漁史作、柵草紙第十一号」と題し、水泡子の署名で二十三年十月二十三日『国民之友』に発表された。鷗外「うたかたの記」が同年八月二十五日『しがらみ草紙』に発表されており、二ヵ月後の作品評となる。忍月としてはやや遅めの批評だが、裁断するに手間取っていたわけではない。七月四日から「諸国巡遊」と称して帰省していたからである(七月十三日『国民新聞』掲載身上広告)。帰京第一作「此ぬし」(九月二十三日『国民之友』)の冒頭にも「予此夏諸国巡遊を志し久しく東京の地に在らざりし」云々とある。「うたかたの記」評は「一口剣」評に次ぐ帰京第三作目に当たる。これらの発表時は忍月が国会新聞社に入社する以前のことである。だが「うたかたの記」評に対する鷗外の反論「答忍月論幽玄書」が入社した十一月二十五日の『しがらみ草紙』に発表され、以後それぞれが再論を展開して「うたかたの記」論争となった。この論争は忍月の国会新聞社時代のことであり、便宜上、右作品評共ども本節で扱うことにする。

「うたかたの記」論争は別に幽玄論争[1]とも呼ばれている。忍月「うたかたの記」評の末尾にある「幽玄」を以て鷗外「答忍月論幽玄書」が〈幽玄書〉と拡大転換し、これに沿って論点を「幽玄」に絞った現代評[2]の呼称である。当時にあって特別な呼称はない。この論争に関する先行研究は嘉部嘉隆「森鷗外文芸評論の研究（五）――『幽玄論争』の論理と方法（1）――」[3]が冒頭で整理し要約しているが、仮に幽玄論争として扱う場合は鷗外「外山正一氏の画論を駁す」（二十三年五月二十五日『しがらみ草紙』）に端を発する〈絵画〉論議から問題にせざるを得ない。鷗外にとっては〈幽玄書〉に至るまでのハルトマンを原拠とする論理的な経緯があるからである。本節ではそこまで手を広げるのは任が重く、鷗外「うたかたの記」を巡る「うたかたの記」論争にとどめる。

　忍月「うたかたの記」評は前書き・本文・後書きの三部から成る。本文はふたつの作品主題の指摘と評価に当てている。ひとつは三人の「狂」の「書別」け、もうひとつは「愛情の成立」描写である。前者の「狂」はマリイの「偽狂」・国王の「真狂」・巨勢の「学問狂」の三狂をさす。マリイの場合は置かれた立場や境遇によって、前掲『もしや艸紙』評に従えば「意想の変化及び性質の発現が地位に由り境遇により（中略）種々様々の運動をなす」ことによって「狂」を装っていたと捉える。この顚末を巨勢に打ち明けることによって「昨日の狂は偽狂なることを知る」という事理が、読者にとって「感悟するに足る」ものであると評価する。国王の場合は意図的に描く平静さから転じて「原因に関係あるものに逢」うことによって、前掲「妹脊貝」評に従えば「心中を誘ふに十分価値ある原因」に遭遇することによって「再たび狂者」となったと捉える。こうした人物の特性を看破していることを評価する。巨勢の場合は「花売娘の姿」を永遠に伝えようとする芸術的衝動に、前掲『むら竹』第十一巻評に従えば「想《ファンタジー》を構ふる」創作態度に「美術に狂」となる原因を捉え、巨勢が抱くに至った世界「空想」を評価する。いずれも「三個特異の人物」設定に関した評価で、それぞれの「狂を書別」けていることを賞賛している。紅葉「色懺悔」の人物「二人比丘尼」について「二ケの殊異を描くべし」と批判したことに、対照的な評価である。忍月「色懺悔」評では作家の「観念」（想念）欠如への批判に連動した評点であった。ここでは評価の論拠を「罪過論」で説く悲劇的な「境界に迫るまでには其間必ずやソレ相応の動力なかるへからず（中略）境界に誘ふに足る源因なかるべからず」という人物に内因する「罪過」に置いている。マリイの「闘争」「鬱屈」、国王の「逆俗」、巨勢の「高踏」といった固有の罪過がしかるべき「境界に誘」っていると捉える評点である。従って三狂の行為の「書別」けが結果として取り上げられることになる。だが罪過の〈ザ〉もださない。再論「鷗外の幽玄論に答ふる書」（十二月三、四日『国会』）においても同様である。「舞姫」論争時のような「死文」議論の轍を踏むまいとの思いがあったのであろうか。仮にそうであったとしても、前書きの「請ふ左に之（罪過に基づく行為＝引用者）を論議せん」という発言はかなり挑戦的である。裁断を下すに相応の確信を抱いていたことは否めない。罪過の評語を注意深く避けて「文勢層畳語法健全縦横闔闢転換多く」と評言してはいるが、これらは「罪過論」に従えば「行為、及び其結果より成立」した作品世界を総称した評言であり、この「転換多」い世界を解きほぐすに罪過をひとつの規範としていたことは後述の作品引例によっても確かめられる。

忍月の罪過が久松定弘『戯曲大意』に依拠した概念であったことは既述の通りである。久松はレッシング『ハンブルク演劇論』に倣って「行為ニ由テ幾多ノ脚色ヲ生」じる構成上に罪過を捉え（第二回）、また一方ではヘーゲル美学に倣って登場人物の内面に生じる「動力ト反動力」「争ヒ」といった葛藤に罪過を捉えていた（第四回）。忍月の罪過にふたつの概念が交錯していた背景である。こうした概念の適例として、「うたかたの記」評の本文後半はふたつの場面を殊さらのように掲げている。マリイに数奇な運命をもたらした国王をマリイが同情し、自身で「嗚呼、こういふも狂気か」と葛藤する場面。そして国王の横死に市民が騒然となるなかで、マリイ「漁師ハンスルが娘」の死を「問ふ人もなくて已みぬ」と悲劇的構成で結ぶ場面である。交錯する忍月の罪過がこれらの場面に完膚なきまでに適合する。いわば罪過を作品に応用することによって「恰かも珠の盤上に走るが如」き体裁となっているのである。こうした罪過に基づく行為の描写が実作されていることを「会得した」故に「之を論議せん」と表明し、確認作業の本文に入った謂である。

この表明には小説に応用する罪過を「偏聴の誚を免れず」と難じた鷗外への反措定が仄めかされている。「舞姫」論争時の「罪過論」において、「舞姫等皆な罪過あるなり」と断言していた。だが論争時には罪過をもって弁駁する余地すらなかった。ここでは「舞姫」評同様に論証が粗雑なのだが、「罪過なきの小説は小説にあらざるなり」の確信を「うたかたの記」評に込め、「非罪過論者に質す」狙いがあったと考えられる。前書きが続けて「然りと雖もこれ唯文章の末技に於て斯の如くなるのみ」と逆手に取って評しているからである。もとより忍月には文章の浮華虚飾や趣向偏重の結構への批判があった（「小説の推敲」等）。加えて「罪過論」は「罪過を以つて唯一の規則となすは不可なるべし」という前提を掲げ、構成上の原理のひとつとして立論していた。レッシングを準縄する忍月にあっては、読者のための作品構成という合目的な観点が大きな基軸なのである。従って罪過の理に適った構成様式という表層部分「文章の末技」が単に「読者の青衿を沾ほす」技法に過ぎず、『浮雲』第二篇評に従えば読者の感情を惹起させる構成機能としての目的「光潔」**Katharsis**がみられないということになる。目的がみられないということは「詩歌の精神及び余情」に従えば「布景点色の外に、宇宙の真理を発揮するもの」すなわち「詩歌の精神」が構想されていないことになる。いずれも批評の骨子としては同時期の「一口剣」評と同様に、「恰も水滑らかに浪穏やかに流るゝ河の如」き筆法と「高尚唯一の真理を発揮」する作品世界とを評点にしている。要するに理に適った行為の描写をひとつの表現技法として「僅かに会得した」が、翻ってみるとその意図する作者の深層部分「此篇の成立したる所以、此篇の精神」を理解できないというのである。「所以」「精神」はモチーフ・テーマであろうから、罪過の応用に非を唱えながら、実作において応用している意図を難じていることになる。かくして

「舞姫」評同様に、鷗外の創作手法の根幹に触れることになった。なお忍月はふたつ目の作品主題として巨勢とマリイの「愛情の成立を」挙げていた。この点に関しては必ずしも賞賛しているわけでない。二人は「純粋のラブ」から生じたわけでなく、前作「舞姫」同様に「恩愛」の絆から結ばれたに過ぎないと否定している。ここでも論証が不備で、この「純粋のラブ」からの必然性が不透明である。それでいていきなり愛情の「発達成熟の光景を写す」ところを首肯する。この関係の脈絡もつかみにくい。だが愛情の「発達成熟の光景」描写は、「罪過論」末尾で述べた「罪過の発生、成長の光景を写」した好著につながる。作品から二人が雷雨のなかを馬車で走る場面と湖の蛍が飛び行く場面とを引例していることから、評点が罪過の因果律的展開にあったことは疑えない。ただしこの表現技法も理に適ってはいるが、やはり「清新の筆法」に過ぎず、所詮は「文章の末技」ということになる。

こうした観点は「夏痩」評（二十三年六月十五日『閨秀新誌』）が人物間の「発達成長結果を、精細に書き分けし」と評しつつも、作品世界を「外部の調和に重くして内部の調和に軽き」傾向にあると指摘したことに通じる。この「内部の調和」は「詩歌の精神及び余情」における「外部の調和即ち格調（構成様式・詩形・外形＝引用者）」に対応する作品の「精神（構成理念・詩想・内面＝引用者）」であった。忍月の「精神」重視は「京人形」評以来一貫する態度で、やがて作家の「精神」重視にも及び、読者の感情を惹起する「余情」を切言することになる。すなわち「詩歌に精神なく余情なくんば、如何に綺語華文を抃ぶるも吟咏賛嘆の妙なかるべし」という主張である（「詩歌の精神及び余情」）。忍月が再論「鷗外の幽玄論に答ふる書」において文章を「文辞」に置き替え、「文章を以って末技なりと極言」したのは作品が「文辞の奴隷」となることを避けるためだと弁駁する所以である。ここでは潭宗公（元春）の「詩の疵病」を引例し、重ねて「詩の本は精神」であることを主張している。従って詩形「文章及び結構」がたとえ巧妙であっても、本義となる詩想に「精神なくんば内面に永遠不朽の味なき」作品になるという持論が強調されることになる。忍月にあってはレッシングに準則した合目的な機能を前提に、始めて「詩歌の精神及び余情」冒頭で主張する「不朽、幽玄、及び形而上の意思性情全篇に貫流」する「詩歌の精神」すなわち「内部の調和」した作品世界が展開することになるからである。これが「うたかたの記」評後書きで下した「内面の果して健全にして不朽幽玄の意思精神なるや否やは別問題に属す」という批判の背景である。従って具体的には読者の感情を惹起させる「余情」が欠けているという批判なのである。個別的に「健全」「不朽」「幽玄」が対象になっていたわけではない。

これ程までに作品世界の内面「永遠不朽」にこだわるのは、前掲「詩美人に逢ふ」の③文学の価値「高大の詩美」を巡る忍月の進修意識の表れなのであろう。この点は日本韻文論争時における「詩（ポエジイ）」の主張と同様である。忍月は「言葉の働き」という外形的な「結構」よりも、作品世界の内面的な「精神」を重視して審美学的態度を強調していた。忍月批評の一貫した態度を諾えよう。だが「うたかたの記」評は墓穴を掘るに等しい「論議」の結果を後書きに記してしまった。作者の意図する深層部分を「内面の果して健全にして不朽幽玄の意思精神なるや否やは別問題に属す」と結んだ留保の一節である。この点、賽婆須蜜[4]（露伴）「うたかたの記を読みて」（二十三年十月二十五日『しがらみ草紙』）が忍月と同じように「狂気をもつて主眼とす」と捉えつつも、「うたかたの記は能事了れる名文なり、好小説なり」と結んだことに対照的である。忍月の留保した一節は一見すると、「文章」という「外形」と「此篇の成立したる所以、此篇の精神」という「内面」とが見事に対応している。だが対応させるに、この間の論証が「うたかたの記」評では全く省かれているのである。鷗外の反論「答忍月論幽玄書」が作品の具体的な創作手法を避け、専ら「美術中の幽玄（中略）理路の極闇處に存するもの」という一般的な具象論に論点をすり替えることができた背景である。

鷗外の反論「答忍月論幽玄書」は不知庵や『江戸紫』記者そして澤水舄（鷗外）の褒貶を挙げた後、「君が意、以て奈何となすか」と質して反論本文に入る。この本文でも自らの立論を有利に導くために露伴や余情生（紅葉）の非〈文章末技論〉を援用し、その上でようやく論点を忍月の「外形」と「内面」に絞る。先ず忍月が罪過を応用した鷗外の意図を「知らず」と難じた箇所を「『会得』した」と曲解し、この曲解に立って忍月の「外形」は「想髄」および「詩形」という混乱した概念であると反論する。次に「内面」を「意思精神」と捉えつつも、再反論「忍月が再び我に答ふる書を見て」（十二月二十五日『しがらみ草紙』）では「着處なき第二の内面」とすり替えて「詩材の排置」としての結構を強調する。その上で忍月のいう「健全、不健全、不朽幽玄、非不朽幽玄」は「皆是れ外形中に存する」混乱した概念にあると反論する。この間に鷗外の幽玄論が展開されている。如上の反論はいずれも曲解とすり替えとを前提に立論されているのだが、忍月の再論「鷗外の幽玄論に答ふる書」を併せると、二人が捉える観点は外形＝詩形、内面＝健全・不朽・幽玄を備えた精神＝想髄と一致する。曲解とすり替えの論理はさて置き、注意すべき点は「統想作用を含蓄」する「詩材の排置」にある。健全、不朽、幽玄などの「複数の想を単数の象形といふものに綜ぶる」という「審美的の結象（具象＝引用者）理想主義」論が「詩材の排置」に適用され、ひとつの結論「美術品の幽玄なるにはあらで、美術品の製作の幽玄なるのみ」が導かれているからである。「明治二十二年批評家の詩眼」に重複する論点だが、論理的武装は著しい。

形式論理を駆使した鷗外の論法は、もはや自作「うたかたの記」を弁明するの弁を退けて、美の原則論を唯一の批評原理として振りかざしているに過ぎない。忍月の再論が縦横に展開する鷗外の論点を丁寧に解きほぐしているが、これ以後の論難はもはや不必要であったろう。そもそも忍月の問いは鷗外の意図〈想のなかみ〉つまりモチーフ・テーマ論にあった。だが鷗外の関心事ではなかった。むしろ〈想のかたち〉を重視した外形と内面とを一体とする「小天地」主義、いわばハルトマン美学に準縄した「結象的理想」論に向けられていたのである。磯貝英夫「鷗外の批評運動――その二　文学・芸術論について――」[(5)]にいわせれば、鷗外の「批評の性格を決定する重要な一要素」であって、以後の原型ということになる。忍月が「想実論」において「精神」が「唯一の象形に収合する者」と提言しつつも、肝心の「象形」自体を論証し得なかったことになお対照的である。

繰り返すことになるが、これまでの忍月は「詩美人に逢ふ」から文学の価値を「観念の妙精神の大」という内面に求め（「報知異聞」）、外形（文章・結構）に拘泥する傾向を「玩弄物と同一視」すると反駁してきた（「大」）。既述したように審美学的な「詩美」を強調する態度の表れであった。例えば露伴の「一口剣」を短編という外形でなく、露伴の内面（精神）が如何に発揮されているかを問題に評価した。また紅葉の「夏痩」を紅葉自身の実生活的な「外部の調和」への拘泥から捉えて「観念高からず意匠健全ならず」と評価した。こうした事例は多く、忍月において内面の質への反駁がかならずしも巖本善治や矢野龍渓等の経世的イデオローグにだけ向かっていたわけではなかったのである。

鷗外もまた「余等は唯だ其所謂『真の妙（詩美＝引用者）』の何物なるかを問はんのみ」という姿勢を崩さずにいた（「明治二十二年批評家の詩眼」）。それだけ鷗外と忍月とは歩み寄れる文学観を持ち合わせていたことになり、審美学的態度から説く文学の価値問題は共通の課題なのであった。従って描写対象から派生する文学の外形的玩弄視と「方今の詩人世の需用に迫られ」て活動する内面軽視との状況は、共通して看過し難い当代課題でもあったことにもなる（「詩美人に逢ふ」）。だが前節で触れたように、鷗外は「山房論文其六　美妙齋主人が韻文論」においても忍月の「詩」概念を「苟も詩の幽玄を知るものは、理路に堕ちむことを恐れ、考思に亘らむことを憂ふ」と難じ、忍月の詩形に異論を唱えた。「うたかたの記」論争時の反論「答忍月論幽玄書」と同趣の内容である。この時、忍月は「意言外に溢れる」余情論から「うたかたの記」を捉えて作品の解明に務め、結果として「詩歌の精神」を強調するにとどまった。共に「批評の必要」を痛感し進修意識をもって当代課題に立ち向かっているのだが、その対処の仕方が次第に掛け離れていたのである。これは作品論と原理論との違いばかりでなく、クラッシズム対ロマンティシズムという二人の文学態度の違いと論証の緻密さに基づくものでもあろう。次の「文づかひ」論争にも同様な様相がみられる。

注

（1）　幽玄論争として括った場合、次の経過で展開した。
①外山正一「日本絵画ノ未来」（明治二十三年四月二十七日の明治美術会第二回大会における演説、翌日からの各誌紙に掲載）　②森林太郎「外山正一氏の画論を駁す」（同年五月二十五日『しがらみ草紙』第八号）　③大森惟中「外山博士の演説を読む」（同年六月七日『毎日新聞』）　④福洲学人（忍月）「夏やせ」（同年六月十三日『国民之友』第八十五号）　⑤森林太郎「外山正一氏の画論を再評して諸家の駁説に旁及す」（同年六月二十五日『しがらみ草紙』第九号）　⑥無署名「一口剣――幸田露伴氏」（同年八月二十日『江戸紫』第五号）　⑦鷗外「うたかたの記」（同年八月二十五日『しがらみ草紙』第十一号）　⑧幸田露伴「井上通泰子よ」（同年八月二十五日『しがらみ草紙』第十一号）　⑨道楽屋人「此頃のもの」（同年九月二十七日『国民新聞』）　⑩賓頭廬（鷗外）「批評の大秘訣」（同年九月三十日『国民新聞』）　⑪萩の門忍月「一口剣に対する予の意見」（同年十月三、十三日『国民之友』第九十六、九十七号）　⑫不知庵「露伴子に与ふ」（同年十月十日『国民新聞』）　⑬無署名「萩門どのへ」（同年十月二十日『江戸紫』第九号）　水泡子（忍月）「うたかたの記」（同年十月二十三日『国民之友』第九十八号）　⑭賽婆須蜜（露伴）「うたかたの記を読みて」（同年十月二十五日『しがらみ草紙』第十三号）　⑮松東「うたかたの記を読む」（同年十月二十五日『しがらみ草紙』第十三号）　澤水舄（鷗外）「うたかたの記を読んで鷗外を罵り不知庵を笑ふ」（同年十月二十五日『しがらみ草紙』第十三号）　⑯余情生（紅葉）「露小袖」（同年十月三十日『読売新聞』）　⑰無署名「願以此句」（同年十一月五日『江戸紫』第十号）　⑱嶺春風「嘲新学士某」（同年十一月五日『江戸紫』第十号）　⑲不知庵主人「露小袖を読んで」（同年十一月十三日『国民新聞』）　⑳石橋忍月「露小袖を批評す」（同年十一月十八

日『読売新聞』）㉑ドクトル、ニルワナ（鷗外）「忍月居士よ」（同年十一月十九日『国民新聞』）㉒路功處士（不知庵）「外形論者」（同年十一月二十二日『国民新聞』）㉓遺環居士「路功處士といふ変なる外形論者」（同年十一月二十三、二十四日『国民新聞』）㉔忍月「鷗外に寄す」（同年十一月二十五日『しがらみ草紙』第十四号）㉕鷗外「答忍月論幽玄書」（同年十一月二十五日『しがらみ草紙』第十四号）㉖観蝶露史「うたかたの記の批評の批評」（同年十二月二日『日本人』第六十号）㉗忍月「鷗外の幽玄論に答ふる書」（同年十二月三、四日『国会』）㉘鷗外「忍月が再び我に答ふる書を見て」（同年十二月二十五日『しがらみ草紙』第十五号）

（2）後出（3）嘉部「森鷗外文芸評論の研究（五）」が触れているように、最近は〈うたかたの記論争〉の呼称が多い。久松潜一『日本文学評論史近世・最近世篇』（昭和十一年十月、至文堂）第四編第二章三「文学の要素論」が〈幽玄論〉として最初に扱った。同書は若干の補訂の上、改訂版を昭和二十七年五月に、増補版を昭和四十三年十二月に刊行されている。

（3）昭和五十七年二月『樟蔭国文学』第十九号掲載。

（4）賽婆須蜜が露伴の匿名であることは、千葉俊二「露伴と鷗外――露伴の「うたかたの記」評をめぐって――」（昭和五十九年一月『国文学解釈と鑑賞』一月臨時号）に実証されている。

（5）昭和三十九年八月『広島大学文学部紀要』）掲載。のち『森鷗外――明治二十年代を中心に――』（昭和五十四年十二月、明治書院）収載。

四　「文づかひ」評と「文づかひ」論争

忍月「文づかひ」評は「新著百種第十二号文つかひ」と題して、二十四年二月十四日と翌十五日の『国会』に発表された。十五日掲載評の表題下には「(続)」が付けられている。十四日掲載評ではイ、ダ姫が自ら「冢穴（墓穴

＝引用者)」と称する王宮に遯世したことを以て、鷗外「文づかひ」を「尼小説の一種」と規定する。その上で後半（十五日掲載評）を作品評に当てている。

「尼小説」の概念は「こわれ指輪」評（二十四年一月十七日『国会』）において「女主人公絶望の境に陥り薙髪して尼に終る小説」と触れていた。「文づかひ」評においても「厭世の念を生じ薙髪して尼となるもの」と前置きし、紅葉「色懺悔」や眉山「墨染桜」等を例に挙げている。これらに対して忍月は「脚色の構造其順序を失ふて行文不能力の点多し」（「色懺悔」評）、「由来、発生、運動の変転を反照説明せざりし」（「墨染桜」評）云々と「罪過論」で説く合理的な原因・結果の連鎖による構成上の転機、すなわち罪過をひとつの評価基準にして論評していた。また忍月の罪過には既述したように、登場人物に内因する固有の性質という概念も交錯していた。この概念を規範に「色懺悔」評では「二ケの主人公ある以上は宜しく二ケの殊異を描くべし」とも提言し、「墨染桜」評では「人事に於て（中略）奇巧を捏造せるもの」として九項目の「異常」をも指摘し論評していた。これらは〈行為の一致〉論を起点とする罪過を規範にした批評であった。鷗外「文づかひ」を同じ「尼小説」として捉える忍月にあっては、やはり同質の「絶望の境に陥」る罪過を規範に遯世するイ、ダ姫の性質とその原因とを問題にすることになる。きわめて必定な論理展開といえる。

忍月「文づかひ」評後半は先ず「姫の遯世は何に原由するや」を質す。だが原因が「貴族の繁習慣」なのか、「父母の干渉」なのか、「情に冷淡」なのか等を「簡潔の筆」は明らかにしていないと難じる。次にその原因となるイ、ダ姫の性質が「沈鬱」なのか、「偏屈」なのか、「見識高」いのか、「男嫌ひ」なのか等を確定できず、またこうした曖昧な性質がどのように付与されたのかも不明であると難じる。要するに作中に「起伏する源因結果」すなわち罪過を照応させていない点を「一大失策」と批判しているのである。忍月は「罪過なきの小説は小説にあらざるなり」の持論から（「罪過論」）、問題点を罪過ひとつに絞って鷗外の創作手法の根幹に触れたことになる。

鷗外の反論は翌十六日に起こり、ほぼ連日にわたって応酬が展開された。いわゆる「文づかひ」論争[1]である。

鷗外の反論第一作「忍月居士に与ふ」(二月十六日『国民新聞』)は忍月の批判をこれまでのように一通り整理し、その上で反論している。以後も変わらない。ただし整理の仕方は批判項目の順序を組み替えたり、主格やことばを微妙にすり替えたり、果ては当代評を援用するなど、反論を有利に運ぼうとする手法が見え見えである。鷗外の常套といえばそれまでだが、今これらを子細に検討する余裕はない。ここでは忍月の批判に対して、鷗外が自作「文づかひ」に沿いながら反論している点に注目したい。遁世の原因を「姫がメエルハイムを嫌ひて」と即断しているからである。忍月「文づかひ」評に対して全体的に不快感を抱いていたことは「千朶山房瑣語」(二月二十五日『しがらみ草紙』)の「詩人特色」「在無為対」に明らかで、作品舞台の選定やその趣向に及んでいる。ところがここでは遁世の原因だけに限って反論している。後述する「文づかひ」執筆モチーフ(鷗外の離婚)と作中に内在するモチーフ(イ、ダ姫の避婚)とにかかわる問題が併存していただけに、遁世の原因という急所を衝いた忍月批判に対して、また赤松家や西家を含む世間に対して早急な対応が必要であったのかもしれない。それでいて反論第一作では自らの根拠を示すことなく、三木竹二「文づかひと聖天様」(二月五日『読売新聞』)や森田思軒「鷗外の『文づかひ』三昧の『桂姫』並ひに西鶴の『約束は雪の朝食』」(二月十日『郵便報知新聞』)等が同様に「皆認めたり」と周知済みであるかのように述べ、世評を鉾にした結論「メエルハイムを嫌ひて」を挙げた。だがやがて核心となる姫の「外境」に触れたことを「紙背に徹する眼光」と皮肉らざるを得ず、ひたすら「議論らしく書かば、げに君が心に適ふべけれ」あるいは「彼人々(右の思軒ら=引用者)にはかゝる句の意味は瞭然たりし」云々と揚げ足を取るに躍起となる。忍月がこの手に乗らなければ、争点はきわめて簡明に展開する。実際、忍月の再批判「鷗外漁史に答ふ」(二月十七日『国会』)が鷗外の反論を「敵なきに矢玉を放つ」如しと分析しながら、再度「姫が宮仕の源因」はメエルハイムおよび男一般のいずれでもないと難詰する。そして「姫が如何なる刺戟教育を経」たのかを併せて問いながら、その因果律を論点とした。結果としては、この論点の提示によって論争が咬み合うことになる。ただし鷗外の論法はかなり乱れている。

鷗外の反論第二作「再び忍月居士に与ふ」（二月十八日『国民新聞』）は忍月の批判を遯世の原因がメエルハイムなのか男一般なのかを二者択一しているとすり替え、すり替えた内容を前提にいずれでもないと反論して「其心は両者の中間に位したる」と結ぶ。この反論内容は忍月の再批判に同じであるから、鷗外は自らの反論第一作に反論したことになる。だが撞着しながらも「王宮に入る」原因すなわち遯世の原因に触れ、新たに父親の命という「姫の外境」を挙げた。反論第一作で掲げた「強迫結婚の法」なのであろうが、その時点の鷗外は仮にそうであれば「人の笑を奈何せむ」と否定していた。しかもここでは忍月が「姫の外境にはつゆ心付」かなかったことを実作者ならではの言い回しで「千慮の御一矢」と揶揄している。前言をなお翻した矛盾はさて置き、遯世の原因「外境」に関しては忍月が第一批判「文づかひ」評で「姫は貴族の繁習慣を厭へるか、父母の干渉を厭へるか」とすでに質した項目であり、また鷗外が反論第一作で「紙背に徹する眼光」と皮肉った内容でもあった。こうしたねじ曲げ論法は他にも散見するが、ここに至って遯世の原因が鷗外自身によって始めて明かされたことになる。すなわち「姫は脅迫結婚の法にて、おのれに強付けられたる男を嫌」ったためであって、ここに貴族の父親という「外境」が働いていたという作中に即した説明である。この「外境」の提言によって、忍月が第一批判で掲げた姫の「特種の性質」と「外境」との因果律がクローズアップされることになった。忍月の第三批判「再び鷗外漁史に答ふ」（二月十九日『国会』）はこの因果律を論点としている。すなわち「姫の沈鬱偏屈の性は世の風波に靡く能はざりしなり」と〈行為の一致〉論で締め括り、その上で「沈鬱偏屈」に至る因果律が作中では「等閑に附せ」られているという批判である。第一批判以来の論点を確認しながら論証している点が、鷗外と対照的である。

因果律が等閑されているという忍月の批判を、鷗外の反論第三作「三たび忍月居士に与ふ」（二月二十日『国民新聞』）は「姫が性質の成りし所以まで、必ず示せ」と求めているると捉える。だがゾラやイプセンの単稗を例示しただけで「必ずしも担ひいだすことを要せざる」と反駁するにとどまった。また「うたかたの記」論争時のように、衒学的な態度で「理路の極闇處に存す」とも弁明しなかった。むしろ姫の性質と「外境」以外に宮仕えの原因があるとすれば「教を請ひたし」と、論争の範囲から逸脱した発言に展開した。ここに小金井喜美子『森鷗外の系族』（昭和十八年十二月、大岡山書店）の「次ぎの兄」や森於菟『森鷗外』（昭和二十一年七月、養徳社）の「鷗外と女性」等の証言に窺える鷗外の苛立ちが読み取れる。忍月が鷗外の実生活をどれほど察していたかは不明だが、忍月の第四批判「三たび鷗外漁史に答ふ」（二月二十一日『国会』）は冒頭から早々に「最早呶々するを要せず」と終結を告げ、作中には「終局の結果に誘ふまでの径行を写すに於ては懈怠不注意多し」と罪過を規範に創作手法の欠陥を重ねて質して閉じた。作品評として作品世界を離れることなく、その矛盾点を問い質す態度を貫いたのである。

　鷗外の反論第四作「四たび忍月居士に与ふ」（二月二十三日『国民新聞』）はこれまでの論争経過を整理しつつも、なお矛盾を露呈することになった。例えばイ、ダ姫の宮仕えを「少女には少女の情あり」、そして「外境」を「商家の翁が娘に金持の婿取らせんと願ふを商家の習なり」云々と反論した箇所である。[2]ここでは忍月が指摘する因果律を、一般論としての少女の性質と世俗的な一般家庭としての商家とにすり替えて弁明しているに過ぎない。作品世界は忍月の評語に従えば、姫の「特種の性質」と人の権を贄にする「貴族の繁習慣」とが基幹にあった。鷗外の一時逃れに過ぎなかったことになる。また鷗外が「姫が性質を必ず経歴より後天的に来るべきものと思はれしも可笑し」と忍月を揶揄する点も、さらけだした自作理解の矛盾となっている。幼少時に欠唇の少年を同情して両親に懇願したエピソードを考慮しても、先天的に「特種の性質」が付与されていたとは考えられないからである。後天的であればこそ、あえて「外境」を提示する必要があったはずである。いずれも実作者の認識から逸脱した、通常の共通規範からの裁断である。あえて「外境」を挙げて反論した論法とに脈絡はみられない。

こうした応酬に、事理の明白さを求める忍月とそれを拒む鷗外との対立を見極めるのはたやすい。主知的と主情的との対立した批評態度ともいえる。だが鷗外の論法に「現代諸家の小説論を読む」以来の単稗観を読み取るにやぶさかではないが、「うたかたの記」論争時の理論武装がみられないのはなぜであったろうか。初期三部作にあって「文づかひ」は最も「理路の極闇処に存す」世界であり、また鷗外も精通しているレッシングを背景にした忍月批判に反論するのであれば、ハルトマン美学が好都合のはずであった。だが原因を具体的に質しても、歯切れの悪い反論しか返っていない。鷗外「文づかひ」の基調はイ、ダ姫が「われ」（個人の意思）を固守し、「門閥、血統、迷信」（家の意思）を拒絶して「王宮」（意思のない世界）に入ることにあった。このモチーフに赤松登志子との突然の別居・離婚が直に絡んでいたことは容易に推定できる。少なくとも鷗外の離婚時と「文づかひ」執筆時とを考慮すれば、これらに内在したモチーフが重複していることは明らかだからである。鷗外はのち「山房放語」（二十四年九月二十五日『しがらみ草紙』）のなかの「身の上の防禦」で、仮に「文づかひ」論争が「私闘」であれば「忍辱の衣かいやり棄て丶、我闘法を一変せむのみ。身の上の攻撃あるときは、身の上の防禦あらむのみ」と露骨に「私闘」を否定しているが、自らの「公闘」という批評の場に「身の上の防禦」を発現させるわけにはいくまい。それでも忍月が「自由意思の存する間」の葛藤を問い、同時に宮仕えを「通情」でないと切り込んだ時、鷗外は「教えを請ひたし」と居直った。居直ったが、ここに実作者と実生活者との微妙な絡み合いが滲み出たとしても不自然ではなかった。結果として忍月はこれらのモチーフを作品評という「公闘」を以て衝いたことになるからである。この反動が同時展開した演芸協会論争における鷗外の気負いではなかったろうか。

注

（1）「文づかひ」論争は次の経過で展開した。

①鷗外漁史「文づかひ」（二十四年一月二十八日『新著百種』第十二号）②撫象子（善治）「文づかひ」（同年二月七日『女学雑誌』第二五一号）③忍月「新著百種第十二号文つかひ」（同年二月十四、十五日『国会』）④鷗外漁史「忍月居士に与ふ」（同年二月十六日『国民新聞』）⑤忍月居士「鷗外漁史に答ふ」（同年二月十七日『国会』）⑥鷗外漁史「再び忍月居士に与ふ」（同年二月十八日『国民新聞』）⑦忍月居士「再び鷗外漁史に答ふ」（同年二月十九日『国会』）⑧鷗外漁史「三たび忍月居士に与ふ」（同年二月二十日『国民新聞』）⑨忍月居士「三たび鷗外漁史に答ふ」（同年二月二十一日『国会』）⑩鷗外漁史「四たび忍月居士に与ふ」（同年二月二十三日『国民新聞』）⑪無署名（鷗外）「千朶山房瑣語」（同年二月二十五日『しがらみ草紙』第十七号）⑫無署名（鷗外）「山房放語」（同年九月二十五日『しがらみ草紙』第二十四号）

この論争に関しては長谷川泉「文づかひ」（昭和三十七年十一月、明治書院『森鷗外論考』収載）や松原純一「『文づかひ』論争」（昭和三十七年十二月、至文堂『近代文学論争事典』収載）を始め、後出（3）の小堀桂一郎『若き日の森鷗外』等の先行研究がある。いずれも「舞姫」論争・「うたかたの記」論争と同様に鷗外論文に重きを置き、忍月批評の論点を絞り切れていない感がある。相対的な争点を吟味した上で論争史上の位置づけが必要であろう。忍月に即せば理論的な面で新しさはみられないが、論点がぶれないところはこれまでの論争体験が活かされたといってよい。

（2）　田中実「『文づかひ』の決着――テクストと作者の通路」（昭和六十年四月『文学』）は論争する「鷗外漁史」に対するひとつの「疑問」として扱い、鷗外の「論争の文は作品の内実に向」っていないと踏み込んでいる。

（3）　小堀桂一郎『若き日の森鷗外』（昭和四十四年十月、東京大学出版会）参照。

五　演芸協会論争

「文づかひ」論争と併行して、鷗外との間に演芸協会の活動を巡る論争[1]が起こっていた。論争自体は鷗外の気負いが目立つ内容に終わった。だが忍月にあっては一連の「戯曲論」につながる観点で一貫しており、継続展開の意味において看過し難い論争となった。何しろ発端は忍月の「演芸協会に寄す」（二十四年二月十八日『国会』）である。発足以来の演芸協会が「打絶えて何事をも為す所」のない状態に慷慨して執筆している。ここにも「詩美人に逢ふ」における「混濁散乱を治す」進修意識が働いていたのである。それだけに、具体的に「新俳優を製造すること」と「新戯曲を奨励すること」の二点を提言することになった。

演芸協会の正式名称は日本演芸協会で、前身の日本演芸矯風会を形の上では二十二年七月に改組し再出発していた（同年七月十六日『歌舞伎新報』記事「演芸矯風会の協会」）。だがこの委員総会の開催は二ヵ月後で、その後に規約が公表される始末であった。しかも規約の第一条には「本会の目的ハ日本固有の演芸を保存し従来の弊風を矯正し其特質に由て発達せしむるにあり」とあるが（同年十月十三日『読売新聞』付録「日本演芸協会規約」）、矯風会との比において取り立てて具体策を打ち出したわけではなかった。演芸を「発達せしむる」に当初から実効性を欠いていたのである。実際の活動も第一回演習（二十二年十月十三日）と講演会・懇親会（翌二十三年二月二日）の開催にとどまる。第一回演習に関して忍月「演芸協会演習素人評判」（同年十月二十二日『国民之友』）が「全体より評する時は今度の演習は従来になき上出来なり」と評したものの、その後の低調さは否めなかった。忍月はこの状態を戯曲興隆の切望から慷慨し、規約第一条を「主旨書の所謂『演芸発達』を以て依然其目的とするとせば」と要約し前提とした上で、右二点の具体策を提言したのである。

第一点の「新俳優」の養成は戯曲家をも左右する「門閥高く随つて権勢強き」従来の「旧俳優」を正すために必

要であり、その「新俳優」を「教育すべき途」を演芸協会が起こすべきだと説く。いわば俳優学校を設立して養成すべきだというのである。そこでの教育内容には「芸道の外に美学詩学修辞学の通論、戯曲の性質、劇の主意等」を挙げ、これらによって俳優社会の無見識・卑風・門閥を取り除きたいと主張する。この主張には既述の文園戯曲論議における鷗外の見解に同調した「戯曲論（其二）緒言」（二十三年十二月十七日『国会』）にもみられる戯曲優位、すなわち俳優や座元金主ではなく「戯曲を以て劇の主要なるもの」とする考えがあった。従って第二点の「新戯曲」の奨励は第一点に連動した内容となる。すなわち演芸協会は「懸賞若しくは其他の優待保護の方法を設けて広く世に新戯曲を募るべし」という提言である。この論拠に「戯曲は詩人霊妙の胸腔より湧出したる意匠の結晶なり」という「詩美」につながる持論を掲げている。

こうした二点の提言は「戯曲論（其二）緒言」で述べた「彼の演芸協会に望まんとする所のもの」を具体化した内容になっていて、戯曲重視の持論を継続して発表したことになる。第一点の俳優学校を起こして「新俳優」を養成すべきという提言は、忍月批評にあって唐突な提言ではない。しかも趣意の依拠は久松定弘『戯曲大意』である。『戯曲大意』第十二回「俳優ノ監督」後半の「俳優学校ノ設ケアルニアラズンバ充分ニ実施スルコト能ハザルベシ」に基づいていた。また「教育ノ程度」には「普通ノ文学ハ勿論詩学修辞学ヲ以テ緊要ナル科目トス」とあり、忍月の具体的な列挙の背景が明記されている。さらに第二点の「新戯曲」の奨励も、第十四回「懸賞ノ方法ヲ以テ戯曲ノ著作ヲ奨励スル事」で触れている内容である。久松はこの論拠を「戯曲ハ作者ノ胸裏ヨリ湧出シタル意匠ノ結塊ニシテ」と挙げており、忍月の準用は明らかとなる。そして「懸賞若しくは其他の優待保護」の実例として、忍月は

曾つてバイヱルンの国王此の法（懸賞＝引用者）を以てポーデンステツト、ガイベル、ジイベル等の諸名家を得たり、而してペアウル、ハイゼ氏傑作「サピネリンネン」及びウイルヘルム、ヨルダン氏の名作「アーキ

ズの寡婦」の如きも同時に之を獲るを得たりと云ふ。
と挙げている。この箇所は第十四回冒頭部の

一千八百五十八年バイヱルン国王賞金ヲ懸ケテ悲哀戯曲及ヒ嬉笑戯曲ノ佳作ヲ募リタルコトアリ当時此品評ノ任ニ當リタル人々ハ有名ナルガイベル、ジーベル及ヒボーデンステツト等ノ諸氏ナリ而シテ其第一等賞ヲ獲タルハパウル、ハイゼ氏ノ作「サピ子リン子ン」ト題スル戯曲ニシテ其第二等賞ヲ獲タルハウヰルヘルム、ヨルダン氏ノ「ウヰツトウヱー、アーギス」ト題スル作ナリキ

に該当する。ここにおける久松の狙いはフランスとの比較において「政府ノ之レ（戯曲＝引用者）ニ保護ヲ加フルノ少ナキ独逸」の近況紹介にあった。忍月はこの「独逸政府カ戯曲ニ保護ヲ與フル」ことの少ない傾向を、全くない演芸協会に重ね合わせて「演芸協会は宜しく詩人の自ら来るを俟たずして、協会自ら行いて之（戯曲興隆＝引用者）を招くべし」と結ぶのである。俳優学校の起業も「戯曲に従ふて活働すべき俳優」像が前提にあり、戯曲優位を獲得するための提言であった。要するに戯曲が低迷していることに慷慨した一篇ということになる。この点は繰り返すが、文園戯曲論議の鷗外の見解と同一であった。

ところが演芸協会の文芸委員のひとりである鷗外が、「演芸協会の事につきて忍月居士に告ぐ」（二十四年二月十九日『国民新聞』）そして「演芸協会の事につきて再び忍月居士に告ぐ」（同年二月二十一日『国民新聞』）において、戯曲優位の立場に目もくれず、忍月の立論の枝葉的な項目に反駁してきた。第一駁論の署名は「日本演芸協会一会員」そして第二駁論の署名は「一会員」で、自らが演芸協会の「代表者となり」と宣言し執筆するほどの意気込みで臨んでいる。先ず第一駁論では「俳優学校の興すべき道理」と「賞を懸けて戯曲を募るべき方法」、つまり忍月の提言の二点をすでに演芸協会としては感知済みのことであると退ける。その上で、俳優学校の教育内容に焦点を絞って駁し立てる。前提として大上段から美術の分類「性質品類」を先ず説く。すなわち美術には「羈絆美術」

（美以外の目的に適う建築・園芸等）と「自由美術」（美を唯一の目的とするもの）とがあり、さらに「自由美術」は「官能美術」（劇）と「空想美術」（詩）とに分類されると。この分類を論拠に、忍月の挙げた教育内容「美学詩学修辞学の通論、戯曲の性質、劇の主意等」を「美術の性質品類に通ぜざること甚し」と批判し、むしろ戯曲演劇史と言語・挙動上の教育とが肝要だと主張する。だが右批判には論証がみられず、美術の分類に忍月の列挙した内容を牽強に押し付けているだけであった。いわばハルトマン美学を振りかざしているに過ぎなかったのである。ハルトマン『審美学』第二巻を約述した『審美綱領』[2]の「下　美の處」の「丙　芸術の分類」には「羈絆芸術」と「自由芸術」と評語をも整備し、併せてそれぞれ「官能に係るもの」と「空想に係るもの」とに分類している。このなかで「自由芸術」の「官能に係るもの」には「表情言語」と「表情挙動」とを扱った「表情芸術」が独立して編まれている。鷗外が論争時において主張する「言語上の教育と挙動上の教育」に当たる。ということは、鷗外の駁論は『審美綱領』に至るまでの不消化な詭弁ということになる。第二駁論においても変わらない。少なくとも第一駁論が「言語上の教育」を掲げつつ修辞学を「俳優のためには別に効能あらむこと覚束なし」と批判した内容は、もちろん『審美綱領』にはみられない観点で、忍月の再論「演芸協会全体の為めに惜む」（二十四年二月二十日『国会』）が「前後撞着の誤迷説なり」と受け止めざるを得ない論法であった。また詩学や「戯曲の性質」を俳優が「教へられて何事をか做得む」と単に反駁しただけの論法も同様で、忍月の再論が「愚論驚くべし」と打ち嘆いて筆を擱いた謂である。

　忍月にあっては、俳優中心で戯曲軽視の慣行が目前にあるからこそ、後天的に俳優の資質を向上させるに現実的な提言となったのである。しかも将来の演芸が芸術の一ジャンルとして成立させたいとすれば、忍月の挙げる「戯曲の性質、劇の主意」の教育は「芸道の外」に必要な「新途の法」のはずであった。忍月はこれらを戯曲重視の立場から立論したが、戯曲の公募といった基幹すら争点にならなかった。それだけに「戯曲論」の継続執筆は必然さがあったとみられる。

ただしこの時期、忍月の筆力は衰え始めていた。前掲「詩美人に逢ふ」で掲げた文学の不朽世界「詩美」への追求が棚上げ状態になりつつあったのである。これは発表件数の減少にみられるばかりでない。逍遙が「没理想」を揚言しだした新潮流に対応しかねていたことにも表れている。忍月は逍遙「文界名所底知らずの湖」（二十四年一月一日『読売新聞』付録「筆はしめ」）に対して、持論としていた「普通の観念」では「洞見し得らるべきものにあらず」と匙を投げた（「新年前後の諸作（九）読売新聞筆はじめ」）[3]。逍遙の主意は『底知らずの湖』といふ気の知れぬ文章は造化を湖に喩へシエークスピアを沼に喩へたるにてわが没理想論のはじめなりき」（「没理想の由来」[4]）という「没理想」の揚言にあった。また鷗外との半端な醜美論議にも、この時期の筆力は象徴される。この論議はもとより忍月の疎漏な態度に起因していたのだが、鷗外をハルトマンの土俵に上げただけで、議論らしい議論すら派生させることなく止んだ。こうした背景に帝大法科大学の卒業を控え、湯辺田石橋家との煩悶があったことは否めない。

国会新聞社での最終稿「新に東京朝日に入社せられたる嵯峨の家主人に与ふる書」が、操觚者には「多数人の嗜好に適」する営為と「『美』の意を得」る営為との選択肢のあることを問題にした。忍月は七月九日に蘇峰から三十円を無心[5]して翌日の卒業式を迎えたほどであったが、生活源となる前者をかなぐり捨てていた。あくまでも「『美』の意」にこだわった。だが「『美』の意」を胸に刻むにとどまり、「『美』の意を得」る営為を棚上げにして将来に臨んだ。かねてからの宿望「『美』の意」、すなわち文学の不朽世界「詩美」への追求は、呻吟のなかに保留されたのである。

注

（1）演芸協会論争は次の経過で展開した。

①忍月居士「演芸協会に寄す」(二十四年二月十八日『国会』) ②日本演芸協会　一会員(鷗外)「演芸協会の事につきて忍月居士に告ぐ」(同年二月十九日『国民新聞』) ③萩の門生(忍月)「演芸協会全体の為めに惜む」(同年二月二十日『国会』) ④一会員(鷗外)「演芸協会の事につきて再び忍月居士に告ぐ」(同年二月二十一日『国民新聞』)

この論争を長谷川泉編『近代文学論争事典』(昭和三十七年十二月、至文堂)収載の松原純一「鷗外・忍月『演芸協会』論争」が「『演芸協会』論争」と称している他、高橋新太郎「近代日本文学論争年譜」(昭和四十五年六月『国文学解釈と鑑賞』)は「演芸協会俳優養成論争」、嘉部嘉隆「石橋忍月と鷗外」(昭和五十九年一月『国文学解釈と鑑賞』臨時増刊号)は「俳優養成をめぐっての論争」と名づけている。俳優養成を論点としたのは鷗外であって、俳優養成論争とした場合は相対さを欠く。

(2)　明治三十二年六月二十九日、春陽堂刊。

(3)　明治二十四年一月二十五日『国会』掲載。

(4)　逍遙「没理想の由来」(明治二十五年四月十五日『早稲田文学』)。ここには「そも〳〵わが没理想をいふ語を用ひはじめしは二十四年の春なり」と重ねて記されている。評語として紙誌上に用いたのは「真善美日本人」(二十四年四月一日『読売新聞』)が初めてと思われる。

(5)　明治二十四年七月九日付徳富蘇峰宛書簡による。

第六章　内務省・思想社時代 ―明治24年8月〜同26年10月―

忍月は明治二十四年七月に帝国大学法科大学法律学科参考科第三部を卒業し、翌八月に内務省試補として官途に就いた。

八月二十七日付の辞令は「内務省試補ヲ命ス　年俸四百五十円下賜　石橋友吉」と、翌二十八日付官報（第二四五〇号）に公示されてある。この公示をさらに翌二十九日の『国民新聞』や『朝野新聞』等が一斉に報じ、忍月の仕官は広く知られるところとなった。当時の新聞が官報の「叙任及辞令」欄を転載するのはめずらしくない。だが忍月の仕官に関する報道は官報転載の域を越えていた。しかも辞令の下る以前に内示があったことも、八月二十五日『読売新聞』記事「人間為ㇾ吏亦風流（忍月居士＝内務省試補）」あるいは八月二十六日『国民新聞』記事「忍月居士＝仕官」によって窺える。ただし総じて冷ややかな扱いである。例えば右の二十五日『読売新聞』記事は若い忍月にとって官界もまた「好き学問所」になるだろうと揶揄しながら、

> 文壇の一将星を失ひたるを惜まずと雖も只望むらくハ氏が在職中例の小説批評的眼光を以て箇の糾紛錯綜せる活社会の事業を速断し世人をして忍月も亦俗吏なる哉との冷笑を為さしむる勿れ

と嘲笑している。新卒者の進路を快く誉めたたえる評言は一切ない。この背景には羨望や妬みを含めた当時の風潮があった。とりわけ文学者の仕官には文学社会から世俗社会に〈転落〉あるいは〈失落〉したという認識が働き、嘲りの対象となっていた。

忍月はこの二十五日『読売新聞』記事を敏感に受けとり、自らの態度をすぐさま明らかにしている。

毎々小生之進退に付諷刺的之筆を以て御冷かし下され仇おろかにハ思はず候今日の紙上に小生吏と為ツて筆を文学に絶つ様の御文言有之候得共小生ハ今より愈々此疲腕を振ツて文学界になす所あらんとす詰り尊兄方か希望を小生に属して下さるのハ是からなり（中略）予も今より醜虫となりて紡ぐ身と相成候得共幾分か其間に大風流を見出すつもりに御座候忍月何を苦んで最愛なる文壇を去らんや文学ハ忍月に取ツてハ三度の食より大切なる清涼剤なり、健胃剤なり、強壮剤なり

二十五日『読売新聞』記事に対して寄せた同記者宛の忍月書簡の一節で、翌二十六日『読売新聞』記事「忍月居士文壇を去らず」のなかに収載された。官報による公示以前の態度表明であり、文壇とのかかわりにこだわる忍月の態度がよくでている。何よりも先ず「今より愈々此疲腕を振ツて文学界になす所あらん」という意思表示が目立つ。この表白が末尾で文学は「三度の食より大切」だと述べ、「何を苦んで最愛なる文壇を去らんや」と強調する態度に貫いている。こうした態度は退官（二十五年十一月五日付）したあとも変わっていない。仕官してから約そ二年後の二十六年七月五日『国民新聞』に掲げた人見一太郎に対する「『警文学者』の記者的面生に答ふ」でも、

僕は吏となりしを以て衷心実に喜ばしきことゝは思はざりし何ぞ況んや之を以て君が思惟するが如く栄誉なり昇天せりなど、思ふに於てをや僕が曾て念頭だに浮べざる所なり只此心に忍びざるを忍んで吏となりしは文学を以て麵麭の奴隷となさゞらんが為めなり請ふ君職業と職業にあらざるものとを混同して論ずる勿れ

と仕官時の感慨と同じ主旨を述べている。文学を「麵麭の奴隷」としないために官吏という職業を「忍んで」選んだ、という告白である。職業意識としてはパンの問題、すなわち「三度の食」という世俗社会と、それより大切で超越している文学世界との峻別が根底にある。文学に対する忍月の職業意識、人生態度が一貫しているのである。

もとより文学が職業として成立し得た時代ではない。忍月が学生の身で黎明期の文学界に登場した折り、鋭利な裁断批評と多作とで名声を博した。だがその営為が文学的な使命感や情熱に促された結果であるとは一概に言い切れないものがあった。少なくも、多作の背景には借金を申し出た代償としての意味が多分にあった。例えば最初期、『国民之友』に採用されて「入社」の礼を述べている二十一年十二月二十三日付の人見一太郎宛書簡で、早速二件の無心を申し出ている。ひとつは学業を続けるに「月給」十三円が必要で、これを遠回しに「入社」条件としていること。もう一件は来る二十二年一月と二月の「給料」を併せて前借りしたい旨の申し出である。これらの申し出に当たって、忍月は「其代り、出来る事丈ハ黽勉従事可仕候」と書き添えている。実際、翌二十二年一月からの『国民之友』誌上には忍月作品が多く載った。そして不知庵が「文壇を睥睨されたる達眼家[1]」と畏敬する質と量とを発揮した。だが金の無心と「猶ほ外ニ善き材料有之候ハヽ、御知らせ被下候」とが背景にあったわけで、学業を維持するための営為という側面が潜んでいたことは否めない。山本健吉「石橋忍月――理想と情熱の人――」が、

> 母から聞いたのだが、父は祖父から大学時代に月四円しか送金してもらえなかったので、原稿を書いて、こづかいかせぎをしなければならなかったのだという。（中略）学資の不足は補って余りあるアルバイトだっただろう。それだけでない、在学中すでに名士であり、当時の「大家」の列に加えられた。少々こそばゆい思いではなかったか。

と母翠の伝聞と文筆活動を併記した謂である[2]。

ただし執筆動機が文学的価値と必ずしも一致しないことは、忍月とて例外でない。それは仕官までの進修意識と仕官当初の苦悩あふれる感慨とに窺える。前者はさておき、仕官当初は「三度の食より大切」な文学への想いを抱きながら、「大風流を見出す」べく官途に就くと明言しているからである。国会新聞社在籍時の最終稿においても「『美』の意」、すなわち文学の不朽世界「詩美」にこだわった。貫かれた文学志向とみてよい。これらを踏み込ん

で考えると、仕官時は「三度の食」のために官吏という職業を選び、その上で「大風流」を官職と共存し統一しようとしていたことになる。想実論議を先導した忍月であれば至当な観点といえなくもなく、「詩美」追求を棚上げにしつつも、「詩美」の放棄にはつながらないということになる。これまでの忍月の官界批判に即せば、「霊妙の清涼剤」（二十三年十二月二十一日『国民新聞』）や「戯曲の価値、有序」（同月二十六日『日本評論』）にみられる「高雅閑適」「霊妙至高」を、「数万の大小官吏」のひとりとなる自らに課したともいえる。かつて「大臣とならんよりは寧ろ小説家となれ」という落書きに「意気忽ち豪然（中略）快飲す」とまで投合した忍月である（「思ひ出のまゝ」[3]）。また「霊妙の清涼剤」では「数万の大小官吏諸子、公等は庁院に出入するに当つて、カバンの中に一部の詩集を携帯するの味を知る乎」と官吏を批判していただけに、批判対象に身を置くに当たって「大風流を見出す」べき新境地にあったことは間違いない。

だが実際に官吏という職業に就いて世俗の泥にまみれた忍月に、仕官当初に抱いた「大風流」の結実は披瀝されていない。「職業にあらざる」文学世界を、官吏という職業の上に共存させ統一させようとした自らの位置づけは幻想なのであったろうか。退官前後の動静を考慮すると、忍月の苦悩と焦燥とが交差した呻吟の時期といえる。

なお退官後に『思想』同人としての文筆活動がみられる。これまでの先行研究では全く触れていない時期で、ここには新たな題材に臨む忍月と従前の「戯曲論」を集大成する忍月とが確認できる。忍月全集未収録の「仏教文学論」「戯曲論　其二」等である。やはり当代状況との絡みで執筆し、文学の成立過程を技法的な対象論として扱っている。レッシング受容の根深さが窺える。またこの時期、忍月はこれまでに発表した作品の切り抜きを貼付したスクラップブック『追想録』を作成している（現在は石橋忍月文学資料館収蔵）。表紙には「明治廿六年七月／追想録」と墨書し、見返し部分の「序」には「他日の追想に供し月前花下無常を感するの際孤燈雨窓話伴なきの時に之を編なば大に悟るべきものあらん」と記している（毛筆）。相応の軋轢や葛藤を伴う不遇な状況にあって、なお毅然とする明治知識人の人生態度が窺える。

注

（1） 藤の屋主人（不知庵）「忍月居士の『お八重』」（明治二十二年五月十一、十八日『女学雑誌』）の評語。

（2） 同じ内容が「わが家の明治百年――批評家、高等官試補に失落す――」（昭和四十二年三月『中央公論』）でも回想されている。

（3） 明治二十四年二月七日『東京中新聞』掲載。

一 仕官経緯と当代評

忍月が仕官するに当たって、櫻洲山人こと中井弘が仲介の労を執ったという内幕を、二十四年八月二十六日『国民新聞』記事「忍月居士＝仕官」が明かしている。また後年の長崎時代に同じ政友会同志で隣家でもあった永見徳太郎が「石橋忍月翁」（昭和二年五月十五日『愛書趣味』）において、忍月は「大学を卒業して、子爵品川彌二郎に見出され」たと回想している。中井は品川との仲介者だったのかもしれないが、確証に欠ける。貴族院議員であった中井と当時の内相品川彌二郎および内務次官白根専一との関係は夙に知られているのだが、中井や品川らと忍月との関係は詳らかでない。藩閥とのつながりもない忍月を、なぜ推輓したのかも不明である。

ただし忍月はかつて、中井に『国会』紙上で二度触れたことがある。議官としてではなく、詩人としての中井を「時下政狂熱の白雲界を俗了する」に大いなる戯謔博士、と評した「中井桜洲山人に呈す」（二十三年十二月二十一日『国会』）。この忍月評に答えて寄せた中井の漢詩四首を論じた「ペケ詩に対する名評　名詩に対するペケ評」（同年十二月二十四日『国会』）の二篇である。畸人で、機智に富む中井をよく言い当てており、面識が全くなかったとは言い難い交歓的な戯評である。こうした漢詩文を通して考えれば、忍月が師と仰いだ篔南こと山田喜之助[1]を介して、中井との関係が生じていたのかもしれない。だが以前からどれほどの親交があったのかは定かでない。

いずれにしても、帝大法科大学の卒業生が官界に入ること自体、決してめずらしい時代ではない。政界の華々しい活動を背景に、法学士の行政官への優先的採用が定番化しだした時代である。しかも「法科大学文科大学及旧東京大学法学部文学部ノ卒業生ハ高等試験ヲ要セス試補ニ任スルコトヲ得」た時代でもある（二十年七月二十三日付勅令第三十七号）。無試験任用の特権が廃止されたのは、忍月の仕官した翌年であった。また「本年は各官庁に於て高等試験に依り採用すべき試補の須要なき」年度であり（七月十二日『朝野新聞』記事「文官高等試験」）、帝大卒業生以外の試補志願者はいなかったのである。それにもかかわらず忍月の仕官が新聞種になったのは「文壇の一将星」（前掲『読売新聞』記事「人間為レ吏亦風流」）であり、「文学社会の批評家として声名一時嘖々たる忍月居士」（前掲『国民新聞』記事「忍月居士＝仕官」）であったからに他なるまい。中井や品川らの胸中にも文学社会で躍動した忍月に対する評価はあったであろう。だが任官されるに当たり、特別な処遇を受けた形跡はみられない。

忍月の年俸は辞令によると四百五十円である。当時の高等官任免俸給令には高等官試補の年俸が四百円以上六百円以下とある。また帝大卒業生の官吏初任給が月俸四十円前後（二十五年一月二十九日『国民新聞』記事「帝国大学の卒業生と高等商業学校の卒業生」）とされており、内務高等官としては一般的な処遇とみてよい。もっとも二十二年七月二十五日付の文部大臣宛の内閣内訓「試補採用俸給支給標準（帝国大学卒業者）」に基づけば、忍月の年俸は帝大卒業時においてすでに決まっていた。それは卒業試験時の平均点が八十五点以上は年俸六百円、八十点以上は同五百五十円、七十九点以下は同五百円、七十点以下は四百五十円という規程である。忍月の卒業試験時の結果がこの年俸に表れているのである。

忍月と同期に内務省試補となったのは、忍月を含めて八名である。このうち忍月と同じ八月二十七日付で任官されたのは参考科第一部卒の河村彌三郎、同第二部卒の鬼頭玉汝、そして同第三部卒の土屋達太郎である。河村は年俸五百五十円、鬼頭と土屋は年俸五百円であった。ちなみにこの時、司法官試補であった松本郁朗が年俸四百円で内務省試補を命じられている。この転属の松本と忍月を含めた以上の五名が、八月時点での内務省試補の新参である。やがて同期卒業で参考科第一部卒の窪田静太郎、石田氏幹、岡喜七郎が仕官し（十月三十一日付）、先任者で一級上の李家隆介と二級上の織田一に加えて内務省試補の定員十名枠（二十四年七月二十七日発布勅令第八十八号）が充たされることになる。

当時の内務省官制は、忍月らが仕官する一ヵ月前に改正されたばかりで、八月十六日から施行されていた。明治政府成立以来十回目の各省にわたる大きな改革であった。この新官制による内務省は大臣官房以下、県治局・警保局・土木局・衛生局・社寺局・庶務局の六局から成っていた（前出勅令第八十八号）。忍月はこのうち、庶務局に同期の土屋と共に配属された。鬼頭と河村は県治局で、松本は衛生局であった。辞令は試補の辞令があった当日二十七日付で下りているが、官報には二日遅れの二十九日付で公示されている。なお窪田と岡は警保局、石田は土木局であった。

庶務局は、それまでの総務局・地理局・図書局・会計局の四局を廃止し統合した局で、新設であった。局長は会計局長にあった大谷靖が就いた。局長辞令は八月十四日付で下りているが、廃止された他の三局長人事について憶測を含めた報道が各紙に載っている。内務省全体も然ることながら、新設の庶務局に改正直後の動揺が少なからずあったことを示している。だが内務省としては翌二十五年度の歳出予算案の作成が目前に迫っていた。庶務局事務の第一項に「本省所管ノ経費及諸収入ノ予算決算並会計ニ関スル事項」（前出勅令第八十八号）があり、第二議会を控えての布陣としては大谷局長の任命に必然さがあった。それでもなお、この年の内務省所管の予算案作成は他省に比べ遅れがちであった。

庶務局は五つに分課していた（八月十六日から施行の「分課規定」[2]、以下同）。前記の予算決算の出納に係わる会計課、官有地処分および管理・土地収用・地所名称並びに地種目変換・水面埋め立て・気象に係わる地理課、戸口および民籍・褒賞に係わる戸籍課、図書出版および版権登録・図書保存に係わる図書課、内務省所管の官有物品および財産に係わる用度課である。これらのうち、忍月が所属した分課も、直接担当した事項も詳らかでない。

庶務局に限らず、忍月の仕官後の内務省が絶えず急務に迫られていたことだけは明らかである。ある意味では短命に終わる第一次松方内閣を象徴していたといってよい。国際問題としても危惧された大津事件に伴う緊急勅令の発令に始まり、七月の官制改正、八月の「内閣議決書」の解体、十月の濃尾大地震、十一月の第二議会開会、そして十二月の解散、翌二十五年二月の総選挙・選挙干渉と展開していく。忍月が退官するまでの一年半足らずの間、内相の更迭も激しい。品川彌二郎に始まり、副島種臣、松方正義（兼任）、河野敏鎌そして井上馨と続く。

この間、詳しくは後述するが、忍月は内務高等官として選挙干渉問題に連動したかたちで紙上に名を出す。もちろん石橋友吉の名である。また濃尾大地震に関して、内務省は高等官の実状視察や被災救済対策案の作成に大挙して当たっているが、担当官としての忍月は確認できていない。ただし災害義捐に立ち上がった文学者としての名は見いだせる。幸堂得知の呼びかけで編んだ『義捐小説後の月かげ』に、石橋忍月の署名で「月下想奇人」が収載されているからである。

『後の月かげ』は春陽堂から十二月七日に発行された。十二月八日『読売新聞』および同十日『東京朝日新聞』掲載の書籍広告には、逍遙・露伴・紅葉・美妙ら二十五名の「当世文学の諸大家」のひとりとして忍月の名が連なっている。仕官直後、文学者としては沈黙していたが、文学社会にあってはなお「大家」のひとりであった。この作品集は斎藤緑雨の反発・離反が起こり、そこに得知、鷗外らの反駁が加わって話題を呼んだ。だが作品そのものは、話題のわりに評判をとらなかった。それでいてなお忍月に意義深いのは「月下想奇人」を機に、「小公子を読みて」（翌二十五年一月十三日『国民之友』）、『黄金村』（同一月二十五日、春陽堂『聚芳十種』第八巻）が執筆・編纂されたことである。これら一連の文学活動は、仕官後初めてのことであり、官途に共存し統一を図ろうとする素志の兆しとして注目したい。

またこの時期が根岸に転居した直後であることにも留意したい。忍月は十一月十日前後、学生時代を過ごした本郷区湯島三組町六十九番地佐藤方から、下谷区中根岸町三十六番地（岡野屋隣）に転居している。新作の「月下想奇人」、「小公子」評そして旧稿を収載した『黄金村』の執筆・編纂は、震災と「小公子」完結の日時および発行までの日数から、この転居後に対応したと考えられる。しばしば転居を繰り返す忍月の生涯において、この根岸転居の背景にある意味は重い。

十一月十日『国民新聞』掲載の転居広告には、前記の転居先を右肩に記し、中央に「石橋友吉」と活字号数を大きく明示したあと、その左脚に小さく「忍月」と添えている。官途に就いて二ヵ月余のことである。「三度の食より大切」な文学社会での名を小さく添えることで、官吏としての責任倫理を強調しようとしたのであろうか。これまで主導してきた文学社会への後ろめたさがなかったとは言い切れない。それでいて「声名一時嘖々たる忍月居士」の自負を払拭しきれなかったのも確かであったろう。だがたとえ小さくとも「忍月」と添えていることに、当時の微妙な心情と、いささかの気概とを汲み取ってよいのではないか。『黄金村』には忍月得意の原理論「想実論」を載せ、「小公子」評ではレッシング『ハンブルク演劇論』をひさびさに論拠とするなど、文学活動再開の兆しを充分に窺わせているからである。

ただしこうした一連の文学活動のなかに、これまでにない新しい文学志向は見いだせない。折しも、一一生「文界笑話」が十二月九日『国民新聞』第一面で、忍月居士は此頃文学休業と稱し當分の中、文学をば筆にも書くまじ口にも言ふまじと誓ひ訪問者に向つても通常の世間話のみ為して文学の話は一切為さず而して標札には「法学士石橋友吉」の左傍に小さく「忍月」と記せるよし文学は休業しても文学上の名は休業せざるにやと疑ふ者あり

と揶揄している。「笑話」といえばそれまでだが、「三幅対」のひとり不知庵が「現代文学」を『国民之友』誌上に連載し始め、かつての論敵鷗外が逍遙を相手に論争を展開し始めた時期、「声名一時嘖々たる忍月居士」の心情は如何ばかりであったろうか。だが「文学休業」状態とは、心情的に「一時」の思いを断ち切ったことを意味していなかった。仕官当初からの素志は、前記した一連の活動の他、「小公子」評の再録（二十五年一月十六日『女学雑誌』）、講演録「大俗旅行」（同年九月二十八日、青年文学社刊『文談集』）として表れている。新作としては退官直後に発表した「戯曲の残酷の行為」（十一月十日『歌舞伎新報』）がある。また筆者未見ながら松花園発行の『和漢独英　翻譯文例　正編』に鷗外、逍遙ら六名の訳者のひとりとして名を連ねている（同年四月十三日『国民新聞』掲載の書籍広告）。学生時代に比べ確かに執筆量は激減しているが、文学を全く放棄したとは言い難い状況にある。とりわけ後述するところの〈文学と自然〉論争時の筆名「局外生」で寄せた論説（同年一月七、十五日『国民新聞』）は、図らずも政界への指標をリベラルに示す積極的な内容にある。執筆量の激減そのものが官吏としての倫理に全うする決意の表れともまた言い難いのである。官途に文学を共存させ、統一を求めた忍月がその転居広告に、そして標札に「忍月」と小さく添えたことは、素志は素志として内在させつつも、やはり相応の葛藤、煩悶といった心情の揺れの表れであったとみてよかろう。

ところで試補とは、「高等官ノ実務ヲ練習スル者」（前出勅令第三十七号）であって、官庁事務の見習いに過ぎない。とはいえ内務高等官であることにちがいなく、新しい明治国家の目標を指示する特権的な指導者の地位にあった。世間的には当時の青年全般が抱いた出世コース上にある。それだけに、栄達の戸口に立ったこの高等官の卵を、

郷里の人々はこの上なく栄誉なことに受けとめていたはずである。地方の町で開業医をしていた義父養元（福岡県上妻郡福島町大字本町二三五番地）、あるいは製茶業に手を染めた家督相続人の次兄松次郎（同上妻郡湯辺田村六七六番地）等の胸中は想像するに難くない。山本健吉「明治の文学者の一経験」に窺うまでもなく、忍月に「石橋家の家名を挙げるという期待」を掛けていたからである。

ところが忍月への「期待」は当然、別のベクトルからも注がれていた。この場合の「期待」には官吏に〈転落〉したという文学社会からの認識が作用し、全体としては先の『読売新聞』記事や「文界笑話」にみられるように蔑視とか嫉みの気持ちから及んでいた。それでいて当初は、まるで並走している当事者間の、臨場感のある評言もあった。鷗外「山房論文　其六」（二十四年十月二十五日『しがらみ草紙』）の一節がそれである。

忍月は別に審美学の上に基礎を定めたる泰西人が詩学の解釈を見よといへり。（中略）われもこれをば善く言ひたりとせむ。国会新聞にて予言せし韻文論及韻文は果たしていつか出づべき。

陸軍衛生部将校として「昼の思想」に徹し、新基軸をひらく文学者として「夜の思想」を抱いて〈二頭立ての馬車〉を乗り切っている鷗外が、それまでの経緯でいえば、未だなお『国会』紙上での忍月に矢を射ろうとしているのである。忍月は帝大卒業時に『国会』を退社している。それでもなお鷗外は、「与芝廼園書」（同年十一月二十五日『しがらみ草紙』）においても忍月「醜論（其二）」（同年三月七日『国会』）に触れて、

我文壇にて審美学上に醜美の差別無差別を論ぜしは、忍月居士とわれとのみ。（中略）わが忍月居士の醜美を駁せし文は唯一篇のみ。わが醜美の差別を示し、論も亦唯一篇のみ。

と言い放っている。時期的にみると、根岸転居後に寄せた鷗外の叱咤であったろう。だが当時の忍月には、審美学上でいえば『黄金村』収載の旧作「想実論」にとどまり、新しさがみられなかった。これ以来、無署名「石橋忍月著　聚芳十種第八巻」（二十五年二月三日『国民之友』）、緑雨「忍月居士の怪作」（同年二月四日『国会』）、無署名「黄

金村」（同年二月七日『朝野新聞』）、天牢囚民「『巨人石』を読んで『忍月居士が「小公子」の批評』に及ぶ」（同年二月十三日『女学雑誌』）、無署名「黄金村」（同年二月十五日『早稲田文学』）、高橋五郎「黄金村」（同年二月二十三日『国民之友』）等が続くが、差し障りのない対岸人への評言となる。それがやがて不知庵「二十四年文学を懐ふ（つゞき）」（同年二月二十九日『早稲田文学』）では「忍月居士は雲間に隠れ」たと評され、無署名「批評の繁昌」（同年五月三十日『早稲田文学』）では「忍月が筆を揮ひし昔をしのば」せるだけであると侮られ、髑髏「当世他の身上」（同十月四日『国民新聞』）では「此人（忍月＝引用者）をいぢめたがる者有れど――罪也。此人元来作者はがらに莫しと嘲弄されるに至る。それでいて退官した直後、十一月八日『朝野新聞』記事「忍月居士」が、

少壮小説家として銷々の聞へある石橋友吉氏即ち忍月居士は昨年内務に試補となりしが此度其の職を辞して再び小説界に雄飛するよし

と反転した忍月に元の「期待」を寄せることになる。同月八日『郵便報知新聞』記事「石橋忍月」も、またしばらくして人見一太郎が的面生の著名で駁した「警文学者――石橋忍月君に與ふ」（二十六年七月二日『国民新聞』）も同じ論調の「期待」を寄せている。

いずれも、官吏社会とも世俗社会とも異なる価値体系をもつ文学社会からの発言であって、当時の微妙な忍月の心情を痛く刺激する内容にある。前掲「明治の文学者の一経験」が次のように指摘している。

官途に就いて、俗吏への転落を云々されたとき、忍月はこのとき鷗外と同じ苦しい立場に立つたのである。彼がかつて太田を評した言葉を転用すれば、忍月は文学を棄てて功名（官途）を取つた。本当は彼は、まさに功名（官途）を棄てて、文学を取るべきだつた。――これが文壇における多くの人たちの批判であつた。

前述した心情の揺れをも考慮すれば確かに、太田豊太郎を襲った煩悶に、忍月もまた捕らわれていたかもしれない。だがそれは文学か官途か、二者択一だけの問題ではなかった。忍月には共存、統一の課題があった。すでに「人物

と境遇と行為との関係」で豊太郎を論断した忍月であったが、自らに課した命題はそのまま外部の声にも応え得る内容にあったのである。

注

（1） 山田喜之助は明治二十四年二月に大審院判事を辞し、忍月の仕官時には京橋で代言人をしていた。司法省権少書記官を皮切りに司法参事官、衆議院書記官長、大審院検事等の官歴がある。法曹界では希代の漢詩人として知られ、『法律新聞』を始め『国民之友』『国民新聞』等に作品を発表している。

（2） 明治二十四年八月十七日付官報第二四〇〇号。

二　内務高等官

忍月が仕官後に直面したであろう大きな任務は、第二、三議会とその間の選挙対策である。とりわけ第二議会解散後の選挙干渉と第三議会会期中の解散に備えた地方派遣は、内務高等官が主軸となった強硬政策であっただけに、忍月が仕官当初に抱いた「大風流」観とに亀裂を生じさせる原因となった。

第二議会は二十四年十一月二十一日に召集され、同二十六日に開会した。先ずは次年度予算案の審議に始まっている。このなかには震災救済費・河川修築費・北海道調査費・監獄費国庫支弁案などの内務省案件があった。わけても内務省所管の重要法案として、私鉄買収法案・信用組合法案等が提出されていた。予算総体審議の終わったあと、品川内相が「病床に臥し」、白根次官も「発熱甚しくして遂に平臥する」（十二月二十二日『朝野新聞』等）などと紛糾した議会の様子が各紙に窺える。

当時の議会は自由党、改進党を中心とする民党が多数を占め、政府提出案は絶えず苦境に立たされていた。第二議会においても同様で、加えて樺山資紀海相の薩長藩閥政府を誉めたたえたいわゆる「蛮勇演説」(十二月二十三日『国民新聞』等)が起こり、民党の猛反発を招いて予算案は不成立に終わった。そして多くの重要法案も審議未了のまま、政府は十二月二十五日に衆議院を解散し選挙体勢に入った。

政府の選挙対応策としては、伊藤博文による政府党組織の提案など、民党に対抗すべく術がさまざまに案出されている。そうしたなかで品川内相は府県知事、官吏、警官を動員しあらゆる手段を用いての干渉政策を建策した。この干渉は翌二十五年二月十五日の総選挙が迫るにつれ、民党と官憲とが各地で激突を繰り返し流血の惨事を生んだ。いわゆる明治二十五年の選挙干渉事件の勃発である。のちに忍月と交友を結ぶ桐生悠々「思ひ出る儘」[1]が中学生時代の体験として、金沢市内の選挙投票の様子を次のように回想している。

抜刀した十数名の警官の一群が突如として現れたかと思うとその前後左右を、それはまだ抜かれてはいないけれど、いずれも腰に一刀をたばさんだ一隊の壮士連がバラバラと取り巻いて行く。明治聖代に希有の一現象、一行列を見た時は私は直感的に彼らが吏党が、民党が、そして二者共に取り囲んで守り行く物の投票箱なることを知るとともに、後者はこれを奪い取らんとし、前者はこれを奪い取られまいとする二つの努力の遭遇戦なることを知った。

こうした騒擾が各地で起こった。忍月が『後の月かげ』で紙上に名を連ね、なお一一生に揶揄されたのはこうした折りの直前である。

忍月はこの干渉時すでに、第二議会の解散した翌十二月二十六日付で、庶務局から県治局に転属を命じられていた(同二十八日付官報第二五五〇号)。庶務局で同僚の土屋達太郎と衛生局の松本郁朗も同時に、県治局に転属させられている。またそれまで県治局勤務であった河村彌三郎と鬼頭玉汝が逆に、同じく二十六日付で庶務局に転属させられている。この時点での人事異動は、庶務局と衛生局と県治局との試補の入れ替えだけである。県治局長は大森鐘一のままであり、忍月を含めた試補一名増の県治局布陣は県治局が掌る次の事務内容からして、明らかに選挙対策のためであった。

県治局事務の第一項には「議員選挙ニ関スル事項」が掲げられている。そして第二項には「総テ府県行政ニ関スル事項」、第三項には「総テ郡区行政ニ関スル事項」、第四項には「総テ市町村行政ニ関スル事項」がある（二十四年七月二十七日発布勅令第八十八号）。いわば県治局そのものが全国の地方官を全て掌握して総選挙を指揮する立場にあったのである。品川の建策はこの県治局の行政力を基軸にし、そこに行政警察・高等警察に関する事項をもつ警保局を加えて民党撲滅を目指したのである。品川内相の指示を受けた白根次官が「選挙本部長」として陣頭指揮を執っていたという（二十五年一月二十日『国民新聞』）。

ちなみに県治局事務第五項は「府県費ニ関スル事項」、第六項は「賑恤及救済ニ関スル事項」、第七項は「慈恵ノ用ニ供スル營造物ニ関スル事項」、第八項は「徴兵徴発ニ関スル事項」、第九項は「地方行政事務ニシテ他ノ主管ニ属セサル事項」である。そして県治局は、右の第一、二、三、八、九項を掌る府県課、第四、六項を掌る市町村課、第五、七項を掌る地方費課の三つに分課していた。忍月が所属した分課は詳らかでない。だが大きな渦に巻き込まれていたことは確かである。頻繁に地方官が県治局に招集される一方、予戒令が発布された一月二十八日には土木局の石田氏幹が担当外ながらも、秘書官江木衷と共に高知に派遣を命じられている。予戒令は民党壮士の政治運動禁止権限を地方長官に与えるもので、激烈を極めていた高知ならではの派遣であった。当時の官報記事はあわただしく、二月十七日『朝野新聞』も「内務当局者の繁忙」の記事を掲げている。

忍月はこうしたなかで、何を胸に秘めて職務に当たっていたのであろうか。内務省の干渉経緯を充分知り得、また執行する立場にあった忍月は、その卑劣さについて書き遺していない。ただし総選挙そのものに対しては、先に触れた「局外生」の署名で二篇の論説を残している。ひとつは「総選挙につきての心得」（二十五年一月七日『国民新聞』）、もうひとつは「候補者を一人にせよ（二伯への注文）」（同年一月十五日『国民新聞』）である。

　前者「総選挙につきての心得」は次に要約される。

　総選挙につきては選挙人は各々其信ずる人々を選挙すべきは申すまでもなし、唯だ候補者が人民に告ぐるの体裁に至つては少しく思慮するを要す、思ふに差むき《ママ》撰挙演説の要旨となるものは内閣が解散を上奏したる文章につきて駁撃する位ならん、然れども是れ弁疏的の方法にして決して必勝の道にあらず、受身は決して勝つべからず、宜しく先づ攻撃方となるべし、それにつきては政府の告示を撃つ位にあらず、直ちに進んで朝野の信任を問ふが如き根本的の大問題より切り込むべし

官吏としての立場には全くこだわっていない。むしろ「根本的の大問題」に向かって旗幟を鮮明にすべく、民党を勧奨している。ここにある「根本的の大問題」は抽象的である。だが〈文学と自然〉論争時における『局外生』署名の「時事新報と女学雑誌に質す」（二十二年四月二十二日『国民之友』）の一節「平素美術の何たるを知り乍ら猶ほ美術を宗教的道徳的の窮屈なる範囲内に零枯せしめんとする歟」に照らしてみるとどうだろう。総選挙そのものの精神を知りながらもなお些細なことにこだわろうとするのか、民意を官憲のなかに「零枯」させるな、と読める。鷗外「舞姫」の太田豊太郎が「一たび法の精神をだに得たらんには、紛々たる万事は破竹の如くなるべし」など、広言し」た態度に似ている。ということは、あるいは豊太郎が述懐する「危きは余が当時の地位なり」という時期でもあったろうか。それにしても、局面の展開に対してきわめて寛容であり、自らの態度はきわめて自由である。

　また後者「候補者を一人にせよ（二伯への注文）」は次の通りである。

　同士撃ちは民党が最も今日に戒むべき所、此弊止まずんば此争ひ遂に勝つ能はざるや明けし、されば自由党の協議会にては重々此事なからしめんとて夙とに規約を設けたる程なり改進党亦此に警むる所ある知るべき也、

而して今日――此選挙期日を目前に差扣へたる今日尚ほ此弊の続々新聞紙に報ぜらる、あるは何ぞや、半は之を吏権者流の讒口間言に出づるとするも其指斥せらる、丈の形跡あるは争ふ可からざる事実なり（中略）加ふるに吏党は相慶して是れ民党の節制なき所以なりと揚言せん借問す二伯は之を知るや否二伯記せずや同党内又は自由改進遞《たが》ひに候補を争ふ時は之を二伯の仲裁に決すと約束したるにあらずや今日は駿かに此折合を図るべきの秋なり

民党の選挙戦術そのものに具体的に、そしてかなり積極的に言及している。「局外生」という匿名ならではのことであろうが、自らが属している県治局、内務省、政府といった民党撲滅を目指す体制側に与してはいない。少なくも、局面の展開に寛容を許さない官吏の発言ではない。前者の論説を重ねると、忍月は相対するふたつの事相を同時に、リベラルに抱えていたとしか捉えようがない。

この時期は先に確認したように、「小公子」評や『黄金村』の発表時で、おおまかにいえば根岸転居後の転機に当たる。そこに右の「局外生」論説が打ち出されたわけだから、忍月にあっては官途の上に論説を執筆するリベラルな「局外生」的文学が存在し、文学者として目前に展開される問題に対処していたとしか考えられない。いわば鷗外のように「昼の思想」と「夜の思想」とをはっきり割り切った上での行動ではなく、共存させ統一させつつ活動する方向に自らを位置づけているのである。これは紛れもなく、仕官するに当たって『読売新聞』の記者に寄せた書簡にみられた態度である。この素志を貫けば、超然とした「局外生」の言動は成立する。そしてこれが「大風流」のひとつの表れと考えられなくもない。

だが共存し統一しようとすることは容易でなかった。当時の忍月は、文壇仲間との関係を絶っていたわけではない。県治局に転属したあとの一月二十三日に露伴や得知らと芸者遊びをするなど、いわゆる根岸派との交遊はあった（高橋太華日記）(2)。それでいて執筆は確実に急減しており、しかもその内面を吐露するには至っていない。数少な

い資料から即断するのは危険だが、「局外生」が認識するほどに寛容な現実ではなかったともいえる。

総選挙の結果は、政府の予想に反して民党の勝利に終わった。そして地方官吏、警察官を総動員し暴力を直接行使した実態が次第に明らかになるにつれ、内閣からも品川内相の責任を追及する声があがった。第三議会が間近に迫った三月十一日、遂に品川は内相を辞し、枢密院副議長であった副島種臣が新内相に就任した。三月十三日『朝野新聞』記事「新内務大臣の出省」が、

新任内務大臣副島種臣は昨日午前十一時頃内閣に出頭、午後一時白根内務次官と馬車を連ね内務省に出頭し各勅奏任官試補の人々並に当日出省せし各府県知事に面会の上新任の披露を為し夫れより種々談話あり

と報じている。副島新内相の前に整列した官吏のなかには、立場上、忍月もいたであろう。副島はもともと自由党系に属し、「副島伯の意見は民党に大差なし」（四月二十九日『朝野新聞』）として知られていた。総選挙の在り様に関して、心情的には「局外生」に近いものがあったはずである。忍月にはいささかの救いではなかったろうか。だが内務省の実権は白根次官が握っていた。第三議会に対して強硬方針を打ち出した政府のなかで、副島は特異な存在であった。

第三議会は五月二日に召集され、同月六日に開かれた。民党は政府の選挙干渉についての責任を直ちに追及している。政府の処決を求める「選挙干渉ニ関スル建議案」が十一日の貴族院で成立し、さらに十四日の衆議院でも可決され、議会は十六日に停会した。

白根次官はこうした動向に敏感であった。議会開会の翌日の七日には各府県知事と警部長を内務省に招集し、対議会政策の決意を訓示して帰省を促す一方、翌八日には内務高等官を全国に派遣している。議会再解散に備えてのことで、体勢整備の急務が当時の内務省の責務であり、府県知事と警部長の招集および高等官の派遣はそのためであった（発令は五月七日付で、官報公示は同九日）。

干渉に連動した地方派遣はこれまでにもたびたびあったが、大挙して一斉に全国派遣したのは初めてである。何しろ各地ではなお干渉事件の余波におののいていた。例えば石川県では、金沢市会議員選挙でさえ「官民軋轢其停止する所」なく「三十余名も一時に引致する」状況で（五月六日『国民新聞』記事「市会議員選挙干渉事件」）、それがやがて「警官をして、白刃を抜て人民を斬らしむるの惨状」を迎え、やがて「石川人民を他県に移住せしむるか、干渉官吏を更迭するか、両者其一を火急に断行」すべき事態となる（七月二十七日『国民新聞』記事「休息耶中止耶《干渉善後策を猛断せよ》」）。

こうした各地への派遣には、干渉の基軸となった県治局が再び中心となった。五月八日付の各紙が「内務高等官の全国派遣」と大きく報じるなかに、忍月の名も紙上にあがった。すなわち「内務省試補　石橋友吉」として参事官久米金彌と共に、新潟・埼玉・群馬・千葉・茨城・栃木・静岡・山梨・長野の九県に派遣される旨の公示転載である。久米参事官は警保局勤務の経歴をもち、省令審査委員をしていた。県治局同僚の松本は書記官山県伊三郎と共に東北六県、同じく土屋は秘書官佐藤隼吉と共に中国五県に派遣されている。またこの時、県治局から庶務局に転じていた河村も、警保局主事の大浦兼武と共に関西方面に派遣された。右記に引用した金沢騒擾には参事官中山寛六郎が当たっている。これらが干渉事件に連動した一連の発令であっただけに、忍月も明らかに関与していたことを広く知らしめる結果となった。こうした惨状舞台を、忍月は後年の紀行文「薫風三千里（其九）」（大正三年八月一日『長崎日日新聞』）のなかで「明治二十五年の初夏、予は此付近（甲府＝引用者）を公用で巡回したことがある」と回想したにとどまる。

「局外生」の署名で「朝野の信任を問ふが如き根本的の大問題より切り込むべし」と言い放った忍月は間もなく、死者二十五名を含む四百余名の死傷者を出した惨劇に、ひとりの官吏としてその手を染めていたのである。具体的にどのように関与したかを明かす資料は見当たらない。だがリベラルな「局外生」と世俗にまみれた「内務省試補石橋友吉」との間隔があまりにも隔たりすぎた、とだけはいえよう。共存し統一を図ろうとした素志は、官途にあって乖離しすぎており、もはや実体のない幻想となっていたのである。前掲の不知庵「二十四年文学を懐ふ（つゞき）」に「忍月居士は雲間に隠れ」たと評され、『早稲田文学』の無署名「批評の繁盛」から「忍月が筆を揮ひし昔をしのば」せるだけの状況にあると侮られた実態であった。

ちなみに、議会が停会した五月十六日の内務省を、同十七日『国民新聞』記事「内務省各県知事に通告す」は次のように報じている。

停会の命下るや内務省は直ちに各府県知事に向けて其々電報を以て其旨を通知したる由尤も此事たる今後の形勢にて各県共相応の準備を為さゞる可からざれば其等の注意を促かす意味も含み居りしやに伝ふ

地方に派遣されていた忍月に、この停会の知らせはどのような思いをもたらしたであろうか。想像の域を越えないが、「局外生」にこだわれば退官を自らの意志で決定せざるを得なかったのではないか。この時点で、つまり再度の選挙干渉の体勢に入るかもしれない時点で、素志に蹉跌し分裂した忍月に彌縫できるほどの何があったというのであろうか。

注

（1）　自叙伝「思ひ出る儘」は昭和十四年六月二十日から十六年九月五日まで、悠々の個人雑誌『他山の石』（第六年第十二号～第八年第十六号終刊）に連載された。

（2）　塩谷賛『露伴と遊び』（昭和四十七年七月、創樹社）収載。

三　退官前後

第三議会解散に備えて新潟・長野等の地方に派遣され帰京した後、忍月は直ちに辞表を出さなかった。忍月が久米金彌参事官と共に帰京したのは二十五年六月二十三日だが（同月二十五日付官報二六九七号「官庁事項」欄）、この帰京した当日の日付で忍月は三度目の辞令を受けとっている。今度は衛生局への転属であった（同月二十四日付官報二六九六号）。

退官に踏み切れなかったのは、品川彌二郎への義理立てであったろうか。選挙干渉の責任問題で内相を辞任した品川は当時、民党に対抗して設立した国民協会のための西国遊説中で、東京を離れていた。忍月の官界入りのいきさつを二十四年八月二十五日『読売新聞』記事「品川大臣公私の別を明にす」および同年八月二十六日『国民新聞』記事「忍月居士＝仕官」に求めれば、また山本健吉「明治の文学者の一経験」の「内務省をやめたのは、品川彌二郎に殉じたのだ」という母翠からの伝聞をその通りに受けとめれば、辞意を先ず伝えるべき相手の不在が当時辞表を出さなかった理由のひとつにはなる。あるいはまた、新婚三ヵ月という結婚生活が背景にあったとも考えられる。

忍月は前掲の塩谷賛『露伴と遊び』収載の高橋太華日記によると、地方に派遣される一ヵ月程前の二十五年三月二十五日に西園寺アキと結婚式を挙げていた。義父養元が戸主の除籍簿（当時の本籍地は福岡県上妻郡福岡町大字本町二三五番地）には、入籍が四月二十二日で、続柄欄に「養子友吉妻」と記載されてある。実際の結婚生活は入籍時よりも早かったことになる。もっとも三月二十七日『読売新聞』記事「忍月居士　結婚の式を挙ぐ」が「今度華族西園寺公成氏の令嬢秋子と結婚されたり」と報じている他、同日の『国民新聞』記事「石橋忍月居士の結婚」でも取りあげられており、周知のことなのであったろう。高橋太華日記には三月十二日に忍月が露伴と共に太華宅を訪れ、挙式当日もその翌日も忍月が露伴宅を訪れていたとある。友人らへの告白や相談なのであったろう。また四月一日に行なわれた披露宴を同日付の巖谷小波日記「壬辰日録[1]」は次のように記している。

> 四時（午後＝引用者）出で紅（紅葉＝同）を誘ひ　共に出で升水にてケット／及ハンケチ一ダース求め　伊豫紋に向ふ　今夜／石橋忍月西園寺秋子結婚披露会にて　会する者／森田思軒、森鷗外、宮崎三昧、高橋太華／鈴木得知、幸田露伴、尾崎紅葉、緑川某、／余及主人忍月等なり　升水にて調へたる贈品／渡す、妓　大小五名　十時解散

これらに窺う限り、文壇仲間からは祝福された結婚であったようだ。四月六日『読売新聞』には紅葉が「佳対」、小波が「賀㆓忍月居士新婚㆒辞」と題して祝辞も寄せている。ただし忍月自らは後年に至るまで、この結婚に関して一切触れていない。

右の除籍簿によればアキは明治七年六月七日生まれで、愛媛県北宇和郡宇和島町大字桜町の華族西園寺公成の「養女」である。どのような縁で結婚したかは詳らかでない。北国新聞社記念誌編纂室編『創刊100年を迎えて[2]』は、この時期の忍月を「上司の娘と結婚したが間もなく離婚、役所に居ずらかったのか東京を離れた」と記している。この「上司」が誰をさすのかは典拠も示されておらず、明らかでない。だが右除籍簿および後出の依田学海『墨水別墅雑録[3]』による限り、アキが「上司の娘」であったとは考えにくい。この結婚には推測の域を越えないが、品川彌二郎と行動を共にしていた櫻洲山人こと中井弘の仲立ちが考えられる。忍月の仕官に当たって中井は「仕官周旋の労を執」った間柄である（前掲二十四年八月二十六日『国民新聞』記事「忍月居士＝仕官」）。また中井は慶応年間の渡英後に宇和島藩主伊達宗城へ仕えており、西園寺公成と相識の仲でもあったろう。しかも中井は後述の岩谷松平と同じ薩摩出身である。忍月が中井を「時下政狂熱の白雲界を俗了する」に大いなる戯謔博士と評した交歓的な文脈から判断しても（「中井桜洲山人に呈す」）、二人の交遊の深さが窺え、中井の仲立ちは考えられるのである。

いずれにしても忍月が地方派遣から帰京した二十五年六月の時点では忍月二十七歳、アキ十八歳のなお新婚の最

中である。傷心の忍月をいささかなりとも慰めるものがあったであろう。何しろ依田学海『墨水別墅雑録』がアキに関して、次に引用するように「容貌甚だ美、母子並に絶色を以て聞え、忍月喜ぶこと甚し」という伝聞を書き遺しているくらいである。忍月は前掲の紀行文「薫風三千里（其九）」のなかで、地方派遣に触れて「明治二十五年の初夏、予は此付近（甲府＝引用者）を公用で巡回したことがある（中略）早二昔となりにけりなど、燃ゆるが如き若き血の当年を懐ふ」と回想しているが、その脳裏にはアキの存在も蘇っていたことであろう。この「燃ゆるが如き」想いを抱いて帰京した忍月であってみれば、直ぐさま退官できずにいたことは想像するに難くない。だがアキは二十五年九月十五日付で西園寺家に復籍した（前掲の除籍簿）。どのような経緯で間もなく離縁したのかも判然としないが、当時の忍月が体験した大きな出来事のひとつではあったろう。

依田学海『墨水別墅雑録』の二十六年八月二十七日の項には次のようにある。

聞く、石橋忍月友夫嘗て根岸に寓し、一女子を娶りて妻と為す、岩谷松平の義女に係る。其の母は則ち西園氏の妾、松平嘗て納れて側房と為せし者也。容貌甚だ美、母子並に絶色を以て聞え、忍月喜ぶこと甚し。居ること数月、義母曰はく、女婿債多く、重きこと邱山の如し。吾女を愛す、奈何ぞ此の無頼漢に嫁せしめんや、離別を求むと。一夕席倦して去る。独り女の嫁装のみならず、并せて忍月の衣物も皆持ち去ると。

ここにある岩谷松平とは純国産葉による口付紙巻きタバコの「天狗」を製造販売していた岩谷商会の社主である。岩谷の孫に当たる森赫子（新派女優）の自伝小説『女優』（昭和三十一年六月、実業之日本社）によると、岩谷の住む「渋谷猿楽町の邸」には「十人近くのお爺さんのお妾」がいて「子供や孫は五十何人」もいたという。そのなかにアキ親子もいたのであろう。岩谷にまつわるエピソードはいろいろあり、天与の奔放さと豪腹さを兼ね備えていたようだ。銀座でのアクの強い街頭広告は近代広告史上に必ず記されるが、忍月「瞥見雑記」（三十年十二月五日『新小説』）はのちにその広告と商いぶりとに触れて「如何に彼が人間を馬鹿にして且つ如何に彼が商売に上手」かと皮肉っている。「忍月の衣物も皆持ち去」る係累への反感が込められており、捩れた「離別」の顚末が窺い知れる。年俸四百五十円の内務省試補が「債多」い状態とは考えられないからである。

ところで選挙干渉問題で停会していた第三議会は、一週間後の二十五年五月二十三日に再開した。民党内部に軟化傾向が胚胎しつつも、大勢は変わらなかった。忍月らの派遣問題はその後、紙上でも問われずに過ぎていた。干渉問題が再燃するのは熊本遊説中の品川が干渉の事実を明言した九月二十七日以降で、十月からの各紙が政府の干渉善後策を批判しだしてからである。(4) だが当面は三月十一日に就任した副島種臣新内相がもともと選挙干渉に異を唱えていたから、再び大きく傾くことはなかった。また議会会期中に、濃尾地震の震災救助・土木費補助に官吏を派遣するか否かで、副島内相と白根専一次官との対立が表面化し、内閣は二分するほどに揺れていた。次官による干渉派遣問題どころではなかったのかもしれない。六月三・四・五日の各紙に白根次官の進退が取り沙汰されるなか、副島内相の方が早くに辞し、六月八日付で松方正義総理が兼任内相となるなどの混乱ぶりである。それに伴ったかのように、内務省人事もあわただしく展開している。

忍月は前述したように、六月二十三日付で県治局から衛生局に転属した。当初の庶務局から三度目の転属である。忍月と同期に内務省試補となった八名（法科大学の同期卒業生は後出の松本を除く七名）のうち、当初庶務局にいた土屋達太郎（法律学科参考科第三部卒）も同日付で県治局から警保局に転属し、当初衛生局にいた元司法官試補の松本郁朗も六月七日付で県治局から庶務局に転属している。干渉の主軸となった県治局試補の三名はここで離散したことになる。さらに当初県治局にいた河村彌三郎（同第一部卒）は六月二十三日付で庶務局から警保局、当初から警保局にいた窪田静太郎（同第一部卒）と土木局にいた石田氏幹（同第一部卒）は六月七日付で県治局、当初県治局にいた鬼頭玉汝（同第二部卒）は六月七日付で庶務局から土木局にそれぞれ転属している。松本を含めた同期試補八名のうち、転属しなかったのは岡喜七郎（同第一部卒）だけである。岡は全国派遣以前、三月十八日付で大臣官房文書課に転属していた。大分県参事官となった内務省試補の李家隆介（忍月らより一級上、同第二部卒）の後釜であった。

また河野敏鎌が新内相に就任した翌日の七月十五日に白根次官も辞した（七月十六日付官報第二七一五号）。河野は内相就任に当たって、白根次官と白根次官に気脈を通じる府県知事の更迭を条件にしていたという（七月十六・二十八日『国民新聞』）。結果としては品川一派が後退し、八月八日付で第二次伊藤内閣のもとに井上馨が内相に就任した。伊藤博文、山縣有朋、黒田清隆ら元勲による黒幕会議が暗躍した時期である。紙上では「黒幕会議」「暗黒政府」「武断派」「文治派」「硬派」「軟派」などの語句がしきりに飛び交った。

井上新内相は懸案の干渉善後策として、先ず府県知事および警部長の更迭を断行した。また「省内の弊風を一拂せんことに努」め（八月二十日『国民新聞』記事「内務省の改革」）、内務省官吏をも更迭の対象にした。これは警保局長小松原英太郎の静岡県知事更迭に始まり、試補の地方更迭にも表れている。直後にみれば、窪田は八月三十日付で佐賀県参事官、鬼頭は十一月十日付で函館裁判所検事代理、河村は十二月二十四日付で岩手県参事官である。岡は九月二十六日付で大臣官房参事官となって省内にとどまった。試補がしばらくして参事官等に昇格するのは慣例だが、岡を除けばやはり地方更迭である。

だが忍月ら干渉時の県治局試補三名だけは蚊帳の外で、直後において昇格もなければ更迭もない。変化といえば十二月二十六日付で松本が試補のまま警保局に転属し、同日付で土屋が退官したことである。そして土屋より早く十一月五日付で忍月が退官したことである。石田は忍月と共に十一月五日付で辞したあと、十二月二十四日付で再仕官した。再仕官した石田は年俸三百円に減じられた司法官試補であった。それでも当日付で宮崎裁判所の検事代理となっている。忍月らの後輩に当たる平岡定太郎、熊谷喜一郎でさえ、九月二十七日付で内務省参事官に昇格している。この二人は李家ら先輩の移動を埋めた一級下の法科大学卒業で、七月十六日付で試補になったばかりであった。忍月ら干渉時の県治局試補の心情はどうであったろうか。

こうした内務省人事の一端を、鷗外がくしくも二十五年八月二十六日付の「観潮樓日記」で触れている。

> 帰途井上伯の邸にゆきぬ。都筑馨六座にあり。（中略）伯は庭上なる藤の椅子の上に臥して、をり〳〵思ひ出したるやうに物語し玉ふ。山縣はわが上を嘲りて、井上が眼中には法律なしといひき。そは法律なくても差支なき時の事なりき。さるに今の世になりて、山縣の眼中に法律なきには困りたるものなり云々。社寺の事については、確としたる法律なし、局に試補一人ありきと覚ゆ。今迄の掟を集めて、条理正しきものを編ましめたきものなり、かの男能くすべきか。都筑棋局に対して勝之助と勝敗を争ひ居たりしが、この時頭を挙げていふやう。かれは土屋と申すものなり。さる事業に耐へなむこと覚束なしとこそ存じ候へといひき。

法制局参事官を兼ねていた内務省参事官の都筑馨六が、井上内相に「かれは土屋と申すものなり」と名指した試補こそ、忍月と同期の土屋達太郎である。当時の土屋は六月二十三日付で警保局に転じられた後、七月二十二日付で社寺局に転属したばかりであった。その土屋に関して、参事官が新内相に「さる事業に耐へなむこと覚束なし」と告げているのである。先に人事異動があった折り蚊帳の外に置かれたのは、やはり干渉時の県治局勤務を多としたのではなかった。全く逆の評価が下されていたのである。やがて退官するのはこの土屋と忍月である。

鷗外日記には忍月に言及した記述が見当たらない。だが衛生局に転属させられた忍月についても何らかの認識はあったはずである。陸軍省医務局に務める鷗外にあって、内務省衛生局には多くの朋友がおり、忍月の動静をおのずと知り得る環境にあったからである。右の日記を記す想いのなかに、忍月の存在はあったであろう。何しろ忍月の結婚式のあった翌日、太華が鷗外を訪れて歓談するほどの狭い環境なのである（前掲の高橋太華日記）。

内務省衛生局は現在の厚生省の前身に当たる。当時は二つに分課していた。伝染病・地方病（風土病）の予防並びに停船検疫その他の公衆衛生および地方衛生会・地方衛生工事の監督に係わる衛生課と、医師・薬剤師の業務並びに薬品・売薬の取り締まりおよび地方病院に係わる医務課とである。日本全体の衣食住を含む環境や制度に係わる衛生学に従事していた鷗外ならいざ知らず、忍月がこうした衛生局事務の何を執り得たであろうか。店晒しにあった状況ではなかったろうか。

衛生局長は荒川邦蔵であった。衛生局技師にはドイツ留学を終えて帰朝したばかりの北里柴三郎（五月二十八日着）と後藤新平（六月十日着）がいた。忍月の退官直後、福井県知事に更迭された荒川の代わりに、十一月十七日付で後藤が新局長に就任している。局長の後任人事には北里柴三郎が有力と報道されていた（十一月十七日『朝野新聞』記事「内務省衛生局長の後任」）。だが新聞報道以前に、つまり忍月在職中に衛生局内部では局長の後任人事について実質的な談合がなされていた。丸山博『森鷗外と衛生学』（昭和五十九年七月、勁草書房）収載の「中濱東一郎日記」の次の一節が明かしている。

午前長与ヲ其邸ニ訪フ。北里来ル。彼ハ余ニ先ツテ帰レリ。北里ノ位置ノ件ヲ談ス。長与曰ク不日後藤帰朝スル筈ナレハ後藤ノ位置ヲ替ヘ北里ヲ内務省ニ入レルヲ良トスト。余ハ後藤新平ヲ衛生局長トナスノ意ナルカヲ疑フモ敢テ深ク之ヲ究メス。（二十五年六月二日付）

荒川ハ僂麻質斯病ノ為メニ未タ出勤セス。昨日後藤新平帰朝セシモ未タ出会セス依テ今朝右二人ヲ訪フ。新平ハ大得意欧洲諸衛生家ヲ評シ其可否ヲ論ス。不知彼ハ衛生学術上ノ巧拙ヲ観破スルノ明アルヤ否。（同六月十一日付）

長与は荒川の前任局長長与専斎で、当時中央衛生会長をしていた。長与局長の時代、鷗外の上司となる石黒忠悳が衛生局次長を兼ねていて、その石黒が北里と後藤の内務省からの留学に尽力した。中濱も石黒によって、やはり内務省官吏としてドイツに留学していた。中濱は鷗外と東京大学医学部の同期で、ミュンヘンでもペッテンコーフエルの衛生研究所で共に机を並べた朋友である。石黒がベルリンに向かったという「中濱東一郎の電報民顯府より至る」（二十年七月十七日付「獨逸日記」）に窺える間柄でもある。鷗外より約そ半年遅れて帰朝し、衛生局技師として勤務していたが、一技官とはいえ東京衛生試験所長や中央衛生会委員を兼務するなど、内務省衛生局内にあっては実力者であった。この中濱の日記にはさらに、

　余ハ二年前ヨリ内務省衛生局及ヒ東京衛生試験所一人ニテ衛生学術上ノ諸件ヲ負担シ（衛生局長ノ事務ヲ除ク）連日四方ニ奔走シ又十分ナル学術上ノ実験ヲ為ス余間ナシ　（同七月一日付）

と内務省衛生局への自負を記している。中濱らにとっては、実験的な衛生学を基調とする衛生局といって差し支えなかった。一方、後藤新平とて留学先でビスマルクの社会政策立法の実例を学び、イギリスにおける地方行政当局が衛生行政と救貧事務を統一して所轄しているのを見聞していた。中濱の六月十一日付日記「新平ハ大得意欧州諸衛生家ヲ評シ其可否ヲ論ス」の中身である。日本においても、次第に衛生法規が本格的に整備され、近代衛生学が実施されようとしていたのである。衛生局人事もやがて、こうした国家的な指標に沿って展開していくようになる。

　こうした衛生局にあって、内務行政官としての忍月が執る領域は限られていたにちがいない。繰り返すようだが、何しろ付け入る隙がなかったであろう。第四議会の開会を控えて干渉問題が再燃しているなか、忍月は品川が西国遊説から帰京する十一月五日[5]を待ち侘びていたかのように同日付で退官した。辞令には「依願内務省試補ヲ免ス」と付け加えられているから、「依願」の意志表示はそれ以前なのであろう。十一月八日『郵便報知新聞』記事「忍月居士」は「内務省試補たる石橋友吉氏は何故か去る三日其の職を辞せり」と報じており、三日の時点ではすでに退官の意志表示をしていたのかもしれない。品川はこの三日に京都を発ち、帰路に就いていた。詳しくは定かでないが、たとえ「品川彌二郎に殉じた」（前掲「明治の文学者の一経験」）退官であったとしても、もはや国家との接点を失った内務高等官の内面は酷く虚しいものであったろう。「大風流」と共存し統一を図ろうとする基盤としての職業が実質的に崩壊しているのである。ちなみに北相髑髏「当世他の身上」（二十五年十月二日『国民新聞』）は、当

時の忍月を「世には大俗旅行家など、此人をいぢめたがる者有れど」云々と揶揄している。

文学を「三度の食」の奴隷とせずに蘇生を図ろうとすれば、生きるために新たな職業の確立が必須のはずであった。だからこそ退官後に「『警文学者』の記者的面生に答ふ」（二十六年七月五日『国民新聞』）で「法学士石橋友吉は依然たる法学士石橋友吉なり」を強調し、さらにその四ヵ月後に「法学士石橋友吉」の名で「初めて読者諸子に見ゆ」（二十六年十一月八日『北国新聞』）が告げられたにちがいない。のちの金沢、長崎時代における法学士の肩書きは象徴的である。だが北国新聞社に編輯顧問として招聘されるまでには、退官後なお一年の苦悩は続くことになる。

退官して金沢に赴任するまでの動静に触れた忍月の記述はふたつある。ひとつは北国新聞社を退社後、弁護士として石橋友吉法律事務所を開いた際の新聞広告文である。またもうひとつは、晩年になって『北国新聞』創刊一万号記念に寄せた回想録「追想記」である（いずれも全集未収録）。

弁護士開業の広告文は明治二十八年二月二日『北国新聞』に載せたものが最初で、冒頭には次のようにある。

曾テ内務省ニ試補シテ行政事務ヲ実験シ次デ法学士山田喜之助ノ訴訟事務局ニ出入シテ弁護事務ヲ実習シタル法学士石橋友吉ハ今般新タニ弁護士ノ登録ヲ受ケ肩書ノ處ニ仮事務所ヲ設ケ汎ク（以下略）

この文言は同年二月三、十八、十九、二十日の掲載時も同様で、その後の広告では削除されている。削除した理由は弁護士に至る経歴を記す必要がないほど、業務が順調に執行していたからであろう。さてここで留意すべきは、内務省の行政事務に次いで「法学士山田喜之助ノ訴訟事務局ニ出入シテ弁護事務ヲ実習シタ」ということである。忍月にとって恩人のひとりである山田は二十四年二月七日『読売新聞』掲載以降の法律事務所広告によると、同年二月から銀座二丁目十二番地で「山田喜之助事務局」を開いて代言人（弁護士）として活動していた。法典論争時に民法典の施行に反対して山田顕義司法大臣に背き、大審院判事を辞してからの開業である。当時も一般的に法律事務所の名称を使っているのを常としていたが、山田の場合は「事務局」であった。この特異な名称「事務局」を忍月も用いており、山田のもとで「実習」していた信憑性は高い。だがその「実習」の内容と具体的な時期は詳らかでない。

明らかなことは「実習」の傍ら、六月二日創刊の『思想』同人として文業に再び立ち戻っていたことである。後述する『思想』への作品掲載は間断なく続いている。また他誌紙への掲載は間欠的ながら、退官した直後の「戯曲の残酷の行為」（二十五年十一月十日『歌舞伎新報』）から文芸時評「二十六年上半期の文学界」（二十六年八月十三日『国民新聞』）まで続いている。ということは概観すると、退官後の十ヵ月ばかりは東京に在住していたことになる。ただし二十六年の春と秋は京都に滞在していたようだ。四月三十日付の巖谷小波日記「癸巳日録」に「夕方歌川を訪ふ　忍月、聴秋、大阪安田／居合せ一酌中なり　後共に大虎座見物」とある他、五月四日付にも「午後出社（日出新聞社＝引用者）帰途歌川を訪ふ　忍月春斎／居合す　晩食後共に夷谷座へ行く」とある。また二十八年四月に京都で開催されることになった第四回内国勧業博覧会を、「素より医の事に通ずる者にあらず」と断りながらも衛生上から警醒した時評「衛生事業の準備」（二十六年十月十、十一日『日出新聞』）は臨場感が溢れている。これらの滞在中、在京誌紙への掲載は見当たらない。京都には当時、中井弘が京都府知事として、また巖谷小波が『日出新聞』の文芸欄担当者として赴任していた。しかも忍月が紀行文「芳野瞥見記」（三十二年五月五日『新小説』）でも述べている古い友人の歌川国松が『日出新聞』の挿絵画家として活躍していた。こうした環境が「血気未だ定まら」ない忍月を京都に誘ったと思われる。とすれば「山田喜之助事務局」に出入りした時期は、春の京都滞在を除き、主に十月二日『思想』第四号刊行時までとしか考えられないことになる。なお「血気未だ定まら」ない忍月とは回想録「追想記」での述懐である。

「追想記」（大正十年一月九日『北国新聞』、筆名は「在長崎　石橋忍月」）は北国新聞社創業の社主赤羽萬次郎を追悼

しながら、次のように北国新聞社への入社経緯を回想している。

創刊の後三月、君（赤羽＝引用者）は当時富山に客遊せる余を招きて編輯主任の職を與へたのである。其時の使ひは忘れもせぬ南惣一郎君であつた。余や当時学窓を出でてより漸く二年、内務省試補の冠を掛けてより漸く両三月、血気未だ定まらず。

『北国新聞』の創刊が明治二十六年八月五日であることから、右引用にある「創刊の後三月」は同年十一月をさすことになる。この時期、北国新聞社の南惣一郎が赤羽の「使ひ」として富山に赴いたことは、十一月八日『北国新聞』記事「石橋法学士の着沢」のなかの「編輯顧問として聘に応じたる忍月居士法学士石橋友吉氏は社員南惣一郎氏と共に豫記の如く一昨夜着沢」に符合する。また帝大を卒業して「漸く三年」の年時もほぼ適っている。だが掛冠の後の「漸く両三月」と「編輯主任」とは忍月の記憶違いであろう。退官後一年であり、編輯顧問である。ただし当時「富山に客遊」していたことは、十月二十日『北陸政論』記事「昨今の北陸民報社」および十月二十五日同紙記事「忍月居士の退社」等によっても裏づけられる。前者の記事「昨今の北陸民報社」には次のようにある。

北陸民報社にては過般三輪鶴松氏を招き尋て石橋友吉氏を聘したる当時孰れも主筆としての約束なりしに両氏来着の上三輪氏を主筆に石橋氏を局長とし双方の権衡を得せしめんたることは却ツて仇となり夫れより石橋氏は快からす思ひアノ若年が片腹痛しとの意気込にて自然三輪氏を軽蔑すれは三輪氏も亦負けぬ気にてナニ講釈の焼直し家がと互ひに睨み合ひの姿となり（中略）加へて同社の財政は相変らず困難にて（中略）石橋、三輪氏も最早同社に見込なしと思ひしものか一昨日は両氏とも執筆せす

また後者の記事「忍月居士の退社」には「民報社の悖徳漢に欺かれしを憤り居たる忍月居士石橋友吉氏は昨日を以て同社へ退社届を差出したり」とある。十月二十七日『北国新聞』記事「北陸民報と忍月居士」にも「忍月居士、今度北陸民報を退けり」とある。これらによって二十六年十月半ば過ぎから一週間ほど、富山市内で刊行されてい

た『北陸民報』に関係していたことが判明する。

『北陸民報』は二十六年三月に創刊された改進党系の日刊紙だが、十一月には廃刊されたようだ。不確かな言い方は紙面が現存しておらず、いずれの発行日すらも確認できていないからである。創刊の趣旨はなおさらである。刊行状態はライバル紙の自由党系『北陸政論』や隣県の『北国新聞』の報道に頼るしかない。ただし『北陸政論』の前掲記事「昨今の北陸民報社」あるいは十月二十四日記事「民報社の困窮」および十月二十三日『北国新聞』記事「富山県の操觚者」等に窺う限り、内紛と経営難とがつきまとっていたようだ。何しろ発行人の福井孝治は党籍を自由党に置き（同年十月二十一日除籍）、絶えず「山師」や「悖徳漢」の異名で報道される人物である。忍月自身も十月二十一日『北陸政論』記事「両士民報の悖徳漢を怒る」によると、

着富以来漸く彼れ（福井＝引用者）に欺かれし事を悟り兎角不快を感する折しも何事よりか突然悖徳漢の所為に激発し扨ては再昨日より筆を執らずと言ツて旅館に立籠れり

という有り様であったようだ。従って忍月の編集局長としての実態は全く窺い知れない。入社経緯についても同様である。後年の忍月が「追想記」において、当時を「血気未だ定まらず」と述懐するにふさわしい苦境ぶりであったことは確かであろう。間もなく展開する『北国新聞』紙上での創作と時評を念頭に置き、「嗚々往時茫々一夢の如く、思い出多き素より言ふを待たず」とも回想する背景が際立つほどの「富山に客遊せる予」である。

退官後の動静は「山田喜之助事務局」で「弁護事務ヲ実習」しながら文筆活動を再開し、この年の十月半ば過ぎに京都から富山に赴いたという概要にとどまる。これ以後は『北国新聞』紙上に明らかなのだが、現状の調査では以上の概要が限界である。今後の調査に委ねるしかない。

それにしても仕官し、根岸に転居したその当時の気概から、鷗外に凝らせば二頭立ての馬車に乗りかけたかにみえた。先に確認したように、文学を放棄していなかったからである。しかも「局外生」の署名で論説をも寄せた。

だが内務省時代の忍月は「局外生」を逆に制圧する官吏であった、そして実行した。結果は忍月版〈二頭立ての馬車〉に乗りきれずに佇み、残りの日々を空転させてしまった。いわば「昼の思想」と「夜の思想」とを統一することに蹉跌し分裂し、そのまま彌縫して結了させなければならなかった。それでいて彌縫すらできなかった。苦悩と焦燥とが交差した呻吟の時期であったといえる。

こうした経緯は当然のように、直後の文業に表れている。退官後の『思想』掲載の作品群は当代課題となっていた作家主体に触れるものの、全く深化し得なかった。むしろレッシングを準縄とする第一ステージに戻っている。やがて「衷情」意識をもって文筆活動に従うのは『北国新聞』紙上を待たなければならない。だがそれすら一時期であった。

注

（1）本文引用は桑原三郎監修『巖谷小波日記　翻刻と研究』（平成十年三月、慶応義塾大学出版会）による。

（2）平成六年十二月、北国新聞社。

（3）昭和六十二年四月、吉川弘文館。原文は漢文だが、刊行本は今井源衛の校訂による訓読文が付けられている。本文引用はそれによる。

（4）明治二十五年九月二十九日『国民新聞』社説「干渉問題を葬むる勿れ」を始めとして、同年十月二日『郵便報知新聞』社説「現内閣の為め之を憂ふ」等々、第四議会の課題としてアプローチしている。

（5）明治二十五年十一月六日『朝野新聞』記事「品川子一行の帰京」あるいは同日『国民新聞』記事「癇癪子帰る」等々、各紙が一斉に報じた。

四　「仏教文学論」と「親知らず子知らず」

『思想』は新人に門戸を開く一方、学者・宗教家らの「世人の教導者」が「我国の風教をばます〳〵善美ならしめ」ることを目的に（創刊巻頭言「思想の心得」）、二十六年六月二日[1]に創刊された。菊判五十頁ほどの小冊子で（創刊号のみ八十頁）、主幹が近石傳四郎、発行は思想社であった。同年六月一日『国民新聞』掲載の創刊広告には「学問上より世の風教と社会問題とに注意し最も文学に微力を用ひ」るとあるが、掲載作品は必ずしも文学に偏っていたわけでない。主要欄は「評論」「史伝」「小説」「雑録」などだが、文学・宗教・政治・教育等の各界の動向を扱う「文界」欄に活気がみられた。これらの執筆陣には井上哲次郎、三宅雪嶺、大西祝らが名を連ねている。忍月が加わった経緯は全く詳らかでない。だが当初から参加し、創刊号には「探偵小説を火葬する文」、第二号（同年七月二日発行）には「仏教文学論（上）」「小説破太鼓を評して『残忍の行為』に論及す」の他、無署名「所謂硬文学、所謂軟文学」「俳人の性行」「新刊雑誌」、第三号（同年七月十六日発行）には「戯曲論　其一」「仏教文学論（中）」と小説「親知らず子知らず（上）」、第四号[2]（同年十月二日発行）には「戯曲論　其二」と小説「親知らず子知らず（下）」を掲載している。以後の『思想』は筆者未見である。だがたとえ続刊されていたとしても、前節で触れた退官後の動静から判断して作品掲載はなかったと思われる。これらのなかで無署名の三作品については「追想録」で表題下に忍月と記されている他、欄外への加筆があり（毛筆）、忍月作品と見做すことができる（忍月全集第三巻解題参照）。問題は「仏教文学論」の署名三界一門楼主人である。

三界一門の匿名は二十七年三月二十四日『北国新聞』掲載の「芭蕉の仏教想」にある。この作品も「仏教文学論」同様に「追想録」では前半が欠けて署名も出典も確認できず、忍月全集編纂の企画当初から存疑作と見做されていた。ところがその後の調査で、三界一門と三界一門楼主人が忍月の匿名であることが判明した。

三界一門が忍月の匿名であることの根拠のひとつは、忍月と親交があった桐生悠々（当時の署名は愈虐）の証言である。忍月の推輓で小説「紅花染」を『北国新聞』に連載中の悠々が、二十七年四月一日『北国新聞』付録に批評「俳句二評」を載せている。悠々はこの冒頭で「忍月居士嘗て芭蕉の仏教想を論じて、明かに其の詩想を発表せり。故に余はこゝに其詩形を論ぜんと欲す」と記している。忍月が『北国新聞』に掲載して以来の同紙を吟味してみると、悠々が指摘する忍月の「芭蕉の仏教想」は三界一門署名の本篇以外に存在していない。また別の根拠は「追想録」に貼付されている随筆「ノヽ子」である。この「ノヽ子」の出典は未詳だが、第「四」章末尾の加筆部分から明治三十三年六月に長崎の地方紙に再掲した作品と推定される。初出は『北国新聞』掲載の忍月作品で、これらをもとに十七章から編んでいる。このうち「追想録」では第「六」「七」「八」章が欠けていて全篇を確認できない。また第「十五」章の初出も確認できていない。他は『北国新聞』初出時にたとえ無署名の作品であっても、「ノヽ子」収録時には忍月の署名で再掲されている。同様に「芭蕉の仏教想」も、このなかの第「九」章に忍月の署名で収められている。初出とに語句の異同は若干あるが、大意に変わりはない。

三界一門楼主人署名の「仏教文学論」は『思想』第二・三号「評論」欄に「仏教文学論（上）」「仏教文学論（中）」として連載された。ルビは「（上）」に「詩句《スタンザー》」「感情《センチメント》」とあるだけである。この「（下）」に類する続稿は他誌紙にもみられず、現時点では未定稿ということになる。本篇も忍月作品であることにふたつの根拠がある。「（上）」は「緒言」「詩と仏教想、」「（中）」は「仏教と日本文学」「俳諧の仏教想、」の小見出しが付いているが、「（中）」の「俳諧の仏教想、」は改題して前掲「芭蕉の仏教想」となって再録された作品である。再録時に語句、段落の組み替えが若干みられるが、新たに加筆した章句はない。作品の整理を図った異同と思われる。また別の根拠は「追想録」に貼付されている「（中）」後半部に、欠けて判読できない語句を忍月自らが毛筆で補塡していることである。この補塡は「追想録」への加筆、あるいは石橋忍月文学資料館所蔵の原稿に照らしても忍月の筆跡に間違いない。何よりも初出文と補塡語句とが同一であり、執筆者ならではの補塡といえる。以上によって、これらが一連の忍月作品であると見做し得るのである。後述するように脈絡は一貫している。なお「仏教文学論（上）」の「緒言」で記されている「拙著仏教概論参照」とある「仏教概論」は確認できず、未見のままである。

さてそれでは内容はどうか。「仏教文学論（上）」の「緒言」は詩人論から始まっている。存在する事物の全体である宇宙、その「宇宙の秘密」を攫取するのが詩人であるという。従って詩人は「萬有の王」であると先ず説く。次いで前作「仏教概論」の一節を次のように引用して当代状況を批評する。

余を以て今日の小説を観るに勉めて其文字を流麗にし、文句を艶美にし、写すところのものは卑猥なる恋情のみ。記する所のものは痴漢淫婦の醜話のみ。是れ豈に小説の本色ならむや。（中略）何ぞ一部に局促して井蛙の愚を学ぶことをこれなさん。

本篇にもこの当代評は引き継がれ、「醒めよ詩人、起きよ詩人」と警醒する。この限りにおいていえば北村透谷「時勢に感あり」、あるいは不知庵「小説は遊戯文字にあらず」等に共通する当代状況への慷慨が認められる。だがそれぞれの態度と求める文学像とが違う。透谷は思想界の大革命を必然とする「国家」意識をモチーフに、詩人が攫取すべき「宇宙を蓋ふの大観念」を課題にしている（「当世文学の潮模様」）。これに対して忍月は「人生を導き運命を説示する」（「美術的思想」）、あるいは「人生の運命及び自然の法則を説明する」（「戯曲論」）という啓蒙的な文学意識をモチーフに、「宇宙の秘密」を攫取して「宇宙の真理」を描く詩人の課題を問題にしている。大まかな言い方だが、ロマンティックな文学態度とクラシックな文学態度との相違である。また不知庵が例えば小説論略論争時において「材料は同一なりとも人情の秘奥に立入りしならんには何か不可あらん」（「『小説論略』質疑」）と裁断する『小説神髄』風のリアリスティックな理念の標榜とも異なる。忍月にもごく最初期の作品評（初稿『妹と脊鏡』評、『浮雲』第一篇評等）には逍遙の模写論の影響がみられた。だが久松定弘『独逸戯曲大意』に依拠してからは、詩人は「人情を写すに於ても亦た理想の活用と云ふことを忘却す可からず」（「浮雲」第二篇評）というアイデアリスティックな理念を標榜するようになっていた。逍遙の模写論は勧善懲悪を打破したものの、それに代わるいかなるイデオロギーをも呈示し得なかった。不知庵の「小説は云ふまでもなく経典でも修身書でもなければ」云々という評価は、巖本善治に指摘されたように片手落ちの論理でもあったのである。忍月は小説論略論争時においても、詩人は「人と運命との間を規定する天然の法則あるを知らしむる」（「女学雑誌社説『小説、小説家』」）べきであると主張している。ここに提唱している「天然の法則」はのちの「戯曲論」などで「自然の法則」「自然の天則」等々に言い換えられているが、人間行為における「必然の結果に対しては必然の原因あり」と説く因果律に基づく創作原理である。「仏教文学論（上）」の「緒言」に即せば詩人が攫取する「宇宙の秘密」に通じる文学上の規範である。つまり「自然の法則」に従うことによって文学上の理念「宇宙の秘密」が導かれるという、忍月にとっては従前の創作技法論が導入されているのである。従って忍月は、その理念を何故に今日の詩人は攫取し得ないのかを問いながら、重ねて「文運隆盛の今日這箇一人の詩人を見ざる」は何故かと当代状況を慷慨するにとどまる。こうした「仏教文学論（上）」の「緒言」は、原理としての「自然の法則」の詳述を省いているが故に、「彼等（詩人＝引用者）は幽玄高妙なる八万四千の法門中に隠れ」ているからだと指摘し、仏教との関係を方向づけて終わることになる。続く「詩と仏教想、」が論点を移し、文学と宗教との関係を論じている。

「仏教文学論（上）」の「詩と仏教想、」は、先ず「希臘」「印度」「支那」等、あるいはゲーテ、シラー、荘子等を例示して「敬虔なる信仰と熱誠炎ゆるか如きものなくんば以て美を発揮するに足らさる」と断言する。ここにある「美」も、やはり「宇宙の秘密」に貫かれる文学上の理念「宇宙の真理」である。と同時に、読者の「皆な人の得る」世界でもある。従って「宇宙の秘密」を攫取し「美」を発揮するには、「敬虔なる信仰と熱誠」を前提とする「宇宙と共に永久なる」宗教性が詩人と密接に関係してくると説くことになる。とりわけ日本においては「戒定慧の三学を以て妄情の脱離、意思の強健、智能の啓発を企図する」仏教こそが、敬虔な宗教心を背景に「純潔高大、強壮優美なる文学」を形成したと強調する。論理的には些か周到さを欠いているかもしれないが、ともあれ忍月はこの観点から詩人の課題に触れつつも、ふたつの命題を派生させている。ひとつは「日本文学は仏教想によつて其精華を発揮」した、という文学史観の指摘。いわば「日本旧来の文学」の具体的な提示である。もうひとつは前掲「緒言」で触れた当代評に関して、当代の詩人には宗教性が脆弱であるため「死文字死文章たるを免かれず」という批評である。前者には、

物語の始祖「竹取」は想を宝楼閣経に採て永く明治の今日に知られ、「源語」は法華の玄義によつて純潔後世比なしと称せらる此書天台の理と共に命を保たんか、西行頓阿の歌、五山僧徒の手に成る謡曲、近松門左か筆に現れたる戯曲、馬琴の小説、さては一九の滑稽に至るまで、皆想を仏教に採る。

と補説してある。だが個別の作品について、あるいは個別の作家について何が仏教と相関しているのか、といった考察はない。きわめて大概的な記述だが、少なくとも右引用の一節からでも忍月の文学史観が仏教を根底に把握されていることは理解できよう。また後者には、

今世の詩人想浅く信弱くしてよく妄情を脱離し、智能を啓発し以て意思を強健ならしむること能はず。活眼、此脱白露現せる仏教想を求めず、却て眼を幻夢の如き世間想に注ぐ。

とある。仏教想と世間想とを対峙しながら説示し、やはり仏教想の受容を求めている。

忍月はこうして仏教を根底に論述しているのだが、その仏教と忍月自らの内発的なかかわりについては触れていない。詩人が「妄情を脱離し、智能を啓発し、以て意思の強健を謀る」という仏教の意図に沿って「宇宙の秘密」を攫取し、創作することの合目性を問題にしている。忍月はその詩人の立場にはいない。あくまでも読者という享受者の立場から、「清浄無垢なる仏身を感得する」享受者のために「美」を発揮する詩人の創作原理を表現技法と

して論じているのである。従ってこの批評態度には、読者と作品との関係は存在するが、作者である忍月と批評という創作行為との間の不離な関係は欠けていることになる。いわば作者が作者の問題として創作を問う形では作品が捉えられていないのである。透谷が「真に日本なる一国を形成する原質」から仏教の精神を作家主体の問題として捉えた態度とは明らかに違っている（「文学史の第一着は出たり」）。既述したように読者である市民の健全さを基点とする忍月批評の特色であり、クラシックな態度でアイデアリスティックな理念を抱懐している所以がここにある。

繰り返すようだが忍月の批評態度には、レッシング『ハンブルク演劇論』に即すと市民の健全な精神に照らした詩的な真実性 die poetische Wahrheit を標榜しようとする理想主義的な理念が抱懐していた（第三十三号）。作品の構想概念にも典型的な状況 Situation で典型的な性格の行為 Handlung を描く（第十九号）、という偶然の入り込む余地のない合目的な原因・結果の連鎖 die Abhängigkeit von Ursache und Wirkung すなわち〈行為の一致〉が求められている（第三十号）。例えば「舞姫」評において「『真心の行為は性質の反照なり』と云へる確言」から、主人公が恋愛を捨て、功名をとったことに「人物と境遇と行為との関係支離滅裂」であると難じた箇所。あるいは「浮雲」第二篇評において、「浮雲は能く運命を解釈せり　運命とは何ぞや曰く都て人の意思と気質とに出づる行為の結果にして禍に罹るも福を招くも一々其の人の行為之が因をなすもの也」といった因果律 Kausalgesetz からの評価などである。こうした観点は「罪過論」「戯曲論」等々で頻繁に触れている忍月批評の基調でもあった。小説や随筆等を含めても、忍月文学の大体は以上によってほぼ言い当てることができる。

だがもとよりレッシングが全てではなかった。黎明期の時代思潮を「東西の二大潮が狂湧猛瀉して相衝突するの際」（「国民と思想（1）」）と評したのは透谷だが、慶応元年生まれの忍月にも伝統的な思想性の問題が皆無であったとは言い難い。外来的思想性との対立や相剋、あるいは便乗的併存や無機的拡散等の諸相が働いたであろうことは想像するに難くない。実際、忍月とて「今日は（中略）実に日本旧来の文学と西欧詩学と結合消化して別に一天地を開かんとするの時代なり」と明言している（「初見の口上」）。この文学史観に留意すると、忍月のなかにも「日本旧来の文学」像が少なからず内在していたと考えられる。

かつて忍月は「露小袖を批評す」（二十三年十一月十八日『読売新聞』）において、大橋乙羽「露小袖」は「尋常一般なる人間界の無常」を「意匠となし、精神となし、骨子となし、以て普通の人間に応用した」作品であると評した。無常は仏教の「一大理法」であって、その文学的応用が「天地間の隠微を照さんとする小説」となって読者の感情を惹起させているというのである。紛れもなく「仏教文学論」に貫かれる観点である。登場人物の「零落」、作品の「主旨」に無常を見据えた忍月の批評には、すでに仏教がひとつの評点として据えられていたのである。当時にあって、不知庵が「作者の着想は過半五平夫婦零落の域に陥りし時の愛情にてあらん」（「露小袖を読んで」）、また巖本善治が「何分にも余情少なし。一編の大主旨何処にある」（「新著百種の露小袖」）にとどまっている論点と対照的である。

それでは忍月が捉える〈仏教〉の何が日本文学を基底しているというのか。「仏教文学論（中）」の「仏教と日本文学」は、先ず「我が文学は仏教の輸入によりこゝに其の根底を定め、純粋なる国文学の基礎を成せり」と説く。理由は仏教の輸入が音韻をもたらし、その結果「僅かに五十内外の文字を以て無限の想を発揮し得る」契機になったからだという。この音韻論は大内青巒の「弘法大師既に五十音の製作あり、乃ち我国の言語に必用なる音韵の規格こゝに一定せり」という説（原拠未詳）を踏まえているが、忍月は「西行法師鴫立つ沢に高遠の想を謳ひ」、「兼好法師の徒然草、小島法師の太平記、頓阿の草庵集は、優艶に仏教想を歌ひ」云々と例示している。要するに音韻表記が「想を仏教にとりてよく宇宙の美を現は」して日本文学の基礎をつくり、仏教文学となったというのである。なかでも「禅学の趣味を体得したる俳句俳文を以て仏教文学の神髄なり」と断じている。次節「俳諧の仏教想、」

がその展開となる。

「仏教文学論（中）」の「俳諧の仏教想、」は、のち「芭蕉の仏教想」と改題されて再録されたように芭蕉論である。芭蕉は「俳壇の泰斗、日本仏教文学に於る達磨なり」と断じた上で、

五山文学は臨済一派の禅、彼れ仏頂和尚に参禅して仏眼を開き、古池へ蛙飛び込む水の音に大悟し、こゝに正風の俳を起し俗談平話の中に第一義を儼存せしめ、情景一致相実融和の妙を擅にせり。

と要約している。ここにある芭蕉観にはふたつの観点がある。禅との関係および句における象徴性の問題である。前者は明治二十年代にあっても、それほど新奇な内容ではなかったろう。芭蕉が鹿島根本寺二十一世の住職河南仏頂について禅の影響を受けたことはよく知られていた。そして禅の語録からの引用が芭蕉の文章、句に多々散見していることも同様であったからである。忍月がことさら禅を強調する背景には、山路愛山「平民的短歌の発達（二）」（二十五年十月三日『国民之友』）の俳諧論があったと思われる。

愛山は俳句が「サブライム」sublime（崇高な宗教性の意）に欠け、また道義の観念に乏しいことを文学的欠陥であると批判し、

俳諧中興の祖と曰はれたる芭蕉は西行法師の人と為りを慕ひて、其山家集をば彼が理想の模範とせしよしなれど、彼は只詩人たる西行に於て私淑せるのみ、宗教家たる西行に倣はんとせしには非りしなり。

と及んだ。また俳諧が「自然を詠じて人物を遺す」ことにも言及していた。社会生活や現実生活が俳諧の詩題から逸脱しているという批判であって、愛山が重視する論点である。やがて「山東京伝」（二十五年十月三十日『国民新聞』）や、「近世物質的の進歩」（同年十～十二月『国民之友』）等へと展開していく平民主義の骨子でもある。いわば芭蕉俳諧の高悟帰俗の高悟を宗教性の脆弱さから切り棄て、帰俗の一面だけを「市民的大詩人」の要件に挙げているのである。この愛山論に、透谷「人生に相渉るとは何の謂ぞ」（二十六年二月二十八日『文学界』）が逆に帰俗を切

り棄て、高悟のみを主張したことは周知の通りである。これらの論議を不健全な「高踏派」の潮流と非難したのは徳富蘇峰「社会に於ける思想の三潮流」（同年四月二十三日『国民之友』）であった。人生相渉論争の一端なのだが、透谷は「明月や」の句を引例しながら「サブライムとは形の判断にあらずして、想の領分なり」と愛山論を批判していた。

忍月の芭蕉観が提示されたのはこうした折りである。すでに愛山に関しては「仏教文学論（上）」を掲載した『思想』第二号の「所謂硬文学、所謂軟文学」で、「美術を度外に置きて文学を談ずる者」のひとりに挙げて批判していた。また同誌併載の前掲「俳人の性行」でも、「道義の側面より見て誠意勢実の道徳家なり」と論究するのは局部的な評価であると愛山論に反駁していた。この延長に自らの「美術」あるいは「俳諧」概念から具体的に論及したのが「仏教文学論（中）」の仏教を基底にした文学史観であり、芭蕉観なのであったろう。先に引用した「俳諧の仏教想」の一節からも「仏頂和尚に参禅して仏眼を開き（中略）俗談平話の中に第一義を儼存せしめ」と愛山に対峙していることがわかる。また「情景一致相実融和の妙を擅にせり」と透谷にも対峙している。「仏界に心を入る丶もの」は想実の調和した世界を示すと説く忍月のモチーフは、「心を向上の一路に遊び、作を四海にめぐらす」詩人の方向づけにあったからである。その詩人の立場を「身は無常なる社会にあつて、想は悠久なり。身は九尺二間の裏長屋にあつて、想は天地に逍遥遊す」とも言い換えている（「俳諧の仏教想」）。忍月の右モチーフには幽玄なる仏教想に貫く「其の美は何人も味ふべし」という読者への視点が絶えず注がれているのである。従って透谷が「明月や」の句を解釈するように「三回めぐりたり、四回めぐりたり、而して終によもすがらめぐりたり」という内面の葛藤への言及はない。透谷の観点からは、芭蕉を俗からみれば僧のようであり、僧からみれば俗のような裏切り者であって、先ずはこの両面の際を同時に抱えている芭蕉が作者である透谷の問題として登場する。だが繰り返すようだが、忍月の観点には想実が調和する一体としての詩人が読者にどう対座するか、この啓蒙的で合目的な表現技法が優先する。だからこそ忍月は「古池や」の句に対しても、象徴的に「水の音」を受けとめる。そこには「宇宙の真理」が含まれていて、存在の神秘感が一瞬のうちに「大悟」する読者の契機ともなるからだというのである。ここには「宇宙の秘密」を攫取し、その象徴を表現した詩人が紛れもなく存在している。そして「薄月の夜に梅のどことなく馨るが如く情は心裹の花をもたづね、真如の月をも観すべし」とも言い換える芭蕉俳諧の象徴性が、強健で温順、純潔で高尚な仏教の意図に沿って「聖凡の別なく、普通にこれを解し、聖道門にも浄土門にも通じる」読者の感情を惹起することになる。かくして読者に共感することにおいて、忍月の捉える〈仏教〉想が日本文学を基底するのである。

以上で「仏教文学論」は打ち切られている。現時点では「(下)」に該当する作品が見当たらない。未定稿となった理由が、発表舞台である『思想』の問題か、忍月自身の問題か明らかでない。

ところで「仏教文学論」の執筆理由は何んであったろうか。ひとつには『思想』執筆陣のひとりであった井上哲次郎が巻き起こした「教育と宗教の衝突」論争にあった。井上のキリスト教批判は『教育ト宗教ノ衝突』(明治二十六年四月十日、敬業社)に収録され、多くの誌紙に転載される程に反響を呼んだ。『思想』もその一誌で、第一号から転載、引用、要約を繰り返して「国家的精神」「国家的主義」等を論議している。「仏教文学論」は『思想』誌上のその文学版であったと捉えて間違いない。ただし忍月はかならずしも仏教擁護の立場から執筆していない。「詩と仏教想、」において「吾は仏教なき異国に活文章なしと云ふものにあらず」と断言しているように、文学プロパーの立場から古今東西の宗教と文学とを均衡に扱っている。忍月の観点には特定の宗教に偏向する意図がみられない。それならば何故に仏教が題材となったのであろうか。

「仏教文学論」が発表された当時、同旨の作品に前掲「俳人の性行」がある。その冒頭では俳人に対するこれまでの低い評価を難じ、「彼等(俳人=引用者)往々一短句の裡に宇宙の玄妙を描き、絶高の思想を吐き、吾人をして復読三嘆措く能はざらしむる者あり」と高唱している。前述した「仏教文学論」に貫く観点であって、愛山論への反措定が込められている。だが一方、この「俳人の性行」は棲月（戸川秋骨）「俳人の性行を想ふ」（二十六年五月三十一日『文学界』）をも踏まえていた。俳諧の理想を高く評価する秋骨は、やはり「今の道徳論者赧然たるなきか」「今の実理論者恥づる所なきか」と愛山論に対峙している。俳諧に対する秋骨の立場は、『文学界』同人ということもあるのだろうが、きわめて透谷に近い。何よりも「天地を風雅の側面より解釈」する芭蕉観が躍如している。だが忍月「俳人の性行」は秋骨の俳諧論が俳人の「性行識見の凡ならざる」因由に触れない点を遺憾だと難じた。秋骨が俳諧の理想は「老荘の学と禅教の幽玄」から成っていると明言しつつも、その「禅機」には触れなかったからである。「禅機」は宗教的回心、美的体験、あるいは自然と人間との主客合一等々の発現として理解できよう。「仏教文学論」に即せば「自然の秘密」を攫取して「美」を発揮する働きに他ならない。愛山論への反論そして秋骨論への反論が「俳人の性行」「仏教文学論」の背景にある以上、おのずと仏教を題材にせざるを得なかった理由がここにある。

なお透谷も同様だが、秋骨は「風雅の側面」から俳諧を評している。忍月には風雅、風流からの俳諧評価がない。幽玄を基点にしている。だが「俳人の性行」において幽玄の詳述はない。「俳諧の仏教想、」においても同様である。ただし「俳諧の仏教想、」においては、芭門一派の句が「一種幽玄なる想の其（句＝引用者）の中に含まる」故に評価されると触れている。もちろんここにも「想は幽玄なり、而も其（幽玄＝引用者）の美は何人も味ふべし」という読者への視点は注がれている。つまり読者の視点をもつ忍月の主張は、風流に逍遥する詩人と同次元ではないのである。風流はもともと世俗の価値観に対立するものであろうが、忍月の理解は「風流は真に怠惰残忍の別号に外ならず」と世俗に即した内容にある。そして世俗のために「吾人は昊天に号泣して、其の不心得を示論せんと欲す」と自らを位置づけている（二十三年四月二十三・二十四日『江湖新聞』掲載「風流とは何ぞ」）。この風流観に対しては、露伴「一碗の茶を忍月に侑む」（同月三十日『読売新聞』）が「居士は切に風流を慕ふものを憎むといふ（中略）他日居士に強く憎まるゝやうになり得ば如何に嬉しき事ならむ」と揶揄した。巌本善治らの反駁も相次いだ。だがその後の忍月の反論「駆風流」（二十三年五月七日『江湖新聞』）、および「追想録」への記述（忍月全集第二巻解題参照）に一貫した忍月の風流観は確認できる。露伴作品を高く評価し、露伴と深い交友を結ぶ忍月だが、その忍月の批評構造はまた別なのである。無常を活用して「天地間の隠微を照らさん」とした小説と読者との関係を論じた前掲「露小袖を批評す」も、年時的にはこうした風流論議が底流にあったといえる。当時の広範な論議のなかに仏教にかかわる論点が大きな題材となっていたのである。鷗外「忍月居士よ」（二十三年十一月十九日『国民新聞』）が「露小袖を批評す」に対して、「居士願くは唯一篇の無常を示さゞる小説を示せ」と難じたのも故なきことではなかった。基本的には月旦評に貫かれた忍月批評であり、「仏教文学論」の執筆動機にはこうした当代状況との絡みがあったのである。この限りにおいては一貫性を認められよう。だが作家主体を課題とする当代状況に掛け離れる方向であったことは否めない。

それでは忍月の実作はどうであったろうか。忍月が弁護士業の傍ら、晩年に至るまで句作を続けたことは知られている。山本健吉「忍月俳句抄」が忍月の句を選出し編んでいる（忍月全集第二巻収録）。だが選出した作品は、忍月の長崎時代（明治三十二年六月から死去した大正十五年二月まで）の句作であった。それ以前の句は選出から漏れている。

忍月の句作は、金沢時代の明治三十年七月に文学同好会「洞然会」を結成した時期から本格的に始まっている。悠々や忍露らと結成した洞然会は幅広い文学活動を目指したようだが、実際には句作にとどまった。この活動経緯のなかで忍月「洞然会の発会式」（三十年七月三十一日『北国新聞』）が洞然会の方針を「幽谷に芳蘭を求め海底に真珠を得んとする者なり、天文地文人文の三ツを調合して高雅霊妙永遠不朽なる者を尋ねんとする者なり」と述べている。このアイデアリスティックな態度に注目したい。この態度は「戯曲の価値、有序」「審美論一斑」等に通じるばかりか、「仏教文学論」で前提として触れた詩人の位置づけ、方向づけと同趣だからである。ただし読者の生き方に啓蒙的な詩人であるはずの俳人忍月はその当時、例えば

白露のむらさきこほす小萩哉

鳴くほとに聞く人のなき秋の蟬

にみられるように、写実俳句を作ったに過ぎなかった。「白露の」における小萩は小萩らしく、「鳴くほとに」の蟬はあくまでも秋の蟬らしく月並みに詠んでいる。日本派俳人と交った長崎時代ならまだしも、「仏教文学論」発表年時に近く、また同趣の態度を表明した忍月なのだが、どうしても「自然の秘密」を攫取しようとする詩人には受けとめ難い。また「清浄無垢なる仏身を感得する」読者のために「美」を発揮しているとも思えない。「仏教文学論」の論理に従えば、忍月に「敬虔なる信仰と熱勢炎ゆるが如き」宗教性が欠如していることになる。「仏教文学論」発表当時の句作を確認できず一概には断定できないが、実作に及んだ忍月は自家撞着に落ちたというべきなのだろうか。だがもとより詩を論ずる忍月と句作する忍月とは異なる。過度的な文学意識を抱いていた金沢時代の忍月にあっては理論と句作とに矛盾を覚えていたとでもいうのであろうか。句作時の忍月の態度に関しては、なお検討の余地がある。

この点、小説はどうであろうか。「仏教文学論」と同時期の小説に短編「親知らず子知らず」[3]がある。「戯曲論」と併載されただけに、基調は「戯曲論」で主張する「自然の法則」という因果律に基づいていた。形態は箱根の山中にある「親知らず子知らず」の碑文の由来を山里の古老が物語る形式をとっている。勘当したひとり息子の捨吉を捜し求めている父親の安平が、箱根で盗賊に襲われて命を落とす。捨吉が郷里の実家に舞い戻った時の装束は、箱根で殺害した老人の持ち物で、捨吉の母が捨吉のために縫い上げて安平に預けた綿入れと羽織りであった。捨吉

は母の問いかけに父をあやめたことを知り、急ぎ箱根に戻り父の傍らで自害したというのである。「不羇放埒」な性格の持ち主である捨吉がもたらした悲劇的な展開、すなわち捨吉を原因に引き戻し、原因を結果に対して計量する展開であって、悲劇的な出来事は必然的に起こるという因果律に貫かれている。

この表現技法としての因果律については「仏教文学論」でも触れていた。すなわち「清浄無垢なる仏身を感得する」読者のために、作者が「妄情を脱離し、智能を啓発し、以て意思の強健を謀る」という仏教の意図を合目的に構想すべきことの主張であった。この意味で小説「親知らず子知らず」は、仏教で説く因果律を作品構想の骨子にしているかのようにも思える。

だが忍月のなかに、読者に対する仏教的なモチーフが働いていたとは言い難い。句作におけると同様に、敬虔な宗教心がみられないからである。むしろ忍月の合目的な創作態度に敬虔な仏教想があるか否かは問題でないと捉えるべきかもしれない。敬虔な宗教心の必要を求めた「仏教文学論」に矛盾するようだが、忍月の態度はあくまでも読者に対して合目的なのであって、読者の健全な市民性が目途なのである。もちろん仏教で説かれる善因楽果、悪因苦果という因果応報の世界にも、一人ひとりに対する仏法の教化、啓蒙はある。だがこの場合、より根本には輪廻転生の思想が内在する。そして自己の存在はそのしがらみからの離脱を願い、やがて仏道の修行に駆り立てられる方向に位置づけられている。忍月が意図する創作態度に、繰り返すようだがこうした宿命論的な諦観はない。前述した風流観にも明らかである。ここではやはり、レッシング『ハンブルク演劇論』の合目的な態度の活用と捉えるべきであろう。

レッシングによれば、合目的とは

われわれ（一般市民としての観客＝引用者）もかれ（作家＝同）が各人物におこなわせる行動（Handlung＝同）の一つ一つについて、もしわれわれがおなじ程度の情熱をいだき、おなじような状況のもとにあるならば、自身でそれをおこなったことであろう、と告白せざるを得ないような結果になる。

（『ハンブルク演劇論』第三十二号）

という創作態度に緊密な関係にある。ここには一般的な市民が「自身でそれをおこなったことであろう」と同感 Sympathie する真実性 Wahrheit が意図的に求められている。すなわち、市民の健全な精神に照らし、その市民としての観客への効果 Wirkung において、作品が「教訓的意図にふさわしいか、ふさわしくないかを考えて」創作することである（第三十三号）。この啓蒙的観点は作品構想に限っていえば、「仏教文学論」における仏教的意図の発揮と置き替えてもさしつかえない。だがこの点は『ハンブルク演劇論』に依拠する「戯曲論」に詳しい。すなわち「悲曲の主眼は、観客をして曲中主人公の心事を憫むと同時に、天道を畏れ且敬せしむる」という読者の同感 Sympathie の作用「光潔」Katharsis である（「五、戯曲の種類」）。こうした意味において、「親知らず子知らず」における捨吉の性格、それ故の放蕩、親殺し、自害という原因・結果の縦列的な必然性は、きわめて合目的であり意図的なのである。苦悩し煩悶する捨吉が自害に至る性格の「変容」die Verwandlung にこそ、恐怖 Furcht から同情 Mitleid に転化する読者の浄化 Katharsis が意図されているからである。仮に、原因としての捨吉の性格が描かれていなかったなら、不幸な親殺しはただ単に戦慄と嫌悪を惹き起こすにとどまるであろう。「仏教文学論」と併載された「小説破太鼓を評して『残忍の行為』に論及す」のなかでも、「一点として美妙の感を看客に与ふる所なし」と否定した不自然な展開に過ぎなくなる。性格が不幸の原因となって連鎖しているからこそ、悲劇的効果が成立しているのである。宿命論的な観点からは派生し難い効果である。作品としての巧拙は別として、少なくともレッシングに依拠した「戯曲論」に掲げている「人生の運命及び自然の法則を説明する」目的は遂げられている。また読者の感情の惹起という点において、「仏教文学論」の作品構想も遂げられているといえる。

忍月はこうして悲劇的展開に読者の啓蒙を意図することで、レッシングが主導した十八世紀合理主義の啓蒙精神を、評論とは別に小説でも発揮したことになる。従って態度としても『文学界』派にみられるロマンティシズム文学が勃興するなかで、クラッシズム文学を堅持した典型的な活動ともいえる。

注

（1）『思想』創刊号の表紙には「明治二十六年六月二日発兌」とあるが、奥付には同月「三日発行」とある。
（2）忍月全集編纂過程では『思想』四号を確認できず、四号掲載の二作品には触れることができなかった。
（3）「親知らず子知らず」はのち「親不知子不知」と改題され、二十六年十一月十六・十七・十九日『北国新聞』に再録されている。再録時は掲載日ごとに（其上）（其中）（其下）と三章に分けられているが、語句の異同はない。

五　「戯曲論」

忍月「戯曲論」には次の六種がある。

①「独逸戯曲の種別」
（署名は忍月居士。明治二十二年十一月二十二・二十九日、同年十二月七・十六日『小文学』第一〜四号）
②「戯曲論（其一）〜（其三）」
（署名は忍月。同二十三年十二月十七〜十九日『国会』）
③「戯曲の価値、有序」
（署名は石橋忍月。同二十三年十二月二十六日『日本評論』第二十号）
④「戯曲論　其一、其二」

（署名は石橋忍月。同二十六年七月十六日、同年十月二日『思想』三、四号）

⑤「戯曲論　其一～其七」

（署名は石橋忍月。同二十六年十一月十二～十七日、同月二十一・二十二日『北国新聞』）

⑥「人文子　一八、戯曲に就て」

（署名は石橋忍月。同二十七年九月四日『短編小説明治文庫』第十六編）

これらのうち①『小文学』掲載稿の五章を基に、②『国会』掲載稿そして③『日本評論』掲載稿と発表ごとに章立てを含め増補、補綴がなされて④『思想』掲載稿に集約されている。また④は新たに二章を加えて全七章（緒言を含む）とし、章立て・本文もほぼこれに準じて⑤『北国新聞』掲載稿と⑥『明治文庫』収載稿として再録されている。いわば④が忍月「戯曲論」の原型となっているのである。本節で扱う所以がここにある。

だが④の末尾には「（未完）」とあり、本文に異同がない次作⑤の末尾には「大尾」とある。同様の⑥には何も明記されていない。ただし序文に該当する⑥の「戯曲に就て」が④・⑤の序文「緒言」に語句の異同を若干加えており、序文の組み立てを考慮すれば⑥を忍月「戯曲論」全体の最終稿とせざるを得ない。従って本節では最終稿⑥を念頭に置きながら、原型④を基幹に論及することになる。いずれの序文も当代状況に緊密であり、当代状況との絡みのなかで本文が発表されているからでもある。

ちなみに最終稿⑥を収載した『明治文庫』は、博文館から発行された雑誌形式の短編叢書で（全十八冊）、のちの『文芸倶楽部』の一前身に当たる。この第十六編は菊版一九五頁の合著集で、忍月の小説「くらぶ山」・随筆「百々逸釈義」・評論「人文子」の他、桐生悠々（署名は愈虐）の小説「紅花染」と宇田川文海の紀行「但馬行季付拾遺」とを収めている。全体としての序文、あとがきの類いはない。ただし「紅花染」（初出は二十七年三月二十五日～同年四月二十一日『北国新聞』）には忍月が序文「『紅花染』に題す」を付し、悠々との関係および作品を「本書の補充として左に掲ぐる」理由を記している。「但馬行李」に関しては触れていない。収載された忍月作品の初出は『北国新聞』が大半を占めている。「くらぶ山」は二十七年二月十三日から同年三月十四日まで二十六回にわたって連載された。収載時には字句の削除、補訂が若干ある。また「百々逸釈義」は同年二月十二・十六・十九・二十二・二十六日と五月二十八日掲載の六題が収められている。いずれも『北国新聞』掲載以前には類似した作品は見当たらない。だが「人文子」は異なる。

『明治文庫』収載の「人文子」は、二十六年十二月四日『北国新聞』掲載の評論「人文子」とは別種で、十八章から成っている。この「人文子」の十五章までは初出である「審美論一斑」（二十六年十一月十八〜二十日『北国新聞』）のうち「九、美術界の姦俗なり」を全面削除し、新たに同年十一月二十九日『北国新聞』掲載の「暗合」、同年十一月三十日『北国新聞』掲載の「日本詩の連声（再）」、同年十二月六日『北国新聞』掲載の「推敲」を加えている。その上で「十六、探偵小説を火葬する詞」（初出は同年六月二日『思想』第一号掲載「探偵小説を火葬する文」）と「十七、残酷の行為」（初出は二十五年十一月十日『歌舞伎新報』一四二〇号掲載「戯曲の残酷の行為」、のち二十六年七月二日『思想』第二号に「小説破太鼓を評して『残忍の行為』に論及す」と題して再録）とをそれぞれ付加して最終章「十八、戯曲に就て」で結んでいる。

⑥の「戯曲論」は、この最終章「十八、戯曲に就て」の途中から④⑤の「緒言」にない一節「戯曲論を作る」を明記したのち、見出し「戯曲論」を改めて掲げて収載されている。分量にして「人文子」全体の四割程度である。もちろん目次に「戯曲論」の項目はない。繰り返すが、⑥は「人文子　十八、戯曲に就て」のなかでの扱いであって、前稿④⑤が転載された形で収まっている。尤も十五章までの初出「審美論一斑」とて、それ以前に発表した作品（③「戯曲の価値、有序」や「想実論」など）の焼き直しが多い。またはのちに発表する作品（二十七年二月二十五日『早稲田文学』掲載「日本詩の連声」）の下敷きでもある。度重なる転載は右記の「戯曲論」の系譜一覧でも明ら

かなように、「人文子」稿全体に及んでいる。『北国新聞』掲載時あるいは『明治文庫』編纂時の忍月の状況にかかわる問題だが、独立した「戯曲論」の最終版の意図で「人文子　十八」章に収めたのかもしれない。⑥の序文「戯曲に就て」には、④⑤にある「吾人戯曲の一部一局に就ては幾度か意見を吐きしことあり自然重複にわたる嫌ひ無き能はず読者幸に咎むる勿れ」の一節が削除されているからである。

ところで忍月「戯曲論」の原型④『思想』掲載稿と最終稿⑥「人文子」稿との構成はどうなっているのか。先ず④のうち、第三号掲載「戯曲論　其一」は「一、緒言」「二、詩体の分類」「三、戯曲の定義」「四、戯曲の目的」と、古藤庵無声（島崎藤村）「悲曲茶のけむり」（二十六年六月三十日『文学界』）第一回に触れた「付記」で成っている。また第四号掲載「戯曲論　其二」は「五、戯曲の種類」「六、戯曲の叙記法」「七、罪過及衝突」で成っている。この組み立ては⑥において「付記」が削除され、序文「一、緒言」が「戯曲に就て」に代わった他、「第一章　詩体の分類」「第二章　戯曲の定義」「第三章　戯曲の目的」「第四章　戯曲の種類」「第六章　戯曲の叙記法」「第七章　罪過及衝突」と④に同じく展開している。だが「第六章」と「第七章」の表記は順を追えば「第五章」「第六章」であろう。⑤『北国新聞』掲載稿の誤記「六、戯曲の叙記法」（二十六年十一月十七日掲載）および「七、罪過及衝突」（同月二十一日掲載）をそのまま転載したための誤りとみられる。他には句読点の異同やパーレンと二重パーレンの違いの類いがある程度で、全体として④に準じている。なおこの④は①『小文学』掲載稿を起点にした内容でもある。

①『小文学』掲載稿「独逸戯曲の種別」は章立てにはなっていないが、大別すると五つの分節から成っている。第一号掲載分の緒論、第二号掲載分の詩体の分類・戯曲の定義・戯曲の目的・戯曲の種類である。第三、四号にわたっては右分類の三種類すなわち「悲哀戯曲」Tragödie、「歓喜戯曲」Komödie、「通常戯曲」Schauspiel が詳論されている。先走っていえば、第一・二号掲載分の内容がほぼ同じ文脈で②・③に転載され、④の第一章から第四

章までを形成している。そして第三・四号掲載分も同様に④「五、戯曲の種類」に集約されている。これら構成上の展開を一瞥すると、質量ともに①「独逸戯曲の種別」が忍月「戯曲論」の起点と見做すことができる。だが①と④を比較すると、①は表題が示すように戯曲の種類にウエートが置かれている。

①「独逸戯曲の種別」には緒論に当たる冒頭から、「近世文学を談ずるもの何ぞ（中略）イデアル、レアルの語を訳して理想的実写的と言ひ」云々と「小説論略」論争時の一争点が記されている。これは文園戯曲論議に触れた②においても同様で、忍月「戯曲論」の構想が同時代的展開のひとつとして発想されていたことを示している。例えば①に限れば、忍月と不知庵への巖本善治の反論「申し開らき条々」（二十二年九月二十一日『女学雑誌』）のなかの一節「シルレルと云ひ、ゲーテと云へども如此く版押したる如き趣向（理想派、実際派の文学上の種別＝引用者）の戯曲あるを見ず」、あるいは不知庵の反駁論「『小説論略』筆者に再問す」（同年十月五日『女学雑誌』）のなかの当代評言を概評した一節「是等の錚々たる批評家（当時の『国民之友』誌上の「唐松操」評の高橋五郎、「掘出し物」評の忍月ら＝同）すら斯く疎鹵の評となすなれば他は知るべきのみ」等を踏まえ、

> 或る人シルレルの「ウキルヘルム、テル」を評して巧妙なる悲哀戯曲なりと言へり、然れども独乙戯曲の種別に従へば「テル」は悲哀戯曲に属するものに非ず、予此等の誤謬を耳にし先づ此篇を艸する蓋し已むを得ざるなり、

と執筆動機に触れていることから、当代状況とのかかわりで戯曲の種類に焦点を当てたことがわかる。こうした観点はすでに実践していた戯曲論と小説論との接点を狙う宿意の一斑であったとみてよい。それだけに本論では前提となる「詩体の分類を略説」し、その概念規定から説き始めることになる。

さて第一章に当たる「詩体の分類」は③を除いて、次に引用する①の「詩体の分類」が⑥に至るまで同文で貫かれる。

独乙の詩体に三種あり、曰く叙事詩《エピック》、曰く写情詩《リユリック》、曰く戯曲《ドラマ》是なり、叙事詩は世界万物、及び歴史上の生活を客観的に叙記する者なり、写情詩は作家自身の意思感情《ガイストゲフユル》を主観的に直叙する者なり、（中略）而して戯曲は此二者の中間に位し、客観的の材料を主観的の材料となし、即ち別言すれば叙事詩の材料と写情詩の叙述法《アウスザーゲ》との結合により、別に第三種の詩体を組織するものなり、

「叙事詩」**Epik**、「写情詩」**Lyrik**（叙情詩）、「戯曲」**Drama** の三「詩体」すなわち詩歌 **Poesie** の三分法からの起稿である。この三分法に関して、④以降には「泰西の詩学を標準として」分類するという前書きがある。三分法は確かに十九世紀ヨーロッパ文学の定番であり、黎明期の日本にあって新しい分類概念にちがいなかった。それまでにも例えば菊池大麓『百科全書修辞及華文』（十二年五月に文部省から刊行）のなかの「詩文ノ術」に、「楽詩（即チ小曲）」**Lyric poetry**、「史詩」**Epic**、「戯曲」**Drama** の分類はあった。だが概念の未消化から西欧理念の移入史上の文献にとどまる。忍月には流動的で未評価の当代文学に作品評を掲げて容喙するところがあった。鷗外に「余はその批評の誼に感ずる」（「再び劇を論じて世の評家に答ふ」）と認めさせた①の執筆前後はなおさらで、②の「緒言」に詳しい。また忍月は単なる分類にとどまっていなかった。「過去の事実」（広義の真実ではなく、のちに「既往の出来事」とも換言する出来事や事件 **Ereignis** の意）を客観的に描写する「叙事詩」と、現在の「作者自身の意思感情」**Geist**、**Gefuhl** を主観的に描写する「写情詩」との「中間」に、「第三種の詩体」としての「戯曲」を位置づけている。具体的には叙事詩の客観的な詩材「過去の事実」と写情詩の主観的な描写「叙述」との「結合」である。この論法はイギリスの百科全書 **Infomation for the People** に通じる『修辞及華文』の域ではない。

ただし忍月の右三分法および発展的論法は評語・概念・文脈等がほとんどの面で、久松定弘『独逸戯曲大意』に負っていた。

独逸ノ詩歌ニハ其体、三アリ曰ク「エポス」曰ク「リイリック」曰ク「ドラマ」是レナリ「エポス」トハ何

ゾヤ既往ノ事蹟ヲ説話スルモノニシテ例エハ英雄豪傑ノ大業偉蹟等凡テ史籍上ノ事柄ヲ採リ来リテ客観的ニ叙述スルモノ是ナリ（中略）之レニ反シテ「リイリック」ハ作者躬親カラ事ニ触レ物ニ感シテ心裡ニ現出シタル所ヲ直写ス是レ所謂主観的ノモノニシテ客観的ト全ク相反スルモノナリ（中略）「ドラマ」ナルモノハ譬ヘハ猶ホ「エポス」ト「リイリック」ノ二体ヲ調和シテ更ラニ一体ヲ出セルモノ、ゴトシ（第一回）

ここにみられるように **Lyrik** の訳語「写情詩」「叙情詩」、あるいは **Harmonie** の訳語「結合」「調和」などの違いはある。だが「詩人と外来物」では「リイリック」と表記している他、「二者を調和して更らに一体を出せる戯曲」と『戯曲大意』に準じている。ここでは用語の違いがドイツ語あるいはドイツ文学に対する両者の感覚によるものか、忍月の意図によるものか定かでない。と同時に、久松の背景にあったヘーゲル美学を忍月がどれほど念頭に入れて述べていたかどうかも、この「詩体の分類」からは判然としない。ただし右引用にみられる「結合により、別に第三種の詩体を組織する」という評言が、「劇的な詩は叙事詩の客観性と叙情詩の主観的原理を統合する」（岩波版ヘーゲル全集の竹内敏雄訳『詩学』第三部「詩の諸ジャンルの区分」）というヘーゲル美学の弁証法的構想を根幹にした久松の「調和シテ更ラニ一体ヲ出セル」を下地に記述されたことは容易に想定できる。②の「緒言」にある「戯曲を以て詩学中の最主要の部に置く」という観点を加味すればなおさらである。

久松は『戯曲大意』を上梓する際、「独逸留学ノ際筆録シタル所ノ冊子ヲ削潤」した旨を「緒言」に記している。筆録した「冊子」は詳らかでないが、本文はレッシング『ハンブルク演劇論』やヘーゲル美学が基調となっている。留学時のドイツ文芸思潮からしても諾えることである。こうした久松の基調は、帝大法科大学の法律学科独逸部に入学したばかりの当時の忍月にとって、作品評に携わった出合い頭での大きな指針にちがいなかった。初稿『妹と脊鏡』評と改稿『妹と脊鏡』評とを比較検証するまでもなく、評論家忍月を方向づける内容にあった。なお忍月のヘーゲル受容の時期はレッシング同様に詳らかでないが、『戯曲大意』を介在して深まったと考えられる。「詩人と外来物」の右一節や①以降の「詩体の分類」などの文脈は、例えば「初見の口上」（二十三年三月十八日『江湖新聞』）の「日本旧来の文学と西欧詩学と結合消化して別に一天地を開かんとする」意図および「想実論（其三　想、実の性質）」（同年三月二十三日『江湖新聞』）の想実「二者出入調和して詩茲に生る」観点なども、虚実皮膜論に併せて久松が捉えるヘーゲル的展開との同時的消化とみて差し支えないだろう。だが以下の「戯曲論」の記述にも明らかなように、概念操作の混乱は否めない。

第二章に当たる①の「戯曲の定義」はやはり③を除いて、

　戯曲は既往に於ける人間の行為《ターテン》及び被行為《ライデン》を現在となし、其曲中人物の言語《ウンテルレーゾング》に頼りて、詩学的に発揮する者也。

という文脈で⑥まで一貫している。この引用文のあとの補足を考慮すれば、戯曲とは過去に起こった登場人物の「行為」Taten、「被行為」Leiden を現在に設定し、それを登場人物の「意思感情」として「言語」Unterredung に表すものであるという。基本的にはアリストテレス『詩学』第六、七章における戯曲の構成概念を解釈しながら成立した『ハンブルク演劇論』の戯曲概念が骨格になっている。文脈としては久松『戯曲大意』第一回後半部分が援用されている。それでいて①の「行為及び被行為」に付いているルビは、いずれにも同調していない。

戯曲が「行為」に相関的であることは、忍月がすでに認識していた『詩学』第三章を引用するまでもないだろう。だがアリストテレスは Drán → Drama の概念で説いている。忍月がたびたび触れる『ラオコーン』『ハンブルク演劇論』は、その『詩学』解釈に立って Hundlung で統一している。『戯曲大意』とて第二回の冒頭で「『ドラマ』即チ戯曲ハ元希臘語ノ『ドラーン』即チ『為ス』トイフ語ニ淵源スルモノニシテ」云々と規定し、その上で戯曲形式を詳述している。鷗外の当時の作品にも、J.G.Fichte の用語とされる Taten で戯曲を説いている例は見当たらない。ましてや Leiden はなおさらである。アリストテレスの語源的な説明を吟味すれば、〈行われたもの〉が戯曲を意味することも考えられる（今道友信訳の岩波版『アリストテレス全集17』第三章訳者注参照）。だがドイツ戯曲の種類を述べようとしている①の忍月に、それほどまでの創意があったかどうか疑問である。ちなみに『浮雲』第二篇評では「人の行為を以て理想上の一世界を構造する」、「文覚上人勧進帳」評では「戯曲は元希臘語の『為ス』より淵源したる者にして」云々と『戯曲大意』をそのまま転用している。また「文学評論柵艸紙」でも「夫れ戯曲は舞台上の行為なり」Bühnen Hundlung と表記している。

ただし「ターテン」「ライデン」のルビは右に引用した①の定義だけに付され、他は④以降から省かれている。それでいて後述する④以降の「解釈」の「（第三）」には「ターテン＝ライデン」と付され、それが⑥まで貫かれている。忍月の意図が少なからず込められていたと考えられる。『戯曲大意』とは異なる別の典拠が他にもあったのかもしれない。「種目十種」（二十二年四月二十二日『国民之友』）に掲げている二種のドイツ文学史をも含め、今後の課題としたい。

ところで「戯曲の定義」は先に引用した部分が①②の「略説」に当たり、④からはさらに定義に関する四つの「解釈」が加えられ、そのまま⑤⑥に転載されている。いずれも語句の異同はなく、「（第一）戯曲は既往の事実ならさる可からす」「（第二）戯曲は既往の事実を現在となさゞるべからす」「（第三）戯曲は人間の行為及び被行為ならざるべからず」「（第四）戯曲は曲中の人物言語に頼りて発揮されざる可らず」と連なる。これらのうち「（第一）」は『戯曲大意』第一回の「戯曲ニ於テ既往ノ事ヲ述フルヤ『エポス』ノ如ク」という描写対象「既往の出来事」Ereignisを、「（第二）」はその対象を「現在に呼び戻す」態度を同じく第一回の「既往ノ事トナサス反テ之レヲ現在ノ如クス」という一節によって述べている。また「（第三）」は第六回の「悲哀戯曲ノ作為ニ就キ最モ着目スベキハ所謂命運ナルモノナリ」により、「（第一）」の対象に内在する課題「人生の運命」に触れている。同様に「（第四）」は「（第二）」の創作態度に触れる「作者自家の者として之（心裡＝引用者）を述べず」を再確認し、強調している。

あくまでも前記の戯曲概念の補足説明としての「解釈」であって、創作する側からの視点つまり描写対象と描写態度とに限られている。それでいて戯曲の根基となる登場人物の性格 Charakter や作品の展開 Fabel については触れておらず、戯曲概念の記述としては論理的に飛躍が多く、読解しにくい内容になっている。

だが主眼点が登場人物の「人生の運命」に注がれているためか、登場人物の「意思感情」と作家の「意思感情」との俊別は際立っている。作家主体の課題を視野に入れない初期作品評の胚胎はここに見いだせる。『ハンブルク演劇論』の主意に大半を委ねている『戯曲大意』をさらに依拠している以上、やむを得ない展開かもしれない。少なくもレッシングの場合にはここに観客である市民への効果 Wirkung を重視し、普遍的人間性 Allgemeinheit を等置するリアリズムの態度が導入される（『ハンブルク演劇論』第七十九号）。また久松の場合はもう一歩踏み込んで、ヘーゲル『美学』序論第二章「芸術の究極目的の規定」に照らした作品構成上の人間葛藤を、作家と創作行為との間の不離な関係に求めようとする（『戯曲大意』第六回）。忍月はレッシングや久松の如上の論理を飛び越え、強いていえば作品評の基準に準用すべき「人生の運命」の核、すなわち前掲「解釈」の「（第二）」にある「泰西の硯学等が『人と運命との間に生する動力と反動力とは戯曲の行為を組織す』と言ふ」動力 Motiv および罪過 Schuld に一躍していく。これは「罪過論」でいう「人と運命との争ひ」とも言い換える内面の「衝突」Konflikt と同義である。この「罪過」は『戯曲大意』に引用されているアリストテレス（主に『詩学』第十三章の hamartia）解釈に立つレッシングの評言なのだが（奥住綱男訳の現代思潮社版では「過失」）、忍月がすでに『浮雲』第二篇評や「藪の鶯」評等で活用した概念でもあった。そして鷗外「『しがらみ草紙』の本領を論ず」が「アリストテレスの罪過論を唯一の規則とするは既に偏聴の誚を免れず況やこれを小説に応用せんとするをや」と批判した内容でもある。だが逆に、忍月は②「罪過論」でなお詳論し、③に及んでも再論している。「戯曲の定義」のなかで、こうした「人生の運命」に傾斜するのは忍月の特色といえるかもしれない。以下の章でもたびたび触れ、そのつど意味を深めている。

第三章に当たる「戯曲の目的」はどうか。全体としては①を基に③で加筆し、さらに④に及んで三つの補足項目を加え、そのまま⑤⑥に転載されている。③にその項目はないが、前書きに「叙事詩の一小部分なる小説の盛」んな状況を憂えて戯曲の興隆を目指す旨が記されている。④はこの前書きを削除しての補足加筆で、それだけ大幅な異同となっている。この起点となる①の「戯曲の目的」は、

　既往の事実を現在に引戻して活動せしめ、行為（③以降は「人間行為」＝引用者）の本性と被行為の種類とを露発して以つて外来的の想念を高強にするに在り

である。目的となる「外来的の想念」に説明はない。ただし③にはないが、④の最末尾に「外来的の想念即ち同感」とあることから、登場人物の行為と観客に起こる感情との一体感 **Sympathie** をさしていると考えられる。登場人物の行為（「人生の運命」）に主眼を置く戯曲概念からすれば、観客は「外来的」**Passiv** であるにちがいない。①の直前に発表された「詩人と外来物」を加味すれば、読者の「精気想念」**Geist**、**Idee** を融化 **Versohnung** する要件のひとつである詩材「外来物」**passivischer Gegenstand** という概念である。ヘーゲル『キリスト教の精神とその運命』**Der Geist des Christentums und sein Schicksal** にきわめて近い概念が底流にあったことがわかる。そのためか③では、右引用後に **Sympathie** の関連概念として次のように運命 **Schicksal** と法則 **Gesetz** とを加筆している。

　此の行為被行為の衝突は、結果となりて終に人の運命を説明す、其説明や実演活動的の説明なり、故に「運命を説明す」と言はんより寧ろ「運命を実験せしむ」と云ツて可なり、是に於て乎、戯曲は他の美術中人に「同感」を与ふることの最も切なるものなり、「自然の法則」を表はすの最も著しきものなり

この③の加筆以下約そ半分「戯曲の価値を知るは又主として其資料の要を知るに在り」云々は④以降から削除され

ている。削除された浄化論の部分と、右引用の部分とは関連が深い。⑥まで貫かれた右③の加筆部分の主意は、行為の「衝突」**Konflikt** が結果として「人生の運命」を説明する箇所である。説明する戯曲が観客である「美術中人」に「同感」を与え、その「同感」が「自然の法則」に通じるというのである。これらの加筆によって、劇中人物の「人生の運命」と観客の感情「同感」との関係が明らかになった。だが「自然の法則」が唐突過ぎて、③だけからは「同感」と「自然の法則」との関係が判然としない。「自然の法則」はヘーゲルの悲劇論を背景にした『戯曲大意』第六回の「主人公タル人ト客観的ノ気運即チ命運トノ争ヒヲ基トシ（中略）自然ノ法則ニ背反シテ自ラ罪ヲ犯シ」云々を踏まえ、「罪過論」の一節「主人公其人と客観的の気運との争ひ（中略）の為めに主人公知らすく自然の法則に背反することもあるへし」を考え合わせるとどうだろう。少なくも「気運」**Schicksal** すなわち運命による葛藤を前提とした、ごく一般的な人間の行為に関するひとつの規範の意味に理解できる。とすれば戯曲の目的として、観客の感情 **Sympathie** 以外に、削除された観客の浄化作用 **Katharsis** がやはり問題視されていたことになり、「外来的」という範疇が広範に活きてくる。ただし④以降に③の後半が削除されているため、ここではまだ「同感」との関係が明確でない。

では④からの三項目「（一）人生の運命」「（二）同感」「（三）自然の法則」は戯曲の目的をどのように補足しているか。先ず「（一）」は「爰に一物（⑤⑥は「一人物」＝引用者）ありと仮定せよ、数奇不遇にして不幸の境涯に沈淪したりと仮定せよ」という「罪過論」と同じ文脈、つまり悲劇概念の範疇で起稿している。すなわち登場人物の行為を描く戯曲はその人物の「人生の運命」が説明されることになる、という繰り返しの主張である。だがこの「運命」は原因・結果の連鎖による **Ereignis** に近い意味で使われている。悲劇概念で論述している以上、また **Schicksal** の訳語としている以上、人為を越える領域「天意神命」に位置づけられる関係と人為そのものに機因する関係とに適応されるはずである。忍月は、前者は「古昔希臘人」の場合であって、後者は「近世は運命を以て、『都て人の意思と気質とに出づる行為の結果なり』と解釈す、是れ吾人の同意する所なり」と断じている。つまり戯曲の目的は登場人物の「意思と気質」Geist、Temperament に基づく行為と運命とを描くのであって、結果としてそこに葛藤する「人生の運命」が横たわっていくというのである。ここに観客の「同感」を位置づけて③の論述が補足される。

だが文脈が久松『戯曲大意』第六回に依存しているためか、悲劇概念の文脈でしか戯曲の目的を説いていない。戯曲一般の目的を説く事項からは逸脱しており、第一章で分類したことの意味を失っている。忍月の性硬さかもしれない。ただし観客のさまざまな感情を視野に入れた「人生の運命」であることは明らかになった。ちなみに久松の「人生ノ運命」は「惨憺タル悲境ニ沈淪スル」行為＝筋 Fable そのものであり、「天命ノ左右スル」摂理の領域に対峙している。ヘーゲル悲劇論の受容が相違の根底にあるのだろう。この点、補足「（二）同感」も同様である。「（二）同感」では、登場人物の行為と観客との一体感が成立する要件としての「同感」Sympathie を再提起している。重複するが、ここに削除された③④の浄化論あるいは②の次の一節を導入してみよう。

アリストテレス曰く。『悲哀戯曲は畏懼と哀憐とを惹起せしめ、以て凡俗汚情を洗ひ去りて後ち又光潔ならしむる者なり』と。（中略）之をドラマの目的と云ふ、或は不可なかるべし。

アリストテレスの浄化作用が忍月の戯曲論に「光潔」Katharsis として意識されていたことを改めて確認できる。『戯曲大意』第七回がその Katharsis を踏まえ、悲劇が「観客ヲシテ其主人公ノ云為ニ就キ所謂同感（シンパチー）ヲ起サセムルヲ要ス」と記した内容を念頭においていたのであろう。『詩学』そのものに詳述はないからである。だが久松はそこに、要件を満たす登場人物の性格を『詩学』第十三章（第四項目）に基づいて「戯曲ノ材料ト爲スベキ人物ハ至善ニアラス至悪ニアラス其二者ノ間ニ位スル者タルベシ」と付け加えている。いわば極悪な悪人でもなく、極端な善人でもない中間的な性格の持主こそが Sympathie を起こすというのである。紛れもなく『詩学』

第十五章を根底にした『ハンブルク演劇論』第十九、九十五号にみられるレッシングの性格論が背景となっている。④はこの点、Katharsis に直接触れずに、

吾人が前号の本紙上に論じたるが如く、極悪非道若くは残酷の行為は感情を害し害悪の忍往を養はしむるものなるを以て、之を注意するを要す。

と記している。中間的な性格にも言及していない。忍月の性格論に関しては実際の作品評に窺うしかない。関連するひとつとして右④引用の冒頭にある「前号の本紙上に論じた」⑤⑥は「吾人は嘗て論じた」）という作品評がある。「人文子」にも収められた前掲「小説破太鼓を評して『残忍の行為』に論及す」である。このなかでは『残酷の行為は看客の感情を害し、害悪の忍性を養はしむるの外、一点として美妙の感を看客に与ふる所なし。且つ之を風教上より推すも」云々と、残虐な行為の及ぼす影響だけが強調されている。レッシングがその性格論で述べている普遍性 Allgemeinheit に意図されている内的構造や、それによった久松の「普通ノ人情」（第七回）gewöhnlicher Charakter は省略されている。ここに忍月と久松およびレッシングとの決定的な論理上の相違がある。

「（第三）自然の法則」も論理的には同様である。先に「自然の法則」を人間の行為に関するひとつの規範であると既述した。忍月の依拠した『戯曲大意』第六回の「人ニ及ボス影響」としての浄化論が、『ハンブルク演劇論』第八十九号にある市民に対する道徳性を背景にしているからである。レッシングが文学の原理に自然を求める場合、その自然はほとんど「人間の自然」「人間の自然的性格」あるいは「人間相互の自然的関係」であって、行為の合理的な原因・結果の連鎖を根底にする市民的道徳性としての規範である。「（三）」の冒頭で「必然の結果に対しては必然の原因あり、之を自然の法則と言ふ」と規定する概念は、そうしたレッシングの市民意識を省いた内容にある。また「畏敬哀憐は、取りも直さず自然の法則（天道）に対するの畏敬哀憐なり」という一節も、レッシングの市民意識を規範とする観客の同情 Mitleid と恐怖 Furcht の説を抜きにしては理解できない。『戯曲大意』第七回の

援用であってみれば、論理上の飛躍はやむを得ないのかもしれない。それでも戯曲の目的に「人生の運命」と「自然の法則」とを相関させて客観性を保とうとする意図は読み取れる。

さて第四章に当たる「戯曲の種類」は、①において相当量を占め、そのまま④に集約されて⑤⑥の収載稿となった。④に集約された際、冒頭で「戯曲の種別は我国に於ては之をなすの標準なきを以て吾人は専ら独乙戯曲の類別法を基礎として」論ずる旨の前書きが付けられた他、字句の異同が若干ある。だが登場人物の行為における「性質及び衝突（コンフリクト）の種類」によって、「悲哀戯曲」**Tragödie**、「歓喜戯曲」**Komödie**、「通常戯曲」**Schauspiel** の三種に分けていることに変わりはない。ただしこれらの名称は④以降が「悲曲」「喜曲」「悲喜曲」となっている。「罪過論」に対する鷗外「読罪過論」の批判が一因なのであろう。また不幸に陥る悲劇の「衝突」、幸福に至る喜劇の「衝突」を、それぞれ④以降は「逆境的の衝突」「順境的の衝突」と総括し、それらの性質を「個々片有」したのがシャウスピールであると規定している。葛藤あるいは「衝突」とも評言する **Konflikt** の説明は、以上の概説にない。

悲劇は「罪過」を唯一の構成要素に論述されている。④以降では「罪過」**Schuld** を「狭意に於ける衝突」とも補足説明して、登場人物が不幸に陥る人為的な原因としている。これは「自然の天則」に対峙する概念でもあるが、「自然の天則」には説明がない。「自然の天則」は「自然の法則」から類推すると、普遍的な人間行為の規範を象徴するというよりも、人為を越えたイデーともいうべき摂理の領域に位置づけられているようだ。「詩人と外来物」に照らせば明らかなのだが、ここでは判然としない。それだけに登場人物の行為には「常に不快の状あり又不快を抑制するの状あり」という悲劇の浄化作用の前提、すなわち観客への「同感」を悲劇の主眼として位置づけているにとどまっている。論理を省き、「悲曲の主眼は、観客をして曲中主人公の心事を憫むと同時に、天道を畏れ且敬せしむるに在り」と併立させながら論じているに過ぎない。これは『戯曲大意』第六回の次の一節の略解によるからである。

悲哀戯曲ノ妙所ハ此不快（畏懼より起こる観客の感情＝引用者）ノ情ヲ抑制シテ更ラニ快娯ノ情ヲ喚起スルニ在リ語ヲ換ヱテ之レヲ言ヘハ畏懼ヲ変シテ善ヲ嘉ミシ悪ヲ忌ミ仰テ天道ノ彰々タルヲ崇敬シ

久松がヘーゲル悲劇論を背景にイデーに触れた前提項でもある。レッシングと異なる久松の観点なのだが、忍月には久松ほどに消化されていたとはいえない。続いて述べている悲劇以外の戯曲のうち「比喩借言以て諷諫刺譏の意を寓するに最も都合よき」喜劇、その喜劇と悲劇との「中間に位する」シャウスピールの規定も、ヘーゲル美学を根底にした久松からの援用といえる。ただし④からシャウスピールの例示に「忠臣蔵の如き、千代萩の如き、其他総ての所謂敵打なるもの、お家騒動なるもの、皆然らざるはなし」と挙げている。④執筆時に世の耳目を引いていた相馬事件が念頭にあったのであろうが、①にみられない卑近な事例である。

以上で①に基づく第四章までが終わる。ただし③以降で削除されているが、①の末尾にある「其他幕数及びペリペチー、カタストロフ等の定義に就て、論すべきことあれども」云々の一節が「第五章」以下の構想を暗示している。だが②前後に「カタストロフ」Katastropheについての直接的な詳論は見当たらない。戯曲構成上の「幕数及びペリペチー」については④の「六、戯曲の叙記法」に要約され、⑤⑥にそのまま「第五章　戯曲の叙記法」として転載されている。④以前に「幕数」Akt、「ペリペチー」Peripetieに触れた作品評には『浮雲』第二篇評、「藪の鶯」評、『文覚上人勧進帳』評などがある。④の「戯曲の叙記法」に各箇所が重複しており、④掲載時に集約したものと考えられる。内容のほとんどは『戯曲大意』第二回に依拠していて、久松に即していえば「最モ自然ニ適フ」脚色Fabel上の問題となる。すなわち、「発端」「中段」「終局」の三構成で、「中段」に「最モ深ク同感ヲ惹起セシムル」境遇変転Peripetieを設定するアリストテレス以来の戯曲概念である。忍月はこれを「戯曲の骨子」と記しているが、幕の数においても同様に『戯曲大意』第二回に依拠している。だが例示の仕方が、久松やレッシングと大きく異なる。構成の展開を「種子より芽芽より花花より実と漸々に其順序を追ふ」あるいは「河川の径行の如き」と譬えた例示は、久松の「最モ自然ニ適フ」展開と同義だが、きわめて理解しやすい具体的な内容になっている。これはすでに「藪の鶯」評でも一部使用しているから、④掲載時に突如として表現し得たわけではあるまい。鷗外「演劇改良論者の偏見に驚く」の例示を敷衍したとも考えられる。いずれにしても、④の「戯曲の叙記法」はシャウスピールの例示と同じように卑近で、文脈が全体的に平易になっている。①②③と異質な表現であることに注目したい。

なお、境遇変転に関して興味深いことがある。久松の論述は『詩学』第七章を踏まえているのだが、悲劇の要因として扱っているところに特色がある。だが④⑤⑥は悲劇にとらわれず、川の流れに譬えて戯曲一般の要因として説いている。久松にみられるヘーゲル美学の影響、例えば「初段」を衝突発生、「中段」を闘争、「終局」を和解と捉える『美学』第三部「劇的な詩」の **Hundlungen** がないのである。使用している評語は別としても、内容は『詩学』に沿った論調に変わっている。④を掲載する際の問題なのだろうか。それでいて、最終章となる「第七章　罪過及衝突」の論調はまた元に戻っている。

最終章は原型となる②「罪過論」そのものが悲劇概念で説かれており、『美学』第三部の前掲「劇的な詩」を背景にした『戯曲大意』第六、七回に依拠している。すなわち登場人物の内面に生じる「動力ト反動力」「争ヒ」といった葛藤を筋 **Fabel** に据え、人間の心情 **Gemüt** と性格 **Charakter** からさまざまな衝突 **Kollision** が展開することが悲劇の根基である、と規定したことを援用しているのである。忍月は「罪過論」を発表する前に、「妹脊貝」評のなかで「罪過は即ち書中の人物をして不幸惨憺の境界に堕落せしむるに足る伏線なり」云々と述べたことがある。例示などの文脈から判断すると、「罪過論」が原型といえる。作品評の全面に罪過を活用するのは「藪の鶯」評以来であり、衝突の機縁としての罪過には相当に固執していたことが窺える。

忍月はこうした「不幸の末路に終へしむる所の」機縁としての罪過を人間内面の軋轢としても重視した。だが論調の全てをヘーゲルに依存しているわけではない。第四章の悲劇概念では中間的な性格に言及し得なかった忍月だが、「罪過も衝突も行為結果の動力を意味する」と作品構成上の一機因に捉え、その上で「木偶泥塑」が登場人物になりえないと締めくくっている。この内容はまさにレッシングのC.F.Weisse “Richard III” 批判（『ハンブルク演劇論』第七十五号）のそれである。つまり登場人物の極端な性格を否定して、一般的な市民として容易に「同感」できる普遍的な性格 der gewohnlichen Charaker を通して「罪過」「衝突」「動力反動力」を捉える戯曲論である。ということは、レッシングの普遍性への意図的な論理性をなお省いたとしても、そこには少なからず因果関係に導かれる悲劇的な真実性が問題となるはずであった。④のあとの前掲「戯曲の価値」で「此頃時運の然らしむる所にや戯曲将に起らんとするの兆あり」と捉えた所以であろう。

ところで⑥「人文子」稿にも如上の「戯曲論」を収める時期、忍月自身はその真実性をどのように具現しようとしたのであったろうか。二十七年六月以降の不安定な生活のなかでは、単なる惰性的な編纂に過ぎなかったかもしれない。仮にそうだとしても、①から⑥に至る長い年時、忍月は何故に「戯曲論」にこだわり続けたのであろうか。ここでは初期の戯曲へのこだわりだけでも触れておきたい。

忍月の小説への戯曲的関与は早い。第一作「妹と脊鏡を読む」にも顕現している。また実際、演劇改良運動にも深い関心を寄せていた。日本演芸矯風会第一、二回の演習会（二十一年七月八日、同年十二月二十三日）を観劇しては、それぞれの感想「演芸矯風会発会」「演芸矯風会には失望せり」を『女学雑誌』に寄せている。ところが小波の日記「己丑日録」[1]によれば第三回演習会の初日（二十二年六月二十一日）にも観劇しているのだが、その折りの感想はない。忍月は観劇当日から大学の学年試験を受けており、学業に専念せざるを得なかったのかもしれない。だがこの学年試験には落第し、帝大法科大学法律学科第三部（独逸法）の第二年に停級（落第）した（二十一年十一月および二十二年十月刊の『帝国大学一覧』等、なお学科構成は前年十月二日に法律学科独逸部から改称）。忍月にとって初めての挫折ではなかったろうか。当時の著作としては『国民之友』誌上の作品しか確認できていないが、落第前後の四、五ヵ月間、忍月の執筆量は減少している。だからといって、文学への意欲を失っていたわけではない。二十二年前半の諸ジャンルにわたる活動に比べ、同年後半には戯曲論を活用して再起している。概略すれば前年十一月の前掲『文覚上人勧進帳』評以来、「レッシング論」を除いて本格的な戯曲論に触れなかった忍月が、前掲「妹脊貝」評から「詩人と外来物」「文学評論柵艸紙」を経て①「独逸戯曲の種別」に及んでいるのである。「文学評論柵艸紙」あるいは②の「緒言」が明かす通り、鷗外の『しがらみ草紙』創刊が大きな契機であったことは間違いない。だがそれだけではなかったようだ。

　矯風会として最後の活動となった第三回演習会の出し物のなかで、本命は市川団十郎主演の「那智瀧祈誓文覚」であった（二十二年六月二十三日『毎日新聞』『東京日日新聞』等）。この脚本は狂言作者の竹紫其水による上演用のものだが、原作は依田学海と川尻宝岑との合著『文覚上人勧進帳』（二十一年九月二十七日、金港堂刊）であった。そのために演習会のあと、脚本化した内容を巡って改作問題が起こった。「無断改作事件」などと、当時の紙面をにぎわしている。だが当事者のひとり学海はその折り、「余が脚本は（中略）必ずしもこれを劇場に演ずる事を望まず」と応じた（二十二年七月三日『読売新聞』掲載「文覚上人勧進状脚本著作始末」）。舞台戯曲に対して、読む戯曲、文壇戯曲、文園戯曲、文学戯曲等々と称されていたいわゆるレーゼドラマ Lesedrama の提言である。忍月はこの時点、学海が主張する「文壇上の戯曲」Literatur Drama と「演劇上の戯曲」Bühnen Drama とを峻別しつつ、後者の悲劇概念を前提にして、

　　文学上より言へば文章辞句意匠結構流暢巧妙にして間然する所なきも実際劇場に適せざるが故に寧ろ文人学士社会の玩弄物たるに過ぎず

という『文覚上人勧進帳』評をすでに発表した後であった。つまり『文覚上人勧進帳』評を発表した約一年後の落第した時期、かつて批評した『文覚上人勧進帳』が再び話題になり、しかも著者自らが作品に対しては忍月と同じ認識に立ちつつも、逆にレーゼドラマの存在を演劇改良界のなかで提言したのである。一連の演劇改良運動のなかでも、次第に脚本の改良が注目されだした時期、学海の提言は戯曲創作の在り方を巡る論議に一石を投じることになった。

忍月『文覚上人勧進帳』評そのものが如上の戯曲観点を根底にした始めての本格的な脚本評であり、忍月にはレーゼドラマと舞台戯曲との論議をさらに啓発発展させる必然さがあった。発表機会としては、十月十三日に鹿鳴館で行われた日本演芸協会の第一回演習会の観劇が挙げられる。新組織の演芸協会が「新進の作家中より脚本を募る」（逍遙「回顧漫談」[2]）ことを掲げたこの演習会に、忍月は「参会の栄を得」ている。これまでの成り行きからすれば、その折りの感想「演芸協会演習素人評判」（同月二十二日『国民之友』）に再論できたはずである。だが落第直後、舞台戯曲肯定の再論は展開されなかった。ここには『戯曲大意』に対する忍月の「戯曲論」へのこだわり、強いていえば『文覚上人勧進帳』評の内容そのものへのこだわりがあった。

『文覚上人勧進帳』評が挙げている六項目の論点のうち主要五点は、『戯曲大意』によった内容である。評語・文脈からして、むしろ久松の戯曲評といって過言でない。ところが久松も二十一年十一月二十六日と翌二十二年二月二十五日の『出版月評』十六、十七号に『文覚上人勧進帳』評を発表していた。忍月評と異なった内容である。忍月が『文覚上人勧進帳』を悲劇と捉えたのに対して、久松は悲劇と喜劇との「間に位する」シャウスピールであって、「独国戯曲大家シルレルの『Wilhelm　Tell』と題する戯曲の如き」作品であると断じたのである。忍月はこれ以来、矢継ぎ早に発表していた戯曲論を準則とする作品評から遠ざかった。二十二年前半に訳詩が多くなった背景かもしれない。

忍月がシャウスピールに関して言及するのは①「独逸戯曲の種別」からである。久松が『出版月評』に「文覚上人勧進帳」評を出した同誌前十五号でも、やはり『戯曲大意』に依拠した改稿『妹と脊鏡』評を発表しているのだが、悲劇と喜劇の観点からしか論評していない。例示としてもシャウスピールを出さなかった。『戯曲大意』にはシャウスピールがたびたび記述されており、シャウスピールそのものの存在を認識していなかったはずはない。①で触れるまでに、当時の忍月にしては慎重な時間を費やしている。この間、戯曲概念の確立を図っていたのではなかったろうか。①の序文では久松が触れた「シルレルの『Wilhelm Tell』」に関して「独乙戯曲の種別に従へば『テル』は悲哀戯曲に属するものに非ず」と、自らの「泰西戯曲」概念の明確さを誇示するに至っているからである。つまり忍月が落第した時期、『戯曲大意』にこだわれば『文覚上人勧進帳』を巡って舞台戯曲肯定論を展開したはずなのに、久松の『文覚上人勧進帳』評からの「誤謬」というこだわりを発酵させることで、とりわけドイツ戯曲の種別を明確化させることで、忍月自身のこだわり「意匠が詩学に如何なる関係あるや」を解こうとしたことになる（いずれも①序文）。忍月にとって時宜を得たことに、鷗外がゴットシャル『詩学』Die Poetikによって当今は「詩学を以て準縄となすことの止むべからざる」時期と宣言していた（『しがらみ草紙』の本領を論ず」）。これは②の「緒言」が明かす通りだが、具体的には同じ「泰西の詩学」に立脚していることの共通認識が「鳴呼柵子は論議すべき時に論議を始めたり」（「文学評論柵艸紙」）との感慨を誘い、後述する舞台戯曲肯定論を再提起させることになる。

ところで忍月の右記引用文にある舞台戯曲肯定論は、『戯曲大意』第十回の次の一節に依拠していた。

文学上ヨリ言ヘハ文章辞句ヨリ意匠結構ニ至ルマデ一ノ間然スル所ナキモノ往々少カラズ然リト雖ドモ実際之レヲ劇場ニ演スルトキハ毫モ人ヲ感動セシムルニ足ラス寧ロ文人学士社会ノ玩弄物タルニ過キス

もとよりアリストテレス『詩学』第六章に端を発し、レッシングが『ハンブルク演劇論』第七十九、八十号で「このわずらわしい仕事はなんのためのものだろう」と叫んだ内容を久松が踏まえていたことはいうまでもない。レッシングによれば社会的共同体験の場としての劇場は「精神界の学校」そのものなのである。精緻な作品構成や対照的な人物設定を配慮した Emilia Galotti は、そうしたレッシングの演劇観を実際の舞台に応用した模範的な適用であった。この作品を鷗外が「戯曲折薔薇」と題して『しがらみ草紙』創刊号に掲載した時（竹二共訳）、忍月は「文学評論柵艸紙」のなかでようやく戯曲の在り方に言及した。舞台戯曲肯定の立場から「エミリアは（中略）後世に厳格なる規律の摸範を残せしもの」と捉え、その上で訳者の鷗外に、

夫れ戯曲は舞台上の行為なり故に徹頭徹尾舞台と云へる観念は戯曲の要素にして又演劇と離る可からず、実際舞台に演す可からざる戯曲は所謂「文園戯曲」にして好事者の玩弄物たるに過きず

と詰問したのである。先に触れた文園戯曲論議の発端である。忍月にとっては鷗外と同様に「柵子が西欧の詩学を準縄となす」という意識が背景にあり、「戯曲作者の品位を高めんが為」の舞台戯曲肯定論なのであった。これに対して鷗外は小波への駁論に始まる「再び劇を論じて世の評家に答ふ」のなかで、「忍月居士は我良友なり、益友なり、達眼濃厚の士なり」と記した。だがその本意は「聴け我忍月居士、我党の急務は詩人をして彼演劇者流の褊狭なる意見を蔑視せしむるに在り」と、やはりレーゼドラマに向かっていた。鷗外は戯曲の演劇性をないがしろにしていたわけでなく、むしろ戯曲に文学性を付与しようとしていたのである。そのために新しい戯曲の存在を、また新しい戯曲家の地位を主眼に置いていた。留学中からレッシングに傾倒し、十九年八月十三日付『独逸日記』に「府の戯園レッシング Lessing の作哲人ナタン Nathan der Weise を演す。余長松篤斐と往いて観る」と記したほどの鷗外である。戯曲の向上を性急に説く忍月に一矢を放ったのであろう。

忍月の反論はなかった。②の「緒言」で、そうした鷗外を「戯曲発達熱望論者」とも記し、「当時吾人其細末の点に拘泥して、彼記者（鷗外＝引用者）に協同合唱するを知らざりしは、吾人自ら悔ゐ、自ら恥る所なり」と受け止めたにとどまった。鷗外を駁したはずの「文学評論柵艸紙」での一節「我文学界の弊は（中略）唯一の想形に結

合せしむるを知らざるに在り」という観点は、現状認識により即応すれば逆に、レーゼドラマをむしろ全面に押し出すしかなかったのかもしれない。当初において『戯曲大意』にこだわれば、「文学評論柵艸紙」を継続して①の直後にでも舞台戯曲肯定論を発表すべきであったろう。だがそのこだわりは戯曲向上の熱意のなかに昇華したかのように、「明治の時代を戯曲隆盛の時代となさん」となって②に表れている。のち忍月がレーゼドラマに熱意を示し、例えば④の「付記」で藤村「悲曲茶のけむり」の出現を連載中ながら歓迎するなど、自らを「戯曲発達熱望論者」と称したことは周知の通りである。以後に繰り返された鷗外との論議・論争にも、戯曲尊重の精神を互いに貫き、詩学の原理ともいうべき「想形」に引き寄せられている。黎明期の文学界における忍月の「戯曲論」へのこだわりは、日本近代文学の具体的な性格付与への第一歩であったといえる。

注

（1）　三節注（1）に同じ。
（2）　大正十五年一月『早稲田文学』掲載の「其二」。

第七章　金沢時代　―明治26年11月～同30年9月―

忍月は明治二十六年十一月、北国新聞社の「編輯顧問」[1]として金沢に赴任した。退官して一年後、中央文壇の檜舞台を去ること二年後に当たる。

創刊して間もない地方紙『北国新聞』が全幅の信頼を寄せ、大きな期待をもって迎えたことはいうまでもない。忍月が着任した当日[2]の十一月六日『北国新聞』第一面は「文学、小説、政治、経済、法律等に有名なる忍月居士法学士石橋友吉君」という「社告」を掲げ、忍月の参画する紙上を「今後如何に面目を改むるかは見る人の見るに任さん」と広言している。また当日の社説欄では、社主兼主事[3]の赤羽萬次郎が「忍月居士の入社」と題して「予は信ず、居士が我が編輯に従事の上は大に紙上の面目を改むることを、別けても文学部面には格段の光彩を発つことを」と「謹述」している。ライバル紙の石川自由党系『北陸新聞』『北陸自由新聞』を向こうに回し、新興の機運に乗った『北国新聞』が忍月を招聘したことで素懐を遂げたかのような歓迎ぶりである。

忍月は赤羽のこうした意向を汲み取っていた。晩年においても『北国新聞』創刊一万号記念紙に寄せた「追想記」（大正十年一月九日『北国新聞』）のなかで、

君（赤羽＝引用者）が予を社へ招きしも法律家たる予を招きたるに非ずして小説家たる予に嘱望したのであつた。故に予は勤めて君の意に副ふべく小説の創作に努力していた。政治上社会上の評論を為したことは君が病気若くは事故の為め執筆する能はざる時のみであつた。

と回想している。そして「蓮の露」「惟任日向守」「訥軍曹」「くらぶ山」「三千五百石」等の連載小説のあったことを記している。この間、翌二十七年十二月末に退社するまで約そ一年程の短き時間であった。やがて法学士の肩書きに従って弁護士に転じたのである。それでも赤羽は忍月を「客員」として留め、忍月も求めに応じて創作に励んだとある。だが小説はすでに時評に基軸を移した忍月にあって、本意でなかったようだ。「追想記」では小説の連載以後「専ら法律の事務に従ひ筆を軟文学に断つたのである」と記し、北国新聞社在籍期は「予の一生を二分割して前半生より後半生に転換せんとする際の訣別の舞台であつた」と締め括っている。もちろんこの後の再上京、長崎赴任を踏まえての述懐である。

金沢時代の最晩期、弁護士として活動していた三十年七月に、文学同好会「洞然会」を桐生悠々や忍露らと結成し、創作意欲を改めて掲げたことがある。俳人としての忍月の始動で、長崎時代につながる展開であった。同年七月十九日『北国新聞』記事「洞然会起る」に収載されている「発会の檄」（忍月全集未収録）に窺う限り、この「洞然会」の活動は弁護士活動の間隙を縫っただけの趣味的な意味合いには捉え難い。任官時の「大風流」を抱いた内務省時代の轍を踏むまいという決意の表れであったのかもしれない。だがそうした時期、すでに郷里から養父の養元一家を迎え[4]（二十九年一月）、さらに地元の名家である横山家の長女翠と再婚し[5]（二十九年九月）、文字通り一家の大黒柱となっていた。ところが三十年十月中旬、乳呑児（三十年九月二十二日生まれの長女富美子）を抱えて人知れずに「飄然」と上京するのである（三十年十一月十日『北国新聞』記事「石橋忍月子の消息」）。金沢にも在京の仲間には知られずに赴任していた[6]。人知れずに赴き、人知れずに去った四年間の金沢時代は、随筆「歳暮の感」（二十六年十二月三十一日『北国新聞』）に記したように「光陰に迫られ追はれて狼狽周章して茲に来る」だけで、無為な「一個の製糞器」として終わったのであろうか。中央文壇からは目が届かない地方時代だけに、関連資料は少ない。だが後年に自らの人生が二分したとまで認識する時代である。具体的な検証を必要とするであろう。

これまで金沢時代の忍月を扱った先行研究には、主要作品等を逸速く紹介した藤田福夫「石橋忍月の金沢時代」(7)、概要を伝えた昭和女子大学近代文学研究室編『近代文学研究叢書 24』の他、右二編を基にした忍月作品収録の各種全集巻末年譜等がある。本章ではこれらを踏まえながら、新たに見いだした資料に基づいて前述の疑問点を吟味し、今後の忍月研究につなげてみたい。

注

(1) 明治二十六年十一月六日『北国新聞』社告に「石橋友吉君を聘して編輯の顧問となせり」とある他、同年十一月八日『北国新聞』記事「石橋法学士の着沢」にも「本社の編輯顧問として聘に応じたる忍月居士」とある。忍月自身も「初めて読者諸子に見ゆ」のなかで、「編輯に顧問たるは」云々と触れている。北国新聞社内での編輯顧問は執筆記事の性質からみて、主筆のような立場にあったと思われる。なお報酬など不明な点はなお多い。

(2) 前出(1)の記事「石橋法学士の着沢」に忍月が「予記の如く一昨夜着沢、当分十間町浅田方に止宿す」とあり、着任の期日と止宿先とが明らかにされている。爾来、金沢を離れるまでの金沢市内の転宿・転居先は次の通りである。

二十六年十一月六日　十間町の浅田方（旅館）に止宿　〔十一月八日『北国新聞』記事〕
同年十一月十二日　上今町の山室方（右同）に転宿　〔十一月十三日付同紙　転居広告〕
二十七年三月六日　十間町の浅田方（右同）に再び転宿　〔三月七日付同紙　転居広告〕
同年六月六日　宗叔町四番丁四十二番地に転居　〔六月六日付同紙　記事〕
同年十二月十五日　十間町の浅田方（旅館）に三たび転宿　〔十二月十八日付同紙　転居広告〕
二十八年一月二十八日　上新町二十一番地（石橋友吉法律事務所）に転居　〔二月二日付同紙　事務所開設広告〕
同年三月二日　小将町中丁四番地（右同）に転居　〔三月二日付同紙　事務所移転広告〕

二十九年三月五日　味噌蔵町下中丁八十七番地（右同）に転居　〔三月五日付金沢弁護士会宛転居届〕
同年八月四日　里見町二九番地（右同）　〔八月四日付金沢弁護士会宛転居届〕
同年九月十日　小将町中丁四番地ノ一（右同）に再び転居　〔九月十日付金沢弁護士会宛転居届〕
三十年四月八日　小将町中丁四番地ノ二（右同）三たび転居　〔四月八日付同紙　転居広告〕

なお右典拠のひとつである『北国新聞』紙上の転居広告は数日にわたるものが多いが、その初日のみを記した。また金沢弁護士会宛転居届には、宛名として会長名あるいは副会長名が付されている。この転居届のあと『北国新聞』に広告を出した例もある。ちなみに法律事務所の出張所を二十八年三月中旬には鹿島郡七尾町字米町六一番地、同年五月中旬には七尾町字府中冷泉寺角に設けた他、二十九年四月一日に義父養元が開設した「石橋眼療院」の味噌蔵町下中丁八十七番地ノ一も『北国新聞』紙上に明らかである。

（3）　当時の『北国新聞』紙上にみられる赤羽の肩書は「社主」（三十一年九月二十一日付記事等）、「主事」（二十七年五月六日付社告等）、「主幹」（三十一年九月二十四日付記事）である。ただし昭和二十九年九月刊行の『60年小史北国新聞社』には、たびたび「社長」「主事」が使われている。意味するところは同じであろうが、忍月の立場にもかかわることなので、当時の社内機構の吟味と変遷とを検討する必要があるだろう。

（4）　養元の来沢については二十九年四月一日『北国新聞』記事「眼科医院の開院」に、四月一日より治療に従事する旨が伝えられるなかで「令息友吉弁護士の請により去る一月より一家を挙げて本市へ転住し」ていたと記している。ここにある一家とは、養元と后妻のスエ、およびのち横山重太郎に嫁す次女の桃代の三名である。除籍簿によれば、同年三月三十日に福岡県八女郡（二月二十六日に郡の統廃合で上妻郡が改称）大字本町二三五番地から、金沢市味噌蔵町下中丁八十七番地ノ一に転籍している。ここは忍月が業務拡張のため三度目に移転した「石橋友吉法律事務所」に当たる。

（5）　除籍簿によれば、二十九年十一月二日に入籍している。実際の生活はこれよりも早く、また九月の転居後と思われる。乳母と義祖母を伴って嫁した名門横山家の長女と忍月との結婚であり、新聞種になっても不思議ではない。だがあいにく当時の新聞が欠けていて、詳しくは他の資料を待つしかない。

（6）忍月が金沢に赴くまでに関係していた諸紙誌のうち、二十六年十一月七日付の『国民新聞』『朝野新聞』が金沢発通信で「石橋友吉氏北国新聞社に入れり」とだけ伝えている他、同年十一月十日『国民新聞』記事「法学士忍月居士石橋友吉君」が十一月六日『北国新聞』記事「石橋法学士の着沢」を転載する形で忍月の金沢赴任を報じているに過ぎない。関連資料が今後発見できれば別だが、現段階では金沢赴任を根岸派の仲間にも告げなかったと思われる。ただし赴任後に交友があったことは『北国新聞』紙上に多々散見している。

（7）初出は昭和三十七年六月『文学・語学』第二十四号掲載。のち『近代歌人の研究』（同五十八年三月、笠間書院）に収載。同書には「金沢における藤井紫影」などの関連論文も収録されている。

一　北国新聞社への入社経緯

赤羽萬次郎は『北国新聞』を創刊する際に、同紙の公器性、真実性、自由性などと共に「超然として、党派外に卓立す」ることを社是とした。だが創刊事情からして改進党系にあったことは否めない[1]。赤羽は北国新聞社を起こす前、改進党系の『北陸新報』の主筆を勤めていた。だが選挙干渉事件後の〈民党連合〉の風潮を背景に、北陸新報社の社主河瀬貫一郎が新聞社ともども自由党に鞍替えしてしまった。赤羽はこの異変によって二十六年六月十日に同社を辞任退職し、同年八月五日に『北国新聞』を創刊することになる。創刊するまでに改進党系の地元県議や資産家らの支援があったことは、北国新聞社記念誌編纂室編『創刊１００年を迎えて』（平成六年十二月、北国新聞社）に詳しい。そして何よりも同年八月六日の北国新聞社開業式には改進党議員の島田三郎と高田早苗とが祝いに駆けつけ、地元有志や改進党員を前に熱弁を振るい式典を盛りあげているのである（八月十一・十二日『北国新聞』

記事「本社開業式に付き来賓に謝す」等）。

赤羽はかつて沼間守一に従い、改進党を形成する一グループ嚶鳴社の『東京横浜毎日新聞』およびその改題『毎日新聞』で島田三郎や波多野傳三郎らと筆を執っていた[2]。また高田早苗と忍月の恩人山田喜之助とは小野梓主宰の鷗渡会に属し、やはり改進党を結成した盟友である。その山田喜之助を終生にわたって慕い感佩していた忍月はのち、民党の提携・離反が繰り返されるなかで、政友会から長崎市会議員や同県会議員に出馬している（明治三十七年三月から大正十二年九月まで）。その間、山田喜之助が主唱者のひとりとして加わった日比谷焼打事件に連動し、日露講和反対の長崎大会を決起するなどの政治活動も展開した（明治三十八年九月）。もとより民党の競合が激しい時代であり、ひとつの政党内での軋轢あるいは中央と地方との活動差などを考慮しなければならないが、改進党本部に人脈をもつ赤羽と忍月との関係には基本的に同調し得る基盤がすでにあったといえる。局外生の署名で時評を発表した当時の態度は『北国新聞』紙上においても、反藩閥を掲げ、民意を基本にすることで赤羽とコンセンサスをみているからである。また藩閥対民党の構造がくずれる日清戦争時を機に、論調が転換することも同様である。

ただし金沢時代の忍月が改進党系の政治活動に直接参加した形跡はみられない。際立った言動としては、二十七年三月の第三回臨時総選挙で石川県第三区から当選した改進党の眞舘貞造が上京する際、同年四月二十八日の送別会席上で「発途を餞す」と演説していることぐらいであろうか（同月三十日『北国新聞』記事「眞舘代議士送別会の景況」）。その演説は筆記録「緘黙（送眞舘代議士序）」と題して、同月三十日『北国新聞』に掲載されている。内容は入社直後に無署名で発表した「黙の徳」（二十六年十一月八日『北国新聞』社説、忍月全集未収録）と同じである。いずれも「吾人は亦た実に黙の美徳を信ずるものなり体面を貴び自ら重んずるの士は誠なるが故に黙」すという文脈で貫かれており、後述する「百号に題す」（同月十八日『北国新聞』論説、無署名、忍月全集未収録）や「度量」（同月二十八日『北国新聞』社説、無署名、忍月全集未収録）等に通じている。代議士の送別会での激励演説とはいえ、同紙上においては一貫しているのである。むしろ「善く忍び善く自重し善く満を持」すという〈緘黙〉の意図的な世界「体面」は、金沢時代の基調のひとつといってよい。だがさし当たって留意すべきは、赤羽も眞舘の各所当選祝賀会にたびたび出席しており（二十七年三月六日『北国新聞』記事「当選祝賀会と慰労会」等）、同じ態度で紙上に臨んでいたということであろう。

赤羽は明治二十五年五月四日に上京し、金沢市会議員選挙への官憲干渉について内務省検治局に陳情したことがある（同月六日『国民新聞』記事「市会議員選挙干渉事件」）。忍月は当時、地方選挙にかかわる内務省県治局の試補であり、選挙干渉に関与する立場にあった。その折り赤羽は忍月に面会したかもしれないが、特定できない。またそれ以前、忍月は『北陸新報』に小説「水鏡」を連載していた。確認できたのは二十四年十一月十六日掲載の「水鏡　第九回樂は苦の種（一）」だけだが（他は欠号）、忍月居士の署名で載せてある（忍月全集未収録）。この小説は旧作「辻占売」の焼き直し作品のようで、「辻占売」の展開と分量から類推して約一週間程の連載と考えられる。この当時の赤羽は『北陸新報』の主筆であったことから、忍月との間に何らかの関係があったことは想定できる。少なくも『北陸新報』との関係は、その後の二十六年七月掲載の「露子姫」にも窺える。この「露子姫」も確認できたのは七月二十三日掲載の「第五回　魂反す反魂香（其一）」だけだが（他は欠号）、署名欄に「石橋忍月旧稿」とある（忍月全集未収録）。旧作の「第五回　有ゐのおく山」の冒頭部分である。いずれの作品にも語句の異同がみられるが、作品の全容および掲載経緯は詳らかでない。だが赤羽は忍月を迎えての前掲「忍月居士の入社」で、「現に当地の新聞中其（中央文壇で評判高い忍月＝引用者）小説を転載して誇色を示すものあるまでに至りし所なり」と自由党系に鞍替えしても「露子姫」を掲載する『北陸新報』の紙面に不満をもらしている。赤羽が忍月に少なからず関心を抱いていたことは確かであろう。こうした折りに、隣県での不遇な忍月の情報が持ち込まれれば（二十六年十月二十七日『北国新聞』記事「北陸民報と忍月居士」）、忍月を招聘するに不自然ではない。

しかも赤羽が忍月を招聘した直截的な背景には、間近に迫った十一月十八日の創刊百号を期して「編輯事務の組織に一改革を加え」ることがあった。とりわけ文芸欄の充実には腐心していた。加えて胸を病んでいた赤羽が「養痾に補ひあらば、予一個人としての幸も亦た大なり」という思いに強く駆られたようだ（いずれも前掲「忍月居士の入社」）。忍月自らは署名「法学士　石橋友吉」入りの第一声「初めて読者諸子に見ゆ」（十一月八日『北国新聞』）で、「不思儀の御縁」とだけしか遺していない。忍月数え二十九歳、赤羽同三十三歳であった。

忍月を全面に押し立てた創刊百号の記念付録は「忍月居士をして之が経営を担当せしむ」と宣言した「社告」に始まる。この百号記念予告の「社告」は十一月十四日から記念日前日の十七日まで掲載され、筆頭に「審美論一斑」「若殿様」を告げている。これらが記念付録を飾ったばかりか、さらに当日の第一面には前掲「百号に題す」が載った。ごく一般に考えれば、巻頭の記念論説「百号に題す」は社主兼主事の赤羽が執筆するであろう。だがこの時期、赤羽は忍月が着任した翌七日から名古屋に出張していて不在であった（十一月十二日『北国新聞』記事「赤羽氏の消息」）。十四日の帰社予定が（同月十三日『北国新聞』記事「赤羽氏の消息」）、十七日になっても帰途の「都合不叶」と「編輯諸君」宛に次の書簡を送っている（同月二十日『北国新聞』記事「赤羽氏の消息（十七日養老発）」収載）。

時下県会開設中に有之、国会も巳に目前に迫れる折から、旅やどりにつれ〳〵の夢を重ね候段、如何にも煩悶に堪へず候へども、幸ひに編輯には忍月居士の健腕を揮はるゝあり、其他諸君の勉強せらるゝあれば、小生の在否何ともなし、

この書簡の一節からも、赤羽の出張が忍月に信頼を寄せ、すでに紙面を委ねていたことがわかる。忍月の入社以前には同紙にみられない出張記事であり、また入社以後たびたび登場する記事でもある。こうした折りの時評は「追想記」の一節「政治上社会上の評論を為したことは君が病気若くは事故の為め執筆する能はざる時のみであつた」に符合する。

ちなみに赤羽が不在であった十一月十八日夕、百号の記念祝宴と忍月の入社披露宴とが卯辰山の尾楼で開かれた。参会者は「同志及び社友社員数十名」であったと、同月二十日『北国新聞』記事「百号祝宴会と忍月居士入社披露」が報じている。忍月も十八日の記念論説「百号に題す」のなかで、「吾人が一大付録を出して祝意を表し以て読者の厚意に酬ひ一大祝宴を張りて以て社員責日の労を慰むる豈に偶然ならんや」と触れている。予め企画されていた記念号の執筆であり、催し物なのであったろう。かくして赤羽の信頼を背景に、百号記念号はいうに及ばず、赤羽が懸念している石川県会や第五通常議会についての時評にも「忍月居士の健腕」が発揮されることになる。

ここで注目しておきたいのは、入社早々の執筆活動が赤羽の懸念した県会・議会、あるいは内閣や自由党等についての時事評論であったことである。これらの時評は批評対象として、これまでの忍月にみられない新局面である。この概ねは民党的な発想で展開されており、内務省時代の局外生時評の延長と考えられなくもない。だがより鮮明である。しかも地方に根差したテーマの扱いに特色がある。ただしこの多くは無署名であり、閲読に注意が必要となる。編輯顧問の立場で社説欄（主に第二面上段）に携わっているためか、文芸欄と違って余程のことがないと署名入りの時評にはならない。ややもすれば基本的に論調の同じ赤羽（筆名は痩鶴）の時評と見間違いやすい。石橋友吉や石橋忍月等の署名で時折掲載された時評のなかに忍月自らがのちに触れたそれまでの時評、あるいは「近日の本県知事の言語、行為何ぞ夫れ体面、品位なきの甚しきや」（二十六年十二月六日『北国新聞』社説「三間正弘氏」、忍月全集未収録）や「流行も亦た嗜好の動力と反動力との衝突との間に生ず」（二十七年三月二十日『北国新聞』社説「復古的流行」、忍月全集未収録）といった「緘黙」「罪過論」等の署名入り作品に通じる文脈、または前掲「黙の徳」「百号に題す」のように前記文脈と赤羽の出張等々を加味して判断する他ない。詳しくは後述するが、総じていえば時と地の利を得た直截的な内容である。地方紙の性格を自覚せずには為し難い時評ともいえる。

地方に密着しているという自覚は、赤羽が期待する文芸欄においても顕著であった。だがきわめて屈折しながら展開していくところに、なお看過し難い問題がある。入社挨拶の前掲「初めて読者諸子に見ゆ」では、先ず「真理」を志向する「衷情」から批評活動を行なうと宣言する。その上で「吾人が今より筆硯に従事する必ず法度に因るを誓ふ之を別言すれば」云々と裁断すべき客観的態度を表明し、「戯曲論」「審美論一斑」等を発表し始める。地方への啓蒙意識が散見していることはいうまでもない。だがこうした得意の原理論はやがて次第に影を潜め、大半は通俗的な読物に傾いていく。先走っていえば、忍月の屈折しながらの展開は、実は「知己に酬ゆ」（二十六年十一月二十八日『北国新聞』随筆）に収載されている吉田秋花（広島の『中国』新聞記者）宛書簡にも暗示されていた。

　小子も過般より田舎巡礼と相成都門の笑はれものと相成候然し小子は自ら信ずる所有之耕すべき必要の度多き地方に於て事に従ふは詩美神《ミューズ》の本意と心得居候実際東都に在るの心得にて田舎を見候時は莫大の相違可有之貴意如何御一笑被下

この書簡は十一月十八日付で送られており、同日の記念号を併せて送付した旨が記されている。主意は地方文化の啓蒙に意を注いで「詩美神の本意」を主眼に掲げつつも、現実の状況に即した場合、これまでの持説とでは「莫大の相違」を感じざるを得ないという点にある。果たせるかな「法度に因るを誓」った態度はまもなく消え、「批評は啻に事物を判定するのみならず亦た之（「天地人生」＝引用者）を誘導啓発するの効あり」（前掲「初めて読者諸子に見ゆ」）といった忍月の持論もみられなくなる。随筆「金沢風俗の一斑」についての「一件一行」評（二十七年六月二十八日『北国新聞』雑報欄）を、忍月自らが「予が筆俗物の嘲を受く」とさえ認識して中絶理由に挙げたほどである（同年六月二十九日『北国新聞』批評「金沢風俗の評に就て」）。「耕すべき必要の度多き地方」（右書簡）であればこそ自分の「批評」が不可欠であると標榜していたものが、むしろ読者に迎合する傾向にあった。ここに従来からの啓蒙的な進修意識の屈折がみられるのである。

小説についても同様である。例えば「蓮の露」の序文で（二十六年十二月八日『北国新聞』）、小説は「世俗に叩頭するものにあらずして、世俗を啓発誘導するもの」であると明言する。それが翌年、桐生悠々から「皐月之助」の人物設定について性格が次第に曖昧になっていることを批判された際（二十七年七月六、七日『北国新聞』批評「『東髪娘』に就きて忍月居士に望む」）、忍月は「忍月曰く（中略）第一回第二回を艸する時は予は忍月の忍月なりき第三回以下に至りては予は新聞屋の忍月なりき」と自嘲気味に即答した（同月七日『北国新聞』付記「忍月曰く」、忍月全集未収録）。「忍月の忍月」は得意の原理論を背景にした際の表現で、「新聞屋の忍月」は読者の関心に応じた際の表現であろう。前者が後者に妥協していることは否めない。こうして次第に乖離し、妥協を余儀なく強いられる忍月の内面にあって、『北国新聞』での活動はどのような意味があったのであろうか。

忍月はもとより、地方における新聞記者の使命を高く掲げ、その使命感を自覚した上で北国新聞社に入社していた。二十七年の暮れに退社した後も、随筆「記者の自重心」（二十九年二月二十六日『北国新聞』）のなかで「新聞記者の位置、凡俗より最も低視せらるゝ地方に於ては、其記者たるもの最も之れを高むることを勉めざるべからず」云々と戒めている。それほどならば、金沢時代の「忍月の忍月」の方が脆弱であったというのであろうか。

注

（1）『60年小史　北国新聞社』（昭和二十九年九月、北国新聞社）によれば、改進党本部が『北陸新報』創刊時に赤羽を「主筆」に推薦したという。この典拠のひとつと思われる近藤泥牛「赤羽萬次郎氏逝く」（三十一年九月二十二日『富山日報』、のち同年九月二十五日『北国新聞』転載）は、島田三郎に人選を依頼した結果、明治二十一年の春に来沢したと記している。

（2）前注（1）の近藤泥牛「赤羽萬次郎氏逝く」および柵瀬生「噫赤羽萬次郎君逝けり」（三十一年九月二十二日『毎日新聞』、のち同月二十五日『北国新聞』に転載）等による。ちなみに、同年九月二十一日に死去した赤羽の葬儀

（九月二十三日）に、大隈重信、島田三郎、波多野傳三郎らが弔電を寄せている。

二　時事評論

『北国新聞』での第一声は前掲「初めて読者諸子に見ゆ」である。忍月の着任直前までの経緯が判然としない限り、この第一声を起点に金沢時代の当初を確認するしかない。それでも十一月六日夜の着任は明らかであり、翌七日に執筆したであろう第一声に込められている以下の決意や意気込みは十分に窺える。

第一声「初めて読者諸子に見ゆ」は先ず、有能なスタッフの多いなかで「編輯に顧問たるは電燈下に一燭を点する」ようなものであると、謙虚に入社の挨拶をしている。その上で「天地人生」のあらゆる領域を含む「人文を発揮して天籟を起さん」との決意を表明する。「人文を発揮」するというのは、「天地人生」を観察して批評することである。また批評することは「天地人生」を「誘導啓発するの効」が内在する行為であるから、結果として「天籟を起」すことになるというのである。こうした啓蒙意識を内在させた構造的な批評態度は、かつての作品評にもみられ、一貫した態度の復活といえる。

だが第一声以来の特色として、ひとつには批評する対象領域の拡大がある。「山川草木日月星辰」「君臣父子夫婦昆弟」「政党の離合内閣の魂胆商工農界の動静」「大臣車夫」、あるいは「幽玄風流」等々、あらゆる「天地人生」の事象に及ぶと第一声で明言している。広い領域にまたがって論述したレッシング『ハンブルク演劇論』に通じており、十二月四日『北国新聞』掲載の批評「人文子」でも自らの対象を再確認しながら表明をしている。具体的な展開としては、やがて人文子の署名で連載する社会・文化評論がある。また直後にみれば、随筆「審美論一斑」や一連の県会、議会批判の時事論評がある。これらの根底に、地方の啓蒙に携わろうとする編輯顧問としての態度が顕現していたことはいうまでもない。

ところが『北国新聞』紙上を一瞥すると、忍月の批評意識は執筆対象の拡大以外にも及んでいることが注目される。これまでに体験したことのない編輯顧問として、また少なくとも地方に赴任したということにおいて、読者への啓蒙以外に自らに与えた課題が紙上に表れているのである。すなわち第一声で表明した前述の批評活動を通し、同時に自らの実人生を「改造し誘導し感激せしむ」という執筆動機「衷情」にかかわる表白である。年時差を考慮しなければならないが、江湖新聞社への入社時の「初見の口上」（二十三年三月十八日『江湖新聞』）や、国会新聞社への入社時の「詩美人に逢ふ」（同年十一月二十五日『国会』）に比べると、「衷情」の意味がことさら強調されている。ここで思い至るのが、任官時に抱いた「大風流」の挫折感である。

忍月は第一声の後半で、批評に従う内面の世界を「百世を聳動し千載を照映する者は大言壮語にあらず徒らに叫び徒らに騒ぐ者にもあらず実に一片の衷情なり」と〈緘黙〉の世界で説明し、批評する動機を自らの必然的な「衷情」に求めた。換言すれば「事に従ふは詩美神の本意と心得」（前掲の吉田秋花宛書簡）ている「衷情」である。こうした「衷情」を補足するかのように、忍月は十一月八日『北国新聞』にふたつの論説を掲げた。ひとつは〈緘黙〉が「文学者の品位を高め体面の美徳を養う所以」であると述べた前掲「黙の徳」。もうひとつは「宇宙の真理を描き天地の玄妙を発揮する」美術的な「衷情」に基づき、今後の紙上が「人生を導き運命を説示する」と述べた「美術的思想」（無署名、忍月全集未収録）である。〈緘黙〉を基調としながら「衷情」を起点に、啓蒙性を貫徹させている。「外に善き材料有之候ハヾ御知らせ被下候[1]」といった、目前の目新しさに追従したかつての態度ではない。自らの内面世界とのかかわりで批評しようとする「衷情」意識が強い。しかも「衷情」はもとより「真理に入る」志向を内包しているだけに、啓蒙性を目途とする批評行為には「必ず法度に因るを誓ふ」という客観的態度を関連する規範として明示していた。

着任当初の忍月を第一声に窺う限り、先ずはこうした因由の一貫した構造のなかに自らを位置づけていたといってよい。そこには苦悩の末に退官した悲哀感と人知れずの都落ちをしたという屈辱感とが重なった、一種の痛恨の思いがあったにちがいない。その痛恨の思いを行動原理としての〈緘黙〉のなかに「真理」と関連づけることで、却って「体面を貴び自ら重んずるの士」としての自己確立を図ろうとしたのではなかったろうか。この時期を「血気未だ定まらず」と回想したる所以であろう。とすればレッシングが提言した作家の合目的な意図、すなわち読者である市民への効果 Wirkung において「かれ（作家＝引用者）がかれの小説に結びつける教訓的意図」が健全な市民精神に基づいているか否か、という『ハンブルク演劇論』第二、三十三号からの脱却を「衷情」意識に読み取ってよいのではないだろうか。健全な市民精神とはレッシングの場合、普遍的な人間性 Allgemeinheit に裏づけられた詩的真実性 die poetische Wahrheit を内包する現実的な価値基準である。レッシングが右記の価値基準を掲げて合目的に創作する以上、道徳的教訓的手段として享受する読者側の問題が優先されていて、作家としての固有の問題は閑却されていた。いわば作家が作家の問題として創作（批評）を問う形で作品を捉える態度が『ハンブルク演劇論』には欠けているのである。これが忍月の構造的な批評態度の背景となるこれまでの考え方であった。忍月が翻って頻繁に用いる「衷情」の意味は、自らに新たに問い直すことにおいて起生しているのである。ただし徹底して「衷情」意識を発揮し得なかったところに、むしろ後述するような彷徨模索のうちに変化して「新聞屋の忍月」に立ち戻るところに、この時期の特色がみられる。

だが忍月が金沢時代に至って初めて自身の「衷情」意識に基づく批評を展開しようとしたことは、明治二十年代後半の同時代的展開とはいえ、それなりの画期的な自己啓発にちがいなかった。この意識は「茲に二十八年の春秋を経過し」たと自らの人生を振り返る忍月が、そのまま「一個の製糞器」に終わるまいとして「覚悟する所」を示そうとした一念でもあったろう（いずれも前掲「歳暮の感」）。また編輯顧問として自らが「人物の批評に従はんとするもの茲に謹まずんは自ら欺き人を欺き世を誤ること大なるに至らん」とも自覚した内容でもあったろう（十一月十六日『北国新聞』社説「人を調する豈容易ならんや」、無署名、忍月全集未収録）。

それでは忍月自らが「新聞記者たるもの、品位」を発揮し、赤羽が「忍月居士の健腕を揮はる、」と評した時評とはどのような内容であったのか。批評対象が地方により根差しているという意味で、県会批判からみていきたい。忍月の県会批判は十一月十八日『北国新聞』掲載の「石川県会は違法の決議をなしたり」に始まる（忍月全集未収録）。無署名の社説だが、

　昨日吾石川県会は府県制第十九条を誤解して現今の議長を以て任期満ちたるものと決議したり是れ違法の決議なり吾人は明日の紙上に於て法律の解釈を誤れる或る一部の議員諸子に示さんと欲す

と議長改選問題をすばやく取り上げ、「明日の紙上」につなげている。そして「明日の紙上」、つまり翌十九日『北国新聞』の論説「県会の違法の決議（府県制第十九条の誤解）」では「法学士石橋友吉」の署名を掲げて前日の社説を継承する。十八日の紙上で一括できなかったのは当日が百号記念に当たり、時間的にゆとりがなかったのかもしれない。

忍月が問題にした石川県会は、二十六年通常議会として十一月十六日から開かれていた。この初日は三間正弘知事の開会告示のあと、議員の席次抽選等で散会した。翌十七日に議長の改選を巡って議場が紛糾している。議員半数改選の選挙を九月三十日（一部地域は十月十八日）に実施した後の初会の県会であり、議長を改選すべきであるという緊急動議が起こったからである。この動議に対して、議員の任期（四年）の間は議長の資格があるという反論が出た。いずれも当時の府県制第十九条を拠り所とした見解で、法解釈の違いが全面に出た形となった。だがこの背景には石川県内での自由党と改進党との対立があった。しかも対立が顕在化したなかで、自由党に属していた県会議長の南谷輿三郎が半数改選の選挙後、改進党に鞍替えしていた（『石川県議会史』第一巻）。二十六年通常県

会に関していえば、自由党系議員の不満が鞍替えした南谷議長の引落しに絞られていたのである。十七日の県会は結局、多数を占める自由党系議員が二十対十一で議長改選を決議し、自由党の赤土亮を臨時議長に選出することになった（十一月十八日『北国新聞』記事「昨日の石川県会」）。

忍月が十一月十八・十九日に論述した県会批判は「或る一部の議員」と記した自由党系議員の法解釈と、それに基づいた県会の議決行為とに向けられていたわけである。ただし自由党に対する辛辣な批判は、まだ露にしていない。府県制第十九条を引用しながら法理論を啓蒙的に解き、議決の違法性を指摘して次のように論断している。

吾人は県会の多数が法律的思想に乏しきを憐むと同時に其結果が終に違法の決議となりしを憾まずんばあらず（中略）吾人は議会が速に再考して決議を変更せんことを望む県知事より取消しを命ぜらるゝは議会の恥辱なり

この「県会の違法の決議」のなかで注目したいのは、「吾人曾つて内務省県治局にありし時諸府県より屢々本条の質疑を上申するものあるを見て其疑ひなきものを疑ふを疑ひたりき」という内務省時代の体験を批評の「衷情」として併せ記していることである。今日確認されている忍月作品のなかで、内務省時代に触れた文章はめずらしい。長崎時代に及んでも、むしろ意識的に秘めるきらいがある。選挙干渉事件を起こした県治局時代についてはなおさらである。だが県治局事務の第二項「総テ府県行政ニ関スル事項」に直結した県会の議事運営、その法的根拠のひとつである府県制第十九条に関しては、却ってそれだけ深い印象があったのかもしれない。ただし右引用の一節は、官吏であった過去の立場を誇示する内容でない。あくまでも法的解釈に関する「衷情」の一表現である。それでいて忍月の県会批判は尾を引いた。県会内部の対立が根深く、忍月の理解するなわち法解釈の域を越えるものがあったからである。ちなみに前述した十一月十八日の忍月入社披露宴で、南谷與三郎が「賓客惣代」として挨拶している。南谷とはそこで面識をもったであろうが、立場上の誼みが時評に投影された形跡は以後もみられない。

県会は臨時議長（赤土）を選出したあと、議案調査のため三日間休会し、十一月二十一日に再開された。そこに忍月が「議会の恥辱」と記した「石川県議第二十四号」を、三間知事は二十一日付で発令した。「議会が速に再考」する以前に、十七日の議長改選決議を取消す旨の行政処分が下りたのである。この時点で南谷が議長席に復帰した。だが知事の処分こそ違法であると自由党系議員が反撃した。行政裁判法第二十三号に基づき、知事の取消処分の取消しを行政裁判所に出訴することを二十対六で決議したのである。そして一七三名の傍聴人の見守るなか自由党系議員の執拗な議事運営はさらに続き、行政訴訟の判決があるまで知事の取消命令の執行停止を知事に要求することになった（十一月二十二日『北国新聞』記事「昨日の県会」）。

三間知事の対応が、忍月を驚かしたようだ。改選決議の取消処分が下った二十一日の午後に、県会の要求を認めて「石川県指令第一甲第一九二六号」を通達し、取消した「処分ノ執行ヲ停止」する旨を下したのである。この指令によって自由党系議員は翌二十二日に副議長の葛城忠寸計（自由党系議員）を議長席に立てて再び議長改選に乗り出し、二十三日に横地正果（自由党議員）を一九対〇で選出した。南谷議長は葛城副議長が議長席に着く直前に閉会を宣言しており、横地議長の選出は改進党系議員が退場した後の採決であった。ひとつの県会に二人の議長が併存したことになる。その上なお県会の混乱は続き、自由党系議員が議場を紊乱したという理由で二十四日以降の改進党系議員の出席を停止し、自由党系議員だけで議案が審議されることになった（十一月二十三・二十四日『北国新聞』記事「昨日の石川県会」）。

忍月は県会が行政訴訟を起こした二十一日午前の時点で、県会は「敗訴に帰する」ことを予測して「何故に這般の如く不健全に陥りしや」と不快感を記すにとどめている（十一月二十二日『北国新聞』社説「昨日の県会」、無署名、忍月全集未収録）。だが二十一日午後の「処分ノ執行ヲ停止」する旨の指令を知るや行政裁判法第二十三条に照らし、安易に県会の要求に応じた知事の態度つまり自由党系が占める「県会と行政庁」の癒着を露に難じて「醜態、不面目、不健全、薄志弱行」と評した（十一月二十三日『北国新聞』社説「石川県知事の柔軟政略」、無署名、忍月全集未収録）。さらに同日の論説「指令は無効に非ざるなき乎」（無署名、忍月全集未収録）では、知事の手続きそのものが「不適法なり」と明言した。忍月の批評対象が県会の運営にとどまらず、自由党と癒着した三間知事の「ぼうふら的政略」に向けられたのである。この十一月二十三日のふたつの時評を機に、『北国新聞』紙上では自由党対改進党の県会を「改選派」対「非改選派」の表現から、やがて「県庁派」対「非県庁派」という表現に変わっていく。忍月は「非県庁派」を排除してまで議する「県庁派」県会の運営を、翌二十四日『北国新聞』社説「暗黒議会」（無署名、忍月全集未収録）のなかで、「吾人は目下の石川県会を目して暗黒議会といふ暗黒議会は偽議会なり自集会なり」と弾劾するに及んだ。また同日の論説「行政裁判法第廿三条」（無署名、忍月全集未収録）でも、「知事遂に暗黒議会を造出す蓋し吾帝国の自治制に一大汚点を加へたるものなり」と面詰している。十一月二十八日にはレッシング風の比喩談「瞽者」（無署名、のち「比喩談」収録）で、「曰く偽犬会を造出する者、曰偽犬会に参列して揚々たる者、曰く偽犬会の為にお太鼓を叩く者」云々と揶揄してもいる。

こうした辛辣な忍月の批評に対し、石川県内での反響は大きいものがあったようだ。県内の他紙は欠号で閲覧できないが、翌二十七年三月二十一日付で行政裁判所から「県庁派」県会の敗訴が下った（同年三月二十六日付官報）後に発表した「終に吾人をして先見の名を成さしむ」（同年三月二十三日『北国新聞』社説）では、

当時反対論者は吾人の此論（二十六年十一月二十二日の社説「昨日の県会」で予言した県会の敗訴=引用者）に対して如何なる暴評を加へしか吾人は今更窮鳥を追迫するに忍びざるなり

と振り返っている。この社説も無署名だが、論中で「吾人は客年十一月十九日実に左の如く論じたり」と署名入りの社説「県会の違法の決議」に言及している。また十一月二十三・二十四日の無署名社説も同様に取り上げている。これらによって筆者の論述が逆になったが、一連の県会批判は赤羽不在のなかで忍月が執筆する無署名時評で導か

れていたことがわかる。それだけに忍月に対する「暴評」はことさら激しいものがあったのであろう。当時としては、前掲の「度量」(十一月二十八日『北国新聞』社説)が「近時吾人に対して巧みに無根の事実を捏造し讒害、毒舌、傷人的の品評を試むるもの」があると触れている。だが反論者への反駁は自らの「体面を損する」だけであると突き放し、「吾人頃ろ地方に来りて愈益操觚者に美徳なきを覚ふ」と結んでいる(いずれも「度量」)。十一月十八日付吉田秋花宛書簡にあるギャップの一斑であろう。それでも当時の忍月にとっては、たとえどのような中傷的な「暴評」があろうとも「体面を貴び自ら重んずるの士」として自己表現することが「衷情」に基づく唯一の態度であり、この態度を法的根拠という客観的規範で貫くことが「新聞記者たるもの、品位」を発揮することに他ならなかったのである。三間知事に対する直接の批判も、

吾人は平素力めて伝はり易き醜悪を発かずして伝はり難き善美を揚げんことを期す又力めて黙の徳を守らんことを期す豈に率爾に好事に他を攻撃する者ならんや

と前掲「三間正弘氏」で表明し、知事としての「体面」を相対的に問題にしている。赤羽の知事批判「三間県知事に警告す」(十一月二十八日『北国新聞』社説)が、

吾輩は不肖ながら病骨を鼓して、儼然其一大敵国たることを宣言すべし、芸娼主義、事大主義は牧民官の苟も試むべき所にあらず、敢て警告す、

と誹謗するかのような対決姿勢を打ちだしているのに比べると、忍月の論調は「法度」と「体面」「品位」とを貫いていることに特色がみられる。

県会は二十六年十二月十五日に閉会した。この間「県庁が認むる議長」と「法律の認むる議長」とが併存し、後者の「非県庁派議員」の出席を停止させた状態で審議が続けられた。閉会する二日前の十二月十三日、内務大臣から知事の県会に対する処置「石川県指令第一甲第一九二六号」を取消す旨の訓令があった(十二月十五日『北国新

聞』論説「石川県知事の偏頗干渉益々甚だし」および同月十六日『国民新聞』記事「二人議長一人に復す」等）。忍月が指摘した通りの展開となった。だが当時、忍月は腸カタルを患って入退院を繰り返し（十二月十三日『北国新聞』付記「忍月申す」、十二月十五日同紙付記「小生義」等、いずれも忍月全集未収録）、前掲「終に吾人をして先見の名を成さしむ」のような時評を著わしていない。それでも忍月の県会批評はその後、自由党系議員が単独で審議した歳入出予算案や税課目等が二十七年三月十七日に告示され施行されるに及んで、早急に改善策をもとめた「石川県会を如何せん」（同年三月十一日『北国新聞』社説）や県会解散にも言及した「偽設議長取消後　必来の問題」（同年三月十三日『北国新聞』社説）から、前掲「終に吾人をして先見の名を成さしむ」、「県会の敗訴」（同年三月二十三日『北国新聞』社説）、「決議は無効なり　告示は変更すべし」（同年三月二十四日『北国新聞』社説）等々と展開している（いずれも忍月全集未収録）。『北国新聞』の諸記事も連日、「偽設議長問題」「不法偏頗事件」などの呼称で県会批判を掲げ、やはり一貫して「非県庁派」を民意の立場から擁護しながら県会運営を批判している。根底に県内の自由党と改進党の対立があったことは前述した通りだが、問題はそうした自由党系議員の行動が中央政界に連動していたことである。当時の伊藤内閣は自由党によって支えられ、地方の自由党もこれまでと違って半吏党的立場で時局に対応していたからである。『北国新聞』紙上の忍月の内閣批判も、こうした潮流に無縁ではなかった。

忍月の内閣批判は、第五議会が開かれる二十六年十一月二十八日よりも以前から展開していた。議会そのものは、第四議会まで自由・改進両党の統一戦線が保たれ、藩閥政府に対峙するところがあった。だが全てに同調していたわけではない。首相伊藤博文の議会への融和策が弄されるなかで、すでに自由党領袖の星亨は外相陸奥宗光と提携して自由党内の大勢も政府との妥協傾向を強めていた。また自由・改進両党の確執は星亨による度重なる改進党非難演説で顕在化し、改進党側の反撃とが相俟って、第四議会中には民党が完全に分裂していた。藩閥政府対民党議会の構造が崩れたのである。当面の結果は星亨が民党分裂を策謀した張本人と目され、改進党・国民協会・同盟倶楽部等（政府の条約改正案に反対する対外硬派）の反情がその一身に集中していた。折しも、星亨が衆議院議長の地位を利用して取引所設置を巡る贈収賄事件に関与したという報道が八月以降の各紙を賑わしていた。所管の農商務相後藤象二郎と次官斎藤修一郎とが、星亨と共に設置出願会社の招宴を受けていたというのである。二十六年三月四日に公布された取引所法は、それまでの米商会所条例や株式取引所条例等を統合し、商品と証券の取引所を規制するものであった。

忍月は二十六年十一月十日『北国新聞』論説に「平気蟹の図に題す」「後藤大臣、斎藤次官、星議長」の二篇（忍月全集未収録）を掲げ、贈収賄事件に触れながら政府批判を展開している。いずれも無署名だが、文脈から判断して忍月の時評と見做して間違いない。前者では星亨と後藤農商務相をどのような非難にも動じない「平気蟹」と譬え、「平気蟹は最もワイロを好む（中略）心友を売り良心を売り主義を売り体面を売る」のが「ギチョウ族」であり、また「ダイジン族」であると揶揄している。要するにレッシング風の比喩談なのである。後者は三人の実名を挙げ、それぞれが「内面の体面、議院の品位、社会の風儀、政府の官紀をして清白強健ならしめよ」と批判している。贈収賄疑義を糾問し、自由党および政府の官紀振粛に批評対象を絞っている。

自由党内部でも星亨への批判はあった（二十六年八月二十二日『朝野新聞』記事「星亨悖徳事件」等）。そのために脱党議員が出たり、宮城県や富山県での補欠選挙では自由党議員が相次いで落選していた。忍月は、そうした自由党を「吾人は実に自由党の為めに其面目を汚したるを惜まざるを得ず」と、やはり「体面」を相対的に投げかけて批評している（同年十一月十二日『北国新聞』社説「自由党の将来」、無署名、忍月全集未収録）。また同年十一月十五日『北国新聞』社説「自由党の狼狽」（無署名、忍月全集未収録）でも同様に、「自由党の這般の醜状（中略）是れ自然の理にして必然の罪過なり」と解きながら「自由党が後来を戒め自重自愛せんことを祈る」と結んでいる。忍月には民意の意向「民声」として、藩閥打破の想いがあったからである。そのために民党の活性化を、早くは内務省時代の局外生時評でも語っていた。それだけに半吏党化した自由党に本来の「体面」「面目」「品位」を求めたのであろう。その「汚濁官吏」を含む「八方美人内閣」の行政改革に対しても、「行政整理は素より官紀振粛を含有するものであるとして、形式的な官制改革の非を唱えて「精神的に官紀を厳に」すべきことを主張している（十一月二十一日『北国新聞』社説「行政の整理未だ成らず」、無署名、忍月全集未収録）。批評態度としては、前述した県会批判と変わらない。

これら一連の論調を、例えば十一月十四・十五・十六・十七日『国民新聞』の社説内容に比べるとどうだろう。題材は全く同じでも、やはり「体面を貴び自ら重んずるの士」としての「衷情」意識が貫かれているところに注目されよう。態度が鮮明だけに、単に時事報道の一環として論述していたわけではないことも確認できる。かつて「国会熱政党熱が満天下を狂せしむる時に当つて、吾人独り悠然として諸君と共に斯の芸苑に遊ぶ」（「戯曲の価値、有序」）と記した態度に比すべくもない。レッシング風の比喩談にしても、「怪奴と蝙蝠」の末尾付言（十二月五日付）で「待合に密会して賄賂を貪りしもの（中略）政友を売る者、誰か此怪奴ならざらん又誰か此蝙蝠の失敗を招かざらん」と世相に触れ、単に知的な遊戯にはとどまっていない。「衷情」をもって変貌した金沢時代の忍月がここに躍動しているのである。忍月文業の第三ステージが始動していたことになる。

さて第五議会は開会劈頭、議長星亨に対する不信任決議案が可決された。『北国新聞』紙上の扱いも「連合の成否と藩閥の命脈」（十一月二十九日付論説）や「星懲罰に付せらる」（十二月六日付社説）等々、民意を基に展開している。十二月三十日に解散するまでには忍月による時評もあったろうが、前述したように赤羽と同調していて、特定し難いものが多い。しかも十二月中旬からの入退院と二十七年一月の『北国新聞』欠号によって、解散時の感想を確実には捉え難い。だが議会解散に伴う総選挙（二十七年三月一日実施）が近づくと、忍月の時評が『北国新聞』紙上に再登場してくる。総選挙取締旅費が「行政官失行の種子たらしむる勿れ」と警世した「四万七十円」（同二月十二日付社説）、自由党の選挙妨害を批判した「暴行の資力」（同日付社説）である（忍月全集未収録）。いずれも無署名だが翌十三日に「昨日の社説標題の下石橋忍月の名を誤脱す」という補正記事が載っている。ここで注目したいのはこの総選挙時、「壬辰の二舞あらんかを恐る、」「当時干渉的警察に於て民党の良党を苦しめたり」云々の評言が紙上に散見していることである。金沢という政治風土もあろうが、選挙干渉に関してはかなり敏感に反応しており、内務省時代の干渉経緯が編輯顧問としての忍月をよぎっていたにちがいない。この意味でも「警察官、候補者に饗せられしは真乎」（二月八日付社説）、「敢告監督官」（二月二十八日付社説）、「監督官の失体」（三月七日付社説）等は、無署名だが選挙干渉に関する忍月の時評とみて差し支えないだろう（忍月全集未収録）。

忍月は第六特別議会が招集（五月十二日）された直後、早くも政府の軟弱外交と議会軽視とを批判した「民党勝つ」「想ひ見る」（いずれも五月十三日付社説、無署名）や「議会は夫れ解散か」「去年の今頃」（いずれも五月十四日付社説、無署名）等を『北国新聞』に載せている（忍月全集未収録）。レッシング風の比喩談としては、五月十二日の「八方美人はおいと嬢」、五月二十八日の「当世色男（両面屋自由太郎）」がある。一貫して自由党と結託する伊藤内閣を「八方美人内閣」と譬え、再び議会の解散を求めている。これらは六月二日の議会解散に触れた「吁、解散」（六月四日付論説、忍月全集未収録）のなかで、

　吾人は第六議会の当初衆議院は解散せらるべしと予言したり今や果して解散せられたりア、時運は遂に吾人をして先見の名をなさしめたり

と誇示し集約した一連の時評でもある。

ところで早々に解散に漕ぎ着けた対外硬派の反政府活動は、政府の言論・集会の取締りを背景に却って激しさを増していた。条約改正問題、千島艦事件、東学党の乱等を抱えた外交は急を告げていたからである。この対立を一挙に解消したのが、結果としては八月一日の対清宣戦布告であった。つまり第六議会解散時の時局は政治的危機の

回避を図るため、いわゆる天皇大権主義のもとに対外硬派のエネルギーと政府内部の軋轢とを対外に方向づけようとしていたのである。忍月はこの方向性をどのように認識していたのであろうか。該当する直截的な時評は見当たらない。ただし右の「吁、解散」に、看過し難いふたつの問題が潜んでいる。ひとつは内閣が自らの責めを負わずに「他を曲なりとして解散を命」じたと批評したあと、

総選挙ごとに人民騒々人心恟々政府は金銭を費し人民は職業を抛ち国家の進歩を妨げ生産の発達を害する実に僅少ならず吾人は邦家の為めに憲法の為めに　聖天子の為めに無名不義非立憲的の解散を憂ふ然れども明治政府は人間以外の豪傑揃ひなり人間並の献言をなすも何の効かあらん効なきを知って猶ほ言ふ吾人転た吾人自らの愚を笑ふ

と結んでいる箇所である。右引用の前半部分に、忍月がこれまで抱いていた民意を根底とする政治の輪郭があるとみて差し支えあるまい。だがそうした範疇での「人間並の献言」とは違った政府の断行に「憂ふ」ていて、「自らの愚を笑ふ」だけの忍月がここでは印象的である。「人間以外の豪傑揃ひ」の政府に抗しきれない想いが滲み出ているからである。この末尾の一節を記す忍月の「衷情」に「人間並の献言」をすることの限界、つまり「天籟を起さん」とした批評態度の屈折を読み取ってよいのではないだろうか。一概には比較できないが、反戦意識を抱えてこの年の五月十六日に縊死した北村透谷と対照的である。またのち反戦ジャーナリストとして活躍する桐生悠々との親交が、この時期に深まっていたことも皮肉である。

また「吁、解散」において看過し難いもう一点は、右引用の一節に「人民」「政府」「国家」「邦家」「憲法」と並んで天皇のために「憂ふ」と記した箇所である。尤も一文字空けて「聖天子」と記しているのだが、この表記にも忍月の天皇観が窺えよう。再び繰り返すが、五月三十日に内治・外交における政府の失態を追及する上奏案が自由党を含めて可決し、六月一日にその上奏案が捧呈され、翌二日に却下されて第六議会は解散した。その解散につい

ての「衷情」の一斑が前掲「吁、解散」であった。問題となる上奏案が却下されたことについての「衷情」は同日の次の社説「誰か感涙に咽ばざらん」（無署名、忍月全集未収録）に詳しい。

恐れ多くも　陛下は衆議院の上奏に対し一昨日宮内大臣をして不認可の旨を伝しめ玉ふ而のみならず「別段書面を以て勅答相成らず」との諭示をさへ添へ玉ふ何ぞ夫れ其旨の慇懃なるや懇篤なるや是れ　陛下が特に衆議院の儀を重んじ民声を憫察し玉ひて此の如く御沙汰ありたる所以なるべし（中略）天下四千万の蒼生誰か感涙に咽ばざるものあらん

天皇の「御沙汰」を多とし、景仰する態度が素直にでている。当時としては当然なのかもしれないが、「天皇陛下は国民全体の厳父なり　皇后陛下は国民全体の慈母なり斯の厳父斯の慈母天地の二柱となりて吾人四千万の臣民を愛撫し玉ふ」（五月二十四日『北国新聞』社説「地久節」、無署名、忍月全集未収録）という感慨が忍月にはあったのである。それだけに政府の「人間以外の豪傑揃ひ」の狡猾さに対して、「国利民福は果たして此の如くにして増進するを得るか」（六月五日『北国新聞』社説「伊藤内閣の伎倆」、無署名、忍月全集未収録）とも糾弾したのであろう。六月六日『北国新聞』社説「選挙区民　諸君に告ぐ」（無署名、忍月全集未収録）でも政府批判を行なっている。ただしすでに変調している。何しろ根本に立ち返って議会の言議「上奏書」を客観的規範で捉えようとしても、「奏議は畏れ多くも　聖天子の採納し玉ひたるもの」（六月七日『北国新聞』社説「奏議を読む」、無署名、忍月全集未収録）という天皇観の前に忍月は批評を自ら打ち切っているのである。

奏議は畏れ多くも　聖天子の採納し玉ひたるもの吾人千万の嘴を此奏議に挟むも徒らに吾人の不明を表はすのみにて奏議の光輝を瀆すの恐れあり

ア、今日の事、事ゝ物ゝ悲憤慷慨の種ならざるはなし言ふべきことの最多くして、言はれぬことの最多くして……

もはや当初抱いていた〈緘黙〉の世界で、「体面を貴び自ら重んずるの士」と自負する気概はみられない。「天籟を起さん」とした批評態度は、末尾の「……」のなかに閉ざされている。これが「吾人自らの愚を笑ふ」所以なのであろう。

戦時体制を迎えた時局にあって、「衷情」意識による忍月の批評活動は消滅したとみるべきである。編輯顧問の忍月は後述するように帰省していたことで「門司特信の任」（七月二十九日『北国新聞』社告「門、馬、特報」）を兼ねた時期がある。だが挙国一致的な紙上に忍月固有の表白はみられない。新聞の欠号もあってつぶさには確認できないが、『夏祓』(2)所収の「訥軍曹」「冥途通信」「戦話断片」がこの時期の作品であることから、むしろ「衷情」意識を抑制し、読者に同調し得るだけの「新聞屋の忍月」で臨んでいたと考えられる。例えば「戦話断片」のなかに、次のような一節がある。

九月十七日黄海の役、吾松島艦の巨砲の側に立てる一水兵、爆裂弾の鉄片に打たれ、腰より下は真赤に染み、淋漓として滴る生血は甲板に小溝を作れり然れども彼は其命ぜられたる場所に立つて一歩も動かず。（中略）終に最初命ぜられたる職務を行ひ尽せり。

忍月子曰く。共に是れ眇乎たる一水兵のみ。然ども何等の勇壮、何等の棲絶、而して又何等の絶大絶美なる義務的道徳的の所行ぞ。

ここにある「絶美」「道徳」などの感慨は、戦況とのかかわりで読者の関心に合わせている内容であり、「新聞屋の忍月」が同調する限度であったろう。またこの年の県会も、手取川堤防の修築を巡って紛糾した第一臨時県会（十月二十二日開会）、非県庁派と県庁派すなわち改進党と県当局との抗争に揺れた通常県会（十一月二十一日開会）があった。前回と同様の混乱ぶりなのだが、やはり紙上で「忍月の忍月」を追うことは難しい。したたかな一面も見受けられるのだが、こうした傾向に同調しきれないところに、北国新聞社からの退社の理由があったのかもしれない。

　ところでこのように変調する時事評論は、二十七年五月後半から六月以降に顕著となっている。この時期、赤羽は第六議会の動静にことさら関心を寄せ、自ら「特派上京通信委員」の任に当たり、五月八日から上京していた（五月六日『北国新聞』社告、五月八日付同紙記事「浅野代議士と赤羽氏」）。帰社は六月六日である（六月八日付同紙記事「赤羽氏健康にて帰る」）。この間、『北国新聞』第一面には赤羽の「東京特報」が連載され、第二面には忍月の前掲時評が載った。だが忍月の筆の勢いは失せていた。忍月の鈍化を補うように逆に、桐生悠々や蹉佗生らの署名入り時評がこれまでよりも多く載っている。ここで注目したいのは、執筆量の減った忍月が赤羽の帰沢した六月六日、赤羽を避けるように宗叔町四番丁四二番地に転居したことである（六月六日『北国新聞』記事「石橋友吉氏の転居」、および六月十日付同紙掲載の転居広告）。それまでは十間町の浅田屋旅館と上今町の山室旅館に代わる代わる止宿していた。旅館住まいでは都合の悪いことがあったのであろうか。六月十九日『北国新聞』の「新小説予告」欄には、「先月々初以来久しく雲がくれして読者に見《まみ》えざりし忍月居士」という「東髪娘」広告文が皮肉っぽく載っている。自らの「体面」「品位」を重んじてきた編輯顧問の忍月がその間、どうして「読者に見え」なかったのであろうか。しかも紙上での忍月に対する扱いがこれまでと違っているのである。忍月の身辺に何かが起こっていたと思わざるを得ない。

　忍月はその転居後、そのまま宗叔町に定住しなかった。十一月二十四日に宮田キンとの間に光子が生まれると（四十二年四月二十九日に認知入籍、いずれも除籍簿）、十二月十五日には三たび浅田屋旅館に転宿した（十二月十八日から二十一日『北国新聞』掲載の転居広告）。この間、旧作を集めた二冊の作品集『蓮の露』『短編小説明治文庫』第十六編を相次いで刊行する一方、七月二十二日に養父養元（福岡県上妻郡福島町大字本町二三五番地で眼科医開業）に郷里で会っている（七月二十七日『北国新聞』記事「忍月居士の失策記」等）。帰省することは予め知らせていたらしく、右記事に収載されている忍月書簡には「ステーションには凡そ一里許の道を出張して知人出迎へ家には親類待ちて酒肴を準備して居たり」云々とある。帰省理由には、七月二十日『北国新聞』記事「石橋忍月氏の帰省」にもあるように、義父で叔父の正蔵が七月一日（除籍簿）に亡くなったことが挙げられる。だが墓参だけの帰省とは考えにくい。叔父の死去が報じられたのは七月六日『北国新聞』記事「忍月居士の大人卒去す」であり、その翌日に「新聞屋の忍月」が自嘲気味に表明されており、現にこの帰省の延長に「門司特信の任」があるからである。時事評論の屈折した折り、こうした慌ただしい日常をどう捉えられるだろうか。

注

（1）二十一年十二月二十三日付の人見一太郎宛忍月書簡の一節。

（2）二十八年十二月二十日『北国新聞』記事「『訥軍曹』等の出版」に「忍月居士が本紙に掲載したる小説『訥軍曹』等数編を一冊子とし『夏はらひ』と題して此程出版したり」とある。『夏祓』は春陽堂から二十八年十一月二十日に刊行されている。

三　後期　人情小説

北国新聞社が忍月を招聘した理由のひとつに、文芸欄の充実があった。着任早々の十一月八日付記事「忍月居士と小説」にも次のようにある。

　忍月居士着任匆々、本日の首款を以て僅かに読者諸君に見《まみ》えたるまでにして小説の腹按未だ熟せず（中略）居士独得の斬新奇警の趣向に瀟洒流麗の筆を以てしたる奇篇、妙著の続出するは將さに近日にあらんとす、読

者諸君暫らくの處御辛抱を願ひます

ここにある「本日の首款」は、着任二日後に発表した前掲の第一声「初めて読者諸子に見ゆ」である。そしてこの「初見の辞」に連動して、ふたつの小品「黙の徳」「美術的思想」が当日発表された。いずれも当初の決意や意気込みといった基本的な態度の表明である。だが着任早々の状態は、右引用にみられるように「腹案未だ熟せず」というのが実態であったようだ。当初において作品が相次ぐのは、一連の県会・議会批判等の時評である。それ以外は大半が旧作の転載か、その補塡にとどまっている。創刊百号記念に連なる「戯曲論」「審美論一斑」などは恰好な事例である。着任前の富山での状況を鑑みれば、当然であったろう。だが転載されたのちに、単行本に収まった例が多い。そうした単行本は『北国新聞』に掲載された小説が母体となっている。後年の「追想記」で述懐する「小説の創作」の連載作品である。ただし新聞の欠号や忍月に特有の匿名作品があって、現時点では掲載作品の全てを掌握し得ていない。遺漏のものについては今後の課題としたい。なお以下、掲載紙『北国新聞』の紙名は文脈が通じる限り省略する。

　小説の第一作は「一獲千金俄分限」である。嵐山人の署名で、二十六年十一月十一・十二・十四・十五日にわたって連載された。掲載日ごと「（其上）」から「（其下のつゞき）」まで四章になっている。この作品はのち、十二日掲載の「（其中）」以降に「原名ドクトル、アルウヰツセンド」と添えられている副題が削除され、また全体に字句の補訂が加わり、「其二」章から「其四」章に改められて『蓮の露』（二十七年六月十八日、春陽堂）に収載された。この時の署名は忍月である。

　主人公の蟹助は俄か仕立てで「物識博士」を装い、珍薬の販売や紛失物の鑑定等を行なって大金持ちになる。だが儲かり過ぎて金の置き場所にも困り果てる。いわば値三文のレッシング風比喩談の活用である。無学の蟹助を権威づけるために「博文館の世界百傑伝とか日本文学全書」等を机上に飾る場面があることから、作中年時は明治二十年代半ば、ほぼ執筆時であろう。また西洋かぶれした東京を舞台に権威を盲信することへの諷刺が込められていることから、執筆意図に当代批評が少なからずあったと考えられる。この意味では、衆議院議長星亨の贈収賄疑義を糾問した二十六年十一月十日付の論説「平気蟹の図に題す」「後藤大臣、斎藤次官、星議長」に内容が通じている。ただし忍月自らが初日掲載分「（其上）」の冒頭で「俄分限」は「忍月居士の小説の出るまで」の繋ぎであるとも記しており、その意図を十分に消化し発揮し得たとは思えない。何しろ作中での金額の矛盾や登場人物名の乱れなどがあり、粗雑さは否めない。

当代批評を意図的に発揮しているという意味では、先走ることになるが、むしろ第四作目の「怪奴と蝙蝠（鳥獣二族の大合戦）」が要を得ている。忍月居士の署名で、二十六年十一月二十九・三十日および翌十二月三・四・五日の五回にわたって連載された。のちに「蝙蝠（比喩談）」と改題され、忍月の署名で前掲『蓮の露』に収載されている。その折り、字句の補訂が行なわれ、掲載分ごとに「第一」章から「第五」章に分けられた。

この作品も副題が示すように、鳥獣の合戦に策謀した蝙蝠族の末路を説くレッシング風比喩談の活用である。合戦を目前にして「利慾に心境（のち「瞋恚《しんい》」と改訂＝引用者）の焔をもや」す蝙蝠族が、

> 此間から人間の世界ではヤレ選挙だのヤレ干渉だのと言ツて壮士や二股連は大分他の弱点につけこんで好味い汁を吸ツたさうだが羨ましいことだ　（十一月三十日掲載分、のちの「第二」章）

とぼやく。この背景に前年二月の臨時総選挙と、その後に民党分裂を引き起こした自由党の思惑とに対峙する忍月の気概が容易に想定できる。第四議会の会期中から半吏党化した自由党の言動に対して、忍月はすでに「体面」「面目」「品位」をもって批評していたからである（十一月十二日付社説「自由党の将来」および同月十五日付社説「自由党の狼狽」）。また鳥獣の合戦が「至仁聖明なる造化」によって調停された後、蝙蝠族は「暗黒冷寂なる窟の中に閉ぢ」こもってしまうが、

比喩談の詩人曰く当年赤毛氈を被りて相門に出入せしもの、待合に密会して賄賂を貪りしもの、主君に狂名を附して監禁する者、主君の変死を名として他を誣告する者、人を踏台にする者、党派を利用する者、軟化剤に魔酔して裏切する者、政友を売る者、誰か此怪奴ならざらん又誰か此蝙蝠の失敗を招かざらん

（十二月五日掲載分、のち削除）

という末尾の付言で世相に触れ、狙いを明かしている。具体的には第五議会開会の劈頭に星議長不信任案が可決（十一月二十九日）された理由、すなわち取引所設置を巡る贈収賄疑義と相馬事件の弁護とに対する諷刺である。だが強いては自由党批判にも及んでいることから、「人文」を観察して批評する「衷情」の一斑とみてよい。

また第九作目に当たる「狐狗狸さん」もこの系列に入るだろう。「忍月閑　碧水作」の署名で、二十七年三月十五～十八日の四回にわたって連載された。ただし碧水という署名は他にみられず、この作品を直ちに忍月作と特定することができない。だが後述するように、初出に「忍月閑」がある『夏祓』収載の「若殿様」や「演劇脚本島田一郎」等の例がある。また何よりも、身なりだけで判断することの戒めを説いた教訓的な諷刺内容は、忍月の入社後に紙上掲載されだしたレッシング風比喩談の活用に他ならない。同趣の比喩談には「贅者」（二十六年十一月二十八日）、「蛙の仮面」（二十七年三月十七日）、「陽敵陰和（犬と猿）」（同年三月十八日）などがある。これらは初出時に無署名ながら、のちの「比喩談」「列辛虞の比喩談」あるいは「ノ乀子」に収載されている（忍月全集第二巻参照）。これら一連のレッシング風比喩談は、忍月がすでに「レッシング論」（二十二年三月二十二日『国民之友』）のなかで「氏の小児談は其風趣愛すべく掬すべく従来の諸家に超然たり」と注目した『寓話』Die Fabel に他ならない。レッシング寓話はイソップ寓話の簡潔さを継承し、機知と鋭い批評とを主意にしていた。忍月はその一部を「レッシングの譬喩談」（二十二年十一月十八日、同年十二月三日『少年園』）あるいは「列眞虞の比喩談」（二十六年八月十三日『国民之友』）等で抄訳している。レッシングの多彩な業績のなかから、明治期に Die Fabel を取り上げた例はめずら

しい。金沢時代の忍月はそれを訳出するにとどまらず、時評や小説に活用し、また「人文子」にも集約するなどして特色を発揮したことになる。

ところでこの時期の忍月の小説には、因果律を基軸とした人情物がある。比喩談とは趣きを異にした第二作目「親不知子不知」が、その始まりである。前作「俄分限」のあと、二十六年十一月十六・十七・十九日の三回にわたり「(其上)」「(其中)」「(其下)」として掲載された。のちに再掲された形跡はみられないが、すでに『思想』第三、四号に掲載済みであったことは前章で触れた。すなわち「不羈放埒」な性格の持ち主である主人公捨吉がもたらした悲劇的展開、いわば捨吉を原因に引き戻して原因を結果に対して計量する筋であって、悲劇的な事実は必然的に起こるという因果律に貫かれた作品である。作品としての巧拙は別として、少なくとも「戯曲論」に掲げている「人生の運命及び自然の法則を説明する」目的は遂げられている。忍月はこうした悲劇的展開に読者の啓蒙を意図することで、レッシングが主導した十八世紀合理主義の啓蒙精神を時評とは別に小説でも発揮したことになる。

だが作品の構成に当たって、忍月は必ずしも悲劇的な展開だけを小説に活用したわけではない。因果律を基軸にした戯曲概念の活用という観点は変わらないが、別の様式でも著わしている。前掲「戯曲論」のなかの「戯曲の種類」によると、戯曲は「悲曲」Tragödie、「喜曲」Komödie、「悲喜曲」Schauspiel の三種に類別されていた。このなかの「悲喜曲」は、前二者の「中間に位するの一詩体」であって、

悲喜曲の衝突は、忠君、愛国、正義、栄誉、真理等、総て善意に於ける衝突にして、正善の戦勝者たる、正善の満足者たる主人公と相結合するものなり。我国の脚本院本と称する者の十中の七八は皆之に属す。

（「戯曲の種類」）

という内容である。久松『戯曲大意』の第四回を援用した概念規定だが、忍月はその具体例に「忠臣蔵の如き、千代萩の如き、其他総ての所謂敵打なるもの、お家騒動なるもの」云々を挙げている。このカテゴリーからいえば、

次作「若殿様」「蓮の露」等はまさにこのシャウスピールにふさわしい内容なのである。

第三作目の「若殿様」は忍月の署名で、二十六年十一月十八・二十四・二十五・三十日および十二月二日の五回にわたって掲載された。随筆「審美論一斑」と共に『北国新聞』百号記念の付録を飾った作品である。当初は十八日の記念号一回だけの「読切小説」を目指していたようだが、その初日掲載（「（第一）」章～「（第五）」章）の末尾で「数日の後に之を完結せしむべし」と付言し、二十四日以降の掲載日ごとに「（第六）」章から最終章「（第九）」を断続して掲載した。断続掲載に及んだ理由は詳らかでない。十一月二十一日にはすでに「忍月居士の新作小説来る二十四日より掲載」という次作「蓮の露」の予告がでている。また十一月二十四日掲載の「（第六）」章末尾には、「今日より『蓮の露』と題する新作小説掲載すべき所紙面の都合により之を『若殿様』完結後にゆづる」とある。だが「蓮の露」の初日掲載は前掲「怪奴と蝙蝠」のあとの十二月八日であった。この時期、前節で触れたように石川県会批判が紙面を賑わしており、紙幅の制限や忍月自身の時間的な制約もあったと思われる。なお「若殿様」はのち、字句の補訂、付言の削除等が行なわれ、「無名氏作　忍月補」の署名で『夏祓』（二十八年十一月二十日、春陽堂）に収載された。『夏祓』には書簡風の序文[1]があり、初出時とは違う刊行時の想いを記している。

「若殿様」は二千石の阿香川家の長男錦之丞が主人公である。「方正謹直」な錦之丞は生母が乳母であったことを知り、家督相続について悩んでいた。そうした折り町奴との諍いに巻き込まれたが、義侠心の強い花魁初紫の気配りで難を逃れた。これを機縁に放蕩に耽り、やがて勘当の身となる。それによって願い通りに弟が家督相続し、初紫との結婚が遂げられた、という「正善の戦勝者たる、正善の満足者たる主人公」の人情物語りである（「戯曲の種類」）。ここには教訓めいたことは一切ない。原因・結果の連鎖という一定の筋の展開と、それに伴う満足な終結とがあるだけである。忍月が触れているひとつの戯曲形式「悲喜曲」シャウスピールの活用としては十分に成功しており、『ハンブルク演劇論』の次の一節にも適っている。

ドラマは、その筋からひきだされる一つきりの特定の教訓を目指すものではない。それは、筋の経過と運命の変転とによって吹きおこされ、燃やされてきた情熱とか、あるいは、習俗と性格との真実らしい鮮やかな描写によってあたえられる満足とかをねらうのである。（第三十五号）

つまりレッシングにとっては作品展開がたとえ悲劇であっても悲劇でなくとも、作品そのもののなかに「教訓があろうとなかろうと（中略）どうでもよい」（第三十三号）のである。問題は因果律に基づく形式と、それを受けとめる観客側の感情 Sympathie とである。「若殿様」の場合は、一定の筋から読者が求めるであろう終結の安堵感をもって応えている。それだけに結果としては非常に月並みで、通俗的な展開となる。

こうした展開は忍月自らが指摘するように、「世俗に叩頭するの弊及び結構小説に陥るの弊に至」りやすい傾向にあった（二十六年十二月八日掲載「蓮の露」序言、単行本収録時に削除）。またレッシングが「ドラマにとってもっとも本質的な、別の満足が、失われてしまう」と警告した傾向でもあった（第三十五号）。レッシングは従って作家がどのような意図をもって創作するかを問うのであって、戯曲そのものを Wirkung と Sympathie との有機的な関係に位置づけるのである。忍月にも、作品におけるこうした宿弊を避けようという作意はあった。

小説は敢て世俗の嗜好に投じ歓心を買ふものに非ず何となれば小説は世俗に叩頭するものにあらずして世俗を啓発誘導するものなればなり（前掲「蓮の露」序言）

と創作意図を明言している。これは入社第一声「初めて読者諸子に見ゆ」で表明した啓蒙的な態度であり、同時期に掲載し続けている時評に共通する観点でもある。だが右「序言」の末尾で「希望の大は吾人の実際の伎倆と伴はざるは素より自信する所」と記したように、次作「蓮の露」の世界も「若殿様」同様に「結構脚色の奇巧に耽る」結構小説となり、また一般読者が求める「わずかばかりの喜び」で終結している（『ハンブルク演劇論』第三十四号）。

第五作目に当たる「蓮の露」は、見識の高い母親の庇護のもとに育った女芸人の市川如喬が主人公である。演芸界の花形役者だけに、さまざまな誘惑や無理強いに遭う。それでも相思相愛となった華族紀川家の長男敦之助とめでたく結婚するという人情本的な物語りである。「戯曲の種類」に即せば、「艱難流離に遭遇することありと雖も、主人公に負はしむるに、罪過的の衝突を以てせざるが故に、その艱難は不伸に終らずして、終に排除の期ある」シャウスピールである。そうした一定の形式は整っている。だがやはり「世俗に叩頭するの弊」は免れない。何しろ作中に散見する逸話など、いかにも読者の関心を引き寄せる時事問題が挿入されているのである。例えば如喬に横恋慕する商人を、「同じ穴の貉の政商」「官吏に贈賄せしとの嫌疑」「賄賂を遣て金儲けする者」などと表す。これらの文言は二十六年十一月二十二日付の社説「文治派武断派の密会」、同年十一月二十五日付の社説「証拠不十分（星亨収賄事件）」などの記述にそのまま通じたものであり、読者には先刻承知の内容なのである。またその商人の醜行を報じた新聞記事を、たびたび行なわれていた「議会の緊急動議の急報よりも解散の勅令よりも都門を驚かす」と用いる。しかも親同士の結婚に同意しない敦之助が「内閣は議会の攻撃に耐へ兼ねていや〳〵ながら引退ろうとしても」云々と妙な言い訳を繰り返す。この限りでは当時の世相をよく反映し、新聞連載の醍醐味は味わえる。だが眼前の時事を直截に提示したにとどまり、忍月の創作意図がみえてこない。十二月六日の「蓮の露」予告には「時代は当世、舞台は東都、意匠は高遠、文章は通俗、結構は奇抜、人情は卑近」とあるが、意匠を除けばまさにその通りなのである。

なお「蓮の露」は忍月の署名で、二十六年十二月八日から掲載された。だが十二月三十一日の「第十七」章までは確認できるが、「第十八」章から最終章「第三十四」までの二十七年一月掲載分は新聞が欠けていて閲読できない。全体は前掲『蓮の露』に収載された作品で通読するしかない。単行本収載時には十二月八日掲載の「序言」が大幅に削除されて「蓮の露自序」となった他、確認できる限りでは字句の異同がある。ちなみに前節で触れたように、忍月は腸カタルを患って入退院を繰り返し、掲載途中の十二月十二・十六・二十・二十四・二十七・二十八日を休載している。

第六作目の小説は「江戸自慢」である（忍月全集未収録）。二十六年十二月二十六日からの広告「元旦の面目」に、正月付録として「小説江戸自慢（忍月居士）」を載せる旨が告げられている。この広告から推測すると、前作「蓮の露」と一部が重複しながら、あるいは完結後の二十七年一月半ばから掲載されたと思われる。二十七年一月の紙面が欠けており、また単行本に収載された形跡がみられないことから、全体を通読できない。素読できるのは二月一日の「第二十二回」から二月十日の最終章「第三十一回」までである（署名は忍月綴）。ただしこのなかにも二月四日「第二十五回」の紙面が欠けている。読み取れる限りでは大坂合戦の折り、幕臣川勝丹波守の組下の者が味方討ちをし、丹波守が功名を奪った。その旧悪を大久保彦左衛門が暴露するという人情本的な時代物である。最終回で「彦左衛門は別にお咎めなく却ツてお褒めのお詞を頂き兼ねて計りし如く丹波の御殿は彦左衛門の手に入れり」と終結させており、シャウスピールの概念で捉えられる作品であったようだ。

第七作目は「忍月閲　無名氏作」の署名で発表された「演劇脚本島田一郎」である。この署名は『夏祓』収録時の「若殿様」に酷似しており、また後述する中絶宣言の内容から忍月作品と考えてよかろう。だがこの作品は二十七年二月十一・十二日の二回で中断した。二月十三日の「掲載中止に付お断り」のなかで、予定としては「都合五幕二十余回」の連載であったと記している。その上で、「題名既に殺気を含み治安妨害の虞ある」ために中断すると告げている。題名が「既に殺気」を含んでいるというのは、十一年五月十四日に大久保利通を暗殺した刺客島田一良をモデルにしているからである。島田一良は八年二月に旧加賀藩の不平士族を集めて、長連豪らと政治結社の忠告社を結成した。立志社を先頭とする士族民権の台頭した時期であり、自由民権運動のひとつといってよい。だが西南戦争に忠告社を決起させることができず、やがて少数精鋭による要人テロに猛進した。そうした島田を主人公に設定するのは、その「所為を正当なりと認めての故に非ず」と初回の序文で断っている。むしろ「無謀」「軽挙」とも言い換え、「明治政府の意を誤解し参議の志を認識せざる」結果であると断定している。この観点に立てば、パトリオティーをもって殺害に及び、逆に世間からも抹殺された行為の悲劇的展開に狙いがあったのかもしれない。「島田一郎」を発表する三日前の二月八日、忍月は批評「戯曲の価値」のなかで「戯曲中に使用する人物の如何により事柄の如何により行為に正不正の別を生じ被行為に難易の差を来す」と明言している。やはり「戯曲論」に基づく構想なのであった。ところが「島田一郎」発表時の時局は、第三回臨時総選挙の最中であった。作品の二回目を掲載した二月十二日の社説「暴行の資力」で、忍月は「暴人の暴行総選挙の近づくに随ツて四方に起」っていることに批判をしている。忍月が「島田一郎」を「治安妨害の虞ある」作品と判断した背景には、そうした政治情勢を知る読者への配慮、つまり「戯曲論」その他で触れているような「徒に害悪の忍往を養はしむる」作品の排除があったといえる。読者の啓蒙を掲げる忍月ならではの中断なのである。だがそれならば当初から何故、島田のような人物を主人公にしたのか。また中断した直後からおよそ一ヵ月にも及ぶ連載「くらぶ山」がどのように用意されていたのかといった疑問は残る。

第八作目の「くらぶ山」は忍月の署名で、二十七年二月十三日から翌三月十四日まで二十六回にわたって掲載された。二月十五・十六日そして三月七・八日は休載している。のち字句の補訂が加えられ、短編叢書の『短編小説明治文庫』第十六編（二十七年九月四日、博文館）に収載された。収載時の署名は石橋忍月である。

主人公の久河滋二郎は学生時代から芸者遊びに現を抜かしていたが、一念発起して優秀な成績で大学医科を卒業する。某省内の衛生試験所に出仕したものの、何ら業績をあげぬまま三年を過ごした。この間、下谷一の芸者小稲と懇ろになっていた。向上心の強い久河は、小稲との将来を考えて名古屋の某病院長に転任し、その一年後に小稲を迎えることになった。だが喜んで名古屋に向かった小稲は濃尾大地震に遭い、帰らぬ人となる。久河はその後、小稲の菩提寺に草庵を結び、回向の日々を送って生涯を終えた、というきわめて有りふれた人情物である。

作中には忍月の身辺に起こった出来事がかなり挿入されている。構想を練る時間的な余裕がなかったのであろう。だがそれだけ却って身近な出来事が作品に登場したのかもしれない。例えば久河が小稲との結婚を真剣に考えて東京を去ろうと決心した時、久河は、

我も一個の人間なり製糞器、穀潰になり了りては天に対し地に対し祖先に対し師に対し友に対し何と言ツて申し訳すべきア、

（「第二十三」章）

という心情にあった。これは、前年末の随筆「歳暮の感」（二十六年十二月三十一日）で、

茲に二十八年の春秋を経過し（中略）吾人是より来者の為めを謀りて歩かずんば一個の製糞器として終るに至らん（中略）荏苒歳を送る既に幾何ぞ天に背き地に背き光陰に背き父母に背く思ふて一たび茲に至れば冷汗脊に溢くア、

と忍月が自らを振り返る「衷情」そのものであって、金沢に赴任した忍月の偽りのない心情を表していた。またその年時も「久河滋二郎生れて既に廿八年大学を出でしは早足掛三年の昔しとはなりぬ」と、執筆時の忍月に符合する。久河が遊び歩いた伊予紋や敷島は、内務省時代に幸田露伴や幸堂得知らと共に過ごした実在の料亭である。小稲が遭遇した二十四年十月二十八日の濃尾大地震も、そのひとつである。

だが大地震というどんでん返しの結末において、回向し続ける久河の態度を当時の忍月の行跡に求めることはできない。繰り返すことになるが、忍月の態度に宿命論的な姿勢はみられないからである。前掲「歳暮の感」でも「今にして覚悟する所なくんば何の面目ありて首途を送りし揺籃に対せんや」と、日常生活における実践的な自己啓発を課題にしている。これに反して久河は小稲を追慕し、悲劇的な小稲の成仏を祈って回向の日々を送る。つまり掛け替えのない人を喪った哀惜の想いは、来世において確信される仏行に振り向けられているのである。だが回向が宗教的に力をもつのは、罪業を自己の罪業として内面的に自覚する場合だけである。しかるに作中の久河にも、小

稲にも、共に罪業は与えられていない。作品は大地震という偶発的な出来事が筋の急転を促し、読者への安直な共感を呼んでいるに過ぎない。身近な作品とはいえ、結末だけにこだわれば自己啓発を目指していた当時の忍月には自家撞着に陥った、それ故にきわめて曖昧で月並みな展開となった。

それでは忍月が作品の急転を促したどんでん返しの意味は何か。忍月は「戯曲論」のなかで「悲曲」を、さらに「奇怪的悲曲」heroisch Tragödie、「歴史的悲曲」historisch Tragödie、「人情的悲曲」bürgerlich Tragödie の三種に分けている。このなかの「人情的悲曲」は「我国の所謂世話物の如く、家族の愛情、坊間生活の状態等、総て」を「自然」Natur な筋に組み立てた作品である。「くらぶ山」はこの「人情的悲曲」の活用であったろう。そこでは「戯曲の骨子」としての「境遇変転」Peripetie を、次のように扱っているからである。

> 「境遇変転」は即ち行為、彼行為の状態、人生運命の行移する光景を最も多量に含有するの場所にして、且つ最も深く同感を惹起せしむるの力あり。（中略）即ち戯曲の骨子なり。骨子を失するは即ち戯曲なきなり。故に「境遇変転」の巧拙は即ち戯曲の巧拙なり。（「戯曲の叙記法」）

この見解は久松『戯曲大意』第二回の援用なのだが、アリストテレス『詩学』解釈に成り立つ『ハンブルク演劇論』が根底にあったことはいうまでもない。すなわち主人公たちの運命的な「変転」Gluckswechsel（Peripetiea＝引用者）である。だがレッシングは「もっとも悲劇的な運命の変転と、もっとも悲劇的な苦悩の扱いかたが、一つのおなじ筋のなかで、そもそもどれほど完全に結び合わされるものであるか」を問いかけている（第三十八号）。つまり悲劇の意図が「恐怖と同情の喚起」にある以上、「変転」と「苦悩」Leid とは筋の展開の一貫性のなかで結果として心理的な構造を形成するというのである。ただし忍月が「最も深く同感を惹起」させる「境遇変転」には、「苦悩」が考慮されていない。「くらぶ山」に即して考えれば、大地震という「境遇変転」のあと、終結部で描かれている回向を続ける久河の内面が問題なのである。久河は苦悩を伴わず、仏行という幸福な想いで生涯を閉じた。

従ってレッシングの説く心理性は省かれ、一般的な読者が予測する月並みな展開となり、やはり「若殿様」や「蓮の露」同様に誰でもが感受する「わずかばかりの喜び」で終わることになったのである。こうしてレッシング理論を標榜し、その啓蒙性に導かれた忍月の人情小説なのだが、初期人情小説とは趣を異にしつつも、当代の文学状況に照らすと「小説不振の十五源因」(2)のひとりであったことは間違いない。

注

(1)『夏祓』は、表紙が「夏はらひ」、内題と奥付が「夏祓」。冒頭に、次の序文が毛筆体で載っている。

序文を送れとの事ニ候登裳／序を附した連ハとて今更鉛／可銀ニ化ける譯も無し金玉／の文字な連バ以かめしく玄関／をかざるといふ古とも有之候へども／瓦礫ハ矢張り瓦礫故幸／遠慮致す方却ツて愛／嬌かと存候よし此故一毫／如彭々御座候　早々

介ふ　　忍月

春陽堂御中

(2) 明治二十六年十一月三日『国民之友』時事欄掲載の一口評。

四　歴史小説

忍月は『北国新聞』に登場して以来第一作「俄分限」から第八作「くらぶ山」までの四ヵ月間、ほぼ連日にわたり、「戯曲論」を規範にして小説を執筆してきた。「くらぶ山」が終わりに近づいた二十七年三月十二日、次作「娘島田」を次のように予告している。

忍月曰す此拙作（「くらぶ山」＝引用者）も不日完結に至るべければ此次には在東都の今兼好と唱へらる、「色法師」君の新作小説「娘島田」を掲載して「くらぶ山」の拙を補ふべし如何に人情の皮肉を発き如何に意匠の惨憺を極むるかは読者請ふ数日の後に於て知れ

構想としては「惨憺を極むる」悲劇的な作品を狙っていたようで、これまでの展開を一応は貫いていることがわかる。だがこの掲載予告の翌十三日に「昨日の予告『娘島田』云々の儀は都合ありて取消候」と取り消しの告示をした。どのような「都合」であったかは詳らかでない。「くらぶ山」最終回の十四日に関連記事はみられない。そして何の前触れもなく、前掲の九作目「狐狗狸さん」が十五日から連載された。これまでの掲載作品には必ず予告が掲げられていたが、「狐狗狸さん」には何もない。しかも作風は手慣れているとはいえ、「くらぶ山」や構想されていた「娘島田」と全く趣向の異なるレッシング風比喩談の活用であった。またこの「狐狗狸さん」のあとの作品は「流麗なる新小説」と予告（四月二日）された「皐月之助」で、趣きをさらに異にし、「くらぶ山」完結の約一ヵ月後に掲載された。もちろんこの一ヵ月の間に発表件数は減少しているが、「石川県会の善後策」などの時評や比喩談は掲載されている。それでいて小説欄には忍月の作品に入れ替わり、桐生悠々「紅花染」や冷笑生「渡守」などが登場する。概していえば二十七年の春、忍月の執筆とりわけ小説に対する態度に変化がみられるのである。

「皐月之助」は第十作目に当たる（忍月全集未収録）。忍月の署名で、二十七年四月六日から翌五月十二日まで三十五回にわたって掲載された。ただし四月九・二十一日を休載している。なお章立ての間違いか、あるいは欠号の付録掲載かは定かでないが、五月五日掲載分の十八章が見当たらない。また四月二十二日（「第十五」章分）の紙面が欠けており、のち単行本に収載された形跡もなく、全体を通読できない。判読し得た限りでは、日向国高鍋にある秋月藩の家臣水野皐月之助が主人公である。文武両道に秀でる皐月之助が、主君の名誉のために他藩の使者をあやめる。切腹を覚悟するが、老いた母を不憫に思って出奔。旅先の下野国宇都宮城下で、病弱の母が常陸国真壁の

下妻城主の遺子多賀谷小主水から世話になる。そのことから、母の死後に小主水の仇である宇都宮城主を討って自害する。要するに武士としての義、人の子としての義を全うした皐月之助の義侠がテーマなのである。

約一ヵ月後に小説をもって再登場した忍月が、こうした武士の体面を描くことで読者に対して何を意図したのであろうか。作品から窺えるのは、武士の生きざまへの賛美とその揚言である。この復古的な意図は「文学界のレッシング」（前掲「レッシング論」）たらんとした忍月にあって、何を根拠に読者が同感し得る内容なのであったろうか。少なくともレッシングのいう合目的な市民の健全性ではない。忍月が「天籟を起さん」とした「人文」の内容でもない（「初めて読者諸子に見ゆ」）。前述したシャウスピールの作品形式からしても唐突である。

次に掲載された十一作目の「葉越の月」も義侠の物語である（忍月全集未収録）。筑後国柳河の舞鶴城主蒲地鎮漣が隣国肥前国の佐賀城主瀧造寺隆信の奸計に遇い、浦地藩は滅亡する。だが鎮漣の遺子徳姫を中心に、生き残った家臣らが一団となって仇を討つ。お家大事の大義、かつての恩に報いんとする忠義や信義などの顛末が作品の主要部になっている。

この作品は二十七年五月十三日から翌六月十九日まで三十八回にわたって掲載された。休載はない。前作「皐月之助」と同様に再録された形跡はみられない。ただし署名が「忍月�　夢裡作」であり、直ちに忍月作と決めつけるわけにはいかない。だが夢裡あるいは夢裡生の署名で発表された当時の随筆「美文としての謡曲」（二十七年二月十一日）、「朝日に匂ふ山桜花」（同年四月一日）、「春宵偶言」（同年四月十一日）、「兼て勁節貞心を愛すべし」（同年四月十二日）、「観ずるも夢の世、観ぜざるも亦夢の世なり」（同年五月二日）は、後述する「復古的流行」等の観点や文脈に通じており、「葉越の月」を忍月作と見做すに不自然さはない。何よりも義侠の賛美・揚言という復古的な意図が込められている前作「皐月之助」に酷似している。また「忍月閲」という表記は忍月が少なからず関与したことを示すものであろうから、本章では一連の忍月作品として扱うことにする。(1)

ところでこうした作風の背景には、当時の時代風潮と忍月の時代に対する感慨とが多分に反映しているようだ。忍月は当時、議会や県会に対して「体面」「面目」を基調とする時評を展開していた。だが二十七年三月あたりから、同じ「体面」「面目」を基調としながらも、時評とは別の論評が目立つようになった。「復古的流行」（三月二十日）、「没美的の二弊習」（三月二十六日）、「武士道」（四月十二日）、「地久節」（五月二十四日）など、無署名で社説欄に掲げた時評である（いずれも忍月全集未収録）。無署名とはいえ、例えば「復古的流行」では近時の服装が「元禄時代の趣味を嗜好するに至」った理由を、「水禍が水流の動力と反動力との衝突の間に生ずるが如く流行も亦た嗜好の動力反動力との衝突との間に生ずる者なり」と分析している。この文脈および論調は、「罪過論」「戯曲論」等々に通じるもので、忍月の基本的な論述態度を明示するものである。また「没美的の二弊習」で、巷間にみられる「靴の外昇降を禁ず」という掲示に対して、下駄を許さないのは風土的にも経済的にも衛生的にも「一国の体面よりいふも独立自重の気概なきを吹聴する」と批判する論調も同様である。忍月はこうした論調で、「吾人は目下の復古的流行を以て欧化の反動と国粋思想と好奇心との化成したるもの」と捉え、

一国には一国の慣習あり服装あり之を守り之を尊ぶは即ち独立心なり自重心なり体面を保つ所以なり故に吾人は之を喜ぶ（中略）国民に独立自重の気象が煥発したるものとして之を喜ぶ（「復古的流行」）

と論断している。この延長に前掲の夢裡生「朝日に匂ふ山桜花」における「近時国風の頽廃人情の腐敗は何時しか大和心を消燼し（中略）吾人大に是を惜む」、また夢裡「春宵偶言」における「大和魂の連鎖は吾人をして一層の愛を深からしむる所以」といった見解が展開されている。ひと言でいえば、きわめて素朴なナショナリズムである。

こうした傾向はこの時期の時評を一瞥しても確認できる。忍月の時評に一貫するのは、条約改正を励行して国権伸張を主張する対外硬派（改進党・国民協会等）に同調し、政府および自由党に対峙していたことである。第六議会が招集された直後にも、政府の軟弱外交と議会軽視とを批判した「民党勝つ」「想ひ見る」（いずれも五月十三日

付社説）を掲げ、その翌日には「国利民福の為に」第六議会の解散を求めている（同月十四日付社説「議会は夫れ解散か」）。この「国利民福」に憂国的で愛国的な、いわゆるナショナリスティックな心情が深く横たわっていたことはいうまでもない。また「議会は夫れ解散か」は「吁、解散」（六月四日付論説）に連動した時評なのだが、これらで触れている「千島艦事件条約励行事件」という「国利民福」にかかわる外交課題は、三月の金玉均暗殺事件、五月の東学党の乱に加えて、六月の日清両国の朝鮮出兵という緊迫した状況にあった。この状況下で国論は沸騰し、大勢において急速に〈善戦〉遂行の怒号へと傾いていた。すなわち日清戦争を契機とするナショナリズムの台頭である。こうした時代のうねりは『北国新聞』紙上においても例外でなかった。江碕濟の黒木塾で少年期を過ごし、短いながらも内務省官吏の経歴をもつ忍月が編輯顧問である。金玉均暗殺の背景に清国の陰謀を指摘した記事「暗殺は王命なり」（四月十五日付）を載せたり、五月八日の「対外硬派議員の懇親会」を報じるなど（いずれも一般記事）、要するに〈善戦〉遂行に義をもって駆り立てているのである。そして忍月は前掲の時評の他にも、四月十四日に開催された金沢在住の学士会を、参会者の全員が単に和服を着用していたことから「国粋宴」と称するなど（四月十六日付記事「国粋宴の記」、忍月全集未収録）、身近な出来事にさえ触れている。この諧謔的な記事にも、前述したように素朴ではあるが、パトリオティーをもってナショナリズムに走っている忍月が確認できる。再び繰り返せば、前掲「武士道」の末尾で「吾人切に時世に感ずる所あり益武士道の復興保持の緊要を覚ふ」と宣明している通りなのである。いわば前述の「皐月之助」「葉越の月」に描かれた義侠のテーマ、つまり武士の体面を描くという復古的な意図は忍月におけるナショナリズムの発揚と考えられるのである。次作「束髪娘」「訥軍曹」を考慮すればなおさらである。

第十二作目の「束髪娘」と十三作目の「訥軍曹」は本節表題から逸脱する現代物だが、執筆状況との絡みで本節で扱う。「束髪娘」は前作「葉越の月」に引き続いて二十七年六月二十日の「（第一）」章から同年七月十四日の「（第廿四)」章まで、二十四回にわたって「にんげつ」の署名で連載された。ただし七月六日を休載している。のちに字句の補訂を行ない、また後半部分を加筆した上で、二十九年六月十日『文芸倶楽部』第二巻第七編に「(一)」章から「(十六)」章までを、また同年七月十五日『文芸倶楽部』第二巻第八編に「(十七)」章から最終章の「(卅四)」までを掲せて完成させている。再掲時の署名は石橋忍月である。『北国新聞』掲載時の七月六日に休載したのは、叔父の義父正蔵が亡くなったことに関連する。七月六日に記事「忍月居士の大人卒去す」が載り、同日の文芸欄には「忍月子、郷里の大人卒去ありしに付き、引籠り喪に居らる」故に他の作者の作品を掲載する旨が告げられている。また七月十四日で一先ず中断したのは、法要のために同十九日に帰省し(七月二十日付記事「石橋忍月氏の帰省」)、そのまま緊迫した戦況報道の「門司特信の任」に当たったからであろう(七月二十九日付社告「門、馬、特報」)。だが十四日から十九日までの五日間の空白は詳らかでない。

「東髪娘」は金沢市内の唐物屋・野崎商店の次女秀子を巡って、二人の青年が対照的に描かれている。秀子に執心の西島嬌之助は、芸者遊びなどの軟派ぶりが発覚して縁談候補から落ちる(二十四章まで)。西島の正体を知った野崎家は、「日清戦争を利用せんことにのみ心を奪はれ」(二十九章)ている硬派の武山秀雄(のちに英雄)を信頼して出資する。当時が「此千載一遇の戦争を利用してウンと大金を儲けて一景気つけたい」(二十八章)という風潮に覆われていたからである。この戦争景気に乗った武山の経営は成功し、野崎家は金沢屈指の資産家になる。いわば戦時下を背景にした一種の出世物語である。金沢商家を舞台にした前半に比べ、加筆を加えた二十章以降の後半は開戦後の動向に伴って展開している。中断以後に執筆したのであろう。また加筆した時期は定かでないが、武山が秀子と結婚し、『北国新聞』に戦地での商略経営論を掲載する終結も、当初から構想していたとは思えない。勝戦に酔う風潮を下地にしているからである。

「訥軍曹」は、鬼松園あるいは訥鬼と諢名されていた軍曹の松園鬼五郎が主人公である。日清の開戦が近づいた折り、鬼五郎は逸速く召集令状に応じたが、身体検査で「弁舌の不明瞭なる為め」に不合格となる。だが愛国と義勇から、面識のある町橋大尉と星少佐に嘆願して、従軍することができた。苦戦の最中、星少佐の自害、町橋大尉の戦死を乗り越え、鬼五郎の働きによって「キチン村の戦」は勝戦となる。鬼五郎もこの戦いで戦死したが、鬼五郎の「忠烈節義」を「軍人の亀鑑」として称えられた。いわば忠勇美談である。ここには「今度は内乱とは違ツて敵は外国だから張合もある」（「第二」章）、あるいは「吾義軍は牙山に屯営して朝鮮の独立を妨げ兼て東洋全局の平和を破らんとする清兵を駆逐せんが為めに」（「第十二」章）云々とあるように、戦争賛美の態度が貫かれている。ただし召集令状を父親に届けようと駆けている鬼五郎の一子・元を描いた次の箇所は、一見すると例外のように読み取れる。

足の及ぶだけ息のつゞかん限り迅速に駆出しぬア、此無心なる小児は己れは我父を戦争に駆り出さんが為めに今走りつ、あるを知らざるなり己れが腰に携ふる紙片は我父に赤きものを流させ我母に熱きものを流させるほどの怖い恐ろしいものたるを知らざるなり　（「第二」章）

一種のヒューマニスティックな感銘を誘う場面である。だがやがて軍歌を歌って村の士気を高める場面につなげる前提であって、無垢な少年の心情から戦争を批判した内容ではない。全体の基調としても、例えば隣国を侵略するとか、不当な圧迫を加えるといった罪悪感あるいは批判性などはみられない。今日的な見地からすれば、差別的な表現も散見する。それでも忍月の苦渋は『夏祓』序文（前節の（1））や、後述する「訥軍曹序」に明かされており、それらを時代のなかでどう捉えていくかが課題なのだろう。

「訥軍曹」は前作「束髪娘」のあとに掲載されたであろうが、二十七年八月以降の新聞に欠号が多くて確認できない。翌二十八年十二月二十日付記事「『訥軍曹』等の出版」には「忍月居士が本紙に掲載したる小説『訥軍曹』等数編を一冊子とし『夏はらひ』と題して此程出版したり」とあり、第十三作目に掲載されたであろうことは推定できる。また悠々が掲載後に「拙の拙なるもの」と論評したことを、悠々自らが「骨々生に与へて『惟任日向守』を論ず」（二十七年十二月十八日、署名は桐生愈虐）で触れている。そして悠々の「訥軍曹」評に対して、骨々生「桐生氏に与ふ（承前）」（同年十二月二十三日）が、

予はきく、能奥地方にては訥軍曹に同情（ここでは作品に対する感動の意＝引用者）を起して読む者頗る多く、其名嘖々たりしと、又北国新聞は訥軍曹が在韓人士の間に持て囃されしことを記したりき。

と好評裏に迎えられたことを記している。『夏祓』に収載された「訥軍曹」の冒頭には、そうした世評を念頭にした「世俗の熱に侵さる丶の已むを得ざるに至る」云々という萩の門忍月識の「訥軍曹序」が、二十七年十一月の日付で載っている。この日付は『夏祓』を刊行した二十八年十一月の誤植か、あるいはそのまま初出にあったものか定かでない。戦争文学というキワモノ一色の時期、好評裏に迎えられた作品が、序文を寄せて一年後に刊行されたとは考えにくい。仮に執筆態度を明言した「蓮の露」序言のように後者であるとすれば、遅くとも十一月の時点には忍月が「門司特信の任」から帰沢していたことになる。次作「惟任日向守」が十一月下旬から連載されていたであろうから、時期的には連なる作品ということになり、「訥軍曹序」のもつ意味が重くなる。と同時に東の花街の芸妓宮田キン（明治三年四月二十日生＝除籍簿）との間の光子誕生(2)（二十七年十一月二十四日＝同）の時期とも重なり、帰省時の忍月、帰沢後の忍月の私生活が注目される。なお『夏祓』収載の二十章に及ぶ「訥軍曹」本文は忍月の署名である。日付はない。

ちなみに『夏祓』にはその他、戦況ルポルタージュ風の小品集「冥途通信」「戦話断片」が収載されている。署名はいずれも忍月である。初出はやはり『北国新聞』であったろう。忍月が「門司特信の任」を兼ねるという社告「門、馬、特報」の載った二十七年七月二十九日付第一面に「門司通信（二十五日門司港特発）」の記事がある。そして同年七月三十日付には「門司特報（廿六日発）」が載った。この「門司通信」「門司特報」が継続したとすれば、

義軍の美談で埋めつくされている「冥途通信」はこの欄に掲載されていたのかもしれない。いずれにしても、ほぼ同時期の『国民新聞』に載った国木田独歩「愛弟通信」ほどには評判を取らなかったようだ。全てを管見し得たわけではないが、博文館『日清戦争実記』および春陽堂『日清戦録』といった話題の従軍誌にも再掲された形跡は見当たらない。当代評としては当時の『北国新聞』が欠号で確認できないが、他に『夏祓』刊行後の二十八年十二月三十日『文学界』の「時文」欄が、

吃軍曹は中々に読ごたへありこれきはもの、上乗なるものか冥途通信は御趣向かは知らねど材料を戦死者にとりたる滑稽談は我読むに忍びず戦話断片は水蔭氏の水雷艇速射砲とはまた一風変りたる書きぶりをもしろし

と評しているぐらいである。同年十二月十五日『女学雑誌』の「新刊書」欄は、「曩には文壇の一方に雄峙するが如く見えし忍月居士も、今は既に老退し了りたるに非らざるか」と酷評している。当初からみれば、「戯曲論」を規範とした作品群とは狙いも異なり、自ずと趣きも違う作風が展開されていたのは確かであった。

明治二十年代ナショナリズム文学への傾倒は時代の趨勢とはいえ、当時の忍月には、

事戦争に因縁あるものにあらざれば読者が一瞥だも与へざる今の時節、現実界の流行に超然卓立せざるべからざる美文家も亦た世俗の熱に侵さる、の已むを得ざるに至る……浮世なりけり　（前掲「訥軍曹序」）

という感慨が実体であったようだ。忍月が初志の「衷情」を貫くのであれば、入社当初に掲げた市民の健全性に通じる「詩美神」を志向する「美文家」意識にこだわるはずである。だが「皐月之助」以来、「世俗の熱に侵さ」れ、〈善戦〉に添うナショナリスティックな創作態度に転じていたことは動かし難い。しかもこうした変調は、前節で触れた時評の変調に符節を合わせている。啓蒙的な態度は同じでも、結果的には別の合目的な「衷情」に基づくナショナリズムの発揚に向かっていたのである。従って再び「蓮の露」序言をかりれば、「世俗を啓発誘導する」と同時に、世俗の嗜好に応じて逆に「世俗に叩頭する」作品を発表し続けていたことになる。

こうした作品を発表する忍月は、前掲「訥軍曹序」で「已むを得」ずと記した。ここには、ナショナリズムそのものよりも「世俗の熱に侵さるゝ」自分へのこだわりが滲み出ている。時評「奏議を読む」（六月七日付）における「言ふべきことの最多くして、言はれぬことの最多くして……」といい、右引用における「……浮世なりけり」といい、表白し難い内実の変調に相当の苦悶があったのではないか。「人生を導き運命を説示する」編輯顧問の筆硯はもはや「……」のなかに窒息しているといってよい。とはいえ論説「地久節」や「奏議を読む」等に顕現する天皇制を核とするナショナリスティックな態度は、再上京した折りの活動にも、また長崎時代の活動にも強く貫かれている。この時期、こだわりを秘めてナショナリズムの論陣を大々的に張らなかったのは、忍月自身が大きな節目に突き当たっていたことを自覚していたからであろう。

二十七年春からの屈折した経緯には、忍月の私生活も絡んでいたようだ。つまり宮田キンとの関係である。光子の誕生時期を考慮すると、この時期、忍月が執筆にだけ専念していたとは思えない。実際、紙上の忍月作品は減少している。そして紙上での忍月に対する風当たりがきわめて冷やかになっている。何しろ「束髪娘」予告（六月十九日付）までもが、これまでの予告内容と違って、

先月々初以来久しく雲がくれして読者に見えざりし忍月子特に工夫経営を費して物したる小説明日より掲載す（中略）意匠惨憺文字流麗なりとは当人の手前味噌四半分に聞き置き玉はゞよもや損もなかるべし

と揶揄しているのである。編輯顧問の作品を「四半分に聞き置き玉はゞ」云々と予告すること自体、尋常でない。何よりも編輯顧問としての「体面」「面目」を重んじてきた忍月が、紙面を放り出して「久しく雲がくれ」していたとは考えにくい。だが「皐月之助」連載中の五月三日「（第二十六）」章の付言には、「作者両三日俗用に多忙にて小説を推敲するの暇なく」云々とある。また「葉越の月」にも「夢裡曰く、頃ろ塵事多端、趣向文章も心に委せず」（五月三十日「其十八」章）云々とあり、私生活における雑事が執筆に影響していたことは否めない。その上、

六月六日には遂に宗叔町に転居している。それまで続けていた十間町の旅館住まいでは都合が悪かったのであろう。この転居が「雲がくれ」を決定づけたことは間違いない。転居したことが同日付の記事「石橋友吉氏の転居」にさえなっている。それでも忍月は転居した一週間後の六月十四日から同月二十六日まで九回にわたり十三篇の随筆「金沢風俗の一斑」を、二週間後には前掲「束髪娘」の掲載を始めている。金沢の生活、人情、方言などに触れた「金沢風俗の一斑」は、「束髪娘」前半の舞台づくりに活用されていて、構築的ですらある。

ところが「金沢風俗の一斑」に対して、六月二十八日の「一件二行」評の欄に、「已に金沢風俗といふ何ぞ美徳とも掲げざる悪處ばかり数ふるは偏酷ならずやと某氏申し来る尤々」という短評が載った。この執筆者は「某氏」に「尤《もつとも》々《もつとも》」と是認した北国新聞社の記者である。いわば身内からの批判が編輯顧問の忍月に向かって、紙上に堂々と展開されたのである。忍月は直ちに駁論「金沢風俗の評に就て」を草し、「予が筆俗物の嘲を受くるも豈一人の知己なからんや」と執筆態度に理解者のいないことを捲くし立てた。忍月がここでいう執筆態度とは、入社以来主張し続けていた「誘導啓発」を旨とする啓蒙的な態度である。同じ社内の記者に理解が及ばないはずはなかったであろうが、忍月は「現時に一人の知己なくんば之を後世に求めん」とも痛言している。編輯顧問の評言としては穏やかでない。しかもこの駁論は翌二十九日に「一件二行記者」が紹介する形で掲載された。忍月は黙蛙生の筆名を使っているものの、どちらが編輯の任に当たっていたのかを疑いたくなる掲載形態である。これまでには決してみられない紙面である。やはり「雲がくれ」に起因していたのであろう。

忍月は右の駁論「金沢風俗の評に就て」の末尾で、再び「予の本意は誘導啓発に在り」と明言して「金沢風俗の一斑」を中絶することを告げた。「耕すべき必要の度多き」地方であればこそ「誘導啓発」の活動が不可欠であると標榜していた啓蒙的意図が、何故に作品の中絶につながるのであろうか。もはや詭弁と捉えるべきか。あるいは余程腹に据えかねた中絶宣言と捉えるべきか。いずれにしても社内での亀裂を覚えつつも、なお作品を書き続けなければならない苦渋だけは味わったようだ。

また親交の深まっていた悠々ですら「『束髪娘』に就きて忍月居士に望む（つゞき）」（七月七日付）のなかで、従前の執筆態度から変調した忍月を「忍月は眠れり」と指弾している。

当時（「皐月之助」連載時＝引用者）余は私に友人に語つて曰く、忍月は眠れりと、而して今や忍月は猛然として起ち、蹶然として覚醒せり（中略）吾人をして復忍月は眠れるの嘆を再び発せしむる勿れ、

悠々は前掲「束髪娘」予告そして「一件二行」評をも踏まえながら、「純粋なる美文」家としての忍月を対象に論じていた（七月六日付「『束髪娘』に就きて忍月居士に望む」）。だが忍月は悠々が「読むに倦怠を生じた」と指摘した「皐月之助」評に対して、

忍月曰く「皐月之助」を以て予を左右する能はざるは世間の予を知る者は之を知らん第一回第二回を艸する時は予は忍月の忍月なりき第三回以下に至りては予は新聞屋の忍月なりきア、世間のこと概ね此の如し

（七月七日付の悠々批評末尾の付記、忍月全集未収録）

と自嘲気味に即答するにとどまった。「美文」論議には立ち入っていない。悠々の意に反して「新聞屋の忍月」と開き直るには、「美文家」意識の変調以外にも少なからず動揺があったとみてよい。一ヵ月前には宗叔町に居を構えて「雲がくれ」と揶揄され、社内での軋轢を覚えた。しかもその前日の七月六日に、叔父の義父正蔵の死亡記事が載ったばかりである。だが「新聞屋の忍月」と自称する態度が「世俗を啓発誘導する」（「蓮の露」序言）内容であるならば、また「予の本意は誘導啓発に在り」（「金沢風俗の評に就て」）となお宣明するのであれば、忍月の視野にある作品の意図はもはや一般読者が求める忠君愛国の想いだけに限られたことになる。ナショナリスト「新聞屋の忍月」の基調がここにある。この基調をもって連載中の「束髪娘（第五）」章（六月二十四日分）では、

新聞屋なんて一人として話せる奴は有やアしない皆な野暮の骨頂揃ひだアネ（中略）況して忍月の作ツた小

説などは碌なものぢやない筋書の四半分一も面白くあるまい。

と自虐的に忍月自身を挿話させている。「新聞なんぞ読で何が面白い」と主張する野崎商店の姉娘お亀の台詞で、結構小説を求める読者の関心に答えた内容である。『文芸倶楽部』掲載時には、右引用の後半部分を「お家騒動も書けない様な作者の小説などは碌なものぢやない」と字句だけを改めている。「世俗に叩頭する」内実にあったことを自らが吐露したに他ならない。要するに「訥軍曹序」における「……浮世なりけり」という表白し難い葛藤と同根なのである。

それでいて編輯顧問の忍月は苦渋に喘ぎながらも、なお作品を発表し続けていた。ただし忍月におけるナショナリズムそのものは、前述したように新たな「衷情」に基づくもので、苦渋の対象ではない。義をもって国揚を掲げる編輯顧問の立場とも矛盾しない。矛盾するのは、これまでの「衷情」にこだわる「忍月の忍月」という「美文家」意識を払拭しきれないままに「世俗に叩頭」して「新聞屋の忍月」を実行していたことである。忍月の苦渋は、岐路に立った状況にあるのではなく、もはや行動を取ったわだかまりにあったといえる。

さてこうした時期に、旧作を集めた『蓮の露』『明治文庫』第十六編を相次いで刊行した。転居、そして光子誕生の時期を考慮すると、多分に経済的な理由が背景にあったのであろう。義を標榜するナショナリスティックな作品群も、この意味では同様である。だが光子が誕生した翌月の十二月十五日、前節で触れたように忍月は旅館住まいに戻った。この時点、義そのものを見詰め、逆に義に背く明智光秀の「衷情」を扱った「惟任日向守」を完結させている。信長への反逆動機には、「天下万世万民の為め」という狂瀾を既倒に廻らす想いが強調されていた。ただし猜疑心が強く、暴虐な主君であろうとも、光秀の内面には君恩・奉公の念も強い。それだけに、

皇天后土幸に之（天下万世万民の為＝引用者）を知り玉はゞ希くば光秀が哀情（のち単行本では「衷情」と改訂＝同）を汲み玉へ

無情なる世間、逆賊と言はゞ言へ乱臣と言はゞ言へ我は逆賊と言はるゝも乱臣と呼ばるゝも心に信ずる所あれば露厭はず（中略）世の人若し其外形に表はれたる跡（のち「蹟」＝同）にのみ拘泥みて（のち「泥みて」＝同）其哀情（のち「衷情」＝同）を汲まざらんには実に其人こそ冷淡乾枯の亡情漢とこそいふべけれ

（十二月十日付「（第十二）」章）

と決意するまでの「哀情」の吐露が作品を躍如させている。この場合の「哀情」は局部的な心情を表すのに効果をあげている。だが全篇を通すと広義の「衷情」が自然であろう。作中では反逆動機を単に「正当防衛」だけに限っていないからである。また初出で反逆の原点とする「哀情」は、これまでの「忍月の忍月」に貫かれている読者が共感し得る市民的な「衷情」であり、ナショナリスト「新聞屋の忍月」のパトリオティーな「衷情」に背反する内容に他ならないからである。

悠々は十二月十四日付の「『惟任日向守』を読みて」（署名は桐生愈虐）のなかで、作品を激賞しながら構想と執筆時の忍月とを次のように触れた。

居士が「惟任日向守」を作為する前数日。余偶々居士が寓を訪ふ。居士惟任日向守に就きて胸憶を述ぶること数時間。其声切々として悲しむが如く、其声暴々として怒るが如し。余之れを耳にして余自らも亦純同情の境遇に彷徨するの幸福を得たり。翌夕また居士を訪へば、居士また蝶々として光秀を論ず。

悠々が訪ねた寓居は宗叔町で、時期は「……浮世なりけり」と記していた頃であったろう。[3]「其声切々として悲しむが如く」云々と構想を語る様子に、少なくとも七月の帰省時にみせた社内への気配りなどはみられない。必然に起こる「衷情」意識の世界だけである。この悠々の回想に従えば、気魄に迫る執筆時、すなわち帰沢して光子が誕生する時期には忍月が自らの矛盾「忍月の忍月」「新聞屋の忍月」に決別して苦渋を彌縫しようとしていたと考えられる。これは取りも直さず、編輯顧問の立場をも含むこれまでの生活への決別を意味していたであろう。そして

啓蒙対象として語りかけてきたこれまでの読者に、「忍月の忍月」から提示した反逆の「衷情」を表すものでもあったろう。

北国新聞社員として執筆した最後の小説「惟任日向守」は第十四作目であった。前述したように「(第三)」章までの紙面が欠けていて、初出の全体を確認できない。閲読できるのは二十七年十二月一日「(第四)」章から同年十二月十一日の最終章「(第十四)」までである(署名は忍月居士)。ただし翌二十八年十二月十三日に春陽堂から『惟任日向守』が刊行されており、通読はできる(署名は同じ忍月居士)。刊行時には字句の異同がある他、「われ本来の敵役に立戻り」云々に始まる「はしがき」が加わった。この「はしがき」には「明治乙未十月」すなわち二十八年十月の日付と「白雲紅葉亭の一弁護士　忍月」の署名とが付いている。白雲紅葉亭は、退社後に結成した文学同好会「洞然会」の活動期にしばしば用いた自宅の号である。光秀の心理を描く際の「衷情」にこだわった上梓態度は鮮明であり、『夏祓』収録作品を「瓦礫ハ矢張リ瓦礫」と序文で自嘲したのと対照的である。

「惟任日向守」はこれまでの作品に比べると、完結直後から紙上を賑わしていた。前掲の悠々「『惟任日向守』を読みて」が発端である。悠々は忍月が発表以前に構想を語った時から、そして作品を読了した今なお深い「同情」を抱いていると述べ、深い「同情」が起こった作品故に「忍月居士が空前絶後の大傑作」であると評した。この「同情」は作品に対する読者の感動、あるいは共感といった意味で使われている。忍月は間もなく、自作自注ともいうべき「『惟任日向守』に就て」(同十二月二十七日付、署名は美眼子)のなかで、「同情」に「シンパチー」のルビを付し、「戯曲論」でたびたび触れた「同感」Sympathieに置き替えて悠々を弁護している。「戯曲論」に即せば登場人物の行為と観客とが一体感となる要件であって、「戯曲の目的」となる。この目的を作品批評の基準と捉えること自体、「戯曲論」が悠々にかなり浸透していたことを物語っている。しかも悠々は「同情」の根拠を、信長と光秀との主従関係が「衝突するや勢ひ実に避くべからざる」因果律を明晰に描いたことに置いている。刊行間もない『明治文庫』収録の「戯曲論」が、悠々の原拠なのであったろう。

だが悠々は修辞上の問題を排除するなど、あまりにも情感的な賛辞にとどまっていた。このために骨々生「『惟任日向守』を読みてを読みて」（同年十二月十七日付）の反論を招いた。骨々生は「惟任日向守」を面白く感じたことがなく、従って「同情」も起こらない。この場合「同情」だけで作品を論断することはできず、悠々の批評態度は誤っていると難じた。また主従関係の「衝突」を明晰に描いたことがどうして「大傑作」の根拠になるのかとも言及している。骨々生が誰の筆名かは定かでないが、ひとえに「大傑作」と評した悠々に筆峰を向けている。これに対する悠々「骨々生に与へて『惟任日向守』を論ず」（同年十二月十八・二十日付）は、小説の要素は「同情」にあり、同時に作品批評の基準になり得ることを重ねて論じている。さらに「同情は諸般道徳のまた美麗の根本なり、標準なり」とも言及し、その「同情」の起こらなかった「訥軍曹」を「拙の拙なる」作品と評した根拠をも併せて述べていた。「同情」が道徳上の「根本なり、標準なり」という観点は、合目的な市民の健全性を標榜した「忍月の忍月」の啓蒙態度である。そして悠々がやがて反戦ジャーナリストとして活動する原点でもあった。こののち再び骨々生が「桐生氏に与ふ」（同年十二月二十二・二十三日付）で同様の主旨を駁し、また投書によって傑作か否かを決める旨を提示した森悠骨生「『惟任日向守』につきて我か所見を明かにし以て新聞社に計るところあり」（同十二月二十六日付）が相次いだ。

忍月はそうした「妄評」を押さえ、小説を「第一、人物の気質と意思」「第二、行為と被行為」「第三、衝突」「第四、人生の運命」「第五、自然の法則」「第六、同感」の六項目で定義づけた（前掲「『惟任日向守』に就て」）。これらの概念そのものは「戯曲論」の骨子である。これまで述べてきた「戯曲論」を小説に活用していた忍月が、ここでも明らかとなる。実作について具体的には「『惟任日向守』の作者は光秀といへる一個の歴史上の人物を仮り来りて（中略）善く其運命（渠が沈淪を）を説明せり（中略）自然の法則を描けり」と自注している。この内容も「戯曲論」における「既往の事実を現在に引戻して活動せしめ（中略）終に人の運命を説明し（中略）『自然の法則』を表はす」という「戯曲の目的」をそのまま転用したものである。しかも目的となる「自然の法則」は、右自注によると「人情と亡情と、大忍と驕慢と、意識と圧抑と、狭隘なる忠孝論と正大なる道徳説と」云々と詳述する「衝突」Konflikt が因果律に基づく「運命」Schicksal すなわち光秀の「沈淪」を導き、読者の「同感」Sympathie すなわち「真の道徳」を惹起するという「自然」Natur な展開をさしている。「惟任日向守」が、「戯曲論」のなかで「悲曲」をさらに分類した形式「歴史的悲曲」Historisch Tragödie の活用であったことは、もはや多言を要すまい。

ところでここで留意すべきは、忍月が当時の内面的な課題とのかかわりでこの悲劇的展開を構想し、発表したことである。『ハンブルク演劇論』によった「戯曲論」では、登場人物の「意思感情」と作家の「意思感情」とを俊別し、作家主体の課題は観客の「同感」に向けられていた。前掲「親不知子不知」を始め大半の初期作品群の類いがその典型である。だが「惟任日向守」は異なっていた。作品構成上の人間葛藤を、作家と創作行為との不離な関係から表現している。もはやレッシングが唱える合目的な啓蒙態度の域ではない。況してや「世俗に叩頭する」作品でもない。

この背景には、嘉部嘉隆「石橋忍月研究ノート『惟任日向守』論（中）」[4]が指摘した戸川残花「明知光秀」（二十六年四月二十九日『文学界』）の影響も多分に考えられる。嘉部論文は、忍月「惟任日向守」の原拠が残花「明知光秀」であったことを、文脈・主意にわたって詳細に調査している。例えば先に「衷情」の吐露を説明するために引用した「（第十三）」章の一節は、嘉部氏に従えば、

人若し其跡にのみ拘泥して其衷情の苦悶を汲まざらんには、実に其人をこそ熱血なき没情漢とこそ云ふ可けれ。（中略）吾人当日の光秀が衷情を汲み来れば、うたゝ同情の感に堪へざるものあり。

（戸川残花「明知光秀」）

という箇所が原拠になっている。確かに残花が論中でたびたび使っている「衷情」と、忍月の「衷情」とに意味の相違はみられない。と同時にこの「衷情」を基にした光秀観にも相違はみられない。ただ相違があるのは、評論と小説という表現形式である。忍月は「戯曲論」にこだわった形式を堅持した。だが態度は「戯曲論」を一歩踏み出し、残花と同じように創作主体に主意を置いた。こうした創作態度をとったことは、幸田露伴「戦争について」（二十七年十月十三日『国会』）が戦争便乗の文学を排して、文学に「詩的永久」を求めたことに無縁ではなかったろう。朋友関係はまだ続いていたからである。さらに別の意味では忍月が『文学界』の動向に関心を寄せていたことにもよるだろう。既述した『思想』第三号掲載「戯曲論　其二」の末尾「付記」（のち削除）では、古藤庵無声（島崎藤村）「悲曲茶のけむり」（二十六年六月三十日『文学界』）に触れて「其体裁は我が脚本なるものなどとは大に面目を異にし、泰西のドラマに倣ひ純然たる詩体をなすの観あり（中略）戯曲の為めに慶賀せずして可ならんや」と称賛している。ロマンティックな詩劇「茶のけむり」の初回掲載分についての感想である。それでいて忍月のクラシックな「体裁」は「惟任日向守」まで変わらなかった。だが創作態度としては如上のように変わった。変わるだけの状況が自らにあったとはいえ、残花の評論等が忍月に与えた影響は大きい。爾来、筆者の管見する限り、忍月の「戯曲論」へのこだわりはみられない。極端にいえば再上京した折りの絵画評の通りである。態度としても「惟任日向守」を継続し発展させた作品はみられない。ごく一般的にはクラシシズムへの反動としてロマンティシズムが展開されるが、そうした図式に当てはまらないところに忍月の特異性があるように思える。本節の範囲に即せば、「惟任日向守」の後の『北国新聞』紙上にみられる三つの小説が象徴しているようだ。

『北国新聞』に掲載された十五作目の小説は、退社直後の「まだ桜咲かぬ故にや」である。二十七年十二月三十一日に、翌年正月「二日の読切小説」として掲載する旨の広告がでている。当日の紙面が欠号で閲読できないが、贋西鶴戯稿の署名で作品集『惟任日向守』に収載された。この作品は日清戦争時の金沢を舞台にしている。だが「東髪娘」のように戦勝に左右される内容ではない。数多くの男を迷わせたという年増芸者小富の心変わりを、実に軽妙に描いている。しかも手管を弄して客に接する小富を、肩肘張らずに「是ぞ此里の人たらしぞかし」と表現するなど、ごく有り触れた場景に登場させている。身近な世間話の趣きである。案外、忍月小説の真骨頂はこうした庶民と同じ高さの視線にあったのかもしれない。次作も同様である。

十六作目の「初夢」は新聞欠号で、二十九年一月七・八・九日の三回分（「(中)」から「(下ノ二)」）までしか閲読できない（署名は忍月、忍月全集未収録）。のちに再録された形跡もない。閲読できる限りでは、題名が示すように初夢にまつわる話しである。主人公が以前から少なからず関心を抱いていた女性と、京都を旅行した折りに遭遇する。だがその女性はすでに結婚していたことを知って落胆する。それでも主人公は潜かに「我が恋を楽みつ」と、初夢に見た女性とのいきさつを語る。非凡な事柄は一切ない。読者に何かを教示する内容でもない。弁護士業務の傍ら、興に乗って身近な世間話を書いたといった感じである。「戯曲論」の規範を解いた忍月が、地方で発揮した嗜好のひとつなのであろう。

なお離沢後の『北国新聞』に掲載された小説に「征衣」一篇がある（忍月全集未収録）。三十一年一月一・二日の二回にわたり、「しのぶ」の署名で発表している。『新小説』編輯に従事していた時期の作品だが、作風に変化はない。大店の娘お小夜との祝儀を前に他の女性と駆落ちした飛田末雄のふしだらな行跡と、なお末雄を待ちのぞむお小夜の一念とが巧妙に描かれている。前掲「まだ桜咲かぬ故にや」の男女を逆に置き換えた展開で、やはり世間話しを有り体に綴った作品といえる。この作品は、掲載された時期に忍月が一時的にも来沢した形跡はなく、同年一月四日の雑報「忍月子の年始俳句」にある二句と共に郵送されたものであろう。七月一日の通信「東京片言」にもみられるように、北国新聞社との関係はなお保たれていたからである。「しのぶ」署名の作品は『北国新聞』紙上ではこの作品だけで他に一切みられないが、在沢中の二十六年十一月二十九日『浪華草紙』第二集に「花散里」、同年十二月三十日同誌第三集に「旧雨」がある。いずれも「戯曲論」に根差した作品で、「征衣」とは性質を異にしている。「惟任日向守」を境にした執筆時を考慮すれば当然なのだが、それだけ退社後の作風は際立っているといえる。

以上が『北国新聞』で確認できた忍月の小説である。前掲以外にも、藤田福夫「石橋忍月の金沢時代」[5]がすでに指摘している他紙誌への掲載作品が金沢時代にあるかもしれない。戯文体の問題を含め、今後の課題としたい。

注

（1）夢裡の署名作品に関しては、なお今後の課題としたい。夢裡作品が『北国新聞』に登場するのは、本文で触れた「美文としての謡曲」に始まる。そして弁護士時代に、「雛の節句」（三十年四月三日）、「桂仙太郎」（同年五月十一～十九日）、「端午の節句」（同年六月五日）、「救療患者」（同年七月十九～二十五日）がある。これらの論調に従っても、夢裡を忍月の変名と捉えて不自然でない。だが他に「大乗禪寺に詣づ」（二十九年四月十六・十七・二十・二十一・二十三日）、「謡言粗志摘萃」（同年七月六～十一日）、「竹柴爲三」（三十年八月三・四日）、「波吉甚次郎氏を訪ふ」（同年九月一～四日）の三篇が、佐久間夢裡の署名で掲載されている。夢裡、夢裡生、および佐久間夢裡も、忍月が離沢した三十年十月以降にはみられないが、夢裡と佐久間夢裡とを使い分ける理由が現段階では釈然としない。従って「葉越の月」は存疑作として扱わなければならないのかもしれない。だが本文で触れた第十八章付言や、「忍月閎」の表記から、本章では一連の忍月作品として扱うことにした。

（2）山本健吉「批評家、高等官試補に失落す」（昭和四十二年三月『中央公論』）には、光子以外に「もう一人踊りをよくする姉があったとすると」云々と記しているが、除籍謄本に窺う限りその形跡はない。

（3）明治二十七年七月二十二日『北国新聞』の記事「忍月居士の消息」に掲載されている忍月書簡に明らかである。

この書簡は、叔父で義父・正蔵の法要のために帰省途上、他紙に比べ『北国新聞』が多く読まれている船中の様子を、尤もらしく知らせている。

（4）『樟蔭国文学』第八号（昭和四十六年三月）掲載。嘉部氏は『惟任日向守』に関して他に「石橋忍月研究ノート『惟任日向守』論（上）」（同四十五年三月『樟蔭国文学』第七号）で『絵本大閤記』との検証をも行なっている。なお「惟任日向守」の当代評は、嘉部氏の論文に委ねたい。

（5）『文学・語学』第二十四号（昭和三十七年六月）掲載。藤田氏はそこで、「二七、一『浪花草紙』の人形聟――黙蛙坊も忍月であろう」と指摘している。のちの『近代歌人の研究』（同五十八年三月、笠間書院）収載時でも同様だが、その後の検証はない。

五　退社と弁護士活動

忍月は明治二十七年十二月、北国新聞社を辞した。足掛け十四ヵ月程の在籍であった。退社の理由は詳らかでない。少なくとも忍月の著述からは具体的に窺えない。資料に乏しい現状では、前節で触れた「惟任日向守」の執筆態度から推し量るしかない。すなわち自らを「新聞屋の忍月」とも卑称した「衷情」意識からの所為という内面的な動機である。

退社の時期については、藤岡作太郎（荳圃、のちの東圃）の同年十二月三十一日付藤井乙男（紫影）宛書簡が「ここにをかしきは石橋忍月氏近頃金沢の新聞社を退き候に付田岡兄（田岡嶺雲＝引用者）のことを申送り候所何時の間にやら忍月君にかはりて得能君が入社にならんとは」云々と触れていることに明らかである（大倉書店刊『東圃遺稿』第二巻、大正元年九月）。実際に「惟任日向守」の完結を境に、忍月作品は時折の掲載にしか過ぎない。十二月の退社は間違いないだろう。だが右書簡にある「近頃」の日時は特定できない。「惟任日向守」が完結した同年十二月十一日以後の『北国新聞』にみられる人事関係の記事は、十二月二十二日と同月二十三日に掲載された社告「今後の北国新聞」だけである。この社告には、同文で「得能文氏を聘して編輯の要位に置く」とある。編輯顧問の忍月には触れていない。この限りでは忍月がそれまで通りの地位にあるのか、すでに籍を外していたのか判然としない。いずれにしても、当時の社内機構は詳らかでないが、社告にある「編輯の要位に置く」は得能文（秋虎）を忍月の後任人事として公表したと見做して間違いないだろう。得能の第一声は十二月三十日の論説「告白一則」であり、同日の社説欄には社主の赤羽萬次郎「得能君の入社」が載っているからである。従って実際には十二月三十日を機に判断すべきかもしれない。ただし東京における十二月三十一日付書簡の「近頃」が、金沢での同月三十日をさすのは不自然である。社告掲載前後の十二月下旬には退社していた、と捉えた方が右書簡の「近頃」に該当するように思われる。

赤羽の忍月に対する送辞「送石橋君」は、翌二十八年二月三日に掲げられている。掲載が遅れたのは赤羽が自ら送辞に記しているように「過日来生憎病床に在」ったからで、円満に退社しなかったからではなさそうだ。後年の「追想記」では赤羽が忍月を「客員」に留めたという。確かに退社後においても、忍月作品は時折ではあるが掲載されている。また「忍月の鬚ばなし」（二十八年十一月二十五日）等の記事に窺う限り、同社にはしばしば出入りしている。後述する法律事務所の広告掲載も頻繁である。そして何よりも赤羽の右送辞には、掲載された二月三日の夕に石橋友吉法律事務所の開業披露宴が予定されていて（二月五日記事「石橋学士披露宴の記」）、その門出を祝う気持ちに満ちている。すなわち在籍中の労を多としつつ、文学界における忍月は一時的に「時流の喝采を得た」に過ぎなかった、むしろ法曹界に転身する忍月こそが本来の姿である、というはなむけの祝辞である。

だが忍月にそうした自らの在り方を巡る認識がどのように働いていたか、定かではない。転身に関しても事由を明らかにする資料に欠けている。ただし前節で触れたように文学活動に過度的な行き詰まりを感じていたことは否めず、編輯顧問の地位に未練はなかったと思われる。後年に自らの人生が二分したと認識する岐路に立って職業としての創作活動を切り捨てた忍月には、赤羽が指摘するように法学士の肩書きを貫くのであれば、選択肢に法曹界が浮上するのは自然であったろう。しかも弁護士の職務の重要性が唱えられだした時期でもあり、弁護士開業は手っ取り早い選択ではなかったろうか。

前掲の記事「石橋学士披露宴の記」からは、忍月の新たな意欲が十分に窺える。市内殿町の料亭である殿待楼に招待した来賓は石川県知事、書記官、警部長、裁判所長、郵便電信局長を始め「各弁護士、紳士紳商、新聞記者等」七、八十名で、忍月は始終座を取り持って「来会者をして盡く十分の歓を尽」したという。末尾では「其注意と労苦は察するに余りありき」と、忍月の懸命な気配りを称えている。また恩人の弁護士山田喜之助、富山県参事官の李家隆介（一高同級で内務省の先任者）、福岡県立病院長、下妻区裁判所判事らが祝電を寄せていたことをも伝えている。退社後の約そ一ヵ月余の間に、弁護士登録や事務所開設などの慌ただしいなかで、挨拶状を出すなどの周到な準備をしていたのであろう。

金沢弁護士会史編纂委員会編『金沢弁護士会誌』（昭和五十四年十月一日、金沢弁護士会発行）の「会員名簿」によれば、金沢弁護士会には二十八年一月十五日に登録し、同年一月十八日に入会している。二十六年五月一日に組織された金沢弁護士会にあっては、十五番目の入会者であった。また二十八年二月一日付官報（第三四七五号）によれば、金沢地方裁判所検事局には同年一月三十一日付で登録している。この上で前記の開業披露宴を催したのであろう。だがこの間すでに、一月二十八日には仮の事務所を上新町二一番地に開設し、業務を開始していた。二月二・三日『北国新聞』には仮事務所開設の広告を、一月二十八日付で次のように掲げている。

曾テ内務省ニ試補シテ行政事務ヲ実験シ次デ法学士山田喜之助ノ訴訟事務局ニ出入シテ弁護事務ヲ実習シタ

ル法学士石橋友吉ハ今般新タニ弁護士ノ登録ヲ受ケ肩書ノ處ニ仮事務所ヲ設ケ汎ク民事、商事、刑事、行政訴訟ノ弁護、代理其他法律ニ関スル事件ノ鑑定、顧問、及ビ訴願、請願、出願、（殊ニ特許、意匠、採掘、試掘、等ニ関スル）規約、定款等ノ文案起草ノ依頼ニ応ズ　依頼者ハ紹介ヲ要セズ

仮事務所の開設とは思えない程に大々的である。二十八年一月の『北国新聞』には欠号が多くて広告欄を全て確認できないが、恐らく同年一月下旬から掲げていたであろう。二月十八日以降の広告も、右引用の経歴に触れた部分を省いて簡略にしてはいるが、一般の広告よりは広いスペースをとっている。当初からかなり意欲的であったことがここにも窺える。

また翌三月二日『北国新聞』には同日付で、新たな文面の「小生儀従来事務所手狭ニ付今般左記肩書ノ所ニ転居シ従前ノ如ク万般ノ法律事務ニ従事ス」という業務拡張に伴う移転（小将町中丁四番地）広告を掲げている。仮事務所でない、本格的な業務態勢に入ったわけである。この三月中旬には、さらに「今般事務拡張ノ為メ左記箇所ニ出張所ヲ設ケ汎ク訴訟弁護鑑定其他法律事務ノ依頼ニ応ズ」と、事務員の小橋吉太郎（のち七尾の税務署に勤務）を置いた七尾出張所（七尾町字米町六一番地）の新設広告をも掲げている（三月十四日付以降の広告欄）。鹿島郡七尾町は当時、七尾港開港場指定促進を逓信大臣に陳情する程の活況を呈し、司法機関も区裁判所と地方裁判所支部とを設けられていた。金沢弁護士会そのものも、金沢地方裁判所の所属弁護士と七尾支部の所属弁護士とで構成されていた（金沢商工会議所編『金沢商工会議所百年史』昭和五十六年十月、および前掲『金沢弁護士会誌』）。なお七尾の出張所が二ヵ月後に七尾町字府中冷泉寺角に移転したのは、四月二十九日の七尾大火による類焼のためであって（五月十四日付の移転広告）、業務内容に些かの陰りもあったわけではない。以後の事務所移転および転居は本章冒頭の注記で触れた通りであり、弁護士業の盛んな状態を裏付けている。[1] ただし七尾出張所がいつまで続いたかは詳らかでない。

ところでこうした弁護士業の開始に伴い、これまでと違った忍月が紙上に登場してくる。二十八年に限ってみれば、先ず四月一日に金沢商業会議所の特別会員（四名）のひとりに選出され（四月二日『北国新報』記事「金沢商業会議所定期総会」）、次いで四月二十八日には忍月も推し進めていた止善堂病院（私立の救療病院）が開院し、その式典で祝辞を述べたことなどである（四月二十九日『北国新聞』記事「止善堂病院開院式」）。地域に根差したテリトリーの広い文化人の趣きが強い。さらに列挙すれば、十二月十一日には在沢学士会の一員として、来沢の内務書記官のために饗宴を催し（十二月十三日『北国新聞』記事「学士、高等官と木内書記官」）、十二月二十一日には旧加賀藩士・金子清作（公益振興で藍綬褒章の受賞者）の窮状を訴え、救助に立ちあがっている（十二月二十一日『北国新聞』論説「金子清作」および同日付記事「救助金義捐者交名」）。また開業早々に生やしていた鬚を「スッパリと剃り」落とした逸話も紙上に登場している（前掲「忍月の鬚ばなし」および十一月二十六日『北国新聞』雑文「髭鬚ばなし」）。いわば金沢における著名人なのである。

この間、中央文壇との交渉が全く途絶えていたわけではない。幸堂得知からは弁護士開業を祝って「鶯や小判百枚舌一枚」の句が寄せられている（二月二十三日『北国新聞』記事「石橋弁護士への祝俳」）。創刊間もない『太陽』には「美文と歴史との間に一線を画す」（三号）、「感情を論して詩人に及ぶ」（五号）を寄せている。博文館の館主である大橋新太郎との関係があったからであろう。また春陽堂の主人である和田篤太郎との絆も深く、前掲の『夏祓』『惟任日向守』をも上梓している。だが退社後の主軸が弁護士業にあったことはいうまでもない。金沢地方裁判所が大阪控訴院管内に属していた関係で、翌年からは「控訴用にて予て上阪中なりし弁護士石橋友吉氏は一昨夜帰沢せり」（二十九年三月六日『北国新聞』記事「弁護士石橋友吉氏」）といった記事が紙上にたびたび登場している。

それでは忍月の弁護士業の実体はどうであったか。再上京した折りの裸体画事件や、長崎時代の人権蹂躙問題・選挙当選訴訟等々、紙上を賑わした事例を金沢では管見できない。現状では弁護士会における活動と、手取川不正事件の弁護をわずかに確認できるに過ぎない。

前者は民事訴訟法および付属法令の施行に関する改正諮問の調査報告である。これは二十八年十一月十日付で、芳川顕正司法大臣から所管の裁判所を通し、各弁護士会に通達された諮問のひとつであった。金沢弁護士会では同年十二月一・四日に裁判所構内（総会開催場所は以下同）で臨時総会を開き、忍月を含む三名の調査委員を先ず選出している。そしてこれらの委員は十二月十日の臨時総会で、改正すべき点についての調査報告を行なうことにした（十二月十三日『北国新聞』記事「諮問法案と弁護士会」）。十二月十日付の「金沢弁護士会臨時総会議事録」（毛筆書き、定期総会においても以下「議事録」と略）によれば、忍月が担当し報告した法案は第二六四、三九七、四〇二、四一九、四五七、四八三、四七四、四八八条等で、

第二百六十四条ニ故障ノ抛棄及取下ニ付テハ控訴及取下ノ規定ヲ準用ストアルモ控訴ノ部ニ於テハ抛棄ノコトヲ規定セス故ニ該条中ニ於ケル抛棄ノ二字ヲ削除スル方宜シカラシ

（中略）

第四百七十四条第三項ノ五年ナル期限ハ尚一層之レヲ長期トナシ拾年ト設定シタシ第四百八十八条ノ原告カ通常ノ手続ニテ訴訟ヲ繫属セシメ証書訴訟ヲ止ムルコトヲ得ルハ第一審繫属中ニ限ルカ又ハ第二審ニ繫属シタルトキト云トモ尚ホ之レヲ為スコトヲ得ルヤ否ヤ別段ノ規定ナキヲ以テ明ラカニ第一審中ニ限ルトノ明文ヲ設ケタシ

抗告ヲ原裁判所カ理由アリトシテ不服ノ点ヲ更正シタルトキハ之レカ為メニ要シタル費用ハ何人ニ於テ負担スヘキヤニ付明瞭ナル規定ナキヲ以テ明カニ其相手人ニ於テ負担スヘキ旨ノ規定ヲ望ム

といった内容である。これらの報告は当日選出された審査委員によって審議され、その上で総会を開いて司法大臣に答申することになっていた（前掲十二月二十日付「議事録」）。この時、忍月は審査委員の選挙で次点となり、審議

委員に選出されていない。

次回の総会は十二月十五日（前掲同「議事録」）を予定していたようだが、開催された形跡が見当たらない。十二月二十四日付「議事録」には、議長が本会を「先日開会ノ当弁護士会臨時総会」に次ぐ「二次会」であると冒頭で宣言し、そのあとに審査委員の報告が行なわれている。報告の該当条文も一致しており、十二月二十一日『北国新聞』記事「弁護士会の臨時総会に就きて」に予告された通り、次回の臨時総会はこの十二月二十四日なのであったろう。十二月二十四日付「議事録」からは、かなり紛糾した様子が窺える。だが忍月の発言は少なく、記録されている限り「原案ヲ賛成ス」と審査委員案に賛成する旨の発言を二回行なっているに過ぎない。

金沢弁護士会はその後、二十八年度の決算報告と役員選挙等を議題にした春季定期総会を二十九年四月四日に開いている（四月八日付「議事録」）。だが忍月はこの総会を欠席した。一ヵ月前の三月五日に、裁判所により近い味噌蔵町下中丁八七番地に事務所を移転し（弁護士会副会長宛の転居届）、四月一日からは同地に養父の養元が「石橋眼療院」[2]を開業するなど（四月一日『北国新聞』記事「眼科医院の開業」）、業務・雑事に多忙であったのかもしれない。味噌蔵町への移転に関しては、三月七日付の広告で「業務拡張ノ為メ」の移転であることを強調している。山本健吉「批評家、高等官試補に失落す」は「味噌蔵町の家は、武家長屋を病室にした大きな邸宅で、庭には水を引いて滝や泉水を作り、向い山の見晴らしがすばらしかつた」という養元の次女桃代からの伝聞を記している。忍月はその後も里見町、小将町とさらに立地条件のよい場所に移転しており、業務の好調ぶりを示している。相良武雄「忍月の後半生」（大正十五年四月『書物往来』）が「依頼客は雲集して一時は月収五百以上もあつた」と触れている状況は、あながち否定できない。五月十一日の臨時総会でも、忍月は弁護士が銀行の取締役や役員に就くことを積極的に賛成し（五月十二日付「議事録」）、幅広い業務活動を求めている。

なお二十九年十二月四日の臨時総会にも欠席しているが、民事訴訟法および付属法令の施行に関する司法大臣の諮問について再び調査委員に選出されている（十二月四日付「議事録」）。忍月はここで民事訴訟法第三、四、五編と付属法令を担当することになっていた。だがその後の関連する「議事録」が欠けていて、報告内容は明らかでない。と同時にいつどのような答申をしたのかも、前年と同様に明らかでない。

三十年四月十三日の定期総会は、三十年度予算と役員選挙が焦点であった。予算審議のなかで弁護士会の運営費を巡り、活発な論議が展開されている。それまでは総会開催のための会場借入金や書記雇料等に当てていた「本支聯常費」を金沢居住の弁護士と七尾居住の弁護士が分担し、茶・炭代や小使給料等に当てていて「本部費」を金沢居住の弁護士だけが負担していた。これを各弁護士が平等に負担しようというのが大勢の意見である。だが忍月は「七尾居住弁護士ト金沢居住弁護士トノ間ニ於ケル費用ノ区分ヲ除去スルト云フカ」と質問している（四月十四日付「議事録」）。大半の弁護士と足並みが揃っていない。前掲「会員名簿」によれば、三十年四月の時点での総数は十八名で、このうち七尾居住者は四名である。少数でしかも負担金の増す七尾居住者に不利になることは間違いない。ところが計上額の総計は三十二円であり、経済的な打撃はそれほど考えられない。しかも忍月は金沢居住である。忍月発言の真意は定かでないが、「議事録」に窺う限り弁護士会内部に軋轢が生じていたようだ。四月十三日の総会で、忍月は副議長選挙に落選もしている。以上が「議事録」に窺える弁護士会での活動である。

手取川不正事件については『北国新聞』の記事に窺える。手取川の流域はいわゆる手取川扇状地で、たびかさなる洪水と治水工事とが繰り返されていた。二十九年八月一・二日の豪雨は、手取川用水取入口合併工事が着工された出端に襲っている。この工事は前年度の通常県会（二十八年十一月十五日開会）が重点項目として総額八万五四四十円の予算を計上し、そのうち二十九年度支出に一万八四〇二円七一銭五厘を当てた大規模事業であった（『石川県議会史　第一巻』昭和四十二年三月）。八月末の台風も加わり、「手取川両岸の堤防を修繕して出水氾濫を防がなくては用水改良工事も何も不可能な状況」になったという（手取川七ヶ用水土地改良区編『手取川七ヶ用水誌』上巻、昭和五十七年九月)。そこで石川県は急防工事に迫られ、年度予算から急拠一万円の支出を決議した。この一万円を巡って不正事件が起こったようだ。県会の土木事務に関する常設委員で、土木工事を監督する任にある県議の土谷與三が工事費を「詐欺取財」したというのである(三十年六月十八日『北国新聞』記事「判決文」)。いわゆる手取川不正事件である。忍月はこの事件に関して、土谷に共謀した石川県土木課の職員宮尾文章の弁護に当たり(三十年五月二十六日記事「手取川不正事件弁護受持」)、四回の公判を経て、三十年六月十一日に最終弁論を行なった。だが六月十二日『北国新聞』の各記事は「各弁護士は順次起ちて弁論をなし、更に検事の弁駁あり」云々の紹介にとどまり、具体的な弁護内容は確認できない。宮尾への判決は「重禁錮四月罰金五円監視六月」であった。世間から非難の的にあった被告の弁護は、忍月にどのような感慨をもたらしたであろうか。この弁護担当は、副議長選挙の直後の弁護士会に連動していたであろうから、三十年半ばの忍月をみるに興味深い経緯である。またこの時期から句作に傾倒してもいるからである。

注

(1)　金沢弁護士会に、忍月の毛筆による自筆の転居届けが三通ある。いずれも「法学士石橋友吉用紙」と印刷された半紙形の用箋を使用している。

(2)　二十九年四月一日『北国新聞』掲載に始まる開院広告には「診療　毎日午前八時ヨリ午後四時至ル　手術毎月曜日及金曜日」とあり、翌三十年二月十一日からの広告には調剤生と代診生各一名を募集している。また忍月が離沢したのちの三十一年一月一日以降の広告には「今般新築病室落成ニ付患者ノ便宜ヲ計リ自炊入院法ヲ設ク」とある他、同年八月二十四日以降の広告にも「今般外商ト特約シ新形精製ノ義眼廉価ヲ以テ取扱候」云々とあり、日増しに充実していたことがわかる。そしてこの充実と並行して金沢の知識人との交友が深まったことは、のちの「北国俳壇」に明らかである。なお養元の来沢が二十九年一月であったことは、同年四月一日『北国新聞』記事「眼科医院の開院」に明らかである。

六　初期　句作

忍月の俳句は『北国新聞』紙上にあって、三十六句確認できる。長崎時代の多作に比べるべくもないが、俳人としての忍月の始動である。しかも弁護士業の傍らの句作は晩年におけるライフスタイルでもある。

発表順に従うと、金沢時代にあっては『北国新聞』紙上以外でも次の作品がある。先ず二十八年十月刊行『惟任日向守』の「はしがき」末尾に、

こゝまでも蹄の跡や女郎花

と添えてある。次いで幸田露伴「忍月居士の俳句」（三十年二月五日『新小説』）が次の二句を紹介している。

歌三味線かりた夜もあり年の暮

風簫々三日月暗き落葉哉

右二句は、忍月が露伴に宛てた二十九年暮れの書簡[1]（筆者未見）にあったという。露伴は「歌三味線」の句に、「貸したるはおのれなれば、人は知らず我にはいとおもしろく聞ゆ」という感想を記している。また「風簫々」は樋口一葉の死を悼んでの句作であったらしく、「今は文筆を事ともし玉はぬに（中略）ゆかしくおもふは我のみならざるべし」と感心している（「忍月居士の俳句」）。

こうした句作をいつから始めたのか明らかでない。露伴の紹介した二句に従うと、二十九年暮れの頃からであろうか。この時期は横山翠との再婚直後で、翠の吟詠に少なからず影響されたのかもしれない。翠の作歌は武家の子

女としてのたしなみなのであったろう。「横山翠子」「翠子」の署名で『北国新聞』にたびたび載っている。また在沢の養父養元も作歌・句作に通じていたことは、のちの『北国新聞』における「北国俳壇」あるいは養元の還暦記念賀歌句集『さゝれいし』[2]に明らかである。この時期に書簡を往復していた露伴も「父上内君と共に清福充分なる家庭の楽みを享け居らるゝ忍月」（前出「忍月居士の俳句」）と記しており、作歌・句作する環境にあったことは確かである。ちなみに、忍月の和歌は『北国新聞』に七首掲げられている。初めて出席したであろう歌会での吟詠あるいは献詠で、総じて写実的な歌風である。

だが忍月の関心が作歌より、句作に向かったことに注目したい。前述の家庭環境も然るものながら、忍月には俳諧に対してひとつの見識があった。「仏教文学論」（二十六年七月二・十六日『思想』）にみられる日本文学における純粋な詩体としての認識である。また句作に向かった別の理由には、当時の金沢俳壇の熱気が挙げられる。これらふたつの理由のうち、忍月の俳諧意識については第六章で触れており、金沢時代の忍月を扱う本節では後者を中心に吟味してみたい。当時の金沢俳壇は四高生であった竹村秋竹（本名・修、別号に修竹）の俳句革新運動に連動して過熱しており、後述する忍月の洞然会活動にも無縁ではないからである。

秋竹は高浜虚子や河東碧梧桐と伊予の同郷で、京都の三高在学中から日本派俳人として知られていた。秋竹の来沢時期は詳らかでない。『北国新聞』紙上では二十九年四月二十五日付の〇〇《ママ》生「蛙」が「或日ひともし頃、修竹の訪れ来り」と記し、秋竹の七句を収めているのが初めてである。秋竹がその後も金沢で句作活動をしていたことは、居石「秋竹に与ふ」（同年六月十四日『北国新聞』）の「秋竹子は金沢に於て（中略）金沢に居ながら他の地名を詠む事の虚句を吐かれし」云々という秋竹批判に明らかである。転校前に金沢で俳句活動をしていたのであろう。

一方、逸速く秋竹批判を下した居石は「俳諧は歌と異なりて其事実を言ふを本意」（前掲「秋竹に与ふ」）と唱える旧派を代表する金沢俳人であった。旧派の勢力が強い金沢俳壇では新興の日本派を異端視していたことはいうまでもない。批判された若い秋竹は対抗意識を露にし、同月十四日『北国新聞』の日曜版にさっそく旧派攻撃の「居石に答ふ」を載せている。こうして起こった居石と秋竹との俳句論争[3]は、以後六月二十二日まで紙上を賑わした。

居石・秋竹の論争には句作の本質をはずれる暴論もみられ、忍月は「文士の品位」（同年六月十六日『北国新聞』、忍月全集未収録）のなかで、

> 論争愈々其度を超へ、或は傲岸不遜の言辞となり、或は車夫馬丁の口吻となり、遂に人身攻撃となるに及んでは、頗る文士の品格を失墜するやの感なき能はず、吾人深く之れを惜まざるを得ず

と警世の一文を寄せている。秋竹の前掲「居石に答ふ」にある「居石へ教へん（中略）小学に入門し漸次に其科程を学べし」といった表現を踏まえてのことであった。この「文士の品位」は無署名だが、冒頭にある「自家の品位を保ち体面を重んずる所以の道」から末尾の「吾人は文士の品位を維持せんことを切望して止まざるもの」に至る文脈は、これまでたびたび掲げた金沢時代における忍月の基調のひとつである。退社後とはいえ、局外生「記者の自重心」（二十九年二月二十六日『北国新聞』）でも触れている論調であって、やはり一貫している。とはいえ忍月は「品位」「品格」をもって俳句論争に深入りすることはなかった。この時点では「文士の品位」一篇にとどまっている。だが論争終末に北翠生「石竹に呈す」（六月二十二日『北国新聞』）が「予は敢て茲に其是非を云はず、只だ『文士の品格、秋竹に惜む、秋竹居石の問答を判す』の名論に従ふ」と受けており、同紙上における忍月の影響力はなおあったといえる。

秋竹はこの論争後、京都の句会である満月会の第一回（二十九年九月二十一日）に参会している。京阪在住の日本派俳人で結成した満月会は、東京の子規庵句会、松山の松風会に次ぐもので、地方における同派の健在ぶりを誇示するに意図があった。この影響で翌三十年一月に仙台で奥羽百文会、同年七月に高岡で越友会、同年八月に松江で碧雲会等々が発会したことは知られている。秋竹の北声会もこうした一連の流れにあったようだ。「仮会主　秋

竹」の名で開く句会の広告（三十年四月十七日『北国新聞』）に「京都に満月会、仙台に百文会、松山に松風会ありて（中略）独り北陸の地、萎靡として新派の勢なし」と記し、新組織の結成を扇動している。そして翌十八日の句会には北川洗耳、得能秋虎らが参会し、北声会が結成された（四月二十日『北国新聞』記事「北声会第一回」）。同紙には北声会第一回の選句三十四句が掲げられている。こうした秋竹の活動に対して、旧派宗匠の暮柳舎甫立は同じ『北国新聞』に俳句欄を設けて対抗した。『北国新聞』はいずれにも与しない方針で、俳欄の拡張を宣言したからである（五月十四日『北国新聞』社告）。その結果、同じ紙上で両派が激しく競うことになり、金沢俳壇は論争後もなお盛り上がることになった。

なお北陸の旅にあった河東碧梧桐が秋竹の下宿（塩川町三五番地中川方）に身を寄せたのは同年五月二十八日である（碧梧桐「ひとりたびの記（四）」）[4]。碧梧桐は六月九日に離沢するまで（碧梧桐「ひとりたびの記（五）」）[5]、失意にあったとはいえ北声会に大きな刺激を与えたことはいうまでもない。五月三十日には碧梧桐が「檄を北声会同士に飛ばし」て臨時句会を開いている（六月一日『北国新聞』記事「臨時北声会」および六月六日『日本』記事「臨時北声会」）。そして六月五日には碧梧桐の送別会を兼ねた第三回の句会が催された（六月十四日『日本』俳欄「第三回北声会」）。忍月は後年、長崎において碧梧桐を迎えて句会を開いている。金沢にあっては、こうした日本派の勃興をどう認識していたであろうか。何しろ秋竹が四高を卒業して東京帝大に入学した三十年九月以降、北声会を導いたのは洗耳であり、四高教授として三十年九月に着任した藤井乙男（紫影）である。紫影は帝大時代に一級上の正岡子規と交わり、句作するようになっていた。いわば碧梧桐や秋竹らと同門なのである。

さてこうした金沢俳壇の激しい展開のなかで、忍月は何をしていたか。時期的には弁護士として手取川不正事件の弁護に当たっている。前述したように、軋轢の生じた弁護士会に所属し、世間から非難の的になっていた被告の弁護であった。留意したいのは、こうしたなかで忍月の句作が始まったことである。『北国新聞』紙上に公表された第一作としては、三十年二月二十三日に次の一句が掲げられている。

故静斎君を悼みて

ぬしやまつぬしはあらぬを梅の花

この時の俳号は忍月であった。当時の句作は弁護士業の傍ら余技に楽しんでいたのかもしれない。だがそれが手取川不正事件の判決（六月十六日）が下ってからは堰を切ったように勢いづいている。三十年七月に結成した文学同好会「洞然会」が舞台である。

七月十九日『北国新聞』の記事「洞然会起る」は、当今の金沢俳壇において「宗匠派の俗悪浅薄に奮慨」し、また「新派なる者の散漫に平かならざる」理由で中立の新組織である洞然会が起こったと報じた。当座は句作に従うが、将来は「文学上万般の研究に従事し美文、小説等の創作」を目指しているという。そして、「発会の檄」（抄出）を紹介した上で、

同会の主唱者は石橋忍月子にして柳園、悠々、可行、一瓢、忍露等は其加盟者なり而して東京の幸田露伴等も遙かに声援をなすといふ、不日第一会を白雲紅葉亭（忍月子の僑居）に開く由なり

と結んでいる。法学士や弁護士の肩書きのない忍月の名が紙上で久々にクローズアップされている。同月十九日付の「短評」欄でも、

金沢に新文学会起らむとす、石橋忍月が主唱者なりとか、此人元来法律よりも文学が得意なり、長所を発揮して北方文壇の開拓に努めよ

と鼓吹し、また

北国俳壇に於ける新旧両派、各一長一短あり、是に於てか両派に慊らざるもの出づ、とにかく一進歩たるに相違なし

という嘱望の短評が二件載った。北声会発足時の扱いより詳しく、期待感に満ちている。忍月が金沢の文学界に再び躍動することを願っていたかのようでもある。この時期は秋竹と甫立宗匠とが相前後して離沢した時期であり、洞然会に対する金沢での期待感は膨らんでいたことであろう。七月二十五日付の記事「洞然会」には「来る廿八発会式を白雲紅葉亭に行ふ」旨が報じられているが、同日に載った奥羽百文会の近藤鬚男（泥牛）「北声会の諸兄に与ふ」では旧派への反駁のみで洞然会に触れる余裕がみられない。

洞然会の発会式は既報通り七月二十八日、忍月の自宅である白雲紅葉亭（法律事務所を兼ねていた小将町中丁四番地ノ二）で行なわれた。「本会の誕生を祝する者僅に数名、書を寄せ句を贈りて本会の前途を祝する者も亦僅に数名」と、朝顔「洞然会の発会式」（七月三十一日『北国新聞』）が記している。朝顔の署名は洞然会の性質に触れている次の一節から判断して、忍月の匿名と見做して間違いない。

洞然会は斯の如く眇乎たる者なりと雖も皇々として四もに達り洞然たる八荒をして皆我闥に在らしむる者なり、幽谷に芳蘭を求め海底に真珠を得んとする者なり、天文地文人文の三ツを調合して高雅霊妙永遠不朽なる者を尋ねんとする者なり、「美」と算盤とは両立せずとの論跋扈する今の世の中には最も不適当なる会と謂はざるべからず

この論調はかつての「戯曲の価値、有序」の冒頭、あるいは「審美論一斑」の「二、『美』と算盤」「三、美術の妙」等に通じている。また何よりも、末尾で「時正に午に達す、即ち酒肴を命ず（中略）跡にて聞けば会場を掃除せし家婢は」云々と記す驕奢ぶりは参会者（忍露、以月、一瓢等十二名）のなかで、忍月以外に考えられない。他派は会費を出し合って環翠亭や鍔甚桜、山の尾で開催している。問題は右に引用した忍月の態度が、例えば前掲「『美』と算盤」で「『美』と算盤とは両立せざるものとなれば吾人は寧ろ『美』を抱きて水中に投ぜんのみ」（「人文子」では字句に異同あり）と述べるほどの強い気概に貫かれていることである。この理想主義的で一途な態度からは、

洞然会の発足が弁護士業の間隙を縫った趣味的な結成とは捉え難いのである。発会式という誇張すべき側面もあったろう。だが「洞然会は一の文学会にして俳句会にあらず文学同好者の倶楽部と謂て可なり」と、なお先を見据えての強い表明は北国新聞社への入社時と変わらない。何がこれ程までに忍月を駆り立てたのであろうか。

洞然会の当面の活動は、七月十九日付の記事「洞然会起る」が報じた通り句作であった。野村翁「金沢俳況」（八月三十日『ホトトギス』）も「洞然会なる者石橋忍月（萩の門俳号）の織手に成る（中略）中立派を組織して文学の美を興すと鼠輩を拉して威張る」と触れており、傍目の認識は一致していた。ところが朝顔「洞然会の発会式」を吟味してみると、金沢では文学の「消息を伝へ意見を発表する機関」がないために発会したとある。地域に根差した発想であり、その結果として目前の句作になったことがこれでわかる。だが忍月はそれ程までに「消息を伝へ意見を発表する機関」を求めていたのであったろうか。そうだとすれば退社後における弁護士業には満たされず、文学活動を渇望していたことになる。とすれば忍月の本意は趣味的な句作にあるのではなく、例えば「幽谷に芳蘭を求め海底に真珠を得ん」として「意見を発表する機関」を作るに文学的な意図があったといえる。七月十九日『北国新聞』の「短評」欄でいう「此人元来法律よりも文学が得意なり、長所を発揮して」云々の短評は、忍月を知る北国新聞社記者の復帰要望であったろう。忍月退社後の『北国新聞』は文芸欄が衰退してもいたからである。

こうした忍月の背景には、露伴の要請による『新小説』への掲載が考えられる。忍月は三十年一月一日の『新小説』に「作家画伯肖像三十三氏」のひとりとして、鷗外・二葉亭・紅葉らと並んで紹介された。末尾には「先生（忍月＝引用者）今や遠く北陸の地に居を占め給ふと云へど、作あるごとに寄せられて弊堂（春陽堂＝同）が貴著の光栄を荷ふを咎め給はず」とある。この紹介文を皮切りに、同年二月五日そして翌三月五日の『新小説』掲載の「新小説各評」に、逍遙・鷗外・紅葉らと作品評を掲げた。前者は小栗風葉「亀甲鶴」評、後者は巖谷漣山・石橋思案合作「従五位」評である。いずれも内容に新しさはみられないが、露伴に「石橋君の大々的贔屓の評と尾崎君の格々厳しい評との中間に立つよりも僕は却つて石橋君の方に近く立つて亀甲鶴を佳作と申します」と惹かれている。露伴の気遣いかもしれないが、中央文壇で活躍している評家と遜色のない扱いである。複数の著名な評家が論評し合う「新小説各評」はこの二巻でなくなった。だが地方にくすんでいた忍月には矜持のもてる掲載であったろう。八月五日『新小説』には自身の「雅号由来記」を掲げた程の忍月である。忍月のプライドは「消息を伝へ意見を発表する機関」設立という文学的な意図に向かっていたとしか考えられない。その結果としては目前の金沢俳壇の課題に従った。だが、忍月の狙いはそこにとどまっていなかったのである。前述したように金沢弁護士会内にあっては必ずしも良好な状況ではなかっただけに、また句作だけにとどまらない想いがあっただけに、金沢からの再上京は必然であったのかもしれない。

ところで洞然会第一回（七月二十八日）は互選による五十一句を、七月三十一日の朝顔「洞然会」に掲げた。前掲の野村翁「金沢俳況」は、「其句集を見るに（中略）互落々として見るべきなし斯道の興振を謀る杯思ひも寄らず却て腐敗する者と被案候」と酷評している。ちなみに忍月作品七句は萩の門の号で載った。このうち「此谷をすくれは八荒青あらし」と「地に地文天に天文雲のみね」の二句は、洞然会の発会を祝っての句で、朝顔署名の地の文に通じている。他の写実的な作品に比べると、発足時の想いが全面にでている。

第二回は八月二十五日に、やはり忍月の自宅である白雲紅葉亭で開かれた。その様子を伝える忍月『洞然会第二会の記』（八月二十八日『北国新聞』）は、冒頭に「十二日前吾人は本会員中の長者として先輩として本会創立の功労者として最も畏愛せし柳園翁を失へり」と記し、

風なくて桐の一葉の響き哉

ゆひ折りし人の折らるゝ魂祭

の二句を供えている（号は萩の門）。ここにある柳園は十二日前に死去したとあるから、八月十三日に急逝した義祖

父の横山隆淑（翠の祖父）をさすのであろう。隆淑は維新当時に「加賀の知恵袋」といわれ、翠には自慢の祖父であったようだ（前掲「批評家、高等官試補に失落す」）。忍月にとっては八月十八日の葬儀に親戚のひとりとして名を連ねているが（『北国新聞』『北国新報』における死亡告知、葬儀案内、会葬御礼）、それよりも洞然会に関与した隆淑に一層の思いが募っていたのであろう。秋季混題においても、

目に見えぬもの、見えけり墓参

遼東のとなりを問はん魂祭

の二句を作っている（号は萩の門）。「目に見えぬ」には将来に対する人生態度が、「遼東の」には日清戦後の動向に伴う時事的な思いが込められている。日頃の薫陶を偲ぶというより、過渡期の現実生活を送るに構築的でリアルである。こうした句風は写実俳句と並行した、もうひとつの特色といってよい。のちの漢語の多用は別として、例えば養元の還暦時に作った「花はまたふもとなりけり男やま」（前掲『さゝれいし』所収）あるいは子供らへの祝句などをみると、題材を自らに引き寄せた句作が顕著である。前述した理想主義的な態度で結成した洞然会での実際は、逆に現実主義的な態度で貫かれているのである。

一方、この第二回では「十五分間十句を課して競争す」といった鍛練句会のような試みも行なっている。巧拙は別として、かなりの意欲が感じられる。忍月は三十分を費やして十句を作ったとして、

人丸も見のかしにける案山子哉

並ひか岡に影と二人の案山子哉

終に箭を放さてくちる案山子哉

王侯にも簑笠取らぬ案山子哉

音無瀬の里に入道の案山子哉

の五句を載せている。他に忍月作品は、

野分すよ鉄艦海に浮ふ時

何のその九万の鵬程けさの秋

白露のむらさきこほす小萩哉

一樽は野守にやりてけふの月

鳴くほとに聞く人のなき秋の蟬

が載っている。号はいずれも萩の門である。総じて写実的である。月並みだが「白露の」における小萩は小萩らしく、「鳴くほとに」の蟬はあくまでも秋の蟬らしく材料を捕らえて詠んでいる。こうした写実俳句をみる限りでは、やはり当時の日本派の俳風に近い。だが近藤鬚男「再たび北声会諸子に与ふ」（九月十三日『北国新聞』）は、「忍月もと俳の何たるを知らず、知らずして之を為す太甚だ痴なりといふべし」と冷評している。『北国新聞』紙上での競合はなお続いていたのである。

第三回は三十年九月十五日、やはり忍月の自宅で開かれた。当日は中秋の名月の四日後で、兼題五（月十種、花野、芒、鵙、柳園を悼む）に句吟二百、郵送を含むと三百句に達する活気であったと桂の里「洞然会第三回の記」（三十年九月十七日『北国新聞』）が伝えている。桂の里は忍月の匿名で、第三回を「生気の前回前々回に比して勃々たるを見る」と総評している。忍月作品は、兼題ごとに次の十一句が萩の門の号で載っている。

月十種

蕎花白く瀬のおと高しけふの月

秋三分二分は月夜のあはれかな

月今宵禅師のいほり訪はんかな

あふかぬは案子山はかりやけふの月

花野

幾まかり花野縫ひ行く小川かな
僧ひとり霧を分け行く花野かな
鳴子無用花野のあたり蝶の夢

芒

しろ〳〵と月になりゆく芒哉
ぬつと出て秋風見する芒かな

鴫

ねらひ行く鴫の翼のつよさかな
小女郎を遣手の責むる鴫の声

柳園を悼む句は、紙幅の都合で省かれている。忍月は全体を「勃々たるを見る」と評しているが、総じて斬新さもなければ、技巧的でもない。また「日本詩の完美成熟したる連声」（二十六年十一月二十日『北国新聞』掲載「審美論一斑　十二」）、あるいは「日本詩の連声（再び）」（同年十一月三十日『北国新聞』）で示した音韻からの視点、あるいは完成美としての観点からも諾うことができない[7]。桂の里「洞然会第三回の記」の一節に「会員の起草に係る美文、俳文等数種あり漸次之を発表せん」とあり、第一回で示した新基軸を打ち出そうとしていたのかもしれない。だが末尾で次回の「会期は十月十五日とす（中略）洞然会散会後雨窓孤燈の下に之を記す」と筆を収めたまま洞然会の活動は紙上から消えた。その後『北国新聞』に残るのは、「此程飄然東京へ赴きたる石橋友吉氏は目下同地にて弁護士を開業し傍ら書肆春陽堂へ通ひて小説の起稿に従事し居れりと云ふ」という十一月二十七日の記事「石橋忍月子の消息」である。

人知れずに飄然と上京したと報じられた忍月はすでに、局外生の署名で「美術展覧会評判（一）〜（二十一）」を十月十七日から十一月六日まで『読売新聞』に連載していた。「美術展覧会評判」の内容および掲載口から判断すると、十月中旬には上京していたであろう。だが戯評風の「美術展覧会評判」は洞然会の延長として捉えることはできない。経済的な理由で執筆し、無理やり連載を引き延ばしている印象すら受ける。乳呑児の長女冨美子（三十年九月二十二日生＝除籍簿）を抱えての旅館住まいであったろうから、やむを得ない所業とも思える。前掲「批評家、高等官試補に失落す」によれば、横山家からの乳母と義祖母（横山かく）も同行したという。この見無謀とも思える上京に、何が秘められていたのであろうか。時期的には、恩人の山田喜之助が衆議院書記官長に就任（九月十一日）しており、その祝宴会（十月十六日）への参会が考えられる。だが例えそうであったとしても、すでに養元らとの別離を想定させる長詩「秋乃寐覚」を九月二十五日『北国新聞』に掲げていた。「秋乃寐覚」は十四連から成る。冒頭部で「鶏か鳴く吾妻を出て／遙々とこしの奥路／別け入りて三年の月日／徒らにはやも過しき」と述懐し、その上で父母や妹弟そして友にそれぞれ別れを告げる。そして友が「都辺へ疾く帰へれよと／菅の根のいとねもころに」と上京を促す詩句で結んでいる。祝宴会が済んでも金沢には帰らぬ決意が窺える。洞然会の活動には根本的に句作にとどまらない別途の狙いがあったわけで、東京での活動にその活路を見いだそうとしていたのかもしれない。

なお離沢後の三十一年一月四日『北国新聞』に、俳句が二句載っている。

実にも春大海原の初日の出

ふき厚く島田は高し御代の春

これらの句は、新旧両派が競う正月の祝賀俳句欄ではなく、雑報の記事欄に載っている。同年一月一日掲載の小説

「征衣」に添えてあったものか、金沢在住の者に宛てた句か定かでない。また同年七月一日掲載の時評「東京片言」にも、

富士ひとつ白う見えけり青すだれ

が収められている。

注

（1）露伴の忍月宛書簡（二十九年十二月一日付および同年十二月三十日付の二通）は初め、藤田福夫「在沢時代の忍月あて幸田露伴書翰二通」（昭和五十三年一月『金沢大学語学文学研究』八号）で紹介された。その前者では四ヵ月前の書簡に対する返書（筆者未見）を得て「往事をおもひうかめ申候」と書き出し、一葉「たけくらべ」に触れて筆をおさめている。この間に「来年より坪内君其他の諸君より新小説毎号の評をはがき評といふことにて極々簡短に品定めしたるを頂戴することにいたし候」とあって、忍月にもそのはがき評を依頼している。三十年二月五日『新小説』の「新小説各評」欄に載った小栗風葉「亀甲鶴」評は、その露伴の依頼に応じたはがき評と考えられる。同誌にある小泉三申「雪げ水」に対する一行評は、四ヶ月前の露伴書簡への忍月返書にあった感想を、露伴が抄略掲載したものであろう。前者に「初陣揃評語御示し被下難有（中略）一寸新小説へ抄略掲載御許し被下度候」とある。後者は「亀甲鶴」評（はがき評）に対する礼状である。ここに「歌三味線」に触れた一節があることから、露伴が三十年二月五日『新小説』で紹介している二句は前記のはがき評と一緒にあったものであろう。前者書簡にある一葉記述とも符合している。

（2）明治三十八年十月十三日、表紙に「さゝれいし」、内題に「さゝれ石」と題し、「発行兼編輯者　石橋養元」の名で上梓された。四六判の私家版で、冒頭に本居豊頴（御歌所寄人）の序、養元の写真、色紙等の他に続き、本文が

兼題順に一一八頁ある。

(3) 居石と秋竹の論争は次の通り展開した。いずれも『北国新聞』掲載で、『日本』他に波及した形跡はみられない。

① 居石「秋竹に与ふ」(二十九年六月十四日)
② 秋竹「居石に答ふ」(同年六月十四日)
③ 無署名(忍月)「文士の品位」(同年六月十六日)
④ 居石「北国新聞を見て再び秋竹に与ふ」(同年六月十六、十七日)
⑤ 秋竹「再び居石に答ふ」(同年六月十八日)
⑥ 金沢池蛙「秋竹居石の問答を判す」(同年六月十八日)
⑦ 居石「俳諧風調之変遷」(同年六月二十日)
⑧ 居石「秋竹に与ふ」(同年六月二十一日)
⑨ 北翠生「石竹に呈す」(同年六月二十二日)

(4) 明治三十年六月四日『日本』掲載。

(5) 明治三十年六月十四日『日本』掲載。

(6) 東江生「涼搨漫吟」が「秋竹いふ、四五日を経ば、孤節飄然、北国を去るべしと」と触れている(三十年七月十四日『北国新聞』)。また、同年七月二十九日『北国新聞』の「甫立宗匠の送別会」に甫立が家事の都合で離沢するに当たり、七月二十七日に送別会を開いたとある。

(7) いずれものち二十七年二月二十五日『早稲田文学』に、また『短編小説明治文庫』第十六編(二十七年九月四日、博文館)所収の「人文子」の第「十一」章に再録。

第八章　再上京時代
―明治30年10月～同32年6月―

忍月は明治三十年十月、金沢を引き揚げて再上京した。爾来、長崎地方裁判所の判事に再仕官して離京する三十二年六月までの一年八ヵ月間を、忍月の再上京時代として括ることができる。再び金沢に転住することもなく、また長崎が終の栖となったからである。この時期の主な活動には第二期『新小説』の「編輯主任」としての文筆活動と『読売新聞』紙上での絵画評、そして『新著月刊』裸体画事件に代表される弁護活動などがある。これらの活動について、従前から指摘されてはいたが、全く検証されていなかった。日清戦争後の時代状況との絡みが深いだけに、具体的に吟味してみたい。

一　再上京の経緯

忍月が金沢を引き揚げる経緯は前章で触れた。ここでは先ず再上京時の時期およびその直後の動向を確認しておきたい。

再上京の時期についてはこれまで、相良武雄「忍月の後半生」（大正十五年四月『書物往来』）が三十年春、前掲の藤田福夫「石橋忍月の金沢時代」（昭和三十七年六月『文学・語学』）が三十年十一月下旬、昭和女子大学近代文学研究室編『近代文学研究叢書　24』が三十年十二月と推定していた。山本健吉「わが家の明治百年――批評家、高等官試補に失落す」を始め、今日の各種年譜等は三十年十一月二十七日『北国新聞』の記事「石橋忍月子の消息」を根拠にした藤田氏の十一月下旬説を採っている。この記事は「此程飄然東京へ赴きたる石橋友吉氏は目下同地にて弁護士を開業し旁ら書肆春陽堂へ通ひて小説の起稿に従事し居れりと云ふ」（全文）という伝聞をもとにした内容である。発信源は明記されていない。藤田氏は「此程」云々と報じた記事の掲載日に着目したのであろうか。右記事からは「此程」上京した、または「此程」弁護士を開業した、あるいは「此程」春陽堂で小説の起稿に従事しているとも読める。仮に「春陽堂へ通ひて小説の起稿に従事」していたとしても、当時の春陽堂刊行物に該当する小説は見当たらない。後述する弁護士の開業時を含め、同記事だけでは上京月日を安易に特定しがたい。

それでは東京での報道はどうであったろうか。再上京の日時を記載した記事は今のところ確認できていない。ただし『北国新聞』掲載の右記事に類似した上京後の記事は見いだせる。三十年十二月一日『国民新聞』の「片々」欄にある記事で、その一節に「忍月居士、金沢より籍を東京に移して弁護士組合の一人となる、近作を春陽堂に寄せて十二月上旬出版の新小説に出すといふ」とある。この記述は『北国新聞』の右記事と異なり、忍月と直接に会うか、あるいは動向を確認した上での記事掲載である。同年十二月十一日『国民新聞』の「文界時報」欄にも「石橋忍月氏が次号の新小説に掲載する『浮世かゞみ』といふは風流才子と芸妓の恋を写したるものにて頗る艶ほきものなりと（中略）文壇それ刮目して待たん」と作品内容に立ち入り、直接交渉の信憑性を加えている。この限りでは、三十年十一月下旬説が妥当に思える。東京弁護士会の一員となったこと、および程なく小説を発表する旨が掲載日以前の十一月下旬には『国民新聞』記者の知るところとなったと考えられるからである。だが当時の東京弁護士会名簿は確認できず、該当する小説も見当たらない。やはり疑念は残る。とはいえ、たびかさなる『新小説』への掲載予告報道も看過できない。忍月と『新小説』とのこれまでの経緯を念頭に置くと、何らかの形での寄稿予定はあり得ないことではない。

当時の『新小説』は幸田露伴が編集を担当し、新人の発掘を前面に打ちだしていた。小説を中心にした新企画の一端なのだが、当代文学状況をピックアップする「時報」欄（無署名）もその一翼を担っていた。この「時報」欄を通読してみると、三十年十一月号からそれまでの論調とは違った記事内容の掲載が目立つようになっている。例えば法律用語が多用され、時事評論への言及がみられる三十年十一月号の「被告人に対する新聞の筆」、翌十二月号の「高野放逐事件と壮士劇の好資料」などである。特に当代作家の法律的な非常識さを難じた「青年作家の普通学儀欠乏」（三十年十一月号）そして「青年作家の普通学識欠乏に就て（再び）」（同年十二月号）は好例で、翌三十一年二月号にも「普通知識欠乏に就て（三たび）」と継続されている。この「普通知識欠乏に就て（三たび）」を含む三十一年一月号以降の「時報」欄が忍月の執筆担当であったことは、欄名の下に忍月の署名が凸版で毎回掲げられていることに明らかである。ということは、それまでの「時報」欄にはみられない広汎な題材と論調の変化から、三十年十一、十二月号の「時報」欄記事が無署名であっても忍月の執筆であったろうと推定できるのである。実際、忍月自身が三十一年一月号の署名付け第一回「時報」欄で、「『時報』の改進」と題して「吾人は（中略）前号前々号の本誌上より漸々其端を開けり」と明言している。

忍月執筆に関する当代評に、三十年十二月十四日『国民新聞』掲載の「文界時報」欄がある。当今の注目作品を掲げたなかに、忍月の着眼の汎さに感服して、

忍月居士が「新小説」の時報欄を担当してより小説中の法律論やかましく其十二巻（十一月号＝引用者）は「新進作家の普通学識欠乏」といえる見出しにて新作家の作に法律思想のなきを慨せしが十三巻（十二月号＝引用者）にも同じく同様の事を繰り返して叙べたり、法律好きの忍月氏が法理的眼光の反射おもしろしといふべし（全文）

と評価した記事である。この評価と執筆担当者の明記は、翌三十一年一月七日『国民新聞』掲載の「新年の文壇」

にも「時報及び評壇には忍月居士が着眼の方面汎く、趣味の饒かなる筆もて縦横の論弁大に光彩を放てり」と及んでいる。もちろん他誌においても同様である。そのひとつに三十一年一月三日『早稲田文学』掲載の「明治三十年文学界一覧表」がある。「彙報」欄に掲げられたこの一覧表の十一月の項には、「久しく金沢にありし石橋忍月帰京して法律事務の傍ら『新小説』（十一月号＝引用者）時報に助筆す」とある。また三十一年一月十日『女学雑誌』掲載の「時文」欄も、三十年十二月号の『新小説』に触れて「時報は近頃、忍月子に成れりとかや、以前にまして見るべきものとなれり」と評価している。これら執筆担当者を明記した当代評と前述の記事内容の論調の変化、さらに忍月「『時報』の改進」を加味すれば、たとえ無署名であっても三十年十一、十二月『新小説』の「時報」欄執筆は否めないだろう。忍月の再上京時を三十年十月と推定する根拠のひとつはここにある。三十年十一月号の刊行は十一月五日であり、執筆から印刷製本の期間を考慮すれば、忍月の上京は少なくともその前月ということになるからである。

三十年九月までの在沢は確認できる。同年九月十五日は金沢の自宅（金沢市小将町中丁四番地ノ二）で第三回目の洞然会を開催し（同年九月十七日『北国新聞』）、同年九月二十二日には上京に同伴した長女冨美子が自宅で生まれているからである（戸籍簿）。また同年九月二十五日には養父養元らとの別離の決意を想起させる長詩「秋乃寐覚」を『北国新聞』に発表している。この作詩の時期と場所とは定かでないが、前章で触れたように金沢での文学、弁護活動の閉塞状態からの脱出を「秋乃寐覚」に込めていた。それでも「秋乃寐覚」発表直後の上京は考えにくい。山本健吉「わが家の明治百年――批評家、高等官試補に失落す」および山本安見『走馬灯　父山本健吉の思い出』（平成元年五月二十五日、富士見書房）によれば、上京には妻子と共に翠の義祖母（横山かく）と乳母とが同伴したという。だが出産そして出生間もない妻子の九月中の上京は体調の上からも無理であろう。医師の養元が健在の折りでもある。推定の域をでないが、早くとも十月に入ってからのことであろう。現に三十年十一月『新小説』に掲げた前掲「被告人に対する新聞の筆」は、同年十月二十二・二十三日『読売新聞』そして同月二十五日『東京朝日新聞』紙上の記事を批評対象にしているのである。

さらに傍証するに、忍月が在京していたと思われる三十年十月十六日には、恩人である山田喜之助の衆議院書記官長就任の祝賀会が開かれていた（於芝公園の紅葉館）。参会者は二百余名であったと十月十九日付の『読売新聞』および『国民新聞』等の記事「山田喜之助氏就職祝宴会」が報じている。これらの記事に忍月の名前は確認できない。だがのちの紀行文「薫風三千里」の追想から、祝宴会に参会したであろうことは十分に推測できる。また何よりも十月十七日から翌十一月六日にわたって、忍月は局外生の署名で『読売新聞』に絵画評「美術展覧会評判」を連載しているのである。この美術展は日本美術協会の秋期美術（絵画）展覧会で、十月十日から上野の列品館で開催されていた。戯作風の見聞記になっているが、実際に会場に足を運んだ者でなければ執筆できない内容である。初回掲載の冒頭にも「どうせくだらぬ作ばかりとは思ひながら、日曜散歩の暇潰しに、しようことなさの見物しつ」とある。ここにある「日曜」は開催日の十月十日（日曜日）なのか、失職状態の強調なのか、あるいは掲載日（日曜日）を意識した表現なのか特定しがたい。いずれにしても、回りくどい言い方を繰り返したが、右美術展の開催日以降、遅くとも十六日の参会、翌十七日の絵画評掲載までの十月中旬には確実に上京していたことになる。

なお露伴は「新小説に就ての予の感」（三十八年一月『新小説』特輯「十周年記念今昔談」欄）のなかで、年時を明記していないが、編集の任に関して「丁度其頃在京して居られた旧友の石橋忍月氏に後任を託した」と回想している。後任の「編輯主任」として誌上に登場するのは前述したように三十一年一月号からだが、前月の三十年十二月までには実務的な引き継ぎがなされ、実際の業務に携わっていたのであろう。三十年十二月十日『国民新聞』掲載の「文界時報」欄が、年末の動向に触れて「石橋忍月氏は露伴氏の跡を嗣いで」云々と報じている。また後藤宙外『明治文壇回顧録』（昭和十一年五月二十日、岡倉書房）も、右の露伴「新小説に就ての予の感」の一節を引用した上で「丁度、其頃在京して居られた旧友石橋忍月氏に後任を託した（三十年十二月）」（傍点筆者）と露伴文にない年時を付記し明示している。露伴のいう「旧友」関係において「時報」欄を助筆した十月中旬以降が「丁度、其頃」に該当するのであろう。

それではこの再上京直後すなわち十月中旬から翌十一月にかけて、忍月の活動は「時報」欄の助筆だけであったのだろうか。

三十年十一月八日付官報（第四三〇七号）によれば、忍月は同年十一月四日付で金沢地方裁判所から東京地方裁判所検事局に名簿の登録換えをしている。それに伴って金沢の名簿は同月八日付で取り消された。金沢弁護士会史編纂委員会編『金沢弁護士会誌』（昭和五十四年十月一日、金沢弁護士会発行）に転載されている会員名簿の「取消理由」欄には、「東京へ登録換」と記録されている。だが東京弁護士会への入会日は定かでない。と同時に東京での法曹業務を当初いつ、どこで始めたか判然としない。先に触れた三十年十二月一日『国民新聞』掲載の「片々」欄、および三十一年一月三日『早稲田文学』掲載の「彙報」欄によれば三十年十一月中には入会手続きを済ませ、業務を開始していたようだ。忍月は金沢時代にも長崎時代にも、登録を済ませると弁護士の新聞広告を出している。だが再上京時代にはみられない。否、少なくとも今日確認できていない。

それでも雑誌広告においては、早いものとして次の三十一年二月五日『新小説』掲載の広告がある。

誠意忠実を以て民事、商事、刑事、行政の訴
訟代理弁護及び鑑定の依頼に応す

石　橋　友　吉

東京市京橋区銀座一丁目廿
一番地（電話本局三六一番）

この広告は「石橋友吉」の前行、つまり三行目に「当選訴訟及選挙法違反等の件は特別の／便法を以て取扱ふ」という一文を加えて、三十一年四月五日そして同年四月二十日発行の『新小説』にも掲載している。加筆した文言は第五回臨時総選挙という時局を背景にしている。弁護内容に関してはいずれも、冒頭の「誠意忠実を以て」を除けば、金沢時代と全く同一である。違いは住所である。金沢時代には開設時から転居のたびにそれぞれの住所を掲げていた。だが右にある京橋区銀座一丁目二十一番地は上京直後からのものか、移転後のものか詳らかでない。法曹業務の開始が判然としないからである。明らかなことは雑誌の発行日から判断して、三十一年一月の時点には銀座で法曹業務を行なっていたことである。ただし銀座一丁目二十一番地が住居を兼ねた事務所であったとは考えられない。この銀座の番地は原口令成『代言人列伝』(明治十九年三月、土屋忠兵衛刊)あるいは各誌紙の広告によると、以前から元田肇法律事務所の住所である。

元田肇は東京組合代言人会(明治二十六年五月創立の東京弁護士会の前身)の会長職において山田喜之助の前任者であるばかりか、山田と深い交友関係にあった。当時、大分県第五区から連続当選している衆議院議員で、品川彌二郎を擁して国民協会を組織した一員でもある。もちろん弁護士としても現役で、たびたび紙上を賑わしている(三十年十二月二日『国民新聞』記事「元田氏請求事件の判決」等)。忍月の上京は山田喜之助が三十年九月に衆議院書記官長として任官した後であり、山田喜之助法律事務局(京橋区銀座二丁目十二番地)が閉された時点での元田事務所の利用は山田を通じれば手っ取り早い選択ではなかったろうか。ひとつの法律事務所に複数の弁護士が集まっている例は他にもある。むしろ著名な事務所にこそよく集まっている。忍月の上京直後は恐らく旅館住まいであったろうから、三十年十一月の登録換え後間もなく、元田肇法律事務所に籍を置いたことは十分に考えられる。前掲の相良武雄「忍月の後半生」は「東京へ出ては元田肇の法律事務所に籍を置き、傍ら『新小説』に筆を採つた」と記している。やはり法曹界の大先輩である元田の法律事務所に籍を置いて業務に携わっていたと捉えるのが自然であろう。また山田法律事務局が三十年十二月に麴町区幸町に再開されたが（明治三十年十二月二・四・七・十日『国民新聞』等掲載の広告）、一時的には再開された山田法律事務局にも在籍していたようだ。田岡嶺雲「忍月に与ふ」（三十一年一月十二日『万朝報』）が末尾で「足下今奠南氏とともに居る」と証言しているからである。ただしいずれの開始日も定かではなく、詳しくは今後の課題としたい。

なお同じ雑誌広告だが、三十一年五月五日『新小説』にも次の転居広告が載っている。

転　居

今般左記の処に転居し従前の
通民事商事刑事行政の訴訟代
理弁護及鑑定の依頼に応ず

石　橋　友　吉

東京京橋区北
槇町十六番地

この広告に掲げられている住所は、三十一年六月五日と同年八月五日発行の『新小説』にも同様に記載されている（冒頭の文言は転居告示を除き、前掲三十一年二月号掲載文と同一）。また同年五月十五日発行の『東洋大都会』[1]（前田曙山と共編著、春陽堂）奥付にある「著作兼／発行者　石橋友吉」の項にも同様の住所が右肩に記載されている。これらによって、三十一年四月の時点には住居を兼ねた法律事務所を京橋区北槇町十六番地に移していたことがわかる。再上京時代の文筆と弁護活動、および生活の舞台としての縁地とみてよい。長崎時代の随筆「春陽堂女主人を悼む」（「追想録」貼付作品、初出未詳）において、和田ウメの逝去を悼みながら「予東京に在りし時（中略）僑居は京橋区北槇町に在り、春陽堂を距ること僅か一丁」と回顧してもいるからである。

注

（1）『東洋大都会』については嘉部嘉隆「石橋忍月に関する基礎的覚書（補遺二）」（昭和五十八年二月『樟蔭国文学』）に詳しい。嘉部氏が触れていない点に三十一年五月五日『新小説』掲載の広告と、石橋忍月文学資料館収蔵の「版権登録之證」（内務省発行）がある。前者に「編纂は当時文壇の健筆家たる石橋忍月、前田曙山両氏に委託」し、三十一年四月十日に発行とある。しかも発行所は服部書店とある。また後者には三十一年五月二十四日付で「著作者　石橋友吉」とある。いずれも現存の『東洋大都会』と異にしている。

二　『新小説』編集

忍月が『新小説』に携わった契機について、忍月の記述から直接裏づける資料は見当たらない。第二期『新小説』の創刊時から編集を担当していた前任者の露伴も、前掲「新小説に就ての予の感」のなかで「丁度其頃在京して居られた旧友の石橋忍月氏に後任を託した」と述べているにとどまる。露伴のいう忍月との「旧友」関係は、近くは忍月の金沢時代後半における露伴「忍月居士の俳句」（三十年二月『新小説』）や、はがき評による「新小説各評」（同年二、三月『新小説』）に窺える。だが「旧友」関係にあったとはいえ、そこには『新小説』編集に結びつく双方の背景がそれぞれにあったはずである。

忍月が再上京した頃の『新小説』は、露伴の右回想に即してみると「一夜一夜に月の形が変つて行くやうに一冊一冊に内容の様子は変つて行つた」状況にあり、ひとつの過渡期を迎えていた。露伴は当初、既成大家の驕慢に抗して「将来に出づべき作家」の登壇を第一に掲げた（創刊号巻頭文「謹みて江湖諸君に」）。当代文学界の活性化を狙った新人発掘のこの企画は第一号の水谷不倒「さびがたな」、第二号の中谷無涯「かるかや物語」等々を輩出し、斬新さをもって迎えられた。これは無署名「新小説第一号」（二十九年八月二十五日『女学雑誌』）、八面楼主人（宮崎湖処子）「不倒生及び其近著」（同年八月二十九日『国民之友』）などの当代評に詳しい。だが「購読者を繋いで行き得るだろうと思はる、ほどの新作」に乏しく、間もなく経営的な弱点を露呈した。露伴は懐疑家(1)（鷗外）の「雪中語」での評言「未成大家の世間に出る不便がこれ程ひどかろうか」（二十九年九月二日『めさまし草』）を踏まえながら、「予は見事に商売上に盲目なことを自ら証拠立て」たと述懐している。当時の『新小説』を通読すると、当初からの「時評」欄の他に「評苑」「雑録」欄や「新刊批評」欄等を増設して文芸・時文批評をも組み入れる一方、号数を増すごとに新人の作品も影を潜めて大家連の掲載が目立っている。一般的な文芸誌へと次第に変貌していたのである。これが露伴の回想する「一冊一冊に内容の様子は変つて行つた」実態である。この変容に伴って、露伴は「次第々々に執務に興味を感じ無くなつた」という編集者としての心情を吐露している。文脈から判断する限り、こうした心情にあった時期が「丁度其頃在京して居られた」忍月の再上京時ということになる。この意味において、はがき評等を閲している「旧友」忍月の再上京は、露伴にとって渡りに船なのであったろう。

だが繰り返すが、忍月はこうした経緯について何も書き遺していない。前章で触れたように、弁護士活動に行き詰まった離沢直前の忍月が文学活動に渇望していた実情はある。ただし金沢には忍月の発表舞台がなく、洞然会にしても中途で放棄して「飄然東京へ赴」かざるを得なかった（三十年十一月二十七日『北国新聞』記事「石橋忍月子の消息」）。山本健吉「わが家の明治百年――批評家、高等官試補に失落す」によれば、経済面でも困窮状態にあったという。これら両面が、上京直後にも及んだことは想像するに難くない。『読売新聞』連載の絵画評「美術展覧会評判」の掲載延ばしに顕著であり、「飄然」がもたらした現実である。この状況下の忍月が、時期的には露伴のいう「丁度其頃在京して居られた旧友」ということになる。しかも三十年十一、十二月号掲載の「時報」欄記事は『北国新聞』の「編輯顧問」時に手慣れた人文評でもあった。当代各誌の「時報」「時文」「雑報」欄が好評を博していた折りでもあり、過渡期にあった『新小説』の「時報」欄執筆は忍月にとって時宜に適う発表の舞台であったはずである。

忍月が「編輯主任」の立場で活動したことは、三十一年一月号以降の奥付、および同号からの「評苑」「時報」欄にある凸版の忍月署名に明らかである。この署名第一回「時報」欄に、忍月は「『時報』の改進」と題して次のような編集態度を表明した。

客冬以前の本誌「時報」は頗る単純なるものなりしも今より大に其範囲を拡張して雑多のものとなさんと欲す（中略）吾人は雑多の方面に於て亦た多少得る所あらんことを期し前号及前々号の本誌上より漸々其端を開けり

右引用の後半にある「前号及前々号の本誌上」の時文は、当代作家の法律的な非常識さを難じた一連の「青年作家の普通学儀欠乏」であり、諸事件を報じる紙上の当代傾向を難じた「被告人に対する新聞の筆」であり、また各誌紙に散見する裸体画問題への寸評等々である。まさに「雑多の方面」に及んでいる。この幅広い当代評は当時の各誌紙上の諸事を中心に執筆しているが、対象が広いだけに「品位」問題を引き起こしかねなかった。例えば三十一年九月『新小説』掲載「言行相反（太陽記者の品位問題）」に触れた同年十一月八日『早稲田文学』の「雑録」欄が、逆に「何でもない事に直ぐ品位問題をかつぎ出すは今の弊風だ」云々と皮肉る。だが忍月は「品位」問題の執筆を当代作家に「多少得る所あらんことを期し」と、初期批評時と変わらない進修意識を貫く。おもねることのない忍月の基本的態度として注目されよう。ただし「戯曲論」や『北国新聞』掲載の「審美論一斑」のようにレッシングを準拠にした原理論はみられない。広範なフィールドに立つ人文評が目立ち、「忍月居士が着眼の方面汎く、趣味の饒かなる筆もて縦横の論弁大に光彩を放てり」（三十一年一月七日『国民新聞』掲載「新年の文壇」）などと受けとめられていたのが実際であった。

　ところでこうした各誌紙における人文評の執筆者は当時、「時文家」「時文記者」などと称されていた。斎藤緑雨「眼前口頭」（三十一年一月二十五日『万朝報』）の一節に「読売の時文記者は、紅葉の恋愛談をよみて」云々とあるなど、各誌紙に顕現する。忍月も早くは三十年十二月『新小説』掲載の「時報」欄記事「文学家美術家雑話会第一会」で、この名称を使用している。この記事は画家、文学者、教育者、官吏等々諸ジャンルから成る懇親会「雑話会」の開催を報じたもので、参会者ならではの交歓の様子を記している。忍月はこの構成メンバーに小説家、批評家、歌人らと並んで時文家を挙げ、時文家の存在を従来の批評家と区別して記している。だがこの記事からは区分の基準、および該当する時文家名を特定できない。後者については、三十一年二月『早稲田文学』掲載の「彙報」欄記事「新聞雑誌の時文記者」が具体的である。無署名だが、「『太陽』其の他二三雑誌の報する所と、吾人の聞ける所とを参照して、現時の主なる新聞雑誌時文記者を表示すれば下の如し」と記し、各誌紙を代表する時文記者を一覧している。それによれば『太陽』の高山樗牛、『文芸倶楽部』の大町桂月、『帝国文学』の藤井信吉、『めさまし草』の森鷗外・三木竹二、『国民之友』の角田浩々（歌客）らである。このなかに『新小説』は石橋忍月とある。ちなみに新聞の方は『万朝報』が田岡嶺雲そして『読売新聞』が戸川秋骨などとある。この前後に『帝国文学』の桂月や『青年文』の嶺雲などの移動がみられるのだが、これら時文記者、時文家の誌紙上での活動は単に文芸評論にとどまっていない。政治、社会、宗教等を含む時評をも執筆しており、多面にわたる評家をさしていたようだ。このことは文学者が抱える諸課題について、日清戦争後の社会的な問題意識の導入やその題材面での社会的広がりを、文学プロパーの立場からだけでなく、広角的な視野で捉えざるを得なくなった時代思潮の表れなのかもしれない。忍月が金沢時代に称した「人文評」に時評面を強めた傾向にある。三十一年二月十日『帝国文学』掲載の「雑報」欄記事「文士の活眼」（無署名）が、「文芸の批評家が啻に美学の根拠に立つのみならず、亦社会人文の一部として『闊達なる文明史的評論の下に』立たざるべからざるべきを信す」と高唱した所以である。忍月の『新小説』誌上での活動も、他の時文家の具体的な「文明史的評論」活動と連動していることが多い。

忍月の場合、三十年十一月号から翌年九月号までの「時報」欄への執筆項目は「瞥見雑記」「巷街漫歩」の小項目を含めると約そ三百三十点にも及ぶ。内容は確かに「『時報』の改進」で掲げた四ジャンル、すなわち文学・美術・社会・政治上の領域にわたっている。もちろん類別の困難な短い記事も散見する。明確なものとしては、政治上では第五回臨時総選挙前後の風刺的記事（三十一年二、四月号掲載「巷街游歩」等）、社会上では鉄管事件やお茶の水殺人事件の報道を批判した短評（三十年十一月号掲載「被告人に対する新聞の筆」等）や、世相への批判（同号掲載「聴客の冷談」、三十一年一月号掲載「大学果して十軒店の雛市か」等）、教育問題への言及（三十一年三月号掲載「小学読本」、翌五月号掲載「教育と宗教と」等）などがある。また美術上では猥褻・風紀問題に関連する一連の裸体画評、文学上では新作への短評から当時の傾向小説と作家態度への論評などがある。いずれも当代状況とのかかわり、つまり日清戦争がもたらした新機運が背景となっている。

戦後動向の一斑は、国運に乗じた帝国主義的国家主義を明瞭にするナショナリズムの勃興にみられる。これは徳富蘇峰が平民主義・平和主義を一擲して内務省勅任参事官に就任した〈右旋回〉〈変節〉に象徴される。また三国干渉に基づく国民的な危機意識を共有する高山樗牛〈日本主義〉〈時代精神〉にも代弁できる。先ず前者に関して、忍月は三十年十二月号掲載「徳富蘇峰と諸新聞の品位」で、『毎日新聞』『読売新聞』等々の非難を紹介しながら「蘇峰子は今や四面楚歌声中に在り」と触れた。蘇峰に対する各誌紙の「罵詈讒謗」は三十年八月二十六日の任命（公示は同月二十七日付官報四二四七号）前後から連日にわたって展開されていた。大隈重信の進歩党（二十九年三月に改進党・改革党等が解党して組織した新党）と提携した松方正義内閣（第二次）には蘇峰以外にも、高田早苗や尾崎行雄らの進歩党員が大量就官している。これらのなかで蘇峰がとりわけ非難の的になったのは、『国民新聞』が任官直前から閣議に関する情報を特ダネの形で掲載したことにもよる（三十年八月二十五・二十六・二十七日『国民新聞』記事「昨日の閣議」等）。いわば当初は〈変節〉を盾に取った他紙の嫉妬といってよかった。自由党に深入りしていた伊東巳代治の『東京日日新聞』が殊のほか痛烈であったことに明らかである（同年八月二十八日『東京日日新聞』記事「勅任参事官」等）。だが大隈・松方のバランスが崩れた三十年十一月以降もなお任を継続した蘇峰への風当りは強く、また波紋が大きかった。

尊王主義者の蘇峰が一貫して松方内閣を支持したのは、紛れもなく「遼東還付の屈辱」をそそぐ愛国的行為そのものであった。そのために「予に対する信用と尊敬の念を失墜した」とはいえ、蘇峰の一貫した姿勢は国家的実践に結びついていたのである（中央公論社版『蘇峰自伝』、昭和十年九月）。『国民新聞』掲載の閣議情報にしても、三十年七月「覚書」（三一書房『民友社関係資料集Ⅰ－19－一』）にあるように、挙国一致を唱える内閣のスポークスマンとしての認識が働いていた。こうした蘇峰に対して、忍月の前掲「徳富蘇峰と諸新聞の品位」は文芸誌編集の立場から「子（蘇峰＝引用者）の出所進退に就ては本誌の任に非ざるを以て何事をも言はざるべし」と示しながらも、

只一事、曰く、諸新聞争ふて蘇峰を罵詈して何の得る所なく却つて自家の品位を堕すこと数十等と、彼等は他を毀けんと欲して他に先ツて却ツて大に自ら毀けたり、

と各誌紙に「品位」の視点から注意を促したのである。この背景には忍月が晩年まで畏敬の念をもっていた蘇峰への想いもあったであろうが、何よりも蘇峰とにナショナリスティックな同調があったからに他なるまい。三十一年三月号掲載「学堂氏も盲せるか」では蘇峰と同じく出処進退で話題を呼んでいた尾崎行雄について、三十一年二月八日『万朝報』掲載の斎藤緑雨「眼前口頭」にある尾崎行雄批判を引用しながら「出処進退の方法に於て順序に於て全然盲なる尾崎学堂」と難じている。忍月はここでも〈変節〉そのものの内容に触れていない。だが天皇制を核とした一種のナショナリズムに同調していたことは、すでに二十七年六月四日『北国新聞』社説「吁、解散」や同

年六月七日同紙社説「奏議を読む」等に著しい。また後年になっても随筆「春不相録」（大正元年八月三〜五日『長崎日日新聞』）や「遺忘せられたる明治天皇御恩徳」（「追想録」貼付作品、初出未詳）等々に顕現する同一態度である。論難の的は従って、蘇峰の〈変節〉ではなく、それを巡る報道に向けられたのも故なきことではなかった。結果としては前掲「徳富蘇峰と諸新聞の品位」の末尾で「国士の言動は車夫馬丁と同じからざるもの」と括り、戦後ジャーナリズムの軽率さを批判することになる。

高山樗牛と大町桂月との間に交わされた初期「日本主義」論争への言及態度も同様である。樗牛と桂月は双方とも国家主義者、国粋主義者として注目されていた時文家であった。だが実質的にはかなりの径庭があり、ふたりの論議はいわゆる「日本主義」論争の特質を露わにしていた。樗牛は「日本主義を賛す」（三十年六月二十日『太陽』）を皮切りに、井上哲次郎・木村鷹太郎らの『日本主義』（三十年五月二十日創刊の国粋主義団体大日本協会機関誌）の主張を「建国当初の抱負を発揮せむことを目的とする所の道徳的原理」として捉え、極端な復古的国家主義と宗教排斥とを骨格にする日本主義を唱導した。桂月もまた『日本主義』創刊に「其発途を祝す」（同年六月十日『少年文集』掲載「日本主義」）と歓迎の祝詞を送り、国家主義の宣揚に努めていた。この限りにおいて基軸は同一である。ところが桂月は同時期に、右の『日本主義』を「世を毒するもの、生噛りなる小学者の空論也」と冷罵した（同年六月十日『帝国文学』掲載「日本主義を評す」）。ここでは二十年代初頭の政教社系国粋保存主義との位相が問題になる。だがそれはひと先ずさておき、ここに樗牛の桂月に対する「掛持記者」批判、つまり桂月が二枚舌であるとの罵倒が始まるのである（同年七月二十日『太陽』掲載「日本主義に対する世評を慨す」）。桂月は樗牛の「世界主義と国家主義」（同年八月五日『太陽』）をも踏まえ、開明・改良的でまた宗教肯定の立場から、

今の日本主義の徒は、あらゆる宗教を排して、固陋なる国学者、神道者に媚ぶ、その偏狭にして頑冥に、軽浮にして浅薄なる（中略）軽薄の徒也。天下の愚物也。（同年八月十日『帝国文学』掲載「明治会叢誌と日本主義」）

と論駁した。忍月はこうした経緯を三十年十二月『新小説』掲載「椳牛と桂月の喧嘩」のなかで、

二子の戦ほど見苦しく且つ非礼非義なるはなかるべし牛に於て掛持記者と詈れば月に於て提燈持と嘲り天下の愚物と難すれば文壇の鼠輩と返し軽佻と詈へば頑冥と返し浅薄と言へは偏狭と返し罵詈の交換讒謗の往復侮辱のやりとり日を重ね月を重ねて底止する所を知らず是れ豈に文士相交るの礼儀ならんや

と触れている。やはり内容には立ち入らず、双方の「品位」のみを問題にしていることにおいて蘇峰〈変節〉への言及態度と同様であった。二十二年の訳詩論争以来、金沢時代における竹村秋竹と居石との俳句論争への批判「文士の品位」（二十九年六月十六日『北国新聞』）を経て、ここに至るまで一貫した批評態度を示しているのである。

それでは忍月は戦後思潮の核心に全く触れなかったのか。三十一年四月『新小説』掲載「国体」では「我は日本主義に左袒す」と明言し、『帝国文学』記者の説く開明的な国家主義、いわば世界主義に対峙する旨を明言した。同年三月十日『帝国文学』掲載の「雑報」欄記事「寛大乎偏狭乎」（無署名）への論難の一節なのだが、忍月の本音とみてよい。

世には世界主義云々を喋々するものあるも、其いはゆる世界主義なるものも日本主義と衝突せざる範囲内に於てこそ維持すべけれ。憲法には信仰自由の保障を附すと雖も、其いはゆる信仰の自由も、国体を害せざる限りに於てこそ許すべけれ。帝国文学記者は此の如き国家主義を以て狭隘なりと笑ふ（中略）我は日本主義に左袒す。（「国体」）

ここには椳牛が担当する『太陽』の「時評」欄と、桂月が担当する『帝国文学』の「雑報」欄とを舞台にする前述の椳牛・桂月の掛持記者論議が背景にあった。大まかにいえば、世界主義は欧化的な思想・文化を取り入れて「先進国と雄を競ひ、豪華を争はむ」とする啓蒙的で開明的な国家主義である（三十一年一月十日『帝国文学』掲載「明治卅年の文芸界概評」）。日本主義は伝統的な思想・文化をよりどころとした排他的で国粋的な国家主義である（前掲

「世界主義と国家主義」等）。思想的には世界主義の中心がキリスト教であった。従って樗牛の日本主義はキリスト教を主要な攻撃目標とした（三十年八月二十日『太陽』掲載「宗教と国家」等）。こうした日本主義に対して『帝国文学』の前掲「寛大乎偏狭乎」が、「信仰自由の保障ある宗教を容る、能はざる国家主義は、義理にも之れを寛宏潤達と賛へられ得べき乎」と非難したのである。紛れもなく『帝国文学』の「雑報」欄が一貫して展開する『太陽』批判であった。忍月はこの「寛大乎偏狭乎」での『太陽』批判を「日本の国体を以て直に欧羅巴の国体に擬せむとする」ものであると論難し、「我は日本主義に左袒す」と明言したのである（「国体」）。

だが忍月の日本主義は必ずしも世界主義を全く否定するものではなかった。先の引用にもあるように「日本主義と衝突せざる範囲に於て」「国体を害せざる限りに於て」許容している。レッシングらのドイツ古典主義文学を準拠に日本近代文学の黎明期を主導した忍月である。そうした西欧の思想・文化に通じている忍月が「日本主義に左袒す」とはいえ、単に排他的で閉鎖的な国粋主義を吹聴するはずがなかった。ここに忍月の日本主義を〈伝統〉の枠だけに入れて片付けられない背景がある。

もちろん忍月の日本主義には天皇制を核にした〈伝統〉が首位を占めている。恰好な記事に三十年十一月『新小説』掲載の「教育流毒論」がある。十四、五年の教育政策の転換、つまり開明主義から儒教主義あるいは知育中心主義から徳育重視主義への復古的転換を、三十年十月二十三日『時事新報』社説「教育流毒の結果を如何す可きや」のように「流毒」とは捉えず、「我国精神的文明の精華の発揮し（中略）国民に自信自立の気を養はしめた」と捉えた同年十月二十七・二十九日『東京朝日新聞』論説「教育流毒論」の説を積極的に肯定している。和漢文が充実し、国学の影響が確立した転換期（『文部省第十年報（明治十五年）』）以降が、忍月の東京大学予備門在学中の教育傾向であったことにもよるだろう。また少年時における江碕濟の漢学塾「黒木塾」での素地も背景に考えられる。

いずれにしても、十二、三年頃から勃興した国粋主義の思潮と無縁ではあるまい。ローマ字使用についても「我（日本＝引用者）には立派に我の国語あり、国字あり。こを顧ずして、敢て他国の国語、国字を以てこれに代へんとする」のは無謀であると批判している例もあり（三十一年五月『新小説』掲載「羅馬字会の再興」）、天皇制を核にした日本主義的なナショナリズムの主軸は動かしようがない。だが繰り返すが、忍月はこうした〈伝統〉だけに偏重していない。前述した欧化的な啓蒙性もある。三十一年三月号掲載「小学読本」が、西欧の「読本に詩的記事多くして我れ（日本＝引用者）のに少なきや」と反問していることにも明らかである。忍月の日本主義に二重性のみられる所以である。同時代のなかで単純には類別できない忍月がここにある。このことは蘇峰や樗牛にも当てはまることで、日本〈近代化〉の特質が凝縮しているといってよい。

ただし忍月の日本主義には国家と個人との関係、伝統と開化といった日本近代成立に伴う課題への視点が欠け、あまりにも無造作に日本主義という呼称を使用しているきらいがある。三十一年五月十日『帝国文学』の「雑報」欄記事「睥睨録」（無署名）が「小学教師の口吻に類せる」と、忍月を揶揄した所以であろう。忍月は三十一年六月『新小説』掲載の「国家の観念」で、「国家といふもの、本質を知らざる記者が言こそ、洵に小学教師の口吻に類すべけれ」と切り返している。だがその後において具体的な日本主義論は見当たらない。前掲「国体」における「我は日本主義に左袒す」のなかには心情的にはたとえそうであったとしても、この前文に「日本といふ一帝国が世界万邦の中に立ちて巍然たるものあることを見ざるもの」という『帝国文学』記者への批判が強くある以上、国体を忘れた盲信的な欧化主義へのアンチテーゼが当時の『帝国文学』文学記事への反発と相俟っていたのであろう。

こうした当代状況に密接な応酬は、作品評を巡っても同様に展開した。忍月の『新小説』での作品評は三十年十一月号の「時報」欄に始まる。総じて短評が多い。最初の「小説中人物の作家を評す」では連載中の村井弦斎の「小説日の出島」（二十九年七月八日～三十四年四月二十一日『郵便報知新聞』）を評して、登場人物が当代作家を概評していることに「諸家及読者は之に甘んずるや否や」と問いかけるにとどまる。また同号併載の「青年作家の普通学儀欠乏」でも加藤審雨「鬼丸」（三十年十月『新著月刊』）と五十嵐巴千「明闇」（同誌）とを評して、作中に法律的知識が欠けていると指摘するにとどまる。この後もほぼ同様に三十一年九月号「時報」欄まで続くが、かつての月旦評にみられた精緻な論考は認めがたい。三十一年一月号から増設した「評苑」欄での作品評も同様である。従って当初から、作中の不適切な用語の指弾等を「法律好きの忍月氏が法理的眼光の反射おもしろしといふべし」（三十年十二月十四日『国民新聞』掲載「文界時報」）などと受けとめられていたに過ぎない。反対に「くだらぬ枝葉の穿鑿に憂身をやつす作家多き今の世に、此の記者（忍月＝引用者）の如き筆法にて、小説家攻撃を始めなば我が文学は愈々乾物となる」（三十年十二月号『新著月刊』掲載の「時文」欄記事「浮世かゞみ」）とさえ難じられてもいる。

だが泉鏡花の作品に触れてからは様子が変わってくる。鏡花の「山中哲学」（三十年十二月五日『太陽』）と「七本桜」（同年十一月号『新著月刊』）への批評が、三十一年一月『新小説』掲載の「評苑」欄の「新著月刊（第十号）」と同「時報」欄の「『光明』の理想橋」とに掲げられてある。前者ではやはり「『山中哲学』の全然没美なる、『七本桜』の全然不透明なる」と寸評しているに過ぎないが、後者では

「光明」の理想橋を那辺にか認むることを得ば其人物事件が如何に暗憺たるも如何に陰凄なるも如何に奇怪なるも素より詩として美文として小説としての価値は毫も埋没せらるべき筈なし吾人は鏡花の作に於ては一線の光明橋をも認むるを得ず不快に起りて不快に終るの小説は未だ詩境に入る能はざるものなり

とやや詳しい。ここにある「光明」は作品が読者にもたらす読後感の健全な「快感」をさしている。作品展開がどのように暗澹、陰凄、奇怪であっても、作品の目的である「光明」が意図され発揮さえすれば小説の価値は損なわないというのである。粗略な論述だが、骨格としては「戯曲論」「罪過論」等に掲げた忍月の基本的な文学観であった。だが「光明」という評言はこれまでの忍月にみられない。「光輝」「光潔」といった Katharsis の訳語が使われていた。ただし当代評語としての「光明」は、広津柳浪「羽ぬけ鳥」（三十一年一月『新著月刊』）を評した三十一

年二月十日『帝国文学』掲載の「雑報」欄に多々散見する。し、と「新著月刊第二年第一巻」に「読み了て崇高なる光明の胸間に輝くを覚ゆ」とある他、自適「光明小説」に「柳浪は写実的深刻小説に於て妙を得たるも（中略）今や光明的理想小説に於ても其手腕見るに足るべきものあり」云々とある。この「し、と」「自適」という匿名が誰のものか定かでないが、こうした「光明」の用例は他誌紙の時文にも窺える。忍月が「光潔」に代わるものとして「光明」を用いたのは、当代評語としての一般化が背景にあったのであろう。なお「光明小説」の呼称については、三十一年四月十日『帝国文学』掲載の「雑報」欄にある自適「宗教小説と家庭小説」が冒頭で、

　曩に柳浪が「羽ぬけ鳥」に於て人生の光明的方面を描破せしより、余輩は之れに光明小説なる称呼を与へていさゝかの推奨を為したりしに、世の識者又之れに唱和して光明小説の如何は現今文界の重要なる題目となれりき。

と記しており、前掲の自適「光明小説」が嚆矢なのかもしれない。[2] ただし忍月は「羽ぬけ鳥」には触れておらず、具体的な照応はできない。先に引用した「『光明』の理想橋」の鏡花批判の一節は、柳浪「畜生腹」（三十年十一月二十日『太陽』）と「変目伝」（二十八年二月四日～同年三月二十一日『読売新聞』）とを「暗澹中に一道の光明を認め陰鬱中に一縷の快感を惹」いたと評価するに対照した箇所である。つまり「光明」というキーワードを使って、柳浪と鏡花の作品傾向を論じているのである。

この当時、悲惨（深刻）小説や観念小説あるいは社会小説といった、いわゆる傾向小説が流行していた。これらの概念は各誌紙によって異なっている。だが根底には概して、個人に対立する社会の制約・矛盾・不合理さへの批判、あるいは社会の暗黒面への省察があった。戦後動向の別の一斑として興隆した新機運で、前述した国家主義の方向には対蹠している。田岡嶺雲「下流の細民と文士」（二十八年九月十日『青年文』）が、当代作家に向かって「下流社会の徒（中略）此悲惨の運命を歌ひ、この憫むべきの生涯を描く」ことを要望したことに象徴できる。これは

樋口一葉「にごりえ」（二十八年九月号『文芸倶楽部』）の主人公に深い「同情」をよせた基調であり（二十八年十二月一日『明治評論』掲載「一葉女史の『にごりえ』」）、大まかにいえば柳浪・鏡花らの傾向を支持した背景である（二十八年九月十日『青年文』掲載「柳浪」、同年七月十日『青年文』掲載「泉鏡花」）。こうした先駆的な体制批判を含む文学活動によって、日本近代文学の性格がここにひとつ付与されたといってよい。

　こうした潮流について、同時期に時文を執っていた忍月は傾向小説をどう捉えていたか。やや粗笨ではあったが「日本主義に左袒す」と明言した忍月が、国家発展のかげに苦悩する「社会下層民の為めに泣き、其悲惨の境遇を描出して、之を天下に愬へる」（二十八年七月五日『日本人』掲載の嶺雲「日本文学に於ける新光彩」）傾向をそのまま素直に歓迎するはずがない。明らかに批判的である。三十一年三月『新小説』掲載「理想と傾向と」のなかで、

　今の青年作家は写実の筆に描きのみならずまゝ病的観念に富む彼等は傾向を示さんとして小説を作す而して評家は此傾向を見て理想として喜ぶ

と捉えながら、その末尾で「先進作家か反つて光明なる理想に富めることを信ず」と断言している。右の引用にある「病的観念に富む彼等」は、極端な異常さや悲惨さ、肉体上の醜悪さを殊さらに作為する傾向作家をさしている。また「評家は此傾向を見て理想として喜ぶ」は嶺雲の諸論、とりわけ二十九年十二月五日『青年文』記事「紛々たる所謂文学者を如何かすべし」「書を読めよ思を錬れよ」等をさしている。こうした一連の傾向を、忍月は三十一年二月『新小説』掲載の「小説の終りはいつも不めでたし、一、二、三」のなかで、三十一年一月の各誌上の作品と『新小説』の懸賞応募小説とを例証しながら「甚だ多きを知る」と分析している。だがこれらの傾向は、忍月が主張する「光明なる理想」小説に反していたことはいうまでもない。従って前掲「小説の終りはいつも不めでたし」では、「当今の小説家は惨憺の部面以外には其伎倆を揮ふの能なきか」とさえ詰責するのである。そして忍月はこの「伎倆を揮」わない原因を、逆に当代作家が「深刻該博の社会的観察」をしていないからだと強調した。いわば

作家態度に総体的な社会観察を要求したのである。

忍月の右主張には柳浪と鏡花をどう評価するかの問題が絡んでいた。例えば「畜生腹」評の場合、登場人物の凄惨な結末を写実したことで、社会の歪みを描出したと柳浪を評価しているのではない。凄惨な結末が読者の感情に惹起させる内容、つまり一般読者に与える悲劇的効果としての健全な快感を問題にしているのである。言い換えれば、読者の視点から捉える「光明」が評価基準なのである。この点、鏡花「七本桜」は登場人物の性格、人物間の関係がきわめて曖昧で、そのために奇異な展開となったと捉える。従ってそこには読後感に結びつく「光明」を見いだし難いと批判する。浩々歌客（角田浩々歌客）「戊戌文壇を迎ふ」（三十一年一月十日『国民之友』）が今後の動向に「須らく健全に確固に向上の一路を保持して、光明ある活気ある境地に入らざるべし」と要望し、話題作の「七本桜」を「幽鬼の憑依せる影象の如く見ゆるなり」と批判したことに共通している。出門一笑生「一話一言」（三十一年四月十七日『国民新聞』）の「真箇に蜃気楼なり、影あれども形なし」の指摘も同様で、共に登場人物の性格を普遍的に描かなかったことを理由に挙げている。だがそうした人物設定について、忍月は『浮雲』第一篇評以来たびたび評価基準のひとつとして掲げていた。ここでは『新小説』の掲載欄の関係からか、論理的根拠を等閑して鮮明さに欠けている。ただし「光明なる理想」小説の観点からすれば、要するに忍月は鏡花の作家としての観察が読者に対応されていないことに不満なのである。三十一年二月『新小説』掲載の「失調没意の鏡花」では、鏡花「玄武朱雀」（三十一年一月『反省雑誌』）を「『不健全』の境を過きて全然調子を失ひ意味を没し」ているとさえ難じている。文学史上の正鵠は別として、忍月は「小説の推敲」（二十二年一月二十二日『国民之友』）では当代作家の弊習として「趣向の奇工に失して人世の実際に齟齬するが如き謬誤」を指摘し、「細君」評でも「斬新奇抜の処なき」展開を評価していた。柳浪に関しても早くは「残菊」評において、読者の視点から自然な展開を評価していた。読者の啓蒙を目途とする一貫した文学態度にある忍月を『新小説』誌上でも確認できるのである。

ところで三十一年三月十日『帝国文学』掲載　あ、わ「小説の範囲」が、忍月の鏡花評に対して「吾人に慰安を与へすと称して之を排する評家の如きは誠に愚なり」と反駁した。観察の範囲が狭小になると小説の範囲も狭小になると説きながらも、芸人の末路を描いた「髯題目」（三十年十二月号『文芸倶楽部』）の観察は「幽闇の範囲」に及んでいて、「何か新しい或物を見出す」というのである。「幽闇」「新しい或物」について具体的な説明はない。「慰安」は忍月のいう「快感」なのだろうが、忍月の「光明なる理想」小説観を「文学カブレの法学生が自惚的落書としか見る能はず」（同誌「雑報」欄の「近時の評論」）とまで難じている。こうした駁論の背景には、魚日庵魯生（内田不知庵）「くれの廿八日」（三十一年三月『新著月刊』）を例に「理想小説として人生の光明なる方面を描き、併せて矛盾衝突の世間的実相の現出を失はざるもの」（前掲「宗教小説と家庭小説」）と世界主義的に掲げる強引さがあった。つまり光明を宗教的な位相で捉える『帝国文学』記者と、光明を読者との位相で捉える忍月との観点の違いが露呈したのである。忍月は三十一年四月『新小説』掲載「軽浮なる文界」で、鏡花作品に「徒らに新奇を求め」て評価するのは結果として軽佻な『帝国文学』の実状を証明するようなものだと応じた。それに伴って同誌に、背景となっている『帝国文学』的な世界主義に対峙する前掲「国体」を併載した。だが前述したように、忍月は必ずしも偏狭な日本主義を吹聴した訳ではなかった。啓蒙性をもつ忍月の観点は「矛盾衝突の世間的実相」を描く傾向小説の流行を、逆に「文界の不振愈々其極に達せり」と捉えていた。その原因を「読者の冷淡なるに在り（中略）俗界に立脚地を得ざるに在り」と認識していたからである（三十一年四月二十一日『国民新聞』掲載「文界不振の兆」での談話[3]）。従って「人生の光明なる方面」に位置づける読者を、作家の観察の範囲に入れていなければならないのである。鏡花にみられる「逐新競奇の弊」は観察の浅薄さを導くだけで、光明にはほど遠いことになる。鏡花を批評するに「文士の観察を広くせよと勧めむは、人力車夫に向つて汽車と競争せよと、求むるよりも酷なり」と揶揄する所以である。

こうした忍月の鏡花評に対して、三十一年五月十日『帝国文学』掲載の「軽浮なる文界」（無署名）は「彼（忍月=引用者）が欠点は固より多々、且つ彼が一方に長所たる所即ち一方に弊たるを免れざるも余輩の明かに之を認むる所」と応じ、新奇という一方からの批評を退けた。そして次のように例示した。

固より一人にして八百屋商売をなせとす丶めしにはあらず換言すれば広告欄に代言人の看板を掲げ、同時に時報欄に文学的批評の筆をとれ（新小説第三年四巻参看）との無理なる催促にはあらず。思ふに多芸多才なる忍月居士にはさまで不便を感ぜず、両方面に充分の伎倆を振ひ得るの余地を存すべし

ここにある「代言人の看板」は前節で触れた弁護士の開業広告である。忍月は三十一年二月『新小説』から弁護士開業の広告掲載を始めたが、指摘されている『新小説』（三十一年四月号）での広告文は第五回臨時総選挙を踏まえて「当選訴訟及選挙法違反等の件は特別の便法を以て取扱ふ」という一文をさらに付け加えていた。しかも同誌には三十一年三月十日『帝国文学』批判となる前掲の「軽浮なる文界」と「国体」とを掲げていたのである。かなりインパクトの強い誌面であったことは免れない。だが忍月は三十一年六月『新小説』掲載の「軽浮なる文界」で、『帝国文学』記者が茶化した右の例示を「記者は文士の徳義を忘れ、吾人に対つて冷罵を逞うせり」と憤慨した。そして同号に関連する五篇の『帝国文学』批判を載せたのである。作家としての観察に触れた「千篇一律」、審美学的な見地での論評を求めた「平面的羅列」、鏡花評価にこだわる『帝国文学』記者批判の「トラジシヨン」「正当防禦」、そして『帝国文学』の国家主義を批判した前掲「国家の観念」である。三十一年五月十日『帝国文学』掲載の「軽浮なる文界」から争点がやや逸脱したきらいがあり、忍月も「文士の徳義」すなわち「品位」を振りかざさるを得なかったのであろう。だが実際、当時の忍月は後述の『新著月刊』の裸体画事件に関与していて、確かに「両方面に充分の伎倆」を発揮していたのである。否むしろ、裸体画事件の弁護、支援執筆に活動の大半が置かれていた。当然のように『新小説』の「時文」欄記事も、裸体画事件に重点が置かれている。しかも三十一年七月十

日『帝国文学』掲載の「新小説第三年第七巻」（無署名）が「余輩固より観察の深きを欲する一念は何ぞ彼（忍月＝引用者）に劣らんや」と締め括っているが、『帝国文学』自体も裸体画論議に傾斜していた。『帝国文学』との文学応酬はかくして中途半端な論議に終わったことになるが、時代状況とのからみが背景であった。

注

（1）「雪中語」に同席していた露伴が「新小説に就ての余の感」のなかで、「森鷗外は斯様いふ批評を仕した」と明かしている。

（2）浩々歌客「時文所観」（三十一年五月十日『国民之友』）が三十一年の「年に入て以来読詩界は光明小説出でよといひ、理想小説出でよいふ、而して此間に多少の光明的理想的の作は出でたり」と、柳浪「羽ぬけ鳥」を掲げている。時期的には符合する。

（3）浩々歌客「時文所観」（三十一年五月十日『国民之友』）が「新小説忍月、曰く」と明記して、馮亭「文界不振の兆」（三十一年四月二十一日『国民新聞』）での談話をそのまま引用している。

三　絵画評と裸体画事件弁護

忍月の絵画評は三十年十月十七日から十一月六日まで『読売新聞』に連載した「美術展覧会評判（一）～（二十一）」に始まる。次いで「絵画共進会評判（一）～（九）」（同年十一月十六～三十日『読売新聞』）、「絵画共進会後日評判（一）～（七）」（同年十二月十四～二十日『読売新聞』）、「絵画共進会評判（一）～（五）」（三十一年四月二十五・二十七・二十九・三十日、五月一日『読売新聞』）、「明治美術会評判（一）～（四）」（同年五月二・五・六・八日『読売

新聞』)、「日本画会戊戌展覧会評判（一）～（六）」(同年六月十八・十九・二十一・二十二・二十五・二十七・二十九日『読売新聞』)、「日本画会戊戌展覧会批判（一）～（四）」(同年七月二～五日『読売新聞』)と続く。この間、「明治三十年の美術界」(三十一年一月一・二日『読売新聞』)、「美術漫言（一）～（三）」(同年三月二十一・二十八・三十一日『読売新聞』)の総評の他、『新小説』の「時報」欄での寸評がある(「時報」欄の寸評を除き、いずれも忍月全集未収録)。

これらが執筆された当時の画壇は国粋主義思潮の興隆のなかで新旧思想の対立を経て、さまざまな美術団体が乱立しだした画期的な時期に当たる。大勢としては宮内省を後ろ楯にした保守派の日本美術協会(日本画)と明治美術会(西洋画)、また文部省を後ろ楯にした進歩派の日本絵画協会(日本画)と白馬会(西洋画)があった。これらを含めた分派闘争は縷々旗幟を鮮明にしながら展開していた。忍月も触れている日本絵画協会から分派した日本画会の活動もそのひとつである。こうした動向に対する感想や批評は明治美術会の第一回展覧会(明治二十二年十月二十～二十九日)以降、森鷗外「油画漫評」(同年十一月二十五日『しがらみ草紙』)を嚆矢としてすでに顕現していた。大概は日本美術の将来はいかにあるべきかを問う議論と密接に関係した絵画評である。だが当時の鑑賞界の見識には趣味的で風流事から脱却し難い素地も残存しており、全てが定見のある体系的な批評精神に貫かれていたとは言い難かった。忍月の右絵画評にも戯作調の見聞記体があり、例外とはいえない。ただし忍月には後述する美術の規範と風俗習慣・道徳との軋轢を争点にした裸体画論議への言及があり、必ずしもその場限りの放言とは受け止め難い内容にある。近代日本美術に覚醒したばかりの生々しい美術運動のなかで、歴史的にも芸術的にも未評価で不安定な現場に立ち会っている臨場感がむしろ強い。

最初の絵画評「美術展覧会評判」は、三十年十月十日から上野公園桜ケ岡の列品館で開催された日本美術協会の秋季美術展(絵画)を対象にしている。この展覧会は三年後に開催が予定されていたパリ万国博覧会への出展を当て込み、新作が五百点を越える程の盛況であった。加えて古画参考品等の展示もあったという(同年十月十二日『読売新聞』記事「秋季美術展覧会の開場」)。こうした背景には十九世紀後半の欧米に起こった熱狂的な日本美術ブーム〈ジャポニスム〉があり、美術工芸品の生産(制作)と供給(輸出)という殖産興業に与した政策が働いていた。いわば国家戦略としての美術である。実際この展覧会の褒賞贈与式には、有栖川総裁宮殿下の「仏国博覧会の開期も近きにあれバ本邦の出品として名誉を発揚せしめ一層の励精あらんことを望む」というコメント「総裁宮令旨」が代読されている(同年十一月十四日『読売新聞』記事「秋季美術展覧会褒賞贈与式」)。こうした構造を「美術の制度化」と捉えたのは北澤憲昭『眼の神殿――美術受容史ノート』(平成元年九月、美術出版社)だが、当時の美術制作や展覧会、博物館の建設等はまさに近代日本国家体制の整備の一環なのであった。維新直後に比べると隆盛著しい日本画壇も従って、その画風や傾向を旧態のまま温古的に展開せざるを得なかった。伝統的な諸画派がナショナリスティックな思潮や制度に取り込まれ、そのまま日本画として統合された歴史経緯の直中なのである。忍月がこの展覧会の出品を初めから「まるで版木で刷たやうだ」と概評したのも故なきことではなかった。

例えば当時において大家と称えられていた今尾景年の花鳥画《鴛鴦》に対して「格構も別に珍しいといふでもなく(中略)湯を呑むやうなものだ」と評し、また森川曾文の花鳥画《涙千鳥》に対しても「たゞ手際よくかける位の小成に安んじて、天晴れ大家気取とハ歯が浮くやうだ」と酷評している。出品の大概が新時代に即した進展の見られない「所謂大家先生の枯木で、やツとこさと美術界を賑かにして居る」旧態依然とした実態への批判である。こうした忍月評と対照的なのは素園主人(小宮山天香)「絵画展覧会一覧」(同年十月十七・二十・二十三・二十四日、翌十一月八日『東京朝日新聞』)である。小宮山は意匠、構図を踏まえて《鴛鴦》を「都て整ひてめでたき出来」、《涙千鳥》を「まづまづ疵なく勝れたる出来」と月並みに捉えている。こうした旧態の殻を破って新日本画運動(日本青年絵画協会)を起こしたはずの小堀鞆音の人物画《維盛哀別》あるいは郁田丹陵の人物画《常盤雪行》に対してすら、忍月は「堕落」と批判し、小宮山は「又一段の見ばえ」と評価している。小宮山は「図どり彩色すべて皆言ふ所も覚えず用筆も今一段舒びて安らかなる」と従来の画法の観点で捉えているのだが、忍月は彼等既成大家の描法を次のように批判している。

僕等が常に日本画に不満を抱くのハこゝだよ。取るべき大事な材料が沢山あるのを捨てゝ、シムボール位で安心して居るのが困るといふのだ。自然を写すにハ入りもしない線の骨法だの用筆だのツて、そんなものハ欲しくもない。もつと光だの色だのといふ、在る材料を用ひてもらひたいのだ。

ここにある「入りもしない線」とは線描本位の鉤勒法、また「もつと光だの色だのといふ、在る材料」とは色彩による空間処理という没線法をさしている。要するにフェノロサが評価した水墨画の写実的な描線を否定し、西洋画にある「光だの色」による立体感を求めているのである。右引用文のあとに立体感のないことを「そこが油画にやア勝てない」ところで、日本画は「もちーツと平板を直して貰ひたい」と強調していることにも明らかである。ということは、忍月の既成日本画壇への批判には西洋画をひとつの規範としていたことが窺えるのである。

こうした見解は展覧会の審査員のひとりでもあった川端玉章の山水画《立田紅葉・芳野桜・江口普賢》三幅に対しても同様である。玉章は円山派の写生画法を堅持し、それによって岡倉天心の評価を得て東京美術学校の教授を勤めていた。この展覧会に出品していた山田敬中《秋暮》、戸田玉秀《初夏衆芳》、高橋玉渕《夏・秋》二幅などはいずれも玉章門下の作品で、彼等の活躍が目立つだけに円山派の東京進出とも囁かれていた。だが古法に従った描法が露なだけに、忍月は「前景から遠景まで濃淡がちツともなくて、総体にぼんやりしている」と捉え、制作態度に「この会の主義ハ斯う、審査員の好みハ斯うだ」というわだかまりがある限り「美術の道理」を見失っていると批判している。そしてこうした日本画壇の傾向を「たゞ美術といふ清い考へより外に、或る権略が潜んで居るからの弊害でもあろう」と指摘し、制度化された美術の在り方にも言及している。つまり従来の日本画批判を通して絵画の普遍性「美術の道理」を標榜すると同時に、当代の美術行政に危惧の念を表明しているのである。この見解は唐突あるいは筆の勢いなどと受け取られるかもしれないが、決してそうではない。忍月の当局批判例に第二回臨時総選挙時で触れた「総選挙につきての心得」や第四回内国勧業博覧会開催を折りに京都の衛生事業を促した「衛生事業の準備」等がある。これらはいずれも一連の絵画評と同じ局外生の署名を用いていた。この匿名に込めた意味を考慮しても、意図的な批判であったことが窺える。

次いで執筆した絵画評は「絵画共進会評判」と「絵画共進会後日評判」であった。共に前掲の日本美術協会展とほぼ同時期の三十年十月二十五日から上野公園竹之台の旧博物館第五号館（第三回内国勧業博覧会会場）で開催されていた日本絵画協会の第三回絵画共進会展を対象にしている。日本絵画協会は日本画壇の革新派として岡倉天心、橋本雅邦を核に形成されていた。これまでに第一回展を二十九年九月、第二回展を三十年三月に開催し、日本古来の題材、歴史的事件や人物・伝説等からの主題に新しい技術を自由に盛り込んだ清新な画風で評判をとっていた。この第三回展の特徴は鑑賞絵画のような小画面から大画面、いわゆる大作（大幅）の出品である。忍月は冒頭で「この会の七八幅ハ、誠に絵画の大作なるべし」と注目し、その上で「名作と所謂大作とを雑乱する」ことを戒めている。忍月評には天心イズムへの追従的な評価に対する反感があったわけだが、日本絵画協会自体は天心の直参である横山大観、下村観山、西郷狐月、菱田春草ら東京美術学校卒業生が中堅として活躍していただけに、天心の主張がそのまま表れたといってよい。

忍月はこれら大作揃いのなかで、とりわけ大観の人物画《聴法》を評価している。法談に耳を傾けている老若男女の諸相が「人事の幽微をも穿ち」得ていて大作として成功しているというのである。また「これを写す仕方に於ても着眼を誤らざりし」とも評価している。この「写す仕方」とは彩色、濃淡いずれも「油絵の技巧」から得た立体的な手法をさしており、西洋画の手法を日本画に応用しようとした過渡的な「大胆さ」に着目しているのである。前掲「美術展覧会評判」に脈絡が通じており、たとえ精緻さに欠けても「この作者の他日に期せむ」と結ぶ一節には西洋画との折衷を求める忍月の絵画観がさらに進んで確かめられる。だが芥子畑に一頭の白馬を描いた狐月の風景画《春暖》、倒影をテーマにした春草の人物画《水鏡》あるいは佐藤継信の臨終間際を描いた観山の歴史画《継信最後》等については総じて「多少の自然らしき風情」を認めながらも、大作の必然さを疑っている。否むしろ「日本画に大切なる筆力の極めて拙き」作であると批判している。

ところがこの第三回展での賞牌は右の東京美術学校派に集中していた（三十年十一月二十八日『読売新聞』記事「絵画共進会褒賞授与式」）。忍月はこの受賞傾向を「摩訶不思議」と受け止め、続編「絵画共進会後日評判」を執筆するに至っている。審査基準への疑念は忍月だけが投げかけたわけでなく、当時の誌紙上に多々散見し、無署名「美術協会と絵画共進会」（三十年十二月十日『帝国文学』）が「其賞選の妥当を欠きたるは世既に定論あるなり」と総括している。むしろ忍月評の続編で注目されることは、次の東京美術学校派批判によって忍月評を巡る若干の論議が終止したことである。

美術学校理想派の作の近ごろ最も著しきものなり。こハみな故芳崖氏の観音の図より系統を引きたるものにて、更に一種の推動力に励まされ、その末ますく邪道に深入りしたるなり。

寺崎広業の山水画《菊の精・蜻蛉の霊》二幅や山田敬中の風景画《平和》等をも加えた批判だが、ここには明治画壇の根幹を指摘した的確さと、東京美術学校を背景的推進力とする日本画の改新運動への批判とが要約されている。後者の東京美術学校派については、すでに《水鏡》評のなかでも触れていた。春草の題材が「風情よりせずして理屈の標幟より撰ん」だ不自然なものであるとして、この不自然さを「龍丘派の悟り」あるいは「彼等が孤禅の極致」と評言している。要するに東京美術学校派を「無理な手捏ねに陥つた」「邪道」の一派というのである。この辛辣な評言に対して無礙菴「局外生殿に伺ひ申候」（三十年十一月二十二日『読売新聞』）が「龍丘派とハ何処如何なる流派に御座候や」と質したが、忍月は「無礙菴殿に答へ申し候」（同十一月二十三日『読売新聞』、忍月全集未収録）のなかで「東京美術学校派、更に適切に申し候へバ即ち橋本雅邦派」と即答した。命名は「派祖所居の地名」によったという。西洋画壇の復興を支えていた明治美術会内の新旧対立を南派・北派と便宜的に区分したしぐれのや（森鷗外）「我国洋画の流派に就きて」（二十八年十一月十日『日本』）の日本画壇版といってよい。北派は小山正太郎や浅井忠らの在来的な守旧派、南派は黒田清輝や久米桂一郎らの新帰朝の進歩派である。これらは別に「旧派」「脂派」「変則派」、そして「新派」「紫派」「正則派」とジャーナリスティックに呼称されていたが、それまでの紙誌上では日本画壇に波及しなかった。龍丘派は忍月が先鞭をつけたといってよい。だが忍月のいう龍丘派に対照する日本画壇での別の呼称はどうであったか。無礙菴との質疑応答はその後、同年十一月二十六日『読売新聞』紙上に案外生「局外生殿に御伺申上候」と案内生「局外君に問ふ」、そして独笑生の質問として展開された。だが続編「絵画共進会後日評判」の概括にとどまり、西洋画壇のようには論議が広がらなかった。日本画壇といっても伝統的な諸画派から日本画に統合されつつあること自体が芸術上の課題から起こったのではなく、政治上の国家論理に起因していたからであろう。またナショナリスティックな思潮での日本画壇批判は、ややもすれば西洋画への偏重を免れなかった事情にもよるだろう。美術行政に危惧を抱く忍月にあっては、むしろ官立の東京美術学校派を重ねて批判すること自体が《聴法》評にみられる展望につながる批評であったにちがいない。

ただし案外生への応答「案外生殿に御答申上候」（同十一月二十八日『読売新聞』、忍月全集未収録）のなかに留意したい批評態度が窺える。忍月批評の特質が発揮されているからである。案外生は忍月の《水鏡》評をも踏まえ、雅邦を「一線一画苟しくもせず最も後進の師と仰ぐべき画家」と評し、その上で「自然が果して美術の正路か」と質していた。これに対して忍月は「美術展覧会評判」で触れた線描批判を貫きながら「全体邪魔野物（中略）厄介に御座候」と退け、絵画は「自然のまゝに因縁果の顕然した」ものであると断定している。この「自然のまゝに因縁果」のある絵画とは、作者が「何を画き何を写さむ」にも、その意図が鑑賞者である「人の心も立たせる」ものであるという因果性に貫かれた作品をさしている。要するに「人に感ぜられもせず、解せられもせぬ」絵画は「因果の関係を乱し」た不自然な作品ということになる。この鑑賞者あるいは読者・観客の視点から捉える批評態度は、紛れもなく初期批評から貫かれた態度といってよい。忍月批評の一貫性をここに確認できよう。このことは雅邦の人物画《猿まわし（狙公）》評が明快に例証している。鑑賞者を意図した作者の意匠「能観想」と作者の主題「孤禅」に執着した意匠「所観想」とを区別した上で、不自然な「所観想」で描いた「猿を舞はす人の笑ひざま、その躍れるそぶり、見る老爺の感じかた、童児の講へ、太鼓打つ人のおもゝち」いずれもが、鑑賞者にとって「安心すること能はず」と批判しているからである。当時の潮流を無署名（逍遙）「美術」（三十一年一月三日『早稲田文学』）が「主観的描写は明治美術の傾向」と捉えるなかで、また今日的な近代絵画史上にあって正鵠を得ているか否かは別としても、こうした「手前味噌の理想だの、形式の縄縛だのより来れる」龍丘派への批判が歴然としているだけに、忍月評の特異さは注目されよう。

こうした日本画壇への批判は、その後に日本絵画協会の第四回絵画共進会展評「絵画共進会評判」と日本画会の第一回展評「日本画壇会戊戌展覧会評判」「日本画会戊戌展覧会批判」にも窺える。第四回絵画共進会展（三十一年三月十日から旧博物館第五号館で開催）は東京美術学校騒動の最中に開催されたが、絵画協会そのものの結束も乱れて斬新さを失っていた。忍月は「例の品定めの範囲に入らぬものが多い」とさえ括っている。前掲の第三回展評では将来を期待した大観であったが、その出品作の人物画《鳩》を「いつも題目の着意がうまいけれど（中略）例の理想とかゞ邪魔するので、どうも出来上りが甚だ感服せぬ」と批判している。観山の人物画《小町》や玉堂の風物画《花見》に対しても「例のわざとらしい蒼き癖の厭味つぷりにて（中略）人々の自然らしきさまが見えぬのが遺憾」と退けている。いわば先に触れた東京美術学校派への批判が「例の」云々の評言に貫かれているのである。

だが賞牌は天心が東京美術学校校長を更迭された直後であっても、東京美術学校派に集中していた（三十一年四月二十八日『読売新聞』記事「第四回絵画共進会褒賞授与式」）。この傾向は第一回展から変わらず、天心の革新陣営に参加していた青年作家たち（日本美術協会から分派した旧日本青年絵画協会員）の反発を招いていた。三十一年二月二十六日に創立発会した日本画会は、まさにこの偏狭を正そうとした新団体であった。忍月はすでに「明治三十年の美術界」でその動向に触れており、第三回展後には発会の兆候を察知していたのであろう。創立直後の「日本画会起る」（三十一年三月五日『新小説』）では「美術学校派及日本美術協会派の反動者」と捉えたが、第一回展（三十一年六月五日から上野公園桜ケ岡の列品館で開催）評では「旧套古法に低廻」する日本美術協会と「洋風に惑ひ国粋を捨て」る日本絵画協会とに与しない新団体と分析している。だが実際には「改進の実を収むることをバ得ず」と総括した。例えば結城素明の風景画《新緑》は「窮屈な日本画のやり方」、また竹内棲鳳の風景画《孤鹿》は「紫を用ふる西洋画のまね」だというのである。

忍月の日本画改良案は「美術漫言」で「描線に束縛せられ、微妙なる変化を写了し盡す能はずとせんも、未だ其形状のみの上に於て、大に発達すべき余地あるハ事実」と提起し、日本画会第一回展評で繰り返した「陰影と遠近との法に契ふ」ことを目途にしていた。ただしこの改良案は「日本画の格」を保つことを前提とした発言で、本音は「美術といふ上より高く眉眼を開きて見れバ、西洋画といひ、日本画といひて、その隔歴を認むべきものにあらず」というところにあった。後述の『新著月刊』裸体画事件擁護の折りには「日本固有の長所（国粋）に西洋固有の長所（外粋）を加へ融合調和して」改良すべきことを主張している（後出「裸体画事件（新著月刊の新聞紙条例違反被告事件）」）。いわばナショナリスティックな態度を基調にしながらも、一方では芸術としての独立した価値「美術の道理」を標榜する忍月が歴然としているのである。このことは、ほぼ同時期に『帝国文学』の開明的な国家主義に対峙して、「国体」（三十一年四月五日『新小説』）のなかで「我は日本主義に左袒す」と明言したことに無縁でない。そして西洋画との折衷をも説く絵画観に矛盾しない。前節でも触れたように、忍月のナショナリズムは天皇制を核にした〈伝統〉を根幹とするが、単に〈伝統〉だけには偏重していないからである。再上京時の最終稿「相撲雑感」(三十二年七月十四日『新小説』)でも、当時の相撲協会が「徒らに古風の弊を守りて改良せぬのは遺憾である」と表明していることにも明らかである。

ところで如上の日本画への関心は、忍月のどういう素地から派生したのであろうか。かかわりのある初期小説の挿絵が『捨小舟』は安達吟光、『お八重』は鈴木華邨と大蘇芳年、『露子姫』は渡辺省亭であったことから、早くに関心をもっていたことは明らかである。金沢時代においても「皐月之助」連載中に「本日の挿絵は」云々の注釈を自らたびたび行なっている。また日本画会の富岡永洗と忍月との交友は小波日記「戊子日録」に窺えるところで、斯界と全く無縁であったわけではない。だがいずれもその経緯は詳らかでない。今後の調査を待つしかない。

さて西洋画に関してはどうであろうか。先に触れた日本絵画協会の第三回絵画共進会が開催されていた時期、西洋画に新旗幟を掲げた白馬会の第二回展覧会が同じ旧博物館第五号館で独立して開催されていた。各紙誌は挙って白馬会の意気軒昂なさまを伝えている。だが忍月の白馬会第二回展評はない。忍月が執筆した「文学家美術家雑話会第一会」(三十年十二月五日『新小説』)にはサロン「雑話会」の講演終了後に参会者が「白馬会洋画展覧会絵画共進会」等を回覧して散会したとあるが、忍月は白馬会の会場に赴かなかったのかもしれない。ただし翌春の明治美術会創立十周年の記念展覧会には足を運んでいる。白馬会が成立した時点で旧派となった明治美術会は、三十一年三月二十五日から旧博物館第五号館で記念特別展を催した。無署名「美術展覧会に就て」(三十一年五月二十二日『東京日日新聞』)によれば、日本の洋画史を展示した画期的な内容であったという。今日でも文化史的に高く評価されている展示のひとつでもある。ところが当時にあって個々の出品そのものに対する評価は芳しくなかった。忍月も「明治美術会評判」のなかで、浅井忠の風景画《冬枯》と川村清雄の風景画《二月》を除くと「実に恥かしい様なものばかり」と酷評している。だが浅井の《冬枯》に対しても「所謂ヤニ流を守つて(中略)野心の覇気のある人たちとハ、この作者ハ少しく撰を異にするところが至極嬉しい」という程度の評価である。否むしろ揶揄に近い。明治美術会の画風は総じて画面が暗く、茶褐色系のビジュームを主調としていた。《冬枯》《二月》も例外ではなく、石川寅治の風景画《浜辺の遊》に対して「いかにビチユウム本尊のやり方でも、自然に対して描くとき、然も太陽の光線の直接に流動してゐる処でハ、今少し心地よき色が見える筈だ」と端的に指摘している。こうした論拠の背後には空気や光を描こうとする外光派、つまり白馬会の主調があったことは否めない。渡辺審也の人物画《狙公》を「少しも空気等に頓着せぬやり方」と評していることにも明らかである。ということは、忍月が日本画を批評した際の基準、そして西洋画との折衷を求めた際の規範は、多彩的な外光描写による立体感を主張する白馬会の作品であったということになる。ただし白馬会の出品そのものに対する直接的な批評は見当たらない。従って前述の日本画評と具体的には対照できない。ここでは《冬枯》評にある「覇気のある人たち」という白馬会への強い関心と共鳴とを確認するにとどまる。

とはいえ、三十年後半から翌三十一年時の白馬会の活動に全く触れていないわけではない。何しろ第二回展に出品した黒田清輝の裸体画《智・感・情》三幅が当時の話題をさらっており、紙誌上では《朝妝》に次いで裸体画論争が再燃していたからである。忍月も「明治三十年の美術界」で「殊に裸体画のことにて、またも世論ハやかましく相成り」と特筆している。ここで注目されるのは《智・感・情》論議そのものへの言及でなく、この論議の延長に起こった『新著月刊』裸体画事件への弁護活動であろう。このことは忍月の再上京時代にあって、前節で触れた時文家および弁護士としての忍月の力量が最も試された活動といってよい。

事件にかかわる黒田の作品に前作の《朝妝》がある。全裸のまま鏡に向かい、髪を梳っている西洋婦人を後ろ向に描いた裸体画である。日本での初公開は二十七年十月十一日から開催された明治美術協会の第六回展（於旧博物館第五号館）であった。清新な感覚美が好評裡に迎えられ、妙技第二等賞を受賞している。その後、翌二十八年四月一日からの第四回内国勧業博覧会（於京都市岡崎公園）にも出品されたが、取り締まり当局も動き（二十八年五月一日『東京日日新聞』社説「裸体美人画の取捨」）、世論は沸騰した。だがこの時には、博覧会審査総長の九鬼隆一が「公務上充当に彼れを排斥すべき理由を見出し得ず」（二十八年五月二日『東京朝日新聞』記事「裸体美人画」収載の小倉警視宛書簡）という所思を固持し、賛否騒論のなかで展示は継続された。展示の継続そのものに西洋画移植という国策が働いていたことは否めない。結果としては黒田の裸体画啓蒙の意図が実現し、西洋画の存在を社会に広く認識させることにも繋がった。白馬会の第二回展での裸体画《智・感・情》展示も同様の背景が潜んでいた。具体的には忍月も「明治三十年の美術界」で指摘しているパリ万国博覧会への出品である。当局による弾圧もなかったことに官民一体となった世相が窺えよう。この作品は両腕を半ばあげて正面に向いている《智》と、額に右手をかざし腹部に左手をあてた《感》と、胸に垂れ下がる髪を右手で握り左向きに立っている《情》の三部作である。忍月は「明治三十年の美術界」のなかで、この作品が仮に弾圧されるなら「まことに画界の珍事に御座候」と警鐘し、日本女性をモデルにしたことも相俟ってパリ万博に出展することを「まづハめでたき事にて候」と納得している。そして「今年の最大美術」（三十一年三月五日『新小説』）では「我国の美術は（中略）東洋文化の華として海外に誇称するに足れり」とも揚言している。いかにも忍月のナショナリスティックな発言である。また作品評価そのものに対しては、御風郎「美術と宗教」（三十年十一月五日『国民新聞』）が「美術として日本婦人の裸体画を描くの必要あらざる也」と反論していることを踏まえ、「非裸体画論者の一理由」（同年十二月五日『新小説』）のなかで「必要」という標準が「美術の精神に反する」と論難している。これまた「美術の道理」を標榜する忍月のアイデアリスティックな態度の一貫といえる。

ともあれ忍月は《智・感・情》に限らず、裸体画が芸術の規範において社会に容認されることを求めていた。こうした見解は久米桂一郎「裸体画について」（三十年十一、十二月『美術評論』）も同様である。ややもすれば風紀論に吸収されがちの《智・感・情》論議であったが、ナショナリスティックな社会の受容は「や、寛恕の眼を以て之に対せん」とする方向にあった（三十年十二月三日『早稲田文学』掲載「裸体画論」）。この時期にかつて咎められた《朝妝》の写真版を末尾に挿入した三十年十一月二十五日『新著月刊』第九巻が刊行されたのも、こうした風潮の表れであったろう。忍月も「均しく是れ同一の裸体画なり」（三十一年一月一日『新小説』）のなかで、同誌の刊行を「世論の趨向社会の風潮」と捉えている。

もちろん『新著月刊』の裸体画掲載に対してはやはり賛否両論が交わされていた。後藤宙外『明治文壇回顧録』によれば、同誌の内部でも正岡子規が俳句選者を拒否したり、あるいは幸田露伴や大橋乙羽等から忠告があったという。また紙上では風紀・道徳からの利害観から批判した無署名「美術文学の風俗上取締」（三十年十二月六日『日本』）や無署名「裸体画禁止説」（同年十二月十日『都新聞』）等が激しく難じている。芸術理念と社会における芸術の位置づけとがきわめて不安定な当代にあって、こうした論議の繰り返しは必須であったろう。時文家としての忍月には避けて通れぬ課題のひとつでもあり、右紙上の論難に対しては「裸体画と風紀論」（三十一年一月一日『新小説』）のなかで「美術家の言としては吾人未だ之に与みする能はず」と反論している。ここに、たとえライバル誌であっても『新著月刊』の裸体画事件を弁護するひとつの伏線があったと思われる。

『新著月刊』裸体画事件は三十一年五月十一日付官報（第四四五六号）を転載した各紙誌によって巷間に伝わった。黒田《朝妝》の写真版を挿入した『新著月刊』第九巻から、黒田の《野辺》構想源となったラファエル・コラン《フロレアル（花月）》の写真版を挿入した『新著月刊』第二年四巻（三十一年三月三日発行）までの合計六巻が「風俗ヲ壊乱スルモノトシテ（中略）告発セラレタルニ附キ自今其発売頒布ヲ停止シ仮ニ之ヲ差押ヘラレタリ」というのである。告発の日付は定かでない。翌日の官報は三十一年一月一日発行の新聞『京都』を同年五月八日付で告発した旨を伝えており、当時の官報「官庁事項」欄の記載月日例に従えば『新著月刊』の告発は五月の初旬であったことは間違いない。ところが同誌は告発される以前の三十一年四月時点で、資金難のために廃刊の方針を打ち出していた。出門一笑生「一話一言」（三十一年四月二十日『国民新聞』）を始めとして、各紙誌が挙って報道している。忍月の「吊新著月刊」（三十一年五月五日『新小説』）にも記されている。いわば進捗中の終刊号（三十一年五月二十八日発行）が告発の対象なのではなく、広く世間の眼に触れた半年前からの既刊物が告発されたのである。川路利義「一筆申上候」（同年五月十二日『時事新報』）が告発時をさして「今頃慌て、之を差押へたりとて何の役にも相立申候歟如何にも馬鹿々々しき事に御座候」と苦言を呈する程の時差であった。同年五月十五日『国民新聞』記事「新著月刊」も「掩耳盗鈴、認盗綯縄と趣相似たり」と報じている。ただし同年五月八日『報知新聞』記事「婦人裸体写真の発売禁止」によれば、三十一年四月から発売禁止された刊行物は十数種にものぼり、また五月に入っても『出品目録』や『美術評論』第二号、そして『名家談叢』第二十八号等も禁止になっている（同年五月七日付官報第四四五三号）。先に触れた新聞『京都』や『岡山日報』なども同様である。これら一連の弾圧はいずれも過去にさかのぼった処分で、黒田の裸体画をコロタイプや写真版にした挿画が主な対象であった。公開当初には「世論の趨向社会の風潮」がやや是認する方向にあったが、その反動つまり取り締まり当局の巻き返しが俄にこの時点で起こったとみてよい。『新著月刊』の告発もこの一斑である。

被告人は同誌の発行人柴田資郎と編集代表者後藤寅之助（宙外）であった（三十一年五月十九日『東京日日新聞』記事「新著月刊裸体画事件の公判」）。初公判は当初五月十三日、次に二十日を予定していたようだが（同年五月十四日『読売新聞』記事「新著月刊事件公判」等）、実際の開廷は五月二十五日の午後一時から同三時半まで東京地方裁判所刑事第一法廷で行なわれた。宙外『明治文壇回顧録』によれば「裸体画事件といふのは、当時珍らしかつたので、七八人の有力な弁護士が無料で引受けて呉れた」という。主任弁護人は飯田宏策であったが、例えば「弁護士石橋忍月さん、大気炎はかるべく」（三十一年五月二十四日『国民新聞』記事「新著月刊」）といった片言の類いも入れると、弁護人のひとりである忍月が紙誌上に躍如している。「追想録」に貼付されてある新聞記事「新著月刊裸体画事件の公判」（出典未詳）、そして五月二十八日『国民新聞』記事「興味ある裁判――裸体画事件」によれば次の審問から始まっている。先ず検事（豊島直道）が『新著月刊』六巻を新聞紙条例第三十三条に違反すると公訴し、裁判長（望月源治郎）が被告人に風俗壊乱の思料を尋ねている。忍月はここで第九巻の挿画《朝妝》を例に挙げて、①真美と猥褻との区別を質すため、②第四回内国勧業博覧会での縦覧・賞牌を確認するため、③東京美術学校での裸体画教育の理由を問うために、博物館長の九鬼隆一、東京美術学校校長の高嶺秀夫、同教授の黒田清輝・久米桂一郎・井上哲二郎・坪内逍遙を召喚し鑑定するよう申請した。また飯田主任弁護人も政府がかつて公許した同一画であることを確かめるために右鑑定人の召喚を求めている。鑑定人の召喚は弁護団の戦略であったのかもしれない。これに対して検事は本件を風紀問題において公訴したのであり、美術上の価値を問う必要はないとして鑑定を却下した。裁判長も検事に同意し、忍月の申請は退けられた。次いで弁論に移り、検事が外国と違う日本の風俗のなかで「歴然として陰部を露出するの形状を示す」絵画は風俗を甚だしく壊乱していると主張。忍月はこの主張に対して、これまでの博覧会では政府が是認し奨励しており、また官立の東京美術学校では裸体のモデルを実写しているという時勢を挙げ、本裁判の結果は「我が国の美術及び出版物の消長に関して、尠なからざる影響を与ふ」ものであると反駁した。鑑定申請の①を削除して二点に絞ったことは、制度化された美術の有り様を暗に秘めた発言と思われる。続いて他の弁護人も温泉における混浴、浅草十二階の醜猥画、医学上の書籍、陰毛を描かない画家の意志等々を例証して無罪を訴えている。検事のこれらに対する弁論は右両記事に「一応の弁論はなしたる」とあるにとどまっている。そして「来る三十日を以ていよ〳〵判決を言い渡す」と閉廷された。

以上の記載された記事内容に窺う限り、忍月の弁論は既述の絵画評や『新小説』掲載の寸評と変わるものではなかった。すなわち当局の弾圧は「日本美術史上に大書すべきこと」と警鐘した「明治三十年の美術界」、そして「美術の精神」を基幹にして《朝妝》を捉えた「非裸体画論者の一理由」（三十年十二月五日『新小説』）、同じく勧業博覧会での展示および美術学校でのモデル実写に触れた「均しく是れ同一の裸体画なり」（三十一年一月一日『新小説』）等における所見である。

忍月はこうした弁論を、判決公判直前の五月二十八・二十九日に『読売新聞』紙上でも再度展開している。論説「裸体画事件（新著月刊の新聞紙条例違反被告事件）」である。この論説は五月三十日の第一審無罪判決後に、無署名（逍遙）「裸体画問題の再燃」（三十一年七月四日『早稲田文学』）や無署名「裸体画と社会道徳」（同年八月十日『帝国文学』）等が抄出しながら取り挙げており、判決そのものの他にも問題を波及させたようだ。忍月は右論説のなかで、先ず事件の判決が日本美術界の将来に大きな影響を与えることを繰り返し述べ、当今の過渡的な日本美術を「日本固有の長所（国粋）に西洋固有の長所（外粋）を加へ融合調和して」改良、進歩させるべき時期であることを主張している。前述した日本絵画協会第三回展評での横山大観《聴法》評と全く同質の絵画観が縷述されている。またかつての批評「初見の口上」（二十三年三月十八日『江湖新聞』）で、当代を「日本旧来の文学と西欧詩学と結合消化して別に一天地を開かん」とする時期であると主張した文学史観にも通じている。この一貫した態度から、当局が俄に弾圧することは第一に芸術を蹂躙することになり、第二に風俗壊乱の意義を誤ることになり、第三に日本絵画の将来に障壁となると難じた。このうち第一点については、邪心や欲情を越える「完全円満なる美」としての裸体画こそが「美術の最高地位」であるという観点から述べている。神に凝らした一糸まとわぬ人体描写は西洋の人文主義的な価値観を持たない日本にあって、つまり美術の根幹を成すという歴史的前提のない日本にあって、それは単なる習俗としての〝ハダカ〟描写に過ぎなかった。忍月はこの根元的な課題に一方では法廷闘争を通じ、また他方では論説を通じて「人文」を超越する美の観点から挑戦していたのである。ただし「人文」（三十一年八月五日『新小説』）は人間界の「父子兄弟夫婦君臣、喜怒哀楽、仁義礼智」等々全てを含んでおり、それだけに猥褻か否かの標準が次の課題となるのである。第二の難点はここに集中している。先ずは六種の挿画を個々にあげ、これらの鑑識には「画家若くは審美学者等の専門の智識学術に頼らざるべからず」と初公判での申請を重ねて主張した上で、

一、画家が初めより観者の実感に訴へんとの目的にて卑猥の念を抱いて画ける者――即ち官能的快美の為に官能的快美を画けるもの

二、画家が一意、美を伺ふて不純の意を交へず観者の仮感に訴へんとの目的にて画けるもの――即ち清浄なる審美的観念を発せしむる者

と標準の所見を披瀝したのである。この区分には無署名（鷗外）「続山房放語」の一篇「官能的快美」（二十五年一月二十五日『しがらみ草紙』）を援用している。忍月自身が「猥褻なる小説」（三十一年四月五日『新小説』）のなかで「曾て鷗外漁史が官能的快美の為に官能的快美を写すを猥褻なりといひしは、誠に吾人の意を得たる者なり」と明かしている。鷗外は自作「舞姫」「文づかひ」等を例証しているのだが、忍月はここで自らの持論である観点「観者の実感」「観者の仮感」から猥褻か否かの標準に応用している。そして絵画上における「美醜の区別も亦同一なり」とも準用している。要するに右の猥褻標準を等閑して風俗を壊乱していると断定するのは、見物人の心「仮感」を蔑ろにして「鼠小僧に扮したる菊五郎を処罰」することに同じだというのである。あくまでも絵画の鑑賞者あるいは雑誌の読者が美の規範に照らして判断するのが健全な風俗で、当局が判断する場合には「専門の智識学術」に依拠しなければ健全な風俗が損なわれるというのである。

繰り返すが、こうした検事局への論難は当然、制度化された美術への批判でもあったはずである。展示を継続した政府当局者の実名や、告発した警部と公訴した検事の実名を挙げて揶揄していることに明らかである。だが当時にあってはむしろ、こうした論難は社会風俗の習慣や道徳との軋轢といった風紀論の脈絡で捉えられていた。当の

『新著月刊』最終号掲載の「裸体画の弁」がまさにそうである。また無署名「裸体画と風教と」(三十一年六月十日『帝国文学』)は「公判無罪となりしことを慶す」と述べながらも、「裸体画が道念を敗るに至らんことを憂ふ」と結んでいる。こうした極端な風紀論に無署名「裸体画と社会道徳」(同年八月十日『帝国文学』)がある。ここでは忍月の右標準を「呶々の弁」と捉え、「同一の理由に拠りて弁護を試むるの陋を憫まざる能はず」とさえ難じている。この一連の『帝国文学』の評には前節で触れた『帝国文学』記者との応酬が背景にあり、当時の「日本主義」論議の影響が垣間見られないわけではない。だが一方には前掲の無署名(逍遙)「裸体画問題の再燃」のように、忍月論説を抄出して同様に「標準の源頭を置くべし」という主張もあった。画一に扱えない日清戦争後の新たな思潮が象徴されているといえる。

さていずれにしても、忍月は三十一年五月三十日の判決公判で無罪をかちとった(同年五月三十一日『読売新聞』記事「新著月刊裸体画事件」)。そして検事控訴も同年八月十八日に棄却されて無罪が確定した(同年八月十九日『国民新聞』記事「法廷雑俎」)。忍月は第一審後に「裸体画事件(新著月刊及京都新聞事件、東京京都両地方裁判所の判決)」(同年七月五日『新小説』)を著し、先の論説で主張した猥褻の標準が「幸に判官の採用する所」となったと歓迎している。その上で判決理由の一節「形態ハ世人ヲシテ卑猥ノ念ヲ生ゼシムル程度ニ至ラザルモノトス」を抄出して、持説の態度を誇示した。つまり美の規範を「観者の実感」「観者の仮感」において猥褻か否かを問うクラッシックな態度の誇示である。この態度は繰り返すようだが、忍月批評に一貫していた。従って新聞『京都』が《智・感・情》写真版を掲載して有罪判決(三十一年五月二十六日、於京都地方裁判所)となったことに関しても、「誰か其理由の不悉審理の不鄭重に驚かざるものあらんや」と訴えるのである。国内の裁判所が異なった判決を下すこと自体が、健全な社会の風俗を逆に壊乱しているというのである。そこで忍月は五月三十一日付で京都新聞社の編輯局宛に一通の書簡を送って「小子一論を草し社会に訴へ度存念」があると記し、その参考のために判決謄本の送付を依頼している。これほどまでに忍月を駆り立てたのは、もちろん「美術の価値を無視し殆んど土足を以て芸術を蹂躙する」検事当局への反発でもあったろう。このことは「美術の価値」を標榜し続ける忍月には避けて通れぬ課題のひとつで、時文家としての任務でもあったろう。時文家であり、弁護士である忍月はかくして裸体画事件を擁護したが、擁護する態度はこれまでの批評態度と変わるものではなかった。忍月は『新著月刊』が起訴される以前、同誌の「裸美人画を挿みて青年読者に媚ぶるの傾向」に不快の念を表している（前掲「弔新著月刊」）。裸体画そのものではなく、読者に「媚ぶる」傾向を不健全な編集態度であると批判しているのである。そして裸体画を掲載した同誌が起訴されると、検事当局には鑑賞者あるいは読者にとって健全であるはずの風俗が損なわれると批判したのである。いずれも市民の健全さを意図することにおいて、レッシングが主導した十八世紀合理主義の啓蒙精神が発揮されているといえる。ただし時代の潮流は『文学界』の誌面に溢れるロマンティックであった。例えば上田敏「美術の翫賞」（二十八年五月三十日『文学界』）がレッシング『ラオコーン』の裸体画に関する一節「芸術の最大目的は美なり」を引用しながら、「更に吾人が信ずる所を言はしめば、単に愛惜し之に熱冲して初めて其美を感すべきなり」云々と強調する時代なのである。忍月の絵画評あるいは弁護活動が一見華やかに誌紙上に映るのだが、視点の問題としては時代の流れから一歩ずれた歩調にあったことは否めない。事件が控訴審でも無罪判決となったことを「新著月刊事件」（三十一年九月五日『新小説』）で告げたあと、一切口を噤んだことに暗示されているのではないだろうか。

四　再離京の前後

忍月は三十一年九月に『新小説』編輯主任を辞した。宙外『明治文壇回顧録』は三十三年二月に後任を正式に受けたと記した後に、「これより先、三十一年十一月に発行された『新小説』の第三年第十巻の『人文欄』に石橋忍月氏の後を承けて、時文評論に筆を執つた」と回顧している。この回顧録にある三十一年十一月の『新小説』第三年第十巻の「人文欄」は、正しくは三十一年十月五日発行の『新小説』第三年第十一巻「人文」欄である。同年十月五日同誌「人文」欄には宙外の署名が掲げられているからである。なお「人文」欄は翌十一月から「時文」欄に改称されている。山崎安雄『春陽堂物語――春陽堂をめぐる明治文壇の作家たち』（昭和四十四年五月三十日、春陽堂）等の先行文献は宙外の回顧録にある記載をそのまま踏襲しているが、発行月と巻数は記憶違いか誤植と思われる。いずれにしても、三十一年十月号の印刷期間を考慮すれば、九月には忍月が編集から離れていたことになる。理由については詳らかでない。

忍月の辞任を巡っては街談巷説入り乱れていた。例えば逸速く報じた三十一年十月八日『早稲田文学』掲載の「彙報」欄には、同年九月に「忍月子は『新小説』の編輯を辞して上海に渡航すべく、同雑誌の時文は宙外子筆を執ることゝなれり」とある（ここにある「時文」は固有の欄名でない）。また三十一年十一月五日『新小説』掲載の「時報」欄は、

石橋忍月氏　上海に渡航せむとは何者の伝へたる誤りや、近頃の早稲田文学にも此事載せられたりと覚ゆるが、同氏は決して然る事なく、現に京橋区の弁護事務所に在りて事務の傍文筆に従事す、氏は又将来に於ても外国行などいふ考を持たずと語れり、跡方もなき虚報には随分迷惑する向もありなむ。

と上海渡航を打ち消し、忍月の法曹従事という近況を伝えている。三十二年一月一日『新小説』掲載の年賀広告にも「法学士／弁護士」の肩書きで京橋区北槇町十六番地の住所を掲げており、また前掲の随筆「春陽堂女主人を悼む」の回想部分「京橋区北槇町に在り」を加味すれば、再離京まで北槇町で法曹業務を継続していたと思われる。

それでは再離京の時期と、その経緯はどうか。

再離京時に触れたこれまでの先行研究は、長崎に赴任した三十二年六月で一致している。根拠を示していないが、

岩波文庫版『石橋忍月評論集』の山本健吉「解説」が嚆矢となったようだ。翠「忍月居士追想録」に基づく判断であったろう。実際に官報記載事項をみる限り、同年六月十六日付で判事に任命されて高等官六等に叙され[1]、さらに同日付で長崎地方裁判所の判事をも任命されており、長崎赴任時を傍証している。だが判事任命と叙位との公示が六月十七日付官報（第四七八九号）であったことはまだしも、長崎地方裁判所の判事任命の公示が七月三日付官報（第四八〇五号）[2]であったことから、六月の赴任に疑問もあった。そして何よりも再離京と着崎との日時を特定し難く、金沢赴任と同様に伝記検証上の空白期とされてきた。

再離京に触れた文壇仲間の回想に、前掲の露伴「新小説に就ての予の感」と宙外『明治文壇回顧録』とがある。前者には「忍月氏の長崎へ官命で行かれるに及んで」編輯主任に宙外を推薦したとあるにとどまる。年時には触れていない。だが長崎に「官命で行かれるに及んで」とある以上、日程の上では七月三日の公示後の離京でないとつじつまが合わない。七月三日以前には長崎赴任が公表されていないからである。六月の離京にこだわれば、内示があったことになる。少なくともその内示を露伴が知っていた、としか考えられない回想文である。これに対して後者では「明治三十二年六月石橋忍月氏が長崎へ赴任のため東京を去られる際（中略）枕橋の八百松で送別会を開いた」とある。日付は定かでないが、六月の離京を明かしている。そしてここでも長崎への赴任を記している。露伴文を含め、回想特有の総括的な文章なのであろうが、ここでは三十二年六月の送別会に注目したい。

この送別会に関しては三十二年九月十五日『新小説』掲載の「時報」欄で、「曾て石橋友吉君の任に長崎に赴むかんとするや、同人相会して墨上八百松楼に送別の宴を開く」と記載されている。参会者は『新小説』同人とあるだけで詳しくない。開催日も同様である。ところが三十二年六月十七日付官報の公示があった当日の六月十七日『国民新聞』が「昨日の叙任辞令」欄に「任判事、叙高等官六等　石橋友吉」と傍点を付して強調しながら再仕官を報ずる一方、同紙の「雑報」欄にも「文士の昨今」と題して次の記事を載せている。

判事となりて長崎地方裁判所に赴任する石橋忍月のために露伴之れが主唱となりて十四日向島八百松に送別会を開き会する者廿余以て其行を盛にしたりと　（全文）

この記事によってふたつの問題が解明される。送別会が露伴の主唱によって六月十四日に開かれたこと。また官報による公示以前の六月十四日に、すでに「判事となりて長崎地方裁判所に赴任する」ことが衆目の聞き及ぶ事柄であったことである。このことは判事任命の公示以前に、内示を受けていた忍月が早々と赴任の準備に取り掛かっていたことを示すものであろう。その準備のひとつには、これまでの成り行きを考えると、露伴らへの告白があったと考えられる。その結果、露伴には同人に呼びかける多少の時間的ゆとりもできたのであろう。二十余名が会する送別会が俄か仕立てに催されたはずもないからである。その折り、送別会の日取りは忍月の離京に合わせたと捉えるのが自然であろう。この後の忍月の動向を伝える在京誌紙は見当たらないばかりか、むしろ後述の関西・九州の紙上で忍月の消息が伝えられており、送別会後幾ばくもなく離京したであろうことは想像するに難くないからである。ここに六月中旬の離京が推定される。

なお送別会があったことを記した右『新小説』の記事には、引き続き「君（忍月＝引用者）誓つて曰く、僕諸君と別るゝとも、盍んぞ文学を離れむや」とある。文学仲間との送別の辞としては月並みだが、それだけに逆に生々しい場面を伝えている。九ヵ月前に『新小説』を退き、法曹業務に携わっていた忍月だが、内心秘めるものがあったのであろうか。中央文壇の黎明期を主導したほどの忍月にとって、長崎赴任は都落ちの感慨がなかったとはいいきれない。しかも再任官である。何故にこの道を選んだのであろうか。弁護士が司法官を志願し、高等官八等の判事に採用される例はこれまでにもあった。だが志願者が激減して、当時の司法省は「弁護士中竣秀なるものは大に重用する」方針を打ち立てていた（明治三十二年六月四日『国民新聞』記事「刑法改正案」）。つまり伎倆ある弁護士を「高等官六等に叙し年俸九〇〇円を支給」（同年六月二十七日『北国新聞』記事「弁護士の判検事登用」）しようとした時期が、忍月の判事就任時なのである。官報公示にある叙任、級俸がそれに適っている。だが時期的にはそうかもしれないが、忍月自身の選択動機が釈然としない。

ところで赴任先の資料はどうであろうか。さまざま報道されたなかに、着崎に関しては三十二年六月二十七日『鎮西日報』と同年六月二十八日の新聞『佐賀』の「雑報」欄が日時を明記している。前者には「石橋判事の着任」今回長崎地方裁判所判事に任せられたる石橋友吉氏は一昨日着崎し昨日より登庁執務せり」とあり、また後者には「石橋忍月氏着任　長崎地方裁判所判事（高等官六等）法学士石橋忍月氏は去二十五日午後七時汽車にて着任し大村町福島支店に投宿し一昨日より登庁せり」とある。これらによって忍月の着崎は六月二十五日、初登庁は翌二十六日であったことが判明する。ということは右の歓迎会直後の離京から、この着崎までの途次約そ十日間ほどが改めて問題となる。

長崎赴任に触れた身内の資料に翠の草稿「忍月居士追想録」がある。その一節に、

明治卅二年六月先輩におはす倉富勇三郎君のすゝめにより東の都より司得られてはる〳〵と筑紫路の西の都の長崎に来りし時西の京に住めるわが外祖父加藤里路翁のはなむけせられたる歌

さかえゆく末長崎による波と
　ともにほまれを君ぞかさねん

云々とある。この手記によってふたつの問題がさらに解明される。ひとつは再仕官の機縁、もうひとつは離京からの途次である。前者については次章で触れる。ここでは後者の道中、京都に立ち寄ったことに注目してみたい。

長崎への途次に一首餞じたという加藤里路《さとみち》は翠の母幸《さち》の父親である。里路は日置謙『加能郷土語彙』（昭和十七年二月五日、金沢文化協会）によれば歌をたしなむ国学者で、白山比咩・気多・尾山神社などの宮司を歴任している。忍月が訪れた当時は着崎後の「只説録（其七）」（「追想録」貼付作品）にも明らかなように、京都に赴任していた。

この里路の餞行を「長崎に来りし時」と記憶して手記に敢えて書き遺したということは、翠も里路に会っていたと思われる。忍月の長崎赴任の当初は文学嗜好生「石橋忍月居士を訪ふ」（三十二年七月二十三日『鎮西日報』）によれば単身赴任であり、忍月が長崎の印象を「在金沢の細君に（中略）一首贈ツてやツた」というから、妻子や翠の義祖母（横山かく）そして乳母らと京都まで同伴し、京都から長崎と金沢とに別れたのであろう。京都には着崎時を念頭に置くと、一週間ほどの滞在ではなかったろうか。この間には『京都日出新聞』専属の挿絵画家である友人の歌川国松との交歓なども想定されるが、確証はできていない。ただし一家揃っての滞在費には事欠かなかったはずである。忍月は離京直前に臨時収入を得ていたからである。ここには硬軟取りまぜた忍月の人生を語るに、興味深いエピソードがあった。

忍月の得た臨時収入とはタバコ「天狗」の広告執筆料二百円である。民営のタバコ事業は当時、純国産葉による口付紙巻きタバコを製造販売していた岩谷商会と外国産を混用する両切紙巻きタバコの村井商会とが業界を二分し、鎬を削る大商戦を繰り広げていた。岩谷商会の社主岩谷松平は〈国益の親玉〉を自称し、自ら創刊した『国益新聞』で村井商会をたびたび国賊と罵る。一方、「ヒーロー」を目玉とする村井商会は『二六新報』を利用しながら松平の個人攻撃を展開。この白熱化したなかで、村井商会が「天狗」を非衛生的と攻撃した折り、次の反撃的な広告がほぼ全国各紙の広告欄に二段抜きで載った（忍月全集未収録）。

一　天狗煙草は衛生上注意し数年貯蔵したる日本国産唯一の良葉を以て製造致しますから（中略）患はありません

一　天狗煙草は舶来模造品の如く気候の変化に依て黴菌を生じ腐損する患はありません（中略）衛生家にては天狗煙草に限り舛

一　天狗煙草は信用を重ずるが故に（中略）商工農民軍人の嗜好に適します

一　天狗煙草は（中略）箱入新製品を発売致しますから衛生を重んずる人は永当々々御愛顧願上舛

この約そ三百三十字程の広告文を忍月が二百円の原稿料で執筆したと他紙に先んじて報じたのは、三十二年六月十六日『大阪朝日新聞』の「青眼白眼」欄である。松平は忍月の請求額に「顔を顰めて渋々」渡したという。また次いで同年六月十八日『京都日出新聞』が判事赴任に鑑みて「広告原稿料二百円といふ筆法を遣つては大変だ」と揶揄している。在京紙での右広告掲載は同年六月二・十一日の『時事新報』以下多く、離京前の執筆であったことがわかる。だが忍月執筆と稿料とに触れた在京誌紙の記事は見当たらない。在京誌紙の扱わないネタを敢えて取り上げて忍月に目を向けたのは、判事赴任に伴う京都滞在中の忍月がそれ程までに注目されていた証しであろう。その後の『大阪朝日新聞』は同年六月二十六日の「文界片々」欄で着崎した忍月を「長崎に文学趣味と思想的潮勢を注入する」であろうと結んでいるが、広告執筆料二百円は着崎後の長崎においても話題をまいていた（三十二年七月十五日『鎮西日報』投書欄「朴鵙一声」）。

なお岩谷松平と忍月の関係は第六章で触れたように、二十五年三月二十五日の西園寺アキとの結婚にさかのぼる。忍月はかつて松平の所業を「如何に彼が人間を馬鹿にして且つ如何に彼が商売に上手なるか」と皮肉っており（三十年十二月五日『新小説』第二年第十三巻「時報」欄の「瞥見雑記」）、アキとの離別の拗れた顚末も窺え知れる。着崎後の忍月が松平を偉いとか「天狗」を国益だとかと書かないで得た稿料は安いと公言した背景でもあった（前掲『鎮西日報』投書欄「杜鵑一声」）。

注

（1）判事石橋友吉宛の叙位証「叙高等官六等」（明治三十二年六月十六日付、発行は内閣総理大臣山縣有朋）は石橋忍月文学資料館に保管されているが、長崎赴任に関する他の叙任、辞令の証書は現在確認されていない。

（2）　明治三十二年七月三日付官報（第四八〇五号）には「九級俸下賜（以上六月十／六日司法省）長崎地方裁判所判事／判事石橋友吉」とある。当時の高等官任免俸給令によれば、忍月の年俸は九〇〇円であった。

第九章　長崎時代

―明治32年6月〜大正15年2月―

忍月は明治三十二年六月、長崎地方裁判所の判事として長崎に着任した。爾来、大正十五年二月に急逝するまでの約そ二十七年間、長崎が終の栖となった。生後から少年期を過ごした郷里の湯辺田には十五年間、学生・官吏等の東京（前期）には十三年間、『北国新聞』編輯顧問・弁護士等の金沢には四年間、『新小説』編輯主任・弁護士等の東京（後期）には二年程住んでおり、忍月の生涯にあっては長崎が最も長い居住の地ということになる。山本健吉「長崎案内」（昭和四十一年二月十八日『週刊朝日』）は「よそ者に対して、別け隔てせず、居づらい思いをさせない」長崎の風土が長く住まわせた理由であろうと推測している。そして同じく山本健吉「わが家の明治百年――批評家、高等官試補に失落す」（昭和四十二年三月『中央公論』）では、長崎に赴いてから「忍月の生活が安定を得て、社会的に重んぜられ」たとも述べている。身内ならではの確かな感触で、ほぼ間違いないであろう。だがこうした縁の地でありながらも、その「生活」ぶりや「社会的」地位の実態が殆ど知られていない。執筆活動はなおさらである。

忍月の長崎時代に触れた先行研究には岩波文庫版『石橋忍月評論集』の石橋貞吉（山本健吉）「解説」を始め、『近代文学研究叢書　24』や各種年譜等がある。これらに官報や残存する地元紙『長崎新報』『長崎日日新聞』の記事を当てて検証したのが嘉部嘉隆「石橋忍月に関する基礎的覚書――石橋忍月研究余録（承前）」（昭和五十年十月『樟蔭国文学』）であった。嘉部氏の論稿は従来の誤りを正して補綴しつつも、紙幅の都合や傍証資料の欠如によって十分に確証できなかった。これを補って編み整えたのが八木書店刊『石橋忍月全集』補巻の「年譜」「著作目録」であったが、各事項の関連性や意義および原資料の出典記載等の記述に欠けていた。そこで本章は全集編纂後の調査結果をも加え、改めて忍月の長崎時代を確認することにした。ただし現状においても基本的な資料がなお欠けて確証できない事項がある。それらは今後の課題とするしかない。

一　長崎着任の経緯

長崎着任に触れた身内の資料に、前掲の翠「忍月居士追想録」がある。この一節に、

明治卅二年六月先輩におはす倉富勇三郎君のすゝめにより東の都より司得られてはる〳〵と筑紫路の西の都の長崎に来りし時西の京に住めるわが外祖父加藤里路翁のはなむけせられたる歌

さかえゆく末長崎による波と
ともにほまれを君ぞかさねん

云々とある。この手記によってふたつの問題が解明される。ひとつは再仕官の機縁、もうひとつは再離京からの途次である。後者については前章で触れた。ここでは前者に注目してみたい。つまり「先輩」である倉富勇三郎の勧めで再仕官し、着任した経緯である。だが倉富と忍月との関係は全く詳らかでない。倉富勇三郎（嘉永六年七月十六日生）は篠原正一『久留米人物誌』（昭和五十六年十月、久留米人物誌刊行委員会発行）によれば、明治十二年七月に司法省法律学校を卒業後、直ちに仕官して日本司法界の草分け的な存在として活躍し、大正十五年四月には枢密院議長に就任している。明治三十二年六月の時点では司法省民刑局長の職にあったが、内務官僚でもあった忍月との接点は現在のところ明らかでない。翠「忍月居士追想録」にある「先輩」とは久留米藩出身ということであろう

か。忍月の判事就任の経緯に関しては、やはり今後の課題とせざるを得ない。なお倉富が大正十四年十二月に枢密院副議長に就任した折り、翠「忍月居士追想録」は忍月が祝詞を送ったと記している。

それでは着任直後はどうであったか。忍月の着崎が三十二年六月二十五日で、初登庁が翌二十六日であったことは前章で触れた（同年六月二十七日『鎮西日報』および同月二十八日『佐賀』）。ところがこの着崎以前に、忍月の動静を伝える地元紙の報道があった。三十二年六月二十五日『鎮西日報』の「雑報」欄と同紙「汽車拾遺」欄である。この「雑報」欄の記事には次のようにある。

昨は弁護士今は長崎地方裁判所判事石橋忍月往年新聞記者として金沢に聘せらる社長某為めに盛讌を張り市の紳市を饗し忍月を介す酒三行忍月起つて一場の挨拶を演べ且つ曰く折角駕を枉けられたる諸彦のお慰みに何をかなと思ひ（中略）平凡講談師の匹にあらず満場耳を傾けて之を聞けり

要するに、長崎地方裁判所の判事として赴任した忍月を迎え、「社長某」が著名人を招いて歓迎の宴会を開いた。そして忍月はそれに応え、余興に講談を披露したというのである。同紙の右「汽車拾遺」欄にも「石橋忍月さんが判事におなりなすつてねえ（中略）彼の方は大層講談が御上手なすつてねえ」などと戯調で載っている。この歓迎宴会は記載されている他の記事から六月二十三日か二十四日の夜に開催されたようだが、場所および主催した「社長某」は不明である。だがその時点でも公示以前であり、着崎以前なのだが、すでに長崎地方裁判所の判事という肩書が使われている。忍月の判事赴任は相当に知れ渡っていたことになる。なお匿名の「社長某」が『鎮西日報』のライバル紙『長崎新報』の社長家永芳彦であったかもしれない。この家永が赴任途上の忍月を着崎前に出迎えたとも考えられるからである。『長崎新報』は金沢の『北国新聞』同様に改進党系の地元有力紙で、忍月とはやがて深い関係をもつことになるからでもある。ところが当時の『長崎新報』が欠けており、また福岡等の地元紙にも右宴会開催の記事は確認できていない。

ところで地元紙には「判事石橋友吉」の呼称よりも、「石橋忍月」や「忍月居士」が多く用いられている。三十二年六月二十五日『鎮西日報』の「汽車拾遺」欄に窺えるように、文名の高さにおいて先ずは迎えられているのである。筑後出身の有志が同年七月六日に忍月との親睦会を催したという記事も「忍月居士」と題している（同年七月七日『鎮西日報』）。

ただし忍月は判事として赴任したわけで、因って同年七月十一日付で正七位に叙任されている（同十一日付官報第四八〇七号）。ところが当時の長崎地方裁判所の記録に欠損が多く、担当した事件や裁判内容はつかみにくい。同年七月二十五日『鎮西日報』に載った文学嗜好生の僑居探訪記「石橋忍月居士を訪ふ（つゞき）」には、忍月が「風流な話などはないサ毎日泥棒や博徒の調ばかりしてゐるんだもの」と語ったとある。就任一ヵ月後の愚痴に近い談話である。そのためか、翌三十三年一月十七日付で退官する（公示は翌十八日付官報第四九六一号）。そして同年二月九日付で弁護士に転じた（長崎地方裁判所登録の公示は同月十七日付官報第四九八六号）。この弁護士業が長崎における終生の職業となり、長崎弁護士会の常議員を経ながら、大正十四年五月二十四日には帝国弁護士会の発会に伴い同会の理事にも就任する（大正十四年六月十五日『正義』第一巻第一号掲載名簿）。

だが弁護士業だけが忍月の営為ではなかった。かつての民友社時代ほどではないが、これまで通り文筆活動を続けている。背景には忍月の文名に対する期待感があったようだ。退官する前から、東京で執筆した随筆「こしかた」（三十二年六月五日『新小説』）への寸評（同年七月七日『鎮西日報』掲載「杜鵑一声」欄）が載ったり、また「暑中のお休みにもなりましたから人情物の面白ひのを著へて」といった創作への要望（同月十五日同紙同欄）が相次いでいる。『長崎新報』が欠号で日時は詳らかでないが、平山蘆江の自伝小説『菩薩祭』（昭和十四年一月、岡倉書房）および『長崎物語』（昭和二十二年八月三十日、民衆社）によると、三十二年の秋には長崎新報社が忍月を中心に崎陽文学会の第一回を開いたという。ただし確認できる限り、実際の執筆は退官後から顕著になる。当初は随筆「花だより」「萩の門より」（いずれも「追想録」貼付作品、忍月全集未収録）に窺えるように、身近な長崎の風景を題材に季節を楽しんでいる風情が強い。やがて重厚な時評や硬質な句作に冴えをみせるが、中央文壇から遠ざかった気持ちのなかに〈都落ち〉の感慨がなかったとはいいきれまい。それでも周囲の思いは後述するように、忍月が長崎にいることに意味があった。こうした信頼と名声とがやがて忍月を政界に駆り立てたようだ。弁護士を開業して幾ばくもない三十三年十二月十三日には、立憲政友会長崎市支部の創立委員に選出されている。そして市会議員、県会議員としての活動が長く続く。大正六年四月には衆議院議員総選挙にも出馬している。

こうして忍月の長崎時代を一瞥すると、弁護士・文筆家・議員の三つの視点から捉えざるを得ないことになる。さらに加えれば、六男三女を儲けた家庭人としての忍月であろうか。とりわけ議員活動は新基軸なのだが、その経緯は全く詳らかでなかった。時事活動や文筆活動はなおさらであった。これらの活動に忍月の基本的な人生態度が躍如しており、具体的に検討してみたい。

二　議員活動

忍月の議員活動は、地方自治と国政とに連動した内容に分かれる。

先ず忍月が候補者として世評にのぼり、また実際に選挙に臨んだ経緯を確認しておきたい。長崎市議会には①明治三十七年三月二十九日の議員半数改選時に当選、②同四十三年三月の任期満了に伴う改選時に辞退、③大正七年十一月二十六日の補欠選挙時に当選、④同十年三月二十八日の任期満了に伴う改選時に落選という四回の経歴がある。長崎県議会には⑤明治三十八年三月の定員増に伴う補充選挙時に「抽籤」辞退、⑥同四十年九月の総選挙時に辞退、⑦大正五年九月二十八日の補欠選挙時に落選、⑧同八年九月二十五日の総選挙時に当選という四回の経歴がある。また国政参加としては、⑨大正六年四月二十日の第十三回衆議院議員総選挙に落選という一回の経歴がある。議席は都合、市議会を二期九年、県議会を一期四年勤めたことになる。

長崎市会議員の選挙は当時、直接市税の多い順から一級・二級・三級の三段階別に選挙権および被選挙権が与えられていた。議員の任期は六年で、三年ごとに半数を改選。投票は連記無記名であった。四十四年十月の新市制からは任期四年、四年ごとの総選挙で、単記無記名の投票に改められている。また議員定数は三十六名であったが、人口増に伴い四十年三月の半数改選時から三十九名、大正十年三月の補欠選挙時から四十二名になった（長崎市議会編『長崎市議会史』資料編第二巻、平成五年三月）。

忍月が初めて臨んだ①第六回市会議員選挙は、三級選挙が三十七年三月二十八日、二級選挙が同年三月二十九日、一級選挙が同年三月三十日に実施された。忍月は政友会から二級候補者として出馬。二級選挙の有権者総数三八七名中投票総数三二五票のなかで、忍月への投票数は二〇二票であった。二級選挙ではトップ当選である（長崎市役所編『長崎市制五十年史』昭和十四年十一月十日、投票数は以下同書による）。

この当時の市議会は長崎が商業都市という性格上、実業家グループの長崎実業同志会と長崎実業会（旧実業青年会）とが多数を占めていた。これに対抗していたのが崎陽公同会と長崎商工会（新進実業家グループ）で、崎陽公同会は旧自由党長崎県支部を母体にした憲政本党の流れをくむ政治団体である。政治団体としては他に憲政党を背景とする立憲政友会長崎市支部があり、長崎実業同志会および長崎実業会と結束して政友派を称しながら市政を左右していた。伊藤博文が三たび結成した新党の立憲政友会は実業界や弁護士など新興ブルジョア階級を基盤としていたが、長崎の政友会支部も同様な構造であった。しかも当時の市県議会に臨む姿勢は日露開戦直後の第九回総選挙前後の国政の縮図でもあった。これは長崎だけに限らないが、地方は中央政界を機軸に展開する時代なのである。忍月はかつて与していた改進党から政友会に属し、早くも三十三年十二月の立憲政友会長崎市支部の創立委員に選出されている。弁護士仲間の則元由庸との交流があったとはいえ、恩師と仰ぐ山田喜之助や地元の領袖である松田正久ら中央の動向に沿った行動といえる。詳しくは後述するが、三十八年九月十二日の日露講和条約反対の長崎市民大会に忍月が発起人のひとりとして立ちあがっていることにも証左される（同年九月十三日『鎮西日報』記事「昨日の市民大会」）。東京では九月五日に日比谷焼打事件に発展したが、山田喜之助が首領のひとりであった。結果は予報に終わったが、九月十五日『鎮西日報』記事「山田喜之助氏の来会」は「来る廿日の当市県大会に特に来会して一場の演説を試むる」と忍月らの支援態勢に触れている。

ところで①第六回市会議員選挙の結果は非政友派の崎陽公同会と長崎商工会の進出が著しく、全体としては政友派が残留議員を合わせ辛うじて市議会を制する程度であった。政友会はやがて長崎市支部を母体に政友会長崎県支部を三十九年十二月九日に結成して挽回に努めようとするが（同年十二月十一日『鎮西日報』記事「政友会長崎支部発会式」）、勢力の衰退は目を覆うばかりであった。

こうした状況であったからこそ、三十八年三月の⑤県会議員の補充選挙では政友会のこだわりが強く、当初から忍月を擁立していた（同年三月十七日『鎮西日報』記事「本市県会議員候補者」および同年三月十九日『東洋日の出新聞』記事「市県会議員候補者」）。この補充選挙は選挙区のひとつである長崎市の人口増に伴って定数が四名から五名に増員されたために、一名を巡って争われた。各政派からの候補者名が当時の各紙に浮上しているが、最後まで残ったのが政友会の忍月と長崎商工会の重藤鶴太郎である。前掲『長崎市制五十年史』は「激烈な競争」であったと記録している。だが日露開戦中という時局から「徒に嫉視反目して狂奔する」選挙を避けようという妥協案が両派に起こり（同年三月二十一日『鎮西日報』記事「当市県議員選挙に就て」）、三月十九日に「抽籤」を荒川義太郎知事宅で行ない、忍月は立候補を辞退することになった（同年三月二十一日『東洋日の出新聞』記事「市選出県会議員候補確定」）。抽籤は忍月の代理則元由庸と、重藤の代理岡野正理とが行なった。共に両政派を代表する市会議員で、弁護士でもある。

忍月は抽籤の行なわれた翌二十日に次のような文書を関係者に配布したという（忍月全集未収録）。

拝呈今回県会議員選挙に付同志諸君の推薦に依り小生其候補者として相立ち各位の御助力を仰ぎ置候重藤鶴太郎君も亦た同候補者として小生と競争場裡に立たれ候小生も男子の面目として大に勝敗を争はんことを期せしに市内有力の紳士諸君より軍国々事の隙市の平和の為め競争を止め双方妥協の議を勧告せられ候に付小生も時局に鑑み終に之に従ひ昨夜抽籤の結果小生は屑く候補を退き重藤君に右地位を譲ること、相成折角過般来御賛同を仰ぎ置き候得共右之次第不慮御了認の上重藤君に御投票なし被下度此段御挨拶労如此に御座候敬具

（三十八年三月二十一日『東洋日の出新聞』）

この辞退文書に込めた忍月の感慨は「屑《いさぎよし》」に象徴されるが、詳しくは後述したい。なお選挙は法令に従って三月二十三日に実施され、総得票数四三〇票のうち重藤は二六二票、忍月は一五七票を獲得し、次点となった。忍月の辞退はすでに周知のことであり、三月二十四日『鎮西日報』記事「本市県会議員選挙」は忍月への投票を「予想外にして又た同氏の人望大なるを知るべし」と報じている。

抽籤による辞退は二年後、四十年九月の⑥県会議員総選挙時に波紋を投げかけた。当時の忍月は「前回の耻辱を雪がざれば止まざるの意地あり」（四十年八月十八日『長崎新聞』記事「政友会候補難」）とか、「政友会にては（中略）補充選挙に失敗したる石橋友吉氏を推す」（同年九月十六日『長崎新聞』記事「長崎市の選挙界」）という下馬評のなかにあったからである。だが忍月は「家事の事情」で辞退している（同年九月十九日『長崎新聞』記事「政友会の無候補者事情」）。この「家事の事情」は詳らかでないが、むしろ政友会内部に原因があったとみてよい。具体的には県会議長の席を死守しようとする内部事情で、政友会の準会員格の神代彦次（のち非政友派に転籍、弁護士）を推薦せざるを得なかったのである。当時、政友会幹部の会合が相次いで開かれていたことは各紙に明らかで、例えば四

十年九月二十二日『鎮西日報』記事「一昨夜の政友会評議委員会」は神代を政友会が推薦するに激しく反対する「一部過激論者」があったと報じている。内部の混迷は明らかだが、この背景には先に触れた①市会議員半数改選時の敗退と、⑤県会議員補充選挙時の抽籤辞退があった。前者に関しては①の後に同盟であった長崎実業同志会が再度の敗退を恐れ、非政友派の紀陽公同会と長崎商工会、そして長崎実業会と妥協する動きに出て、三年後の四十年三月の半数改選時には候補者を事前に協議して選挙に臨んでいたからである（同年二月二十二日『長崎新聞』記事「市会議員選挙如何」）。これでは政友会だけが外されたことになり、⑤の抽籤辞退を背景に新たに「則元市会議長石橋議員等を擁して」四団体協議に対抗しようとする動きが出ていた（四十年三月七日『長崎新聞』記事「政友会の憤怒」）。いずれも政派の利権闘争が根底に根差しているわけだが、四十年九月の⑥県会議員総選挙にもそのまま四団体の協議が継続され（同年九月十二日『長崎新聞』記事「四団体第一回相談会」）、辛うじて九月十三日になって政友会を加えた五団体協議会が成立する始末であった（同年九月十四日『長崎新聞』記事「長崎市の選挙界」）。結果は五団体がそれぞれ一名ずつ立候補者を出し、選挙区定数の五名を共同で推薦するというのである。まさに談合そのものである。だが政友会にとっては忍月の「家事の事情」というさらなる辞退によって体面が救われたことになったようだ。

四十三年三月の②第八回市会議員半数改選時も、まだ四団体の大同団結（四十二年二月二十一日結成の長崎協和会の結束が強く、政友会に不利な状況にあった。だが選出議員数に難点が指摘され（四十三年一月二十九日『長崎新聞』記事「市会議員の選挙」）、また市長の斡旋案や知事の勧告案が飛び出すなかで（同年二月二十七日『長崎新聞』記事「議員改選問題」および同年三月五日『東洋日の出新聞』記事「退任抽籤問題」）、政友会は長崎協和会からの脱退者と三月十六日に長崎中正会を組織し、その上で長崎実業同志会と長崎実業会と共同戦線を張ることに成功した（同年三月十八・十九日『長崎新聞』記事「選挙界の形勢」）。ちなみに中正会の名称は忍月が政友会の首領城野威臣の依頼によって「大中至正」の古語から四年前に選んだという。しかも会則も忍月が起稿し、長崎新報社で印刷していたという

（同年三月十六日『九州日之出新聞』記事「中正会の奸策」）。その中正会は『長崎新報』を舞台に盛んに政見を発表していたようで、同年三月十八日『九州日之出新聞』の記事「中正か中傷か」が中正会に反駁している。ただし会則も政見も『長崎新報』が欠けていて詳しくはわからない。いずれにしてもこの時点で、再び政友派と非政友派との抗争になったわけである。この状況下で任期満了後も続投が有力視されていたのが忍月であった（四十三年三月十九日『長崎新聞』記事「私薦候補者観」および同日『東洋日の出新聞』記事「政友派の候補者」）。だが政友会そのものの非力さから、忍月は立候補を三たび辞退して政友派候補の推薦者に徹した。

②第八回市会議員選挙は長崎の選挙史上で初めての言論戦といわれ、わけても四十三年三月二十六日の非政友派系の『東洋日の出新聞』『九州日之出新聞』『長崎新聞』主催の立会演説会はよく知られている（於榎津町の栄之喜座）。忍月はこの時、政友派の団体代表者として演説をした。三月二十七日『長崎新聞』および同日『長崎新報』の演説大要によると、忍月は政友会の横山前市長（当時は衆議院議員）の功労を具体的に挙げ、非政友派の北川現市長下の当局行政を次のように批判している（忍月全集未収録）。

現当局者の施政は如何在職僅に一年ならずして山林問題を惹起し市民の怨みを買ひたるに拘らず公同商工会員は極力現市当局者の失態を庇護し言を左右に託して有耶無耶の内に葬らんとせしの顕著なる事実を残せり幸ひにし我党議員は常に侃々諤々の硬論を唱へ大に市政の刷新を叫びたるは諸君も亦た知る所なるべし（以下略）

（四十三年三月二十七日『長崎新報』）

この演説は約五十分ほどで、三月二十七日『長崎新聞』は「頗る壮快を極めたり」と好意的に受けとめ、同日『東洋日の出新聞』は「重味ある弁舌を以て其意見を吐露したる」と捉え、また同日『長崎新報』は「拍手喝采裡に降壇したり」と様子を伝えている。当時の長崎地元紙は政友派の『長崎新報』（四十四年三月から『長崎日日新聞』に改称）、非政友派系の『東洋日の出新聞』『長崎新聞』『九州日之出新聞』、そして保守派の『鎮西日報』（四十三年五月廃刊）とに分かれていた。これらのなかで忍月の演説を非政友派系紙が挙って称賛しており、忍月の名声が着実に固まっていたことを証している。

なお②の選挙時に、忍月は三月二十三日に大黒町の大黒座で「驅外道」と題して演説を行なった他（四十三年三月二十五日『長崎新報』記事「三派連合演説会」）、三月二十五日にも大浦の七楽座で「解嘲」と題して行なっている（同年三月二十七日同紙記事「政談演説会」）。一様に港湾埋築事業、中之島埋築地売却、自由倉庫問題、市有林売却問題等に横山前市長がいかに功績を残したかを語っているが、これらの事例は詳しくは後述するように忍月が市議会議員として実際に携わった内容であった。例えば四十二年十月二十三日の市議会で忍月は、港湾埋築事業に関する市費公債の償還改正案に「朝に一本の腕をもがれ、夕に一本の足を斬らるゝをも平然として尚ほ甘んずる程の愚者のみならんや、全会一致を以て本案を否決せんも又た市会の権能を尊重せんがため」といった口調で反論し、修正動議を提出している（四十二年十月二十六日『長崎新報』記事「論議百出の市会」）。忍月の毅然とした態度がいかに地元に密着していたか、こうした弁舌からも窺えよう。

新市制での最初の選挙は大正二年三月の市会議員総選挙であった。これまでの半数改選と異なって立候補者も多く、各紙の伝える選挙状況は以後かなり賑わってくる。こうしたなかで忍月が立候補した選挙は、大正五年九月二十八日の⑦県会議員補欠選挙である。この選挙は前年の総選挙で当選した長崎同志会の神代彦次が詐欺事件に連座して五年七月二十日に議員失格となり、その補充一名を巡って争われた。忍月擁護の政友派幹部には、四十年九月の⑥県議会総選挙時に政友会内部の事情で忍月が神代に立候補を譲った経緯があり、満場一致で推挙するに異議がなかったようだ（大正五年九月十九日『東洋日の出新聞』記事「石橋氏蹶起す」および同日『九州日之出新聞』記事「石橋氏出馬説」）。また当時の非政友派が憲政会長崎支部の結成を目指しており、長崎中正会を支柱とする政友派としては一枚岩で戦う必要があった。

この大正五年九月の⑦県会議員補欠選挙における忍月の運動は忍月の潔癖な性格がよくでている。九月十六日に推薦を受けた忍月は先ず当日、公開演説会や戸別訪問等の「理想選挙を遂行する」旨を表明。また従来とは異なって選挙事務所を特別に設けずに、政友会支部のある長崎日日新聞社内で選挙事務を取り扱うと声明した（同年九月十九日『東洋日の出新聞』記事「石橋氏蹶起す」）。当時の選挙運動は随所に選挙事務所を設けて饗応するのが習慣であったが、忍月は一貫して「言論文章を武器」に戦ったようだ（同年九月二十一日『東洋日の出新聞』記事「県議補欠戦」）。このなかで興味深いのは政友派各団体の推薦状と一緒に、次の自作「自薦状」が有権者に配布されたことである（忍月全集未収録）。

拝呈秋冷の候益々御多祥大賀候不肖儀多年市内諸先輩の驥尾に付し多少の公共的事業に従ひしことはあるも自ら県会国会等の議政壇上に立つの希望は寸毫も無之候ひしに今回計らずも諸先輩の深甚なる推薦を蒙ふり本市選出の県会議員補欠選挙に就き其候補者として諸君の御同情を乞はざるべからざる場合に立至り候而して其対手として戦はざるべからざる人は市内有数の富豪徳島屋の岡部氏に御座候同氏の如き金力豊富なる人と相戦ふは不肖の頗る不利とする所なるも不肖は金力の万能を信ずるものに無之近来金力を過信するの余り社会の風教青年の元気国家の威信日々に堕落するの傾向あるを憤するものに御座候不肖元来微力短才其適材たるを信せずと雖も諸君の扶導啓発を待たば必ず長崎の県市に対し忠実に其職責を尽すべきを誓ひ候諸君幸に不肖をして当選せしめられんことを不堪切望候

早々敬具

大正五年九月二十日　　石橋友吉

追て有権者各位の数約三千五百の多きに達し一々拝謁卑意を述ふるの機を得ず今後公表すべき言論文章等に於て政見御承知被下度候

右引用は五年九月二十日『東洋日の出新聞』に掲載された全文である。選挙に臨む忍月の飾り気のない態度が十分に読み取れよう。また各紙に窺う限り、忍月は九月二十一日から二十六日まで連夜にわたって演説会を催している。その骨子は主に金権体質の選挙批判である。こうした言動が「各方面の智識階級に同情」を呼び「運動員は之が為頓に気勢を添へ各方面で奮闘」することになったようだ（同年九月二十一日『東洋日の出新聞』記事「県議補欠戦」）。選挙前日の九月二十七日『東洋日の出新聞』記事「県議補欠戦」は、資金に頼らない「理想選挙」を行なう忍月の苦闘に法曹界始め有識者の著名人が二十六日に公開状を発表して支援したと報じている。長崎選挙界にあっては「新記録」な出来事だという。その公開状は当時の『長崎日日新聞』が欠けていて確認できないが、忍月の「理想選挙」が知識層に浸透したことは確かである。だがこうした選挙活動は一般有権者にはなじみが薄く、結果として次点に終わった。有権者総数三一六九名中投票総数二〇六一票のうち、忍月は八六四票であった。

なお非政友派系の『長崎新聞』は投票当日の記事「支部形勢定る」で、形勢不利な忍月は当初から「犠牲を以て出馬していたと伝えている。このことは政友派の推薦状（九月二十日『東洋日の出新聞』掲載）に、忍月が「再三再四之（出馬＝引用者）を固辞せられた」とあることに関係するのであろう。政友派幹部はそれにも「関わらず強ひて」擁立したと推薦状に記している。個人の意思を越える政派の動きが、この選挙時に働いていたことになる。とすれば忍月は組織の一員として、また個人が標榜する「理想選挙」の遂行者として活動したわけである。

ところで政友・憲政両派の対立はそのままの状態で、翌大正六年三月の市会議員総選挙、同年四月二十日の⑨第十三回衆議院議員総選挙に突入した。衆議院議員総選挙は長崎市から一名の選出で熾烈を極めた抗争であったという（前掲『長崎市制五十年史』）。憲政派は早々と立候補を立て選挙態勢に入っていたが、政友派の人選は難航したようだ。四月六日の『九州日之出新聞』は長崎新聞社の社長中川観秀が候補に挙がったと伝えているが、憲政派擁護の中川は考えられない。またその後に永見寛二の名も挙がっている。だがこうした時期には、憲政・中立派の二候補はすでに演説会も開いていた。忍月の名が紙上に急浮上したのは四月十四日で、同日『東洋日の出新聞』記事「愈よ鼎立戦」に政友派幹部会が忍月を「一昨夜（中略）候補者に公認」したとあり、また同日『長崎新聞』記事「石橋氏を推す」に「種々銓衡の末石橋友吉氏を推す事となり」とある。やはり当時の『長崎日日新聞』が欠けていて選考過程を窺えないが、右『東洋日の出新聞』に窺う限り四月十二日の政友派幹部会で決定し、翌十三日に選挙事務所を開設したようだ。そして十五日から演説会を各所で行なったが、出遅れは否めなかった。例えば十六日の演説会入場者は七楽座での忍月が約三二〇名、三七三座での憲政派が約八〇〇名、そして稲佐熊本屋等の中立派が約一七〇名である（四月十八日『東洋日の出新聞』記事「県下の逐鹿界」）。また翌十七日には稲佐黄金館等での忍月が約三九〇名、三七三座等での憲政派が約一三〇〇名、八幡座での中立派が約六〇〇名である（四月十九日『東洋日の出新聞』記事「本市の選挙界」）。忍月の形勢が日を増すごと不利な状況になった背景には、後援団体を当初もたなかった中立派に早稲田校友会が支援にまわったこと、また政友派内部に「種々銓衡」の乱れがあったことなどが挙げられる。忍月陣営は十九日になって「清き一票を石橋友吉君に投ぜよ」そして「人格本位の石橋友吉君に投票せよ」と書いたビラを電柱や壁に張ったという（四月二十一日『東洋日の出新聞』記事「昨日の選挙」）。だが結果は政友・憲政両派の間隙に乗じて中立派が当選した。有権者総数二一六六名中投票総数一七九三票のうち、忍月は五四三票で落選であった。

なお六年三月の市会議員総選挙は憲政派の圧勝に終わっていたが、一級選挙の三名が選挙違反に連座して失格となった。そのために翌七年十一月二十六日に③第十回市会議員一級補欠選挙が行なわれた。ただしこの選挙は事前に談合が成立しており（同年十一月六日『東洋日の出新聞』記事「市議補選妥協」）、各派選出の三候補が揃って当選している。政友派の人選はやはり遅れたようで、忍月の名が紙上に出たのは選挙日の四日前である。有権者総数十三名中投票総数七票のなか、忍月は二票を獲得している。この任期は残りの三年である。

忍月はこの市会議員在籍のまま八年九月二十五日の⑧県会議員総選挙に政友会から出馬した。選挙区である長崎市の定数はこの時、六名であった。早くも憲政派から三名の出馬表明があったが、政友派はまたもや遅れをとっていた。政友派としては忍月の他に新人を加えようとしていたらしく、九月十三日になって確定したようだ（九月十四日『東洋日の出新聞』記事「県議選挙近況」）。この選挙経緯は当時の地元紙に欠号が多く詳しくない。わずかに九月二十三日『東洋日の出新聞』記事「本市選挙界」が、忍月には「有力なる参謀」と「老巧の運動者」がいて順当に当選するであろうと予測しているに過ぎない。すでに選挙馴れした忍月陣営ということであろうか。有権者総数三〇四九名中投票総数二三二一票のなか、忍月は四六五票を獲得してトップ当選を飾っている。任期は四年で、この議員時代に後述する〈文士議員〉の異名をとった。

十年三月二十八日の任期満了に伴う④第十一回市会議員総選挙には、二級選挙に出馬している。総定数が四十二名（各級十四名）に増員した選挙で、立候補者数が多く混戦状態であったという（前掲『長崎市制五十年史』）。だが憲政派の優位は動かし難く、二級の有権者総数四八九名中投票総数四四八票のなか、忍月は十五票で次点に終わった。また十二年九月の任期満了に伴う県会議員総選挙時に関しては忍月を扱う資料が見当たらず、忍月にかかわる政友派の動向すら詳らかでない。長崎県議会史編纂委員会編『長崎県議会史』第三巻（昭和四十年三月）には忍月が出馬した形跡はなく、この選挙の特色を「長崎県会議政上の政客が姿を消しており、文士議員石橋友吉、名門五島聡千代、闘将中川観秀（中略）等の歴戦の領袖もその姿を見せない」と締め括っている。

以上、忍月が候補者として、また実際に臨んだ選挙経緯である。他に明治四十四年九月二十日の県会議員選挙に関する政談演説会での演説（同年九月二十二・二十三日『長崎日日新聞』）、大正二年十一月二十七日の市長候補者選定に関する市民大会での宣言（同年十一月二十九日同紙）、同四年三月十六日の第十二回衆議院議員総選挙に関する政談大演説会での演説（同年三月十七・二十三日同紙）などが紙上を賑わし、前掲『長崎県議会史』第三巻が記す「県会議政上の政客」ぶりを発揮している。

それでは議員活動の実際はどうであったか。

長崎の市県議会では常設委員の他、各種委員を選出して懸案に当たっていた。市議会での忍月は当初から常設の学務委員を三十七年四月二十日に、港湾委員を同年十一月二十九日に、監査委員を三十九年一月十九日に選出された他、各議案の審査委員にそのつど付託されている。第一期目の付託委員には先ず港湾埋築地貸渡規則と港湾埋築地売渡規則との改正案の審査委員を三十七年九月二十六日に指名され、同審査委員として原案の借用・売却手続きおよび借地料・売却代金納付規定に字句を修正し、同年十一月十三日の市議会で審査結果を報告している。その上で質疑応答に当たり、討論ののち「両案共に審査決定通り確定」した（同年十一月十五日『鎮西日報』記事「一昨夜の長崎市会」）。この決議に伴って港湾埋築地の貸渡・売渡事故に関する常設の港湾委員が設けられ、先に触れたように忍月が指名された（同年十一月三十日『鎮西日報』記事「長崎市会」）。そして翌年から埋築地貸渡・売渡の議案が上程されるたびに忍月がかかわりをもつようになる。例えば三十八年十月二日の市議会では大波止等の港湾破損に伴って臨時の修繕費追加予算案が上程され、忍月が港湾委員として復旧工事案が出るまでの経過を説明し、激論の末に議決した（同年十月四日『鎮西日報』記事「長崎市会」）。この港湾委員は三十八年十二月九日、三十九年十二月四日にそれぞれ再選されている（長崎市議会編『長崎市議会史』資料編第一巻、平成二年十一月）。

付託委員としては他に市有財産譲与議案の審査委員を三十七年十一月十三日に、三十九年度歳費入出追加予算案（鼠駆除費等）の審査委員を三十九年十月二十五日に、公有水面埋立願（三菱造船所出願）の審査委員を四十年九月十七日に、四十一年度市費歳計予算案等の審査委員を四十一年三月十三日に、四十一年度港湾費歳出追加予算案（道路および溝渠費）の審査委員を同年十一月十一日に、官有里道（県庁舎改築材料置場）継続使用案の審査委員を四十二年三月三日に、市有埋築地市税賦課法案（埋築地住民に対する市税の軽減）の審査委員を同年十月二十三日に、長崎市特別税条例（土地建物所有移転税）存続改正案の審査委員を四十三年二月十八日にそれぞれ指名されている。また二期目には公有水面埋立願（個人）の審査委員を大正七年十二月二日に、七年度市歳入出決算の審査委員を九年二月二十七日に、九年度追加予算案（商業学校教員給料）の審査委員を同年六月十二日に、八年度市歳入出決算の審査委員を十年二月二十三日にそれぞれ指名されている（以上は各紙市議会関係記事、および前掲『長崎市議会史』資料編第二巻による）。

こうした通常の委員活動は各紙および各議会史に窺う限り、それほど波乱に満ちた審議内容でない。だが忍月だけではないが、それぞれの審査結果を報告すると、そこには必ず政派別の質疑応酬が起こっている。その応酬が激しく、かつ市議会を混乱させた議案のうち、忍月が深くかかわったものに自由倉庫問題と市有林売却問題がある。

自由倉庫問題は日露戦争後の貿易興隆に端を発している。長崎にはこれまでにも官営の税関倉庫があったが、貿易の活況に乗じて民営の倉庫会社を設立しようとする機運が起こっていた。長崎自由倉庫株式会社がそれで、政友派の市会議員である永見寛二が設立委員長である。永見は自由倉庫が長崎商工界の発展を目的として設立されるだけに、その公共性を挙げて長崎市に設立費用の利子補給を出願した。この出願が市議会に上程されたのが三十九年十月五日である。市費補給の可否が議案であったが、忍月はこの市議会で「議長（政友会の則元由庸＝引用者）は本案に利害関係あり議長代理（政友派の高見松太郎＝引用者）又た然り其他の議員に於ても尚ほ利害の関係を有するものあれば之等は総て本案の議決に参与すべきこと聊か穏当を欠く」と、審議する議員と同時にそのまま利益を受ける同一議員との矛盾を法令に照らして異議を申立てた（三十九年十月七日『鎮西日報』記事「一昨夜の長崎市会」）。この申立てを巡って市議会が紛糾した。高見は「徒に猜疑的眼光を以て本案を律すべき者に非ざる」と駁し、反政友派の岡野正理も高見意見に賛同するとして「本案議決に対し資格云々は殊更に論及する迄の価値あるものにあらず」と激するなど、政派を越えた舌戦が展開された（右同紙記事）。忍月の意見は少数派で、結局は利益配当不足額を十年間にわたって補給することが強硬採決で決した。

この強硬採決に対して、忍月は「市会の横暴を論じて所謂市紳の体度に及ぶ」と題した論評を十月七日『長崎新報』に掲げ、激しく反撃している。署名は石橋友吉である。忍月は先ず「長崎港の繁栄発展を助長する」ことを目的としており、市費補給に反対でないことを断言する。その上で「議員は一身上の利害に関する議事」を規定する市制第四十三条に照らして、また「議長及び其代理者」をも規定している市制第三十八条に照らして、会社設立にかかわる議員は議決の際に退場するのが適法であると強調した。設立委員三十五名のなかに永見以下九名が市会議員で、そのうち六名が強硬採決した十月五日の市議会に参会していたという。忍月は従って、議決の仕方を難じて「此議決を以て飽まで無効」であると主張したのである。ただしそこに参会していた六名の議員の大半は政友派に属する弁護士であった。そのためにか忍月の結びは「先輩同人の為め」にこうした事態を「惜まざるを得ず」と、議員の「品位」を問題にしている。

忍月の論評に対する反響は大きかった。先ず朋友である議長の則元は「石橋君の市会横暴論を読む」（十月九日『長崎新報』）で、法令の解釈問題を取り上げたあとに「君が平素の徳と学とに依り世人其薫蕕を弁せず」と結ぶ。また非政友派の岡野は「市会の党議を賛して石橋君の所論を駁す」（十月十一日『鎮西日報』、同日『長崎新聞』）で、同様に法令の解釈問題を取り上げたあと、忍月が政友派の推薦で議席を得ているにかかわらずに「公私の区別を為し其主義を確守」していることを揶揄する。当事者以外にも、市政に悪例を残したと難じた太田生「独り市会の問題ならず」（十月十三日『長崎新聞』）なども相次いでいる。総じて法令上の問題と徳義上の問題とに展開しているが、忍月の論評には前者はもとより、議員の「品位」を問題にしていることが注目される。この観点は初期批評から再上京時代の時文にみられる忍月特有の提言である。この意味において一貫性は見いだせる。

忍月の異義申立てと論評とが如上の論議を呼んだわけだが、波紋はなお広がっていた。経緯は省くが、十一月二十二日に市民有志八十二名（市内八十二町総代）が会合をもって「本会は長崎自由倉庫株式会社の成立上最も不穏当の行為ある事を認むるに依り当事者及び其筋に向ひ意見を開陳す」という決議文を声明したのである（十一月二十三日『鎮西日報』記事「上屋倉庫利子補給の反対決議」）。補給反対有志会はその後、荒川知事に陳情する一方、自由倉庫側と「市民の與論に応ずる」よう要望し、たびたび交渉を繰り返すことになった（十二月二日『鎮西日報』、同日『長崎新聞』）。その結果、荒川知事は修正を加えた県参事会の認可を踏まえて十月五日の議決の再議命令を下した。それを受けたのが十二月二十五日の市議会であった。だが審議の仕方が変わるものでなく、忍月は井上英雄議員（政友派）と共に審議途中で逆に退場して閉会に追い込んでいる（十二月二十七日『鎮西日報』および同日『長崎新聞』記事「一昨日の長崎市会」）。当該議案の市議会は採決するに議席数を満たせずに、審議未了となったのである。

自由倉庫問題はその後、横山市長の譴責辞任、荒川知事の再議命令取消し等を経て、四十年三月十六日の市議会で利子補給の追加予算が可決。その上で同年五月に設立された。設立に至るまでには政友派内部の混乱、とりわけ忍月の「品位」への固辞が目立つ。このことは政局的に前述した四団体の結束に繋がり、四十年一月十七日の市議会議長選挙に忍月が落選する原因となり、同年三月の市会議員半数改選時に政友会の混迷と内紛をもたらし、また同年九月の⑥県会議員総選挙時に忍月が辞退する背景にもなった。だが忍月の一貫した態度を支持する政友派幹部のいたことは、先に触れた同年三月七日『長崎新聞』記事「政友会の憤怒」に明らかである。

忍月が市議会において、また別に深くかかわった著名な議案に市有林売却問題がある。これは長崎市が払下げを契約した竹ノ久保の市有林を、払受人が代金を納入する前に伐採したことに端を発していた。前掲『長崎市制五十年史』によれば、四十一年五月二十四日からの『長崎新報』がその伐採を「市当局と払受人とが通謀した結果である」と連日にわたって取り上げ、長崎市民の耳目を聳動させたという。当時の『長崎新報』が欠けていてその記事を窺えないが、どうやら政友派内の新市長・北川信従への反発が背景にあったようだ。

竹ノ久保山林は三十四年八月に国有林の整理に伴って長崎市に払下げられ、市が保存管理をしていた。四十一年三月十三日の市議会に市有林立木売却の議案が上程され、三名の審査委員が付託された（四十一年三月十五日『鎮西日報』記事「一昨日の長崎市会」）。立木の売却が議決したのは四月一日の市議会（四月三日右同紙同記事）で、三日後の四月四日に市当局と払受人の本田資市とが契約を結んでいる。だがあとで判明するが、すでに三月二日に仮契約を結んでおり（六月二十三日右同紙「昨夜の長崎市会」）、市当局と市議会との対立を宿していた。契約内容は五月末日までに代金を完納した上で立木を引き渡すことになっていたが、その際の保証金にも曖昧さがあった（五月二十六日同紙「市有林売却問題（一）」）。ところが払受人の本田は代金未納のまま四月五日に伐採を開始した。この事態を逸早く報じたのが前掲『長崎市制五十年史』の指摘する五月二十四日の『長崎新報』なのだろうが、他紙は五月二十六日から一斉に口火を切っている。大概は伐採がなお継続され搬出売買されているにもかかわらず、市当局が黙認していることの非を責めている。このなかで急先鋒なのが『長崎新報』であったらしく、書記官の吉村憲之（森林看守兼任）が各紙報道後に伐採を確認し、その旨を上司に報告した五月一日付の内申書を五月二十九日に全文を掲載したようだ（五月三十一日『東洋日の出新聞』記事「山林問題真相」）。この『東洋日の出新聞』記事によれば、『長崎新報』の非難の矛先はすでに北川市長の叱責に向けられているという。六月二日『鎮西日報』記事「市有林売却問題（七）」は、『東洋日の出新聞』の指摘を裏づけるように「党派的の問題として敵本主義の攻撃材料とする如き（中略）一二新聞の報道」があると警告している。六月六日『長崎新聞』記事「引責問題の暗流」も同様である。こうした騒然とした状況を前掲『長崎市制五十年史』は「市内は寄ると触ると濫伐問題で持切りの有様となった」と記録している。

売却を議決した市会議員の動きは五月三十日に始まっている。忍月を含む各派の議員有志が挙って北川市長に説明を求めたあと、竹ノ久保に赴いて実地検分を行なった（五月三十一日『鎮西日報』記事「実業会と市有林問題」）。ここで実態を初めて確認したらしく、各派議員がその後に善後策を巡ってたびたび会合を開いている。それでも市長叱責問題が絡んでいる以上、各派の足並みは揃うことがなかった。忍月も六月六日に政友派議員の結集を呼びかけているが、その際、自派にもかかわらず電話をかけまくって同志を集めている（六月七日『東洋日の出新聞』記事「市会議員会合のお流れ」）。それが功を奏して、六月八日には市会議員協議会が発足し、瀆職者の有無を調査する方向に展開した（六月十日『鎮西日報』記事「市会議員協議会」）。また一方、市有林売却問題に関する市民大会も開催される動きがでていた（六月十四日『鎮西日報』記事「市民大会の旗幟」）。

こうしたなかで六月二十二日の市議会が開かれた。質疑の冒頭から非政友派の議員と忍月との鍔ぜり合いがあったと各紙に躍っている。忍月は「猛然として起」って市当局の説明に当たっていた島助役を難詰したという。全体では仮契約時の問題、保証金授受の問題、不法伐採に対する市当局の対応、損害補償の還付等々十一項目に及ぶ内容であった（六月二十三日『鎮西日報』記事「昨夜の長崎市会」および同月二十四日『東洋日の出新聞』記事「一昨夜の市会」）。このなかに市当局者の引責問題があったが、島助役は市長不在につき即答できないと切り返している。結局、この日の市議会では山林問題に関する九名の付託委員を選出して継続審議となった。九名は各派からでていて、忍月もそのひとりである。

この山林問題に関する委員会は頻繁に会合を開いているが、各派からの選出だけに、やはり足並みは揃わなかったようだ（七月十二日『長崎新聞』記事「委員会の真相」）。むしろ与論の硬化の方が強く、市民大会を七月六日に開いて山林事件当局者問責の決議案をだすに至っている（七月七日『鎮西日報』記事「昨日の市民大会」）。委員会はこの動きに押されるかのように、七月十九日に全員一致で監査案を可決した（七月二十一日『鎮西日報』記事「監査決案成る」）。この監査案はかねてから政友派の「河野、石橋氏等の手に成れる草稿」であったというが（七月二十日『長崎新聞』記事「決案か報告か成る」）、その内容は「主として河野石橋等の野心家と之に煽てられたる」議員によって作成された市長・助役の弾劾案であると受け止められていた（七月二十三日『長崎新聞』記事「山林横奪の陰謀」）。弾劾案であることは確かだが、北川市長擁護の『長崎新聞』や反『長崎新報』を打ちだしている『東洋日の出新聞』の記事にはそれなりの意図があったのであろう。

右の監査案は八月一日の市議会に上程された。各派を網羅した委員会が全員一致で可決した内容であり、そのまま本会議においても全員一致で採用される運びになっていた。いわば市長と助役の引責辞任は免れない状況にあったのである。ところが審議直前になって非政友派から弾劾の字句を緩和した修正案がだされた。各派の激しい論戦のなかで、忍月は次のように反駁している（忍月全集未収録）。

北川市長は監査会席上に於て重々悪かつたと謝罪の辞をなせり而して監督の不行届をも弁明したり監査決案に対し何等異議なき筈なるに何ぞ図らん今日各項に付き一々弁駁がましきことを聞かんとは、聊か奇異の感なき能はず

参事会に付議せざりしとは当局者の断言する處なり之を違法と云何の不可かあらん、請負事業にあらず売買なり依而保証人を要せずと云ふ、身元をも調査せずと云ふ、然れども売買契約も現金授受のものならばイザ知らず今回の如き場合保証人を要せずとのことは理由とならず、殊に曩に三千円内外の立木払下に成功したるが故一万五千円の売買にも成功するとは了見が違ふ様なり殊に現市当局者は前当局者の遺口を排斥し徹頭徹尾急激なる改革を施し乍ら独り斯る問題のみに前例を云々するは事可笑し

保証金保管の件曖昧なるは事実なり又た本田の不法を誘致助長したるも事実にして当局者は十五万市民の公益を犠牲に供し一私人の利益に供したるものなり、此修正案の如きはお味方議員が理事者の非法を弁護せんが為めのものなり理事者は実に本田の利益を曲庇したる故意の失態なり

ここに引用した忍月の弁舌は八月二日『鎮西日報』に掲載された全文である。他の議員の発言に比べると簡潔で、

舌鋒が鋭い。この忍月の口吻を、八月三日『長崎新聞』記事「一日の長崎市会」は例によって「血眼となりて哮え狂ひ」と報じている。なお両案の採決について無記名投票と起立採決とが対立した折り、忍月は「傍聴人により意思を束縛せらる、議員は一人もなし斯る言論は議員を侮辱するものなり」と起立採決を求めた。だが多数決で忍月案は否決され、また監査案も否決され、修正案が可決した。[1] 起立採決が否決された時の様子を、八月二日『東洋日の出新聞』記事「昨日の市会」は「石橋河野両議員は狂態の有らん限りを発露し机を叩き床を踏みて」騒いだと報じている。また修正案が可決した後の様子を、八月二日『長崎新聞』記事「市会雑俎」は「石橋忍月先生惟任日向守の最期といふ面持でこのまゝで済まさぬぞと愚痴だら〳〵は諦めの悪い男と思はれた」と報じている。

こうした忍月の言動は右の『長崎新聞』と『東洋日の出新聞』に窺う限り、きわめて感情的な振る舞いに映る。だが忍月の発言は市制第六十四条に照らした職務違背を問題にしているのであって、忍月らが作成したといわれる監査案に歴然としている。こうした態度は二期目の大正十年三月一日の市議会においても確かめられる。この市議会には市会議員選挙人名簿誤記に関する異義申立てが上程されていた。大半が異義不成立を唱えるなか、忍月だけは市制第十四条の賦課額の条項を掲げて多数意見の形式論を駁している（大正十年三月三日『東洋日の出新聞』記事「一昨夜の長崎市会」）。また県議会においても同様で、例えば溝渠上の建物問題が上程された大正十一年十二月十五日の通常県会で、忍月は長崎県の内務部長の答弁に反発して緊急動議をだした。この時「拙者は法律を生命として既に三十年間法律で飯を喰っている者」であることを敢えて発言し、法令に従って動議案を採択させている（前掲『長崎県議会史』第三巻）。政派を越え、ひとつの規範に照らす忍月の言動はやはり一貫したものとして受けとめてよかろう。それは県会議員としての諸活動に多々窺える。

注

（1）市有林売却問題はその後、市長と助役が知事から譴責処分を受け、払受人の本田は訴訟の末に賠償金を支払うことで決着がついた。

三　時事活動

忍月と県政とのかかわりは、前節で触れたように明治三十八年三月の県会議員補充選挙に始まる。この選挙は選挙区のひとつである長崎市の人口増に伴って定数が四名から五名に増員されたために、一名を巡って争われた。忍月の所属する政友会長崎市支部は前年三月の市会議員半数改選時に惨敗を喫しており、その折に二級選挙でトップ当選を果たして脚光を浴びた忍月を早々と擁立して挽回に努めていた（同年三月十七日『鎮西日報』記事「本市県会議員候補者」）。一方、大勝した非政友派は余勢を駆って長崎商工会の気鋭重藤鶴太郎（弁護士）を立てて臨んだ。前掲『長崎市制五十年史』は「激烈な競争」であったと記録している。ところが終盤になって、両派の間に「徒に嫉視反目して狂奔する」選挙運動を避けようという妥協案が持ち上がった（同年三月二十一日『鎮西日報』記事「当市県会議員選挙に就て」）。日露開戦中という時局に配慮しての提案である。忍月はこの提案を当初受け入れなかったというが、投票四日前の三月十九日午後に「俄然一変して重藤氏と双方抽籤することを承諾」し、当夜のうちに代理人を立てて抽籤を行なった。その結果、忍月は立候補を辞退することになり、翌二十日にその旨を文書でもって「各所に配布」し表明したという（同年三月二十一日『東洋日の出新聞』記事「市選出県会議員候補確定」）。

この立候補辞退時の表明文書およびその後の経緯は前節で触れた通りである。本節では忍月の当選がほぼ確実視されていたなかで、急に「小生も時局に鑑み終に之（妥協案＝引用者）に従」ったと明かす辞退の根拠、つまり時局についての忍月の所思をひと先ず考えてみたい。日清戦争時の『夏祓』等で表したナショナリズムの発揚が実際の活動へと具体的に展開しているからである。

日露戦争は三十七年二月十日のロシアに対する戦線布告で始まる。だがすでに二月八日には旅順口港外で交戦状態に入っていた。係争点は日清戦争後におけるロシアの満州進出を機に生じた満韓問題である。ロシアの満州占領が韓国の独立・領土保全を危うくするという日本の認識は、「露国に対する宣戦の詔勅」（本節での引用は外務省編纂『日本外交年表竝主要文書』上巻による、以下「宣戦の詔勅」と略）にも「若シ満洲ニシテ、露国ノ領有ニ帰セン乎、韓国ノ保全ハ、支持スルニ由ナク、極東ノ平和、亦素ヨリ望ムヘカラス」と記されているが、実際は日本が韓国を保護国化しようとする野望に伴う危機感から生じたものであった。

第一次桂太郎内閣は主戦論で沸騰する世論を背景に、議会において多数派の政友会と提携を画策しつつ戦線を広げた。山本四郎『日本政党史（上）』（昭和五十四年五月、教育社）によれば、当時の政友会は「平和維持のためこの問題（緊迫した対露関係＝引用者）を早期に解決し、権利（韓国における日本の優越権＝同）を伸張せしむべし」と主張していたというが、党内の意見は主戦論と慎重論とに二分していた。だが日清戦争時の改進党と同様に政府内の国権派と共に主戦論の指導的立場にたち、日露開戦中においても右主張の「平和維持のため」と「権利を伸張」することとを掲げている。そしてこの二項目が大義名分となって地方の支部にも浸透していった。長崎市支部においても例外ではなかった。

忍月自身に即せば、開戦以来初の陸上戦となった四月二十五日以降の〈鴨緑江渡河作戦〉をさして、時評「時世直言（五）」（「追想録」貼付作品、署名は石橋忍月、忍月全集未収録）が「速かに兵を鴨緑江畔に出すべし（中略）我利益線の退縮を防がん為めなり」と触れている一節は、まさに「権利を伸張」することの恭謙であった。また最も明白なことは、戦後三十八年八月二十九日の日露講和成立を機に講和条約反対の火ぶたが切っておとされたなか、忍月が九月一日『長崎新報』に「屈辱的講和」と題して「戦争をなしたる理由は云ふまでもなく東洋永遠の平和を保ち帝国の利権を確立せしむる為めなり」と断定しているくだりである。尤もこうした名分は、いわゆる「宣戦の詔勅」における「東洋ノ治安ヲ永遠ニ維持シ（中略）永ク帝国ノ安全ヲ将来ニ保障スヘキ事態ヲ確立スル」という文言に準じた内容であって、天皇制を中心にしたナショナリズムの高揚を象徴するに一般であった。忍月の日露戦争に関する所思もこの範疇にあったとみてよい。九月五日の講和条約調印の前日、忍月が再び『長崎新報』に「敢て国民に檄す」と題して次の所信を述べたことにも明らかである（忍月全集未収録）。

吾人が去る一日の紙上にも論じたる如く、吾人は最早心神喪失の常況に在る元老閣臣を相手に何等をも為すを欲せず（中略）国民は陛下の赤子なり、元老閣臣の土偶に非ず、赤子赤誠を籠め、国家の大事を奏上せば、陛下と雖も、御嘉納あるべき筈なり、若し御嘉納の栄を得ざらんか、是れ国民の赤誠未だ徹底せざるに依るならん、

忍月はここに引用した所信に先立ち、右名分に背く講和内容が①韓国における優越権の不徹底、②満州における露国兵の滞留、③沿海州における漁業権の不透明、④東清鉄道（南満鉄）の譲与、⑤ロシアの無賠償無割地という五つの問題を抱えていると指摘している。その上で国民は「陛下の赤子」として「法規に於て許すかぎりの方法を以て、之（講和条約=引用者）を反故と為すことに運動すべし」と檄をとばした。戦勝という国民的矜持を前提に、天皇を仰ぐ国権意識の発揚を求めるナショナリスティックな主張である。

だが忍月のナショナリスティックな主張は「陛下の赤子」という観念世界において盲信的に揚言しているだけではない。日本が初めて当面した本格的な戦争は国民に過度の重税を課したばかりでなく、物価騰貴と不景気をもたらして国民生活を困窮に陥れた。そして何よりも直接戦闘に参加した総兵力が陸軍だけでも一〇八万余という犠牲は未曾有の悲劇に違いなかった。それにもかかわらず圧倒的国民は戦争を一様に支持し、開戦以来の連戦連勝の報

道に歓喜した。亀井俊介『ナショナリズムの文学』（昭和四十六年十月、研究社出版）の評語を借りれば、ナショナリズムの「魔力」に酔った「情熱偏重の傾向」ということになろう。忍月もこの傾向の一斑にあったことは紛れもない。随筆「軍国の新年と梅花」（三十八年一月一日『長崎新報』）の末尾「敢て吾人は今年も更に大に皇軍に幸あらんことを祈り」云々に表白されている。だが忍月は同時に、例えば同じ「軍国の新年と梅花」のなかで「露兵の執拗不屈なる幾たび敗るゝも容易に斃れざる」という実状を認識する醒めた分析力をも兼ね備えていた。これはまた時評「時世直言（二）」にみられるように、「所得税を納むれば随つてそれと同額の付加税（長崎市にては）を徴収せらるゝと同時に、之に準して相当の県税を増徴せらる、豈に苛酷の極に非ずや」と現実の国民生活を認識する醒めた観点と併存していた。これが前掲「屈辱的講和」では、

戦時特別税をして遂に平時永続税となさしむる為め、数多の後家と孤児と新墓とを作る為め、幾多の新華族と幾多の勲章とが雨後の筍の如く続出する為め、愛国心を玩弄して元老閣臣等の基礎を固むる為めに戦ふたりといふの外、戦ふたる意義を見出だすに由なし、

と指摘する実状把握を踏まえた反政府的な軟弱外交批判となる。忍月のナショナリズムには従って、観念上の「陛下の赤子」的共同体意識と国民の現実的な生活意識とが相対的に内在していたことになる。前者はすでに日清戦争前後に顕現していた。また後者は読者の視点から論じてきた批評家忍月の啓蒙的観点であり、処女作『捨小舟』における江沢の河井批判等にも明らかである。

ただしこれらふたつの要件は必ずしも相対的に存在するとは限らない。むしろそれぞれの利害が相容れられず、相克的な存在になる場合もある。忍月が直面した講和問題は、まさに国家と国民との相克の正念場に他ならなかった。だが忍月は惨憺たる国民生活に思いを遣り、「宣戦の詔勅」に示された国体そのものの在り様に言及しなかった。いわば「陛下の赤子」的共同体を観念世界に棚上げにして、相克する要件を直視しなかったのである。理由は

忍月の天皇観にある。忍月は「春不相録」（大正元年八月三日『長崎日日新聞』）や「奉送霊柩之誄」（同年九月十三日『長崎日日新聞』）に明らかなように天皇制を絶対視していた。従ってその「宣戦の詔勅」に背く講和は必至「国家の大事」なのだが、講和を実際に招いた政府の軟弱外交を非難の的にしているのである。このすり替えが自らを国政と連動する政治活動に走らせたひとつの要因であろう。とはいえ、忍月が相対的であることを全く消去したわけでもなく、また忍月自身のなかで相克する場合もあった。こうした忍月のナショナリスティックな言動を確認するに、戦中における本田屋事件への言及が適例かもしれない。

本田屋事件とは長崎市本籠町の雑貨店本田屋が三十七年六月二十一日の夜、暴徒と化した群衆に襲撃された暴動事件をいう。戦前の長崎港はロシア東洋艦隊の冬季避寒の寄港地であった。そのため長崎随一の商店街である本籠町はロシア将兵で賑わい、黄金の雨が降るとさえいわれるほど繁盛していた。このなかで外国人相手の本田屋は、日頃から「露西亜人を上上旦那に立て。売込及び用達を以て格外の利益を貪り。露西亜をば神とも仏とも崇め」ていたという（三十七年六月二十五日『東洋日の出新聞』社説「本田藤三郎の広告拒絶及び説諭顚末」）。また日本の満州侵入の第一歩と称えられた〈鴨緑江渡河作戦〉の九連城占領を祝した五月三日の提灯行列に「店を締めて知らぬ顔をした」ともいう（同年六月二十八日『東洋日の出新聞』社説「本田屋に諭す文」）。こうした挙動が時節柄「露探」（ロシアのスパイ）の嫌疑となって、群衆を煽り立てたようだ。当時の紙上を賑わしていたのは、巡洋艦「吉野」「初瀬」の機雷による沈没（五月十五日）、輸送船「常陸丸」「佐渡丸」の撃沈（六月十五日）という惨事であって、反露感情は高まるばかりであった。忍月も時評「時事雑感（一）」（「追想録」貼付作品）のなかで、これら「国家」の惨事に「心腸も破烈せんばかりに哭慟せり」と憤りを露にしている。だが忍月は同時に「然れども徒らに哭し、徒に歎く」ことを戒めながら、「日本武士道の精華」によって「内国の国民は（中略）後援の事に従ふべし」と訴えている。いわば憤怒に酔いつつ、酔っている者への警醒を同時に醒めながら提言しているのである。この態度はこれまでと変わらない。だがここで留意すべきは、不幸な出来事に直面した国家と国民とを相対化するに、その在り様、生き方の規範を武士道に求めていることである。

本田屋事件への言及も同様であった。「時事雑感（二）」は先ず「国威を発揚して我帝国を世界の一等国に進めんとする時」の問題を掲げながら、同時に「流言飛語を軽信する不沈着不秩序不勤勉不謹慎不克己の愚民」の暴挙を諭している。その上で本田屋が「非常の苦痛と非常の不自由とを忍ばざるべからず」云々と人権問題を絡ませながら、暴挙に及んだ群衆を「大和魂なきものなり真の武士真の紳士にあらざるなり」と批判する。ただしこの警世は「嫌疑の事実確立せざる限り」のことであって、従って「時事雑感（三）」では群衆を取り締まることのできなかった警察当局を法律上の観点から非難することになる。これに対して前掲の六月二十五日『東洋日の出新聞』社説は頭越しに本田屋主人を「国民としての常操常識を欠きたる」者と責め立てつつ、忍月の人権・法律論には「市役所県庁の人々杯は矢張り法学士兼市会議員の肩書有る忍月氏の書きし辺にて一応安心為し居る」と揶揄するにとどまった。忍月はこの後「時事雑感（四）」において、「吾人微なりと雖も筆硯猶健在なり、耿々たる精神と相俟つて、富貴権勢以外に闊歩す」と結んでいる。ここに忍月の自負心と気概とが窺えよう。だがやはり重要なのは、時局に鑑みて愁うる「耿々たる精神」が国威の発揚を掲げ、同時に国民生活の安寧を願っている二重構造の相克を武士道精神に求めていることである。この限りではきわめて伝統的なナショナリストといえる。かくして三十八年三月の県会議員補充選挙立候補辞退にも「耿々たる精神」による武士道的「屑」（抽籤辞退表明文書）が作用していたと考えられるのである。後年においても、「男性美」の題に応じて執筆した「知と勇と節操」（大正九年九月二十日『日本及日本人』）が、そのひとつに「生きて辱められんより死して栄あるに如かずとなすもの」を挙げていることに通じている。

ところで前掲「敢て国民に檄す」（九月四日『長崎新報』）のなかで忍月が主張している「運動」の呼びかけは長

崎市民への煽動なわけだが、この檄文を発表した翌五日にはすでに東京で日比谷焼打事件が発生していた。そしてこれが引き金となって六日には京都、八日には神戸、十一日には大阪、十二日には横浜、二十一日には名古屋等々と講和条約反対の決起大会が全国規模で起こっている。なかには騒擾化する大会もあった。六日に戒厳令が施行されて鎮まった日比谷焼打事件はよく知られているが、そこには忍月が恩師と仰ぐ山田喜之助も主唱者のひとりとして連なっていた。長崎では忍月らの呼びかけで起こる後述の市民・県民大会につき「山田喜之助氏の来会」という記事が三十八年九月十五日『鎮西日報』に載った。確かに山田は同月十五日朝に佐世保に到着し、来崎に備えていた。だが佐世保において臨んだ演説会は禁止され、翌十六日朝に「悄然帰東」したという（九月十七日『東洋日の出新聞』記事「来るや茫然去るや悄然」）。この『東洋日の出新聞』記事にも山田を「石橋友吉の師也」と敢えて触れており、山田の来崎は忍月との関係で持ち上がった予報なのであったろう。それだけに国政と連動する忍月の時事活動には、すでに国政に関与していた山田の来崎が大きな力となるはずであった。

だが忍月が国政に連動している兆しは右檄文「敢て国民に檄す」に表されていた。忍月が檄文を発表した二日前の九月二日には政友会の新総裁西園寺公望が講和条約に関して曖昧な演説をしていたが、その内容を踏まえて檄文冒頭で講和そのものを「最早戦争の継続に耐へざるが如き状態を露出した」と批判しているからである。西園寺の演説は継戦の不利と戦後経営とに向けられていたことは各紙上に窺える内容であった。この背景には桂首相とすでに政権交替を密約していたことが挙げられる。いわゆる桂園時代の幕開けである。だがそれを関知しない政友会員からは演説そのものへの反発が相次いだ。そして総裁の演説を無視して、七日には有志会の名で講和に関する政府の謝罪を求める決議文が党本部に提出された。この間に山田らの日比谷焼打事件が起こったわけだが、こうした動向が長崎市支部においても現実の行動となって表れたのである。すなわち忍月を始め、支部の領袖城野威臣（当時は県会議長）や盟友田中瑞秋、為政虎三（いずれも市会議員）らの政友会からの脱会である。忍月らは「講和問題に対する政友会の態度曖昧なるは西園寺総裁の演説に懲するも明なり（中略）自己の所信に反する」という理由で、八日に「本部に向て脱退の届出」を出したという（三十八年九月九日『鎮西日報』記事「当市政友会員の脱退者」）。忍月は「追想録」に「政友会広島支部解散」や「大阪市民大会」等の各紙記事を貼付しており、各支部の動向を睨み合わせての決断なのであったろう。いずれにしても、ここに国政と連動した忍月の時事活動が実際躬行されたことになる。

忍月らは政友会を脱会した上で、非講和市民大会の開催を九日付で紙上に発表した（三十八年九月十二日『鎮西日報』記事「本日の市民大会」）。そして十二日の開催当日、城野県会議長、則元由庸市会議長、畠山重明長崎弁護士会長らと共に開催委員として事前の協議会（発起人会）に臨み、決議文の草案や桂首相・両院議長等宛の抗議電報案の作成に取り掛かった。市民大会そのものは午後二時、大工町の舞鶴座に五千人を集めて行なわれた。座長の選出後、忍月が「宣戦の詔勅」を捧読し、「屈辱講和を破毀せんことを期す」という決議文および桂首相等への電報文を満場一致で可決し、午後四時に閉会している（九月十三日『鎮西日報』記事「昨日の市民大会」）。可決前に「宣戦の詔勅」を捧読した意味は決議文等に「講和条約は宣戦の詔勅に悖」ることを明示するための根拠づくりであって、きわめて理路整然とした大会であったことを物語っている。なお閉会後の当夜、市民大会開催委員の有志がカルルス温泉で懇親会を開き、県民大会を二十日に開催することを確認し合っている（九月十三日『鎮西日報』記事「有志者懇親会」「県大会」）。

県民大会は二十日の午後一時から同じ舞鶴座で、七千人を集めて催された。冒頭に「君が代」を斉唱した他、座長選出以下のセレモニーは市民大会と変わらない。また県民大会終了後に同じ会場で九州連合大会へと移っているが、このセレモニーも同様であった（九月二十一日『鎮西日報』記事「昨日の非講和大会」）。忍月は連合大会終了後に「内硬外軟」と題して演説をしているが、その内容はあいにく『長崎新報』が欠けていて確かめられない。だが市民大会を含め、いずれの大会も「静粛に終了」（右『鎮西日報』同記事）したというから、忍月が檄文で主張した「法規に於て許すかぎり」の大会であったことは疑いない。かくして長崎においても、民衆の街頭運動としては新しい時代を迎えたことになる。以来長崎では四十年一月二十九日の横山市長留任勧告の市民大会、四十一年七月六日の市有林売却問題に関する市民大会等々、市民大会が頻繁に開かれることになる。

なお東京において『国民新聞』が講和反対の世論に敢然と立ち向かっていたのと同様に、長崎においては『東洋日の出新聞』が「非々講和論」を公然と掲げていた。だが徳富蘇峰が「桂公と予とは、政治的関係に於ては、切っても切れない」（『蘇峰自伝』）関係を背景に国論を喚起していたのに対し、『東洋日の出新聞』社長兼主筆の鈴木力（天眼）はいかなる政府権力にも、いずれの政党にも与せずに、講和を「大陸建国の基礎を得たり」と評価し（九月十三日『東洋日の出新聞』社説「非講和論者と非々講和論者」）、中立的な立場を守っていた。従って忍月らが決起した市民大会を市民の「意志を発表したりや否やは関する所にあらず」と一蹴している（九月十三日『東洋日の出新聞』記事「昨日の長崎市民大会」）。また県民大会と九州連合大会についても「虚称の大会なり」と全面的に否定し、発起人の「城野則元石橋が地盤を作る手段」だと批判している（九月十九日『東洋日の出新聞』社説「当市非講和の立消」）。だがこうした言説も、非講和論が「陛下の立チ場を失はせ奉る仕打で有る」と天皇制を支柱に展開しており（九月十九日『東洋日の出新聞』社説「非非講和談」）、当時にあっては天皇制を中心にした一般的なナショナリズムの風潮のなかにあったとみてよい。天眼は政治的に中立であろうとするために非政友派を固持したのであろうが、国際情勢に対する観察は鋭く、対峙する日本の国体に苦悩していたようだ。忍月が天眼を「長崎に置くは惜しき天材なり」（「時事雑感（四）」）と評価する所以である。

忍月が政友会に復帰した時期は定かでない。自由倉庫問題を審議する市議会が忍月の政派を越えた異議申出によって紛糾していた折、政友会の長崎県支部が三十九年十二月九日に発足した（同年十二月十一日『鎮西日報』記事

「政友会長崎支部発会式」)。政友会の地盤確保と結束とを目的に発足したようだ。正式名称は立憲政友会長崎県支部で、長崎市支部の存廃は不明だが、以来県支部が「長崎支部」の名で呼ばれている。この長崎支部が「則元市会議長石橋議員等を擁し」て、四十年九月の県会議員総選挙に臨もうとした時期があった(四十年三月七日『長崎新聞』記事「政友会の憤怒」)。この後の地元各紙の記事から判断すると、遅くとも右発会式を契機に政友会へ復帰したと思われる。自由倉庫問題が市支部の混乱と内紛をもたらし、早々の決着が待たれていたからでもある。いずれにしても四十年九月の県会議員総選挙以降、各選挙には忍月が政友会の有力候補者として、また政友会の代表応援演説者として登場する。いわば長崎の政界に欠くことのできない、斯界を代表する顔になっていたのである。

だが県会議員選挙にしてもやはり地方選挙であり、選挙の焦点は長崎という地域性に絞られていた。例えば四十四年九月の県会議員総選挙では、選挙区の長崎市において盟友河野源吉の応援に奔走する。この折、九月二十日の浦亀岡座では「口ありて手なき人」と題して演説した。ただし河野が長年市議会で会計監査に従事した実績をつぶさに挙げ、その上で次のように中央政府とのパイプを強調するにとどまった。

長崎市の利害に関する重要問題にして中央部における運動に政友会の力に頼らざるものありしやこれ市民が政友会を蛇蝎視せざる何よりの明かなる証拠なり、

(九月二十二日『長崎日日新聞』記事「政談演説会」、忍月全集未収録)

また九月二十二日の榮之喜座では「自縄自縛」と題して、非政友派の河野批判に「悉く架空の讒誣にして隅々以て自ら其縄を以て自らの身を縛るの愚に陥れり」と反論して「聴衆をして痛快」にさせるにとどまった(九月二十三日『長崎日日新聞』記事「河野派の演説会」、忍月全集未収録)。ところがこの選挙は政友会そのものにとって、第二次西園寺内閣が成立した直後であり、翌年の衆議院議員総選挙を占うに重要な前哨戦であった。しかも当時の景気は依然として不況の慢性化傾向にあり、第二次桂内閣以来の緊縮方針(行政・財政の整理)を実行するにも民意の喚起が必要であった。そのために第二十八議会の開会前、政友会幹部は各府県会議員選挙を目指して各地に大遊説を決行することになる。

長崎には原敬と併称されていた最高幹部の松田正久（佐賀出身）が来県している。七月十八日に先ず島原に到着し、官民合同の歓迎会に臨んだ。この宴会には忍月も城野や則元らと出席しているが、県内有力者が一同に会したことは「島原に於て前例なきこと」という程の歓迎ぶりであった（七月十九日『長崎日日新聞』記事「官民合同歓迎会」）。そして翌日から諫早、長崎、大村、佐世保、平戸等の県内各地を一週間にわたって遊説を続けた。演説内容は主に経済情勢と憲政史上における政友会の位置づけに絞られている。例えば大村において松田は、従来の藩閥内閣に対して「我党は憲法擁護に任じ憲政有終の美を収むるを以て目的とせり」と広言して憚らない（七月二十四日『長崎日日新聞』記事「松田翁と大村」）。忍月はこの間、松田の全行程に同行し、ほとんどの歓迎会に出席している（七月二十一日『長崎日日新聞』記事「松田氏一行来着」、同月二十三日同紙記事「鳳鳴館の歓迎会」、同月二十四日同紙記事「松田氏一行の出発」「官民合同歓迎会」等々）。この同行は忍月に限らない。則元、丸毛兼通、小山悟郎一、佐々野富章らの長崎政友会主要メンバー全てが同様であった。さぞかし松田の護憲ナショナリズムを徹底して拝聴したことであったろう。だがそれにもかかわらず九月の県会議員選挙の応援では前述した通り、地域に密着した目先の利害にこだわる内容に終始した。そして長崎市においては惜敗に終わった。松田の遊説を『東洋日の出新聞』や『長崎新聞』らが地盤拡大の「田舎芝居」と一様に揶揄したことに尽きるのかもしれない。忍月ら幹部は五月十六日に県支部総会を開いて「政党内閣の基礎を固くし以て憲政有終の美果を収むる事」「司法権の独立を期し其制度の改善を図る事」「産業の発達を図り国利民福を増進する事」等を決議したばかりであった（五月十七日『長崎日日新聞』記事「政友会支部大会」）。これらの決議内容が具体的な選挙運動にどれほど反映したか疑わしい。やはり長崎市が商業都市という性格から忍月らの広言が長崎市民に馴染まなかったのかもしれない。だが忍月の政治理念はこうした野鄙な時事活動にとどまらなかった。それはやがて訪れる憲政擁護運動に真骨頂が発揮される。

明治四十五年九月十三日の明治天皇大葬後、第二次西園寺内閣は懸案の行・財政の整理に着手し、国民が待望していた減税案をも提案しようとしていた。だが第三十議会を前に陸軍が二個師団の増設を強硬に要求し、政府方針と対立して政局を紛糾に陥れた。当時のジャーナリズムは各地の商業会議所の増税反対運動を取り上げながら、非特権ブルジョアジー層や都市中間層の知識人、小市民あるいは労働者階級、小作農民ら新しい民衆の政治勢力を背景に反増師論を盛りあげている。この新しい政治勢力はまさに政友会の基盤でもあり、これまでの絶対主義的藩閥官僚による政治構造が揺らぎ出していたのである。政府与党の政友会には各支部から本部激励の電報が相次いでいたという（山本四郎『日本政党史（下）』）。忍月が協議に参加していた長崎支部も十二月一日に総会を開き、「制度整理の目的を完うし偏武的政策の弊を矯め国富の充実を期す」と決議し、本部に電報を送っている（十二月三日『長崎日日新聞』記事「政友会支部総会」）。だが第二次西園寺内閣は十二月五日に余儀なく総辞職し、十二月二十一日に第三次桂内閣が成立した。この交替が契機となって、増師反対論は桂内閣打倒をさす「閥族打破」となり、そのための「憲政擁護」という政治的高揚を来す護憲運動に発展した。ただし当時は擁護すべき憲政が確立していなかったから、憲政獲得というべきであったろう。この点、忍月の対応はどうであったか。それ程厳密に意識していたとは思われないが、それなりに注目できる発言がみられる。

忍月の言動は、先ず大正元年十二月十七日の衆議院議員送別会に窺える。この送別会は永見寛二、則元由庸、帆足隼太郎の長崎県選出の政友会議員三名が第三十議会（大正二年一月二十日開会）の招集に応じて上京する際に催された。このなかの挨拶で則元が「明年度予算を編成せんとするに当たり元老と軍人の威力の為に圧せられた」と第二次西園寺内閣の無念を哀訴した。すると忍月は「深く時局を概して文官任用令の改正殊に陸海軍両大臣に文官を任用するの途を開かざるべからず」云々と諭したという（大正元年十二月十九日『長崎日日新聞』記事「三代議士送別会」、忍月全集未収録）。忍月が説諭すると「活気、堂（会場の精洋亭＝引用者）に充」ちたともあるが、忍月の発言には二つの意味があった。ひとつは西園寺内閣総辞職の直接的な法的原因を指摘していること。もうひとつはこの法的基準をもって国政に当たるべき憲政獲得を主張していることである。前者は増師問題に妥協しない上原勇作陸相が内閣との意見対立を辞職理由に帷幄上奏したことである。帷幄上奏とは明治憲法下で、統帥権の独立していた陸海軍軍令機関が内閣総理大臣の手を経ることなく、天皇に直接上奏することをいう。だが上原陸相は同時に国務大臣でもあり、上原陸相の行為は明らかに違法であった。陸相が仮に武官でなく、文官であれば問題は起こらなかった。ただし法令は第二次山縣有朋内閣が政党の猟官を封じるために、三十二年三月二十八日に文官任用令改正を行なって勅任官の任用資格を制限したままになっていた。忍月の指摘はこの再改正を目途としたもので、政党員の官職登用を開く内容にあった。第三次桂内閣崩壊の後、護憲運動を背景に第一次山本権兵衛内閣が大正二年六月十三日に陸海軍省官制改正を公布して大臣、次官の任用資格に現役の制限を削除した他、同年八月一日には文官任用令改正を公布して特別枠拡大の改定をしている。これらは軍部の政治的特権の一角を崩すことになり、護憲運動最大の実質的成果と評価されている。忍月がこうした改正を歓迎したことは疑いないが、一地方の一政党員の発想としては超抜した指摘であった。そして法改正を主張しながら、憲政の元に政党政治を見据える憲政獲得の態度もきわめて鳥瞰的であった。また一方、時節に呼応して主張する憲政擁護の態度も強い。これは第三十議会における桂首相批判に躍如している。

第三十議会停会開けの大正二年二月五日、護憲を叫ぶ数万の民衆が国会議事堂を包囲するなか、桂首相は護憲派から提出された内閣不信任決議案に対して二回目の停会に踏み切った。そして政友会鎮撫のため、西園寺総裁に「詔勅」を下させた（二月十日『東京朝日新聞』記事「西候参内」）。第三次桂内閣崩壊後の任を政友会に託す詔勅政策であった。西園寺は第三次桂内閣が総辞職する前日の二月九日に参内拝謁して「政局を融和するに其力を效すべし」

という ご沙汰を賜るものの（大正二年二月十一日『長崎日日新聞』記事「優詔降る」）、いわゆる違勅問題を経て、二月二十日に政友会妥協の第一次山本内閣を組閣することになる。

さてそれはさておき、ここでは桂首相が二月五日の議会で公言した「詔勅」について、忍月が「詔勅の弁（桂首相の誣妄）」（二月十・十一日『長崎日日新聞』、忍月全集未収録）と題して直接に批判していることを注目したい。桂首相は停会に際し、元田肇と尾崎行雄による詔勅濫発批判と副署に基づく内閣責任論の質疑に対して「詔勅と勅語とを区別せよ、勅語は　陛下直々のお言葉にして、臣等の副署すべきものでない」と答弁した。この答弁の文言は忍月「詔勅の弁」にあるものだが、各紙の議会記録および二月六日付官報（号外）速記録にも同一主旨の文言で記述されており、答弁内容としては間違いない。当時の憲法五十五条には「国務大臣は天皇を補弼し、その責を任ず。すべて法律、勅令、その他国務に関する詔勅は、国務大臣の副署を要す」とあり、文書による天皇の大権の発動は全て国務大臣の副署を必要としていた。要するに天皇は神聖であり、一切の責任は国務大臣が負うというのが明治憲法の趣旨なのである。ところが前年十二月二十一日の斎藤実海相留任の詔語には副署がなく、護憲派から「非立憲的行動を敢えてせらるるは何事ぞ」（二月六日『東京朝日新聞』記事「不信任決議案提出」）と抗議され、またそれに伴って責任問題が起こっていた。これに対して桂首相は〈勅語と詔勅とは別〉という詭弁を弄して停会にこぎつけたのであった。さてこれに対して忍月「詔勅の弁」は故事、古典の事例を挙げた上で、

議会停会の場合も停会の勅語又は停会の詔勅と言ふは非にして正式にいふときは停会の詔といふべきである、

今回の停会の詔にも官報には「詔書」と記載しありて従来用ひ来りし「勅語」の文字は用ひてない、

と先ず用語の不用意な使用を指摘する。そしてこの偏頗で官憲的な手抜かりがさらに、副署せずに裁可を仰いだことにつながったと指摘する。この非立憲的行為は「敢て責任を負はずといふ」ことの表れだと批判し、

是れ憲法第三条を蔑視するものにして、陛下の神聖を瀆し奉らんとする不忠の罪にあらずして何ぞや、奏請

の有無は末のことなり、問題の根源は責任を負ふや否やに在るのである、と憲法に照らして詰責した。いわば桂首相の非立憲的行為への具体的な非難なのである。また西園寺総裁にもかかる「詔勅」をもたらしたのは「神聖不可侵の君を政治上の渦中に投ぜんとす」る官僚的で小賢しい所為であるとも詔勅政策を責め立てている。いわば議会無視の絶対主義的専制への批判なのである。ここには護憲ナショナリストの面目が躍如しているという他ない。当時の忍月がいかに護憲に立ちあがっていたかは、金谷会同人が忍月の五男公吉誕生に際しての祝言のなかで、忍月の言動を「憲政擁護のために猛然として起ちたる」折と触れていることにも明らかである（三月五日『長崎日日新聞』俳壇欄「日日俳壇」）。こうした態度が憲法発布の長崎における記念市民大会への積極的な参加にもつながり、長崎市民、県民の政治的覚醒を促すに指導的な役割を果たすことになったのであろう。

憲法発布二十五周年の記念市民大会は大正二年二月十一日に榮之喜座で行なわれた。長崎市内の五新聞社（長崎日日新聞、東洋日の出新聞、長崎新聞、九州日之出新聞、長崎民報）が合同で開催したもので、それだけに護憲運動の高まりを誇示する大会となったようだ（二月十三日『長崎日日新聞』記事「憲法発布記念大会」）。忍月は当日、西園寺に詔勅を下した桂首相が「今日尚ほ詔勅を濫請して政友会を攪乱」（二月十三日『東洋日の出新聞』記事「憲法発布廿五年紀念大会」）させ、また「憲法の危機を誘致した」（二月十二日『九州日之出新聞』記事「憲法発布廿五年記念大会」）と時局に関する演説をしている。大体は前出「詔勅の弁」に通じる内容であったろう。

なおこうした市民大会に長崎でも都市中間層の一般市民が加わってきたことは注目される。憲法発布記念大会終了後に、大会に出席していた崎陽青年団員が長崎立憲青年会を組織しているからである（二月十三日『東洋日の出新聞』記事「長崎立憲青年会組織さる」）。新しい動きが確実に胚胎していたのである。こうしたことは長崎に限らない。全国的な護憲運動に共通した現象で、前述したように政党政治を支える新しい政治勢力が胎動していた。だが政党そのものが全国的に組織的な運動を指導することはなかった。指導的役割を演じたのは、地元ジャーナリズムに密着した政党の地方支部であった。この顕著な事例に、長崎においては忍月のナショナリスティックな時事活動を挙げてもさしつかえなかろう。長崎警察署の不法拘禁事件に関する市民大会においても同様であったからである。

不法拘禁事件とは大正元年十二月三十日にひとりの車夫が巡査の誤認で科料五十銭を言い渡され、納付したにもかかわらず翌二年二月二十七日から三月一日まで長崎署に拘禁された事件をいう。長崎弁護士会では三月八日に協議会を開き、忍月ら五名が調査委員に選出され（三月九日『長崎日日新聞』記事「弁護士会協議会」）、諸調査の結果「事実は啻に職権の濫用たるのみならず不法に人の自由を拘束したるもの」という結論を得た（三月二十五日『長崎日日新聞』記事「委員会の意見」）。地元各紙は一様に警察の非を唱え、市内四新聞社（長崎日日新聞、東洋日の出新聞、九州日之出新聞、長崎民報）が合同で三月二十六日に市民大会を開き、警察署長の罷免と長崎県警察界の粛清とを求めた（三月二十七日『長崎日日新聞』記事「長崎市民大会」）。忍月は「場内（大会会場の舞鶴座＝引用者）立錐の余地なきに至れり斯して市民の拍手に要求」されて（三月二十七日『長崎日日新聞』記事「長崎市民大会」、「留置場撤廃論」と題して次のような演説をした（忍月全集未収録）。

吾人は単に一警察官の進退の為に立ちしに非ず之実に人権に関する重大問題なればなり吾人は又営業の自由を有し公害の排除其他警察の欠くる所なき保護の下に安全に営業をなし得可きに関らず彼（警察署長＝引用者）は正に之に反し自ら公害を働きつゝあり斯の如くにして果して社会の秩序を保持し能ふや

右の引用は三月二十八日『長崎日日新聞』記事「覚醒したる市民の声」の一部だが、要するに人権を蹂躙し営業を侵害するような「社会の秩序」であってはならないという主張である。ここには市民が生活を送るに一定の政治的目標が標榜されていた。その目指すものはブルジョア的な市民革命であったろうが、何しろ忍月には天皇制が固定されていて、護憲ナショナリズムにとどまるのである。

ところで前述の憲政発布の記念市民大会（大正二年二月十一日）は、これまでの長崎市民大会にみられない程に聴衆が激昂していたという。東京では前日の二月十日から桂内閣打倒を叫ぶ民衆が国会議事堂を取り囲み、警察との小ぜり合いから大暴動へと発展していた（二月十一日『東京朝日新聞』記事「騎馬巡査の狼藉」）。当局が〈第二の日比谷〉の勃発とも恐れた騒動であった。この騒動は直ぐさま大阪や広島など地方に波及している。長崎にも波紋のように伝わり、市民大会において演説の合間に「東京来電に依る都下の出来事を一々報告した」ことも相俟って聴衆の激昂となったようだ（二月十三日『東洋日の出新聞』記事「憲法発布廿五年紀念大会」）。前掲二月十三日『長崎日日新聞』記事「憲法発布記念大会」には演者が「非立憲的行動を非難するに至るや、聴衆は熱して拍手し、喝采し果ては長崎新聞社焼くべし、鉄拳を観秀の頭上に加ふべし」云々の激語が飛び交ったとある。この「観秀」は長崎新聞社の社長中川観秀で、非政友派の立憲同志会系に属し、市民大会には参加していなかった。そのために非立憲のレッテルが貼られ、長崎新聞社襲撃事件に展開した。二月二十三日の夜、本博多町の長崎新聞社の社屋が「閥族新聞を焼け」「官僚の走狗を殺せ」と叫ぶ二千人ほどの群衆に破壊されたというのである（二月二十五日『長崎日日新聞』記事「長崎新聞襲撃さる」、翌日同紙記事「襲撃事件の原因」、および同月二十五日『長崎新聞』社告等）。

この襲撃事件には後日、忍月が関係することになる。襲撃事件を取材していた各新聞社の記者が群衆を煽動した廉で起訴されたからである。三月二十日の予審で有罪となり（三月二十五日『長崎日日新聞』記事「長崎新聞襲撃事件予審決定」）、四月二十九日からの公判には忍月が長崎日日新聞社記者の平野力松を弁護している。七月二日の第三回公判では、

現今刑法は復讐主義にあらず罪は罪なきを期し人を助けんとするなり一人にても多く犯罪を検挙するよりも一人にても犯罪者を少なからしむるを念とすべし

（七月四日『長崎日日新聞』記事「長崎新聞襲撃事件控訴公判」、忍月全集未収録）

と刑法の根本思想を説き、無罪を訴えた。この時忍月はこの公訴の性質を「彼等（警察＝引用者）が犯罪を作れるものにして桂内閣が日比谷事件以来犯罪波及説を採り普く志士論客を検挙すべき訓令」に基づいていると分析し、警察側の予審調書の曖昧さを指摘している。いわば護憲の確立した国家に相対化する国民の人権、自由を遵守しようとする護憲ナショナリスト忍月の典型的な時事活動なのである。このことはまた、大正四年三月の当選無効訴訟時の弁護にも表れている。同年三月二十五日執行の長崎県郡部の衆議院議員総選挙の折、開票管理者に不正があったというのである（六月二十二日『長崎日日新聞』記事「当選訴訟」）。忍月は則元由庸の代理人として弁護を務め、六月二十九日の勝訴後にこうした不祥事は「憲政の破壊者である、之は鼓を鳴らして責めねばならぬ」と雄叫びを上げて「立憲治下の一民として」問題視しなければならないと主張したという（大正四年七月一日『長崎日日新聞』記事「開票管理者の大失体」）。こうしたことは弁護活動にも同様の時事活動が貫かれている事例である。

それでは県議会における時事に関する言動はどうであったか。県会議員としての忍月の任期は大正八年九月二十五日の総選挙に当選した一期四年間である。『東洋日の出新聞』の県会議事欄「欠席議員」名簿によると、八年十月十五日の臨時県議会以来、都合六回の県議会に全て出席している。この間の議事録は長崎県議会史編纂委員会編『長崎県議会史』全五巻に収録されているが、必ずしも議案審議順には採録されていない。また削除されている項目がある他、八年の臨時県議会のように「会議録その他議会関係書類が入手できなかった」ために『東洋日の出新聞』の記事に依存している場合もある。従って忍月の発言に限ってみても、遺漏は避け難い。例えば八年の通常県議会（会期は十一月十五日〜十二月十三日）で忍月は県道路線認定特別委員のひとりに指名され、その委員長として十二月十二日の本会議で「道路法は県当局の解するが如き狭義のものに非ず即ち委員会は立法の精神を酌み之を広義に解釈して右四線（喜々津停車場線等＝引用者）は同法第十一条第六号に依り認定すべきものなり」云々と委員会での審査を報告している（大正八年十二月十三日『東洋日の出新聞』記事「長崎通常県会（第十五日目）、忍月全集未収録」)。そしてこのあとに質疑応答が展開されているのだが、県道路線認定の審議項目そのものが『長崎県議会史』では欠漏している。そこで地元各紙に照らしながら、一応公式記録としての『長崎県議会史』を基に主な発言を拾ってみることにする(以下、忍月全集未収録)。

先ず大正八年の通常県議会では前述の県道路線認定の委員会報告の他、教育費委員として報告をしている。この質疑応答で、政友派が主唱する大村師範学校建築の費用を審議した十二月十三日に、忍月は師範学校の寄宿舎問題を取り上げて「も少し家庭的に、も少し居は気を移すように」建築することを要望した。校舎建築問題から逸れており、唐突の感は否めない。十二月十四日『東洋日の出新聞』記事「長崎通常県会(第十六日目)」は「篦棒式の要望」と形容している。だが九年の通常県議会(会期は十一月二十二日~十二月二十一日)では長崎警察署の建築を審議した十一月三十日に警察界官紀紊乱問題を質し、併せて留置場を「外人が見ても『日本は文明国で、罪の判明しない被告人は罪人と同様には扱わない』と感心するようにして、一面には人権を尊重して貰いたい」との要望をだしている。人権尊重からの要望は前年に発言した「獄屋生活に等しい」寄宿舎改善要望に通じた内容である。また先に触れた不法拘禁事件における演説「留置場撤廃論」や、長崎新聞社襲撃事件における弁護内容にも通じた時事活動のひとつである。やはり忍月においては一貫した主張に貫かれていたのである。

また九年の通常県議会では温泉公園建設に伴う調査費が審議された十一月二十九日に、忍月は「調査の時代でなく既に実行の時代」であることを主張している。そして当局の遅れを「日は天に冲するのになお提灯を求むる」ようだと揶揄した。県議会におけるこうした比喩や鷹島の元寇史跡保存の要望(十二月十三日)等の言動、あるいは「日日俳壇」で選者になっていたことなどから、当時は「文士議員」の異名で呼ばれていた。議事録に関する呼称は「石橋友吉氏」や「石橋議員」だが、例えば『東洋日の出新聞』が会期中に特設する「県会雑爼」欄などには「元老気取の忍月居士」(十一月三十日付)や、「忍月翁」(十二月十四日付)などの呼称で忍月の動静が伝えられている。

『長崎県議会史』のなかに「文士議員」が登場するのは大正十年の通常県議会（十一月十五日～十二月十三日）からである。衛生費を審議した十一月二十一日の様子を「コレラ予防措置で、法学士で弁護士の文士議員石橋忍月と豪傑藤山警察部長の『法律と人情の論戦』に終始した」と総括している。この審議は県当局がコレラ予防のため十月五日に生果の販売授受を禁止すると公布したことに対して、忍月が「吾々がこの県令の施行を知ったのは六日の午後である（中略）これは一歩誤れば人民の私有財産を蹂躙し、営業の自由を奪うことになる」と批判したことに端を発していた。十一月二十二日『東洋日の出新聞』記事「通常県議会（第五日目）」は忍月の最終質疑を「『大正の聖代は幕府時代の専制政治ではない当局は宜しく大に鑑みる所なかるべからず』と大見得を切つて席に復した」と表現している。毅然としたなかに、市民生活の安寧を願う忍月の政治姿勢がよく表れている。たとえ地方行政にかかわる法令施行の問題にせよ、地方議員のフィールドを越えた「文士議員」の硬軟な態度が法学士の揺るぎない自信を背景に滲みでているのである。

　大正十一年の県議会は臨時県議会（会期は九月二十九日～十月一日）と通常県議会（同十一月二十日～十二月十九日）とがあった。臨時県議会はこの年の四月に府県制が改正され、それに伴う選挙制度を審議した。議論紛々のなか、多数派の政友派が支持する小選挙区制が採決された。忍月は十月一日に「小選挙区制は時代の要求にして制度の改正は時勢の変遷に順応する当然の結果」と発言し、その上で「政治の根底」は「実際に適合」することであると主張している（十月二日『東洋日の出新聞』記事「臨時県会」）。この発言に忍月の政治観が如実にでているといって過言であるまい。また溝渠上の建物撤去問題を審議した十二月十四日の通常県議会で、忍月は県庁内務部長の「法律を知らぬような感じがして甚だ迷惑だ」という答弁に反発して緊急動議をだし、敢えて「拙者は法律を生命として既に三十年間法律で飯を喰つて居る者で『一務部長風情』から侮辱を受けることはない」と発言して動議案を採択させた。法学士としての自負がこれ程強くでている発言は他にみられない。

これら時事に関する言動を総じてみると、議員としての忍月には法学士の気骨が相当に漲っていたことになる。しかも弁護活動においてもそうであったように、また国政に関与した場合もそうであったように、忍月の政治理念は護憲ナショナリズムを基軸に実際に生活を送るひとり一人の市民の安寧に向けられた。ということは議員活動と弁護活動とが法の精神の元に決して離反することのない、忍月の一貫した生きざまの表れなのであったといえる。この点、長崎における文学活動はどうか。

四　随筆と家庭

忍月の長崎時代における文筆活動には随筆や紀行文そして俳句の他、既述の時事評論がある。これまでと大きく異なる点は作品評を基軸とする文学評論がみられず、逆に金谷会・あざみ会同人としての旺盛な句作が目立つことである。政局に絡む時評や随筆類は金沢時代以来のことで、国政にも跨がるスケールとなるが、決して唐突でない。とりわけ時評は前節で確認したように、天皇制を核とするナショナリズムの昂揚に満ちており、時事活動に一貫性をもたらしていた。しかも啓蒙的観点に貫かれており、地域性は剥離し難い内容であった。発表舞台の殆どが『長崎新報』とその後身『長崎日日新聞』とに限られていたことにもよるだろう。またこれら地方紙には忍月の得意とした作品評の掲載欄がなかったために文学評論からなお懸け離れ、逆に地域に密着した時評や俳句結社等の活動につながったとも考えられる。いずれにしても中央文壇との懸隔は否めない。これまでの先行研究が長崎時代にほとんど言及しなかった所以でもある。

だが新局面の史伝や年少時に触れた紀行があり、何よりも家庭人としての忍月を窺うに必須な随筆がある。加えて妻翠の手記「忍月居士追想録」を始めとして、晩年を照らす傍証資料がある。そこで本節は随筆や紀行文に焦点を当てて吟味してみることにする。なお時評に関しては前稿に重複するので、可能な限り省きたい。

平山蘆江の自伝小説『菩薩祭』（昭和十四年一月、岡倉書房）および『長崎物語』（同二十二年八月、民衆社）によれば、着崎早々の忍月を中心にした崎陽文学会が明治三十二年の秋に長崎新報社主催で開かれたという。当時の『長崎新報』が欠けていて詳しい内容はわからないが、右『長崎物語』は「風流人のやうな文人墨客のあつまり」であったと書き記している。この崎陽文学会と「追想録」の貼付作品「命名の議事（其一）～（其四）」（初出未詳、忍月全集未収録）に記されてある「今回同好の士相集まりて文学会を創立」したという耆英会とは別の文学会であったようだ。「命名の議事」は宇宙子の署名で、飲酒談笑の合間に会名が決定する様子と会名由来の説明とを議事録風に綴った雑文である。この貼付作品には忍月の筆遣いと判断される毛筆による字句の訂正と章立ての改変とがみられることから、他の貼付作品と同様に忍月の著作と見做して間違いない。しかも「（其二）」章の文中に同人の一人が会名を巡って「萩の門（忍月＝引用者）君の本会に餞せられたる『五畿八道いざふみ鳴らせ春の駒』にちなみて春駒会と名つけるとかして貰ひたかツた」と発言しており、忍月が与した耆英会であったことがわかる。だが「命名の議事」の発表時期は「追想録」の貼付位置から考えると、その前に貼付されてある随筆「花だより」（署名は萩の門生、初出未詳、忍月全集未収録）の直後と思われる。この時期は「花だより」に関連する手記「萩の門生より」（「追想録」貼付作品、初出未詳、忍月全集未収録）に「長崎に来てから半年になるかならぬかの拙者」とあって、末尾に「四月一日　萩の門生」とあることから、早くとも三十三年四月以降ということになる。とすれば時期的に、崎陽文学会と耆英会とが同一であるとは捉えにくい。だがいずれにしても、後述する金谷会・あざみ会をも含む諸文学会の中心人物として長崎の文学興隆に関与したことは紛れもない。忍月は着崎一ヵ月後に「音楽会、文学会、碁会所等の長崎に皆無なるは市に取りては大なる欠点である」と語ったというが（三十二年七月二十三日『鎮西日報』掲載の文学嗜好生「石橋忍月居士を訪ふ」）、忍月の文名を軽んじる長崎の風土ではなかった。右「石橋忍月居士を訪ふ」の談話のなかで長崎の風土を「吸集主義で愛外旨義《ママ》」と言い当てた忍月は、判事や法学士の石橋友吉ではなく、文名の高さで迎えられていたからである。このことは前節で触れた三十二年六月二十五日『鎮西日報』の「汽車拾遺」欄や同紙七月十五日の「杜鵑一声」欄等に詳しく、また蘆江『唐人船（天の巻）』（大正十五年十月、至玄社）の「石橋忍月の恩ば忘れちゃいかんばい。あの人が長崎に来たについて長崎文学会に火の手があがつたとけんの」という一節に尽きる。こうした出会い、いわば同好の集いへの参加は長崎での居場所を見いだした思いではなかったろうか。少なくとも政界に駆り立てられて「文士議員」の名声を得る素地となったことは間違いない。

では名声はさておき、実作はどうであったか。

着崎後の第一作は随筆「夏の花」である。諸大家合作『銷夏漫筆』（三十二年九月十五日、中学書院）の一篇として、幸田露伴「偶筆八則」や志賀重昂「忘暑録」らと共に収められた。執筆時期の確証を得ないが、四十年一月一日『長崎新報』に載せた随筆「冬の花」と対を成している。花菖蒲、百合、紫陽花、夏菊など、そして柊の花、茶の花、寒梅、山茶花など、夏と冬を彩る花に古歌をもって解説し、それぞれの花に所感を寄せている。例えば夏のこうほね（河骨）に「何時咲き揃ふといふこともなく、花盛りを過ぐして、終に人に知られざるは、姿も心も美はしき貧家の娘の、終に嫁衣装を着けざるに似て哀れなり」と寄せ、また冬の寒菊に「葉の紅葉してうつくしき姿は、赤い手柄の若嫁の何事にも初々しきに似て床し」と寄せるなど、卑近な話題を例示しながら点描している。こうした時節に触れた作品は三十三年の正月から散見する。「光陰は皺なり」「只説録」（いずれも「追想録」貼付作品、初出未詳）あるいは「御代の春」（三十三年一月一日『鎮西日報』）といった元旦にちなむ一連の随筆に始まり、「桜花に対する感想」（四十五年四月二十日『文武』、忍月全集未収録）「龍の賦」「馬之賦」（「緑色スクラップブック」貼付作品、初出未詳）等々と展開する。この間に吟詠紀行や史伝が著わされている。

忍月は三十三年に法律事務所を兼ねて、風頭山麓の伊良林から磨屋町四十一番地（現・長崎市諏訪町八十ノ十番地）

に転居している。[1] 判事を辞めたのが同年一月十七日で（同月十八日付官報第四九六一号）、長崎地方裁判所検事局に弁護士登録をしたのが同年二月九日であることから（同月十七日付官報第四九八六号）、この年の正月には転居していたと思われる。「只説録（其二）」には「本年元旦拙作『三寸舌降七十城、百年百誤八千兵、英雄事業猶如此、只説文章不朽名』といふのを試筆して、床頭に掲げた」とある。この「本年元旦」は同じ章にある「予客秋伊良林に住し」云々の一節から判断して三十三年の元旦ということになる。文筆活動の再開と転職の意を固めた気概とが自作の漢詩を枕もとに掲げさせたのであろう。判事時代は「公用が忙がしくツて兎ても詩集だの歌集だのを読んでゐる暇はない」日々だったというが（三十二年七月二十五日『鎮西日報』掲載の文学嗜好生「石橋忍月居士を訪ふ（つゞき）」）、その判事という「英雄事業」に奉職する煩悶は「只説録（其七）」の「いろ〳〵に思ひみたれて鳴く虫の／露に数そふあさちふの庭」という偶詠に窺える。翠「忍月居士追想録」によれば、この歌を長崎赴任の途次に「さかえゆく末長崎による波と／ともにほまれを君ぞかさねん」と餞行した京都在住の加藤里路（翠の祖父、国学者）へ送ったというから、判事は「ほまれ」を重ねるどころではないという心情を里路に訴えたにちがいない。里路は「聴虫の一首、大に佳なり、唯露を改めて月に作らば則ち更に佳ならん」と返書の末尾に寄せたという（「其七」章）。忍月の苦悶を察したのであろう。この返書によって、忍月のわだかまりが消えたとみてよい。そうでなければ翌年元旦に「説文章不朽名」とはなるまい。また随筆「光陰は皺なり」においても、長男元吉を身籠もっていた翠をさして「此元旦に於ける我草庵は（中略）独り山妻のみは例に依て旧年の渋顔にして新ならず」と内輪のもめごとにも触れるまい。ここには遊び心のゆとりさえ滲みでているからである。翠や満二歳の長女冨美子らは三十二年の秋に金沢を引きあげて伊良林に同居しており、「年の暮は子母銭のめぐり合ふ日なり」とも振り返る忍月なのである（「光陰は皺なり」）。「消夏のよすがにもなりなん」と粘り強く頑に綴る「夏の花」とは執筆態度が異なる。

退官後の執筆態度はそれほどまでに明るく、伸びやかである。桜の名所として知られていた伊良林から螢茶屋

（料亭）に至る中川郷（現・長崎市中川）の観桜記「花だより」には、

伊良林往還の下あたりは例の水車場の所を中心として七分程開き居り候（中略）水車場より少し上手に至れば小川の流れも清く洲や岩の上などにて花を眺め瓢を傾くる風流人も有之曲水の宴をまねひて遊ぶには格好の所に御座候

夫れより螢茶屋の側を過ぎて水源地に至る迄の間山腹又は渓間に桜花三々五々咲き出でその下に子牛の遊べるさま或は何処とは定かならねど鶯のほがらかに聞えるなど誠に家路わするゝばかりに御座候

などとある。あまりにも長閑な風情に「家路わするゝばかりに御座候」といった軽妙洒脱な文言で、束の間の心情を吐露している。判事時代と違う自在で心安らかな生活ぶりが窺えよう。判事時代に住んでいた伊良林に関しても憂さを忘れた表現になっている。先に触れた「只説録（其一）」では「予客秋伊良林に住し、其家を白雲紅葉亭と名く」云々と、また同「（其七）」章では「予客秋伊良林に住し虫声を聴きて一首を得たり、曰く」云々と句作に伴う闊達な回顧談が自儘に続く。だが「只説録」と、「東宮御慶典を挙行せられし今年（中略）旧暦五月五日稿」等の加筆から三十三年六月掲載と推定できる「ノ乀子」とは執筆時間に余裕がなかったためか、再録作品が目立つ。再録の殆どは全集（補巻）の解題に記したように、硬骨な作品が多い金沢時代の焼き直しである。ただし例えば「只説録（其二）」冒頭の「頃ろ笻を郊外に曳きて梅を探り、梅を看ずして帰る、帰来梅を思ひ、梅の美を想ふ」という加筆部分や、「ノ乀子」の序文「今日より以後吾人は時々ノ乀子の名に於て、読者諸子に見ゆることを期す、故に爰にノ乀子の本領抱負を説明して以て少々勿体ぶらんと欲す」という改変部分などの補整によって、初出には窺えない開放的な快活さが新たに備わった。

こうした快活な傾向が一躍するのは戯文調で「講談的小説」と銘打った「七千五百石」（「追想録」、初出未詳、忍月全集未収録）からであろう。この作品は長崎時代に確認できている小説二篇のうちの一篇で、署名が「いしばしにんげつ」となっている。だが「追想録」に貼付されてある切り抜きは、初回掲載の「前口上」と「七千五百石の序」との前書き部分であって、本編を欠いている。ただし「前口上」では、

此「七千五百石」と申しまするは手前が家族の者や同町内の人々を何卒々々といツて我宅に招き集めまして加之にお茶菓子を献しまして嘸かしお聞き辛いことでせうと謝罪ツて聞いて貰ツた講談が即ち其材料で、夫を宅の書生が筆記してゐたのを取上て、いろ〳〵増補訂正潤飾を加へまして一部の小説らしき小説となしたのであります、

と執筆の背景を気さくに述べ、自らの日常さえも伝えている。場所は不明だが、忍月は着崎前日までに「社長某」主催の歓迎会でも講談を披露して「満場耳を傾け」させたというから（三十二年六月二十五日『鎮西日報』記事「忍月の講談」）、趣味としては囲碁と共に講談が得意なのであったろう。また「七千五百石の序」では作品の「材料」が「大久保対川勝奇聞」であることを明かしている。確定はできないが、金沢時代に著した「江戸自慢」を下敷きにしていたのかもしれない。なお「七千五百石の序」の末尾に「モウ二ツ寐れば玉しきの春の園生に御慶事行はせらるゝといふ日萩の門忍月識す」とあり、初回掲載の執筆が三十三年五月八日であったことがわかる。同月十日に皇太子の御成婚式が挙行されたからである。だが御成婚の直前に「うまく行けばお慰み、うまく行かぬもお慰み」（「七千五百石の序」）などと戯れた表現は自作への戯事とはいえ、併記する事自体、公職の身であったなら許されぬことであったろう。磊落としか言い様がない。

快活な執筆態度は弁護士仲間との吟詠紀行「四ツの杖（滝の観音詣で）」（「追想録」貼付作品、初出未詳）にも窺える。貼付裏面の広告から三十四年五月下旬の『長崎新報』に掲載した作品と思われるが、その掲載二週間前の日曜日に「染紺屋町の大本営に馳せ集りたる同志」四名が「中川郷の葉桜などを横に見つゝ」矢上村の滝の観音（長瀧山霊源院、現・長崎市平間町間の瀬）を詣でた折りの紀行である。現在の国道三十四号線にほぼ沿った行程で、険

路で名高い日見峠を越えることになる。当時はすでに新道開削工事が完了しており、日見坂の走破となった。ところが忍月らはこの九十九曲がりの日見坂を麓まで一直線に駆け下りたという。

　　我々健脚家は迂廻の道を成るべく短縮して歩く気短者であるから（中略）急速力を以て間道を下りた、否下りたといふより寧ろ辷り落たといふ方が適当である、

峠の頂きでは「見渡すかぎり青葉若葉の緑わきて遙に網場の浦に連なる様」にうっとりと心を奪われた忍月らである。果敢というよりは、無邪気というべきであろう。その上、矢上村に差しかかると行く手に「なまめかしき女の歌ひ声」に出合い、ためらわずに声を掛ける。だが近場の酌婦であることを見届けると、内心忸怩たるものがあったか、同伴を拒んで先を急ぐ。そして仮に彼女らが「水際立ツてゐる妙齢の女」であったなら「必ず行きも戻りも同伴になりて、拙者の此紀行に幾多の材料を造ツてくれたかも知れぬ」と、屈託のない下心を披瀝する。こうしたエピソードを綴る間に、吟じた句を行程順に収めているのが「四ツの杖」である。

　同じ趣向の紀行に「檜木笠」「続檜木笠」（いずれも「追想録」貼付作品、初出未詳）がある。後者は大阪で開かれていた第五回内国勧業博覧会（三十六年三月一日〜同年七月三十一日）への見学とその帰路における雑詠を、前者はその後に唐津や虹ノ松原等の名勝古跡を探訪した折りの雑詠をそれぞれ収めている。博覧会で評判をとった冷蔵庫や扇風機等の新製品に触れ、

　　冷蔵庫やアメリカの秋ロシヤの冬
　女看守の生際すゞし扇風器《ママ》

などとも詠っている。「女看守」は現在のいわゆるコンパニオンだが、「最も多く客足の停まる所は最も艶なる看守の鎮座まします所なり」と、これまた屈託のない印象を添える。そして「檜木笠」では「夏瘦せぬ男の又も檜木笠」と壮健ぶりを誇り、ひと夏の旺盛な吟行を顕示する。着崎してから四年も経っており、山本健吉「わが家の明治百

年――批評家、高等官試補に失落す」が指摘しているように「忍月の生活が安定」してきたことの表れなのであろう。

ところがほぼ同じ時期の紀行文「久留米の二日」(「追想録」貼付作品、初出未詳)は吟詠を挟む形態は同じでも、快活さだけが目立つわけでない。この作品は第一章で触れたように、三十六年五月一日に訴訟の用件で久留米に赴き、翌二日に湯辺田を訪ねて墓参した折りの紀行である。忍月の出生地は当初、筑後国上妻郡湯辺田村であった。その後、廃藩置県や県統廃合を経て、二十二年四月には町村制の施行に伴って福岡県上妻郡豊岡村大字湯辺田六七六番地、また二十九年四月には郡制の統合に伴って福岡県八女郡豊岡村大字湯辺田六七六番地ノ一となっていた。豊岡の名称は合併した湯辺田村と田本村と本分村との旧三村の境界に広がる「豊かな丘陵」に由来したという(「黒木町史」)。「久留米の二日」の「(其二)」章冒頭の「翌朝(中略)八女郡豊岡村に向ふ」、また「水の芽つむ乙女の歌も聞ゆなり/卯の花白き豊岡の里」の一首はこの変遷時の地名にちなむ。

それはさておき作品内容に従うと、久留米簡易裁判所での用件を終えた忍月は、春の大祭でにぎわう水天宮(現・久留米市瀬下町)を避けて、当時は国幣中社であった高良玉垂宮(現・久留米市御井町)を詣でた。この時、静厳な境内のなかで忍月の脳裏には年少時の体験が蘇ったという。

想ひ起す、廿余年以前、予が東京遊学に上る以前、或は慈母に携へられ、或は阿兄に伴はれ屢々此社に詣でしことあり、二昔以前のおぼろげなる記憶、さま〴〵に喚起せられて、俯仰感懐去る能はず、

月日へておもへばうさも思い出も
　おなじきのふの夢ぞはかなき

忍月の上京が十三年であったことは既述したが、それ以前の生いたちに自らが触れるのは初めてである。もちろん「さま〴〵に喚起」したという「うさ」や「思い出」の実体は明らかでない。実父茂への弔意、義父正蔵(茂の四

弟）への追慕、あるいは養父養元（茂の三弟）への畏敬などであろうか。十二年は長兄近蔵が母フクの実家である田本の中島家に養子入籍し、次兄松次郎が義父正蔵から湯辺田石橋家の家督を相続した年で、代々医を生業とする湯辺田石橋家が医家として解体した年でもある。その解体に至る経過のなかで何が起こったのか詳らかでない。だが医者ではなく、弁護士として生計を立てている忍月が「東京遊学に上る以前」を軽々に思い起こしていたわけではあるまい。忍月の養子先も医家である。東京大学予備門編入時に本黌を選び、第一高等中学校編入時に法科大学政治学科志望コースに在籍して帝国大学進学に備えたのか釈然としない。だが年少時の「俯仰」が、後述するように自家の再興に真摯な態度を取る忍月の性格から考えると、放恣な生活の果てとは思われない。自家の顚末に添っていたことは想像するに難くなく、「感懐去る能はず」という表白には万感の思いが込められていたにちがいない。

湯辺田石橋家にまつわる複雑さは、翌朝に湯辺田まで自転車で向かい、当日の「終列車にて長崎に帰る」までを記した「久留米の二日（其二）」に強く表れている。例えば次の一節である。

湯辺田は八女郡僻在の一寒村なりと雖も、予が三十八年前に於て産声を揚げたる地なるを以て、予に於ては雨につけ風につけ終生忘るゝ能はざる所なり、予の母兄は祖先の墳墓を守りて現に茲に住す、慈母は今朝来鶴首して予の到るを俟ち玉へり、相逢ふて欽然、客冬以来の別後の情を舒ぶるの外別に相語るべきなし、

ことさらに語らふふしはあらねども
　ま見ゆるのみの心なりけり

やがて阿兄と共に閼伽桶、線香など携へて意仙が丘なる祖先の墓に詣づ、

右引用末尾の「意仙が丘なる祖先の墓」は生家から東側に約そ三百メートルほど離れた丘隅にある。曾祖父佐仲に始まり、祖父意仙、実父茂と続いた湯辺田石橋家の墓碑が立ち並ぶ。現在は次兄松次郎の末裔が管理している。松次郎は湯辺田石橋家を相続したものの医業を継がず、製茶業に手を出して失敗を繰り返していた。借金の埋め合わ

せに、二十八年十二月四日には生家の家屋敷や田畑そして山林を田本の中島家に売却している。それらを忍月が三十四年十一月に買い戻し、同月二十九日付で忍月名義に登記移転した（「地籍簿」、以下同）。従って母フクはそれまで、また松次郎が三十三年八月に熊本県球磨郡大村（現・人吉市北泉田町）に転居した後も、他人名義の家に住み、他人名義の田畑で働いていたことになる。誇り高い湯辺田石橋家にあってみれば、戸数五十戸そこそこの小さな村で（『福岡県史資料』第二輯）、肩身の狭い思いで過ごしていたことであろう。それは長崎に住む忍月も同様であったらしく、忍月は「数年以来幾たびとなく帰省」していたという（「（其二）」章）。やはり生家の問題や、一人暮らしの母が胸につかえていたのだろう。ただし松次郎は二年後の三十五年五月二十三日付で湯辺田の生家に戻って来ている（松次郎戸主の除籍簿、以下同）。三十六年五月の「久留米の二日」の時点では松次郎のこの再転居が忍月の心のゆとりをもたらし、墓参後に黒木の祇園神社（黒木町大字上町の素盞鳴神社）にまで足を延ばして小学時代をも回顧させる要因となる。忍月の家族への心遣いは並でなく、敢えて「阿兄と共に」墓参したと記する意味は決して軽くない。

この時期は金沢に住んでいた養父養元が病気を癒し、三十六年六月二十八日に恒例の歌会を主催するまでに快復していた（三十六年七月一日『北国新聞』記事「石橋江南軒の和歌会」）。忍月は翌三十七年正月に年賀の挨拶を兼ねて、加藤里路らと金沢を訪れている。この折りに「今も猶道をとうする君が名を／高角山の月にくらへん」の一首を詠い（三十七年一月十八日『北国新聞』俳壇欄「江南軒正式歌会」）、併せて養元の還暦を祝う詩歌の募集を起案した（同年一月十五日『北国新聞』記事「還暦賀」）。その約一年半後、寄せられた作品を収めて刊行したのが賀歌句集『さゝれいし』（表題）である。四六判の私家版で、内題は「さゝれ石」、奥付には「明治三十八年十月十三日」の発行日と「発行兼編輯者　石橋養元」、および金沢市内の印刷者と印刷所とが記載されてある。冒頭には本居豊頴（御歌所寄人）の序文、続いて養元の写真と挨拶「還暦句寿」、忍月の「例言」（忍月全集未収録）、そして書画等があり、本文一一八頁に和歌、漢詩、俳句等が兼題順に収められている。忍月は「例言」のなかで「四方ノ貴顕紳士大家名彦続々金玉ノ賀吟ヲ恵贈セラレ積テ一千数百ニ及ブ家翁ノ光栄不肖ノ感喜何事カ之ニ加ン依リテ之ヲ屛風ニ帖製シ長ク子孫ニ伝ン」云々と記している。養元の「光栄」と忍月の「感喜」はもとより、寄せられた「一千数百」の賀吟を「子孫ニ伝ン」とする家名の誉れが強調されてある。忍月の求めに応じて金沢に移住した養元であっただけに、その養元との絆の深さが滲み出ており、何よりも家名を強く顕示する賀歌句集となった。とはいえ、忍月の人生態度が身内偏重に陥っているわけではない。

忍月の右「例言」の末尾には執筆時期を示す「明治三十八年八月」の記載がある。この時期の忍月は長崎県議会の補充選挙で立候補を「抽籤」辞退した直後に当たり、日露講和条約への抗議文「屈辱的講和」（三十八年九月一日『長崎新報』）等を発表して非講和の長崎市民大会を主導する直前に当たる。金権政治の是正を「男子の面目」にかけて訴えていたものの、その「男子の面目」を捨てて「抽籤」に臨んだのは日露開戦中という「時局に鑑み」てのことで、徒に狂奔する選挙を避けようという古武士的な人生の規範「屑《いさぎよし》」から発した言動であった（三十八年三月二十一日『東洋日の出新聞』記事「市選出県会議員候補確定」収載の辞退表明文）。国威の発揚を掲げ、同時に市民生活の安寧を求める重層的なナショナリズムの表れであって、かつ人生規範を鮮明に発揮している。非講和の市民大会決行時も同様で、市民は「陛下の赤子」として国家の存立を憂うるが故に、為政者に対して「法規に於て許すかぎりの方法」で抗議し抵抗したのであった（三十八年九月四日『長崎新報』記事「敢て国民に檄す」）。要するに「陛下の赤子」として国威の発揚を責務とする生き方と、石橋家の再興を自らに課して家名を顕示する一市民としての生き方とを撞着せずに実行しているのである。前掲「ノ乀子」の「（一）」章における「時々家庭の厳父ともなり、時々一市一県の争臣ともなり、時々天下国家の忠僕ともなり（中略）是れノ乀子が自らの抱負する所」という明言に証左される。この一節の初出は二十六年十二月四日『北国新聞』掲載の批評「人文子」で、「ノ乀子」と「人文子」の異同はあるが、金沢時代から長崎時代まで一貫した人生態度が確かめられよう。もちろんこの態度の一斑に湯辺田石橋家の複雑さがからんでいたことは否めない。「争臣」「忠僕」は既述の通りだが、ここではもう少し身内との関係を突き詰めて、家庭人としての忍月に着目してみたい。

湯辺田石橋家にまつわる複雑さを背景に、郷里を語り、身内と共に同行したことを述べた作品に、他に「探涼記霧島温泉より」（「緑色スクラップブック」貼付作品、初出未詳）がある。この作品は大正十二年八月一日に湯辺田と田本を訪れ、人吉を経て、霧島温泉に同月三日から十五日まで静養した折りの紀行である。年時の特定は貼付されてある「（第一信）矢部川の鮎狩」の右肩に「大正十二年八月」と毛筆で記されている他、同章の「今年八月一日の午前、予は八女郡豊岡村字湯辺田の一小丘に立つてゐる」という一節による。この「一小丘」は前述の「意仙が丘」である。墓参後に氏神の釜屋神社（湯辺田）に参拝し、やはり「一樹一石総て予の少年時代の思ひ出あらざるなく、感慨無量である」という感想をもらしている（「（第一信）」章）。年少時へのわだかまりは深く、前掲「久留米の二日」同様に折に触れては蘇る思いである。この思いから起生したのが前述の人生態度なのであろうが、これらの紀行文だけでは詳らかに解明できない。もうしばらく忍月の行跡を追ってみたい。

「探涼記」はその後、田本の中島家を訪れて当時の当主勇らと矢部川での豪快な「鮎狩り」を楽しんだ様子を記している。勇の妻スエノ氏（作中の「中島令夫人」）の談話では着崎後に「忍月さんバ夏になるとたびたび鮎狩りにおいでなすった」（昭和五十年五月四日、直話）というから、矢部川における忍月の「鮎狩り」は初めてのことでない。ところが「探涼記」はこの日の「鮎狩り」をことさらに詳述している。何故だろうか。それは長兄近蔵との邂逅があったからに他なるまい。当時は熊本県葦北郡日奈久町（現・八代市日奈久下西町）で温泉旅館「旭館」を営んでいた近蔵が博多での所用を終え、その帰路に福島町（現・八女市）を経て、田本の中島家で遊ぶ忍月を訪ねて来て「嬉しき団欒」を共に過ごしたというのである（「（第二信）」章）。ここで注目されるのが福島町経由の強調と、その後の近蔵との同伴である。

前者から吟味してみよう。中島勇が「鮎狩り」を催すべく「今朝しも在福島の予に電話をかけ」てきたというから、勇は忍月が霧島温泉への途次に福島町に滞在していることを予め知っていたことになる。その滞在に合わせて「鮎狩り」の日時を設定していたのであろう。だが近蔵の場合は、忍月にとって全くの偶然であったという。近蔵は忍月に「会せんが為めに福島町に入り、福島にて予が茲処に行けるを聞」いて追って来たというのである。示し合わせていたわけではない。福島町で所在を確かめた上でのことだった。ということは近蔵も忍月が福島町に居ることを知っていたことになる。博多での所用の折りに長崎へ電話連絡でもしてのことでもあろうが、なぜ福島町だったのであろうか。実は福島町に忍月の持ち家があったのである。忍月が養父養元のために建てた診療所（眼科）を兼ねる邸宅で、養元没後に相続した自宅であった。山本健吉「石橋忍月」（昭和三十九年七月五日『朝日ジャーナル』）は忍月が「生涯借家ずまいだった」と述べているが、それは東京、金沢、長崎でのことで、福島町に歴とした持ち家があったのである。

養元が金沢から福島町に戻って来たのは明治四十年七月で（同四十年六月十九日『北国新聞』記事「石橋養元氏の帰郷」、日付未詳）、翌四十一年三月九日付で福島町大字本町一九四番地（現・八女市大字本町）に転籍し（養元戸主の除籍簿、以下同）、そこに石橋眼科療院を開業した。だが養元は他にも三宅郷と呼ばれる一帯の福島町本町に土地をもっていた。当初の表示は五畝二十六歩の畑で、福島町本町二番地ノ二〇一にあった（「土地登記簿」、以下同）。この土地を養元は金沢に転住する約そ一年前、つまり忍月が金沢で本格的に弁護士を開業しだした二十八年二月二十八日に売却している。年時を照合すると、次兄松次郎の事業失敗が原因していたと思われる。この土地はその後さまざまな転売経過をたどって、四十一年十一月二十四日付で養元名義に取得し登記した。ここに忍月が邸宅を新築したわけである。忍月はこの年の七月三十一日付で田畑と山林とを除き、湯辺田の家屋敷を幼友である隣家の加藤乙吉に譲渡している（「土地登記簿」）。新築の費用や松次郎の負債に当てたのであろう。事業に行き詰まっていた松次郎はその後に大牟田へ転居・転籍し、母フクは大正三年二月二十一日に享年七十七歳で亡くなるまでこの三宅郷の邸宅に住んでいたからである。結局はこの新築でもって実質的に実家の湯辺田石橋家が自壊し、養家の福島石橋家が固定したことになる。翠「忍月居士追想録」は忍月が「養父ませる時母ませるときよくつかへ、まして老いたる慈母をいつくしむことあつかりける」とも書き遺しており、三宅郷への新築一件をとっても、実家と養家とを別け隔てなく大切にした忍月晩年の行跡が証左される。忍月の双肩には、いわば新石橋家の再興が懸かっていたのである。

なお三宅郷の邸宅については前掲の山本健吉「わが家の明治百年——批評家、高等官試補に失落す」が「福島三宅郷の家に遊びに行ったとき」云々と祖父の養元に触れながら、家周りを「門前に門川が流れ、橋を渡って屋敷へ入ると、門川の水を引いた大きな池に大きな鯉が泳いでいた」と回想している。事情は詳らかでないが、翌四十二年十一月十五日付で養元はこの家屋敷を抵当に隣家の木下治郎から借金した。この折りの借用書（八女市立図書館「夢中落花文庫」蔵）には家屋が瓦葺きの木造二階建で、建坪が六十坪七合五勺、二階が三十坪とある。湯辺田の生家ほどの広さではないが、妻スエと次女桃代、三女澤子そして嫂のフクの五人暮らしには十分であったろう。なお養元は四十五年三月二十一日に享年六十八歳で死去し、それに伴って同日付で忍月が家督を相続した。忍月名義の家産登記は大正二年八月二十八日付である。ただしこの時点では、前述の木下治郎からの借金が残っており、木下が代位債権者になっていた。三宅郷の家屋敷が名実共に忍月の所有になるのは、全額を返済した大正七年十月二十九日である（前掲「夢中落花文庫」蔵の忍月宛「貸金受領書」）。従って大正十二年八月の「探涼記」に記されている「在福島の予」は、自宅に居る忍月ということになる。折りに触れては長崎から立ち寄っていたのであろう。次兄松次郎が絡む如上の経緯と、先の中島スエノ氏の「手入れが行き届いた立派な家」という談話（昭和五十年五月四日、直話）とを考え併せると、作中で福島をことさら強調する忍月の自家にこだわる心情には不自然さがみられない。

それにしても、長兄近蔵との思いがけない出会いは忍月を心から喜ばせたようだ。「探涼記」にある大正十二年八月二日の早朝の印象を「黎明の気清く浅霧の瀬の轟くも嬉し」と記している。期せずして身内の眠る寺々を一泊二日で巡拝することになったからである（「（第三信）」章）。先ず二日は福島町の無量壽院、三日は熊本県人吉町の大信寺である。無量壽院（浄土宗、若泰山光明寺、現・八女市大字本町）では忍月が養元没後の大正元年九月二十四日に建てた「石橋氏累代之墓」に養元を展墓する。そして羽犬塚から汽車で八代を経て人吉に入り、旅館「鍋屋」で近蔵が特別に命じた鮎料理を堪能する。翌早朝に大信寺（浄土宗、玉宝山理月院、現・人吉市南泉田町）を訪れ、義父正蔵の墓を詣でる。正蔵は茂が明治元年十一月二十五日に享年三十四歳で亡くなったあと、湯辺田石橋家の当主として忍月ら甥の面倒をみていた。その正蔵を思い起こした忍月らは万謝の思いに駆られ、止むに止まれぬ気持ちで墓参したのであろう。

当初の正蔵相続は壬申戸籍が施行される以前のことで詳しくない。だが施行後の近蔵戸主の戸籍簿には近蔵が「父正蔵長男」とあり、松次郎戸主の戸籍簿には松次郎が「父正蔵次男」とある。またこれらの戸籍簿に実母フクは「父正蔵妻」とあることから、正蔵の家督相続は三人の子のある嫂フクを妻合わせてのことなのであったろう。戸籍上の正蔵は十三年四月十三日付で家督を松次郎に譲ったあと、二十二年三月一日付で再相続し、翌二十三年十月二十日付で退隠して再び松次郎に譲っている。これら相続の繰り返しはひとえに松次郎の事業に絡んでいたようだ。だが正蔵に医業を継いだ形跡は確認できず、人吉での生業も明らかでない。忍月は「多くの希望と前途とを抱いて」人吉で病死したと記しているが（「（第三信）」章）、その「希望」すら明らかでない。戸主松次郎の戸籍簿と大信寺の過去帳によると、近蔵は二十七年七月一日に人吉町五日市（現・人吉市五日町）で亡くなっている。享年四十九歳であった。正蔵の死去に際して、忍月は金沢から弔いに駆けつけている（同年七月二十日『北国新聞』記事「石橋忍月氏の帰省」）。そして「探涼記（第三信）」では、その折りは汽車が人吉までまだ開通していなかったと回想しつつ、さらに年少時に思いを巡らせて「実に感慨無量である」と墓前に額突いたことを記す。かつて「青春の血に燃えし我等」が「既に白頭の人」となった現状からの述懐である。正蔵への追慕は相当に深いものが窺える。共に墓参する長兄近蔵も同様であったろう。

近蔵は十三年四月十三日付で母フクの父中島宗吉の養子として入籍し、十六年十二月四日付で田本中島家を相続した（戸主近蔵の除籍簿、以下同）。湯辺田石橋家の長男が他家に養子縁組することは直ぐさま理解し難いが、この縁組は中島家にも原因があったようだ。田本中島家（上妻郡田本村七十九番地）は代々の庄屋で、神官にも就いた宗吉は十七年四月十一日に享年七十九歳で亡くなっている。だが宗吉の嫡男大助には男子がおらず、大助の四女アサ（明治元年十一月四日生）と妻合わせるべく近蔵を養子に迎えたようだ。アサとの結婚入籍は二十年十一月四日付であるが、長女イキの誕生が入籍前の十九年九月九日でもあるからである。ところが近蔵も製茶業に手を出して失敗し、中島家を追われることになる（同じく中島スエノ氏直話）。アサとの離縁は二十五年九月二十六日付で、アサは大助の長女タケと結婚していた亨の籍に二人の娘を連れて復籍している。亨は近蔵のあとに中島家の当主となっていたからである。だが亨は翌二十六年三月十四日に亡くなる。そこで家督を相続したのが亨の次男勇（十六年三月十三日生）で、忍月を招いて「鮎狩り」を楽しんだと「探涼記」に記された人物である。従って近蔵が末弟の忍月に会うべく田本に訪れても、また元戸主の近蔵を迎えた中島家が「共に晩餐の膳を囲」む団欒も、これまた不自然ではないのである。

近蔵は田本から熊本県葦北郡日奈久村四八七番地に転籍（三十五年五月三十日付）する以前から温泉旅館「旭館」を経営していたようだ。日清戦争後の戦勝ブームに乗って活況を呈していたこともあり、順調な経営を背景に転籍したのであろう。その安定ぶりは次弟松次郎と対照的であった。松次郎の妻リサは湯辺田に住む松次郎と別居して「旭館」で働き、三十八年十一月十三日に近蔵に見守られながら「旭館」で亡くなっている。そして近蔵は松次郎とリサの次男正を養子に迎えて後継者とした。忍月が急逝した直後の大正十五年二月に、忍月の長男元吉が湯辺田の田畑・山林等を抵当に近蔵から一千八百円を借用している。その折りに近蔵はその内の五百円を「友吉（忍月＝引用者）遺族補助金トシテ進呈」し（前掲「夢中落花文庫」蔵の大正十五年六月二日付元吉と翠宛「證」）、しかも残りの返済に関しては養子である正が「私方は何時でもさしつかゑ御座無候」と元吉に書簡を送っている（前掲「夢中落花文庫」蔵の元吉宛正書簡、日付未詳）。翠「忍月居士追想録」には忍月が「二人のはらからを思ふこころはふかかりぞかし」とあるが、互いに深い絆がここにも確認できる。

また翠「忍月居士追想録」によれば、長兄近蔵との仲はことのほか睦まじく、たびたび往来があったようだ。忍月は大正十年あたりから「をり〳〵は手のふしなどいたむことあるにつとめていでゆにゆあみする」ようになり、暑中と寒中休暇を利用して霧島や別府あるいは日奈久などに通ったという。とりわけ日奈久には「ひとりのこのかみませるにあふ事を楽しびとして」行ったとある。「探涼記」の「（第四信）」章から「（第七信）」章までは霧島での温泉紀行だが、近蔵との親密さを考えると日奈久を舞台にした紀行も執筆していたのかもしれない。だが忍月が亡くなる前年の十四年暮れから翌十五年一月八日までを日奈久の「旭館」で過ごしていたというから、忍月にとっては最後の「日奈久のゆあみ」になったわけである。また「忍月居士追想録」には十四年十月七、八、九日の諏訪大祭に、忍月が住んでいた銅座町がくんちの踊り町に当たっていたことから、近蔵を長崎に招いたこともある。

こうした親兄弟への濃やかな思いは、やはり子供らにも向けられている。同じ「忍月居士追想録」には大正十四年八月十六日に諫早の湯江川で子供らと「鮎狩」を楽しんだ様子が記されている。その折り忍月は「つばくらの一つ巣につどふうれしさよ」の一句を詠んだという。この「うれしさ」は六男三女へのそれぞれの「命名の辞」あるいは祝歌等に溢れている（草稿類は石橋忍月文学資料館収蔵）。なかでも振るっているのは明治三十七年五月十一日誕生の次女かつみの「命名の辞」で、命名の語義由来にとどまらずに「かつみは勝身なり、今や征露の役起り（中略）かつみの名を得る」という時局にも言及した内容になっている。しかもこの「命名の辞」は「その父」の署名で紙上にも載せる程の気の入れようであった（「追想録」貼付作品、初出未詳）。また大正二年一月六日誕生の五男公吉の折りも、草稿「命名」の他に「第八児を得たり」と題して「膝下けふ七草の数に揃ふ兒や」の祝句を同年三月五日『長崎日日新聞』の「日日詞壇」欄に忍月署名で載せている（いずれも忍月全集未収録）。後で触れる四男逢吉の折りも同様であった。こうした子供らへの愛情の延長線上に、初の国定教科書問題を取り上げて批判した「瑕疵満面の教科書」（明治四十年四月二・三日『長崎新報』）、「続教科書論」（同月八、九、十日同紙）の発言があったとみてよい。

教科書問題は忍月も「続教科書論（二）」の冒頭で「文部省令第十四号小学校令施行規則（第十六条＝引用者）の所謂第二号表が頗る国語の教育を誤る」と指摘したように、三十三年八月の新定字音仮名遣の実施に端を発していた。国家的課題として表音的字音仮名遣を採用した積極的な改定であったが、中等教育や一般社会を外して小学校教育だけに適応させる内容で、かつ国語かなづかいに踏み込むこともなかった。なかでも漢語の音の書き方、とりわけ忍月が「大反対なり」と唱えた「コーゴーへイカ」「しゅーしん」といった長音符号「ー」の採用には議論が百出した。それでも三十七年四月から使用する第一次国定教科書の尋常小学読本と修身書との編修はこの新定字音仮名遣によっていた（四十二年度まで使用）。忍月はこのうち、長女富美子が携えている教科書でもあったのだろうか、第三学年生用の修身書と第四学年生用の読本と修身書とを対象に右の「第二号表が、如何に国語を破壊し、害を児童に及ぼすか」を引例している。各章冒頭に「児童の父兄は必ず一読せよ／小学校の諸先生にも一見を乞ふ」の一節を掲げるなど、家庭を含む教育現場からの発言が目立つ。この態度は一年後に森鷗外がとる言動に対象的である。右「第二号表」への議論継続中の四十一年五月、文部省が臨時仮名遣調査委員会に字音かなづかいを表音式に改めるなどの折衷案を諮問した折り、委員の一人である鷗外の反論（六月二十六日）が衆目の的となり（同年六月二十七日『読売新聞』論説「森林太郎博士の絶対的反対の長演説ありたり」等）、その上鷗外自身は「僕の一度の演説で、委員会の空気が一変して、根底から覆ってしまった」と大仰に自負したという（小島政二郎『鷗外荷風万太郎』昭和四十年九月、文藝春秋新社）。鷗外「仮名遣意見」（明治四十二年一月、文部大臣官房図書課発行の演説速記録、のち鷗外全集収録）が声高に主張する国語字音への危惧や、密かに秘めるパトリオティーは忍月の教科書論にも窺える。だが忍月の教科書論が中央紙に取り上げられた形跡もなければ、持論を矜持する続稿もみられない。鷗外が歴史的かなづかいの意味や沿革を体系的に説いて反論したのに対して、忍月は家庭を含む教育現場の混乱を収め整えようとしたにとどまるからなのであろうか。いずれにしても中央紙はいざしらず、地方における一知識人の慷慨は「児童の父兄は必ず一読せよ」云々に込めた啓蒙的警醒に、一家庭人としての忍月を際立たせている。

家庭人としての忍月はこれまで瞥見したように、たびたびの「意仙が丘」への墓参と湯辺田石橋家の家産売買、三宅郷への普請、そしてふたりの兄との交らいや子供らへの思い遣りなどに窺える。これらはひとえに明治元年の実父夭折から明治十三年までの湯辺田石橋家の医家としての解体を起点とする自家の縺れが逆に大きな支えとなって生活者としてのポリシー形成につながった結果だと思われる。この背景にはもちろん、幕末期からの旧久留米藩の精神的風土性や幼くから江碕濟の黒木塾で培った漢学の素養があるだろう。あるいは両々相俟ってのことだろうが、家庭が最も安定した長崎時代にあって、具体的な行跡のなかに窺える孝悌である。江湖の青年に早起きの勧めを説いた随筆「朝」（「緑色スクラップブック」貼付作品、初出は大正五年九月『長崎日日新聞』）のなかで、

法律と規則とに囚はれて、機械化し、物質化する低級界に於て、暫くにても太古の気分を味ひ、自家の名誉と富裕とを主観的に意識するを得るは、場所に於ては「深山」、時に於ては「朝」であらねばならぬ。

と、人生を充足するに「自家」を発想の原点とした謂である。この発想と表白に関して、三女かつら誕生（大正七年九月二十九日）の折りに作った漢詩「挙女賦」への江碕評（石橋忍月文学資料館蔵）が「以吾家起以告祖家祉結／章法最老熟不謂君之於漢詩亦到斯妙境」（吾家に起まり、祖先に家祉を告ぐことを結びとし、文章作法最も老熟なり、君の漢詩に於ける力は斯妙境に到れりと謂わざらんや）と言い当てている。筆者が注目したいのは、この「自家」「家祉」の発想が同時に「陛下の赤子」として国威の発揚を責務とする国民としての生き方に同根となって、忍月の一貫した人生態度となったことである。

この態度は例えば、一介の車夫が不法拘禁されたことに「社会の秩序」の健全さを求める弁護活動に表れ、また人権尊重のスタンスを崩すことなく警察界官紀紊乱問題を質す県会議員活動に表れるなど、法統を守るに誠実であった。否それればかりではない。第二次西園寺内閣の総辞職直後に唱導した文官任用令の法改正問題の提起（大正元年十二月十九日『長崎日日新聞』記事「三代議士送別会」）や、第三次桂内閣の絶対主義的な専制政策への批判「詔勅の弁」（大正二年二月十・十一日『長崎日日新聞』）に込めた護憲ナショナリズムの高唱とその後の市民大会の主導などを考慮すると、当時にあってはきわめて斬新な言動でもあった。要するに家庭人として真摯な忍月は社会・国家に関わりつつ、その「国体」（明治三十一年四月五日『新小説』時報欄等）を道義上からも、制度上からも「健全の思想を以て（中略）誘導啓発する」（前掲「ノヘ子」）体現者なのである。こうした体現には相応の軋轢や葛藤を伴っていたわけだが、忍月はこの体現者としての自覚を「楽只庵漫筆（其十四）」（明治四十三年十月二日『長崎新報』）のなかで、次のように「吾人天賦の義務とする」とまで断言した。

人生共同生存の理を自覚し、且つ人間は揺籃の眠より醒めて、棺桶の眠に帰る迄、荊棘の路に不断の奮闘を継続しつゝ、進むべきものであることを、吾れ自らに警告するのである（中略）飽くまでも奮闘し、排斥し、諭示し、指導し、啓発するを以て、吾人天賦の義務とするのである、この気概に日本の近代と共に歩んできた慶応生まれの明治知識人の一典型が確かめられよう。必ずしも一地方の文化人に封じ込めることはできないのである。

注

（1）長男元吉の誕生を記載している除籍簿による。

五　史伝・風俗誌

忍月は長崎を終の栖としただけに、文筆家として「吸集主義で愛外旨《ママ》義」な長崎の風土にたびたび触れている。例えば「只説録（其八）」には「我長崎は古来より商業地であツて、天領地で、外人と交際することが主となツてゐたから、封建の余弊もなく（中略）何人に向ツても圭角なくして相歓愛する」と、また「楽只庵漫筆（其十四）」には「ヤレ中学校敷地問題が何うしたの、ヤレ議員の選挙が何うしたの、と中傷や揚足取りに腐心して、始終小紛争の為めにイガミ合ふてゐる」などとある。これらの大半は身辺に起こった事象を断片的に綴ったものである。だが丸山遊郭の椿事に焦点を絞った「天下の丸山」や「文豪の鞋痕」は鮮やかな手際で商都長崎を紹介し、そこに自らの胸中を自在に開陳している。

「天下の丸山」は明治四十二年六月二十一日から同八月（日付未詳）まで全四十四回にわたって『長崎新報』に連載された丸山遊郭に関する風俗誌である。連載時の『長崎新報』には欠損が多く、全編を通読できるのは石橋家資料の「黄色スクラップブック」（市販物）に貼付された切り抜き作品しかない。この貼付作品には他の貼付作品と違って毛筆による字句の訂正・加筆が全くみられない。そればかりか、珍しくペン書きによる章立ての訂正（初出第「(29)」章の重複を「(30)」章にして、順次「(44)」章まで正している）がある。また署名も丸々子であることから、予てから存疑性の高い作品と捉えられていた。題材がこれまでの忍月の活動に相応しくないという思いもあった。だが「天下の丸山」の次に貼付されてある「執筆中の所感／頼山陽と丸山」および「文豪の鞋痕」と「義久兄弟」も、同じ筆遣いのペン書きで掲載初日の日付がスクラップブック所定の欄内冒頭に記されてある。署名も同じ丸々子で、かつ「文豪の鞋痕」と「義久兄弟」には明らかに忍月の筆遣いと判断される毛筆による字句の訂正がある。内容は「義久兄弟」は別だが、「天下の丸山」は頼山陽が丸山で「紅筆の代用書きをなさしたとやらの曰く因縁」、「執筆中の所感／頼山陽と丸山」は山陽が「花月に客寓して紅筆の代用書迄をなせしや否や」、「文豪の鞋痕」は山陽が九州遊歴の途次に「花月楼の帳場に紅筆の代用書きをなしたであらうか」と巷説への疑義を一貫して掲げ、三作目の「文豪の鞋痕」で風評を打ち消す一連の体裁をとっている。そして何よりも「黄色スクラップブック」の前見返しの表に「此スクラップ、ブックは萩の門忍月先生没後翠子女史より、かたみとして頂きましたもの」という石橋令吉（忍月次男）宛の貼り紙がある。翠が幸静旭に忍月の「かたみ」として贈ったという。形見というからには、忍月ゆかりの作品に違いあるまい。これらのことから、以上の四貼付作品は忍月の著作と見做して間違いないと判断した。

「天下の丸山」はその執筆意図を第「(1)」章で、「丸山の故事《ふるごと》共しらべ、立兵庫《たてひょうご》の昔を偲ぶも亦た五月雨のうさばらしとして一興ではあるまいか」と明かしている。この意図に沿って先ずは、長崎における傾城町である丸山の縁起を書き起こす（「(2)」～「(6)」章）。次いで名妓音羽の薄幸な運命（「(7)」～「(9)」章）と俠客五郎平の一貫した男気（「(13)」～「(21)」章）などの「故事」に触れて、粋な丸山気質の「立兵庫」ぶりを縦横に回顧する。忍月は丸山気質が「意地と張りとの伊達引」にあったとして、その意気地が「一脈の春風を酒座に花咲してゐた」と汲み取っている。その上で丸山独特の出島洋館・唐舘通いの遊女（「(22)」～「(25)」章）、その玉代を取り立てる会所貿易の仕組み（「(27)」～「(28)」章）、それでも年季証文に封じ込められる遊女と丸山風俗の変遷（「(29)」～「(36)」章）を綴り、

イクラ之（格式＝引用者）を鼻にした処が高が遊女屋である、美くしき女の節操を破らして飯を食はふと云ふ残酷な人の住家である、黄金花降る歌舞の菩薩の巷であるかはりに人食ふ鬼の住む巌窟でもある、寧ろ人道の上より云ったら其の罪業は甚だ深いのである、

と中締めをする。この間に差別的な表現がいくつかみられるが、総じて「今も昔も長崎の風俗は余り感心したものでない」といった批判的な見解を随所に差し挟んでいる。前節で触れた「健全の思想を以て（中略）誘導啓発する」体現者としての自覚の表れとみてよい。だが丸山の風俗に批判的であろうとも、それほど頑ではなく、感興の赴くままに綴る態度は一貫している。例えば坂本龍馬をして丸山気質を賞賛させたエピソード（「(33)」章）や、諏訪神事における奉納踊りの「故事」と「立兵庫」ぶり（「(37)」～「(43)」章）などを語る縦横な筆法である。何しろ龍馬のエピソードに関しては「記者（忍月＝引用者）は其概略を物したこともあれば古い手帳より抜萃すること、せん」と、俠客五郎平の男気を語るときと同様に「一片の小説」（「(13)」章）を執筆するに変わらない態度である。また遊女町が奉納踊りの先頭を勤める寛永年間からの習わしを、『諏訪祭礼提要』や『紀陽雑記』などにある史実を踏まえつつも、高尾と音羽の故事から「遊女屋風情の者でも敬神の真心は武士に変らぬことを立證せしめる様なものであつた」と所懐の一端を述べる。これらは時空を越えた「一片の小説」の発想である。史実そのままの記載にならないのは執筆意図に明らかで、主意は丸山風俗に触れる忍月の詩情であった。ここに本篇の特色がある。型通りの考証随筆に陥らずに「うさばらしとして一興ではあるまいか」と軽妙さを保った狙いは、自らの頼山陽像の造形にあったと思われる。第「(31)」章末尾でも「山陽と花月のことに就ては後世訛伝多く（中略）調べた丈けを紹介する積り」と、後日に期すべき宿望を重ねているからである。

「文豪の鞋痕」は明治四十二年八月二十日から同年十月二十三日まで全五十一回にわたって『長崎新報』に連載された頼山陽の史伝である。この作品も『長崎新報』に欠損が多く、全篇の通読は「黄色スクラップブック」の貼付作品によるしかない。忍月は「文豪の鞋痕」を連載する三日前の八月十七日『長崎新報』に随筆「執筆中の所感／頼山陽と丸山」を発表し、「予は（中略）山陽頼襄氏の長崎漫遊中の記録を物しやうと思ひ立ち目下各方面に材料を蒐めて執筆の最中なり」と近況に触れていた。それによると「文豪の鞋痕」の執筆意図は、文政元年三月からほぼ一年間の九州遊歴に出た山陽の長崎滞留（九十三日間）における行状、とりわけ丸山の妓楼引田屋の離れとして新築されたばかりの茶屋花月に山陽が客寓して傾城の代筆等をしたという巷説について、その疑義を質そうということにある。前作「天下の丸山」からの腹案が「文豪の鞋痕」として著される背景である。だが全五十一章の「文豪の鞋痕」のうち長崎滞留に直接触れているのは八章（「(14)」〜「(21)」章）であって、全体の二割に充たない。この意味ではむしろ九州遊歴中の吟詩「西遊稿」を基にした行状記といえる。ただし忍月は第「(2)」章に「頼山陽と丸山に付き調べた丈のことを物し」てみようという意図を重ねて明記している。そしてこの意図を全うすべく、前半では遊歴に至るまでの性状（「(3)」〜「(11)」章）、後半では長崎以外の遊歴（「(12)(13)(22)〜(48)」章）に触れ、長崎滞留を中心にする一篇の〈史伝〉としての体裁を整えている。もちろん〈史伝〉そのものの概念は曖昧である。山陽の全生涯を史実に基づいて〈伝記〉として綴っているわけではなく、忍月の詩情の赴くままに山陽の性状を一時期の吟詩に沿いながら綴っていることで〈史伝〉として捉えた。次作「義久兄弟」も同様に「頃日の史癖は遂に我をして此に薩摩史蹟を掲げ」たという忍月の内心に着目して〈史伝〉として括った。

さて「文豪の鞋痕」に描かれた山陽像はどのようなものであったか。忍月は先ず山陽が『日本外史』完成への意欲を吐露した旧師築山奉盈宛の書簡、すなわち菅茶山の廉塾からの退去を画策した文化七年七月二十六日付の書簡に「奉公の一義」という山陽の「衷情」を見定める（「(1)」章）。この「奉公」は藩侯に対する〈忠〉でなく、天子に捧ぐ「奉親」の〈孝〉であった。武家政治の極盛時代にあって天皇親政を提唱する『日本外史』を、忍月が「我国体に関する主張」と捉える根拠となる。従って山陽を「王室の式微を嘆つた勤王の士」と断言する（「(2)」章）。いわば忍月自らのナショナリスティックな態度に同調する山陽像なのである。山陽へのこだわりはここにあった。

忍月にとってはそれだけに、長崎滞留中に起こしたという風聞に疑問を挟むのが必定となる。ただし他にみられない程の長きにわたる滞留期間については、来泊中の中国人を始めとする外国人との交わりのためであって、全く不自然ではないと首肯する。確かに「(18)」章で触れているように、当時の漢学者の風習としては長崎に遊び、長崎で「清人と交りを結ぶを以て非常の名誉とし将た誇りとした」時代であり、当然の行程といえる。だが忍月は山陽が遊蕩児であったことを否定しない。右の目的以外に「他の半面は長崎女を観るべく来たものではなかろう、呵々」と豪快さにも魅了される（「(14)」章）。この「他の半面」は「精神病者に等し」という生来の気鬱病によるもので、「狂人じみた気振り」にもつながったと受け取っている（「(3)(4)」章）。その上で竹原出奔、廃嫡、離縁、幽居そして数々の遊蕩に触れる（「(4)～(11)」章）。この間、森田思軒『頼山陽及其時代』（明治三十一年五月、民友社）や木崎好尚『家庭の頼山陽』（同三十八年六月、金港堂）等の先行文献を引例するが、それらには拘泥されない。例えば竹原出奔を「無邪気な落人もあればあるものなり」と、また廃嫡を「驥足を伸すべき自由の天地に逍遙し得べきことを内心私かに喜んだ」などと思いのままに筆を運んでいる。そして「此の豪放不羈な横紙破りの男も女にかけては仲々隅に置けぬ男であつた」ことを包み隠さない。むしろ「妖気氛々たる花の香に酔ふ痴蝶の群たるに甘んじて居た」と、進んで「常人と趣を異にした」性状を説き明かす。汚名を取り除こうとする山陽崇拝者とは違う。狙いが長崎滞留中の山陽についての疑問を先ず掲げることにあったからだろう。

山陽は「酔客」となって下関から小倉、博多、佐賀を経て大村湾を船で渡りながら長崎に入った。それまでの経過を例えば下関では「赤関酔歌」を基に「自由気壗に好いた女も買へると云ふ始末なり、例の自然主義も此に至りグッと瘤飲を下たことであらう」と行状を捉えるなど、各所での「放逸な旅」に触れている（「(12)～(14)」章）。だが長崎では先ず葉子韶の別荘松窓（友人武元登々庵の旧寓）を寓居とした旨の「松窓記」と、ここを舞台に日夜文人墨客と会して風流韻事を談じたことを詠った「僦居五首」とに基づいて、山陽が「遊女屋の寄食人たるに甘んずるの理由あらんや」と花月での食客を否定する（「(15)」章）。また高木機齋（長崎代官）の超然楼に招かれて作った「超然楼記」に基づいて、山陽が「花月の帳場にかしこまつた理由がない」と花月での代筆を否定する（「(16)」章）。ただし山陽が「花月に遊びしは事実なり」と遊蕩に関しては否定しない。事実だからこそ、丸山の妓楼に山陽の筆蹟が残っているという風聞につながると説く（「(16)」章）。具体的には唐通事として知られる潁川家の丸山別荘に招かれて寄寓していた折りに詠んだ「山荘暫寄読書㯮、下視青楼連画甍／庭樹欠辺燈点点、夜深猶有按歌声」の結句に注目し、

　夜の更けゆくと共に、嬌舌淫声、遊心徐《そゞ》ろに動く、況んや頼氏又た此道かけては人に後れをとらぬ斯道の剛の者、いかで心の駒の狂ひの手綱引きしめ「孤衾如水已三年」を極め込まるべき、情意動けば彼れや花月に痛飲夜を深し、更に引田屋の蘭燈影淡き所、艶容の花を手折り、酔ふては墨痕淋璃、或は書き或は画き、興趣の尽る所を知らなかつたのである、其花山帳に艶名を歌はれ、年季證文により帳場と疑はれしも蓋し酔後に於ける彼人の悪戯書きが遂に後世訛伝を流布し剰《あまつさ》ゑ歴史の事情に闇きの徒が潁川氏の別荘と花月とを混交して彼を誤り伝ふるに至りしものとす、

と説き明かす（「(17)」章）。いわば興趣の余りの「悪戯書き」だというのである。右引用にある句「孤衾如水已三年」は、土地の者から旅寓の慰めに芸妓袖笑（山陽が予てから唱和を願っていた江芸閣の狎妓）を案内された折りに作った一絶の結句である。忍月は孤閨を守るりえ夫人にこの「詩を示して解嘲に代ゆるの必要あらんや」と揶揄している。とはいえ長崎において、その風俗人情を知悉し、居留の外国人との交流を通して「飲んでは賦し、賦して

は飲」む豪放不羈な性状に「山陽の詩魂」が働いたという評価を惜しまない。そして結果としての訛伝は「牽強附会も亦た甚し」と退けるのである。

「文豪の鞋痕」はこのように事実に固執することなく、忍月自らの詩情に沿って山陽の性状を描いている。これは山陽に対する前述のこだわりがなせる作業であって、史実討究の作業とは異なる。この後、忍月は「西遊稿」に添いながら熊本、薩摩、川内等々の九州遊歴を追うが、途中の第「(27)」章から「(32)」章まではその遊歴の地に繰り広げられた豊臣秀吉の九州征伐が語られる。山陽の遊歴を離れるのは「石曼子行」や「後兵児謡」等への反発で、島津氏の敗退を山陽が「故雖鋭於進而有時不恥於退」などと詠ったことに「吾人の全然推服し能はざるものある」からだという。忍月は島津氏の敗退を「徐ろ同情の念を禁ずること能はず」と底意から主張している。いわば「剛き許りが武士にあらじ」という古武士的な持説「屑」を表出するための挿入なのである。山陽と忍月の「薩摩の土風」観はともあれ、こうした縦横な筆法こそが当時にあって新しい試みではなかったろうか。少なくとも自然主義が喧伝されていた中央文壇には窺えない自在な筆法である。そして特色のもう一つに、漢語を駆使した硬質な文体がある。ここには一地方においても強く「国体」を標榜する気骨と、自らの感興を語る奔放さとが溢れている。忍月晩年の執筆態度を特徴づける傾向といってよい。こうした傾向は当然のように次作「義久兄弟」にも引き継がれている。

史伝「義久兄弟」は明治四十二年十二月から翌四十三年二月の『長崎新報』に連載された。全四十八回の通読は「黄色スクラップブック」の貼付作品によるが、同紙に欠損が多くて掲載開始日の確証すら得られない。ただし例えば四十三年一月二十五日に第「(廿一)」章、また同年二月二十七日に第「(四十七)」章等々の掲載が確認できており、さらに第「(一)」章本文中に「我（忍月＝引用者）、今秋薩摩に社用を帯びて赴き、偶ま島津家累代の霊を祀る鶴嶺神社に詣づ」（傍点引用者）と記していることから、掲載開始は四十二年十二月末頃、最終掲載は四十三年二月末頃と考えられる。なお右「社用」は詳らかでないが、参拝中に「頃日の史癖は遂に我をして（中略）先づ義久兄弟の面影を伝ゆるに至らしむ」と本篇執筆の動機に触れている。だが前作「文豪の鞋痕」のなかで、秀吉の九州征伐に敗退した島津氏の武勇に「戦の庭にさへ美しき物語を残す、衣のたての綻びしは独り衣関の戦に限らず」と感嘆し、島津家中興の祖となる義久兄弟や薩摩武士の典型といわれる新納忠元らに深い関心をすでに示していた。従って「今秋」の参拝が直接の執筆動機とは考えられない。むしろ予てから抱いていた古武士的な人生規範「屑」が、先に触れた山陽の漢詩に触発されて義久らの足跡を顧みようという契機になったと思われる。

「義久兄弟」は戦国武将の雄・島津氏が九州制覇に成敗する戦歴を十六代当主の義久の「九国平討の大雄図」（「（廿六）」章）に従って描かれている。前半は破竹の覇業に走る義久兄弟の武勇（「（二）」～（卅二）」章）、後半は秀吉の九州征伐に降った義久兄弟の面目（「（卅三）」～（四十八）」章）が中心となる。義久兄弟とは十七代当主となる次弟義弘、三弟歳久、四弟家久の四兄弟で、いずれも戦国史に勇名を馳せた猛者である。それだけに多くの武勇伝が今日なお残っている。忍月も大隅国の肝付氏攻略時（天正二年七月）における家久、日向国の伊東氏征討時（同五年十二月）における義弘、豊後国の大友氏討伐時（同十四年十二月）における義久と義弘、そして島津氏敗退後（同十五年五月）における歳久など、血なまぐさい「戦の庭にさへ美しき物語」があったとして、彼らの武勇を綴っている。もちろんこの「物語」に史実そのままを込めているわけではない。例えば日向国根白城下での秀吉軍と薩摩軍との決戦（同十五年四月）を、史実の時空を越えて「両軍の死傷算を乱す。血は流れて高瀬川の流れ紅ゐを帯び、屍は積んで腥風面を撲ち、互に此処を先途と戦ふ状、物凄し」と語りかけるくだりは忍月の詩情の一斑である。忍月が参照した資料はあったであろうが、作中に諸資料の形跡はでてこない。このためか登場する人物名や地名に不統一さがみられ、また史実にそぐわない年時もある。だが勇猛果敢な薩摩武士の気骨を享受するに支障とはならない。却って薩摩武士と民衆とのつながりが忍月の詩情によって強調されていることに着目される。例えば義久らが隣国の大隅国を攻略した折りに、忍月は「諸将何れも鹿児島に凱旋して万民太平の化に浴す」と戦後を結ぶ。また同じ隣国の日向国を征討する際に、伊東氏が「士女に戯れて風儀を紊すこと甚だし」くて「庶民、塗炭の苦しみを受く」という状況を旗幟にしたと説く。そして何よりも義久が秀吉の講和を受け入れた理由に、忍月は「武門の名を穢さゞらんことを力め、此に民庶塗炭の苦しみを顧み、遂に垢を含んで帰順す」と民衆とのつながりを強調する。こうした義久らの衷情に応える秀吉の心情も、剃髪した義久（竜伯）に「盃を納め、喜をつくし、諄々として恩恵甚だ厚し」と描く。繰り返すようだが、国威の発揚と市民の安寧を求めるナショナリスト忍月の詩情世界以外のなにものでもあるまい。それでいて作品構想について「史料の未だ足らざるものあるは甚だ遺憾とする所」（「（一）」章）と裏腹な前置きで感興をそそる。筆者が注目したいのは前述の人生態度と、こうした自在な執筆態度との関係である。

なお態度もそうだが、こうした縦横な筆法は一連の史伝物に限らない。大正三年五月十日から訴訟の用件で上京した折りの紀行「薫風三千里」（同年七月二十一日〜同八月十日『長崎日日新聞』）では、その帰路の木曾において「駒王と僧覚明」の逸話を唐突に挿入している。駒王（源義仲の幼名）が諸将を招致する条で「座後に屈強な壮士数人刀を叩いて、覚明の目くばせを待ツてゐる、正に是れ沛公項羽鴻門の会にも髣髴たる殺気淋漓たる光景ぢや」と恰も眼前の様子を写すように綴り、しかも平然と「以上の史実は正史に載ツてゐない」と付言して紀行文を続ける。こうした傾向を窺う限り、忍月文学を総じて杓子定規と規定するわけにはいくまい。とりわけ旺盛な句作をみてはなおさらであろう。

六　後期 句作

忍月の本格的な句作は金沢時代に始まる。その背景には仏教を素地とする日本文学の純粋な詩体としての俳諧認識と、明治二十九年前後の金沢俳壇の熱気とがあった。前者に関しては第六章で、また後者に関しては第七章で触れた。長崎時代の句作も、全体的にはほぼこれらの延長にあったといってよい。だが前者の俳諧認識は既述の重層的なナショナリズムが次のように加味される。

俳句は其軽妙と簡樸と省略の妙用とを長所とする点に於て、季題趣味を生命とする点に於て、善く我国情民俗に適合融化すべき一種の天機を持つてゐる、殊に其季題趣味を生命とする点は、是れ大和民族の特有産にして、古今東西絶へて其比を見ぬ所である、（前出「楽只庵漫筆（其三）」）

基調としては河東碧悟桐「己酉間筆」（明治四十二年二月一日『日本及日本人』）にみられる新傾向に準じた内容である。だが「大和民族の特有産」といった強調はまさに忍月晩年の「特有産」であって、やがて季題趣味から人生や社会問題を包含する句趣が標榜されるようになり、忍月の人生態度により密着した詩情世界となっていく。ただし当初の季題趣味を基調とする俳論は「花と詩経」（明治四十五年四月一日『日本及日本人』）にも貫かれていた。このなかで「俳句の妙作用たる連想」を重視する考えを重ねて示し、一連の史伝等で表した軽妙で自在な執筆態度につなげている。長崎時代の第一期句作が明治四十年十月から始まっており、史伝等の執筆態度に重なるのも至当であったのかもしれない。こうした「詩人の馳駆に任ずる」風潮が当時の長崎俳界の一般であったことが俳人忍月を胎動させたようだ。

長崎俳界はそれまで旧派宗匠の月並に対抗して、ようやく半夜会（明治三十五年～同三十七年）や祭魚会（同三十七年～同三十九年）などの結社が起こり、新派が台頭した時期であった。忍月も紀行文等に挿入した俳句に窺う限り、弁護士や市会・県会議員の余技として月並宗匠たちを相手に句作していたにとどまる。田士英「回顧三十年(四)」(昭和四年八月『太白』)によると、それまでの忍月は「同好二三の士と共に芳宣園丁香という宗匠の社中に在つた」という。こうした新旧の入り交じる長崎俳界に中央俳界が及ぼす影響は強かった。明治四十年三月一日『日本及日本人』誌上に碧梧桐選の「日本俳句」が復活掲載されて中央俳界を席巻するや、清新な新傾向の俳風として迎えられたからである。これは碧梧桐の全国俳句行脚(三十九年八月〜四十四年七月)と共に全国的に流行した俳風でもあった。長崎においても江口活堂や田中彦影らの半夜会、田中田士英や坂井卅八公らの祭魚会が行き詰まりを打破するために、その新傾向に急接近するのも無理からぬことだったろう。その結果、先ずは漢詩漢文や仏典の成語熟語を駆使して明快高朗な境地を詠う、いわゆる調子の緊った蕪村調に傾倒した。そして忍月を始めとして漢籍畑で名を得る荒木露骨と田村木石居を中心にした金谷会が結成されることになる。

金谷会は右「回顧三十年」によると、忍月が「彦影に説破されて」結成されたという。アララギ派同人の彦影は、当時は長崎大学医学部の前身である長崎医学専門学校の学生で、忍月と遠縁の関係に当たる。田士英は「後進の一青年の言に傾聴」した忍月と「誠意を以て翁を頓悟せしめた」彦影との膝詰め談判を、長崎俳界史において「一佳話として伝ふべき価値」があったと回想している。その折り、前掲「楽只庵漫筆」に込められた俳談などが話題になったことは想像するに難くない。

金谷会の発会式は右「回顧三十年」と二周年記念の浦上郊外への吟行予告記事(四十二年十月二十二日『長崎新報』)とから判断して、四十年十月二十三日に本紙屋町の料亭玉川で開かれたようだ。当時の『長崎新報』および他紙に欠損が多く、結成時の様子を詳しく窺い知れない。残存する『長崎新報』から、金谷会の吟詠は同紙の「新報俳壇」欄に掲載されたことが確認できる。当初の「新報俳壇」欄には選句掲載に先だって「此壇には金谷会の選句を掲載す、新に参／加せんとする人は既盟会員の紹介を要す」ともある。選句が掲載されてある同人は右三名の他に田士英、上田僊堂、長谷白郎、中西朱人、荒木紅々、中島雪江、永見華島そして彦影らで、その数は次第に増えている。また兼題のある定例の句会は同人の自宅をそれぞれ持ち回りとしていたようで、忍月は磨屋町四十一番地（四十二年八月二十一日からは今町八番地に転居[1]、現・金屋町三番地）の自宅を楽只庵と称して提供している。四十一年の『長崎新報』が欠損していて全くわからないが、活動の盛んな四十二年から渋滞しだす四十三年半ばあたりの句会の大半は楽只庵で行なっている。例会の他に席題を設けた臨時の雑吟や偶吟などの折りも同様で、中核としての忍月の存在が目立つ。そしてその忍月は「大和民族の特有産」といった俳諧認識を発揮していた。例えば明治節に臨んで、僊堂や白郎らと三十句載せるに先立ち、忍月が「幽芳録」と題して「金谷会の同人茲に幽芳録を草し遙かに宮城に向ひて聖壽の万歳を祝し奉る（忍月記）」という一節を冒頭に掲げている（忍月全集未収録）。この折り、忍月は『史記』にある故事出典にちなんで次のように詠っている。

負郭十畝三代こゝに菊作る

清貧の衣鉢つたえて菊作る

（四十年十一月三日「新報俳壇」）

また母フクの古稀に寄せた祝吟には、木石居や田士英らの十二句を載せるに先立ち、忍月が「忍月萱堂七十賀（寄菊祝）」と題して「予が生母（石橋ふく子）今年古稀の壽に達す金谷会の諸彦玉吟十数句を寄せて以て其壽を祝し玉ふ乃ち茲に之を掲載して永く一家の紀念となすといふ（忍月生識す）」と冒頭に掲げている（忍月全集未収録）。忍月はこの折りに次の二句を載せた。

鳩杖や衣にすり行く菊の露

菽水の歓受け玉へ菊の淵

（四十年十一月十四日「新報俳壇」）

この自選句は『礼記』にある故事出典にちなんだ句である。いずれも忍月全集収録の山本健吉編「忍月俳句抄」には未収録の句である。金谷会全体の作句は田士英が選句した六百六句を筆書きの『長崎俳壇句抄』（奥付なし）に「長崎俳壇第参号　金谷集」として収めている。総じて漢詩漢文や仏典の成語熟語を駆使した難渋な句が目立つ。忍月の場合も右引用に明らかなように、忍月特有のナショナリズムを背景に「自家」「家祉」へのこだわりを漢籍に見いだして詠っている例が多い。

ただし漢語を自在に使いこなしてはいるのだが、前掲「回顧三十年」によると漢語によって逆に佶屈な内容に陥りやすく、やはり徒に空疎な響きをもつに過ぎないという「反動」が起こったという。この「反動」は忍月を中心とする長崎俳界に限ったことではない。四十三年の春に碧梧桐が九州の各地を巡っていた時期に全国的な動向となっていた。碧梧桐の新傾向も大須賀乙字との対立を深め、自然主義的色彩の濃い現実的な写実態度を主張するようになり、これまでの「日本俳句」派内部にも混迷と分裂の時期が生じていたのである（松井利彦『近代俳論史』昭和四十年八月、桜楓社）。金谷会の「新報俳壇」掲載も実際、四十三年の夏頃からは選句掲載に間が空くようになっている。

碧梧桐は四十三年三月十九日に博多から長崎線で来崎した。忍月はその途中の早岐（当時は大村廻り）から同乗して碧梧桐一行を出迎えている。碧梧桐『続三千里（中）』(2)（昭和四十九年七月、講談社）の三月十九日の項には「車中が遽かに騒々しくなって（中略）誰れかが忍月氏を紹介する。田士英を紹介する」云々と、車中の様子が記されてある。出迎えた長崎の俳人らは「一人々々手にブラ提灯をかざして」いたともあるが、その歓迎ぶりには一驚したようだ。そして翌二十日には歓迎句会を佐世保同人らと田上で催し、二十一日には「夜忍月氏に伴われて、丸山某楼に飲んだ」とある。忍月とてこれまでの雄健で蒼古な句調に相叶うものがあったからの歓迎なのであったろうが、前掲「回顧三十年」は次第に「金谷会の元老たちは、あまり顔を見せなくなつた」と回想している。軟弱で技巧に走ろうとする当時の新傾向に同調できなかったのであろう。碧梧桐も三月二十五日の項で、現状を「新たなる態度に立たんとする努力の時である（中略）新旧思想衝突の過渡時代である」という認識を示していた。それでも三月二十九日の「新報俳壇」は「碧氏着崎以来夜々其旅館に会して一夜一題の吟あり、爰に氏の選に入りたる句を録す」と、夜ごとの句作三昧を伝えている。すでに贅語で難渋さに行き詰まりを起こしていた金谷会にあっては、若い連中ほど碧梧桐に共鳴していたのであろう。ちなみに三月二十日と二十一日の「新報俳壇」に載った碧梧桐選句には、忍月の句がそれぞれ次の一句ずつであった。

碧翁妻子を招致す

乙鳥や馬頭又見る米嚢花

素餐また九鶍を得て初雷す

（前掲「忍月俳句抄」未収録）

こうした時期は金谷会の解体が目前にあったとみてよい。と同時に忍月も句作休止状態に入ったようだ。その後の忍月句は前掲『長崎俳壇句抄』に収録されているのは十句に充たない。四十三年一月二十五日誕生の四男逢吉の祝句「大同の徳を得て梅が香に矜れ」でさえ、かなり遅れて五月十五日の「新報俳壇」に載せたほどである。前掲「楽只庵漫筆」執筆時は金谷会の名はすでに「新報俳壇」にみられない。それでも四十四年五月の「日日詞壇」（「新報俳壇」の改称）の募集俳句の選者を務めている（同年五月二十二日『長崎日日新聞』）。また大正四年十月一日に発行された長崎における第一句集『ナガサキ』（和装半紙摺、本文二百頁、田士英編）には、忍月が「序」（忍月全集未収録）を寄せて「我長崎が中央俳壇に伍して遜色なき」活動であることを公言している。句作に対する意欲は皆無であったわけではない。『続三千里（中）』の四十三年三月二十一日の項に、碧梧桐は忍月について「文壇の先輩且つ老将である。さる閲歴の人が、我等と共に俳句の新傾向を論ずるというのは、他に多く類例を見ない稀有のことである」という印象を記していた。だがその忍月の句作は大正十一年の春を待たなければ復活しない。

碧梧桐の指導風化はさておき、不振の長崎俳界にあって大正十一年の春は起死回生の時であったようだ。同年四月二十一日に忍月の自宅（当時は銅座町二十一番地、現・銅座町十四番地）[(3)]で俳句結社あざみ会が結成されたからである。長崎時代の忍月にとって、第二期の句作時代を迎えたことになる。

田士英「回顧三十年（八）」（昭和四年十二月『太白』）によると、同年三月二十日に高浜虚子の来崎を歓迎した句会が有志によって催され、それに伴って生じた機運が四月八日の長崎日日新聞社後援による長崎俳句大会をもたらしたという。五十名ほどの出席者をみた長崎俳句大会は、久しく「この種の催しが打ち絶へてゐたせいか、中々の盛会」であったというのである。この熱気に誘われた忍月、彦影、朱人の三名が図り、四月二十一日に柴浅茅、広田寒山、宮原箕谷そして露骨、田士英ら合計十一名を集めて句会を開いたのがあざみ会第一回句会となったようだ。当日の兼題「薊」から命名したともある。同人となった淺茅は長崎地方裁判所に配属されていた検事で、寒山は長崎医専（現・長崎大学医学部）の教授で、共に忍月とは面識の深い関係にあった。また彦影はドイツ留学後に郷里の久留米医専（現・久留米医大）付属病院の院長となって、忍月と交流が復活していた。こうした忍月を中心とする同人は会を重ねるごとに数を増して「崎陽俳壇の面目を一新するに至つた」という。だが句調は淺茅や箕谷らの上京に伴ってそのつどさまざまに展開している。忍月とて漢語を基調とするに変わらないが、相当に平易なことばでも詠うようになっていた。

田植馬たそがれ川に洗ひけり

茶の花やぽかと日の在る丘の隅

夜長猫顔一つぱいの欠伸哉

（前掲「忍月俳句抄」収録、初出未詳）

これらは以前の忍月にみられない軽妙な傾向で、明らかに蕪村調を脱却している。そればかりか、次のように畳字による表現技巧と地方色豊かな題材が目立つ。

もみじ散り〴〵ほろ〳〵時雨哉
瀬の面にすれ〳〵とんぼ鮎刎る
おくんちの一番町や暁を練る
庭見世や纏頭のかず〳〵飾りけり

（前掲「忍月俳句抄」収録、初出未詳）

いずれも歳時記風の空想的な詩情ではない。長兄近蔵との交らいを背景にした実際の有り様をそのまま軽妙に詠っているところに句趣がある。忍月晩年の執筆態度に通じた特色といえる。

　忍月の急逝は大正十五年二月一日だが、その七ヵ月後の九月十九日に、忍月を偲んで長崎における第二句集『あざみ会俳句選集』（四六判仮綴、本文一三二頁、田士英編）が刊行された。このなかに十一年から十四年までの忍月句稿（六五五句）が収められていて、晩年の自在で高邁な句調を伝えている。前掲「忍月俳句抄」は第一句集『長崎俳壇句抄』収録の一〇二句と、この『あざみ会俳句選集』とから一九七句を選出している。前後比較するに、日常的な題材の広がりと自在な展開は晩年になるほど明瞭である。田士英が「俳人としての翁の前途はこれからが一転機といふ處であつた」と言い当てているが、忍月は平明な写生俳句を目指していたのかもしれない。石橋家資料のなかに遺稿の俳句ノート五冊（石橋忍月文学資料館蔵）があるが、書きなぐったものや、清書して重複している句など合わせて一五〇〇句を越える。この精査が今後の忍月研究にとって大きな課題となろう。軽妙で自在な表現に、忍月の生きざまが窺えるからである。

　とはいえ、晩年の忍月は句作だけに没頭していたわけではなく、弁護士活動、議員活動、文筆活動の一環であったことは明記しておきたい。そしてそれらを体現する社会人として、また六男三女を儲けた家庭人として「天賦の義務」を自任する明治知識人の一典型であったことも重ねて記しておきたい。

注

（1）　明治四十二年八月三十一日『長崎新報』記事「石橋弁護士の転居」による。
（2）　初出は明治四十三年一月一日から同年十月十日まで『日本及日本人』に連載した「続一日一信」。
（3）　六男保夫の誕生を記載している除籍簿による。

附篇

石橋家・中島家　略系図
著作・関連　略年譜
参考文献　要覧

石橋家・中島家　略系図

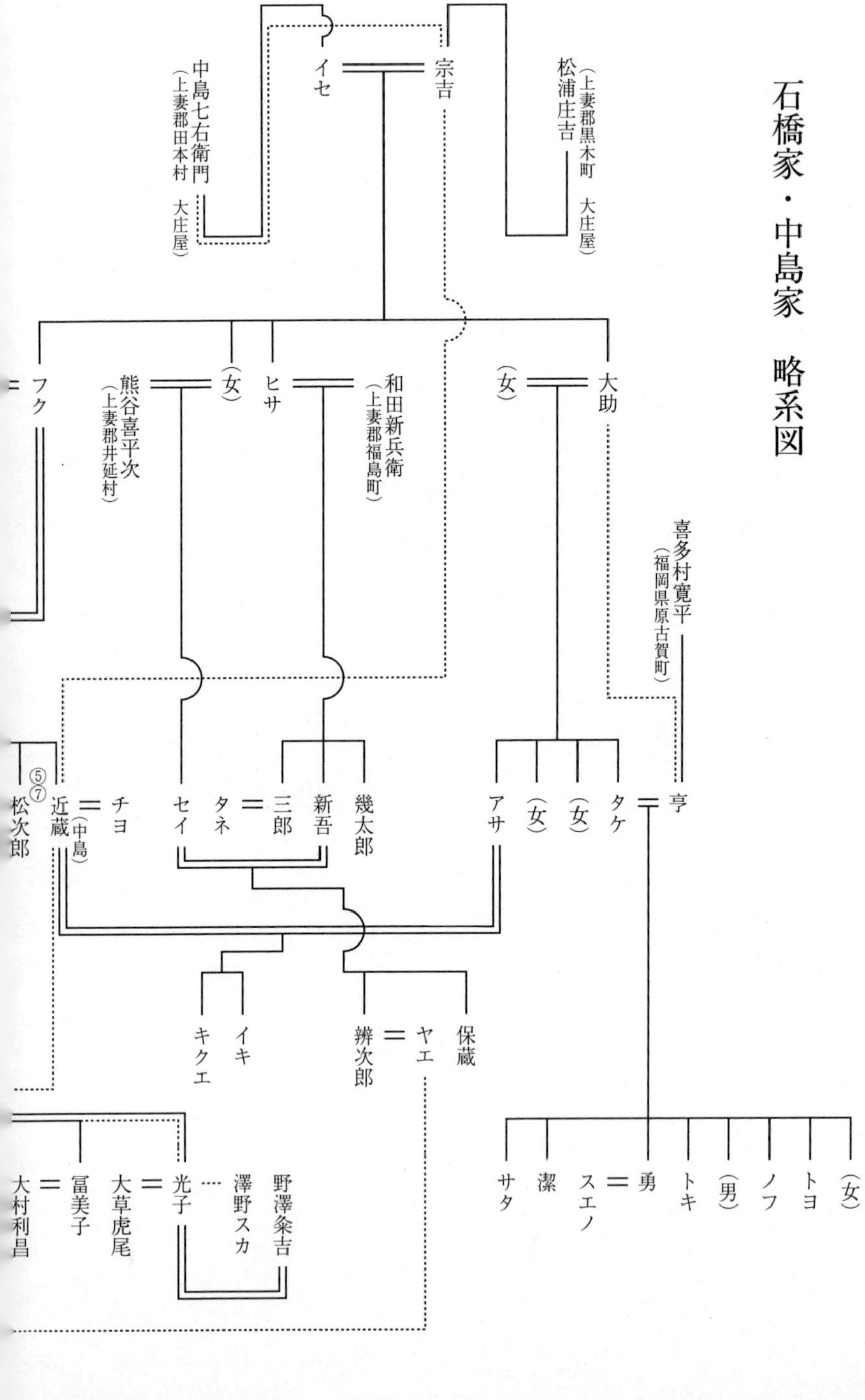

中島七右衛門（上妻郡田本村　大庄屋）
イセ
宗吉
松浦庄吉（上妻郡黒木町　大庄屋）
フク
熊谷喜平次（上妻郡井延村）
（女）
ヒサ
和田新兵衛（上妻郡福島町）
（女）
大助
喜多村寛平（福岡県原古賀町）
⑤⑦
松次郎
近蔵
チヨ（中島）
セイ
タネ
三郎
新吾
幾太郎
アサ
（女）
（女）
タケ
亨
キクエ
イキ
辨次郎
ヤエ
保蔵
大村利昌
冨美子
大草虎尾
光子
澤野スカ
野澤粂吉
サタ
潔
スエノ
勇
トキ
（男）
ノフ
トヨ
（女）

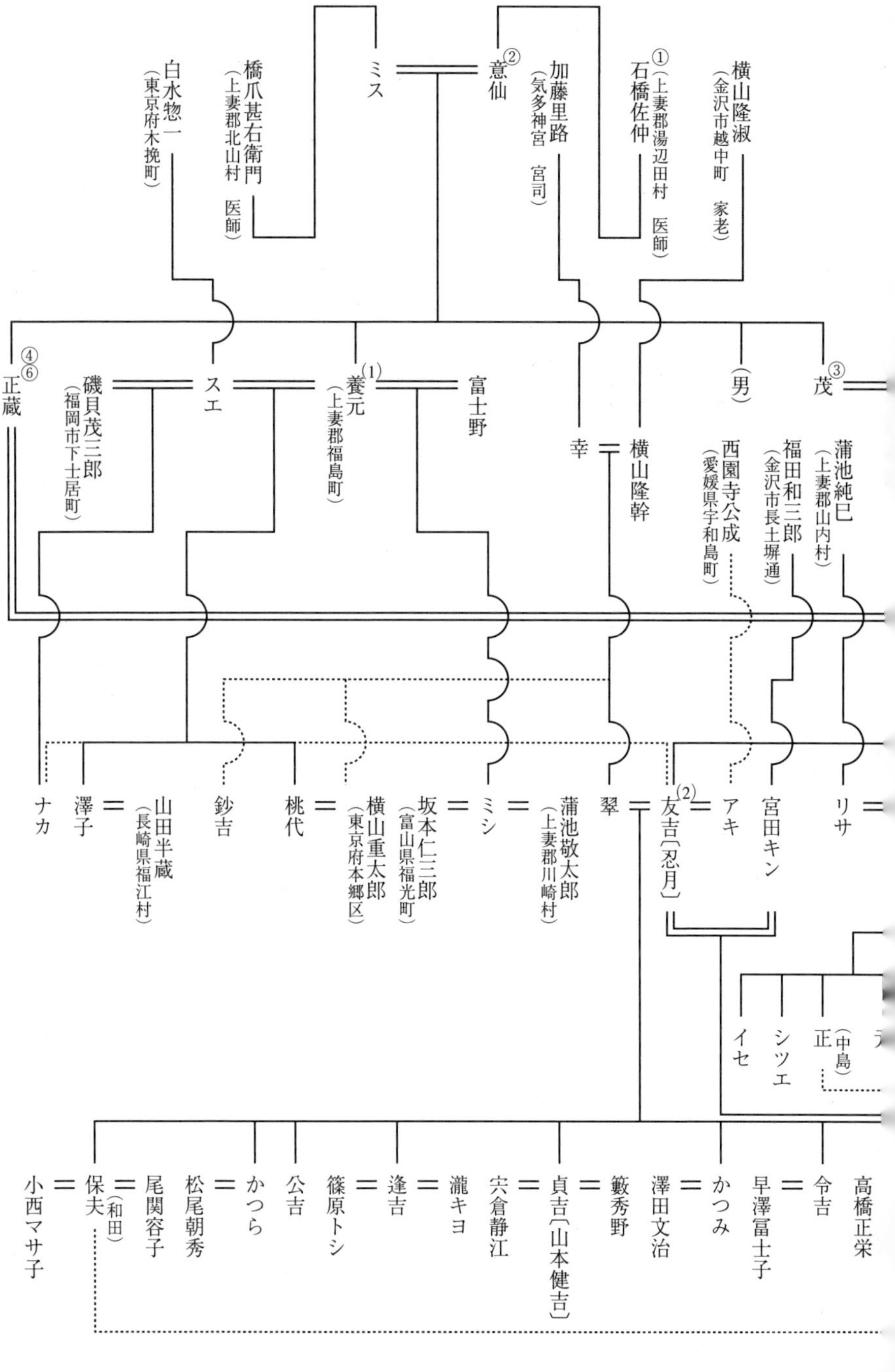
横山隆淑（金沢市越中町　家老）
①石橋佐仲（上妻郡湯辺田村　医師）
加藤里路（気多神宮　宮司）
②意仙
ミス
橋爪甚右衛門（上妻郡北山村　医師）
白水惣一（東京府木挽町）
茂③
（男）
幸
横山隆幹
富士野
養元(1)（上妻郡福島町）
スエ
磯貝茂三郎（福岡市下士居町）
④⑥正蔵
蒲池純巳（上妻郡山内村）
福田和三郎（金沢市長土塀通）
西園寺公成（愛媛県宇和島町）
リサ
宮田キン
アキ
友吉(2)〔忍月〕
翠
蒲池敬太郎（上妻郡川崎村）
ミシ
坂本仁三郎（富山県福光町）
横山重太郎（東京府本郷区）
桃代
鈔吉
山田半蔵（長崎県福江村）
澤子
ナカ
正（中島）
シツエ
イセ
高橋正栄
令吉
早澤冨士子
かつみ
澤田文治
籔秀野
貞吉〔山本健吉〕
宍倉静江
瀧キヨ
逢吉
篠原トシ
公吉
かつら
松尾朝秀
尾関容子
保夫（和田）
小西マサ子

著作・関連　略年譜

		明治20年
忍月　著作（題名・署名・掲載誌紙・版元）		「妹と脊鏡を読む」（石橋忍月　1月15～29日『女学雑誌』47～49号） 「法律名家纂論跋」（石橋忍月　6月、『法律名家纂論』） 「浮雲の褒貶」（石橋忍月　9～10月『女学雑誌』74～80号） 忍月石橋友吉君〔書簡〕（忍月　11月25日『中国文学』1号）
関連作品・他	※予備門（前本黌）第三年　進級（明治18年9月11日） 『妹と脊鏡』全13冊（逍遙　18年12月～19年9月、会心書屋） 「小説総論」（二葉亭　19年4月『中央学術雑誌』） ※第一高等中学校本科第二年　編入（19年7月1日）	◇『国民之友』創刊（2月15日） 『浮雲　第一篇』（二葉亭　6月、金港堂） ※第一高等中学校本科修了（7月15日） ※帝大法科大学法律学科独逸部　入学（9月27日） 『戯曲大意』（久松定弘　11月、博聞社） 「武蔵野」（美妙　11～12月『読売新聞』）

明治21年
「浮雲第二篇の褒貶」（忍月居士　3月3～17日『女学雑誌』99～101号） 『捨小舟』（志のぶ月居士石橋　3月21日、二書房） 「都鳥」（石橋忍月　3～4月『女学雑誌』102～107号） 捨小舟〔自作広告〕（4月5・7日『絵入自由新聞』） 都鳥〔休載告示〕（石橋忍月　5月5・12日『女学雑誌』108・109号） 「離婚法に就いて所感を陳ぶ」（忍月居士　5月12日『女学雑誌』109号） 「女流の畸人」（忍月居士　6月2日『女学雑誌』112号） 「藪鶯の細評」（石橋忍月　7月6日『国民之友』25号） 「演芸矯風会発会」（石橋忍月　7月14日『女学雑誌』118号） 「藪鶯の細評」〔再録〕（石橋忍月　8月25日『知識之戦場』9冊） 「夏木たち」（忍月居士　9月7日『国民之友』29号） 「不ㇾ忍ㇾ聞、不ㇾ忍ㇾ見、」（忍月居士　9月8日『女学雑誌』126号） 「贋貨つかひ　松のうち」（石橋忍月　10月5日『国民之友』31号） 「新磨妹と脊鏡」（忍月居士　10月25日『出版月評』15号）
『浮雲　第二篇』（二葉亭　2月、金港堂） 「独逸戯曲大意」（鉄椎子　2月28日『出版月評』） 「独逸小説の沿革」（久松　4月7日『女学雑誌』） 「一喜一憂捨小舟」（無署名　4月10日『以良都女』） 「捨小舟・全」（無署名　4月30日『出版月評』） 「捨小舟」（蘇峰　5月4日『国民之友』） ◇『我楽多文庫』公売本　創刊（5月） 「京人形」（紅葉　5月～22年3月『我楽多文庫』『文庫』） 『藪の鶯』（花圃　6月10日、金港堂） 「捨小舟」（無署名　6月15日『我楽多文庫』） ◇日本演芸矯風会　発会（7月8日） 「藪鶯の細評を読む」（思案　8月2日『国民之友』） 『夏木立』（美妙　8月20日、金港堂） 『贋貨つかひ』『松のうち』（逍遙　8月、駸々堂） ◇鷗外、ドイツ留学より帰国（9月8日） ※法科大学法律学科独逸部　第二年進級（9月11日）（翌10月に法律学科第三部（独逸法）と改称） 『文覚上人勧進帳』（依田・川尻　9月、金港堂） 「山田美妙大人の小説」

明治21年

「鳩巣翁の詩文評品」（忍月居士　10月25日『出版月評』15号）
「夏木たち」〔再録〕（忍月居士　10月25日『知識之戦場』11冊）
「文覚上人勧進帳」（石橋忍月　11月2日『国民之友』33号）
「文覚上人勧進帳」〔再録〕（石橋忍月　12月15日『明治文庫』庫外首函）
「ゲェテー論」（石橋忍月　12月21日『国民之友』36号）

「鳩巣翁の詩文評品」（不知庵　10・11月『女学雑誌』）
◇『都の花』創刊（10月21日）
「めぐりあひ」（二葉亭　10月〜22年1月『都の花』）
『もしや草紙』（桜痴　11月15日、文海堂）
「捨小舟を読む」（福泉雅一　11月26日『出版月評』）
「文覚上人勧進帳」（久松　11月〜22年2月『出版月評』）
「文覚上人勧進帳を読む」（不知庵　12月『女学雑誌』）

明治22年

「三小説雑誌合評」（福州学人　1月2日『国民之友』37号）
「演芸矯風会には失望せり」（石橋忍月　1月5日『女学雑誌』143号）
「因果」（忍月居士　1月6日『都の花』2巻6号）
「読売新聞の『魂胆』」（福州学人　1月12日『国民之友』38号）
「小説の推敲」（筑水漁夫　1月22日『国民之友』39号）
「春のや主人の『細君』」（夢の舎主人　1月22日『国民之友』39号）
「新小説」（福州学人　1月22日『国民之友』39号）
「もしや草紙の細評」（石橋忍月　2月2日『国民之友』40号）
「日本祖国の歌」（忍月居士　2月12日『国民之友』41号）

※民友社に〈入社〉（1月）
「細君」（逍遙　1月2日『国民之友』）
「蝴蝶」（美妙　1月2日『国民之友』）
「探偵ユーベル」（思軒　1〜3月『国民之友』）
「小説論」（鷗外　1月3日『読売新聞』）
「因果」（無署名　1月15日『以良都女』）
「ドクトル柳下恵へ」（巌々法史　1月17日『読売新聞』）
「文学者の目的は人を楽しむるに在る乎」（蘇峰　1月22日『国民之友』）
◇大日本帝国憲法発布（2月11日）
「蝴蝶」（不知庵　2月15日『以良都女』）

明治22年

「二葉亭氏の『めぐりあひ』」（梅檀生　2月12日『国民之友』41号）
「世界の三友」（石橋忍月　2月16日『女学雑誌』149号）
「識認」（懐郷生　2月22日『国民之友』42号）
「希望」（可行生　3月2日『国民之友』43号）
「嵯峨の家氏の『くされ玉子』」（黄白道人　3月2日『国民之友』43号）
「木の葉」（忍月居士　3月5日『読売新聞』）
「阿母の粧飾」（懐郷生　3月12日『国民之友』44号）
「新小説の破茶碗」（完璧生　3月12日『国民之友』44号）
「親なればこそ子なればこそ」（忍月居士　3月15日『新小説』5巻）
「雛人形と活人」（忍月居士　3月16日『読売新聞』）
「日本祖国歌に就て『日本』記者並に其雷同者を筆殺す」（忍月居士　3月20日『読売新聞』）
「レッシング論」（石橋友吉　3月22日『国民之友』45号）
「愛の祭礼」（浅水生　3月22日『国民之友』45号）
「諸名家短吟」（可行生　3月22日『国民之友』45号）
「読売新聞の寄書欄内」（福洲学人　3月22日『国民之友』45号）

「くされたまご」（おむろ　2月17日『都の花』）
「露団々」（露伴　2～8月『都の花』）
「姦婬の空気、不純潔の空気」（善治　2月23日『女学雑誌』）
「忍月さんへ」（小波　3月7日『読売新聞』）
「文章上の理想」（善治　3月9日『女学雑誌』）
「サテ美妙さん」（小波　3月9日『読売新聞』）
「修行しろ」（古本山人　3月12日『読売新聞』）
「修行がしたい」（鷗外　3月13日『読売新聞』）
「弥次馬？」（冷笑生　3月14日『読売新聞』）
「古本に非ず古木なり」（鷗外　3月15日『読売新聞』）
「独逸文学の不運」（小波　3月15日『読売新聞』）
「小説家の着眼」（善治　3月23日『女学雑誌』）
「日本新聞第十八号筑波山人の日本祖国の歌を読て忍月居士に寄する書を観て感あり」（観光主人　3月25日『出版月評』）
「売笑の利害」（鷗外　3月25日『衛生新誌』）
「市川団十郎」（無署名　3月30日『時事新報』）
「色懺悔」（紅葉　4月1日『新著百種』）
「独逸文学の隆盛」（鷗外　4月2日『国民之友』）

明治22年

「棄婦行」（忍月居士　3月30日『女学雑誌』155号）
「因果」〔再録〕（忍月居士　3月30日、『小説花籠』）
「種々の定則」（筑水漁史　4月2日『国民之友』46号）
「諸名家短吟」（懐郷生　4月2日『国民之友』46号）
「訳詩に就て」（黄白道人　4月2日『国民之友』46号）
〈忍月居士の手紙〉〔書簡〕（月　4月12日『文庫』19号）
「朋友」（疎影生　4月12日『国民之友』47号）
「諸名家短吟」（浅水生　4月12日『国民之友』47号）
「不慮の再会」（忍月居士　4月12日『国民之友』47号）
「『文庫』の京人形」（福洲学人　4月12日『国民之友』47号）
『お八重』（忍月居士　4月20日、金港堂）
「独逸人の歌」（筑水漁史　4月22日『国民之友』48号）
「諸名家短吟」（懐郷生　4月22日『国民之友』48号）
「美人の幽閉」（忍月居士　4月22日『国民之友』48号）
「時事新報と女学雑誌に質す」（局外生　4月22日『国民之友』48号）
書目十種〔アンケート〕（石橋友吉　4月22日『国民之友』48号）
「新著百種の『色懺悔』」（福洲学人　4月22日、5月2日『国民之友』48・49号）

「市川団十郎と衛生新誌」（善治　4月6日『女学雑誌』）
「紅葉山人の返書」（紅葉　4月12日『文庫』）
「紅葉山人の『風流京人形』」（不知庵　4月13日『女学雑誌』）
「独逸文学の隆運」（小波　4月16日『読売新聞』）
「巌々爺へ」（鷗外　4月17日『読売新聞』）
「紅葉山人の『色懺悔』」（不知庵　4月20・27日『女学雑誌』）
「言論の不自由と文学の発達」（蘇峰　4月22日『国民之友』）
「女子の衛生」（鷗外　4月22日『衛生新誌』）
「国民之友第四十八号　文学と自然」（善治　4月27日『女学雑誌』）
「不純潔の言行意志、不純潔に対するの言行意志」（善治　4月27日『女学雑誌』）
「『文学ト自然』ヲ読ム」（鷗外　5月11日『国民之友』）
「お八重」（高橋五郎　5月11日『国民之友』）
「忍月居士の『お八重』」（不知庵　5月11・18日『女学雑誌』）

明治22年

「あまりや姫拃に評解」（石橋忍月　4月25日『新小説』8巻）
「音楽師」（浅水生　5月2日『国民之友』49号）
「諸名家短吟」（可行生　5月2日『国民之友』49号）
「孔子の語」（懐郷生　5月11日『国民之友』50号）
「諸名家短吟」（詳郷逸士　5月11日『国民之友』50号）
「国民之友」〔「色懺悔」評の再録〕（福洲学人　5月29日『新著百種』2号）
「初紅葉」（嵐山人　5月22日『国民之友』51号）
「都の花の『この子』」（嵐山人　6月1日『国民之友』52号）
「新著百種の『掘出し物』」（椿夢楼主人　6月12日『国民之友』53号）
「読売新聞の『人さまぐ〵』」（独笑生　6月22日『国民之友』54号）
「『苦楽』と『朧月夜』の比較」（忍月居士　7月2日『国民之友』55号）
「新著百種の『乙女心』」（福洲学人　7月12日『国民之友』56号）
「篁村氏の『むら竹』」（竹林道士　8月2日『国民之友』58号）

「国民之友第五十号に於ける『文学と自然』を読む、を謹読す」（善治　5月18日『女学雑誌』）
「団十郎とお軽」（善治　5月18日『女学雑誌』）
「お八重」（久松　5月25日『出版月評』）
「忍月居士著お八重を読む」（小波　5月25日『文庫』）
「掘出しもの」（篁村　5月29日『新著百種』）
「『お八重』の評拾遺」（不知庵　6月1日『女学雑誌』）
「再び自然崇拝者に質す」（鷗外6月1日『国民之友』）
「自然崇拝者の答」（善治　6月8日『女学雑誌』）
「掘出し物とお八重様とそして嵯峨の尼物語」（清水紫琴　6月15日『以良都女』）
「乙女心」（思案　6月30日『新著百種』）
※法科大学　第二年の学年試験に落第（6月）
『むら竹』第一巻（篁村　7月5日、春陽堂）
社友月の舎忍〔記事〕（無署名　8月2日『女学雑誌』）
「於母影」（s．s．s．　8月2日『国民之友』）
「妹脊貝」（小波　8月12日『新著百種』）
「やまと昭君」（紅葉　8月24日、吉岡書籍店）
「小説論略」（善治　8月31日『女学雑誌』）
「女学雑誌の小説論」

明治22年

「新著百種第四号妹脊貝」（福洲学人　嵐山人合評　8月22日『国民之友』60号）
「文庫の合作小説『猿虎蛇』」（落花生　9月2日『国民之友』61号）
「詩人と外来物」（忍月居士　9月12日『国民之友』62号）
「女学雑誌社説『小説、小説家』」（Dr. Keine.　9月12日『国民之友』62号）
「やまと昭君」（鸚鵡山人　10月2日『国民之友』64号）
「新著百種第五号風流仏」（肉食頭陀　10月12日『国民之友』65号）
「演芸協会演習素人評判」（忍月居士　10月22日『国民之友』66号）
「柳ごし」第一回～第四回（忍月居士　10～12月『新小説』19～22巻）
「文学評論柵艸紙」（福洲学人　11月2日『国民之友』67号）
「小説叢第二号『攙見恋』」（瞥見生　11月2日『国民之友』67号）
「レッシングの譬諭談」（石橋忍月　11・12月『少年園』26・27号）
「独逸戯曲の種別」（忍月居士　11～12月『小文学』1～4号）

「情詩ノ限界ヲ論ジテ猥褻ノ定義ニ及ブ」（不知庵　9月11日『東京輿論新誌』）
「『小説論略』質疑」（鷗外　9月12日『国民之友』）
◇日本演芸協会　発足（9月14日）
「風流仏」（露伴　9月23日『新著百種』）
「『小説論略』筆者に再問す」（不知庵　10月5日『女学雑誌』）
「謹んで龍背に申す」（善治　10月5日『女学雑誌』）
「謹んで女学記者に謝辞を呈す」（不知庵　10月19日『女学雑誌』）
◇明治美術会第一回展覧会開催（10月19日）
「文学の粉飾」（不知庵　10月22日『国民之友』）
◇『しがらみ草紙』創刊（10月25日）
「『しがらみ草紙』の本領を論ず」（鷗外　10月25日『しがらみ草紙』）
「演劇改良論者の偏見に驚く」（鷗外　右同誌）
「残菊」（柳浪　10月30日『新著百種』）
「小説八宗」（緑雨　11月『東西新聞』）
「小説家の責任」（おむろ　11月25日『しがらみ草紙』）

明治22年

『露子姫』（忍月居士　11月27日、春陽堂）
「柳ごし」〔再録〕（忍月居士　12月8日『新小説』別冊）
「親なればこそ子なればこそ」〔再録〕（忍月居士　12月8日『新小説』別冊）
「新著百種第六号残菊」（奄息生　12月22日『国民之友』68号）
「小説群芳第一、初時雨」（稜骨子　12月22日『国民之友』68号）
「解停の祝詞代りに三篇の短小説を、」（嵐山人　12月23日『読売新聞』）
『柳ごし』（石橋忍月　12月25日、春陽堂）

明治23年

「詩歌の精神及び余情」（石橋友吉　1月3日『国民之友』69号）
「奇男児」（稜骨子　1月3日『国民之友』69号）
「国華」（羊大子　1月3日『国民之友』69号）
「むら竹第十一巻」（竹林道士　1月13日『国民之友』70号）
「与美妙斎書」（忍月居士　1月21・22日『読売新聞』）
「新著百種第七号松花録」（後凋隠士　1月23日『国民之友』71号）
「南無阿弥陀仏」（合掌法師　1月23日『国民之友』71号）
「独逸文学の三幅対」

明治22年

「現代諸家の小説論を読む」（鷗外　右同誌）
「今の小説界分派」（不知庵　12月14日『女学雑誌』）
「文学極衰」（善治　12月14日『女学雑誌』）
「露子姫を垣間見侍りて」（思案　12月19日『小文学』）
「文学極衰（其二）」（善治　12月21日『女学雑誌』）
「再び劇を論じて世の評家に答ふ」（鷗外　12月25日『しがらみ草紙』）
「小説は遊戯文字にあらず」（不知庵　12月25日『女学雑誌』）
「石橋忍月氏著露子姫」（露伴　12月27日『読売新聞』）

明治23年

「舞姫」（鷗外　1月3日『国民之友』）
「露子姫」（高橋五郎　1月3日『国民之友』）
文学会の宴会〔記事〕（1月13日『朝野新聞』）
「明治廿二年文学上の出来事月表」（無署名　1月13日『読売新聞』）
「明治廿二年文学界（重に小説界）の風潮」（逍遙　1月13・14日『読売新聞』）
「明治廿二年の著作家」（逍遙　1月15日『読売新聞』）
「報知異聞」（龍渓　1月16日～3月19日『郵便報知新聞』）

明治23年

（石橋忍月 1月25日『しがらみ草紙』4号）
「舞姫」（気取半之丞 2月3日『国民之友』72号）
「再与美妙斎書」（忍月居士 2月4・5日『読売新聞』）
「法学者と文学者」（ドクトル、カイネ 2月5日『国民新聞』）
「江湖新聞発刊の祝詞」（忍月居士 2月13日『江湖新聞』）
「近頃の三希」
（ドクトル、カイネ 2月13日『国民之友』73号）
「閨秀の二妙」
（ドクトル、ストーン、ブリッヂ 2月13日『国民之友』73号）
「昨年の名作」（雑体子 2月13日『国民之友』73号）
「新著百種第八号芳季」（匿名子 3月3日『国民之友』75号）
「世評に漏れたる一種変色の怪文字」
（忍月居士 3月13日『国民之友』76号）
「新色懺悔」（雑体子 3月13日『国民之友』76号）
「初見の口上」（忍月居士 3月18日『江湖新聞』）
「人物と人事」（無署名 3月19日『江湖新聞』）
「想実論 其一～九」（忍月居士 3月20～30日『江湖新聞』）
「婿えらび」（輪月子 3月23日『国民之友』77号）
「罪過論 其一～三」（忍月居士 4月1～3日『江湖新聞』）

「盛？衰？」（雲峯 1月18日『女学雑誌』）
「舞姫の評に就て」（鷗外 1月18日『読売新聞』）
「文学極衰？」（美妙 1月22日『以良都女』）
「明治二十二年批評家の詩眼」
（鷗外 1月25日『しがらみ草紙』）
「舞姫細評」（山口虎太郎 右同誌）
「石橋忍月君の示教に対して」（美妙 右同誌）
◇『江湖新聞』『国民新聞』創刊（2月1日）
「島田三郎氏に質す」（不知庵2月1・2日『国民新聞』）
「白面の書生」（裏中有錐生 2月9日『国民新聞』）
「当世批評家三幅対」
（日本人レッシング 2月9日『読売新聞』）
文学上の尾崎行雄氏〔講演録〕（2月12日『国民新聞』）
「文学世界の現状」（蘇峰 2月24日『国民之友』）
「文学界の怪事」（蘇峰 3月13日『国民之友』）
「三批評家に三注文」（聞覚子 3月18日『読売新聞』）
※江湖新聞社に入社（3月18日）
「おぼろ舟」（紅葉 3月20日～4月7日『読売新聞』）
「忍月居士の入夥を祝して」
（鷗外 3月26日『江湖新聞』）

明治23年

「報知異聞」（石橋忍月　4月3日『国民之友』78号）
「大」（忍月居士　4月5日『江湖新聞』）
「ぢひてる佳話」（忍月生　4月10日～5月17日『江湖新聞』）
〈卿独りで〉〔添書〕（忍月　4月11日『江湖新聞』）
「閨秀小説家の答を読む」（啄木鳥　4月13日『国民之友』79号）
「藪入りの記　一～六」（忍月生　4月16～25日『江湖新聞』）
「深く恥ぢ深く謝す」（忍月小僧　4月21日『国民新聞』）
「おぼろ舟及び紅葉の全斑」（忍月生　4月23日『国民之友』80号）
「風流とは何ぞ」（忍月生　4月23・24日『江湖新聞』）
「舞姫再評」（気取半之丞　4月27・29日『江湖新聞』）
「舞姫三評」（気取半之丞　4月30日、5月3日『江湖新聞』）
「舞姫四評」（気取半之丞　5月3日『江湖新聞』）
「勝鬨」（忍月居士　5月3日『国民之友』81号）
「舞姫三評（続）」（気取半之亟　5月4・6日『江湖新聞』）
「駆風流」（つき　5月7日『江湖新聞』）
「或る通がりの若様に与ふ」（ぶち飴　5月7日『江湖新聞』）
「再び通がりの若様に」（ぶち飴　5月8日『江湖新聞』）
「ふた面を読んで」（忍月生　5月20日『江湖新聞』）
「愛国余談の訳者に謝す」（福洲学人　5月21日『江湖新聞』）

「新に入社せられし忍月子に与ふるの書」（露伴　3月28日『江湖新聞』）
小説家大演説会〔記事〕（4月9日『江湖新聞』）
『浮城物語』（龍渓　4月16日、報知社）
「白雲以上」（鷗外　4月20日『国民新聞』）
「勝鬨」（篁村　4月23日『新作十二番』）
「読罪過論」（鷗外　4月25日『しがらみ草紙』）
「気取半之丞に与ふる書」（鷗外　右同誌）
「風流を論ず」（善治　4月26日『女学雑誌』）
「再、気取半之丞に与ふる書」（鷗外　4月28日『国民新聞』）
「再、気取半之丞に与ふる書（つゞき）」（鷗外　4月30日『国民新聞』）
「一碗の茶を忍月居士に侑む」（露伴　4月30日『読売新聞』）
「夏痩」（紅葉　5月1日～6月7日『読売新聞』）
「再、気取半之丞に与ふる書」（鷗外　5月2・4日『国民新聞』）
「ふた面」（鷗外　5月19日『国民新聞』）
「堅物」（鷗外　5月22日『東京新報』）

明治23年

「堅契」（忍月生　松琴子　5月21・27日『国民之友』83号）
「豊臣太閤裂封冊」（忍月居士　5月23日『国民之友』83号）
「夫婦雛形」（燧洋生　6月3日『国民之友』84号）
「夏やせ」（福州学人　6月13日『国民之友』85号）
「夏やせ」（嵐山人　6月15日『閨秀新誌』4号）
「新富座の劇を見て狂言作者に示す」（忍月　6月20日『江戸むらさき』1号）
「奇男児の略評」（忍月　6月26日、露伴『葉末集』）
「墨染桜」（萩の戸　7月3日『国民之友』87号）
「葉末集」（萩の門忍月　7月13・23日『国民之友』88・89号）
「葉末集細評」（萩之門忍月　9月10日『葉末集』再版）
「此ぬし」（石橋忍月　9月23日『国民之友』95号）
「一口剣に対する予の意見」（萩の門忍月　10月3・13日『国民之友』96・97号）
「うたかたの記」（水泡子　10月23日『国民之友』98号）
「露小袖を批評す」（石橋忍月　11月18日『読売新聞』）
「続国粋宴の記」（忍月　11月23日『自由新聞』）
「詩美人に逢ふ」（忍月　11月25日『国会』）
「鷗外に寄す」（忍月　11月25日『しがらみ草紙』14号）
「韻文論を嘲る」（美天狗　11月25日『しがらみ草紙』14号）

閨秀新誌〔記事〕（5月24日『江湖新聞』）
「堅契のすぢ」（鷗外　5月29日『東京新報』）
※江湖新聞社を辞す（5月30日）
※帝大法科大学第二年の学年試験に合格（6月）
『葉末集』（露伴　6月17日、春陽堂）
「墨染桜」（眉山　6月18日『新著百種』）
『帰省』（湖処子　6月27日、民友社）
「浮城物語立案の始末」（龍渓　6月28日～7月2日『国民新聞』）
「伽羅枕」（紅葉　7月5日～9月23日『読売新聞』）
「龍渓居士に質す」（不知庵　7月15・16日『国民新聞』）
「アリストテレスと忍月居士」（山口虎太郎　7月25日『しがらみ草紙』）
「文壇十傑」（SK生　8月5日『以良都女』）
「一口剣」（露伴　8月13日『国民之友』）
「うたかたの記」（鷗外　8月25日『しがらみ草紙』）
※帝大法律学科参考科第三部　第三年進級（9月）
『此ぬし』（紅葉　9月1日『新作十二番』）
「文学思想の盛衰、ホームの影響」（雲峯　9月27日～10月11日『女学雑誌』）

明治23年

「詩（ポエジイ）」（忍月　11月26日『国会』）
「闇中政事家の作者に一言を寄す」（無署名　11月27日『国会』）
「戯曲家を俟つ」（忍月　11月27日『国会』）
「美妙斎に答ふ」（忍月　11月28日『国会』）
「かつら姫」（忍月　11月29日『国会』）
「鷗外の幽玄論に答ふる書」（忍月　12月3・4日『国会』）
「国民新聞の談藪記者に質す」（忍月　12月6日『国会』）
「偶感」（萩の門　12月7日『国会』）
「偶感（其一～三）」（忍月　12月9～11日『国会』）
「妾薄命」（嵐山人　12月12日『国会』）
「韻文論の終期を問ふ」（虫も殺さぬ男　12月12日『国会』）
「仮寐の夢」（閉戸子　12月13日『国会』）
〈小説「狂蝶」の代弁〉〔添書〕（忍月　12月13日『国会』）
〈記者雲の屋君に申す〉〔添書〕（忍月　12月17日『国会』）
「戯曲論（其一～三）」（忍月　12月17～19日『国会』）
「中井兆民居士に与ふ」（忍月生　12月19日『国会』）
「人物人事に就て逍遙先生に寄す」（萩の門　12月20日『国会』）
「中井桜洲山人に呈す」（萩の門生　12月21日『国会』）
「同感の士」（戯曲論の著者　12月21日『国会』）
「霊妙の清涼剤」（忍月生　12月21日『国民新聞』）

「『此ぬし』に就て」（不知庵　10月2・3日『国民新聞』）
「露伴子に与ふ」（不知庵　10月10日『国民新聞』）
「萩門どのへ」（無署名　10月20日『江戸むらさき』）
「うたかたの記を読みて」（露伴　10月25日『しがらみ草紙』）
「うたかたの記を読む」（松東　右同誌）
「うたかたの記を読んで鷗外を罵り不知庵を笑ふ」（鷗外　右同誌）
「露小袖」（大橋乙羽　10月26日『新著百種』）
「露小袖を読んで」（不知庵　11月13日『国民新聞』）
◇第一議会　招集（11月25日）
※国会新聞社に入社（11月25日）
「女学雑誌」（善治　11月22日『女学雑誌』）
「答忍月論幽玄書」（鷗外　11月25日『しがらみ草紙』）
「美天狗氏に」（美妙　右同誌）
「忍月君へ」（美妙　11月27日『国民新聞』）
「露伴と忍月に寄す」（寗斎　11月27日『国会』）
「忍月先生に呈す」（眉揚子　12月5日『以良都女』）
「小説三派」（逍遙　12月5～15日『読売新聞』）
「新作十二番のうち既発四番合評」

明治23年

「ペケ詩に対する名評　名詩に対するペケ評」（忍月生　12月24日『国会』）
「戯曲の価値、有序」（石橋忍月　12月26日『日本評論』20号）

「戯曲に就て」（逍遙　12月7〜15日『読売新聞』）
（雲の屋主人　12月17日『国会』）
『露団々』（露伴　12月24日、金港堂）
「忍月が再び我に答ふる書を見て」（鷗外　12月25日『しがらみ草紙』）

明治24年

「新年前後の諸作（一）〜（九）」（忍月　1月14〜25日『国会』）
「こわれ指環」（忍月　1月17日『国会』）
〈文壇の三粋英〉〔添書〕（忍月　1月20日『国会』）
〈漣山人「比翼碗歌」〉〔書簡〕（萩の戸　忍月　1月20日『国会』）
「四天狗探梅の記」（忍月居士　1月27日〜2月3日『国会』）
〈萩の戸の杯〉〔添書〕（忍月　1月30日『国会』）
「思い出のまゝ『乳臭児の大言』他」（石橋忍月　2月6日『東京中新聞』）
「思い出のまゝ『乱暴者の価値』他」（石橋忍月　2月7日『東京中新聞』）
「新著百種第十二号　文つかひ」（忍月　2月14・15日『国会』）
「短評」（虫も殺さぬ男　2月15日『国会』）
「不知庵主人に一言す」（忍月　2月17日『国会』）
「鷗外漁史に答ふ」（忍月居士　2月17日『国会』）

「底知らずの湖」（逍遙　1月1日『読売新聞社』）
『こがね丸』（小波　1月3日、博文館）
「夢現境」（嵯峨の屋　1月3日『国民之友』）
「愛護精舎快話　第十三」（露伴　1月4日『国会』）
「こわれ指環を読んで」（不知庵　1月24日『女学雑誌』）
「文づかひ」（鷗外　1月28日『新著百種』）
「大いに笑ふ」（緑雨　1月28〜31日『読売新聞』）
「茶漬茶碗銘」（紅葉　1月28日『国会』）
「千朶山房詩話」（鷗外1月29日、2月1・4日『国会』）
「辻浄瑠璃」（露伴　2月1〜26日『国会』）
「文づかひ」（善治　2月7日『女学雑誌』）
「忍月居士へ」（緑雨　2月13日『読売新聞』）
「忍月居士に与ふ」（鷗外　2月16日『国民新聞』）
「再び忍月居士に与ふ」（鷗外　2月18日『国民新聞』）

明治24年

「演芸協会に寄す」（忍月居士　2月18日『国会』）
「美術世界第二号」（嵐山人　2月18日『国会』）
「再び鷗外漁史に答ふ」（忍月居士　2月19日『国会』）
「演芸協会全体の為めに惜む」（萩の門生　2月20日『国会』）
「三たび鷗外漁史に答ふ」（忍月居士　2月21日『国会』）
「市村座劇に就て（一）～（三）」（忍月　2月21～25日『国会』）
「醜は美なり」（忍月　2月26日『国会』）
「質疑に答ふ」（忍月　3月5日『国会』）
「醜論（其一）」（忍月　3月7日『国会』）
「醜論に就て」（忍月　3月10日『国会』）
「寿座狂言評」（萩の門生　3月10～13日『国会』）
「歌舞伎座の演劇」（萩の門生　3月18・19日『国会』）
「梅花詩集を読みて」（忍月　3月21日『国会』）
「花聟の紅葉山人へ」（忍月　3月29日『国会』）
「此頃の文学界（一）～（十一）」（忍月　3月31日～4月7日『国会』）
「詩の精神及び余情」

「演芸協会の事につきて忍月居士に告ぐ」（鷗外　2月19日『国民新聞』）
「三たび忍月居士に与ふ」（鷗外　2月20日『国民新聞』）
「市村座演芸評」（得知　2月20・21日『国民新聞』）
「演芸協会の事につきて再び忍月居士に告ぐ」（鷗外　2月21日『国民新聞』）
「わだちの塵（三）」（矧川生　2月25日『国会』）
「萩の門忍月先生の教を乞ふ　醜は美なるか」（有無生拝　3月4日『国会』）
「戯曲折薔薇に誤訳無数なり」（鎮西の一山人　3月14日『国会』）
「読醜論」（鷗外　3月14～17日『国民新聞』）
「醜美の差別」（鷗外　3月14～17日『国民新聞』）
「戯曲の翻訳法を説いて或る批評家に示す」（鷗外・竹二　3月18～21日『国民新聞』）
「梅花詩集を読みて」（逍遙　3月22日『読売新聞』）
「文学小言」（以良都女記者　3月25日『以良都女』）
「紅葉山人の新婚を聞きて」（露伴　3月29日『国会』）
「新聞紙の調子（九）（十）」

明治24年

〔「詩歌の精神及び余情」を改題し、再録〕
（忍月石橋友吉　4月8日、『今世名家文鈔』）
「推敲の要旨」（忍月　4月8日『国会』）
「詩美人に奉答す」（閣下の愛児　4月12・14日『国会』）
「江見水陰君に与ふる書」（石橋忍月　4月18日『国会』）
「冷罵的の好文字」（嵐山人　4月22日『国会』）
「美術世界の巻首に書す」〔「醜は美なり」を改題し、再録〕
（萩の門忍月　4月25日『美術世界』巻5）
「文質彬々」（忍月　4月26日『国会』）
「文学世界第三、『かくし妻』」（忍月　5月10日『国会』）
「新に東京朝日に入社せられたる嵯峨の家主人に与ふる書」
（忍月居士　5月22日『国会』）
「演題未定」〔講演録〕
（石橋忍月　6月6日『青年文学雑誌』3号）
『辻占売』（忍月居士　6月15日『文学世界』第5）
「人情の屈折」（石橋忍月　6月25日『鶴鳴』3号）
「戯曲の価値、有序」〔再録〕
（石橋忍月　6月『青年軍』3号、「追想録」）
「警世の晨鐘（続）」
（咄怪生　6月『青年軍』3号、「追想録」）

（緑雨　4月3・4日『国会』）
「新体詩並に韻文といふ字義」
（逍遥　4月7・11日『読売新聞』）
「文学一班」（植村　4月10日～7月10日『日本評論』）
「現今小説の醜文字」（緑雨　4月18・19日『国会』）
「独逸演劇沿革一班」（久松　5月1・6日『国会』）
「文話一則」（鷗外　5月3日『国民之友』）
「梓神子」（逍遥　5月15日～6月17日『読売新聞』）
※国会新聞社を辞す　（5月）
「油地獄」（緑雨　5月30日～6月23日『国会』）
「レッシングが事を記す」
（鷗外　6月25日～9月25日『しがらみ草紙』）
「忍月居士の『辻占売』」（緑雨7月2～4日『国会』）
※帝大法科大学法律学科参考科第三部（独逸部）卒業
（7月10日）
「辻占売」（無署名　7月13日『国民之友』）
「辻うら売」（善治　7月18日『女学雑誌』）
「辻うら売」（R・S・T　7月23日『国民之友』）
「辻占売」（無署名　8月1日『読売新聞』）
「文学界の欠点」（無署名　8月6日『国民新聞』）

明治24年

〈忍月居士文壇を去らず〉〔書簡〕（俗名石橋忍月　8月26日『読売新聞』）
「竜眼寺及百花園に遊ふ記」（月のや主人　9月10日『千紫万紅』4号）
「水鏡」（忍月居士　11月、日付未詳『北陸新報』）
「月下想奇人」（石橋忍月　12月8日、『後の月かげ』）

※内務省試補として仕官（庶務局勤務）（8月27日）
「山房論文　其一～其十三」（鷗外　9月25日～25年6月25日『しがらみ草紙』）
「シェークスピア脚本評注緒言」（逍遙　10月20日『早稲田文学』）
「自著自評に就て」（小波　11月11・12日『国会』）
「鷗外漁史の弁護説」（緑雨　11月21日～12月13日『国会』）
「与芝酒園書」（鷗外　11月25日『しがらみ草紙』）
※内務省県治局に転属（12月26日）

明治25年

「総選挙につきての心得」（局外生　1月7日『国民新聞』）
「小公子を読みて」（忍月　1月13日『国民之友』142号）
「候補者を一人にせよ」（局外生　1月15日『国民新聞』）
「小公子の評」〔再録〕（石橋忍月　1月16日『女学雑誌』300号）
『黄金村』〔黄金村、さとの月、想実論　含む〕（忍月居士　1月25日、春陽堂『聚芳十種』8巻）
『露子姫』〔三版〕（忍月居士　3月8日、春陽堂）

「後の月かげ」（無署名　1月4日『亜細亜』）
「忍月居士の怪作」（緑雨　2月4日『国会』）
「黄金村」（無署名　2月15日『早稲田文学』）
「二十四年文学を懐ふ」（不知庵　2月15・29日『早稲田文学』）
「黄金村」（高橋五郎　2月23日『国民之友』　号）
◇第二回臨時総選挙（2月15日）
※西園寺アキと挙式（3月25日）
石橋忍月居士の結婚〔記事〕（3月27日『国民新聞』）
◇山田喜之助　代言人組合長就任（3月29日）

明治25年

『露子姫』〔四版〕（忍月居士 6月10日、春陽堂）

「大俗旅行」〔再録〕（石橋忍月 9月28日、青年文学社『文談集』）

「戯曲の残酷の行為」（石橋忍月 11月10日『歌舞伎新報』1420号）

※結婚披露宴（4月1日） ※アキ入籍（4月22日）

「没理想の由来」（逍遙 4月15日『早稲田文学』）

※内務省衛生局に転属（6月23日）

※西園寺アキと離婚（9月15日離籍）

※内務省を辞す（11月5日）

石橋忍月〔記事〕（11月8日『郵便報知新聞』）

明治26年

「博覧会、コップ、芸妓」（月のや 1月3日『日出新聞』）

「紅芙蓉（其一～卅七）」（月のや主人 2月24日～4月9日『日出新聞』）

「近世俚歌の趣致（一）～（四）」（春野花之助 5月28日、6月4日、7月2・16日『国民新聞』）

「探偵小説を火葬する文」（石橋忍月 6月2日『思想』1号）

「仏教文学論（上）（中）」（三界一門樓主人 7月2・16日『思想』2・3号）

「小説破太鼓を評して『残忍の行為』に論及す」（石橋忍月 7月2日『思想』2号）

「所謂硬文学、所謂軟文学」（無署名 7月2日『思想』2号）

「俳人の性行」（無署名 7月2日『思想』2号）

「新刊雑誌」（無署名 7月2日『思想』2号）

「『警文学者』の記者的面生に答ふ」

◇『文学界』創刊（1月31日）

「頼襄を論ず」（愛山 1月13日『国民之友』）

「人生に相渉るとは何の謂ぞ」（透谷 2月28日『文学界』）

「社会に於ける思想の三潮流」（蘇峰 4月23日『国民之友』）

◇『思想』創刊（6月2日）

「無名氏に答ふる書」（鷗外 5月25日『しがらみ草紙』）

「俳人の性行を想ふ」（秋骨 5月31日『文学界』）

「茶のけむり」（藤村 6～10月『文学界』）

明治26年

「文界散歩（一）（二）」〔忍月　7月5日『国民新聞』〕
「不知菴の小説論を読みて浪六の為に寃を雪く」〔忍月　7月9・16日『国民新聞』〕
「戯曲論　其一」〔忍月　7月13日『国民之友』196号〕
「親知らず子知らず（上）」〔石橋忍月　7月16日『思想』3号〕
「備忘の為めに」〔草稿〕〔東式部　7月16日『思想』3号〕
「序」〔草稿〕〔無署名　7月、「追想録」〕
「露子姫」〔再録〕〔無署名　7月、「追想録」〕
「烈眞虞の比喩談」〔石橋忍月　7月、日付未詳『北陸新報』〕
「上半期の文学界」〔忍月石橋友吉　8月13日『国民之友』198号〕
「気儘組演劇の勝手評」〔局外生　8月13日『国民新聞』〕
「初花染（第一～四十五回）」〔月のや主人　8月19日『日出新聞』〕
〔月の舎主人　9月15日～10月9日『日出新聞』〕
「戯曲論　其二」〔石橋忍月　10月2日『思想』4号〕
「親知らず子知らず（下）」〔東式部　10月2日『思想』4号〕
「衛生事業の準備」〔局外生　10月10・11日『日出新聞』〕
『露子姫』〔五版〕〔忍月居士　11月2日、春陽堂〕
「初めて読者諸子に見ゆ」〔石橋友吉　11月8日『北国新聞』〕
「黙の徳」〔無署名　11月8日『北国新聞』〕

「警文学者　石橋忍月君に与ふ」〔的面生　7月2日『国民新聞』〕
「今日の小説及び小説家」〔不知庵　7月3日『国民之友』〕
「警文学者　内田不知庵主人に与ふ」〔的面生　7月9日『国民新聞』〕
「忍月君の弁護に答ふ」〔的面生　7月9日『国民新聞』〕
◇『北国新聞』創刊〔8月5日〕
「某に答へて小説不振の因縁を論ずるの書」〔亡羊子　9月10日『早稲田文学』〕
「批評の新時代」〔無署名　9月13日『国民之友』〕
「亡羊子が小説不振の因縁を論ずるの書」〔無署名　10月27日『早稲田文学』〕
「小説不振の十五源因」〔無署名　11月3日『国民之友』〕
※『北陸民報』編集局長として富山に赴任〔10月〕
※『北国新聞』編集顧問として金沢に赴任〔11月6日〕
「忍月居士の入社」

明治26年

「美術的思想」（無署名　11月8日『北国新聞』）
「市中到る処菊園多し」（無署名　11月9日『北国新聞』）
「平気蟹の図に題す」（無署名　11月10日『北国新聞』）
「後藤大臣、斎藤次官、星議長」（無署名　11月11日『北国新聞』）
「秋に別る、の辞」（無署名　11月11日『北国新聞』）
「俄分限」（嵐山人　11月11・12・14・15日『北国新聞』）
「戯曲論　其一～八」（石橋忍月　11月12～22日『北国新聞』）
「自由党の将来」（無署名　11月12日『北国新聞』）
「自由党の狼狽」（無署名　11月15日『北国新聞』）
「昨宵月光を見る」（無署名　11月15日『北国新聞』）
「人を調する豈容易ならんや」（無署名　11月16日『北国新聞』）
「親不知子不知（其上～下）」（東式部　11月16・17・19日『北国新聞』）
〈薔薇のお花〉〔添書〕（忍月　11月16日『北国新聞』）
「百号に題す」（無署名　11月18日『北国新聞』）
「石川県会は違法の決議をなしたり」（無署名　11月18日『北国新聞』）
「若殿様（第一）～（第九）」

（赤羽萬次郎　11月6日『北国新聞』）
忍月居士と小説〔記事〕（11月8日『北国新聞』）
石橋法学士の着沢〔記事〕（11月8日『北国新聞』）
法学士忍月居士石橋友吉君〔記事〕（11月10日『北国新聞』）
百号付録〔社告〕（11月14日『北国新聞』）
審美論一斑　若殿様〔社告〕（11月17日『北国新聞』）
百号宴会と忍月居士入社披露〔記事〕

明治26年

（忍月　11月18・24・25・30日、12月2日『北国新聞』）
「審美論一班　一～十四」（石橋友吉　11月18・19・20日『北国新聞』）
「県会の違法の決議」（石橋友吉　11月19日『北国新聞』）
「行政の整理未だ成らず」（無署名　11月21日『北国新聞』）
「昨日の県会」（無署名　11月22日『北国新聞』）
「文治派武断派の密会」（無署名　11月22日『北国新聞』）
「石川県知事の柔軟政略」（無署名　11月23日『北国新聞』）
「指令は無効に非ざるなき乎」（無署名　11月23日『北国新聞』）
「暗黒議会」（無署名　11月24日『北国新聞』）
「行政裁判法第廿三条」（無署名　11月24日『北国新聞』）
今日より〔添書〕（忍月　11月24日『北国新聞』）
「今日」（無署名　11月25日『北国新聞』）
「証拠不十分」（無署名　11月25日『北国新聞』）
「偶感一則」（無署名　11月27日『北国新聞』）
「県治の方針」（無署名　11月27日『北国新聞』）
「噫彼地亦王土」（無署名　11月27日『北国新聞』）
「知己に酬ゆ」（忍月　11月28日『北国新聞』）
「度量」（無署名　11月28日『北国新聞』）

（11月20日『北国新聞』）
蓮の露〔予告〕（11月21・22日『北国新聞』）
驚俗文字益々多し〔記事〕（11月23日『国民新聞』）
◇第五通常議会招集（11月25日）
「忍月居士の消息」（吉田秋花　11月28日『北国新聞』）

明治26年

「瞽者」　（無署名　11月28日『北国新聞』）
「さられ妻」　（黙蛙坊　11月29日『浪華草紙』2集）
「花散里」　（しのぶ　11月29日『浪華草紙』2集）
「小春の清遊」　（黙蛙　11月29日『浪華草紙』2集）
「暗合」　（忍月　11月29日『北国新聞』）
「怪奴と蝙蝠」
（忍月居士　11月29・30日、12月3・4・5日『北国新聞』）
「日本詩の連声（再び）」　（石橋友吉　11月30日『北国新聞』）
「人文子」　（無署名　12月4日『北国新聞』）
「狙公と猿」　（人文子　12月5日『北国新聞』）
「推敲」　（人文子　12月6日『北国新聞』）
「三間正弘氏」　（無署名　12月6日『北国新聞』）
「却下とは何ぞや　詮議の限りに非ずとは何ぞや」
（無署名　12月6日『北国新聞』）
「男児の体面」　（無署名　12月7日『北国新聞』）
「蓮の露（序言）～（第十七）」（忍月　12月8～31日『北国新聞』）
〈本日の挿画は〉〔添書〕　（忍月　12月8日『北国新聞』）
「探偵小説の衰微を賀す」　（人文子　12月9日『北国新聞』）
「女子薄命」　（人文子　12月10日『北国新聞』）
「左団扇」　（にんげつ　12月12日『北国新聞』）

明治26年

〈忍月申す〉〔添書〕（忍月　12月13日『北国新聞』）
「石川県知事の偏頗干渉益々甚だし」（無署名　12月15日『北国新聞』）
〈小生義〉〔添書〕（忍月　12月15日『北国新聞』）
「悪漸く積もる」（無署名　12月16日『北国新聞』）
「善後策」（無署名　12月16日『北国新聞』）
「知事と県会」（無署名　12月16日『北国新聞』）
「議員の拘束と不法の決議」（無署名　12月17日『北国新聞』）
「群小駆除の議」（無署名　12月18日『北国新聞』）
「通信に依る契約の成立期」（石橋友吉　12月18日『北国新聞』）
〈忍月申す〉〔添書〕（忍月　12月19日『北国新聞』）
「孤憑」（無署名　12月20日『北国新聞』）
「孤憑の虚脱」（無署名　12月21日『北国新聞』）
「奇遇（上）（下）」（名無しのや　12月28・29日『北国新聞』）
〈われ去る廿三日〉〔添書〕（忍月　12月29日『北国新聞』）
「旧雨」（しのぶ子　12月30日『浪華草紙』3集）
「神しくれ」（黙蛙坊　12月30日『浪華草紙』3集）
「小春清遊」（黙蛙　12月30日『浪華草紙』3集）
〈本日の絵様は〉〔添書〕（忍月　12月30日『北国新聞』）
「歳暮の感」（人文子　12月31日『北国新聞』）

忍月居士の容体〔記事〕（12月17日『北国新聞』）
忍月居士の退院〔記事〕（12月26日『北国新聞』）
小説　江戸自慢〔社告〕（12月27～30日『北国新聞』）
忍月居士再入院〔記事〕（12月28日『北国新聞』）
健康なる病客〔記事〕（12月29日『北国新聞』）

明治27年

「江戸自慢」（忍月 1月未詳〜2月10日『北国新聞』）
「文字を玩弄と思ふ痴漢」（人文子 2月6日『北国新聞』）
「外来物」（萩の門 2月7日『北国新聞』）
「梅と松」（人文子 2月7日『北国新聞』）
「警察官、候補者に饗せられしは真乎」
（無署名 2月8日『北国新聞』）
「人心を安堵せしめよ」（無署名 2月8日『北国新聞』）
「戯曲の価値」（石橋忍月 2月8日『北国新聞』）
「駆風流」（忍月 2月11日『北国新聞』）
「計りがたき人心」（黙蛙生 2月11日『北国新聞』）
「美文としての謡曲」（夢裡 2月11日『北国新聞』）
「島田一郎（一）（二）」
（忍月閲 無名氏作 2月11・12日『北国新聞』）
「四万七千円」（無署名 2月12日『北国新聞』）
「暴力の資力」（無署名 2月12日『北国新聞』）
「百々逸俗解（一）〜（六）」
（黙蛙生 2月12・16・19・22・26日『北国新聞』）
「約、信」（無署名 2月13日『北国新聞』）
〈島田一郎について〉〔添書〕（忍月 2月13日『北国新聞』）
「くらぶ山（第一）〜（第二十六）」

「忍月と淩波」（無署名 2月1日『北国新聞』）
「ヴィクトル、ユーゴが戯曲に於ける意見」
（桐生悠虐 2月11日『北国新聞』）
「後の三日月」
（浪六 2月11日〜4月10日『東京朝日新聞』）

明治27年

（忍月　2月13日～3月14日『北国新聞』）
「人形聟」（黙蛙坊　2月14日『浪華草紙』4集）
「能楽復興」（無署名　2月18日『北国新聞』）
〈今日の挿画は〉〔添書〕（忍月　2月18日『北国新聞』）
〈今日の挿画も〉〔添書〕（忍月　2月19日『北国新聞』）
「藩閥非藩閥」（無署名　2月22日『北国新聞』）
「行政警察の本面目」（無署名　2月22日『北国新聞』）
「日本詩の連声」（石橋忍月　2月25日『早稲田文学』58号）
〈怠惰の地なり〉〔書簡〕（忍月　2月25日『早稲田文学』58号）
「賢馬」（人文子　2月26日『北国新聞』）
「敢告監督官」（無署名　2月28日『北国新聞』）
〈本日明日の挿画は〉〔添書〕（忍月　3月3日『北国新聞』）
「八重霞　発端～第四十三回」
（月の舎主人　3月3日～4月24日『日出新聞』）
「梅干」（人文子　3月6日『北国新聞』）
「監督官の失体」（無署名　3月7日『北国新聞』）
「百々逸俗解」（無署名　3月8日『北国新聞』）
「俗翁と邪馬渓」（人文子　3月8日『北国新聞』）
〈寧斎野口君〉〔添書〕（忍月　3月9日『北国新聞』）
「春」（月の舎主人　3月9日『日出新聞』）

「作家消息」（無署名　2月25日『早稲田文学』）
◇第三回臨時総選挙（3月1日）
「連声について」（文狂生　3月11日『早稲田文学』）
「忍月居士の日本詩連声論」（頭韻生　3月25日『早稲田文学』）

明治27年

〈今日の挿画は〉〔添書〕　（忍月　3月10日『北国新聞』）
「石川県会を如何せん」（無署名　3月11日『北国新聞』）
「愚感」（人文子　3月11日『北国新聞』）
〈昨日の挿画は〉〔添書〕（忍月　3月12日『北国新聞』）
〈忍月曰す〉〔添書〕（忍月　3月12日『北国新聞』）
「偽設議長取消後　必来の問題」
（無署名　3月13日『北国新聞』）
〈忍月曰す〉〔添書〕（忍月　3月13日『北国新聞』）
「霊妙至美の花」（人文子　3月15日『北国新聞』）
「忌避の申請」（無署名　3月15日『北国新聞』）
「孤狗狸さん（上）～（下の下）」
（忍月閲　碧水作　3月15～18日『北国新聞』）
「濁声流行」（無署名　3月16日『北国新聞』）
「石川県会の善後策」（無署名　3月16・17日『北国新聞』）
「伊藤伯と円満」（無署名　3月17日『北国新聞』）
「宦官の勢力」（無署名　3月17日『北国新聞』）
「孔雀及鶏（レッシング譬喩談）」
（人文子　3月17日『北国新聞』）
「蛙の仮面」（無署名　3月17日『北国新聞』）
「偽設議会違法議決の告示」（無署名　3月18日『北国新聞』）

明治27年

「克己心」（無署名　3月18日『北国新聞』）
「陽敵陰和（犬と猿）」（無署名　3月18日『北国新聞』）
「忌避申請書を読む」（無署名　3月19日『北国新聞』）
「違憲の支出」（無署名　3月19日『北国新聞』）
「牧羊者及鶩」（人文子　3月19日『北国新聞』）
「復古的流行」（無署名　3月20日『北国新聞』）
「夫婦和合」（無署名　3月21日『北国新聞』）
「非立憲的動作」（無署名　3月21日『北国新聞』）
「妖天狗の鼻」（人文子　3月21日『北国新聞』）
「名士の病痾」（無署名　3月22日『北国新聞』）
「忌避申請」（無署名　3月22日『北国新聞』）
「春興（少年に告く）」（人文子　3月22日『北国新聞』）
「梅の美」（無署名　3月22日『北国新聞』）
「蜃気樓」（人文子　3月23日『北国新聞』）
「道と徳」（無署名　3月23日『北国新聞』）
「終に吾人をして先見の名を成さしむ」（無署名　3月23日『北国新聞』）
「県会の敗訴」（無署名　3月23日『北国新聞』）
「鬼の念佛」（蜀山人　3月23日『北国新聞』）
「決議は無効なり　告示は変更すべし」

明治27年

（無署名 3月24日『北国新聞』）
「碁天狗」（人文子 3月24日『北国新聞』）
「迷、悟、真、俗」（無署名 3月24日『北国新聞』）
「芭蕉の仏教想」（三界一門 3月24日『北国新聞』）
「侵官弁」（無署名 3月25日『北国新聞』）
「鬼の念佛（再び）」（人文子 3月25日『北国新聞』）
「兵児帯可廃説」（無署名 3月26日『北国新聞』）
「没美的二弊習」（無署名 3月26日『北国新聞』）
「系図自慢」（人文子 3月26日『北国新聞』）
「花前の甲令」（無署名 3月27日『北国新聞』）
「甲冑と河水と懐旧」（二世人文子 3月27日『北国新聞』）
「口実」（人文子 3月28日『北国新聞』）
「あわれ気を粧ふ」（人文子 3月28日『北国新聞』）
「朝日に匂ふ山櫻花」（夢裡生 4月1日『北国新聞』）
「武勇なる狼」（人文子 4月2日『北国新聞』）
「横山家子を吊す」（忍月 4月4日『北国新聞』）
「田螺と烏」（類人文子 4月6日『北国新聞』）
「皐月之助（発端）～（第三十五）」（忍月 4月6日～5月12日『北国新聞』）
「春宵寓言」（夢裡 4月11日『北国新聞』）

「俳句二評」（愈虐 4月1日『北国新聞』）
新小説予告〔記事〕（4月2日『北国新聞』）
横山家子（自殺の顚末）〔記事〕（4月3～5日『北国新聞』）

明治27年

「武士道」（無署名　4月12日『北国新聞』）

「兼て勁節貞心を愛すべし」（夢裡　4月12日『北国新聞』）

「燕」（人文子　4月13日『北国新聞』）

「竹内直養氏を吊す」（名無しのや　4月13日『北国新聞』）

〈昨日の挿絵〉〔添書〕（忍月　4月13日『北国新聞』）

「新聞記者の隠し芸」（白面生　4月15日『北国新聞』）

「落花嘆」（無署名　4月15日『北国新聞』）

「葉桜を迎ふ」（無署名　4月15日『北国新聞』）

「国粋宴の記」（美天狗　4月16日『北国新聞』）

〈今日は〉〔添書〕（忍月　4月17日『北国新聞』）

「鉢叩念佛」（類人文子　4月19日『北国新聞』）

〈本日の挿絵〉〔添書〕（忍月　4月19日『北国新聞』）

〈本日の挿絵は〉〔添書〕（忍月　4月26日『北国新聞』）

「県税問題」（無署名　4月29日『北国新聞』）

「緘黙」〔演説録〕（石橋法学士　4月30日『北国新聞』）

〈此段いまだ〉〔添書〕（忍月　4月30日『北国新聞』）

「農工商対栄典授与」（無署名　5月1・3日『北国新聞』）

「『仲左』に題す」（忍月　5月2日『北国新聞』）

「観ずるも夢の世、観ぜざるも亦夢の世なり」（夢裡生　5月2日『北国新聞』）

『文学者となる法』（魯庵　4月15日、右文社）

「仲左」（悠々庵　5月2日『北国新聞』）

「薔薇の制札」（天空生　5月5日『北国新聞』）

「亡国の音」（鉄幹　5月10～18日『二六新報』）

◇第六特別議会招集（5月12日）

「与志奈志詩（一）～（五）」

明治27年

「人真似！」（類人文子　5月3日『北国新聞』）
〈作者両三日〉〔添書〕（忍月　5月3日『北国新聞』）
「村夫子論」（人文子　5月10日『北国新聞』）
「嗚呼、停止」（無署名　5月10日『北国新聞』）
「国会は国民代表会に非ず」〔演説録〕（石橋友吉　5月11日『北国新聞』）
「代議士の名称」（無署名　5月12日『北国新聞』）
「八方美人おいと嬢」（無署名　5月12日『北国新聞』）
「民党勝つ」（無署名　5月13日『北国新聞』）
「想ひ見る」（無署名　5月13日『北国新聞』）
「自由楼のおりか拍子」（人文子　5月13日『北国新聞』）
「葉越の月（其一）～（其三十七）」（忍月閲　夢裡作　5月13日～6月19日『北国新聞』）
「議会は夫れ解散か」（無署名　5月14日『北国新聞』）
「去年の今頃」（無署名　5月14日『北国新聞』）
「石川県会不始末事件」（無署名　5月17日『北国新聞』）
「商工徒弟夜学校」（無署名　5月17日『北国新聞』）
「新吏党の魂胆」（無署名　5月18日『北国新聞』）
「地久節」（無署名　5月24日『北国新聞』）
「県下の諸学校に望む」（無署名　5月24日『北国新聞』）

（悠々庵　5月15～19日『北国新聞』）
◇北村透谷自殺（5月16日）
「美文と歴史との限界を論ず」（悠々庵　5月28日『北国新聞』）
◇衆議院　解散（6月2日）
「亭美眼を論ず」（悠々庵　6月8・9日『北国新聞』）
束髪娘　予告〔記事〕（6月19日『北国新聞』）
「一件一行」（無署名　6月28日『北国新聞』）
※義父正蔵　死去〔行年49歳〕（7月1日）
忍月居士の大人卒去す〔記事〕（7月6日『北国新聞』）
「『束髪娘』に就きて忍月居士に望む」（悠々庵　7月6・7日『北国新聞』）

明治27年

「市町村役場に望む」（無署名　5月24日『北国新聞』）
「柳風静」（無署名　5月28日『北国新聞』）
「尚武的紀念」（無署名　5月28日『北国新聞』）
「噫、新聞紙条例改正案」（無署名　5月28日『北国新聞』）
「当世色男」（無署名　5月28日『北国新聞』）
「百々逸俗解」（黙蛙　5月28日『北国新聞』）
〈夢裡曰く〉〔添書〕（夢裡　5月30日『北国新聞』）
「冷淡又冷淡」（無署名　5月31日『北国新聞』）
「校正難」（無署名　5月31日『北国新聞』）
「五二会石川県本部の開始を祝す」（無署名　6月1日『北国新聞』）
「清潔法」（無署名　6月1日『北国新聞』）
「一喜一憂」（無署名　6月1日『北国新聞』）
「民声杜絶の関門」（無署名　6月2日『北国新聞』）
「吁、解散」（無署名　6月4日『北国新聞』）
「硬軍六派の前議員を再選すべし」（無署名　6月4日『北国新聞』）
「誰か感涙に咽ばざらん」（無署名　6月4日『北国新聞』）
〈左の一篇は〉〔添書〕（忍月　6月4日『北国新聞』）
「伊藤内閣の伎倆」（無署名　6月5日『北国新聞』）

石橋忍月氏の帰省〔記事〕（7月20日『北国新聞』）
忍月居士の消息〔記事〕（7月22日『北国新聞』）
門、馬、特報〔記事〕（7月29日『北国新聞』）
◇清国に宣戦布告（日清戦争）（8月1日）
◇『しがらみ草紙』発刊（8月25日）
「蓮の露」（無署名　8月30日『文学界』）
◇第四回臨時総選挙（9月1日）

明治27年

「選挙区民　諸君に告ぐ」（無署名　6月6日『北国新聞』）
「奏議を読む」（無署名　6月7日『北国新聞』）
「金沢風俗の一斑　其一～其九」（黙蛙生　6月14～26日『北国新聞』）
『蓮の露』（忍月居士　6月18日、春陽堂）
「東髪娘（第一）～（第廿四）」（にんげつ　6月20日～7月14日『北国新聞』）
「演劇善用策」（無署名　6月24日『北国新聞』）
「韓山風雲急」（無署名　6月25日『北国新聞』）
「金沢風俗の評に就て」（黙蛙生　6月29日『北国新聞』）
〈本日の挿画は〉〔添書〕（にんげつ　7月2日『北国新聞』）
「断、戦」（無署名　7月3日『北国新聞』）
「戦争の利益」（無署名　7月4日『北国新聞』）
〈本日の挿画は〉〔添書〕（にんげつ　7月4日『北国新聞』）
〈忍月曰く〉〔添書〕（忍月　7月7日『北国新聞』）
〈忍月居士の消息〉〔書簡〕（無署名　7月22日『北国新聞』）
〈忍月居士の失策記〉〔書簡〕（石橋忍月　7月27日『北国新聞』）
『明治小庫』第十六編（石橋忍月　9月4日、博文館）
「玉つるぎ　第一～十五章」

「海軍従軍記」（のち「愛弟通信」）（独歩　10月21日～28年3月12日『国民新聞』）
◇鴨緑江渡河開始（10月24日）
◇旅順口を占領（11月21日）
※宮田キンとの間に光子生まれる（11月24日）
「惟任日向守」を読みて（桐生愈虐　12月14日『北国新聞』）
「惟任日向守」を読みてを読みて（骨々生　12月17日『北国新聞』）
「骨々生に与へて『惟任日向守』を論ず」（桐生愈虐　12月18・20日『北国新聞』）
「桐生氏に与ふ」（骨々生　12月22・23日『北国新聞』）
「『惟任日向守』につきて我が所見を明かにし以て新聞社に計るところあり」（森悠骨生　12月26日『北国新聞』）

明治27年

（月の舎主人　9月30日～10月19日『日出新聞』）
〈医学士戸田成年君ヲ憶フ〉〔草稿〕　（石橋友吉　11月、鶴久二郎蔵）
「惟任日向守（第四）～（第十四）」　（忍月居士　11月未詳～12月11日『北国新聞』）
「『惟任日向守』に就て」　（美眼子　12月27日『北国新聞』）

「無名庵主の不滅口」　（無署名　12月29日『北国新聞』）
「得能君の入社」　（赤羽萬次郎　12月30日『北国新聞』）
※『北国新聞』退社　（12月、日付未詳）

明治28年

「まだ桜咲かぬ故にや」　（贋西鶴　1月未詳『北国新聞』）
「霜の美」　（石橋忍月　1月5日『太陽』1号）
「乾坤第一春」　（石橋忍月　2月1日『少年世界』3号）
「美文と歴史との間に一線を画す」　（石橋忍月　3月5日『太陽』3号）
「美文と歴史との間に一線を画す」〔抄録〕　（石橋忍月　4月10日『早稲田文学』85号）
「掛飛殿へ物申さん」　（局外生　4月29日『北国新聞』）
「感情を論して詩人に及ぶ」　（石橋忍月　5月5日『太陽』5号）
「感情を論して詩人に及ぶ」〔抄録〕　（石橋忍月　5月25日『早稲田文学』88号）
『露子姫』〔七版〕　（忍月居士　10月15日、春陽堂）
『夏祓』　（忍月　11月20日、春陽堂）

◇『太陽』『帝国文学』等創刊相次ぐ　（1月）
記者曰〔記事〕　（1月5日『太陽』）
※金沢弁護士会に弁護士登録　（1月15日）
※金沢弁護士会に入会　（1月18日）
※石橋友吉法律事務所を開設　（1月28日）
※金沢地方裁判所検事局に弁護士登録　（1月31日）
「送石橋君」　（赤羽萬次郎　2月3日『北国新聞』）
石橋学士披露宴の記〔記事〕　（2月5日『北国新聞』）
石橋弁護士への祝俳〔記事〕　（2月22日『北国新聞』）
記者云〔記事〕　（3月5日『太陽』）
◇第四回内国勧業博覧会　（4月1日～7月31日）
◇日清講和条約調印　（4月17日）
◇三国干渉　（4月23日）
「にごりえ」　（一葉　9月20日『文芸倶楽部』）

明治28年	『蓮の露』〔二版〕（忍月居士　12月8日、春陽堂） 『惟任日向守』（石橋忍月　12月13日、春陽堂） 「金子清作翁」（無署名　12月21日『北国新聞』）	「訥軍曹」等の出版〔記事〕（12月20日『北国新聞』） 「夏祓ひ」（無署名　12月25日『女学雑誌』） 「夏はらひ」（無署名　12月30日『文学界』）
明治29年	「初夢（中）（下ノ一）（下ノ二）」（忍月　1月7・8・9日『北国新聞』） 「記者の自重心」（局外生　2月26日『北国新聞』） 「束髪娘（一）～（十六）」〔再録〕（石橋忍月　6月10日『文芸倶楽部』2巻第7編） 「文士の品位」（無署名　6月16日『北国新聞』） 「束髪娘（十七）～（卅四）」〔廿四まで再録〕（石橋忍月　7月15日『文芸倶楽部』2巻第8編）	※養父養元、金沢に転住（1月、日付未詳） 「惟任日向守」（無署名　1月30日『文学界』） 「惟任日向守」（2月25日『早稲田文学』） ※養元が「石橋眼療院」を開院（4月1日） 「忍月の束髪娘」（湖処子　6月20日『国民之友』） ◇『新小説』（第二期）再刊（7月27日） ※横山翠と再婚（11月2日入籍） ◇樋口一葉　死去（11月23日）
明治30年	「小公子評」〔再録〕（石橋忍月　1月26日、若松賤子『小公子』） 俳句〔二句〕（忍月　2月5日『新小説』） 「新小説各評」（石橋忍月　2月5日『新小説』） 俳句〔一句〕（忍月　2月23日『北国新聞』） 「新小説各評」（忍月　3月5日『新小説』） 「雛の節句」（夢裡　4月3日『北国新聞』） 「士道論(上)～(下)」（無署名　4月5・6・7日『北国新聞』）	「作家画伯肖像三十三氏『石橋忍月先生』」（無署名　1月1日『新小説』） 「忍月居士の俳句」（露伴　2月5日『新小説』） ※金沢弁護士会副議長選挙に落選（4月13日）

明治30年

「桂仙太郎（一）（二）」（夢裡　5月11・12日『北国新聞』）	手取川不正事件弁護士受持〔記事〕（5月26日『北国新聞』）	
「桂仙太郎物語（三）～（九）」（夢裡　5月13～19日『北国新聞』）		
「住吉詣の記」（黙蛙　5月20日『喜楽』）		
「端午の節句」（夢裡　6月5日『北国新聞』）		
「夕立ばれ」（黙蛙　7月12日『喜楽』）		
「救療患者（一）～（七）」（夢裡生　7月19～25日『北国新聞』）	※文学同好会「洞然会」を発会	（7月28日）
短歌〔一首〕（石橋友吉　7月30日『北国新聞』）		
「洞然会の発会式」（朝顔　7月31日『北国新聞』）		
俳句〔七句〕（萩の門　7月31日『北国新聞』）	「俳句の美」（悠々　8月2日『北国新聞』）	
「雅号由来記」（無署名　8月5日『新小説』）		
短歌〔一首〕（石橋友吉　8月13日『北国新聞』）		
「洞然会第二会の記」（忍月　8月28日『北国新聞』）	※洞然会〔第二回〕	（8月25日）
俳句〔十四句〕（萩の門　8月28日『北国新聞』）	◇蘇峰　内務省勅任参事官に就任	（8月26日）
短歌〔一首〕（石橋友吉　9月1日『北国新聞』）	『若菜集』（藤村　8月29日、春陽堂）	
短歌〔一首〕（石橋友吉　9月4日『北国新聞』）	◇山田喜之助　衆議院書記官長に就任	（9月11日）
「洞然会第三回の記」（桂の里　9月17日『北国新聞』）	※洞然会〔第三回〕	（9月15日）
俳句〔十一句〕（萩の門　9月17日『北国新聞』）		
短歌〔一首〕（石橋友吉　9月23日『北国新聞』）	※長女　冨美子生る	（9月22日）

明治30年

「秋乃寐覚」（はぎのや　9月25日『北国新聞』）
短歌〔二首〕（石橋友吉　9月29日『北国新聞』）
「美術展覧会評判（一）～（二十一）」（局外生　10月17日～11月6日『読売新聞』）
「時報－被告人に対する新聞の筆、聴客の冷談、燕枝の怨訴、教育流毒論、奉公人百話、新著月刊の走馬燈、小説中人物の作家を評す、岩崎家と図書館、青年作家の普通学儀欠乏」（無署名　11月5日『新小説』）
「絵画共進会評判（一）～（九）」（局外生　11月16日～30日『読売新聞』）
「無礙菴殿に答へ申し候」（局外生　11月23日『読売新聞』）
「案外生殿に御答申上候」（局外生　11月28日『読売新聞』）
「案内君に答ふ」（局外生　11月28日『読売新聞』）
「時報－青年作家の普通学識欠乏に就て（再び）、樗牛と桂月の喧嘩、春陽文庫の諷刺画と大日本記者の評言、講談と文芸倶楽部、徳富蘇峰と諸新聞の品位、金子堅太郎君は日本美術協会秋季展覧会審査長なり、非裸体画論者の一理由、経験の価値と況翁閑話、高野放逐事件と壮士劇の好資料、『伊達政宗』と『北条早雲』、新小説第十二巻、文学家美術家雑話会第一会、瞥見雑記」（無署名　12月5日『新小説』）

※妻子と共に再上京（10月、日付未詳）
◇山田喜之助の就任祝宴会開催（10月16日）
◇『早稲田文学』廃刊（10月25日）
※東京地方裁判所検事局に弁護士登録換（11月4日）
「美術界はがきだより」（鉄牛　11月12日『読売新聞』）
「局外生殿に伺ひ申候」（無礙菴　11月22日『読売新聞』）
交遊会「雑話会」に露伴らと参加（11月23日）
文学家美術家雑話会〔記事〕（11月25日『読売新聞』）
「局外生殿に御伺申上候」（案外生　11月26日『読売新聞』）
「局外君に問ふ」（案内生　11月26日『読売新聞』）
石橋忍月子の消息〔記事〕（11月27日『北国新聞』）
「呈局外生先生」（唯美生　12月6日『読売新聞』）

明治30年	明治31年
「絵画共進会後日評判（一）～（七）」（局外生　12月14～20日『読売新聞』） 「雅楽界の真相を論じ雅楽の為めに其妄を弁ず」（局外生　12月11日『日本』）	「征衣（上）（下）」（しのぶ　1月1・2日『北国新聞』） 「元旦のほぎごと」（萩の門忍月　1月1日『新小説』） 「時報－『時報』の改進、本誌の懸賞小説に就て、大学果して十軒店の雛市か、無題一、無題二、無題三、文学思想と滑稽、均しく是れ同一の裸体画なり、裸体画と風紀論、裸体画のモデル、『光明』の理想橋、無学か不注意か、糊と鋏＝地方新聞、江湖の色男色女の一読を要す（男女契約に対する新判決例）、鸚鵡法廷に於て証人となる、時事新報の左擒右縦の筆、所謂食客、警視庁の脚本改竄に就て、『恋の病』と市村座、百鬼昼行、巷街漫歩」（忍月　1月1日『新小説』） 「評苑－魔日の船出、氷川清話、新著月刊（第十号）、心の緒琴（第二集）、大日本（第二巻第十五号）、早稲田文学（第七年第三号）、反省雑誌（第十二年第十一号）、世界之日本（第二十二号）、帝国文学（第三巻第十二）、深山の美人（弦斎居士著）」（忍月　1月1日『新小説』）
	※『新小説』編集顧問に就任（1月1日発行第三年第一巻より） 「明治三十年文学界一覧表」（無署名　1月3日『早稲田文学』） 「裸体画論続」（無署名　1月3日『早稲田文学』） 「新小説第三年第一巻」

明治31年

「明治三十年の美術界」（局外生　1月1・2日『読売新聞』）

「置巨燵」（黙蛙坊　1月23日『喜楽』）

「時報―普通智識欠乏に就て（三たび）、仏国小説大家ドーデーの訃、海上胤平の破魔小言、鉄管事件被告人の無罪、画家の大難物、失調没意の鏡花、語遊会、三島通良君と学校衛生、ドクトル大西君の省字説、小説の終りはいつも不めでたし、睚眦之怨必報、涙香に非ず嶺雲なり、東京の道路、硯友系図、巷街漫歩」（忍月　2月5日『新小説』）

「評苑―ひな歌（新著月刊）、月暈日暈（新著月刊）」（忍月　2月5日『新小説』）

「因果」〔再録〕（忍月居士　2月5日『明治小説文庫』3編）

「置巨燵　二」（黙蛙坊　3月1日『喜楽』）

「時報―懸賞小説の結果、懸賞小説募集方法、日本画会起る、グラッドストヲンと新聞紙、沸国著作家と報酬、鮮美なる製本術、民法草案と離婚、姦通と離婚、姦通処刑の場合、結婚の年齢、早婚、行検の先見、不注意か、馬鹿々々敷者、同記者又曰、学堂氏も盲せるか、今年の最大美術、南洋万斛の涙、浪六の空威張り、俳諧十傑と女義太夫、新駒、妓流の当選者、理想と傾向と、小学読本、小説家と人物画、巷街散歩、柳川春葉の入夥、前号の誤謬を正す、前

（無署名　1月10日『女学雑誌』）

第二回文学家美術家雑話会〔記事〕（2月1日『読売新聞』）

「新聞雑誌の時文記者」（無署名　2月3日『早稲田文学』）

「石橋忍月君」（無署名　2月5日『明治小説文庫』）

「塵影」（門外生　2月7・8日『読売新聞』）

「新小説第三年第一巻」（三輪　2月10日『帝国文学』）

「忍月門外二子が『思ひざめ』の評を読みて」（薇陽　2月22～24日『読売新聞』）

「塵影」（門外生　2月28日『読売新聞』）

明治美術会の創立記念展覧会〔記事〕（3月2日『読売新聞』）

「恋愛と猥褻と」（こや　3月10日『帝国文学』）

「新小説第三年第三巻」（無署名　3月10日『女学雑誌』）

◇山田喜之助　第五回衆議院議員臨時総選挙に当選（3月15日）

美術界波瀾の真相〔記事〕（3月21日『読売新聞』）

明治31年

号の発兌期日の遅延に就て」（忍月　3月5日『新小説』）
「美術漫言（一）〜（三）」
（烏有生　3月21・28・31日『読売新聞』）
「時報―軽浮なる文界、猥褻なる文界、ふたすぢ道、国体、陰陽不能、視能聴能、巷街游歩、「不言不語」の懸賞画の結果、表紙画に就て」
（忍月　4月5日『新小説』）
「評苑―影か人か、暮の廿八日」（忍月　4月5日『新小説』）
「絵画共進会評判（一）〜（五）」
（局外生　烏有生　4月25・27・29・30日、5月1日『読売新聞』）
「明治美術会評判（一）〜（四）」
（烏有生　局外生　5月2・5・6・8日『読売新聞』）
「時報―美術学校の紛擾、寧斎と青崖と、吊新著月刊、大阪文芸新聞、教育と宗教と、教育と教育者と、小説の形式、羅馬字会の再興、時代の素養、巷街散歩」
（忍月　5月5日『新小説』）
『東洋大都会』（石橋忍月補　前田曙山編　5月15日、春陽堂）
「裸体画事件（新著月刊の新聞紙条例違反被告事件）」
（石橋友吉　5月28・29日『読売新聞』）
〈興味ある裁判―裸体画事件〉〔弁護録〕
（5月28日『国民新聞』）

美術界の大破裂〔記事〕（3月28日『読売新聞』）
「美術界雑感」（蠖歩生　3月29日『読売新聞』）
「芸苑饒舌」（無記庵　3月30日『読売新聞』）
美術界紛擾の後報〔記事〕（3月30・31日『読売新聞』）
「明治座及び歌舞伎座三月狂言漫評」
（編輯総出　4月1日『新小説』）
「新小説第三年第四巻」
（無署名　4月10日『女学雑誌』）
私立美術学校の設立〔記事〕
（無署名　4月16日『読売新聞』）
美術界の瑣聞〔記事〕（4月25日『読売新聞』）
美術学校波瀾の余聞〔記事〕（5月1日『読売新聞』）
「美術界の一紛擾」（無署名5月3日『早稲田文学』）
「新小説第三年第四巻」
（無署名　右同誌）
「明治座四月狂言合評」
（編輯総出　5月5日『新小説』）
「塵影」（門外生　5月9日『読売新聞』）
「軽浮なる文界」（無署名　5月10日『帝国文学』）
新著月刊事件公判〔記事〕（5月14日『読売新聞』）
新著月刊裸体画事件の公判〔記事〕

明治31年

〈裸体画事件に関する石橋弁護士の書翰〉（5月31日付書簡）
（6月未詳『京都新聞』、「追想録」）
「時報―懸賞小説の結果披露、本誌の懸賞吟詠に就て、学校に於ける学生の演劇、桂月の正成論、桂月の猥褻に就ての意見、解嘲、軽浮なる文界、千篇一律、平面的羅列、トラジシヨン、正当防禦、国家の観念、新著月刊の新聞紙条例違反被告事件、台湾と露国、巷街散歩」
（忍月　6月5日『新小説』）
「日本画会戊戌展覧会評判（一）～（六）」
（局外生　6月18・19・21・22・25・27・29日『読売新聞』）
「東京片信」
（石橋友吉　7月1日『北国新聞』）
「日本画会戊戌展覧会批判（一）～（四）」
（烏有生　7月2～5日『読売新聞』）
「時報―裸体画事件（新著月刊及京都新聞事件、東京京都両地方裁判所の判決）、風紀励行の結果、無題一、無題二、疫病的生蕃的新聞、夢日記、小説は不振か、東京独立雑誌、感化力の強弱、青葉会成る、天下の名文、忍月君へ（木同生寄）、巷街漫歩」
（忍月　7月5日『新小説』）
「人文―人文欄を設く、文と山と、四種高妙、日の出嶋と醜女、河骨と貧女、文学排斥論に就て」

「塵影」
（5月19日『東京日日新聞』）
※裸体画事件　東京地方裁判所で無罪判決
（門外生　5月30日『読売新聞』）
（5月30日）
新著月刊裸体画事件判決記〔記事〕
（5月31日『読売新聞』）
「『新著月刊』の裸体画に就いて」
（文野要　6月3日『早稲田文学』）
「歌舞伎座五月狂言漫評」
（編輯総出　6月5日『新小説』）
「裸体画と風教と」（無署名　6月10日『帝国文学』）
「推参録」
（波砒生　6月27日『読売新聞』）
「裸体画論」
（無署名　7月4日『早稲田文学』）
「裸体画問題の再燃」
（無署名　右同誌）
「忍月君へ」
（木同生　7月5日『新小説』）
「明治座六月狂言漫評」
（編輯総出　右同誌）
◇山田喜之助　司法次官に就任
（7月5日）
「新小説第三年第七巻」
（7月10日『帝国文学』）
※裸体画事件　控訴院で無罪判決
（7月18日）
「裸体画と社会道徳」

	明治31年	明治32年
	（忍月　8月5日『新小説』） 「時報－日本美術院、浅井忠氏、萬朝報、日の出嶋、金色夜叉、二世道風、松林伯知」（無署名　8月5日『新小説』） 「人文－覚束なき独逸通、新著月刊事件、国民之友の廃刊、選詩者、柳外汲蛙声、懸賞小説に対する評、『埋れ井戸』の著者に寄す、三怖悦の中止、鷗外の知恵袋、箝口禁令の廃止、言行相反（太陽記者の品性問題）」（忍月　9月5日『新小説』） 「時報－人文、春陽堂、日の出島、懸賞小説」（無署名　9月5日『新小説』） 『民法親族篇通解』（石橋友吉　9月15日、春陽堂） 『東洋大都会』〔再版〕（石橋忍月補　前田曙山編　10月15日、春陽堂）	「露小袖を批評す」〔再録〕（石橋忍月　5月5日、大橋乙羽『花鳥集』） 「芳野瞥見記（旅日記の抄録）」（忍月生　5月5日『新小説』）
	（無署名　8月10日『帝国文学』） ◇山田喜之助　第六回衆議院議員臨時総選挙で再選（8月10日） ◇『国民之友』廃刊（8月10日） 山田司法次官に対する告訴状〔記事〕（8月14日『読売新聞』） 司法権乱用事件〔記事〕（8月15・16・17日右同紙） 京橋事件彙報〔記事〕（8月18・19・20・21日右同紙） 山田次官辞表彙聞〔記事〕（8月23・24・25日右同紙） ◇山田　司法次官辞す（9月2日） 「新小説第三年第十巻」（無署名　9月25日『女学雑誌』） ※『新小説』編集主任を辞す（9月、日付未詳） 「文壇消息」（無署名　10月8日『早稲田文学』） 「石橋忍月氏」（無署名　11月5日『新小説』） 「民法親族篇解」（無署名　11月10日『帝国文学』）	「六十日記」（露伴　4月6日『新小説』） ※露伴らが送別会を催す（6月14日） ※長崎地方裁判所判事として再仕官（6月16日） ◇鷗外　小倉に転任（6月19日）

明治32年

「こしかた」（石橋忍月　6月5日『新小説』）
「相撲雑感」（忍月生　7月14日『新小説』）
〈長崎所感〉〔談話録〕（石橋忍月居士　7月23・25日『鎮西日報』）
短歌〔四首〕（石橋忍月居士　7月23・25日『鎮西日報』）
俳句〔四句〕（石橋忍月居士　7月25日『鎮西日報』）
「夏の花」（石橋忍月　9月15日、諸大家合作『銷夏漫筆』）
「裂眞虞の比喩談」（忍月石橋友吉　11月22日、俣野義郎編『江山烟雲』）

※長崎地方裁判所判事として着崎（6月25日）
忍月の講談〔記事〕（6月25日『鎮西日報』）
「汽車拾遺」（無署名　6月25日『鎮西日報』）
「忍月様に申上候」〔投書〕（7月7日『鎮西日報』）
※正七位を授与さる（7月11日）
「文士の徳義」（無署名　7月14日『新小説』）
忍月様へ〔投書〕（7月15日『鎮西日報』）
「石橋忍月居士を訪ふ」（文学嗜好生　7月23・25日『鎮西日報』）
石橋忍月談話　他〔投書〕（7月26日『鎮西日報』）
※長崎市街図送る（石橋忍月君寄贈　9月15日『新小説』）
「忍月居士」（無署名　10月15日『新小説』）

明治33年

「御代の春」（忍月　1月1日『鎮西日報』）
「光陰は皺なり」（石橋忍月　1月、初出未詳、「追想録」）
「只説録（其一）～（其九）」（日本書生　2月、初出未詳、「追想録」）
「花だより」（萩の門生　4月、初出未詳、「追想録」）
「萩の門生より」（萩の門生　4月、初出未詳、「追想録」）
「七千五百石」

※判事を辞す（1月17日）
※長崎地方裁判所検事局に弁護士登録換（2月9日）
◇『明星』創刊（4月25日）

明治33年	（いしばしにんげつ　5月、初出未詳、「追想録」） 「ノヘ子　一～十七」（忍月　6月、初出未詳、「追想録」） 「夏の花」〔再録〕（忍月　6月15日、山本栄次郎編『白百合』） 「命名の議事（其一）～（其四）」（宇宙子　初出未詳、「追想録」） 「蘇生鳥と新報」（忍月　初出未詳、「追想録」）	弁護士総会〔記事〕（5月8日『鎮西日報』） ※長男元吉生る（6月31日） ◇漱石　文部省留学生として渡英（9月8日） ※立憲政友会長崎市支部創立委員に選出さる（12月13日）
明治34年	「四ツの杖（一）～（四）」（忍月生　5月、初出未詳、「追想録」） 「豪傑星亭君を悼む」（忍月　6月、初出未詳、「追想録」）	◇大橋乙羽　死去（6月1日） 『みだれ髪』（晶子　8月15日、東京新詩社） ※湯辺田の生家を登記移転（11月29日）
明治35年		※次男令吉生る（5月6日） ◇この年　前期自然主義　勃興
明治36年	「久留米の二日（其一）（其二）」（石橋忍月　5月、初出未詳、「追想録」） 「檜木笠」（忍月　初出未詳、「追想録」） 「続檜木笠」（忍月　初出未詳、「追想録」）	石橋江南軒の和歌会〔記事〕（7月1日『北国新聞』） ◇尾崎紅葉　死去（10月30日）

明治37年

「獣類の席次争ひ」（石橋忍月　1月1日『鎮西日報』）
短歌〔一首〕（石橋友吉　1月20日『鎮西日報』）
短歌〔一首〕（石橋友吉　1月23日『北国新聞』）
「マカロフ中将の戦死を悼む」（忍月　4月、初出未詳、「追想録」）
「命名の辞」（その父　5月、初出未詳、「追想録」）
「時事雑感（一）～（四）」（石橋忍月　6月、初出未詳、「追想録」）
「時世直言（一）～（五）」（石橋忍月　9月、初出未詳、「追想録」）
「答熊谷君書」（石橋友吉　9月、初出未詳、「追想録」）

還暦賀〔記事〕（1月15日『北国新聞』）
◇ロシアに宣戦布告〔日露戦争〕（2月10日）
市会議員候補者決定〔記事〕（3月19日『鎮西日報』）
※長崎市会議員「二級」選挙に当選（3月29日）
市会議員選挙結果〔記事〕（3月31日『鎮西日報』）
※市議会で「学務委員」に選出される（4月20日）
※次女かつみ生る（5月11日）
◇日韓協約調印（8月22日）
※市議会で「埋築地貸渡及売渡規則審査委員」に指名される（9月26日）
石友の欠席〔記事〕（9月28日『鎮西日報』）

明治38年

「獣類の新社会」（石橋忍月　1月1日『新小説』）
「長崎の三名物」（忍月　1月1日『長崎新報』）
「軍国の新年と梅花」（萩の門　1月1日『長崎新報』）
〈拝呈今回県会議員選挙に付〉〔立候補辞退声明文〕（3月21日『東洋日の出新聞』記事収載）
「シルレル祭に就て（其一）～（其四）」（石橋忍月　5月、初出未詳、「追想録」）
「シルレル百年祭」（石橋忍月　5月、初出未詳、「追想録」）

「新小説に就ての予の感」（露伴　1月1日『新小説』）
本市県会議員候補者〔記事〕（3月17・21・23・24『鎮西日報』）
※長崎県会議員補充選挙で、「抽籤」立候補辞退（3月20日）
◇日本海海戦（5月27・28日）
◇日露講和条約調印　日比谷焼打事件（9月5日）
当市政友会員の脱退者〔記事〕（9月9日『鎮西日報』）

年	作品	関連事項
明治38年	「屈辱的講和」（無署名　9月1日『長崎新報』） 「敢て国民に檄す」（無署名　9月4日『長崎新報』） 「例言」（男友吉　10月13日、石橋養元『さ、れいし』） 俳句〔一句〕（石橋忍月　右同書）	※日露講和条約反対の市民大会決起（9月12日） 昨日の市民大会〔記事〕（9月13日『鎮西日報』） 昨日の非講和大会〔記事〕（9月21日『鎮西日報』） ◇養元還暦記念の賀歌句集『さ、れいし』刊行（10月13日）
明治39年	和歌〔一首〕（石橋友吉　1月17日『鎮西日報』） 「約束手形金請求事件」（石橋友吉　4月5日『法律新聞』） 〈筆のさまゞま「石橋友吉」〉（署名）（7月14日『鎮西日報』） 〈崎陽名士筆跡「石橋友吉」〉（署名）（10月1日『長崎新聞』） 「市会の横暴を論じて所謂市紳の体度に及ぶ」（石橋友吉　10月7日『長崎新報』） 「春陽堂女主人を悼む」（石橋忍月　初出未詳、「追想録」） 「壺すみれ」（ゆかり　初出未詳、「追想録」）	◇『文章世界』創刊（3月15日） 『破戒』（藤村　3月25日『緑陰叢書』） 弁護士会臨時総会〔記事〕（7月3日『鎮西日報』） 一昨夜の長崎市会〔記事〕（10月7日『鎮西日報』） 「市会の党議に賛して石橋君の論説を駁す」（岡野正理　10月11日『長崎新聞』『鎮西日報』） 「独り市会の問題ならず」（太田生　10月13〜16日『長崎新聞』） 長崎市会〔記事〕（10月27日『鎮西日報』） 一昨夜の長崎市会〔記事〕（10月27日『長崎新聞』） ※長崎弁護士会「常議員」に選出さる（10月28日） 一昨夜の長崎市会〔記事〕（12月27日『長崎新聞』『鎮西新聞』）
	「冬の花」（石橋忍月　1月1日『長崎新報』）	市会議員留退任別〔記事〕（1月11日『長崎新報』）

明治40年

「我家の新年」〔二十句含む〕（萩の門忍月　1月1日『長崎新報』）
俳句〔一句〕（石橋友吉　1月17日『鎮西日報』）
「瑕疵満面の教科書（一）（二）」（石橋友吉　4月2・3日『長崎新報』）
和歌〔一首〕（石橋友吉　1月17日『鎮西日報』）
「続教科書論（一）（二）（三）」（石橋友吉　4月8・9・10日『長崎新報』）
「命名之辞」〔草稿〕（無署名　4月28日、忍月資料館蔵）
「辻占売」（石橋忍月　8月1日、季花生編『手紙大観』）
俳句〔四句〕（萩の門　11月1日『長崎新報』）
「幽芳録」（忍月　11月3日『長崎新報』）
俳句〔三句〕（萩の門　11月3日『長崎新報』）
俳句〔十一句〕（萩の門　11月5日『長崎新報』）
俳句〔六句〕（萩の門　11月6日『長崎新報』）
俳句〔三句〕（萩の門　11月7日『長崎新報』）
俳句〔十句〕（萩の門　11月10日『長崎新報』）
「忍月萱堂七十賀」（忍月生　11月14日『長崎新報』）
俳句〔二句〕（萩の門　11月14日『長崎新報』）
俳句〔三句〕（萩の門　11月15日『長崎新報』）

長崎市会〔記事〕（1月18日『鎮西日報』）
市会議員の色別〔記事〕（1月27日『長崎新報』）
※市長留任勧告の市民大会起こす（1月29日）
◇碧梧桐選「日本俳句」復活掲載始まる（3月1日）
長崎市会の光景〔記事〕（3月18日『長崎新聞』）
「筆の雫」（無署名　3月26日『長崎新報』）
三十九年度最後市会〔記事〕（3月29日『長崎新聞』）
市会議員の席次〔記事〕（4月15日『長崎新報』）
※三男貞吉（山本健吉）生る（4月26日）
四派の主張と今後〔記事〕（6月18日『長崎新聞』）
助役候補談〔記事〕（7月6日『長崎新報』）
平田前助役送別会〔記事〕（7月1日『長崎新聞』）
※養元　金沢から福島に転住（7月、日付未詳）
長崎政友会候補難〔記事〕（8月18日『長崎新聞』）
県下遂鹿界の近状〔記事〕（8月22日『長崎新聞』）
長崎市の選挙界〔記事〕（9月16・19日『長崎新聞』）
政友会の無候補者事情〔記事〕（9月19日『長崎新聞』）
一昨夜の長崎市会〔記事〕（9月19日『鎮西日報』）
※県会議員選挙の出馬要請を辞退（9月25日）
※俳句同好会「金谷会」を結成（10月23日）

明治40年

俳句〔二句〕（萩の門　11月19日『長崎新報』）
俳句〔三句〕（萩の門　11月20日『長崎新報』）
俳句〔四句〕（萩の門　11月21日『長崎新報』）
俳句〔三句〕（萩の門　11月22日『長崎新報』）
俳句〔二句〕（萩の門　11月23日『長崎新報』）
俳句〔十句〕（萩の門　11月27日『長崎新報』）
「喜々津吟行」（会末乙生　11月29日『長崎新報』）
和歌〔一首〕（萩の門　11月29日『長崎新報』）
俳句〔一句〕（萩の門　11月29日『長崎新報』）
俳句〔三句〕（萩の門　11月30日『長崎新報』）
俳句〔四句〕（萩の門　12月1日『長崎新報』）

「自然主義」（上田敏　11月1日『新小説』）
◇この年　自然主義論　興隆
※金谷会第二回定期会（11月16日　於白露庵）
※金谷会臨時野遊会（11月24日　於喜々津）
「喜々津吟行」（無署名　11月29日『長崎新報』）
※金谷会第三回定期会（12月7日　於木石居）
一昨夜の市会〔記事〕（12月27日『鎮西日報』）

明治41年

俳句〔四句〕（忍月　1月、初出未詳、「緑」）
〈北川市長〉〔議会発言〕（8月2日『鎮西日報』記事収載）
「序」（忍月生　10月10日、池松節編『五行文芸』一集）

長崎市会〔記事〕（1月30日『長崎新聞』）
※養元　金沢から福島町に転籍（3月9日）
長崎市の選挙場〔記事〕（5月16日『長崎新聞』）
廿二日夜の市会〔記事〕（6月25日『長崎新聞』）
市長委員会の真相〔記事〕（7月12日『長崎新聞』）
※湯辺田の生家売却される（7月31日）

明治42年

「二仙の像に題す」（萩の門　1月1日『長崎新報』）
俳句〔六句〕（忍月　1月1日『長崎新報』）

募集俳句（萩の門忍月先生選　1月1日『長崎新報』）

明治42年

俳句〔二句〕（忍月 1月9日『長崎新報』）
俳句〔二句〕（忍月 1月13日『長崎新報』）
俳句〔二句〕（忍月 1月16日『長崎新報』）
俳句〔二句〕（忍月 1月28日『長崎新報』）
俳句〔二句〕（忍月 2月7日『長崎新報』）
俳句〔四句〕（忍月 2月16日『長崎新報』）
俳句〔三句〕（忍月 2月18日『長崎新報』）
「梅花香裡対座吟」（忍生 2月24日『長崎新報』）
俳句〔十一句〕（忍月 2月24日『長崎新報』）
〈募集俳句に就ての感想（下）〉〔談話録〕（忍月先生談 3月6日『長崎新報』）
俳句〔二句〕（忍月 3月17日『長崎新報』）
俳句〔十二句〕（忍月 3月18日『長崎新報』）
俳句〔一句〕（忍月 3月23日『長崎新報』）
俳句〔一句〕（忍月 3月24日『長崎新報』）
俳句〔四句〕（忍月 4月3日『長崎新報』）
俳句〔二句〕（忍月 4月10日『長崎新報』）
俳句〔一句〕（忍月 4月16日『長崎新報』）
俳句〔二句〕（忍月 4月17日『長崎新報』）
俳句〔二句〕（忍月 4月22日『長崎新報』）

※金谷会第二十九回例会（1月7日 於華島居）
※金谷会第三十回例会（1月23日 於楽只庵）
※金谷会第三十一回例会（2月7日 於楽只庵）
「市参事会改善論」（白萩 2月23日『長崎新報』）
※金谷会第三十二回例会（2月24日 於蒹葭居）
「懸賞募集俳句披露」（忍月先生選 3月2日『長崎新報』）
※金谷会第三十三回例会（3月18日 於白露庵）
※金谷会第三十四回例会（3月29日 於楽只庵）
※金谷会第三十五回例会（4月12日 於木石居）
※金谷会第三十六回例会（4月28日 於楽只庵）
※光子を認知入籍（4月29日）

明治42年

俳句〔一句〕（忍月　5月2日『長崎新報』）	
俳句〔二句〕（忍月　5月4日『長崎新報』）	※金谷会第三十七回例会（5月11日　於白露庵）
俳句〔三句〕（忍月　5月16日『長崎新報』）	
俳句〔二句〕（忍月　5月28日『長崎新報』）	
俳句〔二句〕（忍月　5月30日『長崎新報』）	
俳句〔二句〕（忍月　6月8日『長崎新報』）	※金谷会第三十八回例会（6月10日　於蒹葭居）
俳句〔二句〕（忍月　6日18日『長崎新報』）	
「天下の丸山（1）～（43）」（丸々子　6月21日～8月未詳『長崎新報』、「黄」）	
俳句〔一句〕（忍月　6月22日『長崎新報』）	※金谷会第三十九回例会（6月23日　於士英居）
俳句〔三句〕（忍月　6月29日『長崎新報』）	※金谷会第四十回例会（7月12日　於楽只庵）
俳句〔四句〕（忍月　8月13日『長崎新報』）	市会議員は総選挙〔記事〕（8月10日『長崎新聞』）
俳句〔二句〕（忍月　8月14日『長崎新報』）	※金谷俳三昧会（8月11～17日　於楽只庵）
俳句〔三句〕（忍月　8月15日『長崎新報』）	
「頼山陽と丸山」（丸々子　8月17日『長崎新報』）	
俳句〔三句〕（忍月　8月17日『長崎新報』）	
俳句〔三句〕（忍月　8月18日『長崎新報』）	
俳句〔三句〕（忍月　8月19日『長崎新報』）	
「文豪の鞋痕（1）～（51）」（丸々子　8月20日～10月23日『長崎新報』）	

明治42年

俳句〔四句〕（忍月　8月20日『長崎新報』）
俳句〔三句〕（忍月　8月21日『長崎新報』）
俳句〔一句〕（忍月　9月23日『長崎新報』）
俳句〔一句〕（忍月　9月24日『長崎新報』）
俳句〔二句〕（忍月　9月26日『長崎新報』）

俳句〔一句〕（忍月　10月1日『長崎新報』）
卜居（忍月　10月1日『長崎新報』）
俳句〔三句〕（忍月　10月2日『長崎新報』）
俳句〔二句〕（忍月　10月3日『長崎新報』）
俳句〔一句〕（忍月　10月11日『長崎新報』）
俳句〔三句〕（忍月　10月12日『長崎新報』）
俳句〔一句〕（忍月　10月13日『長崎新報』）
俳句〔五句〕（忍月　10月21日『長崎新報』）
俳句〔二句〕（忍月　10月22日『長崎新報』）
〈朝に一本の腕〉〔議会発言〕
（石橋友吉　10月26日『長崎新報』記事収載）
俳句〔一句〕（忍月　10月29日『長崎新報』）
「寄痴遊君」〔俳句四句含〕（忍月　11月14日『長崎新報』）
俳句〔三句〕（忍月　11月19日『長崎新報』）

※子規忌俳会（9月19日　於崇福寺）
「子規忌句会覗き」（木下緑郎　9月23日『長崎新報』）
※金谷会第四十一回例会（9月26日　於忍月新居）
「祝忍月転居」（新報俳壇　10月1日『長崎新報』）
※金谷会第四十二回例会（10月2日　於木石居）
※金谷会第四十三回例会（10月13日　於露骨居）
※十月市会で埋築地市税賦課法委員に選出される
（10月13日）
※金谷会二周年記念写生吟行（10月24日　於浦上）
議論百出の市会〔記事〕（10月26日『長崎新報』）
「懸賞俳句募集忍月子選」

明治42年

俳句〔二句〕（忍月　12月3日『長崎新報』）
俳句〔一句〕（忍月　12月5日『長崎新報』）
俳句〔二句〕（忍月　12月7日『長崎新報』）
俳句〔一句〕（忍月　12月9日『長崎新報』）
俳句〔一句〕（忍月　12月16日『長崎新報』）

（11月23日、12月5日『長崎新報』）
◇依田学海　死去　（12月27日）

明治43年

俳句〔四句〕（忍月　1月1日『長崎新報』）
「義久兄弟（一）〜（四七）」（丸々子　1〜2月未詳『長崎新報』、「黄」）
俳句〔三句〕（忍月　1月25日『長崎新報』）
俳句〔三句〕（忍月　1月26日『長崎新報』）
俳句〔三句〕（忍月　2月4日『長崎新報』）
俳句〔二句〕（忍月　2月15日『長崎新報』）
俳句〔五句〕（忍月　2月16日『長崎新報』）
俳句〔二句〕（忍月　2月17日『長崎新報』）
俳句〔三句〕（忍月　2月22日『長崎新報』）
俳句〔一句〕（忍月　3月2日『長崎新報』）
俳句〔二句〕（忍月　3月3日『長崎新報』）
〈解嘲〉他〔演説録〕（石橋友吉　3月27日『長崎新報』『長崎新聞』）
俳句〔二句〕（忍月　3月29日『長崎新報』）

※金谷会庚戌第一会（1月6日　於楽只庵）
※金谷会庚戌第二会（1月8日　於楽只庵）
※金谷会庚戌第三会（1月21日　於蒹葭居）
※四男逢吉生る（1月25日）
※金谷会庚戌第四会（2月11日、田上に写生吟行）
※金谷会庚戌第五会（2月24日　於楽只庵）
半数改選問題〔記事〕（3月1日『長崎新報』）
改選問題と妥協〔記事〕（3月5日『長崎新報』）
協和会の動揺〔記事〕（3月8日『長崎新報』）
妥協遂に不調〔記事〕（3月11日『長崎新報』）
政友会の去就〔記事〕（3月15日『長崎新聞』）
※長崎市議会選挙を出馬辞退（3月16日）
※河東碧梧桐の来崎に句会開く（3月20・21日）

明治43年

俳句〔一句〕　（忍月　4月22日『長崎新報』）
俳句〔一句〕　（忍月　4月24日『長崎新報』）
俳句〔二句〕　（忍月　5月7日『長崎新報』）
俳句〔三句〕　（忍月　5月12日『長崎新報』）
俳句〔一句・四男祝句〕　（忍月　5月15日『長崎新報』）
俳句〔五句〕　（忍月　5月27日『長崎新報』）
俳句〔四句〕　（忍月　5月29日『長崎新報』）
俳句〔二句〕　（忍月　6月11日『長崎新報』）
〈本日閣下は〉〔陳情筆記録〕
（石橋友吉　6月15日『長崎新報』記事収載）
俳句〔二句〕　（忍月　7月10日『長崎新報』）
俳句〔三句〕　（忍月　8月4日『長崎新報』）
俳句〔二句〕　（忍月　8月31日『長崎新報』）
「楽只庵漫筆（其一）」　（石橋忍月　9月6日『長崎新報』）
「楽只庵漫筆（其二）　普通智識の欠乏」
（石橋忍月　9月7日『長崎新報』）
「楽只庵漫筆（其三）　俳諧訓蒙一」
（石橋忍月　9月8日『長崎新報』）
「楽只庵漫筆（其四）　俳諧訓蒙二」
（石橋忍月　9月9日『長崎新報』）

三派連合演説会〔記事〕　（3月25日『長崎新聞』）
立会演説会〔記事〕　（3月27日『長崎新報』）
両派立会政談演説会〔記事〕　（3月25日『長崎新聞』）
昨日の栄の喜座〔記事〕　（3月28日『長崎新聞』）
※長崎市議会選挙出馬要請を辞退　（3月29日）
余録　（無署名　4月1日『長崎新聞』）
※政友会長崎県支部総会に出席　（5月13日）
「弄樟之巻」　（木石居　5月15日『長崎新報』）
※長崎弁護士会「常議員」に再選さる　（5月22日）
※長崎県教育会「評議員」に選出さる　（5月28日）
※金谷会例会　（6月1日　於楽只庵）
弁護士の陳情〔記事〕　（6月15日『長崎新報』）
※金谷会例会　（6月25日　於兼葭居）

明治43年

「楽只庵漫筆（其五）　俳諧訓蒙三」
（石橋忍月　9月10日『長崎新報』）
「楽只庵漫筆（其六）　俳諧訓蒙四」
（石橋忍月　9月11日『長崎新報』）
「楽只庵漫筆（其七）　三たび繰返せる国土合併の事跡　一」
（石橋忍月　9月13日『長崎新報』）
「楽只庵漫筆（其八）　三たび繰返せる国土合併の事跡　二」
（石橋忍月　9月15日『長崎新報』）
「楽只庵漫筆（其十）　護国史余論」
（石橋忍月　9月18日『長崎新報』）
「楽只庵漫筆（其十一）　危険なる刑政の現象　一」
（石橋忍月　9月20日『長崎新報』）
「楽只庵漫筆（其十二）　危険なる刑政の現象　二」
（石橋忍月　9月21日『長崎新報』）
「楽只庵漫筆（其十三）　問者に答ふ」
（石橋忍月　9月23日『長崎新報』）
俳句（一句）
（忍月　9月27日『長崎新報』）
俳句（一句）
（忍月　9月28日『長崎新報』）
「楽只庵漫筆（其十四）　何ぞ小なる　何ぞ大なる」
（石橋忍月　10月2日『長崎新報』）

◇韓国併合調印　（8月2日）
◇「楽只庵漫筆（其九）」は新聞（16日）欠号
※子規忌俳句会　（9月18日　於崇福寺）
※長崎新聞社誹毀事件の弁護　（10月20日）
本社被告事件公判〔記事〕（10月21・22日『長崎新聞』）
◇山田美妙　死去　（10月24日）
※金谷会例会　（11月19日　於楽只庵）

年	著作	関連
（前年より）	俳句〔二句〕（忍月　11月26日『長崎新報』）	社告〔記事〕（11月22日『長崎新報』）
明治44年	俳句〔一句〕（忍月　1月未詳、「緑」） 俳句〔二句〕（忍月　5月22日『長崎日日新聞』） 俳句〔一句〕（忍月　5月23日『長崎日日新聞』） 〈口ありて手なき人〉〔演説録〕（石橋友吉　9月22日『長崎日日新聞』記事収載） 〈自縄自縛〉〔演説録〕（石橋友吉　9月23日『長崎日日新聞』記事収載） 俳句〔二句〕（忍月　10月27日『長崎日日新聞』） 俳句〔一句〕（忍月　11月3日『長崎日日新聞』） 俳句〔一句〕（忍月　11月12日『長崎日日新聞』） 「神武天皇祭」（無署名　初出未詳、「緑」）	両派の懇親会〔記事〕（5月18日『長崎日日新聞』） ※募集俳句（忍月選　5月22日『長崎日日新聞』詞壇欄） 官民合同歓迎会〔記事〕（7月19・24日『長崎日日新聞』） 長崎弁護士会の調査部署〔記事〕（7月23日『長崎日日新聞』） 選挙彙報〔記事〕（9月4日『長崎日日新聞』） 政見発表演説会〔記事〕（9月21日『長崎日日新聞』） 政談表演説会〔記事〕（9月22日『長崎日日新聞』） 河野派の演説会〔記事〕（9月23日『長崎日日新聞』） ※県会議員一般選挙の出馬要請を辞退（9月25日）
明治45年・大正元年	「嫁が君」（石橋忍月　1月1日『長崎日日新聞』） 俳句〔二句〕（忍月　1月1日『長崎日日新聞』） 「忌避申請書」（石橋友吉　2月15日『法律新聞』） 「花と詩経」（石橋忍月　4月1日『日本及日本人』579号） 「桜花に対する感想」（石橋忍月　4月20日『文武』41号）	※募集俳句（忍月選　1月1日『長崎日日新聞』） 「忙中閑話」（無署名　2月20日『長崎日日新聞』） ※長崎日日新聞社「顧問」就任（3月18日） ※養父養元　死去〔行年69歳〕（3月21日） ※福島の石橋家の家督を相続す（3月21日）

明治45年・大正元年

「諒闇中の裁判所」〔談話録〕
（石橋弁護士　7月30日『長崎日日新聞』記事収載）
「故実生の公開状に対ふ」
（萩の門忍月　8月、初出未詳、「追想録」）
「春不相録（一）～（三）」
（石橋忍月　8月3・4・5日『長崎日日新聞』）
「奉送霊柩之誄」
（石橋友吉　9月13日『長崎日日新聞』）
俳句〔一句〕
（忍月　10月7日『長崎日日新聞』）
〈深く時局を概して〉〔演説録〕
（石橋友吉　12月19日『長崎日日新聞』記事収載）

〔福岡県八女郡福島町大字本町2番地ノ201〕
政友支部委員会〔記事〕（4月18日『長崎日日新聞』）
◇明治天皇没（7月30日）
◇明治天皇大喪（9月13日）
「興津弥五右衛門の遺書」（鷗外　10月『中央公論』）
政友会支部総会〔記事〕（12月3日『長崎日日新聞』）
◇西園寺内閣総辞職（12月5日）
◇憲政擁護大会　開催（12月19日）
◇第三次桂内閣成立（12月21日）
◇第三十通常議会招集（12月24日）

大正2年

「命名」〔草稿〕
（無署名　1月、忍月資料館蔵）
〈年賀欠礼状〉〔書簡〕（石橋友吉　1月25日、忍月資料館蔵）
「ガウデアムスの歌（羅浮梅の舞）」
（萩の門忍月　2月3日『長崎日日新聞』）
「詔勅の弁（桂首相の誣妄）一・二」
（石橋友吉　2月10・11日『長崎日日新聞』）
〈桂公が今日尚ほ〉〔演説録〕
（石橋友吉　2月13日『東洋日の出新聞』記事収載）
〈憲法の危機を誘致〉〔演説録〕
（石橋友吉　2月22日『九州日之出新聞』記事収載）

※五男公吉生る（1月6日）
◇憲政擁護第二会連合大会（1月24日）
◇議会で桂首相「詔勅」答弁す（2月5日）
◇憲政擁護派　国会を包囲（2月10日）
◇桂内閣総辞職（2月11日）
※憲法発布記念　長崎市民大会起こす（2月11日）
◇山本内閣成立（2月20日）
◇政友会　内閣提携に反対決議す（2月23日）
◇長崎新聞社襲撃事件（2月26日）
弁護士会協議会〔記事〕（3月9日『長崎日日新聞』）

大正2年

俳句〔一句・五男祝句〕（忍月　3月5日『長崎日日新聞』）
俳句〔一句〕（忍月　3月7日『長崎日日新聞』）
〈留置場撤廃論〉〔演説録〕（石橋友吉　3月28日『長崎日日新聞』記事収載）
俳句〔二句〕（忍月　5月17日『長崎日日新聞』）
俳句〔一句〕（忍月　5月25日『長崎日日新聞』）
俳句〔一句〕（忍月　6月3日『長崎日日新聞』）
〈長崎新聞襲撃事件控訴公判〉〔弁護録〕（石橋友吉　7月4日『長崎日日新聞』記事収載）
俳句〔一句〕（忍月　9月28日『長崎日日新聞』）
俳句〔一句〕（忍月　10月1日『長崎日日新聞』）
〈長崎市民大会開会の辞〉〔演説録〕（石橋友吉　11月29日『長崎日日新聞』記事収載）
「霜の美」〔再録〕（石橋忍月　12月28日　甫守謹吾編『現代名文集』）

警察行政ありや（1）～（4）〔記事〕（3月23～26日『長崎日日新聞』）
不法拘禁事件の顚末（1）～（6）〔記事〕（3月23～28日『長崎日日新聞』）
長崎市民大会〔記事〕（3月25～27日『長崎日日新聞』）
覚醒したる市民の声〔記事〕（3月28日『長崎日日新聞』）
◇政友会　西園寺総裁留任の懇請決定（3月29日）
※五男公吉死去（4月7日）
石コロ控訴公判〔記事〕（6月29日『長崎日日新聞』）
長崎新聞襲撃事件控訴公判〔記事〕（7月1・2・3・4・10・11日『長崎日日新聞』）
長崎市民有志大会〔記事〕（11月27～29日『長崎日日新聞』）
※新年懸賞俳句募集（忍月選　12月11日『長崎日日新聞』）

大正3年

俳句〔二句〕（忍月　1月1日『長崎日日新聞』）
俳句〔一句〕（忍月　1月7日『長崎日日新聞』）
俳句〔一句〕（忍月　1月9日『長崎日日新聞』）

弁護士大会〔記事〕（2月17日『長崎日日新聞』）
※母フク死去〔行年77歳〕（2月21日）
弁護士大会〔記事〕（4月6日『長崎日日新聞』）

大正3年	大正4年
俳句〔三句〕（忍月　1月23日『長崎日日新聞』） 「新曲　桃源の舞」（石橋忍月　4月6日『長崎日日新聞』） 俳句〔一句〕（忍月　6月6日『長崎日日新聞』） 俳句〔二句〕（忍月　6月8日『長崎日日新聞』） 「空髑髏を見る」（忍月　7月20日『有声』1号） 「薫風三千里（其一～十三）」（忍月　7月21～29日、8月3～10日『長崎日日新聞』） 俳句〔一句〕（忍月　10月9日『長崎日日新聞』）	俳句〔二句〕（忍月　1月1日『長崎日日新聞』） 〈多言不実行の内閣〉〔演説録〕（石橋友吉　3月17日『長崎日日新聞』記事収載） 〈官僚主義と民本主義並に外交の失敗〉〔演説録〕（石橋友吉　3月23日『長崎日日新聞』記事収載） 俳句〔一句〕（忍月　6月12日『長崎日日新聞』） 俳句〔一句〕（忍月　6月18日『長崎日日新聞』） 俳句〔三句〕（忍月　6月19日『長崎日日新聞』） 〈当選訴訟〉〔弁護録〕（石橋弁護士　6月22日『長崎日日新聞』記事収載） 俳句〔一句〕（忍月　6月23日『長崎日日新聞』）
※訴訟の用件を兼ねて上京（5月10日より） ◇第一次世界対戦始まる（7月28日） 薫風三千里〔休載記事〕（8月2日『長崎日日新聞』） ◇「薫風三千里　其九」は新聞欠号 ※高砂生命保険株式会社「長崎代理店相談役」就任（9月15日） ※新年懸賞俳句募集（忍月選　12月8日『長崎日日新聞』）	石橋氏の応援〔記事〕（3月7日『長崎日日新聞』） 当選訴訟〔記事〕（6月12・22日『長崎日日新聞』） 則元氏の勝訴〔記事〕（6月30日『長崎日日新聞』） 開票管理者の大失体〔記事〕

年	著作	関連事項
大正4年	〈控訴院問題〉〔談話録〕（石橋友吉　7月1日『長崎日日新聞』記事収載） 俳句〔二句〕（忍月　7月28日『長崎日日新聞』） 「序」（忍月　10月1日、田中英二編『ナガサキ』） 俳句〔四十七句〕（忍月　10月1日、田中英二編『ナガサキ』） 〈元寇記念碑〉〔碑文〕（忍月石橋友吉　10月、初出未詳、「緑」） 「遺忘せられたる明治天皇御恩徳」（石橋友吉　11月、初出未詳、「緑」）	（7月1日『長崎日日新聞』） 控訴院の位置〔記事〕（7月1日『長崎日日新聞』） 訴訟の結果〔記事〕（7月3日『長崎日日新聞』） ◇天皇即位礼　挙行（11月19日）
大正5年	「龍の賦」（石橋忍月　1月、初出未詳、「緑」） 「紀元節」（無署名　2月11日『長崎日日新聞』） 「朝　其一～其三」（石橋忍月　9月6日～未詳『長崎日日新聞』） 〈自薦状〉〔立候補宣言書〕（石橋友吉　9月20日『東洋日の出新聞』記事収載）	※子規忌句会催す（9月17日　於崇福寺） ※長崎県会議員補欠選挙に政友会から出馬、落選（9月28日） ◇夏目漱石　死去（12月9日）
大正6年		※第十三回衆議院議員総選挙に出馬、落選（4月20日） ※次兄松二郎死去（11月30日）

年	著作	事項
大正7年	「馬之賦」（石橋忍月　初出未詳、「緑」） 「挙女志喜小序」〔草稿〕（無署名　月日未詳、忍月資料館蔵）	◇米騒動起こる（8月3日） ※三女かつら生る（9月29日） ※長崎市会議員選挙に当選〔任期3年〕（11月26日）
大正8年	〈道路法〉〔議会発言〕（12月13日『東洋日の出新聞』記事収載） 〈寄宿舎問題〉〔議会発言〕（12月14日『東洋日の出新聞』記事収載）	※長崎県議会議員総選挙に長崎市から立候補、最高点で当選〔任期4年〕（9月25日） ※臨時県議会（10月15日招集）で、名誉職参事会員に選出される（10月15日）
大正9年	「智と勇と節操」（石橋忍月　9月20日『日本及日本人』792号） 〈日は天に冲す〉〔議会発言〕（石橋議員　11月29日、『長崎県議会史』）	◇戦後恐慌始まる（3月15日） ※通常県会（11月22日招集）で、「警察界官紀紊乱」等を議す
大正10年	「追想記」（石橋忍月　1月9日『北国新聞』） 〈大正の聖代〉〔議会発言〕（忍月翁　11月22日『東洋日の出新聞』記事収載）	※長崎市議会選挙に落選（3月28日） ※蘇峰の来崎に歓迎会催す（5月17日）
11年	〈政治の根底は〉〔議会発言〕（10月2日『東洋日の出新聞』記事収載）	※六男保夫生る（3月14日） ※俳句同好会「あざみ会」発足（4月21日）

大正	大正12年	大正13年	大正14年	大正15年
〈拙者は法律を生命として〉〔議会発言〕（石橋議員 12月15日、『長崎県議会史』）	「春風三千里（一）～（十七）」（石橋忍月 4月未詳～5月8日『長崎日日新聞』、「緑」） 「探涼記（第一信）～（第七信）」（忍月生 8月未詳、『長崎日日新聞』、「緑」）		「法窓より巷頭へ（第一信）～（第十七信）」（石橋友吉 8月23日～未詳『長崎日日新聞』、「緑」）	「法と聖獣かいち」（石橋友吉 1月1日『正義』2年1号） 「法曹年頭感」（石橋友吉 1月1日『正義』2年1号）
◇森鷗外 死去（7月9日）	※南支を訪歴（3月14～24日） ◇関東大震災（9月1日） ※県会議員選挙に推されるが、辞退（9月25日） ※あざみ会観梅吟行（2月18日 於矢上）	◇第二次護憲運動起こる（1月）	※帝国弁護士会の理事就任（5月24日）	※急性肺炎のため死去〔行年62歳〕（2月1日 於長崎市銅座町21番地）

参考文献　要覧

Ⅰ　全集・著作集等

『石橋忍月評論集』（昭和14年11月　岩波文庫）
　「解説」（石橋貞吉）
『日本現代文学全集　8』（昭和42年11月　講談社）
　「作品解説」（稲垣達郎）、「石橋忍月入門」（瀬沼茂樹）、「石橋忍月年譜」（榎本隆司・畑實）
　〔増補改訂版・昭和55年5月〕
『明治文学全集　23』（昭和46年8月　筑摩書房）
　「解題」（福田清人）、「石橋忍月年譜」（栗林秀雄）、「参考文献」（栗林秀雄）
『石川近代文学全集　12』（昭和63年8月　石川近代文学館）
　「年譜」（藤田福夫）
『石橋忍月全集』全五巻（平成7年5月～8年9月　八木書店）
　各巻「解題」（榎本隆司・嘉部嘉隆・佐久間保明・千葉眞郎・畑實）、補巻「年譜」「著作目録」（千葉眞郎）

Ⅱ　単行本・講座等所収作品（原題・初出は略）

久松潜一「文学の要素論」（『日本文学評論史　近世・最近世篇』、昭和11年10月　至文堂）

〔改訂版・昭和27年5月　増補版・昭和43年12月〕

本間久雄「忍月、魯庵等の所説」（『明治文学史　下巻』、昭和12年10月　東京堂）

伊藤信吉「石橋忍月――ある気候の回顧」（『作家論』、昭和17年6月　利根書房）

山本健吉「二つの青春（鷗外と忍月）」（『小説の鑑賞』、昭和28年12月　要書房）

伊藤　整「鷗外と忍月の論争」「忍月と美妙の論争」「再び鷗外と忍月の論争」（『日本文壇史　2』、昭和29年3月　講談社）

臼井吉見「『舞姫』論争」（『近代文学論争　上』、昭和31年10月　筑摩書房）

久松潜一「忍月と不知庵」（『日本文学史　近代・評論』、昭和32年6月　至文堂）

山本健吉「石橋忍月」（『人と作品　現代文学講座　明治編Ⅰ』、昭和36年10月　明治書院）

野村　喬「石橋忍月」（『鑑賞と研究　現代日本文学講座　評論・随筆Ⅰ』、昭和37年10月　三省堂）

長谷川泉「『舞姫』論争」（『近代文学論争事典』、昭和37年12月　至文堂）

日笠裕二「日本韻文論争」（右同書）

関　良一「幽玄論論争」（右同書）

松原純一「『文づかひ』論争」（右同書）

松原純一「鷗外・忍月『演芸協会』論争」（右同書）

山本正秀「石橋忍月――言文一致体小説諸家」（『近代文体発生の史的研究』、昭和40年7月　岩波書店）

長谷川泉「『舞姫』の顕匿」（『続　森鷗外論考』、昭和42年12月　明治書院）

長谷川泉「鷗外『舞姫』等三部作論争とその基盤」（『講座　日本文学の争点』、昭和44年4月　明治書院）

谷沢永一「石橋忍月の文学意識」（『明治期の文芸評論』、昭和46年5月　八木書店）

小堀桂一郎「文学観の系譜」（『若き日の森鷗外』、昭和46年10月　東京大学出版会）

塩谷　賛「根岸党記事」（『露伴と遊び』、昭和47年7月　創樹社）
久保田芳太郎「気取半之丞　舞姫」（『日本近代文学大系　57』、昭和47年9月　角川書店）
山本健吉「わが家の明治百年」「明治の文学者の一経験」（『漱石　啄木　露伴』、昭和47年10月　文藝春秋）
吉田精一「石橋忍月」（『近代文芸評論史　明治篇』、昭和50年2月　至文堂）
山本健吉「矢部川の鮎狩」「鼠島のはじき豆」「長崎案内」（『猿の腰かけ』、昭和51年3月　集英社）
磯貝英夫「想実論の展開——忍月・鷗外・透谷」「鷗外の審美批評——『しがらみ草紙』から『めさまし草』へ」（『森鷗外——明治二十年代を中心に』、昭和54年12月　明治書院）
山本健吉「『妣の国』加賀」（『狐の提灯』、昭和54年12月　集英社）
嘉部嘉隆「舞姫論争の方法」「舞姫論争の論理（一）～（五）」「『レッシングが事を記す』改稿の意図」（『森鷗外——初期文芸評論の論理と方法』、昭和55年9月　桜楓社）
藤田福夫「石橋忍月の金沢時代」「在沢時代の忍月あて幸田露伴書翰二通」（『近代歌人の研究——歌風・風土・結社』、昭和58年3月　笠間書院）
越智治雄「想実論序章」（『近代文学成立期の研究』、昭和59年6月　岩波書店）
小森陽一「〈語り〉と物語の構成——構成論の時代／四迷・忍月・思軒・鷗外」（『構造としての語り』、昭和63年4月　新曜社）
十川信介「文学極衰論前後」「『戯曲』と小説——忍月・二葉亭・逍遙の場合」「文学と自然——想実論をめぐって（『「ドラマ」・「他界」——明治二十年代の文学状況』、昭和62年11月　筑摩書房）
嘉部嘉隆「石橋忍月」（平林・山田編『民友社文学の研究』、昭和60年5月　三一書房）
小櫃万津男「西欧演劇理念の移入」（『日本新劇理念史　明治前期篇』、昭和63年3月　白水社）
山本安見「納骨、そしてルーツの旅」（『走馬灯　父山本健吉の思い出』、平成元年5月　富士見書房）

高野静子「文学会」(『蘇峰とその時代――よせられた書簡から』、平成元年6月　中央公論社)
清田文武「鷗外におけるレッシング」(『鷗外文芸の研究　青年期篇』、平成3年10月　有精堂)
野村　喬「文壇登場と二つの邂逅」(『内田魯庵傳』、平成6年5月　リブロポート)
小櫃万津男「演劇理念の諸相」(『日本新劇理念史　明治中期篇』、平成10年1月　未來社)
谷沢永一「鷗外にだけは気をつけよ」「鷗外はじめて苦境に立つ」(『文豪たちの大喧嘩――鷗外・逍遙・樗牛』、平成15年5月　新潮社)
十川信介「石橋忍月の位置――『想実論』をめぐって」(『明治文学――ことばの位相』、平成16年4月　岩波書店)
宇佐美毅「石橋忍月の初期文芸批評」「石橋忍月と『舞姫』論争の意味」(『小説表現としての近代』、平成16年12月　おうふう)

Ⅲ　雑誌・紀要等所収作品(右Ⅰ・Ⅱを除く)

久松潜一「石橋忍月と文学評論」(昭和24年1月『国語と国文学』)
関守次男「石橋忍月の文芸論」(昭和34年3月『日本文芸研究』)
山本健吉「石橋忍月――理想と情熱の人」(昭和39年7月『朝日ジャーナル』)
嘉部嘉隆「石橋忍月研究(一)」(昭和43年11月『大阪樟蔭女子大学論集』)
山本健吉「内務省時代の忍月」(昭和42年5月、前掲『日本現代文学全集　8』月報)
みなもとごろう「石橋忍月の評論活動と『独逸戯曲大意』」(昭和44年3月『言語と文芸』)
嘉部嘉隆「『惟任日向守』論(上)」(昭和45年3月『樟蔭国文学』)
嘉部嘉隆「『惟任日向守』論(中)」(昭和46年3月『樟蔭国文学』)
嘉部嘉隆「石橋忍月研究余録」(昭和49年9月『樟蔭国文学』)

嘉部嘉隆「石橋忍月に関する基礎的覚書」（昭和50年10月『樟蔭国文学』）
亀田俊郎「舞姫論争について」（昭和51年12月『国文学試論』）
嘉部嘉隆「忍月と鷗外の論争をめぐって」（昭和52年12月『国文学試論』）
嘉部嘉隆「石橋忍月に関する基礎的覚書（補遺）」（昭和54年10月『樟蔭国文学』）
吉田有美子「内田魯庵文芸批評の研究（二）」（昭和55年12月『樟蔭国文学』）
木村有美子「内田魯庵文芸批評の研究（三）」（昭和57年2月『樟蔭国文学』）
嘉部嘉隆「石橋忍月に関する基礎的覚書（補遺二）」（昭和58年2月『樟蔭国文学』）
木村有美子「内田魯庵文芸批評の研究（四）」（右同誌）
嘉部嘉隆「石橋忍月と鷗外」（昭和59年1月『国文学解釈と鑑賞』1月臨時増刊号）
千葉俊二「露伴と鷗外――露伴の『うたかたの記』評をめぐって」（右同誌）
畑　實「忍月と鷗外」（平成2年2月『駒沢国文』）
畑　實「二つの作品評――忍月と不知庵」（平成3年2月『駒沢国文』）
千葉眞郎「忍月『罪過論』成立とその展開」（平成3年12月『目白学園女子短大紀要』）
千葉眞郎「石橋忍月著作年譜（一）（二）」（平成4年3月、5年3月『目白学園国語国文学』）
千葉眞郎「内務省時代の忍月」（平成4年12月『目白学園女子短大紀要』）
林原純生「初期忍月の文学理念――併せて森鷗外『舞姫』及び『恋愛と功名』とのこと」（平成5年1月『森鷗外研究』）
千葉眞郎「金沢時代の忍月（一）～（三）」（平成5年12月、6年12月、7年12月『目白学園女子短大紀要』）
千葉眞郎「忍月『戯曲論』について」（平成6年3月『目白学園国語国文学』）
千葉眞郎「忍月の生いたち」（平成7年3月『目白学園国語国文学』）
山口保明「石橋忍月」（平成7年5月15日『宮崎日日新聞』）

嘉部嘉隆「石橋忍月全集について」（平成7年6月15日『日本古書通信』）
千葉眞郎「忍月と長崎」（平成7年6月30日『長崎新聞』）
小田切秀雄「『石橋忍月全集』第一巻を読みちらして」（平成7年7月20日『文学時標』）
小田切秀雄「森鷗外の『舞姫』と石橋忍月」（平成7年8月22日『西日本新聞』）
千葉眞郎「忍月の再上京時代（一）～（三）」（平成8年3月、9年3月、10年3月『目白学園国語国文学』）
千葉眞郎「『石橋忍月小論』――「仏教文学論」を中心に」（平成8年3月『大正大学研究論叢』）
千葉眞郎「忍月の初期批評」（平成8年12月『目白学園女子短大紀要』）
秋山　稔「明治二十七年の鏡花・忍月・悠々」（平成9年3月『金沢学院大学文学部紀要』）
青田寿美「鷗外の〈Tragödie〉観（上）――初期文芸評論を中心に」（平成9年5月『国語国文』）
青田寿美「鷗外の〈Tragödie〉観（下）――初期文芸評論を中心に」（平成9年6月『国語国文』）
千葉眞郎「忍月の初期小説」（平成9年12月『目白学園女子短大紀要』）
千葉眞郎「忍月の民友社時代」（平成10年12月『目白学園女子短大紀要』）
千葉眞郎「忍月の長崎時代（一）（二）」（平成11年3月、12年3月『目白学園国語国文学』）
千葉眞郎「石橋忍月と金沢・富山」（平成11年3月22日『北国新聞』）
千葉眞郎「忍月の『江湖新聞』時代」（平成11年12月『目白学園女子短大紀要』）
千葉眞郎「忍月の『国会』時代」（平成13年3月『大正大学大学院研究論集』）
千葉眞郎「忍月の長崎時代――文筆活動を中心に」（平成14年3月『大正大学研究紀要』）
千葉眞郎「忍月の就学時代」（平成15年3月『大正大学研究紀要』）
千葉眞郎「忍月の文学争点――明治二十二年を中心に」（平成16年3月『大正大学研究紀要』）
千葉眞郎「退官前後の忍月」（平成17年3月『国文学踏査』）

Ⅳ　文献目録所載書誌

昭和女子大学近代文学研究室「石橋忍月　資料年表」(『近代文学研究叢書　24』、昭和40年12月　昭和女子大学光葉会)
〔増訂版・昭和45年11月、53年11月〕
十川信介「石橋忍月」(『近代作家研究事典』、昭和58年6月　桜楓社)
嘉部嘉隆「石橋忍月」(『現代文学研究　情報と資料』、昭和62年9月　至文堂)
嘉部嘉隆「石橋忍月」(『明治・大正・昭和　作家研究大事典』、平成4年9月　桜楓社)

あとがき

昨今のあわただしさのなか、机上で文献を整理し読み耽るゆとりなど、私にはなかった。況してや新たに資料を収集する余力もない。ダンボールのなかに収まっている〈忍月文献〉を横目に、口惜しくながめるだけの日々が続いた。そうしているうちに、貴重な資料を提供していただいた方々や、同じ研究をしている仲間の訃報に接するようになった。私自身の老いも感じるようになった。――こうしてはおれないと思った。だが急行電車のようには走れない。各駅止まりで行き着くところまで行くしかない。そんなことを思いながら、既発表の旧稿をひもといてみた。誤植・重複の類いはいざ知らず、論述の展開に飛躍・短絡・不熟があり、何よりも論拠の希薄さに啞然とした。忍月の全生涯をまとめるには程遠い。この旨を八木書店の滝口編集課長に告げた。すると「わからないところは、わからない、と書けばいいじゃないですか」とメールが飛んできた。そうかと決心した。決心すると、これまでお世話になった多くの方々が脳裏にうかんできた。

ともあれ、旧稿を基に、次のように全体をととのえてみた。

第一章　生い立ち

「忍月の生いたち」（平成7年3月『目白学園国語国文学』第4号）

「忍月の就学時代」（平成15年3月『大正大学研究紀要』第88輯）

第二章　投稿時代
「忍月の初期批評」（平成8年12月『目白学園女子短期大学研究紀要』第33号）
「忍月の文学争点」（平成16年3月『大正大学研究紀要』第89輯）
「忍月の初期小説」（平成9年12月『目白学園女子短期大学研究紀要』第34号）
第三章　民友社時代
「忍月の民友社時代」（平成10年12月『目白学園女子短期大学研究紀要』第35号）
第四章　江湖新聞社時代
「忍月の『江湖新聞』時代」（平成11年12月『目白学園女子短期大学研究紀要』第36号）
第五章　国会新聞社時代
「忍月の『国会』時代」（平成13年3月『大正大学大学院研究論集』第25号）
第六章　内務省・思想社時代
「内務省時代の忍月」（平成4年12月『目白学園女子短期大学研究紀要』第29号）
「退官前後の忍月」（平成17年3月『国文学踏査』第17号）
「石橋忍月小論」（平成8年3月『大正大学研究論叢』第4号）
「忍月『戯曲論』について」（平成6年8月『目白学園国語国文学』第3号）
第七章　金沢時代
「金沢時代の忍月（一）～（三）」
（平成5年12月、6年12月、7年12月『目白学園女子短期大学研究紀要』第30、31、32号）
第八章　再上京時代

「忍月の再上京時代（一）～（三）」
（平成8年3月、9年3月、10年3月『目白学園国語国文学』第5、6、7号）

第九章　長崎時代
「忍月の長崎時代（一）～（二）」（平成11年3月、12年3月『目白学園国語国文学』第8、9号）
「忍月の長崎時代」（平成14年3月『大正大学研究紀要』第87輯）

附篇　著作・関連　略年譜
「石橋忍月著作年譜（一）（二）」（平成4年3月、5年3月『目白学園国語国文学』第1、2号）

結果は加筆訂正どころか、大半を新たに書き下ろすことになった。この途上、資料を提供していただいた方々やご教示いただいた方々に、感謝の気持ちが込み上げてきた。これこれの事項は誰々の指摘だったな、とよみがえるのだ。

思えば、私はこれまで多くの方々と幸運な出会いに恵まれてきた。大きな柱に、大正大学の星野英紀学長、前任校の目白学園女子短期大学（現・目白大学）の佐藤弘毅学長がいる。やたらと雑務を押し付けるのだが、私の研究〈時間〉には気を配っておられた。その心遣いが支えだった。またこの雑務の最中にも、忍月ゆかりの地から貴重な資料と激励とが相次いで届けられていた。どれほど励みになったか、計り知れない。とりわけ黒木町の吉村誠氏、八女市の杉山洋氏、金沢市の亀田俊郎氏、そしてご遺族の皆様にはお礼の申し上げようがない。深夜に及ぶ電話での情報交換も、今となっては感慨深い。

私の忍月研究は恩師の故　瀬沼茂樹先生に導かれた。大学院在籍時の鷗外講読に始まる。私は鷗外ではなく、忍月の文学態度に鮮烈な印象を受けた。だが当時、忍月作品を収載する書籍が少なかった。古本屋で岩波文庫の『石橋忍月評論集』を手に入れた時は嬉しかった。嬉しさのあまり、暫くは中を開かずにながめてばかりいた。瀬沼先生から本末転倒と叱られたことを記憶している。爾来、忍月を読み進めた。だがやがて〈忍月離れ〉がやってきた。忍月作品の難解さは然ることながら、私の怠惰な性分に因る。私が執筆時の忍月の年齢を越えても、忍月の想いを理解できないあせりもあった。これらを打破したのが八木書店『石橋忍月全集』全5巻の編纂だった。編集委員のひとりに加えられ、委員会のメンバーと編集スタッフの熱気に煽られた。煽られながら、再び国会図書館通いが始まった。忍月と同世代作家の動向も具体的にみえてきた。そしてやっとここまで来た。

　わからないことだらけの上梓で、うしろめたい気がする。今はただ叱正を甘受するばかりの心境にある。このような拙著が日の目をみるに、八木書店の八木壮一社長と編集スタッフに甘え過ぎたかもしれない。どうみても非商業的だ。申し訳ない気持ちと、嬉しい気持ちとを交ぜながら、これまで関係してきた多くの方々にお礼して、「屑《いさぎよ》」く擱筆としたい。

千葉　眞郎

平成17年12月10日

著者略歴　千葉眞郎（チバ シンロウ）

1946年　岩手県生まれ
　　　　大正大学大学院文学研究科博士課程修了
　　　　日本近代文学専攻
　　　　目白学園女子短期大学教授を経て、大正大学文学部教授
編著書　『展望　近代の評論』（双文社）
　　　　『近現代の文学』（おうふう）
　　　　『石橋忍月全集』全4巻補巻1（八木書店　共編）

石橋忍月研究　——評伝と考証——　　定価（本体13,500円＋税）

2006年2月26日　初版発行

著者　千葉眞郎

発行者　八木壮一

発行所　株式会社　八木書店
〒101-0052 東京都千代田区神田小川町3—8
03—3291—2961（営業）
03—3291—2969（編集）
03—3291—2962（FAX）
URL:http://www.books-yagi.co.jp/pub
E-mail:pub@books-yagi.co.jp

印刷所　上毛印刷
製本所　牧製本
用紙　中性紙使用

ISBN　4-8406-9033-2